Bestsellers

FREDERICK FORSYTH

IL GIORNO DELLO SCIACALLO

Traduzione di Marco Tropea

ARNOLDO MONDADORI EDITORE

A mia madre e a mio padre

Titolo dell'opera originale
The day of the Jackal
pubblicata da Hutchinson & Co. Ltd. - Londra
6 edizioni Omnibus
3 edizioni Oscar Mondadori
I edizione Bestsellers Oscar Mondadori gennaio 1985
XIII ristampa Bestsellers Oscar Mondadori giugno 1996

Parte prima

ANATOMIA DI UN COMPLOTTO

1

Fa freddo a Parigi, alle sei e quaranta di mattina in una giornata di marzo, e il freddo sembra ancora più intenso quando sta per essere giustiziato un uomo. L'11 marzo 1963, a quell'ora, nel cortile principale di Fort d'Ivry, un colonnello dell'aviazione francese era in piedi davanti a un palo conficcato nella ghiaia gelida e mentre gli legavano le mani fissava con incredulità sempre meno evidente il plotone di fronte a lui, a una ventina di metri.

Un piede strisciò sui sassi, impercettibile sollievo alla tensione, nell'attimo in cui una benda veniva avvicinata agli occhi del tenente colonnello Jean-Marie Bastien-Thiry, a nascondergli definitivamente la luce. Il mormorio del sacerdote fu il vano contrappunto al crepitare degli otturatori, quando i soldati caricarono e armarono i fucili.

Al di là del muro di cinta, un clacson insistente: un autocarro Berliet chiedeva strada a qualche veicolo più piccolo che lo intralciava nella sua corsa verso il centro della città. Il suono si spense lontano, confondendosi col « Puntate! » dell'ufficiale al comando del plotone. La scarica di fucileria, quando fu il momento, non provocò alcuna increspatura sulla superficie della città al risveglio; soltanto uno stormo di piccioni si levò in volo verso il cielo, per pochi attimi. L'eco del singolo *coup-de-grâce*, qualche secondo più tardi, si perse nella crescente confusione del traffico al di là del muro.

La morte dell'ufficiale, capo di una banda di assassini della Organisation de l'Armée Secrète che avevano tentato di uccidere il Presidente francese, doveva significare una fine – la fine di ulteriori attentati alla vita del Presidente. Per uno scherzo del destino segnava invece un inizio, e per spiegarne la ragione è necessario spiegare prima perché un corpo crivellato di proiettili si trovasse, legato a un palo, nel cortile del carcere militare, a pochi chilometri da Parigi, in quella mattina di marzo...

Il sole era finalmente sparito dietro il palazzo, e lunghe ombre avanzavano strisciando sul cortile, apportatrici di gradito sollievo. Perfino alle sette di sera – la giornata era stata la più calda dell'anno – la temperatura si manteneva sui ventitré gradi. In tutta la città, soffocata nella morsa di calore, i parigini ammassavano mogli querule e bambini piagnucolosi sulle automobili e sui treni, per trascorrere il week-end in campagna. Era il 22 agosto 1962, e un gruppo di uomini, in attesa alle porte di Parigi, aveva deciso che quel giorno il presidente Charles de Gaulle doveva morire.

Mentre i parigini si lasciavano l'afa alle spalle per cercare illusioni di fresco sui fiumi e sulle spiagge, dietro la pesante facciata dell'Eliseo era in pieno svolgimento una riunione di Gabinetto. Sulla ghiaia fulva dell'ampio cortile, che rinfrescava lentamente nell'ombra tanto attesa, sedici Citroën DS nere erano parcheggiate una dietro l'altra a formare un semicerchio sui tre quarti dell'area disponibile.

Gli autisti, in gruppo vicino al muro occidentale, dove il sole si era ritirato prima e l'ombra era più intensa, si scambiavano le battute insignificanti di chi trascorre il maggior tempo della sua giornata di lavoro ad assecondare i capricci dei padroni.

Poi, sporadiche lamentele per l'insolito prolungarsi delle deliberazioni del Gabinetto, e, un minuto prima delle 19.30, un usciere, che portava al collo una grossa catena con medaglia, apparve dietro la porta a vetri del palazzo, in cima a una breve scalinata di sei gradini, e fece un cenno in direzione delle guardie. Gli autisti lasciarono cadere le Gauloises fumate a metà e le schiacciarono sulla ghiaia. Le guardie e gli agenti del servizio di sicurezza si irrigidirono sull'attenti, nelle garitte ai lati dell'ingresso principale, e i massicci cancelli in ferro furono spalancati.

Gli autisti erano già ai loro posti quando il primo gruppo di ministri apparve dietro le lastre di cristallo. L'usciere aprì la porta, e i membri del Gabinetto scesero alla spicciolata, scambiandosi ancora, al momento di congedarsi, qualche commento sul week-end di riposo che li aspettava. Una via l'altra, le Citroën si accostarono alla scalinata, l'usciere aprì con un inchino le portiere posteriori, i ministri salirono sulle automobili e furono condotti fuori, oltre la Garde Républicaine schierata, in Faubourg St.-Honoré.

Nel giro di dieci minuti, se ne erano andati tutti. Due lunghe Citroën DS 19 nere, ancora nel cortile, si misero lentamente in moto. La prima, con la fiamma del Presidente della Repubblica francese, era guidata da Francis Marroux, un autista della polizia che proveniva dal campo di addestramento della Gendarmerie Nationale di Satory. Il suo temperamento silenzioso lo aveva tenuto in disparte dai discorsi dei suoi colleghi; i suoi nervi d'acciaio e l'abilità di guidatore veloce e prudente gli avevano procurato e conservato il posto di autista personale di de Gaulle. Nell'auto presidenziale, non c'era nessun altro. Dietro, anche la seconda DS 19 era guidata da un poliziotto di Satory.

Alle 19.45 un altro gruppo di persone apparve oltre la vetrata, e di nuovo gli uomini nel cortile si irrigidirono sull'attenti. Charles de Gaulle indossava il suo abituale doppiopetto grigio ferro completo di cravatta scura. Con galanteria di vecchio stampo, cedette il passo a madame Yvonne de Gaulle, poi, sorreggendola delicatamente per un braccio, l'aiutò a scendere la scalinata verso l'automobile in attesa. Davanti alla macchina si separarono, e la moglie del Presidente andò a occupare il posto di sinistra sul sedile posteriore. Il Generale le sedette accanto.

Il colonnello Alain de Boissieu, loro genero, a quel tempo

capo di stato maggiore delle truppe corazzate dell'esercito francese, controllò che le portiere posteriori fossero ben chiuse e poi si sistemò di fianco a Marroux.

Due persone si staccarono dal gruppo di funzionari che avevano accompagnato la coppia presidenziale. Henri d'Jouder, un enorme cabilo algerino, guardia del corpo in servizio quel giorno, si sedette vicino all'autista della seconda macchina, sistemò la pesante pistola che portava sotto l'ascella sinistra e si appoggiò allo schienale. Da quel momento i suoi occhi non avrebbero abbandonato un solo istante marciapiedi e angoli di strade, lungo tutto il percorso. L'altro uomo, dopo aver scambiato ancora qualche parola con uno degli agenti di servizio al palazzo, andò a sedersi, da solo, sul sedile posteriore. Era il commissario Jean Ducret, capo del Corpo di sorveglianza presidenziale.

Due agenti con il casco bianco, fermi accanto al lato occidentale del palazzo, salirono sulle loro moto e uscirono lentamente dall'ombra. All'altezza del cancello si fermarono, a tre metri di distanza l'uno dall'altro, e guardarono indietro. La prima Citroën si staccò dai gradini e andò a fermarsi dietro le due moto. La seconda automobile la seguì. Erano le 19.50.

Ancora una volta, il cancello di ferro venne spalancato e il piccolo corteo sfilò davanti alle guardie irrigidite sull'attenti, immettendosi in Faubourg St.-Honoré. In fondo alla strada, piegò per Avenue de Marigny. Un giovane in casco da motociclista, che sostava a cavalcioni di uno scooter all'ombra dei castagni, lo vide passare, si staccò dal marciapiede per mettersi nella sua scia. Il traffico era quello solito di un week-end di agosto, e non c'erano state comunicazioni ufficiali riguardanti la partenza del Presidente. Soltanto la sirena delle moto ne annunciava il passaggio ai vigili in servizio sulle strade, e questi dovevano sbracciarsi e fischiare freneticamente per bloccare in tempo la circolazione.

Le due automobili acquistarono velocità lungo il viale ombreggiato e sbucarono in Place Clemenceau, ancora accesa dal sole, diretti al ponte Alexandre III. Lo scooterista riuscì senza difficoltà a non farsi lasciare indietro. Dopo il ponte, Marroux seguì le due moto in Avenue Général Gallieni e, di qui, nell'ampio Boulevard des Invalides. A questo punto, lo scooterista aveva la risposta che gli interessava. All'incrocio di Boulevard des Invalides con Rue de Varennes, ridusse la velocità e piegò verso un caffè d'angolo. Vi entrò, tirando fuori di tasca un gettone, si avviò verso il retrobottega dove si trovava il telefono, e compose un numero.

Il tenente colonnello Jean-Marie Bastien-Thiry aspettava in un caffè alla periferia di Meudon. Trentacinque anni, sposato, con tre figli, lavorava per il ministero dell'Aeronautica. Dietro l'apparente rispettabilità della sua vita professionale e familiare, nutriva un rancore profondo per Charles de Gaulle che, secondo lui, aveva tradito la Francia e gli uomini che lo avevano richiamato al potere nel 1958, consegnando l'Algeria ai nazionalisti algerini.

Con la perdita dell'Algeria, Bastien-Thiry non aveva subìto danni materiali, e non erano certo considerazioni di carattere personale a provocare il suo risentimento. Si considerava un patriota, ed era convinto di rendere un servizio alla Francia, uccidendo l'uomo che l'aveva tradita. A quell'epoca, diverse migliaia di persone la pensavano allo stesso modo, ma, in rapporto, erano pochi i fanatici dell'Organisation de l'Armée Secrète che avevano giurato di ammazzare de Gaulle e di far cadere il suo governo. Bastien-Thiry era fra questi.

Quando arrivò la telefonata, stava sorseggiando una birra. Il barista gli tese la cornetta e andò ad abbassare il volume del televisore all'altra estremità del locale. Bastien-Thiry rimase in ascolto per qualche secondo, poi, prima di riattaccare, mormorò: « Benissimo, grazie ». La birra, l'aveva già pagata in anticipo. Uscì senza fretta dal bar e, quando fu sul marciapiede, prese il giornale che teneva arrotolato sotto un braccio e lo aprì due volte, con cura.

Sull'altro lato della strada, una ragazza abbassò la tendina di una finestra al pianterreno e, girandosi verso i dodici uomini in attesa nella stanza, disse: « È l'itinerario numero due ». I cinque più giovani, dilettanti in fatto di assassinii, smisero di tormentarsi le mani e balzarono in piedi.

Gli altri sette, più anziani, erano meno nervosi. Il vero esperto in attentati, secondo solo a Bastien-Thiry nel comando, era il tenente Alain Bougrenet de la Tocnaye, un elemento di estrema destra appartenente a una famiglia della nobiltà terriera. Aveva trentacinque anni, era sposato con due figli.

Il più pericoloso era il trentanovenne Georges Watin, spalle massicce e mascella quadra, un fanatico ex tecnico agrario in Algeria, che nel giro di due anni s'era conquistato la fama di uno dei tiratori migliori dell'OAS. Era soprannominato lo Zoppo, per una vecchia ferita a una gamba.

Quando la ragazza comunicò la notizia, i dodici uomini scesero insieme le scale e uscirono dal palazzo per la porta di servizio che dava su una strada laterale, dove si trovavano parcheggiate sei automobili, tutte rubate o prese a nolo. Erano le 19.55.

Bastien-Thiry in persona aveva passato diversi giorni a studiare la località adatta per l'attentato, a misurare gli angoli di tiro, la velocità e la distanza dei veicoli in movimento e l'intensità di fuoco necessaria per bloccarli. Aveva deciso alla fine per una strada lunga e diritta, Avenue de la Libération, che portava al rondò di Petit-Clamart. Secondo il suo piano, il primo gruppo, che comprendeva i tiratori scelti, avrebbe aperto il fuoco contro la macchina presidenziale duecento metri prima del rondò. Al riparo dietro un furgone Estafette parcheggiato a lato della strada, gli uomini dovevano sparare con un angolo di mira molto basso contro le automobili in arrivo, in modo che il rischio di uno scarto fosse minimo.

Centocinquanta pallottole, secondo i calcoli di Bastien-Thiry, avrebbero crivellato l'automobile di testa al momento del suo passaggio. Con la vettura del Presidente in sosta forzata, il secondo gruppo dell'OAS sarebbe sbucato da una trasversale per attaccare, con una fitta sparatoria a distanza ravvicinata, la macchina degli agenti del servizio di sicurezza. Ai due gruppi riuniti sarebbero stati sufficienti pochi secondi per finire gli eventuali superstiti, prima di filar via in direzione delle tre auto pronte per la fuga in una strada laterale.

Quanto a Bastien-Thiry, il tredicesimo del gruppo, egli aveva riservato per sé il compito di segnalare agli altri l'arrivo del corteo e il momento dell'attacco. Alle 20.05 i due gruppi erano appostati. Bastien-Thiry, con un giornale in mano, aspettava a una fermata d'autobus, un centinaio di metri dai suoi compagni, dalla parte di Parigi. Lo sventolio del giornale era il segno d'intesa con il capo del primo comando, Serge Bernier, nascosto dietro il furgone. Da lui doveva partire l'ordine ai tiratori distesi nell'erba ai suoi piedi. Poi sarebbe stato il turno di Bougrenet de la Tocnaye di entrare in azione al volante della macchina, per bloccare gli agenti del seguito, con Watin lo Zoppo seduto accanto a lui, un fucile mitragliatore stretto fra le mani.

Mentre, lungo la strada di Petit-Clamart, venivano tolte le sicure alle armi, il corteo del generale de Gaulle usciva dal traffico intenso del centro di Parigi per raggiungere i viali più ampi della periferia. Le due auto toccarono i novanta chilometri all'ora.

Quando la strada si aprì davanti a loro, Francis Marroux diede una rapida occhiata all'orologio, avvertì alle sue spalle l'impazienza risentita del vecchio Generale, e accelerò maggiormente. I due motociclisti rallentarono, per lasciare passare le automobili, e scivolarono in coda. A de Gaulle non piaceva una simile forma di ostentazione e cercava di evitarla, appena possibile. In questa disposizione, il piccolo corteo imboccò Avenue de la Division Leclerc, a Petit-Clamart. Erano le 20.17.

Un chilometro più avanti, Bastien-Thiry stava per sperimentare gli effetti del suo gravissimo errore. Ma l'avrebbe capito soltanto diversi mesi più tardi: fu la polizia a spiegarglielo, ormai nella cella dei condannati a morte. Per studiare l'ora più adatta all'attacco, aveva consultato un calendario e ne aveva ricavato che, il 22 agosto, il crepuscolo cadeva alle 20.35. Di tempo ce n'era a sufficienza, anche se de Gaulle fosse stato in ritardo sul suo programma di viaggio, come in effetti accadde. Ma il calendario consultato dal colonnello d'aviazione si riferiva al 1961. Il 22 agosto 1962 il crepuscolo cadeva alle 20.10. Quei venticinque minuti dovevano cambiare la storia della Francia. Alle 20.18 Bastien-Thiry distinse il corteo delle vetture che gli arrivava incontro a centodieci chilometri all'ora, lungo Avenue de la Libération. Febbrilmente, sventolò il giornale.

Dall'altra parte della strada, un centinaio di metri più avanti, Bernier, inquieto, fissò gli occhi nella penombra, in direzione della figura che si distingueva a malapena, vicino alla fermata dell'autobus. « Il colonnello ha già sventolato il giornale? » domandò, senza rivolgersi a nessuno in particolare. Aveva appena pronunciato quelle parole, che il muso rotondo della macchina presidenziale passò in un lampo davanti alla fermata dell'autobus per entrare nel suo campo visivo. « Fuoco! » urlò agli uomini ai suoi piedi. Mentre il corteo di macchine sfrecciava davanti a loro, quelli cominciarono a sparare con un angolo di tiro di novanta gradi contro un bersaglio mobile che passava alla velocità di centodieci chilometri all'ora.

Il fatto che la macchina fosse raggiunta da una dozzina di proiettili va tutto a merito dell'abilità dei tiratori. Due pneumatici scoppiarono, e per quanto forniti di camera d'aria autosigillante, l'improvvisa perdita di pressione provocò ugualmente una serie di sobbalzi nell'auto lanciata a tutta velocità.

E in quel momento, Francis Marroux salvò la vita di Charles de Gaulle.

Mentre l'asso dei tiratori, l'ex legionario Varga, mirava ai pneumatici, gli altri vuotavano i caricatori in direzione del lunotto posteriore della Citroën che si allontanava. Qualche pallottola attraversò la carrozzeria, e una mandò in frantumi il vetro del finestrino, passando a pochi millimetri dal naso del Presidente. Il colonnello de Boissieu, dal sedile anteriore, urlò ai suoceri: « Abbassatevi! ». Madame de Gaulle piegò la testa verso le ginocchia del marito. Il Generale proruppe in un glaciale: « Come, ancora? » e si voltò a guardare indietro, sulla strada.

Marroux riuscì a tenere il volante che sembrava impazzito e, controllando con delicatezza l'automobile, sollevò adagio il piede dall'acceleratore. Dopo aver rallentato un istante, la Citroën balzò di nuovo in avanti verso l'incrocio con Avenue du Bois, la strada laterale dove era in attesa il secondo commando dell'OAS. L'automobile degli agenti del servizio di sicurezza, che era passata indenne attraverso la sparatoria, non si fece distaccare e rimase incollata alla coda di quella guidata da Marroux.

Quanto a Bougrenet de la Tocnaye, che aspettava con il motore acceso in Avenue du Bois, la velocità delle macchine in arrivo lo mise di fronte a una scelta precisa: o buttarsi in avanti e tentare di bloccarle, e questo voleva dire il suicidio perché nell'urto sarebbe stato fatto a pezzi, o innestare la marcia con mezzo secondo di ritardo. Scelse la seconda soluzione. Mentre sbucava con l'automobile dalla via laterale e si allineava con il convoglio presidenziale, si trovò affiancato, anziché alla macchina di de Gaulle, a quella che trasportava il tiratore scelto e guardia del corpo d'Jouder e il commissario Ducret.

Watin, sporgendosi fino alla cintola dal finestrino di destra, scaricò il fucile mitragliatore contro la parte posteriore della prima DS, dove era riuscito a intravedere il profilo imperioso di de Gaulle attraverso il vetro in frantumi.

« Perché quegli idioti là dietro non sparano anche loro? » domandò de Gaulle in tono contrariato. D'Jouder cercava di rispondere al fuoco degli assassini dell'OAS – le due macchine, sulla stessa linea, non distavano più di tre metri l'una dall'altra – ma il poliziotto al volante gli bloccava la visuale. Ducret urlò all'autista di non farsi distanziare dall'automobile del Presidente, e un attimo dopo si lasciavano alle spalle quelli dell'OAS. I due motociclisti, uno dei quali era stato quasi sbalzato di sella dall'apparizione improvvisa di de la

Tocnaye, ricuperarono la distanza perduta e si riavvicinarono alle due Citroën. Il corteo proseguì in direzione di Villacoublay.

Sul posto scelto per l'attentato, gli uomini dell'OAS non ebbero tempo per le recriminazioni. Queste, sarebbero venute in seguito. Abbandonate le tre vetture che erano servite per l'attentato, balzarono a bordo di altre, già pronte per la fuga, e scomparvero nell'oscurità.

Il commissario Ducret chiamò Villacoublay con la trasmittente della sua macchina e raccontò in poche frasi quello che era successo. Quando ci arrivarono, dieci minuti dopo, il generale de Gaulle volle essere accompagnato all'elicottero. Una folla di funzionari e di ufficiali in attesa all'eliporto, circondò immediatamente l'auto presidenziale, spalancando le portiere e aiutando a scendere madame de Gaulle che appariva un poco scossa. Il Generale emerse dall'altra parte, scuotendosi dal bavero della giacca qualche scheggia di vetro. Ignorando le domande allarmate degli ufficiali che gli si facevano intorno, girò dietro la macchina per avvicinarsi alla moglie.

« Vieni, cara, andiamo a casa » le disse e, rivolgendosi al gruppo di ufficiali d'aviazione emise infine il suo verdetto nei confronti dell'OAS: « Non sanno mirare ». Pronunciate queste parole, guidò la moglie verso l'elicottero, la fece salire e prese posto accanto a lei. Quando d'Jouder li raggiunse, partirono per il week-end in campagna.

Francis Marroux era ancora al volante della Citroën, la faccia color della cenere. Ormai tutti e due i pneumatici sul lato destro avevano ceduto, e la DS poggiava sui cerchioni. Ducret mormorò all'autista qualche pacata parola di congratulazione, poi s'incaricò di provvedere a sgomberare la zona.

Mentre i giornalisti di tutto il mondo commentavano l'attentato e, in mancanza di meglio, riempivano di congetture le colonne dei giornali, la polizia francese, con la Sûreté Nationale in testa e l'appoggio del Servizio segreto e della Gendarmerie, iniziava la più grande operazione poliziesca della storia di Francia. Ben presto doveva trasformarsi nella più colossale caccia all'uomo che il paese avesse mai conosciuto, superata soltanto in seguito dalla caccia a un altro assassino. La storia di quest'ultimo rimane avvolta nel mistero, ma negli archivi della polizia esiste ancora una scheda con il suo nome di battaglia: lo Sciacallo.

La prima occasione favorevole si presentò il 3 settembre e, come capita spesso durante le operazioni di polizia, fu un banale controllo a dare dei risultati. A un posto di blocco alla periferia di Valence, sulla strada principale da Parigi a Marsiglia, gli agenti fermarono un'automobile privata con quattro uomini a bordo. Quel giorno, di auto ne avevano fermate a centinaia per controllare i documenti, ma in questo caso particolare uno dei quattro passeggeri ne risultò sprovvisto. Disse di averli perduti, e fu portato a Valence con gli altri tre per l'interrogatorio di prammatica.

A Valence si poté stabilire che tra i primi tre passeggeri e il quarto non esistevano rapporti di alcun genere: gli avevano soltanto offerto un passaggio. Vennero quindi rilasciati. Le impronte digitali del quarto uomo furono mandate a Parigi, per verificare che fosse davvero chi diceva di essere. Dodici ore dopo arrivò la risposta: le impronte digitali erano quelle di un disertore della Legione straniera, ventiduenne, e a suo carico c'erano alcune violazioni del codice militare. Tuttavia, il nome che lui aveva dato coincideva: Pierre-Denis Magade.

Magade fu condotto alla sede centrale della Police Judiciaire di Lione. Durante l'attesa in un'anticamera, prima dell'interrogatorio, uno dei poliziotti incaricati di sorvegliarlo gli domandò scherzosamente: « E allora, che cosa ci racconti di Petit-Clamart? ».

Magade si strinse nelle spalle, rassegnato. « E va bene, » rispose « che cosa volete sapere? »

Mentre i funzionari di polizia, stupefatti, lo ascoltavano, e le penne degli stenografi riempivano con un lieve fruscio un blocco di carta dopo l'altro, Magade "cantò" per otto ore. Quando finì di parlare, aveva fatto i nomi di tutti i partecipanti all'attentato di Petit-Clamart e di altre nove persone con ruoli di minore importanza nella organizzazione del complotto. In totale, ventidue congiurati. La caccia continuò, e ormai la polizia sapeva chi doveva cercare.

Alla fine soltanto uno riuscì a fuggire e a tutt'oggi non è ancora stato catturato. Georges Watin scomparve dalla circolazione, ed è opinione comune che viva in Spagna, con altri importanti personaggi dell'OAS, tra i civili che hanno abbandonato l'Algeria.

Terminati gli interrogatori, l'istruttoria contro Bastien-Thiry, Bougrenet de la Tocnaye e gli altri capi si concluse nel mese di dicembre, e il gruppo venne processato nel gennaio 1963.

Durante lo svolgimento del processo, l'OAS raccolse tutte le sue forze per un altro violentissimo attacco al governo gollista, il Servizio segreto francese rispose combattendo con ogni mezzo a sua disposizione. Dietro le gradevoli norme di vita parigina, dietro la vernice di civiltà e di cultura, si svolse una delle più amare e più sadiche guerre clandestine della storia moderna.

Il Servizio segreto francese porta il nome di Service de Documentation Extérieure et de Contre-Espionnage, ma è conosciuto più semplicemente sotto la sigla SDECE. Suoi compiti sono lo spionaggio all'estero e il controspionaggio all'interno del Paese, anche se, all'occorrenza, ciascun servizio può invadere i territori di competenza dell'altro. Il Servizio Numero Uno si occupa di spionaggio ed è suddiviso in *bureaux* indicati con l'iniziale R, che sta per Renseignement (Informazione). Queste suddivisioni sono: R.1 Analisi delle informazioni; R.2 Europa orientale; R.3 Europa occidentale; R.4 Africa; R.5 Medio Oriente; R.6 Estremo Oriente; R.7 America/Emisfero occidentale. Il Servizio Numero Due si occupa invece di controspionaggio. Il Tre e il Quattro, riuniti in un unico ufficio, comprendono la Sezione Comunismo; il Sei è dedicato alla Finanza; il Sette all'Amministrazione dello Stato.

Il Servizio Numero Cinque è definito con una sola parola:

Azione. Questo *bureau* diventò il centro della guerra contro l'OAS. Dal suo quartier generale, in un complesso di palazzi dall'aspetto anonimo a poca distanza da Boulevard Mortier vicino a Porte des Lilas, uno squallido sobborgo della periferia nord-est di Parigi, i cento uomini del Servizio d'azione scesero in campo pronti a dar battaglia. Agenti in gran parte di origine còrsa, essi rappresentavano quanto di più simile ai "duri" letterari la vita reale avesse mai creato. Portati a un altissimo livello di rendimento fisico, venivano poi mandati al campo di Satory, dove imparavano tutto quello che era necessario sapere sui vari metodi di distruzione. Diventavano esperti negli scontri all'arma bianca e senza armi, nel karaté e nello judo. Seguivano corsi speciali sulle comunicazioni radio, apprendevano i sistemi di sabotaggio, il modo di demolire e di distruggere, i metodi per condurre un interrogatorio con o senza tortura, per sequestrare una persona, per provocare un incendio doloso, per uccidere.

Qualcuno parlava solo francese, altri erano in grado di esprimersi in diverse lingue straniere e si trovavano a loro agio in ogni capitale del mondo. Avevano licenza di uccidere, e se ne servivano spesso.

Quando le attività dell'OAS aumentarono di violenza e ferocia, il generale Eugène Guibaud, direttore dello SDECE, si decise a togliere la museruola a quegli uomini e a sguinzagliarli sulle piste dell'OAS. Alcuni si arruolarono nelle file dell'organizzazione e riuscirono a presenziare a riunioni ad alto livello. Di lì si limitarono a fornire agli altri le informazioni necessarie ad agire; e molti esponenti dell'OAS, in missione in Francia o in altre zone in cui potevano essere facilmente raggiunti dalla polizia, furono fermati in base alle informazioni degli agenti infiltrati nell'organizzazione terroristica. In altri casi, persone ricercate che avevano fissato le loro sedi fuori della Francia, trovarono all'estero una morte spietata. Molti parenti di membri dell'OAS scomparsi continuarono a credere che i loro congiunti fossero stati eliminati dal Servizio d'azione.

Non che l'OAS avesse bisogno di esempi, in fatto di violenza. I suoi membri odiavano, più di qualsiasi poliziotto, gli uomini del Servizio d'azione, chiamati *barbouzes* o "barbuti", per il loro ruolo di informatori e agenti segreti. Negli ultimi giorni di lotta per il potere tra l'OAS e le autorità golliste ad Algeri, l'OAS aveva catturato vivi sette *barbouzes*. I loro corpi erano stati poi trovati appesi ai balconi e ai lampioni stradali, senza il naso e le orecchie. Così era continuata la lotta clandestina, una storia oscura di morti e di torture nel buio di qualche scantinato.

Gli altri *barbouzes* erano rimasti fuori dall'OAS, pronti a un cenno dello SDECE. Alcuni di loro, prima di arruolarsi, erano stati parte attiva del mondo della malavita e avevano conservato i rapporti con gli antichi compagni, ai quali avevano chiesto aiuto in più di un'occasione per sbrigare qualche lavoretto non precisamente pulito per il governo. Proprio questo genere di attività ha fatto parlare in Francia dell'esistenza di una certa "polizia parallela" (non ufficiale), agli ordini, si diceva, di uno degli uomini più fidati del presidente de Gaulle, Jacques Foccart. In realtà questa "polizia parallela" non è mai esistita; le attività che le sono state attribuite furono svolte dagli uomini del Servizio d'azione o dai capi di organizzazioni criminali del *milieu* temporaneamente assoldati.

I còrsi, che dominavano sia la malavita parigina e marsigliese sia il Servizio d'azione, non scherzano, in fatto di vendette; e dopo il massacro dei sette *barbouzes* della Missione C ad Algeri avevano giurato vendetta contro l'OAS. Allo stesso modo in cui i còrsi della malavita nel 1944 avevano aiutato gli Alleati durante lo sbarco nella Francia meridionale (e l'avevano fatto a proprio uso e consumo; tant'è vero che, come ricompensa, avevano ottenuto il controllo del mercato del vizio sulla Costa Azzurra), così all'inizio degli anni Sessanta essi scesero in campo in difesa della Francia per vendicarsi dell'OAS. Molti affiliati dell'OAS erano *pieds-noirs* (francesi nati in Algeria) e avevano le stesse caratteristiche dei còrsi: in alcuni momenti la guerra fu quasi fratricida.

La campagna di violenza dell'OAS si sviluppò contemporaneamente al processo di Bastien-Thiry e dei suoi compagni. La guidava l'istigatore del complotto di Petit-Clamart, rimasto dietro le quinte, il colonnello Antoine Argoud. Uscito da una delle migliori università francesi, l'Ecole Polytechnique, Argoud era dotato di buon cervello e di enorme energia. Col grado di tenente aveva combattuto agli ordini di de Gaulle per la liberazione del suo Paese dai nazisti, poi era diventato comandante di un reggimento di cavalleria ad Algeri. Piccolo di statura, segaligno e nervoso, era un soldato brillante ma spietato: dopo le operazioni del 1962, lo avevano nominato capo dell'OAS in esilio.

Esperto della guerra psicologica, Argoud aveva capito che la lotta contro la Francia gollista doveva essere condotta a tutti i livelli, col terrorismo, la diplomazia, le pubbliche relazioni. Aveva anche organizzato, come parte di questa campagna, una serie di interviste ai giornali e alla televisione in tutta l'Europa occidentale per l'ex ministro degli Esteri francese Georges Bidault, capo del Consiglio Nazionale di Resistenza (l'ala politica dell'OAS), perché spiegasse in "termini rispettabili" la loro opposizione al generale de Gaulle.

Ora Argoud si preparava a sfruttare quella brillante intelligenza che in passato lo aveva portato a essere il più giovane colonnello dell'esercito francese e che faceva di lui l'uomo più pericoloso dell'OAS. Per Bidault predispose una catena di interviste con i corrispondenti delle più importanti reti televisive e dei quotidiani, durante le quali l'anziano uomo politico riuscì a stendere un manto di decoro sopra le attività meno accettabili dei criminali dell'OAS.

Il successo di questa campagna di propaganda ispirata da Argoud allarmò il governo francese tanto quanto la tattica terroristica e l'ondata di bombe al plastico che cominciarono a esplodere nei cinema e nei caffè di tutta la Francia. Poi, il 14 febbraio fu scoperto un altro complotto per assassinare il generale de Gaulle. Il giorno successivo, il Generale aveva in programma una conferenza all'Ecole Militaire, al Champ de

Mars. Gli attentatori avevano organizzato le cose in modo che, al momento di entrare nell'atrio del palazzo, il Generale sarebbe stato colpito alla schiena da un proiettile sparato da un tiratore scelto appollaiato tra i cornicioni del palazzo adiacente.

I congiurati che, più tardi, subirono il processo per l'attentato erano Jean Bichon, un capitano di artiglieria di nome Robert Poinard e madame Paule Rousselet de Liffiac, insegnante di inglese all'Accademia militare. Esecutore materiale doveva essere Georges Watin, ma anche questa volta lo Zoppo riuscì a sfuggire alla cattura. Nell'appartamento di Poinard fu trovata una carabina con mirino telescopico, e i tre attentatori furono arrestati. Al processo si venne a sapere che si erano consultati con il sergente maggiore Marius Tho sul modo migliore di introdurre Watin armato di carabina nell'interno dell'Accademia. Il sergente maggiore si era precipitato ad avvertire la polizia. Il generale de Gaulle si presentò regolarmente, all'ora stabilita, alla cerimonia del giorno 15, ma dovette adattarsi, sia pure a malincuore, ad arrivarci su un'automobile blindata.

Il complotto era incredibilmente dilettantesco, ma de Gaulle ne rimase irritato. Il giorno seguente convocò il ministro degli Interni Frey, e quando ebbe davanti il responsabile della sicurezza nazionale, esclamò, battendo il pugno sul tavolo: « Questa storia degli attentati ha passato ogni limite! ».

Fu deciso allora di colpire qualcuno dei massimi esponenti dell'OAS per dare un esempio e convincere gli altri a desistere. Frey non aveva dubbi sull'esito del processo a Bastien-Thiry, ancora in corso alla Corte militare suprema, perché l'imputato non perdeva occasione di spiegare ai giudici i motivi per i quali, secondo lui, Charles de Gaulle doveva morire. Eppure, come deterrente, ci voleva qualcosa di più efficace.

Il 22 febbraio la copia di un promemoria inviato dal direttore del Servizio Numero Due dello SDECE (controspionaggio/sicurezza interna dello Stato) al ministro degli Interni, arrivò sulla scrivania del capo del Servizio d'azione. Eccone un estratto:

Siamo riusciti a ottenere informazioni sulle mosse di uno dei principali esponenti del movimento sovversivo, e precisamente l'ex colonnello dell'esercito francese Antoine Argoud. L'individuo in questione è riuscito a passare in Germania e sembra che voglia restarci parecchi giorni, secondo le informazioni degli agenti del Servizio segreto che là si trovano...

Data la situazione dovrebbe essere possibile raggiungere Argoud ed, eventualmente, sequestrarlo. L'operazione, diretta contro la persona di Argoud, deve essere organizzata con la massima rapidità e discrezione, in quanto la richiesta, presentata ufficialmente dal nostro Servizio di controspionaggio alle competenti organizzazioni di sicurezza tedesche, non è stata accettata. Tali organizzazioni si aspettano dunque che i nostri agenti agiscano contro Argoud e gli altri capi dell'OAS.

L'operazione fu affidata al Servizio d'azione.

Il 25 febbraio, a metà del pomeriggio, Argoud rientrava a Monaco da Roma, dove si era incontrato con altri esponenti dell'OAS. Invece di ritornare direttamente in Unertlstrasse, prese un taxi e si fece portare all'Hotel Eden-Wolff dove aveva prenotato una sala, probabilmente per una riunione. Non vi partecipò mai. Due uomini lo avvicinarono nell'atrio dell'albergo e gli rivolsero la parola in perfetto tedesco. Argoud pensò che fossero agenti della polizia locale e allungò una mano per prendere il passaporto dalla tasca interna della giacca.

Invece si sentì afferrare le braccia in una morsa, poi i due uomini lo sollevarono di peso e lo trascinarono fuori verso il furgone di una lavanderia parcheggiato lì vicino. Cercò di dibattersi e fu investito da una sequela di ingiurie in francese. Una mano gli diede un colpo secco sul naso, un'altra lo raggiunse con forza allo stomaco, un dito gli toccò un centro nervoso dietro un orecchio. Perdette subito conoscenza.

Ventiquattro ore più tardi, un telefono squillò alla Brigade Criminelle della Police Judiciaire al 36 di Quai des Orfèvres, a Parigi. Una voce rauca annunciò al sergente di turno di parlare a nome dell'OAS e che Antoine Argoud, "ben legato", si trovava all'interno di un furgone, dietro il palazzo della Brigade Criminelle. Pochi minuti dopo lo sportello del furgone venne aperto, e Argoud ne uscì barcollando, incontro ai poliziotti sbalorditi.

Non riusciva a mettere a fuoco le immagini, perché era rimasto bendato per ventiquattro ore. Dovettero aiutarlo a reggersi in piedi. Aveva la faccia coperta del sangue rappreso che gli era colato dal naso, e la bocca dolorante per il bavaglio. Quando qualcuno gli chiese: « Lei è il colonnello Antoine Argoud? » mormorò: « Sì ». Il Servizio d'azione aveva trovato il modo di portarlo clandestinamente al di là della frontiera, durante la notte, e la telefonata anonima alla polizia per un "collo" da ritirare nel parcheggio adiacente gli uffici era una dimostrazione di quale fosse il loro senso dell'umorismo. Argoud non sarebbe più stato rilasciato fino al giugno 1968.

Ma gli uomini del Servizio d'azione non avevano tenuto conto di un fatto: eliminando Argoud, nonostante lo sgomento che la notizia aveva prodotto fra le file dell'OAS, avevano aperto la strada al suo misterioso sostituto, il tenente colonnello Marc Rodin, poco conosciuto ma non meno abile di lui, il quale assunse il comando delle operazioni che avevano come scopo l'assassinio di de Gaulle. Sotto parecchi punti di vista, si rivelò un cattivo affare.

Il 4 marzo la Corte militare suprema pronunciò il verdetto contro Jean-Marie Bastien-Thiry, condannato a morte insieme con due complici. La stessa condanna ebbero altri tre attentatori, ancora latitanti, fra i quali Watin lo Zoppo. L'8 marzo il generale de Gaulle ascoltò in silenzio, per tre ore, gli appelli alla clemenza che gli rivolsero i difensori dei condannati. Poi commutò due pene di morte in carcere a vita, mentre la condanna di Bastien-Thiry venne confermata.

Quella sera stessa, l'avvocato andò a riferire al colonnello la decisione del Presidente.

« L'esecuzione è fissata per l'undici » spiegò al suo cliente, e quando questi gli sorrise incredulo, aggiunse in fretta: « La fucileranno ».

Bastien-Thiry continuò a sorridere, scuotendo la testa.

« Lei non capisce » disse all'avvocato. « Nessun plotone di soldati francesi alzerà mai i fucili contro di me. »

Si sbagliava. La notizia della sua fucilazione venne riferita in francese nel corso del giornale radio delle 8 del mattino da Radio Europa n. 1. Fu ascoltata in gran parte dell'Europa occidentale dalle persone che avevano interesse a sintonizzarsi su quella stazione. Raggiunse anche la stanza di un alberghetto austriaco, dove diede l'avvio a un succedersi di pensieri e di azioni che avrebbero portato il generale de Gaulle vicino alla morte, come mai in nessun altro momento della sua carriera politica. La stanza era quella del colonnello Marc Rodin, il nuovo capo delle operazioni dell'OAS.

2

Marc Rodin spense con uno scatto secco la radio a transistor e si alzò da tavola, lasciando quasi intatto il vassoio della prima colazione. Si avvicinò alla finestra e accese l'ennesima sigaretta, gli occhi fissi sul paesaggio incrostato di neve che la primavera tardiva non aveva ancora cominciato a sciogliere.

« Bastardi. » Mormorò appena quella parola, con calma ma invelenito, e la fece seguire da una sequela di ingiurie e di epiteti, a mezza voce, che esprimevano senza ambiguità il suo pensiero sul Presidente francese, sul suo governo e sul Servizio d'azione.

Rodin si distingueva sotto ogni aspetto dal suo predecessore. Alto e magro, la faccia cadaverica scavata dall'odio, sapeva mascherare le emozioni con una freddezza ben poco latina. Per lui non c'era stata l'Ecole Polytechnique, a facilitargli la carriera. Figlio di un ciabattino, era fuggito non ancora ventenne in Inghilterra a bordo di un peschereccio, mentre i tedeschi invadevano la Francia. E si era arruolato come soldato semplice sotto la bandiera della croce di Lorena.

La promozione da sergente a sergente maggiore se l'era conquistata nella maniera più dura, durante gli scontri sanguinosi attraverso l'Africa del Nord agli ordini di Koenig e dopo, fra le siepi della Normandia con Leclerc. Una commissione militare, al tempo della battaglia di Parigi, gli aveva consegnato sul campo i gradi di ufficiale che la sua scarsa istruzione e la classe sociale da cui proveniva non gli avrebbero mai permesso di ottenere; e nella Francia del dopoguerra aveva dovuto scegliere tra il ritorno alla vita civile e la carriera militare.

Ma il ritorno a che cosa? L'unica prospettiva era il mestiere di ciabattino, che il padre gli aveva insegnato; e Rodin aveva trovato la classe operaia del suo Paese nelle mani dei comunisti, che avevano assorbito anche la Resistenza e i Gruppi della Francia Libera. Così era rimasto nell'esercito, per assaporare più tardi l'amarezza dell'ufficiale venuto su dalla gavetta che vedeva una nuova generazione di ragazzi appena usciti dalle scuole militari, guadagnarsi con le lezioni teoriche quelle stesse promozioni per le quali lui aveva sudato sangue. E mentre osservava gli altri superarlo in rango e privilegi, si sentiva pervadere sempre più dall'amarezza.

Gli rimaneva una sola cosa da fare: raggiungere uno dei reggimenti coloniali, unirsi a quei soldati rozzi ma di prim'ordine che facevano la guerra mentre i militari di leva sfilavano sui piazzali d'esercitazione. Era riuscito a ottenere il trasferimento fra i paracadutisti coloniali.

Nel giro di un anno era diventato comandante di una compagnia in Indocina, vivendo tra uomini che parlavano e pensavano come lui. Il giovane figlio di un ciabattino le promozioni se le poteva guadagnare soltanto sul campo. Alla fine della campagna indocinese aveva il grado di maggiore e dopo un anno infelice, caratterizzato dalle delusioni, trascorso in Francia, era stato mandato in Algeria.

Il ritiro francese dall'Indocina e l'anno di frustrazioni in patria avevano trasformato la sua amarezza latente in un odio feroce verso gli uomini politici e i comunisti, che aveva cominciato a considerare alla stessa stregua. Soltanto se l'avesse governata un soldato, la Francia poteva essere strappata alla morsa dei traditori e dei leccapiedi che pullulavano nelle cariche pubbliche. Solo nell'esercito, queste due razze si erano estinte.

Come quasi tutti gli ufficiali di prima linea che avevano visto morire i loro uomini e qualche volta erano anche stati costretti a seppellire i corpi orribilmente mutilati di chi aveva avuto tanta sfortuna da essere catturato vivo, Rodin idolatrava i militari e li considerava "il sale della terra", uomini che sacrificavano se stessi nel sangue perché i borghesi potessero vivere nell'agiatezza. Sentire dai civili di casa sua, dopo otto anni di combattimenti nelle foreste indocinesi, che la gente se ne infischiava dell'esercito, leggere le denunce ai militari da parte degli intellettuali di sinistra su questioni di lana caprina come le torture ai prigionieri, aveva scatenato in Marc Rodin una reazione che, aggiunta all'amarezza per le proprie scarse occasioni, l'aveva portato al fanatismo.

Niente poteva intaccare la sua certezza che l'esercito avrebbe potuto battere i vietminh con gli opportuni appoggi da parte delle autorità civili locali e del governo, e con l'opinione pubblica favorevole in patria. La cessione dell'Indocina aveva tradito profondamente la causa di tutti quei giovani coraggiosi che erano morti laggiù – inutilmente, a quanto pareva. Per Rodin, non dovevano più esserci altri tradimenti. E l'Algeria poteva dimostrarlo. Quando aveva lasciato la spiaggia di Marsiglia, nella primavera del 1956, era felice come non mai, convinto che le lontane colline algerine avrebbero visto l'adempimento di quello che considerava il vero compito della sua vita, l'apoteosi dell'esercito francese agli occhi del mondo.

Nei primi due anni di feroci e accaniti combattimenti, ben poco di quello che era successo avrebbe potuto far vacillare le sue convinzioni. Certo non era facile debellare i rivoltosi, come aveva creduto in principio: per quanti fellagha i suoi uomini uccidessero, per quanti villaggi fossero rasi al suolo, per quanti terroristi dell'FLN [1] morissero sotto le torture, la ribellione si era estesa fino a invadere le campagne e a divorare le città.

C'era bisogno di maggior sostegno dalla madrepatria, naturalmente. Qui, almeno, non avevano ragione di sussistere le discussioni sulla guerra in un angolo lontano e sperduto

[1] FLN: Front de Libération Nationale. [*N.d.T.*]

dell'Impero. L'Algeria era Francia, parte della Francia, abitata da tre milioni di francesi. Bisognava combattere per l'Algeria come per la Normandia, la Bretagna, le Alpi Marittime. Quando aveva ottenuto il grado di tenente colonnello, Marc Rodin si era spostato dal *bled* nelle città, prima a Bona poi a Costantina.

Nel *bled* aveva combattuto le truppe dell'ALN [1], soldati irregolari ma pur sempre combattenti. Tuttavia il rancore provato verso di loro era paragonabile all'odio che aveva cominciato a divorarlo al suo primo contatto con la guerra torbida e clandestina nelle città, una guerra fatta di bombe al plastico nascoste dagli addetti alle pulizie nei caffè frequentati dai francesi, nei supermarket, nei parchi di divertimenti. Le misure adottate da lui per ripulire Costantina dalla marmaglia che collocava queste bombe fra i civili francesi gli erano valse, nella Casbah, l'appellativo di Macellaio.

Per liquidare una volta per tutte l'FNL e il suo esercito, l'ALN, mancavano solo aiuti da Parigi. Come la maggior parte dei fanatici, Rodin, arroccato sulle sue posizioni, non era in grado di vedere la realtà. I costi bellici in continuo aumento, l'economia francese in difficoltà per il peso di una guerra dove la vittoria appariva sempre più lontana, il morale basso dei coscritti, per lui erano tutte inezie.

Nel giugno 1958 il generale de Gaulle ritornava al potere in Francia con la carica di Primo Ministro e fondava la Quinta Repubblica dopo aver liquidato la Quarta, corrotta e incerta. Quando egli aveva pronunciato la frase: "*Algérie Française*" che, ripetuta ormai da tempo dai generali, doveva riportarlo al Matignon e poi, nel gennaio 1959, all'Eliseo, Rodin si era chiuso nella propria camera e aveva pianto. E quando de Gaulle aveva visitato l'Algeria, la sua presenza era stata per lui la discesa di Giove dall'Olimpo. Il nuovo corso, non c'era alcun dubbio, stava per avere inizio. I comunisti sarebbero stati spazzati via dalle loro cariche, Jean-Paul Sartre fucilato

[1] ALN: Armée de Libération Nationale. [*N.d.T.*]

per tradimento, i sindacati costretti a sottomettersi, e alla fine l'incondizionato ed entusiastico appoggio della Francia ai suoi figli d'Algeria e all'esercito che difendeva le frontiere della civiltà francese non si sarebbe fatto aspettare.

Rodin era sicuro di questo, come del sorgere del sole a oriente. Quando de Gaulle aveva preso i primi provvedimenti per risollevare le sorti della Francia seguendo una linea politica del tutto personale, Rodin aveva pensato che doveva esserci un errore. Al Vecchio, bisognava lasciare il tempo necessario per organizzarsi. Quando si erano diffuse le prime voci di una serie di colloqui preliminari con Ben Bella e l'FLN, Rodin aveva rifiutato di crederci. E sebbene non nascondesse la sua solidarietà con la rivolta dei residenti guidata da Big Jo Ortiz nel 1960, era rimasto ancora del parere che gli scarsi progressi registrati nella lotta senza quartiere contro i fellagha fossero soltanto una manovra tattica di de Gaulle. *Le Vieux*, ne era certo, doveva ben sapere quello che faceva. Non aveva forse pronunciato lui le auree parole "*Algérie Française*"?

Quando erano giunte le prove che dimostravano senz'ombra di dubbio che l'idea di Charles de Gaulle di una Francia risorta non includeva un'Algeria francese, il mondo di Rodin si era disintegrato come un vaso cinese frantumato da un maglio. La fede e la speranza, la fiducia e il conforto, tutto si era dissolto nella frazione di un secondo. Gli era rimasto soltanto l'odio. Odio per il sistema, per gli uomini politici, per gli intellettuali, per gli algerini, per i sindacati, per i giornalisti, per gli stranieri; ma soprattutto odio per Quell'Uomo. Rodin aveva guidato il suo battaglione nel putsch militare dell'aprile 1961: solo pochi pavidi avevano rifiutato di seguirlo.

Il colpo era fallito. Con una sola semplice mossa, ma tanto astuta da mettere fuori causa i suoi nemici, de Gaulle aveva sventato il putsch prima che potesse realizzarsi. Nessuno degli ufficiali aveva avuto un attimo di perplessità, quando migliaia di radio a transistor erano state destinate alle truppe, nelle settimane precedenti l'annuncio delle trattative con l'FLN.

Quelle radio erano considerate un innocuo passatempo per i soldati, e molti ufficiali e sottufficiali avevano approvato l'idea. La musica che arrivava dalla Francia costituiva una piacevole distrazione per i ragazzi e faceva dimenticare il caldo, le mosche, la noia.

La voce di de Gaulle non era però altrettanto innocua. Quando la fedeltà dell'esercito era stata infine messa alla prova, decine di migliaia di soldati in tutte le caserme dell'Algeria avevano ascoltato le notizie attraverso quelle radio. E dopo le notizie era arrivata anche a loro la stessa voce che Rodin aveva ascoltato nel giugno 1940. E più o meno lo stesso messaggio. « Siete chiamati a decidere a chi essere fedeli. Io sono la Francia, lo strumento del suo destino. Seguitemi. Obbeditemi. »

Qualche comandante di battaglione si era trovato intorno, al suo risveglio, soltanto un pugno di ufficiali e di sergenti.

Rivolta e illusioni erano cadute, a causa della radio. Rodin era stato più fortunato di tanti altri: centoventi uomini tra ufficiali, sottufficiali e soldati erano rimasti con lui. Questo perché la sua unità aveva la più alta percentuale di veterani, combattenti delle guerre in Indocina e nel *bled* algerino. Rodin, assieme agli altri aderenti al putsch, aveva fondato l'Organisation de l'Armée Secrète, che aveva giurato di far cadere il giuda dell'Eliseo.

Tra l'FLN trionfante e l'esercito francese rimasto fedele, c'era ancora il tempo necessario per un'orgia di distruzione. Nel giro di sette settimane, mentre i coloni e i residenti francesi liquidavano per un compenso irrisorio quanto avevano creato con il lavoro di tutta una vita e abbandonavano precipitosamente la costa dilaniata dalla guerra, l'Armée Secrète aveva eseguito l'ultima atroce vendetta su quello che doveva lasciarsi alle spalle. E alla fine, per i suoi capi, i nomi dei quali erano conosciuti dalle autorità golliste, era rimasto soltanto l'esilio.

Rodin era diventato l'assistente di Argoud nella direzione delle operazioni dell'OAS in esilio, durante l'inverno del 1961.

Argoud rappresentava il talento, il genio, l'ispirazione, dietro l'offensiva che l'OAS avrebbe lanciato, da quel giorno in poi, sul territorio francese; Rodin aveva la capacità organizzativa, l'astuzia, l'acuto buon senso. Se fosse stato semplicemente un fanatico, avrebbe potuto dimostrarsi pericoloso, senza diventare un personaggio d'eccezione. All'inizio degli anni Sessanta ce n'erano molti altri dello stesso calibro, che trasportavano di nascosto le armi per l'OAS. Ma lui era qualcosa di più. Il vecchio ciabattino aveva messo al mondo un figlio fornito di un cervello pensante, che non aveva subìto l'impronta dell'educazione militare più conformista. Rodin si era formato da solo, secondo il proprio istinto.

Se entravano in gioco i suoi sentimenti nei confronti della Francia e dell'onore dell'esercito, Rodin era un fanatico come tutti gli altri; ma se era costretto ad affrontare un problema puramente pratico, sapeva utilizzare una concentrazione pragmatica e logica molto più efficace di ogni mutevole entusiasmo e di qualsiasi inutile violenza.

Ed era stata proprio questa capacità di concentrazione a tornargli utile, la mattina dell'11 marzo, per affrontare il problema dell'attentato a Charles de Gaulle. Non era tanto sciocco da pensare che si trattasse di una faccenda semplice; al contrario, il fallimento di Petit-Clamart e dell'Ecole Militaire, nei due tentativi precedenti, la rendeva ancor più difficile. E la difficoltà non stava nel reperire gli assassini: il problema era piuttosto quello di scovare un uomo o un piano che possedessero quel particolare elemento di originalità necessario a penetrare il baluardo di sorveglianza che era stato creato a cerchi concentrici attorno alla persona del Presidente.

Cominciò ad elencare metodicamente, nel proprio cervello, le difficoltà. Per un paio d'ore, fumando senza interruzione davanti alla finestra in mezzo a una densa cortina di fumo azzurrognolo, le esaminò una dopo l'altra e poi cercò di studiare un piano con cui demolirle o aggirarle. Ogni progetto sembrava realizzabile e resisteva a buona parte delle critiche alle quali lo sottoponeva, ma finiva sempre per crollare alla prova dei fatti. Da quella catena di pensieri era emerso un elemento che sembrava virtualmente insormontabile: la questione della sorveglianza intorno al Presidente.

Non erano più i tempi di Petit-Clamart. L'infiltrazione del Servizio d'azione nei ranghi e nei quadri dell'OAS era enormemente cresciuta, fino a raggiungere un grado allarmante. Il sequestro del suo stesso capo, Argoud, indicava fino a che punto il Servizio d'azione fosse preparato ad arrivare e a che cosa fosse disposto per poter interrogare i capi dell'OAS. Neppure la minaccia di una crisi con il governo tedesco era riuscito a fermarlo.

Mentre Argoud era sottoposto a continui interrogatori da quattordici giorni, tutto lo stato maggiore dell'OAS si era visto costretto alla fuga. Bidault aveva perduto di punto in bianco il gusto per la pubblicità e ormai non gradiva più l'idea di esporsi di persona; altri elementi del CNR [1], presi dal panico, avevano cercato asilo in Spagna, in America, in Belgio. C'era stato un vero assalto ai documenti falsi, ai biglietti di viaggio per le località più lontane.

Di fronte a questo spettacolo, il colpo accusato dai ranghi inferiori dell'organizzazione era stato molto duro. Le persone che prima, all'interno del Paese, si erano dichiarate disposte a essere di aiuto, a ospitare i ricercati, a trasportare le armi, a passare i messaggi e perfino a fornire le informazioni più preziose, se venivano chiamate al telefono riattaccavano borbottando qualche scusa.

Dopo il fallimento di Petit-Clamart e l'interrogatorio dei prigionieri, in Francia tre completi *réseaux* si erano dovuti chiudere. La polizia, seguendo le indicazioni dai suoi informatori all'interno dell'OAS, era penetrata di casa in casa, scoprendo nascondigli di armi e di munizioni; due nuovi complotti per uccidere de Gaulle erano stati soffocati sul nascere dall'improvvisa irruzione dei poliziotti nel locale dove i congiurati si riunivano per la seconda volta.

[1] CNR: Conseil National de la Résistence. [*N.d.T.*]

Mentre i membri del CNR durante le loro assemblee blateravano sulla necessità di riportare la democrazia in Francia, Rodin affrontava senza molte speranze la cruda realtà dei fatti così come era tracciata sui documenti che riempivano la borsa di cuoio appoggiata ai piedi del suo letto. L'OAS, che cominciava a veder scarseggiare i fondi, a perdere i suoi sostenitori all'interno del Paese e all'estero, a misurare la diminuzione del numero dei suoi membri e del suo credito, stava andando in pezzi di fronte al massiccio attacco dei servizi segreti e della polizia francese.

L'esecuzione di Bastien-Thiry era servita soltanto a peggiorare il morale. A quel punto, era davvero difficile trovare qualcuno pronto a collaborare con l'OAS: la faccia dei pochi uomini disposti all'operazione era incisa nella memoria di ogni poliziotto francese, e anche in quella di parecchi milioni di cittadini. Qualsiasi nuovo progetto che richiedesse molti preparativi e il coordinamento di vari gruppi, sarebbe "saltato", prima che l'assassino riuscisse a mettersi in azione.

A chiusura dei suoi pensieri Rodin mormorò: « Un uomo che nessuno conosca... ». Fece passare l'elenco delle persone che, in base alle sue informazioni, non avrebbero esitato ad assassinare un presidente. Ma per ognuna di loro esisteva un dossier alto come una Bibbia, negli archivi del quartier generale della polizia francese. Per quale altra ragione, lui, Marc Rodin, se ne stava nascosto in uno sperduto villaggio fra le montagne austriache?

Poco prima di mezzogiorno, trovò la risposta che cercava. L'accantonò per un momento, ma poi ci tornò sopra con una curiosità sempre più insistente. Se fosse stato possibile raggiungere un uomo del genere... se soltanto fosse esistito! Lentamente, faticosamente elaborò un altro piano, basato su una tale immagine d'uomo, e poi lo sottopose a una serie di obiezioni e di ostacoli. Furono tutti superati, perfino la questione della sorveglianza attorno al Presidente.

Mancava poco all'ora del pranzo quando Marc Rodin si infilò il cappotto e scese al pianterreno. Alla porta d'ingresso, il primo contatto con il vento gelido che spazzava la strada ghiacciata lo fece indietreggiare, ma servì a liberarlo dal mal di testa provocato dalle troppe sigarette. Rodin voltò a sinistra e si incamminò, la testa incassata tra le spalle, verso l'ufficio postale in Adlerstrasse, da dove spedì una serie di concisi telegrammi ai suoi colleghi sparsi sotto falso nome nella Germania meridionale, in Austria, in Italia e in Spagna, per informarli che non sarebbe stato rintracciabile nelle settimane successive perché partiva per una missione.

Mentre ritornava alla pensioncina dove aveva preso alloggio, camminando controvento, gli balenò il sospetto che qualcuno potesse interpretare il testo del telegramma come l'annuncio della sua fuga per non correre il rischio di essere sequestrato o addirittura ucciso dal Servizio d'azione. Si strinse nelle spalle. Pensassero pure quello che volevano, i tempi delle spiegazioni erano finiti.

Alla pensione, scelse i piatti della Stammkarte, che quel giorno proponeva *Eisbein* e spaghetti. Benché anni e anni di vita nella giungla e nelle zone più aspre e selvagge dell'Algeria gli avessero fatto perdere ogni gusto per il cibo, trovò una certa difficoltà a inghiottirlo. A metà del pomeriggio, dopo aver fatto i bagagli e pagato il conto, partiva per la sua missione solitaria alla ricerca di un uomo, o più precisamente di un tipo particolare di uomo, che forse neppure esisteva.

Mentre Rodin saliva sul treno, un Comet 4B della BOAC, provenienza Beirut, si preparava ad atterrare sulla pista Zero-Quattro dell'aeroporto di Londra. Tra i passeggeri in arrivo, che sfilarono attraverso l'atrio, c'era un inglese alto e biondo. La sua faccia mostrava gli effetti benefici del sole del Medio Oriente. Si sentiva rilassato e perfettamente in forma, dopo aver sperimentato per due mesi gli innegabili piaceri offerti dal Libano e quello, per lui ancora più grande, di assistere al trasferimento di una cospicua somma di denaro da una banca di Beirut a un'altra in Svizzera.

Lontano, nella sabbia dell'Egitto, c'erano i corpi di due

tecnici tedeschi specializzati nella costruzione di missili, ognuno con un nitido foro di pallottola nella spina dorsale, sepolti già da tempo dalla polizia egiziana furiosa per la beffa subìta. La loro morte avrebbe contribuito a ritardare di parecchi anni la realizzazione del missile Al Zafira di Nasser, e un miliardario sionista di New York poteva ritenersi soddisfatto di aver speso bene i suoi soldi. Dopo aver passato la dogana senza alcuna difficoltà, l'inglese prese un taxi e si fece portare al suo appartamento in Mayfair.

Ci vollero novanta giorni, prima che Rodin terminasse le sue ricerche. I risultati erano raccolti in tre smilzi dossier, chiusi nella borsa di cuoio che lui non abbandonava un istante. Verso la metà di giugno, rientrò in Austria e prese alloggio in un alberghetto, la Pension Kleist in Brucknerallee a Vienna.

Dall'ufficio della Posta centrale della città spedì due laconici telegrammi – uno a Bolzano e un altro a Roma – con i quali convocava i suoi più fidati luogotenenti a una riunione nella sua camera d'albergo a Vienna. I due uomini arrivarono nel giro di ventiquattro ore. René Montclair su una macchina noleggiata a Bolzano, André Casson in volo da Roma. Avevano viaggiato tutti e due con nomi e documenti falsi, perché i "residenti" dello SDECE in Italia e in Austria avevano riservato loro un posto di rilievo nell'elenco delle persone alle quali davano la caccia e stavano spendendo parecchio denaro per pagare agenti e informatori ai posti di confine e negli aeroporti.

André Casson fu il primo ad arrivare alla Pension Kleist, con sette minuti di anticipo sull'ora stabilita – le 11. Aveva ordinato all'autista del taxi di farlo scendere all'angolo di Brucknerallee e si era fermato qualche secondo ad aggiustarsi il nodo della cravatta davanti alla propria immagine riflessa nella vetrina di un fiorista, prima di entrare rapidamente nell'atrio del piccolo albergo. Rodin, come al solito, vi alloggiava sotto un nome falso, scelto tra i venti che solo gli amici più vicini e fidati conoscevano. I due uomini avevano ricevuto il telegramma a firma "Schulz", il nome di codice di Rodin per un arco di una ventina di giorni da quella data.

« *Herr Schulz, bitte?* » domandò Casson, fermandosi al banco dell'ingresso. L'impiegato consultò il registro dei clienti.

« Stanza sessantaquattro. Il signore è atteso? »

« Sì, certo » rispose Casson e si diresse verso le scale. Raggiunse il pianerottolo del primo piano e proseguì alla ricerca della camera 64. Era a metà corridoio, sulla destra. Casson stava per bussare, quando qualcuno, alle sue spalle, gli afferrò la mano, all'improvviso. Si voltò e si trovò a fissare una faccia dai lineamenti marcati, le guance ombreggiate dalla barba. Gli occhi, sotto l'unica striscia folta di peli neri, ricambiarono il suo sguardo, senza alcuna curiosità. L'uomo l'aveva seguito, uscendo da una nicchia nella parete, qualche passo più indietro. Non aveva fatto il minimo rumore, anche se la stuoia che copriva il pavimento era piuttosto sottile.

« *Vous désirez?* » domandò il gigante con voce incolore. Ma la morsa sul polso destro di Casson non diminuì di forza.

Per un attimo, Casson sentì lo stomaco contrarglisi, mentre pensava alla rapidità con la quale Argoud era stato prelevato dall'Hotel Eden-Wolff, quattro mesi prima. Poi riconobbe l'uomo: era un polacco, un legionario che aveva fatto parte della compagnia comandata da Rodin in Indocina e nel Vietnam. E gli venne anche in mente che Rodin, di tanto in tanto, si serviva di Viktor Kowalski per qualche incarico particolare.

« Viktor, ho un appuntamento con il colonnello Rodin » rispose a bassa voce. Le sopracciglia di Kowalski si aggrovigliarono ancora di più, a sentir menzionare il proprio nome e quello del padrone. « Sono André Casson. » Kowalski rimase impassibile. Fece un passo in avanti e bussò con la mano sinistra alla camera 64.

Dall'interno, una voce rispose: « *Oui* ».

Kowalski si accostò al pannello di legno della porta.

« C'è un ospite » borbottò, e la porta si aprì di qualche

millimetro. Rodin sbirciò attraverso lo spiraglio, prima di spalancarla completamente.

« Mio caro André, mi dispiace. » Poi fece un cenno a Kowalski. « Va tutto bene, caporale. Aspettavo quest'uomo. »

Il polso destro di Casson fu di nuovo libero, ed egli entrò nella stanza. Rodin scambiò ancora qualche parola con Kowalski, poi richiuse la porta. Il polacco ritornò al suo posto di guardia, nel corridoio.

Rodin strinse la mano di Casson e lo invitò a sedersi in una delle due poltrone davanti alla stufa a gas. Benché fosse la metà di giugno, il tempo non era bello: fuori cadeva una pioggia sottile e gelata, e i due uomini erano abituati al sole caldo dell'Africa del Nord. La stufa funzionava al massimo. Casson si tolse l'impermeabile e si sedette.

« Di solito non prendi precauzioni di questo genere, Marc » osservò.

« Non si tratta tanto di me » rispose Rodin. « Se dovesse succedere qualche cosa, io so benissimo come cavarmela. Ma dovrei prima liberarmi dei documenti. » Indicò lo scrittoio sotto la finestra, dove c'era un grosso fascicolo di carte vicino alla borsa di cuoio. « Per questo mi sono portato Viktor. Qualsiasi cosa succeda, il suo intervento mi concederebbe almeno sessanta secondi, sufficienti a distruggere quelle carte. »

« Devono essere importanti. »

« Può darsi, può darsi. » Nonostante la situazione, la voce di Rodin risuonò compiaciuta. « Ma aspetteremo René, prima di parlarne. Gli ho dato appuntamento alle undici e un quarto, per non farvi arrivare qui a pochi secondi di distanza l'uno dall'altro. Viktor diventa nervoso, quando ci sono in giro troppe persone che non conosce. »

Rodin si concesse uno dei suoi rari sorrisi, al pensiero di quello che sarebbe potuto succedere se Viktor fosse diventato nervoso e si fosse messo a usare la pesante Colt che teneva sotto l'ascella sinistra. Bussarono alla porta. Rodin attraversò la stanza. « *Oui?* »

Questa volta gli rispose la voce di René Montclair, nervosa e roca.

« Marc, per favore... »

Rodin spalancò la porta. Nel corridoio c'era Montclair, schiacciato dalla gigantesca figura del polacco. Il braccio sinistro di Viktor circondava il petto del contabile, inchiodandogli le braccia contro i fianchi.

« *Ça va, Viktor,* » mormorò Rodin alla sua guardia del corpo, e Montclair venne lasciato libero. Entrò in fretta nella stanza e rispose con una smorfia a Casson che ridacchiava dalla sua poltrona. La porta venne chiusa di nuovo, e Rodin ripeté le sue scuse.

Montclair gli andò incontro, e i due si strinsero la mano. Si era tolto l'impermeabile, e sotto aveva un abito grigio scuro un po' stazzonato, di pessimo taglio, che lui indossava con una certa sciattezza. Come molti uomini che avevano fatto parte dell'esercito ed erano quindi abituati all'uniforme, sia lui sia Rodin non avevano mai imparato a vestire con eleganza.

In qualità di ospite, Rodin si preoccupò che Montclair e Casson sedessero sulle uniche poltrone della camera. Per sé scelse la sedia dietro il tavolo che gli serviva da scrivania. Dal comodino vicino al letto prese una bottiglia di cognac francese e la sollevò con aria interrogativa. Gli altri assentirono con un cenno. Rodin versò una dose abbondante in tre bicchieri e ne tese due a Montclair e a Casson, che bevvero d'un sorso lasciando che il liquore sciogliesse il gelo accumulato durante il viaggio.

René Montclair, appoggiato alla testata del letto, era basso e corpulento; come Rodin, era un ufficiale di carriera dell'esercito. Ma, a differenza di Rodin, non aveva comandato una compagnia di combattimento. Aveva trascorso buona parte della sua vita nei servizi amministrativi e durante gli ultimi dieci anni aveva lavorato nell'ufficio contabilità della Legione straniera. Era il tesoriere dell'OAS dalla primavera del 1963.

André Casson era l'unico civile. Piccolo di statura, accurato e preciso, vestiva ancora come un direttore di banca – era stata quella la sua professione in Algeria. Fungeva da coordinatore delle operazioni clandestine dell'OAS-CNR in territorio francese.

Tutti e due, come Rodin, erano fautori della linea d'azione più dura e violenta e passavano per persone spietate, perfino all'interno dell'OAS. Però agivano così per ragioni del tutto diverse. Montclair aveva avuto un figlio che tre anni prima, diciannovenne, era partito per il servizio militare in Algeria, quando lui dirigeva l'ufficio contabilità della base della Legione straniera alla periferia di Marsiglia. Il maggiore Montclair non aveva mai più rivisto il figlio: il suo cadavere era stato seppellito nel *bled* da una pattuglia della Legione, che aveva occupato il villaggio dove il giovane era stato tenuto prigioniero dai guerriglieri. In seguito, Montclair aveva sentito descrivere nei minimi particolari quello che era stato fatto al ragazzo. Niente resta segreto a lungo nella Legione. La gente parla.

Per quanto riguardava André Casson, le ragioni erano più complesse. Nato in Algeria, aveva dedicato tutta la sua vita al lavoro, alla casa e alla famiglia. La banca dove era impiegato aveva la sede centrale a Parigi, e anche con la perdita dell'Algeria lui non avrebbe corso il rischio di rimanere senza lavoro. Ma quando, nel 1960, i coloni francesi si erano rivoltati, si era unito a loro ed era diventato uno dei massimi esponenti del movimento a Costantina, la sua città. Comunque, era riuscito a conservare l'impiego, ma mentre gli uomini d'affari liquidavano ogni loro proprietà per trasferirsi in Francia, si era reso conto che i bei giorni della presenza francese in Algeria erano finiti. Dopo l'ammutinamento dell'esercito, Casson, esasperato dalla nuova politica gollista e dalla miseria dei piccoli proprietari terrieri e dei commercianti che abbandonavano il paese per rifugiarsi al di là del mare in un'altra patria estranea alla maggior parte di loro, aveva aiutato un gruppo dell'OAS a rapinare trenta milioni di franchi dalla banca dove lavorava. La sua complicità con i ladri era stata notata da un vice cassiere, che l'aveva denunciato. Così, Casson non aveva avuto altra scelta che mandare la moglie e i due bambini a Perpignano, in casa dei parenti di lei, ed entrare nelle file dell'OAS. Qui era diventata molto preziosa la sua conoscenza personale di migliaia di simpatizzanti dell'organizzazione che ormai vivevano in Francia.

Marc Rodin andò a sedersi alla scrivania e guardò per un attimo gli altri due. Questi ricambiarono l'occhiata incuriositi, ma senza fare domande.

Rodin li informò sulla situazione, concentrandosi poi sulla lista crescente di fallimenti e di sconfitte registrate dall'OAS a causa del Servizio segreto francese. I suoi ospiti fissavano il pavimento, con aria tetra.

« Dobbiamo affrontare la realtà. Negli ultimi quattro mesi abbiamo subìto tre colpi molto duri. Il tentativo di liberare la Francia dal dittatore, fallito all'Ecole Militaire, è l'ultimo di una serie di attentati dello stesso genere che molto spesso hanno abortito prima ancora di vedere la luce. Solo due volte i nostri uomini sono riusciti ad arrivare alla distanza di uno sputo da lui, ma errori elementari di pianificazione o di esecuzione hanno deluso le aspettative di noi tutti. È inutile addentrarci nei dettagli, li conoscete bene quanto me.

« Il sequestro di Antoine Argoud ci ha privati di uno dei nostri capi più in gamba, e malgrado la sua lealtà alla causa, non ci può essere dubbio che, con gli attuali metodi d'interrogatorio, droghe comprese, la sicurezza dell'intera organizzazione ha ricevuto un duro colpo. Antoine Argoud sapeva tutto quello che c'era da sapere, e adesso noi dobbiamo ricominciare quasi da zero. Ecco perché ci troviamo seduti in questa camera d'albergo, e non nel nostro quartier generale di Monaco.

« Ma perfino partire da zero non sarebbe una così grande tragedia, se in quest'ultimo anno la situazione per noi non fosse tanto peggiorata. L'anno scorso, potevamo contare su migliaia di volontari entusiasti e ispirati dall'amor di patria. Non è così facile, adesso. L'uccisione di Jean-Marie Bastien-Thiry non servirà certo a darci una mano. Non li condanno poi troppo, i nostri simpatizzanti. Avevamo promesso loro dei risultati e non abbiamo mantenuto l'impegno. È loro diritto aspettarsi risultati, non parole. »

« D'accordo, d'accordo. Ma dove vuoi arrivare? » intervenne Montclair. Sia lui sia Casson sapevano che Rodin aveva ragione. Montclair si rendeva conto meglio di chiunque altro che i fondi raccolti con gli assalti alle banche algerine venivano spesi per mantenere operante e attiva l'organizzazione e che i contributi degli industriali della destra rappresentavano una fonte in via di prosciugamento. Soltanto pochi giorni prima, alle sue richieste di sovvenzioni era stato fatto fede con sdegno malcelato. Casson sapeva che i suoi contatti con il movimento clandestino in Francia diventavano più fragili di settimana in settimana, che le case "sicure" erano perquisite di continuo e che dal giorno della cattura di Argoud, molti amici di un tempo li avevano privati del loro appoggio. L'esecuzione di Bastien-Thiry poteva soltanto accelerare questo processo. Il résumé fatto da Rodin non era altro che la pura verità, comunque non era certo piacevole da ascoltare.

Rodin continuò, come se non ci fosse stata alcuna interruzione.

« Al momento attuale, l'obiettivo primo della nostra causa, e cioè l'idea di liberare la Francia eliminando il Grande Zohra, è diventato praticamente irrealizzabile, servendoci dei mezzi tradizionali. Eppure senza questo successo, ogni altro programma futuro è destinato inevitabilmente ad abortire. Non me la sento più di sacrificare altri giovani patrioti a progetti che nel giro di qualche giorno vengono a conoscenza della Gestapo francese. Per dirla in poche parole, ci sono troppe spie, troppi apostati, troppi dissidenti.

« La polizia segreta ha saputo sfruttare questo suo vantaggio e si è infiltrata così profondamente nel movimento che le delibere prese perfino nel corso delle nostre riunioni a più alto livello sono trapelate. È come se conoscessero, in ogni circostanza e con una tempestività che ha dell'incredibile, le nostre intenzioni, i nostri piani, la nostra gente. Certo non è una realtà comoda da affrontare, ma io sono convinto che, se non l'affrontiamo, continueremo a vivere di assurde illusioni.

« Secondo me c'è un solo modo di raggiungere il nostro obiettivo principale, l'uccisione di Zohra. Soltanto agendo in una determinata maniera scavalcheremo l'intera rete di spie e di agenti, metteremo in difficoltà la polizia segreta e la costringeremo a far fronte a una situazione nuova, praticamente incontrollabile anche se qualche notizia dovesse trapelare. »

Di scatto, Montclair e Casson alzarono la testa. Un silenzio di morte scese nella stanza, rotto soltanto dal ticchettio irregolare della pioggia contro i vetri della finestra.

« Se ammettiamo che la mia valutazione dei fatti è, per nostra disgrazia, aderente alla realtà, » continuò Rodin « dobbiamo anche ammettere che al momento attuale, la polizia segreta conosce quanto noi gli uomini in grado, per addestramento e abilità, di eliminare il Grande Zohra. Nessuno di loro può spostarsi all'interno del Paese, se non come un animale braccato, inseguito da tutte le forze di polizia e tradito dai *barbouzes* e dagli altri uccelli da richiamo infiltrati fra le nostre file. Credo che ci resti un'unica alternativa, ingaggiare una persona estranea al nostro mondo. »

Montclair e Casson lo fissarono con occhi dapprima stupiti, poi pieni di ravvivato interesse.

« Che cosa intendi, per persona estranea? » domandò infine Casson.

« È necessario che quest'uomo, di chiunque si tratti, sia uno straniero » spiegò Rodin. « Da escludere, quindi, un membro dell'OAS o del CNR. Nessun poliziotto francese deve conoscerlo, e il suo nome non deve figurare in nessun archivio di polizia. La debolezza di tutte le dittature sta nel loro essere soltanto enormi burocrazie. Quello che non compare negli archivi, non esiste. Bisogna quindi che l'assassino sia una entità sconosciuta, e quindi inesistente. Deve viaggiare con un passaporto straniero, agire e poi scomparire immediatamente, rientrando nel suo paese mentre il popolo francese insorge per sbarazzarsi della feccia che gravita intorno a de Gaulle. Comunque il successo della sua fuga non è fondamentale, perché potremmo sempre liberarlo noi, una volta raggiunto il potere. La cosa più importante è che riesca a entrare in Francia senza destare sospetti e senza essere scoperto. Per uno di noi, in questo momento, un tentativo del genere sarebbe il suicidio. »

I due uomini di fronte a lui restarono in silenzio, immersi ognuno nei propri pensieri, mentre il piano di Rodin andava prendendo forma anche nei loro cervelli.

Montclair si lasciò sfuggire un leggero sibilo.

« Un assassino professionista, un mercenario. »

« Precisamente » rispose Rodin. « È assurdo illuderci che un estraneo sia disposto a un lavoro del genere per amor nostro o per patriottismo o per chissà che diavolo d'altro. Dobbiamo assumere un vero professionista, per essere sicuri che sia dotato di abilità e freddezza. E un uomo di questo genere lavora solo per denaro. Un mucchio di denaro » aggiunse lanciando un'occhiata in direzione di Montclair.

« Ma siamo sicuri di poterlo trovare? » domandò Casson.

Rodin alzò la mano.

« Ogni cosa a suo tempo, signori. È chiaro che ci sono moltissimi particolari da prendere in considerazione. A me interessa, prima di tutto, sapere se in linea di principio accettate la mia idea. »

Montclair e Casson si guardarono. Poi tutti e due si girarono verso Rodin e annuirono lentamente.

« *Bien.* » Rodin si appoggiò allo schienale rigido della sedia. « E dato che su questo siamo tutti d'accordo, passeremo a considerare l'altro punto fondamentale per la realizzazione del nostro progetto: il problema della sicurezza. A parer mio, sono sempre meno numerose le persone al di fuori di ogni sospetto, quali possibili informatori della polizia. Con questo non voglio dire che considero traditori della causa i nostri compagni dell'OAS e del CNR: non mi sembrerebbe giusto. Ma secondo un vecchio detto, quante più persone conoscono un segreto, tanto meno sicuro quel segreto diventa. Per la nostra idea, la segretezza assoluta diventa un requisito essenziale. Di conseguenza meno persone ne sono al corrente, meglio è per noi.

« Anche all'interno dell'OAS, si sono infiltrati alcuni elementi che hanno raggiunto posti di responsabilità e continuano a riferire i nostri progetti alla polizia segreta. Un giorno penseremo anche a loro, ma oggi come oggi sono pericolosi. Tra i politicanti del CNR ce ne sono di troppo schizzinosi, o troppo rammolliti, per misurare in tutta la sua portata un progetto al quale dovrebbero aderire con entusiasmo. Non vorrei mettere a repentaglio la vita di una persona, informando anche costoro della sua esistenza, senza che ce ne sia una vera necessità.

« Ho chiamato te, René, e anche te, André, perché sono profondamente convinto della vostra lealtà alla causa e della vostra capacità di conservare un segreto. E poi, per il mio piano è necessaria la tua collaborazione, René, in qualità di tesoriere e ufficiale pagatore, per discutere il prezzo dell'ingaggio che qualsiasi assassino professionista ci chiederà. La tua collaborazione, André, sarà necessaria invece per assicurare a quest'uomo l'assistenza, all'interno della Francia, di un gruppo di persone di provata fedeltà alle quali potrà rivolgersi in caso di bisogno.

« Ma non vedo la ragione per la quale dovremmo raccontare ad altri i particolari di questo piano. Vi propongo quindi di costituire noi tre un comitato, con la completa responsabilità di questa idea, della sua progettazione, esecuzione e finanziamento. »

Seguì qualche secondo di silenzio. Poi, Montclair disse: « Vuoi dire che taglieremo fuori dal progetto l'intero Consiglio dell'OAS e tutto il CNR? Non ne saranno certo felici ».

« Non ne sapranno niente » rispose Rodin, calmo. « Se dovessimo esporre il progetto agli altri, ci vorrebbe una riunione plenaria. E basterebbe solo questo a richiamare l'attenzione dei *barbouzes,* che cercherebbero di conoscerne il motivo. Col rischio che qualche cosa trapeli al di fuori, dopo una delle due assemblee. Se decidessimo di parlare con i vari membri delle organizzazioni andandoli a cercare uno per uno, ci vorrebbero settimane anche solo per ottenere la loro approvazione all'idea. E tutti vorrebbero essere messi al corrente dei particolari di ogni stadio successivo del progetto. Li conoscete, questi maledetti politicanti e conoscete i membri dei comitati. Vogliono sapere sempre ogni cosa, per il semplice gusto di mostrarsi informati. Non fanno niente, ma basterebbe una sola parola dopo aver bevuto un po' troppo o in un momento di distrazione per mandare a monte tutto il piano.

« E poi l'approvazione dell'intero Consiglio dell'OAS e del CNR non significa certo un passo avanti, in termini concreti, ma solo aver messo al corrente della nostra idea almeno trenta persone. Se facciamo di testa nostra, assumendoci la responsabilità, e il piano fallisce, non sarà un fallimento in più a mandarci a fondo. Non mancheranno le recriminazioni, ma tutto finirà lì. Se il piano sarà coronato dal successo, saremo al potere e nessuno avrà voglia di discutere, in quei momenti. I mezzi di cui ci siamo serviti per liquidare il dittatore saranno tutt'al più argomento di disquisizioni accademiche. Allora, accettate di unirvi a me, in qualità di unici organizzatori ed esecutori dell'idea che vi ho esposto? »

Ancora una volta Montclair e Casson si scambiarono una occhiata, poi guardarono Rodin e annuirono. Era la prima volta che si trovavano con lui dopo il sequestro di Argoud, avvenuto tre mesi prima. Quando Argoud aveva raggiunto la sua posizione di comando, Rodin era rimasto tranquillamente in disparte. Adesso veniva alla ribalta e assumeva la posizione di leader che gli spettava di pieno diritto. Il capo del movimento d'azione clandestino e il tesoriere dell'organizzazione non potevano non rimanere colpiti dal suo comportamento.

Rodin li guardò, uno dopo l'altro, poi respirò profondamente e sorrise.

« Bene, » disse « ora occupiamoci dei particolari. L'idea di ingaggiare un assassino professionista mi è venuta per la prima volta il giorno in cui la radio ha dato la notizia dell'uccisione del povero Bastien-Thiry. Da quel momento non ho fatto altro che cercare l'uomo adatto per noi. Certo, non è un'impresa facile: non sono tipi che si fanno pubblicità. Ho cominciato a cercarlo alla metà di marzo, e tutti i risultati della mia ricerca sono raccolti in questa breve documentazione. »

Mostrò, alzandoli tra le mani, i tre dossier che già prima aveva indicato ai suoi compagni. Montclair e Casson si scambiarono un'altra occhiata e continuarono a tacere. Rodin riprese il discorso.

« Penso che adesso dovreste dare un'occhiata a questi fogli, poi potremo discutere la nostra prima scelta. Da parte mia, ho già in mente un ordine di preferenza, nel caso che il primo dei tre candidati non possa o non voglia assumersi l'incarico. Esiste una sola copia dei documenti e quindi dovrete scambiarveli. »

Tese uno dei dossier a Montclair, un altro a Casson. Trattenne per sé il terzo, ma non si accinse a leggerlo. Conosceva molto bene il contenuto di quei fogli.

C'era ben poco da leggere. Il riferimento di Rodin a una "breve documentazione" era fin troppo preciso. Casson terminò per primo e, alzando gli occhi verso Rodin, fece una smorfia.

« È tutto? »

« Uomini di questo genere non diffondono ai quattro venti le notizie sulla loro vita privata » replicò Rodin. « Guarda un po' questo. » E tese a Casson il fascicolo che teneva in mano.

Pochi istanti più tardi anche Montclair aveva finito. Rodin gli allungò i fogli che Casson aveva appena letto. I due uomini si immersero di nuovo nella lettura. Questa volta fu Montclair a finire per primo. Guardò Rodin e si strinse nelle spalle.

« Be'... non ci offri molto. Anche fra i nostri ce ne sono almeno cinquanta con i requisiti di quest'uomo. Non ci mancano certo i tiratori scelti... »

Casson lo interruppe.

« Aspetta un momento, prova a leggere questo. » Scorse rapidamente l'ultima pagina, soffermandosi soprattutto sugli ultimi tre paragrafi. Poi richiuse il fascicolo e fissò Rodin. Il capo dell'OAS rimase impassibile, senza far capire quali erano le sue preferenze, e distribuì ai due compagni i fascicoli che non avevano ancora letto. Quattro minuti dopo, Montclair e Casson terminavano contemporaneamente.

Rodin raccolse i dossier e li depose sulla scrivania. Voltò la sedia e, dopo averla avvicinata alla stufa, ci si sedette sopra a cavalcioni, le braccia appoggiate allo schienale. Da quella posizione, fissò gli altri due.

« Be', ve l'avevo detto che il mercato offre poco. Ce ne saranno di sicuro altri in grado di compiere un lavoro del genere, ma senza avere accesso agli archivi di un buon servizio segreto è quasi impossibile scovarli. E con ogni probabilità, sui migliori manca qualsiasi notizia. Quindi accontentiamoci di quello che abbiamo su questi tre. Per il momento, li chiameremo il tedesco, il sud-africano e l'inglese. André? »

Casson si strinse nelle spalle. « Per me, non c'è dubbio. A quanto si può giudicare dai fatti, se sono attendibili, l'inglese batte di gran lunga gli altri due. »

« René? »

« Sono d'accordo. Il tedesco mi sembra troppo anziano e non mi pare che abbia molti precedenti nel campo della politica, tranne qualche lavoretto per i nazisti scampati, ai danni degli agenti di Israele che vorrebbero catturarli. Fra l'altro non è improbabile che i suoi motivi di rancore contro gli ebrei abbiano una radice personale, quindi non possiamo considerarlo un vero e proprio professionista. Il sud-africano può essere l'uomo ideale per massacrare gli uomini politici negri tipo Lumumba, ma c'è una bella differenza tra questo e l'infilare una pallottola in corpo al Presidente della Francia. E poi, l'inglese conosce bene la lingua francese. »

Rodin annuì lentamente. « Non pensavo che ci potessero essere dubbi. Ancor prima di aver finito di compilare queste note, la scelta mi è sembrata chiarissima. »

« Ma sei sicuro di questo anglosassone? » domandò Casson. « Ha davvero portato a termine tutte quelle missioni? »

« Anch'io sono rimasto un po' perplesso » disse Rodin. « E così ho fatto ulteriori indagini su di lui. Prove assolute non ce ne sono. Ma se ci fossero, non sarebbe certo un vantaggio per noi. Significherebbe che in tutti gli uffici di frontiera sarebbe nell'elenco degli indesiderabili. Così, invece, non esiste niente di concreto contro di lui, soltanto qualche voce. In apparenza, la sua fedina penale è candida come la neve. Anche se gli inglesi hanno qualche dubbio sulla sua "onestà", non sono mai riusciti a trovare una prova per incriminarlo. E di conseguenza, il suo nome non è mai finito negli archivi dell'Interpol. Le possibilità che gli inglesi passino informazioni su di lui allo SDECE, anche se venisse fatta una richiesta ufficiale, sono molto scarse. Sapete bene quanto si odiano. Non hanno detto neanche una parola nel gennaio scorso, quando Georges Bidault è stato a Londra. No, per il nostro genere di lavoro l'inglese ha tutti i vantaggi a eccezione di uno... »

« E cioè? » domandò subito Montclair.

« Semplice. Si farà pagare caro. Un uomo come lui può chiedere un mucchio di soldi. Come vanno le finanze, René? »

Montclair si strinse nelle spalle. « Non troppo bene. Le spese sono leggermente diminuite. Dall'epoca dell'affare Argoud tutti gli eroi del CNR si sono accampati in alberghetti modesti. Sembra che abbiano perso il gusto degli hotel con cinque stellette e delle interviste alla televisione. D'altra parte, le entrate arrivano col contagocce. Come hai detto tu, è necessario agire, o saremo costretti a chiudere per mancanza di fondi. Non si possono mandare avanti organizzazioni come la nostra a forza di chiacchiere. »

Rodin annuì con aria depressa. « Lo supponevo. Dobbiamo trovare il denaro, a qualsiasi costo. Comunque, sarebbe inutile gettarci in quest'impresa prima di sapere di quanto avremo bisogno... »

« Il che significa » intervenne Casson in tono pacato « che il primo passo è di raggiungere l'inglese e chiedergli se è disposto a fare il lavoro, e per quanto. »

« Sì, certo. Siamo tutti d'accordo, vero? » Rodin guardò a

turno i due uomini, che annuirono. Poi consultò l'orologio. « È l'una passata. Devo telefonare subito a un mio agente di Londra, per chiedergli di mettersi in contatto con quest'uomo. Se non ha difficoltà a prendere il volo di stasera per Vienna, lo potremo incontrare qui, dopo cena. Comunque, sapremo qualcosa quando il mio agente mi richiamerà. Ho ritenuto opportuno prenotarvi due stanze vicine, su questo stesso corridoio. Penso che per noi sia più sicuro restare insieme, protetti da Viktor, piuttosto che separati ma senza difesa. Nel caso che ce ne fosse bisogno, voi mi capite. »

« Eri molto sicuro del fatto tuo, vero? » domandò Casson, irritato perché le sue decisioni erano state previste a quel modo.

Rodin si strinse nelle spalle. « C'è voluto molto tempo per ottenere queste informazioni. Sarà meglio non perderne dell'altro. Se vogliamo realizzare il progetto, bisogna muoversi. »

Si alzò, e gli altri due lo imitarono. Rodin chiamò Viktor e gli disse di scendere a ritirare le chiavi delle stanze 65 e 66 e di portargliele su. Mentre aspettavano, spiegò a Montclair e a Casson: « Devo andare alla Posta centrale, per telefonare. Porterò Viktor con me. Mentre non ci sono, restate nella stessa stanza, con la porta chiusa a chiave. Per farmi riconoscere busserò tre volte, e dopo una pausa, altre due volte ».

Era il familiare tre-più-due: il ritmo delle parole "*Algérie Française*" che negli anni precedenti gli automobilisti parigini avevano suonato con i clacson per esprimere la loro disapprovazione della politica gollista.

« A proposito, » continuò Rodin « siete armati? »

I due uomini scossero la testa. Rodin andò alla scrivania e tirò fuori un massiccio MAB 9 mm., che teneva per suo uso personale. Controllò che il caricatore fosse pieno, poi lo richiuse con uno scatto. Tese l'arma a Montclair. « Conosci questo *flingue*? »

Montclair annuì. « Piuttosto bene » disse, mentre la prendeva.

Viktor ricomparve e scortò i due uomini nella camera di

Montclair. Quando tornò, Rodin stava abbottonandosi il soprabito.

« Vieni, caporale, abbiamo da fare. »

Quella sera, il Vanguard della BEA proveniente da Londra arrivò in vista dell'aeroporto Schwechat di Vienna mentre il crepuscolo cedeva alla notte. In uno dei posti di coda dell'aereo, l'inglese con i capelli biondi, seduto vicino al finestrino, guardava fuori le luci dell'aeroporto che fuggivano rapide sotto di lui. Gli procurava una sensazione piacevole vederle avvicinare sempre di più, fino a dargli la certezza che l'aeroplano avrebbe preso terra nel punto stabilito. Poi, all'ultimo momento, la distesa d'erba vagamente illuminata, i pannelli disposti sui lati della pista, le stesse luci scomparivano per essere sostituiti dal cemento nero e lucido, e alla fine, le ruote si appoggiavano sulla pista. La precisione della manovra di atterraggio lo attirava. Lui amava la precisione.

Il giovane francese dell'ufficio turistico di Piccadilly, seduto vicino a lui, lo guardò con occhi inquieti. Dalla telefonata durante l'intervallo per il pranzo, non era più riuscito a dominare il suo stato di tensione. Quasi un anno prima, mentre stava per lasciare Parigi, si era messo a disposizione dell'OAS, ma fino a quel giorno gli avevano detto soltanto di rimanere dietro alla sua scrivania nell'ufficio di Londra. Avrebbe dovuto obbedire con sollecitudine e precisione a una lettera o a una telefonata diretta a lui personalmente, ma che cominciava con "Caro Pierre...". Dal suo arrivo in Inghilterra, niente, fino a quel giorno, il 15 giugno...

La centralinista gli aveva detto che c'era una chiamata personale per lui da Vienna e poi aveva aggiunto « *En Autriche* » per distinguerla dalla cittadina francese con lo stesso nome. Un po' stupito, aveva preso il microfono, per udire una voce che diceva: « Mio caro Pierre ». C'era voluto qualche secondo, perché riuscisse a ricordare il suo nome di battaglia.

Subito dopo l'intervallo del mezzogiorno, con la scusa di un violento mal di testa, era uscito dall'ufficio, per poi raggiungere l'appartamento poco distante da South Audley Street e riferire il messaggio all'inglese che gli aveva aperto la porta. Questi non si era minimamente sorpreso che gli chiedessero di partire per Vienna, tre ore dopo. Aveva preparato tranquillamente una borsa da viaggio con il necessario per un'assenza molto breve e, poi, accompagnato dal francese, aveva preso un taxi per raggiungere l'aeroporto di Heathrow. Qui aveva tirato fuori di tasca un mazzetto di banconote, sufficienti ad acquistare due biglietti di andata e ritorno, dopo che il francese aveva detto di avere con sé soltanto il passaporto e un libretto di assegni.

Da quel momento, avevano scambiato solo poche parole. L'inglese non aveva chiesto dove sarebbero andati, una volta arrivati a Vienna, né con chi si sarebbero incontrati né per quale ragione – tanto era inutile, perché il francese non lo sapeva. Infatti, gli ordini erano di telefonare dall'aeroporto di Londra per confermare il loro arrivo con il volo della BEA e di presentarsi al banco dell'ufficio informazioni di Schwechat. Tutto questo era riuscito a innervosire "Pierre", e la calma controllata dell'inglese seduto al suo fianco, invece di migliorare la situazione, non aveva fatto che peggiorarla.

Al banco dell'ufficio informazioni dell'aeroporto mormorò il suo nome a una graziosa ragazza austriaca, che frugò nel casellario dietro di lei e gli tese un foglietto di carta marrone. Era un messaggio, con poche parole di testo: "Chiamare 61.44.03, chiedere di Schulz". Lui si voltò e si diresse verso i telefoni. L'inglese gli batté una mano sulla spalla e gli indicò la cabina con l'insegna "Wechsel".

« Avrà bisogno di spiccioli » disse in francese corretto. « Neppure gli austriaci sono così generosi. »

Il francese arrossì e si affrettò verso il banco del cambiavalute, mentre l'inglese andava a sistemarsi su uno dei divani imbottiti, disposti contro la parete, e si accendeva una sigaretta inglese col filtro. Un minuto dopo la sua guida era di ritorno, con alcune banconote e una manciata di monete austriache. Il francese trovò una cabina telefonica vuota e compose il numero. Dall'altro capo del filo, Herr Schulz gli fornì le istruzioni precise. Furono sufficienti pochi secondi, poi il telefono tacque di nuovo.

Il giovane francese tornò al divano, e l'uomo dai capelli biondi alzò gli occhi verso di lui.

« *On y va?* » domandò.

« *On y va.* » Mentre si voltava per uscire, il francese appallottolò il foglietto sul quale era scritto il numero di telefono e lo lasciò cadere sul pavimento. L'inglese lo raccolse, lo spiegò e lo avvicinò alla fiamma del suo accendisigari. Il foglietto prese fuoco in un attimo e poi scomparve, trasformato in una serie di scaglie nere dall'elegante scarpa di camoscio. Uscirono in silenzio e chiamarono un taxi.

Il centro della città era splendente di luci e a tal punto intasato di automobili che ci vollero quaranta minuti perché il taxi arrivasse alla Pension Kleist.

« Adesso, ci lasciamo. Mi è stato detto di accompagnarla fin qui, ma di farmi portare dal taxi da un'altra parte. Deve salire direttamente alla camera sessantaquattro. Qualcuno l'aspetta. »

L'inglese annuì e scese dalla macchina. L'autista si voltò con aria interrogativa verso l'altro cliente, e il francese disse: « Avanti! ». Il taxi scomparve nel traffico. L'inglese alzò gli occhi verso la scritta a caratteri gotici sulla targa che portava il nome della strada, poi verso le grosse lettere maiuscole in caratteri romani sopra l'ingresso della Pension Kleist. Infine buttò via la sigaretta fumata a metà ed entrò.

Il portiere di turno volgeva le spalle all'ingresso, ma la porta cigolò. L'inglese si diresse verso le scale, senza mostrare la minima intenzione di fermarsi al banco. Il portiere stava per chiedergli che cosa voleva, quando l'altro guardò nella sua direzione, gli fece un cenno distratto di saluto, come quello che di solito si rivolge a una persona di servizio, e disse: « *Guten Abend* ».

« *Guten Abend, Mein Herr* » rispose macchinalmente il portiere, e non aveva ancora finito di pronunciare quelle parole che il biondo era già sparito su per la scala, salendo i gradini a due a due pur senza dare l'impressione di avere fretta. Quando arrivò in cima, osservò l'unico corridoio che gli si apriva davanti. All'estremità più lontana c'era la camera 68. Facendo il conto a ritroso, stabilì quale doveva essere la 64, anche se non riusciva a leggere le cifre sulle porte.

Tra lui e la porta della camera 64 c'erano almeno sette metri di corridoio: sulla parete alla sua destra si aprivano altre due porte, prima di arrivare alla 64, e a sinistra c'era una piccola nicchia parzialmente nascosta da un tendaggio di velluto rosso appeso a un'asta di ottone annerito.

L'inglese la studiò con attenzione. Sotto il tendaggio, che terminava a pochi centimetri dal pavimento, si intravedeva la punta di una scarpa nera. Allora si voltò e ridiscese nell'atrio.

« Mi passi la camera sessantaquattro, per favore » disse l'inglese al portiere, che lo fissò per un attimo e poi ubbidì. Dopo qualche secondo si allontanò dal quadro dei telefoni interni, prese il microfono dell'apparecchio sul banco e lo passò allo sconosciuto.

« Se quel gorilla non esce dal suo nascondiglio entro quindici secondi, me ne torno a casa » disse il biondo e riattaccò. Poi si avviò di nuovo verso le scale.

Quando tornò di sopra, rimase a osservare la porta della camera 64 che si apriva. Sulla soglia comparve il colonnello Rodin, che restò immobile per un attimo fissando l'inglese e poi chiamò a bassa voce: « Viktor ». Il gigantesco polacco sbucò fuori dalla nicchia e guardò prima l'uno poi l'altro dei due uomini. « Tutto bene. Lo aspettavo » disse Rodin. Kowalski assunse un'espressione minacciosa. L'inglese si fece avanti.

Rodin lo fece passare nella camera, che aveva preso l'aspetto di un ufficio assunzioni. Lo scrittoio era diventato il tavolo da lavoro della commissione ed era ingombro di carte. Dietro c'era l'unica sedia della stanza, con accanto altre due sedie identiche, portate lì dalle camere vicine e occupate in quel momento da Montclair e Casson che osservavano con curiosità il nuovo arrivato. Non c'era invece nessuna sedia davanti alla scrivania: l'inglese si guardò intorno, scelse una delle poltrone e la spostò di fronte ai due uomini. Quando Rodin richiuse la porta, dopo aver dato nuove istruzioni a Viktor, l'inglese si era già accomodato e ricambiava gli sguardi di Casson e di Montclair. Anche Rodin andò a sedersi.

Per qualche secondo rimase in silenzio a fissare l'uomo che veniva da Londra. La prima impressione fu positiva, e Rodin era un grande conoscitore di uomini. Alto all'incirca un metro e ottanta, poco più che trentenne, di corporatura snella e atletica, l'inglese sembrava in perfetta forma fisica. Aveva la faccia abbronzata, dai lineamenti regolari abbastanza comuni da non rimanere impressi nella memoria, e teneva le mani appoggiate tranquillamente ai braccioli della poltrona. A Rodin diede l'impressione dell'uomo sempre padrone dei propri nervi. Erano gli occhi che lo lasciavano perplesso. Ne aveva visti di ogni genere, quelli umidi e miti dei deboli, quelli opachi e impenetrabili degli psicopatici e quelli vivaci e attenti dei soldati. Gli occhi dell'inglese erano spalancati e ricambiavano il suo sguardo con candore disarmante. Tuttavia l'iride punteggiata di grigio sembrava fatta di una materia impalpabile, come la nebbia di una mattina invernale che annulla i contorni delle cose. Ci volle qualche secondo perché Rodin si accorgesse che quegli occhi non avevano alcuna espressione. Non trapelava nulla dei pensieri che passavano dietro quella cortina fumogena, e Rodin si sentì cogliere da una sottile inquietudine. Come tutti gli uomini che avevano fatto carriera ancorati a sistemi e a procedure, egli non aveva simpatia per l'imprevedibile e di conseguenza per l'incontrollabile.

« Noi sappiamo chi è lei » cominciò bruscamente. « Sarà meglio che mi presenti. Sono il colonnello Marc Rodin... »

« Lo so » disse l'inglese. « Lei è il capo delle operazioni dell'OAS. Lei, invece, è il tesoriere, il maggiore René Montclair, e lei monsieur André Casson, capo del movimento clandestino sul territorio francese. » Mentre parlava, fissò uno dopo l'altro i tre uomini, e si frugò in tasca, cercando una sigaretta.

« A quanto pare, lei sa già molte cose » interloquì Casson, mentre tutti e tre lo guardavano accendersi la sigaretta. L'inglese si appoggiò di nuovo allo schienale e soffiò fuori dalla bocca la prima nuvola di fumo.

« Signori, siamo franchi. Io so chi siete voi, e voi sapete chi sono io. Tutti abbiamo un'occupazione insolita. Voi siete ricercati, mentre io sono libero di spostarmi dove voglio, senza alcuna sorveglianza. Io agisco per denaro, voi per idealismo. Ma quando si scende ai dettagli pratici siamo tutti professionisti, impegnati nel nostro lavoro. Quindi ogni schermaglia è inutile. Voi avete assunto informazioni su di me. È impossibile fare indagini di questo genere senza che la notizia arrivi presto o tardi anche all'uomo che ne è l'oggetto. Naturalmente, anch'io ho voluto sapere chi si interessava tanto a me. Poteva essere qualcuno che cercava di vendicarsi o che voleva offrirmi un lavoro. Per me era importante saperlo. Appena ho scoperto quale era l'organizzazione che si interessava alla mia persona sono stati sufficienti due giorni fra le raccolte di giornali francesi archiviate nel British Museum per informarmi su di voi e sulla vostra organizzazione. Perciò la visita del vostro giovane messaggero, questo pomeriggio, potrebbe difficilmente essere chiamata una sorpresa. *Bon*. So chi siete e chi rappresentate. Quello che mi piacerebbe sapere è che cosa volete da me. »

Seguì un lungo silenzio. Casson e Montclair diedero un'occhiata a Rodin, come per chiedergli di prendere in mano le redini della situazione. Il colonnello dei paracadutisti e l'assassino si guardarono. Rodin aveva una sufficiente esperienza di uomini violenti per capire che chi gli stava davanti era proprio l'uomo adatto. Da quel momento, Montclair e Casson diventarono parte dei mobili della stanza.

« Visto che ha già letto la documentazione disponibile, non la annoierò spiegandole i motivi che sono all'origine della nostra organizzazione, da lei ben definiti con la parola "idealismo". Noi siamo convinti che attualmente la Francia è governata da un dittatore che ha corrotto il nostro Paese e prostituito il suo nome. Noi crediamo che il suo regime potrà crollare e la Francia essere restituita ai francesi soltanto se egli morirà. Tre dei sei attentati organizzati dai nostri uomini per liquidarlo sono stati scoperti quando erano ancora in fase preparatoria, uno è stato sventato il giorno precedente a quello stabilito per l'assassinio, e due sono stati effettivamente messi in atto, ma sono falliti.

« Adesso stiamo prendendo in considerazione l'eventualità di assumere un professionista per l'esecuzione materiale del piano, ma non abbiamo ancora sviluppato la nostra idea: siamo allo stadio del puro e semplice progetto. D'altra parte non abbiamo intenzione di buttar via i nostri soldi. La prima cosa che vorremmo sapere è se esiste questa possibilità. »

Rodin aveva giocato le sue carte con molta astuzia. L'ultima frase, di cui conosceva già la risposta, accese un lampo di espressione negli occhi grigi.

« Non esiste uomo al mondo a prova di proiettile » rispose l'inglese. « Il quoziente di esposizione di de Gaulle è molto alto. Naturale, che è possibile ucciderlo. Il problema è che sono molto scarse le possibilità di cavarsela. Un fanatico pronto a sacrificarsi è sempre il mezzo migliore per eliminare un dittatore che si espone apertamente in pubblico. Noto » aggiunse con un timbro d'ironia nella voce « che nonostante tutto il vostro idealismo non siete ancora riusciti a produrre un uomo simile. Pont-de-Seine e Petit-Clamart sono falliti perché nessuno era preparato a rischiare la vita per trasformare l'attentato in un successo. »

« Ci sono patrioti francesi che anche adesso... » cominciò Casson in tono acceso, ma Rodin lo fece tacere con un gesto. L'inglese non lo degnò di un'occhiata.

« E un professionista, invece? » incalzò Rodin.

« Un professionista non opera spinto dal fanatismo e quindi è più calmo, meno esposto a commettere errori elementari. Dal momento che non è un idealista, è più difficile che all'ultimo momento gli venga il dubbio che qualcuno possa rimanere ferito nell'esplosione o in qualcosa di simile: da vero professionista, ha calcolato tutti i rischi e trovato una soluzione per ogni imprevisto. Quindi le sue probabilità di successo, sulla carta, sono maggiori. Non solo, ma il professionista non si metterà in movimento se prima non ha studiato un piano che gli consenta non soltanto di eseguire felicemente la sua missione, ma anche di potersela cavare senza guai. »

« Lei pensa che sia possibile preparare un piano che permetta a un professionista di uccidere il Grande Zohra e di cavarsela? »

L'inglese continuò a fumare per qualche secondo, guardando fuori della finestra. « In linea di principio, sì » rispose infine. « È sempre possibile, avendo il tempo sufficiente per prepararsi. Ma nel nostro caso può essere estremamente difficile. Più nel nostro caso che nella maggior parte degli altri. »

« E perché più che negli altri? » domandò Montclair.

« Perché de Gaulle è avvertito... non dell'attentato specifico, ma delle intenzioni generali. Tutti i grossi personaggi si circondano di guardie del corpo e di agenti che li proteggono, ma dopo alcuni anni senza attentati che mettano in serio pericolo la vita di un uomo importante, allora i controlli diventano superficiali, la routine è ormai meccanica e il grado di sorveglianza diminuisce. La pallottola che coglie il bersaglio arriva inaspettata e di conseguenza provoca il panico. L'assassino sfrutta questa opportunità per scomparire. Per quanto riguarda de Gaulle non ci sarà alcuna diminuzione del grado di sorveglianza, nessuna routine meccanica e se il proiettile dovesse cogliere il segno sarebbero in molti a mettersi alle calcagna dell'assassino senza farsi prendere dal panico. L'attentato potrebbe anche riuscire, ma in questo momento è una delle operazioni più difficili del mondo. Vedete, signori, non solo i vostri sforzi non sono stati coronati da successo, ma con il vostro comportamento avete anche tolto ogni possibilità a chiunque altro. »

« Nel caso che decidessimo di assumere un assassino professionista per questa operazione... » cominciò Rodin.

« Voi dovete assumere un professionista » lo interruppe l'inglese, calmo.

« E perché mai? Esistono ancora molti uomini, pronti ad agire per motivi puramente patriottici. »

« Sì, c'è sempre Watin, e Curutchet » ribatté il biondo. « E probabilmente da qualche parte, ci sono anche altri Degueldres e Bastien-Thiry. Ma voi tre non mi avete convocato qui per una chiacchierata di carattere generale sulla teoria dell'assassinio politico, e neppure perché avete accusato un'improvvisa emorragia di tiratori in gamba. Io mi trovo in questa camera perché, sia pure con un certo ritardo, vi siete scoperti d'accordo sul fatto che la vostra organizzazione pullula di agenti del Servizio segreto francese infiltrati e che ormai ben poche delle vostre decisioni rimangono a lungo segrete, e inoltre perché la faccia di ognuno di voi è stampata nel cervello di ogni poliziotto francese. Quindi avete bisogno di un outsider. E in questo vi do ragione. Se si decide di fare un lavoro del genere, solo un outsider può portarlo a termine. Due problemi, però, non hanno ancora soluzione: chi e per quanto. E adesso, signori, penso che vi sia stato concesso più tempo del necessario per esaminare la merce, vero? »

Rodin si voltò verso Montclair e sollevò un sopracciglio. Montclair annuì, e così pure Casson. L'inglese guardava fuori della finestra, senza il minimo interesse.

« Lei ucciderà de Gaulle? » domandò alla fine Rodin. Aveva parlato a bassa voce, ma la domanda parve rimbombare nella stanza. Lo sguardo dell'inglese si spostò di nuovo su di lui, e i suoi occhi tornarono a essere assolutamente inespressivi.

« Sì, ma vi costerà un mucchio di soldi. »

« Quanto? » domandò Montclair.

« Dovete capire che è un lavoro che si fa una volta sola nella vita. L'autore non potrà più lavorare. E le possibilità di restare non soltanto libero, ma sconosciuto, sono minime. Bisogna ricavare da questa unica operazione una somma sufficiente sia a vivere decorosamente per il resto dei propri giorni sia a procurarsi le protezioni necessarie contro la vendetta dei gollisti... »

« Quando avremo la Francia » disse Casson « non ci sarà scarsezza di... »

« Contanti » disse l'inglese. « Metà anticipati e l'altra metà a operazione conclusa. »

« Quanto? » domandò Rodin.

« Mezzo milione. »

Rodin guardò Montclair, che fece una smorfia. « È un mucchio di denaro, mezzo milione di nuovi franchi... »

« Dollari » disse l'inglese.

« Mezzo milione di dollari? » esclamò Montclair, balzando in piedi. « Ma lei è pazzo! »

« No, » disse l'inglese senza scomporsi « sono il migliore, e quindi il più caro. »

« Non ci sarà difficile ottenere dei preventivi più a buon mercato » ribatté Casson, con un sogghigno.

« Sì, » disse il biondo, senza manifestare la minima emozione « li potete trovare, degli uomini più a buon mercato, per scoprire in seguito che si sono presi il vostro cinquanta per cento di anticipo e sono scomparsi, o che nel migliore dei casi vengono a farvi le loro scuse spiegandovi che è impossibile compiere il lavoro. Quando assumete il migliore, lo dovete anche pagare. Il prezzo è mezzo milione di dollari. E se consideriamo che avete in programma di impadronirvi della Francia, lo valutate davvero poco questo vostro Paese. »

Rodin, che era rimasto in silenzio durante lo scambio di battute, ne approfittò per intervenire.

« *Touché*. La difficoltà, però, sta nel fatto che non abbiamo mezzo milione di dollari in denaro liquido, monsieur. »

« Sono già informato di questo » rispose l'inglese. « Ma se volete che il lavoro sia eseguito, dovrete trovare i soldi, a qualunque costo. Per quel che mi riguarda, al momento potrei anche fare a meno di lavorare. Dopo il mio ultimo incarico, ho denaro sufficiente per vivere bene parecchi anni. Ma l'idea di averne abbastanza da potermi ritirare a vita privata, è davvero attraente. E sono disposto ad assumermi rischi eccezionali, per quel compenso. I vostri amici qui presenti pretendono un compenso ancora più grande – la Francia. Eppure l'idea dei rischi li spaventa. Mi dispiace. Se non siete in grado di raccogliere la somma di cui abbiamo parlato, allora dovrete ritornare a ordire le vostre solite congiure e a vederle sventate dalle autorità, una dopo l'altra. »

Si alzò dalla poltrona, per spegnere la sigaretta che aveva acceso qualche minuto prima. Rodin si alzò con lui.

« Resti seduto, monsieur. Ci procureremo il denaro. » Entrambi ripresero i loro posti.

« Bene, » disse l'inglese, « ma ci sono pure alcune condizioni. »

« E cioè? »

« Voi avete bisogno di un outsider soprattutto perché le autorità francesi sono informate di continuo sui vostri movimenti. Quanti, nella vostra organizzazione, sono al corrente di quest'idea di assumere un outsider, anche se non sanno che sono io la persona prescelta? »

« Le tre persone presenti in questa camera, e nessun altro. L'idea mi è venuta il giorno successivo all'esecuzione di Bastien-Thiry. Da allora, mi sono impegnato di persona in tutte le ricerche necessarie. Nessun altro ne è al corrente. »

« Allora niente deve cambiare » disse l'inglese. « Ogni documento che parli delle riunioni, i dossier, il materiale d'archivio, tutto deve essere distrutto. Prove compromettenti, non ne devono restare in giro. Inoltre, dopo quello che in febbraio è capitato ad Argoud, mi considererò libero di rinunciare se uno solo di voi tre fosse arrestato. Quindi, rimarrete in un posto sicuro e con una scorta numerosa, finché il lavoro non è stato eseguito. D'accordo? »

« *D'accord.* Che altro c'è? »

« Il piano sarà mio, e così l'esecuzione. Non ne divulgherò i particolari a nessuno, neanche a voi. Insomma scomparirò. Da questo momento in poi non avrete più nessuna notizia da parte mia. Conoscete il mio indirizzo a Londra e il mio numero di telefono, ma non mi troverete più lì appena sarò pronto a muovermi.

« Ad ogni modo potrete mettervi in contatto con me a quell'indirizzo, ma soltanto in caso di emergenza. Altrimenti non avremo più alcun rapporto. Vi lascerò il nome della mia banca in Svizzera. Appena mi avranno comunicato che l'anticipo di duecentocinquantamila dollari è stato versato sul mio conto, o quando mi considererò pronto – queste due condizioni non sono dipendenti fra di loro – entrerò in azione. Non dovrò subire pressioni di nessun genere, e neppure essere soggetto ad alcuna interferenza. D'accordo? »

« *D'accord.* Ma i nostri uomini del movimento clandestino in Francia sono in grado di darle un'assistenza precisa, per tutte le informazioni che possono esserle utili. Alcuni di essi occupano posti di un certo livello. »

L'inglese prese in considerazione per un attimo questa possibilità. « Va bene. Quando siete pronti, speditemi per posta soltanto un numero di telefono. E se possibile un numero di Parigi, in modo che io possa chiamare direttamente da qualsiasi località della Francia. Non darò a nessuno il mio recapito e mi limiterò a chiedere le notizie più recenti sulla situazione della vigilanza al Presidente. La persona alla quale mi rivolgerò non dovrà conoscere il motivo della mia presenza in Francia. Ditele soltanto che sono in missione per voi e che mi serve la sua collaborazione. L'ideale è che sia al corrente del minimo indispensabile. Quindi fate in modo che il suo intervento si limiti alla raccolta di informazioni. Anche le sue fonti dovrebbero essere limitate unicamente a chi gli può passare informazioni confidenziali di una certa importanza, non le stupidaggini che posso già leggere sui giornali. D'accordo? »

« Benissimo. Lei vuole agire da solo, senza amici e senza un rifugio dove nascondersi. Vuole essere indipendente. E per i documenti falsi? Possiamo farglieli preparare da gente molto esperta. »

« Grazie, ma mi procurerò da solo tutto il necessario. »

Casson intervenne: « Ho un'organizzazione perfetta all'interno del Paese, con una struttura simile alla Resistenza durante l'occupazione nazista. Posso metterla tutta a sua disposizione ».

« No, grazie. Preferisco restare nell'anonimato più assoluto. È la mia arma migliore. »

« Ma supponiamo che qualcosa non funzioni e che lei sia costretto a darsi alla latitanza... »

« Funzionerà tutto benissimo, a meno che non capiti qualcosa a voi. Quanto a me, agirò senza mettermi in contatto con la sua organizzazione e senza che nessuno dei suoi uomini sappia della mia esistenza, monsieur Casson. E voglio che sia così, esattamente per la stessa ragione per la quale mi trovo in questa stanza: perché l'organizzazione brulica di agenti e di persone che servono solo da esca. »

Casson si controllò a fatica. Montclair fissava con aria tetra la finestra, pensando al sistema migliore per raccogliere mezzo milione di dollari in breve tempo. Rodin guardava l'inglese seduto davanti a lui.

« Calma, André. Monsieur desidera lavorare da solo. E sarà accontentato. È abituato così, lui. Un uomo che paghiamo mezzo milione di dollari non ha bisogno di essere soffocato di attenzioni, come fino a oggi abbiamo fatto con i nostri tiratori. »

« Mi piacerebbe proprio saperlo, » mormorò Montclair « come si può mettere insieme tanto denaro in così poco tempo. »

« Provate a servirvi dell'organizzazione per svaligiare qualche banca » propose l'inglese con tono indifferente.

« Ad ogni modo è un problema che riguarda noi » rispose Rodin. « Prima che il nostro ospite ritorni a Londra, ci sono altri punti da mettere in chiaro? »

« Che cosa le vieta di ricevere i primi duecentocinquantamila dollari e di scomparire? » domandò Casson.

« Ve l'ho già detto, messieurs. Voglio ritirarmi a vita privata. Non aspiro a trovarmi con mezzo reggimento di ex parà alla mia caccia. Per proteggermi, dovrei spendere più denaro di quel che ho guadagnato. E così, rimarrei a secco, molto in fretta. »

« E che cosa impedisce a noi » insistette Casson « di aspettare che l'operazione sia terminata per poi rifiutare di versarle il resto del compenso che le spetterebbe? »

« La stessa ragione » rispose l'inglese con voce tranquilla. « In tal caso mi metterei a lavorare in proprio e prenderei di mira voi tre signori. Però non credo che capiterà, vero? »

Rodin intervenne. « Be', se questo è tutto, credo che sia inutile trattenere più a lungo il nostro ospite. Oh... un'ultima cosa. Il suo nome. Se vuole conservare l'anonimato, dovrà scegliersi un nome di battaglia. Ha qualche idea? »

L'inglese ci pensò un momento. « Visto che abbiamo parlato di caccia; se mi facessi chiamare Sciacallo? Può andare? »

Rodin annuì. « Certo, andrà bene. Anzi, direi che come soprannome non mi dispiace. »

Accompagnò l'inglese alla porta e gliela aprì. Viktor uscì dal suo nascondiglio, per avvicinarsi. Per la prima volta, Rodin sorrise e tese la mano all'assassino. « Ci metteremo in contatto con lei nel modo stabilito, appena possibile. Intanto, perché non comincia a studiare il progetto nelle linee generali, in modo da non perdere troppo tempo? Bene. Allora *bonsoir*, signor Sciacallo. »

Il polacco osservò l'ospite allontanarsi in silenzio come era venuto. L'inglese trascorse la notte all'albergo dell'aeroporto e la mattina seguente prese il primo aereo per Londra.

Alla Pension Kleist, Rodin fronteggiò l'attacco di Casson e Montclair, fatto di domande inutili e di tardivi ripensamenti. I due uomini erano rimasti sconvolti da quanto avevano visto e sentito in quelle tre ore, dalle nove a mezzanotte.

« Mezzo milione di dollari » continuava a ripetere Montclair. « Come diavolo facciamo a mettere insieme mezzo milione di dollari? »

« Possiamo sempre seguire il suggerimento dello Sciacallo e rapinare qualche banca » rispose Rodin.

« Quell'uomo non mi piace » disse Casson. « Lavora da solo,

senza aiuti. Gli uomini come lui sono pericolosi. Non si possono controllare. »

Rodin mise fine alla discussione. « Ascoltatemi un po', tutti e due. Abbiamo studiato un piano, ci siamo trovati d'accordo su una proposta, e abbiamo cercato un uomo capace di uccidere e disposto, per denaro, all'uccisione del Presidente francese. Li conosco abbastanza, gli uomini del suo stampo. Se c'è qualcuno che può farlo, quello è proprio lui. A questo punto, a noi non resta che andar avanti con la parte che ci riguarda e lasciare che si regoli come preferisce, con quella che riguarda lui. »

3

Durante la seconda metà di giugno e per tutto il mese di luglio del 1963, la Francia fu travolta da un'ondata di delinquenza senza precedenti, mai più ripetuta da allora in poi. I particolari di questa recrudescenza di criminalità sono ancora oggi vivi nella memoria.

Quasi giornalmente, da un capo all'altro del Paese, le banche vennero prese d'assalto con pistole, fucili mitragliatori, fucili da caccia a canna mozza. I furti nelle gioiellerie, dove le vetrine finivano in frantumi e la merce esposta veniva prelevata, furono così frequenti in quel periodo che gli uomini delle polizie locali non facevano in tempo a raccogliere le deposizioni dei gioiellieri e dei commessi sconvolti e spesso feriti, e già erano chiamati altrove, entro il territorio di loro competenza, per un'altra rapina analoga.

Due impiegati di banca furono uccisi in città differenti mentre tentavano di resistere ai rapinatori, e, prima della fine di luglio, la crisi era diventata tanto grave che furono convocati e dotati di fucili mitragliatori gli uomini del Corps Républicain de Sécurité, le squadre della "volante" conosciute più semplicemente dai francesi come CRS. Divenne abituale per quelli che entravano in una banca passare davanti a una o due guardie del CRS nella loro uniforme azzurra, che stazionavano armate sulla porta.

Le pressioni dei banchieri e dei gioiellieri, che si erano lamentati aspramente con il governo per quell'ondata di delinquenza, ottennero che durante la notte la sorveglianza della polizia alle banche diventasse più rigorosa, ma furono misure inutili perché gli uomini da combattere non erano scassinatori di professione, in grado di aprire la camera blindata di una banca nelle ore di chiusura, ma semplici malviventi mascherati, pronti a sparare al minimo accenno di provocazione.

Le ore pericolose erano quelle del giorno, quando qualsiasi banca o gioielleria del Paese poteva essere sorpresa dall'apparizione di due o tre uomini armati e mascherati e dall'ordine perentorio: « *Haut les mains* ».

Verso la metà di luglio tre rapinatori furono feriti e catturati nel corso di differenti incursioni. Erano ladruncoli che si servivano dell'esistenza dell'OAS come di un pretesto per continuare la loro vita disordinata, oppure disertori di uno degli ex reggimenti coloniali che ammisero subito di essere membri dell'OAS. E per quanto al quartier generale della polizia li interrogassero, non si riuscì a ottenere da nessuno dei tre una spiegazione alla valanga di rapine che si era scatenata all'improvviso sulla Francia. Dissero soltanto di aver ricevuto ordini dal loro *patron* (il capo della banda), di attaccare una banca o una gioielleria. Infine la polizia arrivò alla conclusione che i prigionieri non erano al corrente dello scopo di quei furti; si erano sentiti promettere una parte del bottino, e da quei poveracci che erano, avevano fatto quello che era stato loro ordinato.

Non ci volle molto perché le autorità francesi si rendessero conto che dietro quell'ondata di rapine c'era l'OAS, e che l'organizzazione aveva bisogno urgente di fondi per qualche motivo sconosciuto. Fu soltanto nella prima quindicina di agosto che scoprirono la ragione, ma in un modo completamente diverso.

Durante le ultime due settimane di giugno, comunque, l'ondata di delinquenza contro le banche e gli altri posti dove si potevano trovare denaro in contanti e pietre preziose da portar via senza troppe cerimonie, era diventata una faccenda tanto seria che il commissario Maurice Bouvier, il rispettato capo della Brigade Criminelle della Police Judiciaire, assunse personalmente il comando delle operazioni. Nel suo ufficio incredibilmente piccolo e sommerso dalle carte, alla sede centrale della Police Judiciaire in Quai des Orfèvres 36 lungo le rive della Senna, fu approntato un grafico dal quale si poteva ricavare il valore approssimativo di realizzo delle gemme rubate, nel caso di gioielli, e l'ammontare del denaro in contanti prelevato durante quella serie di furti. Nella seconda metà di luglio il totale aveva superato i due milioni di nuovi franchi, pari a quattrocentomila dollari. Sia pure calcolando che ne fosse stata detratta una somma ragionevole per le spese necessarie alla preparazione delle rapine e un'altra ancora per pagare i ladri e i disertori che le avevano messe in atto, rimaneva sempre una notevole quantità di denaro di cui non si conosceva la destinazione.

Nell'ultima settimana di giugno arrivò sulla scrivania del generale Guibaud, direttore dello SDECE, un rapporto del capo dell'ufficio di Roma. In esso si diceva che i tre uomini di punta dell'OAS, Marc Rodin, René Montclair e André Casson, avevano preso alloggio insieme all'ultimo piano di un albergo nelle vicinanze di via Condotti. Il rapporto continuava spiegando che, per quanto il soggiorno in un albergo di quel quartiere così elegante dovesse costare parecchio, i tre uomini avevano affittato tutto l'ultimo piano per proprio uso personale e quello immediatamente inferiore per le loro guardie del corpo. Erano sorvegliati giorno e notte da non meno di otto ex soldati della Legione straniera – gente avvezza al pericolo – e non si avventuravano mai fuori dall'albergo. In un primo momento, si era pensato che fossero lì per una riunione, ma col passare dei giorni lo SDECE aveva concluso che stavano semplicemente prendendo delle precauzioni eccezionali per non restare vittime di un altro sequestro come quello subìto da Antoine Argoud. Il generale Guibaud si lasciò sfuggire un sorrisetto acido pensando a quei tre personaggi così importanti dell'organizzazione terroristica rintanati in un albergo di Roma, e fece archiviare il rapporto con la solita procedura. Anche se le accese discussioni tra il ministero degli Esteri francese al Quai d'Orsay e quello tedesco di Bonn, che avevano come argomento la violazione dell'integrità territoriale tedesca commessa all'Hotel Eden-Wolff nel febbraio precedente, non accennavano a placarsi, il generale Guibaud aveva tutti i motivi per essere soddisfatto del modo in cui quegli uomini avevano condotto l'azione. Come ricompensa, bastava il pensiero dei capi dell'OAS che si erano affrettati a nascondersi. Il generale cercò di non dare peso a un'ombra di apprensione, mentre sfogliava il dossier di Marc Rodin, ma non poté fare a meno di chiedersi perché un uomo di quello stampo dovesse spaventarsi tanto facilmente.

Con la grandissima esperienza che aveva del proprio lavoro e la piena consapevolezza della situazione politica e diplomatica, sapeva che ben difficilmente gli avrebbero permesso di organizzare un altro sequestro di persona dello stesso genere. Fu soltanto molto tempo dopo che riuscì a capire il vero significato delle precauzioni prese dai tre uomini dell'OAS per la propria sicurezza.

A Londra lo Sciacallo impiegò gli ultimi quindici giorni di giugno e le prime due settimane di luglio in una serie di preparativi pianificati con ogni attenzione. Al suo ritorno, aveva anche cominciato a procurarsi e a leggere tutto quello che era stato scritto da Charles de Gaulle e su di lui. Si era servito di un espediente molto semplice: era andato alla più vicina biblioteca pubblica e aveva consultato l'*Encyclopaedia Britannica* sotto la voce relativa al Presidente francese. In fondo, aveva trovato un lungo elenco di libri di consultazione e tutta la bibliografia sull'argomento.

Poi aveva scritto a diverse famose librerie, servendosi di un nome falso e di un indirizzo di comodo in Praed Street, a Paddington, e aveva chiesto di acquistare, facendoseli spedire per posta, i libri necessari. Se li era letti a casa, ogni notte fino a tardi, e in questo modo aveva ottenuto un ritratto molto particolareggiato dell'inquilino dell'Eliseo, in un arco di tempo che andava dalla sua infanzia al momento stesso della lettura. Buona parte del materiale non gli era di nessuna utilità pratica, ma qua e là affiorava sempre una caratteristica o un aspetto particolare del personaggio, ed egli annotava tutto su un taccuino. Molto istruttivo per capire la personalità del Presidente, fu per lui il libro di memorie del Generale intitolato *Le Fil de l'Epée*: Charles de Gaulle descriveva con estrema lucidità e chiarezza il proprio atteggiamento verso la vita, il suo Paese, il suo destino così come egli lo concepiva.

Lo Sciacallo non era uno stupido e non mancava di intuito. Leggeva avidamente, pianificava e aveva la capacità di immagazzinare nel cervello un numero incredibile di fatti e di informazioni nella eventualità di doversene servire in seguito.

Ma anche se la lettura delle opere di de Gaulle e dei libri scritti su di lui da chi lo conosceva molto bene gli aveva fornito un quadro preciso dell'orgoglioso e superbo Presidente francese, non l'aveva però aiutato a risolvere il problema più importante che lo assillava fin dal momento in cui aveva accettato l'incarico nella stanza di Rodin a Vienna, il 15 giugno. Alla fine della prima settimana di luglio non era ancora riuscito a trovare una risposta alla domanda: quando, dove e come doveva avvenire il "colpo"? Come ultima risorsa, andò nella sala di lettura del British Museum e, dopo aver firmato con il solito nome falso il modulo di richiesta, cominciò a sfogliare le copie arretrate del più importante quotidiano francese, "Le Figaro".

Non è facile dire quando trovò la risposta che cercava, ma si può presumere che sia stato nei giorni dal 7 al 10 luglio. Durante quel periodo, l'assassino, prendendo spunto da un'idea che gli aveva dato l'articolo scritto da un giornalista nel 1962, controllò e ricontrollò tutto il materiale d'archivio relativo a ogni anno della presidenza di de Gaulle, risalendo addirittura al 1945 e riuscì a dare una soluzione al problema. Fu allora, infatti, che poté stabilire con precisione in quale giorno Charles de Gaulle indipendentemente dalle malattie o dal cattivo tempo e con assoluto sprezzo del pericolo, si sarebbe mostrato in pubblico. Da quel momento i preparativi dello Sciacallo uscirono dalla fase della ricerca per passare a quella dell'attuazione pratica.

Ci vollero lunghe ore di meditazione, che trascorse disteso sul suo letto, fissando il soffitto color crema e fumando senza interruzione le solite king-size con filtro, prima che lo Sciacallo riuscisse a far collimare col resto ogni dettaglio, anche il meno significativo.

Almeno una dozzina di idee furono prese in considerazione e scartate prima che lui riuscisse finalmente a formulare il piano definitivo, il "come" da aggiungere al "quando" e al "dove" che aveva già trovato.

Lo Sciacallo si rendeva perfettamente conto che, nel 1963, il generale de Gaulle non era soltanto il Presidente della Repubblica francese: era anche il personaggio più attentamente e abilmente sorvegliato di tutto l'emisfero occidentale. Assassinare lui, come i fatti confermarono in seguito, era assai più difficile che uccidere il Presidente degli Stati Uniti, John F. Kennedy. Anche se l'assassino inglese non lo sapeva, gli esperti del servizio di sicurezza che per la cortese concessione del governo americano avevano avuto modo di studiare le precauzioni adottate per difendere la vita del presidente Kennedy, erano ritornati con una opinione ben poco lusinghiera del modo in cui quelle precauzioni erano decise e attuate dal Servizio segreto americano. Il rifiuto degli esperti francesi di servirsi dei metodi americani fu giustificato in seguito, quando nel novembre 1963 John Kennedy venne ucciso a Dallas da un dilettante mezzo squilibrato, che era riuscito ad approfittare di un momento di "stanca" nel servizio di protezione al Presidente; Charles de Gaulle continuava a vivere, per ritirarsi in pace e morire – quando fosse venuto il suo momento – in casa propria.

Quello che invece lo Sciacallo sapeva era che gli uomini del servizio di sicurezza che si preparava ad affrontare erano certo fra i migliori del mondo, che l'intero apparato per la protezione di de Gaulle si trovava in stato di pre-allarme permanente in previsione di qualche attentato alla vita della persona che aveva in custodia e che l'organizzazione per la quale lavorava poteva essere considerata un colabrodo attraverso il quale le informazioni continuavano a filtrare all'esterno. A suo vantaggio lo Sciacallo poteva valutare – e con ragione – il fatto di essere sconosciuto, e poi il rifiuto costante della sua vittima a collaborare con chi doveva occuparsi della sua protezione. Nel giorno stabilito, l'orgoglio, l'ostinazione e l'assoluto disprezzo per il pericolo personale avrebbero spinto il Presidente francese a uscire allo scoperto per pochi secondi, senza preoccuparsi dei rischi che potevano derivargli.

L'aereo della SAS proveniente da Kastrup, l'aeroporto di Copenaghen, fece un'ultima virata per portarsi di fronte all'edificio dell'aeroporto di Londra, avanzò per pochi metri e si fermò. I motori sibilarono ancora per qualche secondo, poi tacquero. Subito la scaletta fu avvicinata alla fusoliera e i passeggeri cominciarono a scendere, dopo un ultimo cenno di saluto alla hostess sorridente ferma in cima alla scala. Sulla terrazza panoramica, l'uomo dai capelli biondi sollevò gli occhiali da sole sulla fronte e avvicinò agli occhi il binocolo. Il gruppo dei passeggeri che stavano sbarcando era il sesto a essere sottoposto a quell'esame, quella mattina, ma dal momento che la terrazza era affollata di gente che sotto il sole attendeva i passeggeri in arrivo e cercava di individuarli appena uscivano dagli aerei, il comportamento di questo spettatore non destò il minimo interesse.

Quando l'ottavo passeggero si affacciò al portello dell'aereo, l'uomo sulla terrazza si irrigidì leggermente e seguì giù per i gradini il nuovo arrivato. Il passeggero proveniente dalla Danimarca era un prete o un pastore e indossava un clergyman grigio con collarino bianco. Dimostrava una cinquantina d'anni, per via dei capelli grigio ferro tagliati piuttosto corti e spazzolati all'indietro, ma la sua faccia era più giovane. Era un uomo alto, con le spalle larghe, e appariva in perfetta forma fisica. Aveva all'incirca la stessa corporatura dell'uomo che lo sorvegliava dalla terrazza.

Mentre i passeggeri erano impegnati con i controlli dei passaporti e le visite di dogana, lo Sciacallo sistemò il binocolo nella custodia di cuoio che gli pendeva al fianco, la chiuse e si diresse lentamente verso la porta a vetri che portava giù al salone principale. Un quarto d'ora dopo, il pastore danese uscì dall'ufficio della dogana, con una valigia e una borsa da viaggio. A quanto sembrava non c'era nessuno ad aspettarlo, ed egli si diresse immediatamente verso il banco della Barclays per cambiare del denaro.

Secondo il suo racconto alla polizia danese quando lo interrogarono un mese e mezzo più tardi, non aveva affatto notato il giovane inglese dai capelli biondi fermo di fianco a lui al banco, apparentemente in attesa del suo turno e che invece stava esaminando i suoi lineamenti da dietro le lenti scure. Per lo meno, non ricordava affatto di aver visto un uomo come quello.

Ma quando uscì fuori dall'atrio principale per salire sull'autobus della BEA che doveva condurlo al terminal di Cromwell Road, l'inglese si trovava a pochi passi da lui, con in mano una borsa di cuoio, e probabilmente raggiunsero Londra con lo stesso autobus.

Al terminal, il danese dovette attendere qualche minuto mentre scaricavano la sua valigia dal furgone-portabagagli, poi si fece largo tra le persone che venivano a presentarsi per la partenza e si diresse verso l'uscita indicata da una freccia e da una parola internazionale: "taxi". Nel frattempo, lo Sciacallo attraversò il parcheggio degli autobus fino a quello riservato alle automobili degli impiegati, dove aveva lasciato la sua macchina sportiva. Posò la borsa sul sedile di fianco a quello di guida, salì e avviò il motore. Fatti pochi metri, si fermò vicino al muro di sinistra del terminal in un punto dal quale poteva sorvegliare, a destra, la lunga fila di taxi in attesa sotto il colonnato. Il danese prese il terzo taxi, che subito imboccò Cromwell Road dirigendosi verso Knightsbridge. La macchina sportiva lo seguì.

Il taxi depositò l'ignaro sacerdote davanti a un piccolo albergo dall'aspetto confortevole in Half Moon Street, mentre la macchina sportiva passava velocemente davanti all'entrata e riusciva poi a trovare un posto nel parcheggio a pagamento sul lato più distante di Curzon Street. Lo Sciacallo chiuse a chiave la borsa nel portabagagli, comprò l'edizione pomeridiana dell' "Evening Standard" al chiosco dei giornali di Shepherd Market e fece il suo ingresso nell'atrio dell'albergo dopo nemmeno cinque minuti. Ne dovette aspettare ancora venticinque prima che il danese scendesse e consegnasse al portiere la chiave della sua camera. Quando venne appesa, la chiave continuò a oscillare dal gancio ancora per qualche secondo, e l'uomo seduto in una poltrona dell'atrio, che aveva abbassato il giornale quando il danese si era diretto verso il ristorante, notò che portava il numero 47. Pochi minuti dopo, mentre il portiere si allontanava per controllare la prenotazione di un ospite dell'albergo per uno spettacolo teatrale, l'uomo con gli occhiali scuri si avviò su per le scale, con tutta calma e senza che nessuno lo notasse.

Una striscia di mica flessibile larga cinque centimetri non fu sufficiente a far girare la serratura della stanza 47, che era piuttosto dura, ma quando l'operazione fu ripetuta con la stessa striscia di mica rinforzata da una sottilissima spatola da pittore la serratura a scatto scivolò indietro con un leggero "clic". Dal momento che era sceso al pianterreno per pranzare, il pastore aveva lasciato il suo passaporto sul comodino vicino al letto. Dopo trenta secondi, lo Sciacallo fu di ritorno nel corridoio. Non aveva toccato nient'altro nella camera, con la speranza che, senza alcuna prova di furto, le autorità avrebbero cercato di persuadere il danese che aveva semplicemente smarrito il suo passaporto in qualche altro posto. E avvenne così. Molto prima che il pastore avesse finito di bere il caffè, l'inglese se ne era già andato senza essere visto da nessuno, e soltanto più tardi, nel pomeriggio, dopo un'accurata ricerca eseguita con molta perplessità nella stanza, il danese avvertì il direttore dell'albergo della scomparsa del passaporto. Anche il direttore cercò nella stanza e dopo avergli fatto rilevare che ogni altra cosa, traveller's cheques compresi, non era stata spostata, si servì di tutta la sua eloquenza per convincere lo sconcertato ospite dell'inutilità di chiamare la polizia, dato che, evidentemente il passaporto lui lo aveva smarrito in un altro posto. Il danese, un uomo di carattere mite non troppo a suo agio in un paese straniero, si dichiarò d'accordo, per quanto non ne fosse convinto, con la versione del direttore. Il giorno seguente, denunciò il fatto al consolato generale danese. Gli vennero rilasciati nuovi documenti di viaggio con i quali ritornare a Copenaghen alla fine del suo soggiorno di quindici giorni a Londra, e così lui non ci pensò più. L'impiegato che aveva preparato i nuovi documenti aprì una pratica per lo smarrimento del passaporto intestato al pastore Per Jensen di Sankt Kjeldskirke, Copenaghen, e anche lui finì per dimenticarsene. Era il 14 luglio.

Due giorni dopo, un caso simile capitò a uno studente americano che arrivava da Syracuse, nello stato di New York. Dopo essere sceso all'Oceanic Building dell'aeroporto di Londra, con l'aereo proveniente da New York, tirò fuori il passaporto per cambiare il primo dei suoi traveller's cheques al banco dell'American Express. Infilò il denaro nella tasca interna della giacca e il passaporto in una borsa chiusa da una cerniera lampo, che ripose in una valigetta di cuoio. Qualche minuto più tardi l'appoggiò sul pavimento, il tempo di chiamare un facchino: tre secondi dopo la valigetta non c'era più. Dapprima lui protestò col facchino, che lo accompagnò al banco delle informazioni della Pan American, dove gli consigliarono di rivolgersi al poliziotto di servizio al terminal. Questi lo accompagnò in un ufficio, e lo studente poté raccontare quello che gli era successo.

Dopo aver cercato la valigetta, si arrivò alla conclusione che non poteva essere stata presa per sbaglio da qualcuno, e venne steso un rapporto in cui si denunciava il fatto come un furto. Lo studente si sentì rivolgere delle scuse e qualche frase di rincrescimento per le gesta dei ladruncoli e dei borsaioli nei locali pubblici; gli furono enumerate anche tutte le precauzioni che le autorità dell'aeroporto prendevano per evitare che gli stranieri in arrivo diventassero il bersaglio preferito dei ladri. Il giovane ricambiò la cortesia raccontando che un suo amico, una volta, era stato derubato in un modo simile alla Grand Central Station di New York.

Il rapporto, in seguito, fu distribuito come di consuetudine a tutte le divisioni della polizia metropolitana di Londra, insieme a una descrizione della valigetta scomparsa e del suo contenuto, nonché dei documenti e del passaporto che si trovavano nella borsa chiusa dalla cerniera lampo. Il rapporto fu poi archiviato e dato che le settimane passavano e non si trovava traccia della valigetta o del suo contenuto, nessuno pensò più all'incidente.

Marty Schulberg andò al suo consolato in Grosvenor Square, denunziò il furto del passaporto e gli furono consegnati i documenti necessari per ritornare in volo negli Stati Uniti una volta finito il mese di vacanza, che avrebbe trascorso visitando le *highlands* scozzesi insieme con l'amica che aveva fatto con lui uno scambio di soggiorno, come usa fra gli studenti. Al consolato presero nota della perdita del passaporto, ne informarono il Dipartimento di Stato di Washington, e poi entrambi gli uffici se ne dimenticarono.

Non si saprà mai quanti passeggeri in arrivo dall'estero all'aeroporto di Londra siano stati esaminati da quel binocolo, mentre uscivano dagli aerei e scendevano la scaletta. Nonostante la differenza di età, i due uomini che avevano perduto il passaporto, possedevano alcune caratteristiche comuni. Entrambi sul metro e ottanta, avevano le spalle larghe e la corporatura media, gli occhi azzurri e somigliavano moltissimo, nei lineamenti del viso, all'inglese che li aveva seguiti e derubati con tanta discrezione. Il pastore Jensen, però, aveva 48 anni, i capelli grigi e occhiali cerchiati d'oro che usava solo per leggere; Marty Schulberg aveva 25 anni, i capelli castano scuro e portava sempre un paio di occhiali dalla montatura pesante del tipo che adoperano gli uomini d'affari. Erano queste le facce che lo Sciacallo studiò a lungo, sullo scrittoio del suo appartamento, nei pressi di South Audley Street. Dedicò una intera giornata ai suoi acquisti. Si recò da costumisti teatrali e da ottici, e perfino in un negozio di abiti da uomo del West End, specializzato nella vendita di indumenti confezionati in gran parte a New York. Riuscì a procurarsi un paio di lenti a contatto azzurre non graduate, due paia di occhiali, uno cerchiato d'oro e l'altro con una pesante montatura nera, anche questi con lenti non graduate; un equipaggiamento completo consistente in un paio di scarpe sportive di cuoio nero con la suola di gomma, una camiciola, qualche paio di slip, un paio di pantaloni beige e una giacca a vento di nailon azzurra con una cerniera lampo che la chiudeva per tutta la lunghezza e con il colletto e i polsi di lana a righe bianche e rosse, tutta roba confezionata a New York; una camicia bianca da sacerdote, con il collarino inamidato e una pettorina nera. Da ciascuno di questi ultimi tre articoli venne tolta accuratamente l'etichetta.

Infine, sempre quel giorno, si recò in un emporio di Chelsea, gestito da due omosessuali, dove si vendevano parrucche e toupets da uomo. Qui acquistò un preparato per tingersi i capelli in un color grigio brizzolato e un altro per tingerli in castano scuro; e si fece dare le istruzioni, che gli vennero fornite con precisione e in tono un po' malizioso, su come ottenere l'effetto migliore e più naturale nel minor tempo possibile. Comprò anche alcune spazzole e i pennelli appositi per applicare i liquidi. A parte questo, tranne la serie di indumenti americani, non fece più di un acquisto in ciascun negozio.

Il giorno successivo, il 18 luglio, in fondo a una pagina interna di "Le Figaro" era stampato un brevissimo trafiletto, con il quale si dava notizia che, a Parigi, il vice capo della Brigade Criminelle della Police Judiciaire, commissario Hyppolite Dupuy, era stato colpito da un grave attacco cardiaco nel suo ufficio di Quai des Orfèvres ed era morto durante il trasporto all'ospedale. Il suo successore era già stato nominato. Si trattava del commissario Claude Lebel, capo della Divisione Omicidi, che – in previsione dell'intenso lavoro di tutti i reparti durante il periodo estivo – avrebbe assunto immediatamente l'incarico affidatogli. Lo Sciacallo, che comprava ogni giorno i quotidiani francesi in vendita a Londra, lesse quella notizia perché lo sguardo gli cadde sulla parola "Criminelle" del titolo, ma non ci fece molto caso.

Prima di iniziare la sua sorveglianza giornaliera all'aeroporto di Londra, egli aveva deciso di adottare una identità falsa per tutta la durata della preparazione dell'assassinio. Procurarsi un falso passaporto inglese è una delle cose più facili al mondo. Lo Sciacallo seguì il procedimento usato dalla maggioranza dei mercenari, dei contrabbandieri e di tutte le altre persone che vogliono assumere un nome nuovo prima di varcare le frontiere nazionali. Fece un viaggio in macchina attraverso tutte le contee della vallata del Tamigi, soffermandosi nei piccoli villaggi. Nel terzo cimitero che visitò, lo Sciacallo scoprì una pietra tombale che si adattava perfettamente ai suoi scopi, quella di Alexander Duggan, morto all'età di due anni e mezzo nel 1931. Se fosse vissuto, nel luglio 1963 quel bambino avrebbe avuto pochi mesi più dello Sciacallo. L'anziano vicario si mostrò cortese e disposto ad aiutarlo, quando il visitatore bussò alla porta del vicariato, presentandosi come un genealogista dilettante impegnato nel rintracciare l'albero genealogico della famiglia Duggan. Gli avevano riferito che, anni prima, una famiglia Duggan aveva abitato in quel villaggio. E si domandava, con un poco di diffidenza, se i registri della parrocchia potevano essergli di aiuto nella sua ricerca.

Il vicario fu la gentilezza in persona; un complimento sulla bellezza del piccolo edificio in stile normanno durante il tragitto verso la chiesa e un contributo alla cassetta delle offerte per i fondi necessari al suo restauro contribuirono a rendere più idilliaca l'atmosfera. I registri mostrarono che i genitori di Duggan erano morti nei sette anni precedenti e che, purtroppo, il loro unico figlio Alexander era stato seppellito nel cimitero del villaggio più di trent'anni prima. Lo Sciacallo si mise a sfogliare distrattamente le pagine del registro parrocchiale delle nascite, dei matrimoni e dei decessi relativi al 1929, e, quando arrivò al mese di aprile, i suoi occhi si fermarono sul nome Duggan scritto con una calligrafia un po' contorta, da persona istruita.

Alexander James Quentin Duggan, nato il 3 aprile 1929, parrocchia di St. Mark's a Sambourne Fishley.

Prese nota di questi particolari, si profuse in ringraziamenti con il vicario e se ne andò. Tornato a Londra si presentò all'Ufficio centrale dell'anagrafe, alla sezione nascite, matrimoni e decessi, dove un impiegato servizievole accettò senza difficoltà il suo biglietto da visita che lo qualificava come socio di un ufficio legale di Market Drayton, nello Shropshire, e ascoltò le sue spiegazioni: stava cercando di rintracciare qualche notizia sui nipoti di una loro cliente morta da poco, che li aveva lasciati eredi del suo patrimonio. Uno di essi era Alexander James Quentin Duggan, nato a Sambourne Fishley, parrocchia di St. Mark's, il 3 aprile 1929.

In Inghilterra, molti funzionari statali cercano di fare del proprio meglio per essere d'aiuto quando si trovano di fronte a una richiesta cortese, e in questo caso il giovane impiegato non costituì eccezione alla regola. Una ricerca nei registri dimostrò che i dati anagrafici del bambino in questione corrispondevano, ma Alexander James Quentin era morto l'8 novembre 1931 in un incidente stradale. Per pochi scellini, lo Sciacallo ricevette una copia del certificato di nascita e di quello di morte. Prima di tornare a casa si fermò in una sezione del ministero del Lavoro e si fece consegnare un modulo di domanda per ottenere il passaporto; in un negozio di giocattoli dove, per quindici scellini, acquistò una scatola contenente un gioco da tipografo per bambini; e in un ufficio postale per procurarsi un vaglia da una sterlina.

Rientrato a casa, compilò il modulo di domanda a nome Duggan, fornendo esattamente l'età, la data di nascita eccetera, ma completando le annotazioni con la propria descrizione. Indicò la propria statura, il colore dei capelli e degli occhi e, quanto alla professione, si definì semplicemente "uomo d'affari". Aggiunse per esteso il nome dei genitori di Duggan, ricavato dal certificato di nascita del bambino. Come referenza, diede il nome del reverendo James Elderly, vicario di St. Mark's, Sambourne Fishley, col quale aveva parlato quella stessa mattina e il cui nome completo, seguito dal titolo di dottore in legge, era stampato accuratamente su un cartello appeso al cancello della chiesa. Poi falsificò la firma del vicario, scrivendola con una calligrafia sottile e usando un pennino intinto nell'inchiostro. E si servì del gioco da tipografo per preparare un timbro con la dicitura: "Parrocchia di St. Mark's – Sambourne Fishley", che venne applicato vicino al nome del vicario. Spedì poi la copia del certificato di nascita, il modulo di domanda e il vaglia postale all'ufficio passaporti di Petty France; il certificato di morte decise di distruggerlo. Il passaporto nuovo di zecca arrivò per posta all'indirizzo di comodo di cui si serviva, quattro giorni più tardi mentre stava leggendo l'edizione del mattino di "Le Figaro". Lo ritirò nel pomeriggio. Più tardi, chiuse l'appartamento e si diresse in automobile all'aeroporto di Londra, dove prese il volo per Copenaghen pagando in contanti il biglietto per evitare di servirsi del libretto di assegni. Nel doppio fondo della sua valigia, in uno spazio poco più alto di una rivista e praticamente impossibile da scoprire se non con una ricerca molto accurata, c'erano duemila sterline che lui aveva ritirato quel giorno stesso dalla sua cassetta nella camera blindata di un ufficio legale di Holborn.

La visita a Copenaghen fu rapida e dedicata unicamente agli affari. Prima di lasciare l'aeroporto Kastrup aveva prenotato un posto per Bruxelles sul volo della Sabena del pomeriggio successivo. Nella capitale danese era troppo tardi per fare acquisti e quindi fissò una camera all'Hôtel d'Angleterre in Kongs Ny Torv, si concesse un pasto lucullliano al Sette Nazioni, fece una corte discreta a due bionde danesi durante una passeggiata al Tivoli e se ne andò a letto che era l'una passata.

Il giorno successivo acquistò un abito grigio da sacerdote, di lana alquanto leggera, in uno dei più famosi negozi di confezioni maschili nel centro di Copenaghen, un paio di scarpe nere classiche, calze, biancheria e tre camicie bianche. Per ogni capo di vestiario controllò che ci fosse all'esterno il nome del fabbricante danese. Quanto alle tre camicie bianche, che non gli servivano, l'acquisto era necessario per procurarsi le etichette da applicare sulla camicia da sacerdote, sul collarino bianco e sulla pettorina che aveva comprato a Londra, dicendo di essere uno studente di teologia che stava per prendere gli ordini.

Per ultima cosa, comprò un libro in danese sulle cattedrali francesi. Fece un pasto leggero a base di piatti freddi in un ristorante del Tivoli e prese l'aereo delle 15.15 per Bruxelles.

4

Che un uomo di indubbie capacità come Paul Goossens avesse scelto la strada sbagliata, quando era avanti negli anni, rimaneva un mistero perfino per i suoi pochi amici, i suoi numerosi clienti e la polizia belga. In trent'anni di lavoro alla Fabrique Nationale di Liegi, l'aveva accompagnato la fama di impiegato infallibile e preciso in una branca della meccanica dove la precisione è requisito indispensabile. E anche sulla sua onestà non c'era mai stato motivo di dubbio. Non solo, ma nel corso di quei trent'anni era diventato il massimo esperto nella vastissima gamma di armi prodotte dalla celebre fabbrica – una gamma che andava dalla minuscola automatica per signora alla più pesante delle mitragliatrici.

Durante la guerra, la sua posizione era stata delle più notevoli. Benché avesse continuato, dopo l'occupazione, a lavorare nella fabbrica ormai diretta dai tedeschi, s'era potuto provare senza ombra di dubbio la sua partecipazione clandestina alla Resistenza, il suo contributo a realizzare una catena di rifugi per gli aviatori alleati abbattuti durante le incursioni, e il suo intervento personale nella preparazione di una serie di sabotaggi all'interno della Fabrique Nationale in seguito ai quali buona parte delle armi uscite dallo stabilimento di Liegi non colpiva i bersagli con la dovuta precisione o scoppiava al quinto proiettile, uccidendo i tedeschi addetti al pezzo. Tutto questo, data la modestia e la semplicità della persona, gli era stato tirato fuori a fatica dagli avvocati difensori, in un secondo tempo, ed era stato prodotto trionfalmente in tribunale. La giuria era rimasta favorevolmente impressionata dalla sua ammissione di non aver mai voluto parlare delle attività svolte durante la guerra dato che le onorificenze e le medaglie distribuite nei mesi successivi alla Liberazione lo avrebbero messo in imbarazzo.

All'inizio degli anni Cinquanta, la malversazione di una forte somma di denaro nel corso di trattative con un cliente straniero per una lucrosa fornitura di armi, aveva fatto sospettare di lui, allora direttore di un reparto della ditta, ma i suoi stessi superiori avevano dichiarato senza esitazione alla polizia che l'idea di accusare monsieur Goossens, una persona così fidata, era assolutamente ridicola.

Perfino al processo, il direttore generale aveva parlato in suo favore. Tuttavia, era stato formulato il giudizio che tradire una posizione di fiducia era ancor più riprovevole, e l'avevano condannato a dieci anni di carcere, poi ridotti a cinque in appello. Per buona condotta, era stato rilasciato dopo tre anni e mezzo.

La moglie aveva ottenuto il divorzio e si era portata via i figli. La vita nella confortevole casa circondata dai fiori, in uno dei sobborghi più belli di Liegi (e non ce ne sono molti) si era ormai conclusa, apparteneva al passato. E così la sua carriera nella Fabrique Nationale. Lui aveva affittato un appartamentino a Bruxelles; e in seguito, una casa fuori città, quando il suo patrimonio era rifiorito con lo sviluppo del suo commercio, fonte di armi illegali per una buona metà dei delinquenti dell'Europa occidentale.

All'inizio degli anni Sessanta, aveva ormai il soprannome di *Armurier*, l'Armaiolo. Qualsiasi cittadino belga può acquistare un'arma letale, rivoltella, pistola automatica o carabina, in un qualsiasi negozio di generi sportivi o di armi del paese, presentando un documento che comprovi la sua nazionalità. Goossens evitava sempre questa procedura. Infatti, a ogni acquisto di un'arma e delle relative munizioni, la vendita viene annotata dall'armaiolo in un apposito registro insieme con il nome e il numero della carta d'identità dell'acquirente. Goossens si serviva delle carte d'identità, rubate o falsificate, di altre persone.

Aveva allacciato stretti rapporti con uno dei più abili ladri della città, un uomo che, quando non languiva in una prigione a spese dello Stato, era in grado di alleggerire qualsiasi tasca di ogni tipo di portafogli. Le carte d'identità, Goossens le acquistava direttamente da lui, pagandole in contanti. Poteva anche disporre dei servizi di un esperto falsario, il quale, dopo un rovescio di fortuna alla fine degli anni Quaranta per aver prodotto una grande quantità di franchi francesi con la scritta "Banque de France" mancante della "u" (era giovane allora), si era dedicato ai passaporti falsi con maggiore successo. Infine, quando doveva acquistare un'arma per un cliente, non era mai lui a presentarsi all'armaiolo con una carta di identità abilmente falsificata, ma un ladruncolo appena fuori di galera oppure un attore in attesa di calcare nuovamente le scene.

Dei suoi "collaboratori", soltanto il borsaiolo e il falsario conoscevano la sua vera identità. E così, alcuni fra i suoi clienti, il fior fiore della malavita belga, che non soltanto lo lasciavano libero di agire come voleva, ma gli offrivano anche una discreta protezione rifiutandosi di rivelare, se venivano fermati, dove si procuravano le armi. Goossens era troppo utile.

Questo non aveva impedito alla polizia belga di venire a conoscenza di quali fossero, almeno in parte, le sue attività; tuttavia aveva evitato a lui il pericolo di essere scoperto con in casa merce compromettente o di essere portato davanti a un tribunale e condannato a seguito di qualche rivelazione. I poliziotti non ignoravano l'esistenza dell'officina, piccola ma convenientemente attrezzata, che lui aveva creato nel suo garage, anzi quel locale li insospettiva; ma le loro visite periodiche non avevano fatto trovare altro che l'armamentario per la fabbricazione di medaglioni di metallo lavorato e di souvenir delle statue di Bruxelles. Durante la loro ultima perquisizione, Goossens aveva solennemente offerto all'ispettorecapo una statuetta di Mannikin Piss, in segno di stima per le forze della legge e dell'ordine.

Goossens non era per niente preoccupato, mentre, la mattina del 21 luglio, aspettava l'arrivo di un inglese del quale si era reso garante con una telefonata uno dei suoi migliori clienti, un ex mercenario al servizio del Katanga dal 1960 al 1962 che ora controllava il giro delle case chiuse della capitale belga.

Il nuovo cliente si presentò a mezzogiorno, come aveva annunciato, e Goossens lo fece passare nel suo piccolo ufficio direttamente dall'ingresso.

« Le dispiacerebbe togliersi gli occhiali? » domandò quando il cliente si sedette e, dal momento che l'inglese esitava, aggiunse: « Vede, penso che sia meglio fidarci l'uno dell'altro, almeno fino a quando durerà il nostro rapporto d'affari. Desidera bere qualcosa? ».

L'uomo, che viaggiava con un passaporto a nome di Alexander Duggan, si tolse gli occhiali scuri e guardò con espressione interrogativa il piccolo armaiolo che riempiva due bicchieri. Goossens prese posto dietro la scrivania, sorseggiò la sua birra e chiese con voce calma: « In che modo posso esserle utile, monsieur? ».

« Immagino che Louis le abbia telefonato, per annunciarle il mio arrivo. »

« Certamente » rispose Goossens, con un cenno affermativo. « In caso contrario, lei adesso non sarebbe qui. »

« Le ha detto di che cosa mi occupo? »

« No. Mi ha detto soltanto che l'ha conosciuta nel Katanga, che poteva garantire della sua discrezione, e che lei aveva bisogno di un'arma da fuoco dietro pagamento in sterline contanti. »

L'inglese annuì. « Dal momento che io sono al corrente del suo genere d'affari, non c'è ragione perché lei non debba conoscere il mio. E poi, l'arma che mi serve dovrà essere un fucile da specialisti, con accessori piuttosto insoliti. Io... ehm... sono specializzato nella eliminazione di persone che hanno nemici ricchi e potenti. È evidente che anche queste persone sono di solito ricche e potenti. Non è sempre facile. Loro possono permettersi la protezione di personale specializzato. Un lavoro di questo genere esige un piano adeguato, e l'arma giusta. Al momento, io ho in programma un lavoro di questo genere. Mi servirà una carabina. »

Goossens bevve un altro sorso di birra e fece un benigno cenno di assenso al suo ospite.

« Bene, bene. Proprio uno specialista, come lo sono io. Mi sento quasi sfidato. Ha già in mente un tipo di carabina? »

« Non è tanto il tipo dell'arma a essere importante. Il problema riguarda piuttosto le limitazioni che mi sono imposte dal lavoro, e la necessità di trovare una carabina che possa servire allo scopo nonostante queste limitazioni. »

Gli occhi di Goossens scintillarono di piacere.

« Un pezzo unico » mormorò, compiaciuto. « Un fucile che dovrà essere costruito su misura per un solo uomo e per un solo lavoro in una serie di circostanze uniche, irripetibili. Lei è venuto dalla persona giusta. Raccolgo la sfida, mio caro monsieur. Sono proprio contento che lei sia venuto. »

L'inglese si concesse un sorriso, di fronte all'entusiasmo professionale del belga. « Anch'io, monsieur. »

« E ora mi dica, di che limitazioni si tratta? »

« La limitazione principale riguarda le dimensioni, e non tanto la lunghezza dell'arma quanto l'ingombro materiale delle parti mobili. La camera di scoppio e la culatta non dovranno essere più grosse di così... » E alzò la mano destra unendo le punte del medio e del pollice a formare una lettera O del diametro di sei centimetri circa.

« Questo esclude ogni tipo di arma a ripetizione, perché la camera di scoppio sarebbe troppo grande. Per la stessa ragione anche il voluminoso meccanismo a molla non risponderebbe allo scopo » disse l'inglese. « A mio parere, l'ideale sarebbe una carabina semiautomatica. »

Goossens annuì con gli occhi rivolti al soffitto, mentre nella sua mente i particolari del discorso dell'inglese s'incastravano tra loro a formare l'immagine di una carabina dalle parti mobili estremamente snelle e sottili.

« Continui pure, prego » mormorò.

« D'altra parte l'otturatore non deve avere la leva sporgente verso l'esterno, come nel Mauser 7.92 o nel Lee Enfield 303: è importante che scorra direttamente verso la spalla, in modo da poterlo spingere indietro col pollice e l'indice, per inserire la pallottola nella camera di scoppio. Il grilletto non deve avere il castello, anzi è necessario che sia smontabile per poterlo applicare solo al momento di sparare. »

« Perché? » domandò il belga.

« Perché l'intero meccanismo deve poter entrare in una custodia tubolare adatta a conservarlo e trasportarlo, e tale custodia deve passare inosservata. Per questo, e per motivi che le spiegherò tra un momento, il diametro non deve essere più largo di quello che le ho appena mostrato. È possibile avere un grilletto smontabile? »

« Certo, quasi tutto è possibile. Naturalmente si potrebbe progettare una carabina a colpo singolo, che venga caricata come un fucile da caccia. Questo ci permetterebbe di eliminare del tutto l'otturatore, ma la necessità di una cerniera creerebbe qualche svantaggio. E poi, disegnare e fabbricare una carabina di questo genere partendo addirittura da zero, fondendo un pezzo unico di metallo per la culatta e la camera di scoppio, non è un'impresa facile per un'officina di proporzioni modeste. Comunque, non impossibile. »

« E quanto tempo le ci vorrebbe? » domandò l'inglese.

Il belga si strinse nelle spalle e allargò le braccia. « Parecchi mesi, temo. »

« Non ho tanto tempo. »

« In questo caso bisognerà procurarsi una carabina già esistente, di quelle in vendita nei negozi specializzati, e poi fare le modifiche necessarie. Prego, continui. »

« D'accordo. La carabina deve essere leggera. Non è necessario che sia di grosso calibro, è il proiettile che conta. Deve anche avere la canna corta, non più lunga di trenta centimetri... »

« A che distanza sarà il bersaglio? »

« Questo non lo so ancora con precisione, ma probabilmente non più di centotrenta metri. »

« Mirerà alla testa o al petto? »

« Alla testa, credo. È anche possibile che miri al petto, ma la testa è più sicura. »

« È più sicura per uccidere, certo, se riesce a piazzare bene il colpo » disse il belga. « Ma con il petto è più facile ottenere un buon risultato. Soprattutto quando si adopera un'arma leggera con la canna corta a una distanza di centotrenta metri, calcolando anche gli eventuali ostacoli. Immagino, data la sua incertezza a proposito della testa o del petto, che ci potrebbe essere altra gente sulla strada. »

« Sì, ci potrebbe essere. »

« Avrà la possibilità di sparare un secondo colpo, tenendo presente che ci vorranno parecchi secondi per estrarre la cartuccia usata e inserire quella nuova, chiudere la culatta e riprendere di nuovo la mira? »

« Quasi certamente no. Può darsi che io tenti un secondo colpo, se userò il silenziatore e se con il primo sbaglierò la mira in modo tale che nessuno dei presenti se ne accorga. Ma anche se mi dovesse andar bene il primo colpo, il silenziatore mi è indispensabile per allontanarmi senza essere visto. Bisogna fare in modo che passino parecchi minuti prima che qualcuno possa rendersi conto, sia pure all'ingrosso, da dove è provenuto lo sparo. »

Il belga continuò ad annuire, mentre fissava il blocco di fogli sulla scrivania.

« In tal caso sarà meglio usare proiettili esplosivi. Gliene preparerò una manciata, insieme con la carabina. Lo sa, che cosa intendo dire? »

L'inglese annuì. « Glicerina o mercurio? »

« Oh, probabilmente mercurio. Tanto più semplice e pulito. Ci sono altre cose da sapere su quest'arma? »

« Temo di sì. Per ottenere il massimo di leggerezza, tutta la parte in legno al di sotto della canna deve essere rimossa. E così anche il calcio. Per sparare, la carabina dovrà essere fornita di una intelaiatura di sostegno analoga a quella degli Sten. Ciascuna delle tre sezioni, il pezzo superiore, quello inferiore e il calciolo da appoggiare alla spalla, dovranno essere staccabili. E avrò bisogno di un silenziatore efficiente e di un mirino telescopico. Anche questi dovranno essere smontabili, per poterli conservare e trasportare nella custodia. »

Il belga rimase a lungo immerso nei suoi pensieri, sorseggiando la birra fino a vuotare il bicchiere. L'inglese divenne impaziente.

« Allora, è in grado di farlo, questo lavoro? »

Goossens sembrò emergere dai suoi sogni. Sorrise, con aria di scusa.

« Mi perdoni, è un'ordinazione molto complessa. Ma sì, credo di poterlo fare. Fino a oggi sono sempre riuscito a soddisfare ogni richiesta. In realtà, è come se lei mi avesse parlato di una partita di caccia, dove l'equipaggiamento deve essere fatto passare oltre determinati posti di controllo in modo da non destare sospetti. Una partita di caccia presuppone una carabina da caccia, ed è proprio quello che lei avrà. Non piccola come la calibro 22, perché serve soltanto per le lepri e i conigli. E neppure grande come una Remington 300, che non si adatterebbe mai alle limitazioni necessarie e al suo caso.

« Credo di avere già in mente l'arma che le serve, e che sia anche facile trovarla in qualche negozio di articoli sportivi di Bruxelles. Una carabina che costa molto, uno strumento di alta precisione, con tutti gli accessori indispensabili, ma leggera e snella. È molto usata per i camosci e i daini, ma con le pallottole esplosive, è l'ideale per una selvaggina più grossa. Mi dica, il... mm... signore in questione si muoverà lentamente, in fretta, o non si muoverà affatto? »

« Starà fermo. »

« Allora il problema non esiste. Il montaggio dell'intelaiatura di sostegno composta da tre canne separate di acciaio e il grilletto da montare e smontare sono questioni puramente meccaniche. La filettatura della canna per applicare il silenziatore e la riduzione di almeno sedici centimetri della canna stessa, sono modifiche che posso fare io. Si perde di precisione con quei sedici centimetri in meno. Peccato, un vero peccato. Lei è un buon tiratore? »

L'inglese annuì.

« Quindi non ci sarà alcun problema con un uomo fermo a centotrenta metri di distanza, se adopera il mirino telescopico. Il silenziatore lo preparerò io stesso. Non sono aggeggi complicati, ma non se ne trovano facilmente in commercio, soprattutto di quelli lunghi per carabine che di solito non vengono usate per la caccia. Ora, monsieur, lei prima mi accennava a una custodia tubolare che dovrebbe servire al trasporto del fucile quando è completamente smontato. Che cosa intendeva con esattezza? »

L'inglese si alzò e si chinò sulla scrivania, dominando con la sua figura il piccolo belga. Fece scivolare una mano nella tasca interna della giacca, e per un attimo negli occhi dell'ometto passò un lampo di paura. Per la prima volta, Goossens notò che qualsiasi espressione si disegnasse sulla faccia dell'assassino, gli occhi di quell'uomo rimanevano sempre velati da una cortina grigia, come di fumo, che li rendeva impenetrabili. Ma l'inglese si limitò a tirare fuori una matita d'argento a pulsante.

Girò verso di sé il blocco di fogli che il belga aveva davanti e cominciò a disegnare, con rapidi tratti.

« Le dice qualcosa, questo? » domandò, girando di nuovo i fogli verso l'armaiolo.

« Naturalmente » rispose il belga, dopo un'occhiata al disegno nitido e preciso.

« Bene. È un oggetto formato da tutta una serie di tubi di alluminio che si avvitano l'uno nell'altro. Questo... » e con la punta della matita toccò un particolare del disegno « contiene una delle parti dell'intelaiatura di sostegno della canna della carabina. Quest'altro ne contiene un'altra. Tutt'e due sono nascoste nei tubi che formano questa sezione. Il calcio della carabina è questo... completo. Quindi, questa è l'unica parte che si piega in due, con due funzioni diverse, senza che si debba apportare alcuna modifica. »

« Qui... » continuò, battendo la punta della matita su un'altra parte dello schizzo, mentre gli occhi del belga si spalancavano per la sorpresa... « nel punto più spesso c'è il tubo di maggior diametro, che contiene la culatta del fucile con l'otturatore inserito. Questo si rastrema per far posto alla canna, senza alcuna interruzione. È evidente che usando un mirino telescopico, non c'è bisogno di un altro tipo di mirino, e così il tutto scorre fuori da questo scomparto quando le varie parti sono svitate. Le ultime due sezioni... qui e qui... contengono il mirino telescopico e il silenziatore. E infine le pallottole... da inserire in questa piccola ghiera, qui in fondo. Quando l'intero oggetto è avvitato, deve passare precisamente per quello che sembra. Quando è svitato nei pezzi che lo compongono, le pallottole, il silenziatore, il mirino telescopico, la carabina e le tre parti di sostegno dell'intelaiatura triangolare del calcio possono essere montate insieme e trasformate in un'arma di perfetta efficienza. È tutto chiaro? »

Il piccolo belga continuò a fissare per qualche secondo il disegno. Poi lentamente si alzò e tese la mano all'altro. « Monsieur, » disse con reverenza « è l'idea di un genio. Impossibile scoprirla, eppure così semplice. Sarà fatto. »

L'inglese non mutò espressione.

« Bene » disse. « E ora, c'è il problema del tempo. Mi servirà all'incirca fra quattordici giorni. È possibile, per quell'epoca? »

« Sì. La carabina, la posso procurare nel giro di tre giorni. Poi ci vorrà una settimana di lavoro per eseguire le modifiche. L'acquisto del mirino telescopico non presenta alcun problema. Dovrà fidarsi della mia scelta, ma io so che servirà per colpire un bersaglio a una distanza di centotrenta metri. Lascio a lei il compito di calibrare e regolare le tarature come meglio crede. La costruzione del silenziatore, la modifica delle pallottole, la custodia esterna... sì, si può fare entro il tempo stabilito, se lavorerò senza perdere un secondo. Comunque, sarebbe meglio se lei potesse arrivare qui con un giorno o due di anticipo, nel caso ci sia qualche particolare dell'ultimo minuto su cui metterci d'accordo. Può tornare, tra un dodici giorni? »

« Sì, posso liberarmi, per quell'epoca. Quattordici giorni, però, sono il termine massimo. Devo essere di nuovo a Londra, il quattro agosto. »

« Monsieur, l'arma sarà pronta con tutte le modifiche, la mattina del quattro, se lei potrà essere qui il primo agosto per gli accordi definitivi. »

« Bene. E ora parliamo delle sue spese e del prezzo » disse l'inglese. « Ha già un'idea di quanto occorrerà? »

Il belga si concentrò un momento. « Per un lavoro del genere, considerate anche le facilitazioni possibili qui e l'utilizzazione della mia conoscenza specifica, devo chiederle un migliaio di sterline inglesi. Ammetto che è un prezzo superiore a quello di una semplice carabina. Ma nel suo caso, non si tratta più di una semplice carabina. Deve essere un'opera d'arte. E credo di essere l'unico uomo in Europa in grado di renderla tale, di ottenere un risultato soddisfacente. Come lei, monsieur, anch'io rappresento quanto di meglio esiste nel mio campo. Ma per avere il meglio, bisogna pagare. Poi, dovremmo anche aggiungere il costo dell'arma, delle pallottole, del mirino telescopico e delle materie prime necessarie... in tutto, diciamo l'equivalente di altre duecento sterline. »

« Affare fatto » rispose l'inglese, senza discutere. Allungò di nuovo la mano verso la tasca interna della giacca e tirò fuori un rotolo di banconote da cinque sterline, legate in mazzetti da venti ciascuno. Ne contò cinque.

« Proporrei, in modo da dimostrarle la mia *bona fides*, » continuò, in tono pacato « un anticipo che copra anche i costi, per un totale di cinquecento sterline. Le altre settecento al mio ritorno, fra undici giorni. Le va bene? »

« Monsieur, » disse il belga, intascando rapidamente le banconote « è un piacere avere a che fare con un professionista nel suo campo, che è anche un gentiluomo. »

« E c'è un'altra cosa » continuò l'altro, come se non fosse stato interrotto. « Non dovrà fare alcun tentativo di mettersi in contatto con Louis, né dovrà chiedere a lui o a chiunque altro chi sono o qual è il mio vero nome. Non dovrà cercare di sapere per chi sto lavorando, né ai danni di chi. Nell'eventualità che lei voglia ugualmente tentare di farlo, sappia che ne sarò informato. In questo caso, lei morirà. Al mio ritorno, se ha tentato di mettersi in contatto con la polizia, o di tendermi un tranello, per lei sarà la fine. Mi sono spiegato? »

Goossens provò un senso di inquietudine. Si fermò nell'ingresso, alzando gli occhi verso l'inglese, mentre si sentiva attanagliare le viscere dalla paura. Si era trovato ad affrontare molti uomini senza scrupoli che facevano parte del mondo della malavita belga, quando venivano a chiedergli qualche arma di un tipo un po' particolare o anche semplicemente una delle solite Colt a canna mozza, e li conosceva bene. Erano dei duri. Ma in quell'uomo che veniva dall'altra parte della Manica e che si preparava ad assassinare un personaggio importante e ben protetto, c'era qualcosa di gelido e di implacabile. La sua vittima predestinata non doveva certo essere un suo avversario diretto, ma un uomo molto in vista – un politico forse. Pensò di protestare, di fargli le proprie rimostranze, poi decise per una via migliore.

« Monsieur, » disse, calmo « non voglio sapere niente, assolutamente niente di lei. La carabina che le sarà consegnata non porterà un numero di serie. Mi creda: per me è più importante che tramite lei e le sue azioni non si risalga sino a me di quanto lo possa essere il sapere sul suo conto qualcosa di più di quello che so già. *Bonjour*, monsieur. »

Lo Sciacallo si allontanò sotto il sole cocente e, a un paio di isolati di distanza, trovò un taxi libero che lo ricondusse nel centro di Bruxelles e all'Hôtel Amigo.

Immaginava che Goossens, per poter comprare le armi necessarie al suo commercio, avesse alle proprie dipendenze un falsario, ma preferì trovarne un altro di cui servirsi. Ancora una volta, Louis, la sua vecchia conoscenza dei tempi del Katanga, gli venne in aiuto. Non che fosse difficile. Bruxelles vanta una lunga tradizione, come capitale dell'industria dei documenti falsi, e molti stranieri hanno imparato ad apprezzare la mancanza di ogni formalità per ottenere quello che si vuole, in questo campo. All'inizio degli anni Sessanta, Bruxelles era anche la base di operazioni dei soldati mercenari, perché non erano ancora intervenute nel Congo le unità militari francesi e sudafricane, che avrebbero preso in mano completamente la situazione. Perduto il Katanga, più di trecento "consiglieri militari" disoccupati che avevano visto giorni migliori ai tempi del regime di Ciombé, trascorrevano le loro giornate nei locali del quartiere più malfamato della città, e molti di loro erano in possesso di parecchie serie di documenti d'identità falsi.

Lo Sciacallo trovò il suo uomo in un bar a poca distanza da Rue Neuve: era stato Louis a procurargli l'appuntamento. Si presentò e andò a sedersi con l'altro a un tavolo appartato. Lo Sciacallo tirò fuori la patente automobilistica, intestata al suo vero nome, che gli era stata rilasciata dal Consiglio di Contea di Londra due anni prima ed era ancora valida per parecchi mesi.

« Questa, » spiegò al belga « era di un tale che adesso è morto. Io non ho il permesso di guidare in Gran Bretagna, e mi serve una prima pagina nuova che porti il mio nome. »

E mostrò all'altro il passaporto a nome Duggan. Il belga, che gli sedeva di fronte, diede subito un'occhiata al documento, notò che era nuovissimo, rilevò il fatto che era stato rilasciato tre giorni prima e fissò con uno sguardo penetrante il suo interlocutore.

« *En effet* » mormorò, poi spalancò il documento con la copertina rossa – la patente. Dopo qualche secondo, alzò gli occhi.

« Non è difficile, monsieur. Le autorità inglesi sono correttissime, dei veri gentiluomini. Certe volte si ha l'impressione che non pensino che i documenti ufficiali possono anche venire falsificati, e quindi le precauzioni che prendono sono davvero poche. Questo foglio... » disse, tastando il sottile foglio di carta, ingommato sulla prima pagina della patente, sul quale era scritto il numero di serie e il nome del proprietario per esteso... « potrebbe venire stampato con uno di quei giochi da tipografo che adoperano i bambini. Il tipo di carta è abbastanza comune. Un falso di questo genere non presenta alcun problema. È solo questo, che volete da me? »

« No, ci sono altri due documenti. »

« Ah! Se me lo permette, era strano che mi avesse cercato per un lavoretto così semplice. Di certo, a Londra non devono mancare le persone in grado di farlo, nel giro di poche ore. E questi altri documenti? »

Lo Sciacallo li descrisse minuziosamente. Mentre ascoltava, il belga socchiuse gli occhi pensieroso. Tirò fuori di tasca un pacchetto di Bastos, ne offrì all'inglese che rifiutò, e ne accese una per sé.

« Qui la faccenda è più complicata. Il documento francese non dovrebbe rappresentare un problema. Ce n'è una certa abbondanza in giro, e si può lavorare su quelli. Lei capisce che bisogna lavorare su un originale, per ottenere i risultati migliori. Ma l'altro? Non credo di averne mai visto uno. È una richiesta davvero insolita. »

Tacque, mentre lo Sciacallo ordinava a un cameriere di riempire di nuovo i loro bicchieri. Quando il cameriere si allontanò, il belga riprese a parlare.

« E poi, la fotografia. Non sarà certo facile. Lei dice che ci deve essere una differenza nell'età, e nel colore e nella lunghezza dei capelli. La maggior parte delle persone che desiderano un documento falso, preferisce che sul documento ci sia la fotografia autentica, però i particolari ritoccati. Il fatto di dover "costruire" una nuova fotografia, che non assomiglia affatto a lei così come è ora, complica le cose. »

Sorseggiò una buona metà della sua birra, sempre fissando l'inglese che gli sedeva di fronte. « Per ottenere l'effetto desiderato, sarà necessario cercare un uomo di età molto vicina a quella della persona che dovrà portare su di sé i documenti, che inoltre assomigli un po' a lei almeno per quanto riguarda la faccia e la conformazione della testa e che abbia i capelli della lunghezza richiesta. Poi, bisognerebbe sistemare sui documenti la fotografia di quest'uomo. Toccherà a lei, però, adattare ogni suo travestimento successivo all'autentico aspetto di quest'uomo, anziché il contrario. Mi segue? »

« Sì » rispose lo Sciacallo.

« Questo richiederà un certo tempo. Quanto può fermarsi a Bruxelles? »

« Non molto » disse lo Sciacallo. « Devo partire presto, ma sarò di ritorno il primo agosto. Potrò fermarmi altri tre giorni, per poi essere di ritorno a Londra il quattro, improrogabilmente. »

Il belga rimase ancora in silenzio a pensare, fissando la fotografia sul passaporto aperto che aveva davanti. Poi lo chiuse e lo restituì all'inglese, dopo aver copiato su un pezzo di carta il nome Alexander James Quentin Duggan. E si mise in tasca sia il pezzo di carta sia la patente.

« D'accordo. Si può fare. Ma ho bisogno di due sue fotografie, così come lei è adesso, una di fronte e l'altra di profilo. Questo richiederà un po' di tempo. E denaro. Ci sono poi anche le spese extra... Potrebbe essere necessario un supplemento di lavoro in Francia, eseguito da un collega abile nell'alleggerire le tasche altrui, per procurarci il secondo dei documenti di cui mi ha parlato. È chiaro che prima di arrivare a questo, cercherò a Bruxelles, ma forse dovremo adattarci all'operazione più lunga... »

« Quanto? » lo interruppe l'inglese.

« Ventimila franchi belgi. »

Lo Sciacallo pensò un momento. « Centocinquanta sterline circa. D'accordo. Le pagherò un anticipo di cento sterline e il resto alla consegna. »

Il belga si alzò in piedi. « Allora sarà meglio fare subito le foto formato tessera. Ho uno studio fotografico mio. »

Presero un taxi che li depositò davanti alla porta di un seminterrato, a un paio di chilometri di distanza. Si trattava di uno studio fotografico un po' squallido e dall'aspetto molto modesto. Una targa, fuori, precisava che lì erano specializzati in fotografie formato tessera, per documenti, sviluppate subito in presenza del cliente.

Sul vetro della finestra c'era l'inevitabile campionario dal quale il passante avrebbe dovuto farsi un'idea del meglio della produzione locale: due ritratti di ragazzine smorfiose, orribilmente ritoccati; la foto ufficiale di due sposi tanto antipatici da infliggere un duro colpo all'intero concetto del matrimonio; due neonati. Il belga precedette l'inglese giù per i gradini che conducevano alla porta d'ingresso, aprì e fece passare il cliente.

La seduta richiese due ore, durante le quali il belga dimostrò di possedere con la macchina fotografica tutta l'abilità che mancava all'autore delle foto esposte alla finestra. Un capace baule in un angolo, che lui aprì con una chiave sua, rivelò una selezione di costosissime macchine fotografiche e di flash, oltre a un'abbondante scelta di accessori per il trucco, con coloranti e tinture per i capelli, toupet, parrucche, una grande varietà di occhiali e una scatola di cosmetici del tipo che adoperano gli attori.

Erano circa a metà della seduta quando il belga ebbe l'idea che avrebbe ovviato alla necessità di un sostituto per la fotografia definitiva. Dopo aver studiato l'effetto di una buona mezz'ora di lavoro con cosmetici e cerone sulla faccia dello Sciacallo, corse verso il baule, ci frugò dentro e ne estrasse una parrucca.

« Che cosa ne pensa, di questa? » domandò.

La parrucca era di color grigio ferro, con i capelli tagliati *en brosse*.

« Crede che i suoi capelli, tagliati a questa lunghezza e tinti di questo colore, potrebbero diventare come questa parrucca? »

Lo Sciacallo prese fra le mani la parrucca e la esaminò. « Possiamo provare, per vedere che effetto fa nella fotografia » suggerì.

La trovata funzionò. Mezz'ora dopo aver scattato sei fotografie del suo cliente, il belga uscì dalla camera oscura. Insieme, deposero le copie sulla scrivania e le esaminarono attentamente. La faccia era quella di un uomo vecchio e stanco. La pelle grigiastra, gli occhi segnati da profonde occhiaie, prodotte dalla fatica e dalla sofferenza. L'uomo non aveva né barba né baffi, ma i capelli grigi lo facevano sembrare sulla cinquantina, età che fra l'altro portava piuttosto male.

« Io credo che potrebbe andare » disse infine il belga.

« Il problema » rispose lo Sciacallo « è che lei ha dovuto lavorare sulla mia faccia con il cerone e i cosmetici per una buona mezz'ora, prima di ottenere questo effetto. E c'è anche la parrucca. Io non posso riuscirci da solo. E qui eravamo alla luce artificiale, mentre io mi troverò all'aperto quando sarò costretto a mostrare i documenti che le ho chiesto. »

« Ma non è questo il punto più importante » ribatté il fotografo. « Non importa se lei non sarà l'immagine perfetta della fotografia, o se preferisce, che la fotografia non sia la perfetta riproduzione di come lei appare in realtà. Una persona che esamina i documenti si comporta in questo modo: per prima cosa guarda la faccia, quella vera, poi domanda i documenti. E allora vede la fotografia. Negli occhi ha già l'immagine dell'uomo di fronte a lui, e questo influisce sul suo giudizio. Cerca i punti di somiglianza, non il contrario.

« E poi, il formato di questa fotografia è venticinque centimetri per venti. La fotografia sulla carta di identità sarà tre per quattro. Per non dire che si dovrebbe evitare una somiglianza troppo precisa. Se il documento di identità è stato rilasciato qualche anno prima, è impossibile che un uomo sia rimasto sempre lo stesso. Nella fotografia, qui, lei ha una camicia a righe aperta sul collo. E allora, cerchi di evitare questo tipo di camicia, anzi qualsiasi camicia aperta. Porti una cravatta, una sciarpa o un maglione con collo alto.

« Infine, tutto quello che ho fatto io, può essere simulato senza difficoltà. Certo, i capelli devono essere tagliati *en brosse* prima che questa foto sia presentata a qualcuno, e tinti di grigio, magari in una tonalità leggermente più scura di quella della fotografia. Per aumentare l'impressione di vecchiaia, si lasci crescere la barba per due o tre giorni. Poi se la tagli con un rasoio a mano libera, malamente, ferendosi in un paio di posti. Gli uomini anziani hanno una certa tendenza a farlo. Come per la pelle, che è di grande importanza: deve essere grigia e stanca, malaticcia e piuttosto lucida, per attirare compassione. Lei può procurarsi un po' di cordite? »

Lo Sciacallo aveva ascoltato le parole del falsario con ammirazione, anche se la sua faccia non esprimeva assolutamente nulla. Per la seconda volta nello stesso giorno era riuscito a mettersi in contatto con un professionista come lui, che conosceva a fondo il proprio lavoro. Prese nota mentalmente di ringraziare Louis come si conveniva... – una volta terminato il lavoro.

« Credo proprio di sì » disse, cauto.

« Un paio di pezzetti di cordite, masticati e inghiottiti, producono nel giro di mezz'ora un senso di nausea, sgradevole ma non disastroso. Danno alla pelle un pallore grigiastro, e la faccia diventa lucida di sudore. Ci servivamo di questo trucco durante il servizio militare, per marcare visita ed evitare i lavori pesanti o le marce di addestramento. »

« Grazie per l'informazione. E ora, quanto al resto, crede di poter preparare in tempo i documenti? »

« Dal punto di vista tecnico, non c'è dubbio. Rimane un unico problema: procurarsi un originale del secondo documento francese. Per quello devo muovermi. Ma se tornerà ai primi di agosto, credo di poterli avere pronti tutti e due. Lei... ehm... aveva accennato a un anticipo sul pagamento, qualcosa che copra le spese... »

Lo Sciacallo infilò una mano nella tasca interna della giacca e ne estrasse un unico mazzetto di banconote da venticinque sterline, che allungò al belga.

« Come posso mettermi in contatto con lei? » domandò.

« Le consiglierei di usare lo stesso metodo di stasera. »

« Troppo rischioso. Il mio contatto potrebbe non esserci, o trovarsi fuori città. E così non potrei più incontrarla. »

Il belga pensò un minuto. « Allora l'aspetterò i primi tre giorni d'agosto, dalle sei alle sette di sera, nel bar dove ci siamo incontrati oggi. Se non si farà vivo, penserò che l'affare è andato a monte. »

L'inglese si era tolto la parrucca e si stava pulendo la faccia con un asciugamano intriso di liquido detergente. In silenzio, si infilò la giacca e riannodò la cravatta. Quando ebbe finito, si rivolse al belga.

« Ci sono certe cose che desidero chiarire » disse, in tono pacato. Ogni cordialità era scomparsa dalla voce, e gli occhi fissarono il belga, grigi e freddi come la nebbia sulla Manica. « Quando avrà finito il lavoro, si presenterà al bar, come d'accordo. Mi restituirà la patente nuova e la pagina staccata da quella che ha in mano adesso. E anche le negative, e tutte le copie delle fotografie che mi ha scattato. Non solo, ma dimenticherà il nome Duggan e quello del primo intestatario della patente. Il nome per i due documenti francesi che deve preparare, può sceglierlo liberamente, purché si tratti di un nome francese semplice e comune. Dopo avermi consegnato i documenti, si dimenticherà anche di quello. Non parlerà mai a nessuno di questa commissione. Nell'eventualità che lei non ubbidisca a queste condizioni, morirà. È chiaro? »

Il belga rimase a fissarlo in silenzio, per qualche momento. Nelle ultime tre ore era arrivato alla conclusione che l'inglese era un cliente qualsiasi, che voleva semplicemente guidare un'automobile in Gran Bretagna e travestirsi da uomo di mezza età in Francia, per motivi che riguardavano solo lui. Forse era un contrabbandiere, che portava in Inghilterra droga o diamanti, partendo da qualche sperduto paesino bretone. Ma in complesso, una persona davvero simpatica. Cambiò parere.

« Chiarissimo, monsieur. »

Pochi secondi più tardi, l'inglese era già sparito nel buio. Camminò per cinque isolati, prima di salire su un taxi per farsi accompagnare all'Hôtel Amigo, ed era mezzanotte quando ci arrivò. Ordinò una porzione di pollo freddo e una bottiglia di vino della Mosella, chiese che gli fosse portato tutto in camera, fece un lungo bagno per liberarsi delle ultime tracce del trucco, e poi si addormentò.

La mattina seguente, lasciò l'albergo e prese il *Brabant Express*, un rapido per Parigi. Era il 22 luglio.

Quella stessa mattina, il direttore del Servizio d'azione dello SDECE era seduto alla scrivania e stava esaminando i due fogli che aveva davanti. Si trattava di copie di rapporti compilati da agenti di altre sezioni e trasmessi anche a lui per conoscenza. In alto, in un angolo dei due fogli di carta velina c'era l'elenco dei capi sezione ai quali spettava ricevere una copia del rapporto. A fianco del suo nome, era stato tracciato un piccolo segno. I due rapporti erano arrivati quella mattina, e in tempi normali il colonnello Rolland li avrebbe semplicemente letti, prendendo nota di quello che dicevano, avrebbe immagazzinato quelle notizie in un punto imprecisato della sua straordinaria memoria e poi li avrebbe fatti archiviare sotto voci differenti. Ma in ognuno dei due rapporti c'era una parola che balzava agli occhi, una parola che lo lasciava perplesso.

Per primo, era arrivato un promemoria interdipartimentale spedito da R.3 (Europa occidentale), che riassumeva un dispaccio dell'ufficio di Roma. Da quel rapporto risultava che Rodin, Montclair e Casson erano sempre chiusi nelle loro camere all'ultimo piano dell'albergo, protetti dalle guardie del corpo. Non erano mai usciti dall'edificio, da quando, il 18 giugno, vi avevano preso alloggio. Un certo numero di agenti era stato distaccato dall'R.3 di Parigi e mandato a Roma per aiutare i colleghi a tenere l'albergo sotto continua sorveglianza. Le istruzioni da Parigi rimanevano sempre le stesse: evitare qualsiasi contatto, ma limitarsi a dare un'occhiata. Gli uomini nell'albergo avevano stabilito tre settimane prima la via per comunicare con il mondo esterno (vedere il rapporto di Roma R.3 del 30 giugno), e niente era cambiato in questo senso. Il messaggero rimaneva sempre Viktor Kowalski. Fine del rapporto.

Il colonnello Rolland aprì il dossier appoggiato alla sua destra, sulla scrivania, vicino alla granata da 105 millimetri, segata in due, che gli serviva da portacenere e che già a quell'ora era piena a metà di mozziconi di *Disque Bleu.* I suoi occhi scorsero rapidamente il rapporto di Roma R.3 del 30 giugno, finché lui trovò il capoverso che gli interessava.

C'era scritto che ogni giorno una delle guardie lasciava l'albergo e si dirigeva a piedi all'ufficio della Posta centrale di Roma. Qui, esisteva un "fermoposta" intestato a un certo Poitiers. L'OAS non aveva preso una casella postale, forse per il timore che potesse essere svaligiata. Tutta la corrispondenza per i tre capi dell'OAS era indirizzata a questo Poitiers, ed era conservata dall'impiegato in servizio al banco del "fermoposta". Un tentativo di corromperlo era fallito. L'uomo ne aveva parlato con i suoi superiori ed era stato sostituito con un impiegato più anziano. Poteva darsi che ora la posta per Poitiers venisse passata al setaccio dal servizio di sicurezza della polizia italiana, ma R.3 aveva avuto istruzioni di non mettersi in contatto con gli italiani per chiedere la loro collaborazione. Il tentativo di corrompere l'impiegato era fallito, ma la pista era troppo importante per abbandonarla. Ogni giorno, la corrispondenza arrivata durante la notte all'ufficio postale veniva consegnata alla guardia, un certo Viktor Kowalski, ex caporale della Legione straniera, che aveva fatto parte della compagnia comandata da Rodin, ai tempi dell'Indocina. Kowalski, evidentemente, aveva i documenti falsi necessari per farsi identificare come Poitiers, o la lettera di presentazione di un personaggio autorevole. Se Kowalski aveva qualche lettera da impostare, restava vicino alla cassetta all'interno del salone centrale del palazzo fino a cinque minuti prima dell'ora in cui la posta veniva ritirata, infilava le lettere attraverso la sottile fessura, e poi aspettava che l'intero contenuto della cassetta fosse raccolto e portato negli uffici interni per lo smistamento. Qualsiasi tentativo di interferire con la raccolta delle lettere o con la spedizione della posta dei capi dell'OAS avrebbe richiesto l'uso della violenza, ma Parigi aveva già posto il suo veto. Qualche volta, Kowalski faceva un'interurbana, dal banco dei telefoni, ma anche in questo caso era stato impossibile conoscere il numero richiesto o ascoltare la conversazione. Fine del rapporto.

Il colonnello Rolland lasciò ricadere la copertina del dossier e prese in esame il secondo dei due rapporti ricevuti quella mattina. Era della Police Judiciaire di Metz e informava che un uomo era stato interrogato durante un'ispezione in un bar e, nella rissa che ne era seguita, per poco non aveva ucciso due poliziotti. Successivamente, al posto di polizia, era stato identificato dalle impronte digitali per un certo Sandor Kovacs, disertore della Legione straniera, nato in Ungheria e fuggito da Budapest nel 1956. Kovacs, aggiungeva una nota inviata dalla Police Judiciaire di Parigi allegata al rapporto di Metz, era un noto bandito dell'OAS, ricercato da tempo per aver preso parte a una serie di atti terroristici e agli assassinii di alcuni personaggi in vista, fedeli alla Francia, nella zona di Bona e Costantina durante il 1961. A quell'epoca lavorava in coppia con un altro assassino dell'OAS, ancora latitante, l'ex caporale della Legione straniera Viktor Kowalski. Fine del rapporto.

Per più di un'ora, Rolland pensò al legame tra i due uomini. Infine premette un pulsante sulla scrivania e alla voce che gli chiedeva: « *Oui, mon colonel* » ordinò: « Mi porti il dossier personale di Viktor Kowalski. Subito ».

Nel giro di dieci minuti, ricevette il fascicolo dall'archivio e impiegò un'altra ora a leggerlo, ritornando parecchie volte su un determinato paragrafo. Mentre gli altri parigini con professioni meno impegnative della sua, invadevano i marciapiedi e correvano a casa per il pranzo, il colonnello Rolland organizzò una piccola riunione alla quale, oltre a lui, parteciparono il suo segretario personale, un perito calligrafo del reparto documentazione che si trovava tre piani più in basso, e due tra i più coraggiosi dei suoi "pretoriani".

« Signori, » disse Rolland « con la collaborazione involontaria ma inevitabile di una persona che non è presente qui, noi ora prepareremo il testo di una lettera. Questa lettera, poi, sarà trascritta su un foglio e spedita. »

5

Il treno su cui viaggiava lo Sciacallo arrivò alla Gare du Nord appena prima dell'ora del pranzo, ed egli salì su un taxi e si fece condurre in un alberghetto di Rue de Surène, a poca distanza da Place de la Madeleine. Anche se il "d'Angleterre" di Copenaghen o l'"Amigo" di Bruxelles erano di categoria superiore, lo Sciacallo aveva i suoi buoni motivi per scegliere un posto meno pretenzioso e conosciuto dove alloggiare durante la sua permanenza a Parigi. Prima di tutto, doveva fermarsi lì diversi giorni, e poi, alla fine di luglio, Parigi presentava più rischi di Copenaghen o Bruxelles per incontrare qualche persona che poteva averlo conosciuto a Londra sotto il suo vero nome. Fuori, in strada, per proteggere la sua identità, faceva affidamento sui grandi occhiali scuri che erano giustificati dalla luce accecante dei boulevards esposti al sole. Il pericolo esisteva sempre, invece, nei corridoi o nel foyer di un albergo. A questo punto delle operazioni, l'ultima cosa che desiderava, era di venire fermato da qualcuno e di sentirsi salutare con un cordiale: « Ma guarda un po'! Che combinazione trovarti qui... », con l'aggiunta del suo nome autentico, a portata d'orecchio del personale dell'albergo che lo conosceva come Duggan.

Fece il possibile, durante quei giorni a Parigi, per passare inosservato. Viveva nel modo più tranquillo, consumando in camera la prima colazione a base di caffè e croissant. Nel negozio di specialità straniere che si trovava sull'altro lato della strada, proprio davanti all'ingresso dell'albergo, aveva comprato un barattolo di marmellata d'arance da sostituire a quella di ribes che passava l'albergo, e aveva chiesto al personale di servizio di portargliela ogni mattina al posto dell'altra.

Era gentile ma poco loquace con i dipendenti dell'albergo: parlava soltanto qualche parola di francese con la pronuncia caratteristica e spaventosa degli inglesi, sorridendo educatamente quando veniva interpellato. E rispondeva alle domande premurose della direzione, assicurando che si trovava benissimo e che li ringraziava.

« *Monsieur Duggan* » disse un giorno la proprietaria dell'albergo al portiere « *est extrêmement gentil. Un vrai gentleman.* » E non ci furono obiezioni.

Le sue giornate le trascorreva fuori dall'albergo, come un turista qualsiasi. Il primo giorno acquistò una pianta della città e ci segnò sopra, in base ad appunti che aveva scritto su un piccolo taccuino, i posti di un certo interesse, che lui voleva conoscere. Poi li visitò con dedizione notevole, attento alle bellezze architettoniche di alcuni e all'importanza storica degli altri.

Per tre giorni, si aggirò nei pressi dell'Arc de Triomphe o sedette sulla terrazza del Café de l'Elysée, a studiare il monumento e i tetti dei grandi palazzi intorno a Place de l'Etoile. Chiunque lo avesse seguito in quei giorni (ma nessuno lo fece) si sarebbe sorpreso che l'architettura, anche se di un uomo geniale come Haussmann, potesse trovare un ammiratore tanto devoto. Certamente nessuno che si fosse preso la briga di osservarlo avrebbe potuto immaginare che quel tranquillo ed elegante turista inglese che mescolava il caffè nella tazzina e fissava gli edifici là intorno per tante ore consecutive, fosse intento a studiare mentalmente gli angoli di tiro, la distanza dai piani superiori delle case alla fiamma eterna che palpitava sotto l'Arco, e la possibilità di fuga per un uomo che fosse sceso dalla scala anti-incendio di uno di quei palazzi, senza essere notato dalla folla assiepata lì davanti.

Dopo tre giorni lasciò l'Etoile e visitò l'ossario dei martiri della Resistenza francese, a Montvalérien. Qui arrivò con un mazzo di fiori; e una guida, commossa da quel gesto nei confronti dei suoi ex compagni della Resistenza, lo accompagnò nella visita. Difficilmente poteva accorgersi che gli occhi dell'inglese continuavano a spostarsi dall'ingresso dell'ossario alle alte mura della prigione vicina che impedivano la visuale perfetta del cortile dagli edifici circostanti. Dopo due ore, lo Sciacallo se ne andò con un cortese « grazie » e un *pourboire* generoso ma non eccessivo.

Visitò anche Place des Invalides, dominata sul lato meridionale dall'Hôtel des Invalides, ultima dimora di Napoleone e sacrario delle glorie dell'esercito francese. Lo interessava soprattutto il lato occidentale dell'enorme piazza, formato dalla Rue Fabert, e per una mattina intera rimase seduto al caffè d'angolo dove la Rue Fabert sfocia nel minuscolo triangolo di Place de Santiago du Chili. Calcolò che un tiratore esperto poteva tenere sotto controllo i giardini di fronte agli Invalides, l'ingresso al cortile interno, buona parte di Place des Invalides, e due o tre strade, se si fosse sistemato al settimo o all'ottavo piano dell'edificio che si trovava proprio sopra di lui, in Rue de Grenelle 146, dove questa strada incrocia Rue Fabert ad angolo retto.

Un buon posto d'osservazione, ma non adatto per un assassinio. Per prima cosa la distanza dalle finestre superiori al viale di ghiaia che conduceva al Palazzo des Invalides, dove le automobili si sarebbero fermate davanti ai gradini tra i due carri armati, era di oltre duecento metri. E poi, la visuale verso il basso dalle finestre del numero 146 sarebbe stata bloccata parzialmente dai rami dei folti alberi di cedro che crescevano in Place de Santiago e dai quali i piccioni lasciavano cadere i loro tributi giallastri sulle spalle della statua di Vauban, che li accettava rassegnata. Con un certo rammarico, pagò la sua *Vittel Menthe* e se ne andò.

Una giornata intera la passò nelle vicinanze della cattedrale di Notre-Dame. Qui, in quel labirinto che è l'Ile de la Cité, non mancavano certo le scale di servizio, i vicoli e i passaggi, ma la distanza fra l'ingresso della cattedrale e le macchine che sarebbero state parcheggiate ai piedì dei gradini era di pochi metri soltanto. E poi i tetti di Place du Parvis erano troppo lontani, mentre quelli della minuscola Place Charlemagne erano troppo vicini ed era probabile che il servizio di sicurezza disponesse lì i propri uomini.

La sua ultima visita fu dedicata alla piazza che si trova all'estremità meridionale di Rue de Rennes. Era ormai il 28 luglio. La piazza, un tempo Place de Rennes, si chiamava Place du 18 Juin 1940, giorno in cui i gollisti si erano impadroniti del Municipio di Parigi. Gli occhi dello Sciacallo caddero casualmente sulla targa stradale nuova di zecca che portava quel nome, applicata al muro di un palazzo, e ci rimasero fissati sopra. Gli ritornò in mente qualcosa che aveva letto il mese precedente. 18 giugno 1940: il giorno in cui un esule aveva parlato alla radio da Londra, per dire ai francesi che se avevano perduto una battaglia, non avevano perso la guerra.

C'era qualcosa in quella piazza, con la tozza e ingombrante mole della Gare Montparnasse sul lato meridionale, ricca di memorie per i parigini della generazione che aveva fatto la guerra, che costrinse l'assassino a fermarsi. Esaminò lentamente la distesa di asfalto attraversata in tutte le direzioni, adesso, dal traffico caotico che arrivava da Boulevard du Montparnasse e confluiva in quello proveniente da Rue d'Odessa e da Rue de Rennes. Si guardò intorno, fissando gli alti palazzi, dalla facciata stretta, situati all'imbocco di Rue de Rennes.

A passi lenti, seguì la curva verso il lato meridionale della piazza e osservò, attraverso l'inferriata, lo spazio antistante l'ingresso della stazione. Era brulicante di automobili e di taxi che scaricavano o rilevavano le decine di migliaia di passeggeri in arrivo o in transito ogni giorno: una delle stazioni più grandi e più importanti di Parigi. Quell'inverno, sarebbe diventata uno scafo in disarmo, silenzioso, lasciato a meditare sugli eventi umani e storici verificatisi all'ombra delle sue strutture di acciaio annerito. L'edificio era destinato alla demolizione [1].

Lo Sciacallo voltò le spalle all'inferriata e si mise a osservare il traffico in Rue de Rennes. Aveva di fronte Place du 18 Juin 1940: si convinse che là il Presidente francese sarebbe venuto, un'ultima volta, un giorno ben preciso. Gli altri posti che aveva esaminato durante tutta quella settimana costituivano delle possibilità; questo, non poteva sbagliarsi, era la certezza. Nel giro di pochi mesi non ci sarebbe più stata la Gare Montparnasse, le colonne che avevano visto tanti avvenimenti sarebbero state abbattute e fuse per diventare le cancellate nuove di qualche villa della periferia, e quel luogo che aveva assistito all'umiliazione dei tedeschi il giorno in cui Parigi era stata riconquistata sarebbe diventato un altro ristorante per uomini d'affari. Ma prima che questo si verificasse, lui, l'uomo con il chepì e le due stelle d'oro, ci sarebbe venuto ancora una volta. E la distanza dall'ultimo piano della casa d'angolo sul lato occidentale di Rue de Rennes al centro del piazzale antistante la stazione, era di centotrenta metri circa.

Lo Sciacallo studiò con occhio da esperto la scena davanti a lui. Le due case d'angolo che guardavano su Rue de Rennes, dove questa finiva nella piazza, erano senza dubbio la scelta migliore. Le prime tre case in Rue de Rennes costituivano una scelta di ripiego, in quanto presentavano un angolo di tiro alquanto ridotto sul piazzale della stazione. Più oltre, l'angolo si stringeva troppo. Alla stessa maniera, costituivano un'altra buona scelta le prime tre case di fronte a Boulevard du Montparnasse, che attraversava completamente il piazzale da est a ovest. Ma anche qui l'angolo di tiro diventava troppo stretto dalle case successive e le distanze troppo lunghe. E non c'erano altri edifici che dominassero il piazzale, all'infuori della stazione. Ma un'eventualità del genere era da scartare a priori, perché le finestre degli uffici dei piani superiori, prospicienti l'ingresso, sarebbero state certo affollate di agenti del servizio

[1] La vecchia facciata della Gare Montparnasse è stata demolita nel 1964 per far posto a una serie di palazzi per uffici. La nuova stazione è stata costruita 500 metri più indietro lungo la linea ferroviaria. [*N.d.A.*]

di sicurezza. Lo Sciacallo decise di esaminare attentamente le tre case sul lato occidentale di Rue de Rennes e si avviò a passi rapidi verso un bar d'angolo sul lato orientale, il Café Duchesse Anne.

Qui si sedette fuori, a pochi metri dal traffico caotico, ordinò un caffè e si mise a fissare le case dall'altra parte della strada. Restò lì per tre ore. Più tardi pranzò alla Hansi Brasserie Alsacienne che si trovava di fronte, e si mise a studiare le facciate del lato orientale. Per tutto il pomeriggio non fece che percorrere quel tratto di strada in su e in giù, osservando più da vicino i portoni dei palazzi che aveva scelto.

Infine si spostò verso le case dirimpetto a Boulevard du Montparnasse, ma qui i palazzi erano in massima parte costituiti da uffici, più nuovi e brulicanti di attività.

Il giorno seguente, ci tornò ancora. Passando davanti ai palazzi e attraversando quindi la strada, andò a sedersi su una delle panchine di pietra sotto gli alberi e, mentre fingeva di leggere il giornale, esaminò i piani superiori. Cinque o sei piani di una facciata di pietra, sormontati da un parapetto, e poi i tetti di tegole nere con la loro ripida pendenza, dove si aprivano le finestre delle mansarde che un tempo avevano alloggiato la servitù e adesso erano diventate il rifugio dei più poveri *pensionnaires*. I tetti, e forse anche le mansarde, sarebbero stati certo tenuti sotto stretta sorveglianza, quel giorno. Forse ci sarebbero anche stati degli agenti lassù, rannicchiati tra i comignoli, con i binocoli fissi sulle finestre e sui tetti degli edifici di fronte. Ma l'ultimo piano della casa era alto a sufficienza, purché naturalmente si potesse trovare il modo di restare indietro, nella penombra della stanza, per non essere notati dall'altro lato della strada. La finestra aperta, nel caldo soffocante di Parigi in piena estate, non avrebbe dovuto suscitare sospetti.

Ma quanto più una persona era seduta all'interno della stanza, tanto più stretto sarebbe stato l'angolo di tiro, lateralmente, sul piazzale della stazione. Per questo, lo Sciacallo eliminò la terza casa in Rue de Rennes, sia da un lato sia dall'altro della strada. Restavano quindi altre quattro case. Poiché pensava che avrebbe sparato alla sua vittima verso la metà del pomeriggio, mentre il sole si spostava verso ovest ma era ancora sufficientemente alto nel cielo per battere sul tetto della stazione e di qui riflettersi sulle finestre del lato orientale della strada, decise di limitare la sua scelta alle prime due case sul lato occidentale. Per averne una prova, aspettò fino alle quattro del pomeriggio, il 29 luglio, e notò che sul lato occidentale della strada le finestre dei piani più alti ricevevano obliquamente i raggi del sole, che colpiva invece in pieno le case situate a est.

L'indomani si occupò della *concierge*. Era il terzo giorno che veniva a sedersi a quel caffè o su una delle panchine sul marciapiede: questa volta ne scelse una a qualche passo dall'ingresso dei due palazzi che ancora lo interessavano. A poca distanza alle sue spalle e separata da lui soltanto dal marciapiede invaso da una marea ininterrotta di pedoni, la *concierge* era seduta nell'ingresso a lavorare a maglia. A un certo momento un cameriere di un caffè vicino le si avvicinò per fare quattro chiacchiere. Chiamò la *concierge* per nome, madame Berthe. Era una scenetta piacevole. La giornata era calda, il sole splendeva alto nel cielo sopra il tetto della stazione, e i suoi raggi si allungavano per un paio di metri sotto l'arco buio del portone, mentre illuminavano la parte sud e sud-ovest della piazza.

Era una donna cordiale e gentile. Dal cinguettante « *Bonjour, monsieur* » con cui salutava le persone che uscivano e entravano dal palazzo, e dall'allegro « *Bonjour, madame Berthe* » che riceveva di volta in volta in risposta, l'uomo seduto sulla panchina a qualche metro di distanza ne ricavò l'impressione che dovesse essere una donna molto benvoluta. Una persona di carattere dolce, piena di compassione per tutti i disgraziati che ci sono al mondo: infatti, poco dopo le due del pomeriggio, comparve un gatto, e nel giro di pochi minuti, dopo essersi ritirata negli oscuri recessi della sua *loge* situata al pianterreno, madame Berthe fece ritorno con un piattino di latte per la bestiola che chiamò più volte "la sua piccola Minet".

Poco prima che suonassero le quattro, interruppe il lavoro

a maglia, arrotolò la lana sui ferri da calza, si infilò il tutto in una delle capaci tasche del grembiule e, strascicando i piedi nelle pantofole, si diresse lentamente verso la panetteria in fondo alla strada. Lo Sciacallo, senza dare nell'occhio, si alzò dalla panchina ed entrò nel palazzo. Preferì le scale all'ascensore, e si avviò silenziosamente, a passi rapidi, verso i piani più alti.

La scala girava attorno al pozzo dell'ascensore, interrotta da un piccolo pianerottolo alla fine di ogni rampa, e sempre nella parte posteriore dell'edificio. Ogni due piani, una porta permetteva di raggiungere dal pianerottolo la scala metallica anti-incendio. Arrivato sul pianerottolo dell'ultimo piano, l'inglese aprì la porta di sicurezza e guardò in giù. La scala di ferro terminava in un cortile interno, sul quale si aprivano gli ingressi di servizio degli altri palazzi che formavano l'angolo della piazza. Dal lato opposto del cortile, partiva uno stretto vicolo coperto che conduceva fuori, verso nord.

Lo Sciacallo richiuse silenziosamente la porta, tirò di nuovo il catenaccio, e salì l'ultima breve rampa fino al sesto piano. Di qui, in fondo al corridoio, una scala più modesta conduceva al sottotetto. Nel corridoio c'erano le due porte degli appartamenti affacciati sul cortile interno, e le altre due degli appartamenti che davano sull'ingresso principale dell'edificio. Il suo senso dell'orientamento gli suggerì quali avessero le finestre su Rue de Rennes, o, lateralmente, sulla piazza e sulla stazione. Erano quelle le finestre che aveva osservato a lungo dalla strada sottostante.

Le targhette vicino ai campanelli degli appartamenti che davano sulla facciata, portavano scritto l'una *"M.lle Beranger"* e l'altra *"M. et M.me Charrier"*. Rimase in ascolto per un attimo, ma non sentì alcun rumore provenire dai due appartamenti. Esaminò le serrature delle porte. Erano incassate in un legno massiccio e robusto. Probabilmente il chiavistello era costituito da una solida sbarra di acciaio: il tipo di serratura a doppia mandata molto comune fra i francesi, tanto sensibili per quello che riguarda la loro sicurezza personale. Avrebbe avuto bisogno delle chiavi, pensò; certo madame Berthe doveva avere un duplicato per ogni appartamento, in qualche posto della sua piccola *loge*.

Qualche minuto più tardi, scese le scale a passi leggeri. In tutto, non si era fermato più di cinque minuti. La *concierge* era rientrata. La intravide attraverso il vetro smerigliato della porta del suo bugigattolo, ma si affrettò a voltare l'angolo e a uscire dal portone.

Girò a sinistra, risalendo Rue de Rennes, passò davanti ad altre due case e poi a un ufficio postale. Alla fine dell'isolato c'era una strada stretta, Rue Littré. La imboccò e continuò a seguire il muro dell'ufficio postale. Dove questo terminava, si apriva un vicoletto coperto. Lo Sciacallo si fermò ad accendere una sigaretta e mentre la fiammella si alzava palpitando, diede una rapida occhiata da quella parte. Il vicolo portava all'ingresso posteriore dell'ufficio postale e serviva al personale di notte dei centralini telefonici. All'altra estremità di quella specie di tunnel, si allargava un cortile illuminato dal sole. Sul lato opposto riuscì a distinguere, nell'ombra, gli ultimi gradini della scala anti-incendio della casa da cui era appena uscito. L'assassino aspirò una lunga boccata di fumo e riprese il cammino. Aveva trovato la strada per la fuga.

In fondo a Rue Littré girò ancora a sinistra in Rue de Vaugirard, e tornò sui suoi passi fino al punto dove questa incrociava Boulevard du Montparnasse. Aveva appena raggiunto l'angolo e stava cercando un taxi libero, quando un motociclista della polizia raggiunse il centro dell'incrocio e si fermò. Con un susseguirsi di colpi laceranti di fischietto, bloccò il traffico che proveniva da Rue de Vaugirard e anche quello sul boulevard della stazione. Le automobili che da Duroc arrivavano sul boulevard furono costrette da un suo cenno imperioso ad accostarsi al marciapiede di destra. Improvvisamente, dalla direzione di Duroc, si sentì il lontano gemito delle sirene della polizia. Fermo sull'angolo che gli consentiva di avere una visuale completa di Boulevard du Montparnasse, lo Sciacallo notò, a cinquecento metri di distanza, alcune macchine provenienti da Boulevard des Invalides che svoltavano sull'incrocio di Duroc e si dirigevano verso di lui. Aprivano il corteo due motociclisti con la divisa di cuoio nero e i caschi bianchi che scintillavano al sole. Dietro di loro, apparvero i musi arrotondati di un paio di Citroën DS 19 perfettamente allineate una dietro l'altra. Il poliziotto che si trovava di fronte allo Sciacallo, gli voltò le spalle e si irrigidì sull'attenti, il braccio destro piegato sul petto e il sinistro teso a palmo in giù verso Avenue du Maine sul lato meridionale dell'incrocio, ad indicare la priorità di passaggio per il corteo di macchine in arrivo.

I due *motards,* sfiorando l'asfalto con il tallone mentre piegavano a destra, infilarono Avenue du Maine seguiti dalle due automobili. Nella prima, seduto dietro l'autista e il suo aiutante di campo, c'era un uomo alto, vestito di un abito grigio scuro, che guardava impettito davanti a sé. Lo Sciacallo ebbe una rapida visione della testa alzata e dell'inconfondibile naso, prima che il seguito di macchine gli sfilasse davanti. "La prossima volta che vedrò la tua faccia" disse fra sé all'immagine che svaniva "sarà a distanza ravvicinata attraverso un mirino telescopico." Poi trovò un taxi e si fece riaccompagnare all'albergo.

Poco più in là, vicino all'uscita del Métro Duroc, dalla quale era appena salita, un'altra persona, una donna, aveva seguito il passaggio del Presidente con interesse particolare. Stava per attraversare la strada, quando il poliziotto le aveva fatto segno di tornare indietro. Qualche attimo più tardi il corteo di macchine era sbucato da Boulevard des Invalides, e, oltre l'acciottolato del piazzale, aveva imboccato Boulevard du Montparnasse. Anche lei aveva notato il caratteristico profilo del personaggio seduto nella prima Citroën, e nei suoi occhi era passato un lampo di emozione violenta. Anche quando le automobili erano ormai lontane, aveva continuato a fissare la strada dove erano scomparse finché si era accorta che il poliziotto la stava osservando. Allora aveva attraversato, in fretta.

Jacqueline Dumas aveva 26 anni, era molto bella, e sapeva come mettere in risalto la propria bellezza anche perché lavorava come estetista in un lussuoso negozio dietro ai Champs-Elysées. La sera del 30 luglio stava tornando in fretta a casa – un appartamento nelle vicinanze di Place de Breteuil – per prepararsi a un appuntamento. A distanza di poche ore, si sarebbe trovata, nuda, fra le braccia di un amante che odiava, e voleva apparirgli il più affascinante possibile.

Solo qualche anno prima, gli incontri amorosi avevano avuto grande importanza per lei. La sua era una famiglia modello, molto unita: il padre lavorava in banca e la madre era la classica *maman*-casalinga della borghesia francese; lei stava finendo un corso per estetista e Jean-Claude faceva il servizio militare. La famiglia viveva alla periferia di Parigi, nel sobborgo di Le Vezinet – non certo nella zona più elegante, ma in una casa ugualmente graziosa.

Il telegramma del ministero delle Forze Armate era arrivato una mattina all'ora della prima colazione, alla fine del 1959. Diceva che, con profondo rincrescimento, erano costretti a informare Monsieur e Madame Armand Dumas della morte in Algeria del figlio Jean-Claude, soldato semplice nel 1° reggimento paracadutisti coloniali. Gli effetti personali del defunto sarebbero stati restituiti alla famiglia, appena fosse stato possibile.

Per qualche tempo era sembrato a Jacqueline che il suo mondo si disintegrasse. Niente aveva più un senso, né la pacifica sicurezza della famiglia a Le Vezinet, né le chiacchiere con le altre ragazze del negozio sul fascino di Yves Montand o sull'ultimo ballo pazzo importato dall'America, il rock. Le tornava continuamente alla memoria, come il nastro di un registratore che continua ad avvolgersi sulla stessa bobina, che il piccolo Jean-Claude, il suo adorato fratellino così vulnerabile e gentile, che odiava la guerra e avrebbe voluto restarsene tranquillo con i suoi libri, che era ancora un ragazzo, era stato colpito a morte durante una battaglia in qualche sperduto *wadi* dell'Algeria. Aveva cominciato a odiare. Odiava gli arabi, i disgustosi, luridi, vigliacchi *melons* che ne erano i responsabili.

Poi era arrivato François. All'improvviso, in una mattina

di inverno, si era presentato a casa una domenica, quando il padre e la madre erano fuori, in visita da certi parenti. Era dicembre, c'era la neve sul viale e aveva anche coperto di una crosta sottile il sentiero del giardino. Le altre persone avevano un aspetto pallido e infreddolito, mentre François appariva abbronzato e in perfetta forma fisica. Aveva chiesto se poteva parlare con mademoiselle Jacqueline. Lei aveva detto: « *C'est moi-même* », che cosa voleva? Aveva risposto di essere il comandante del plotone di cui faceva parte un certo Jean-Claude Dumas, che era stato ucciso, e di portare con sé una lettera. La ragazza lo aveva fatto entrare.

La lettera era stata scritta qualche settimana prima della morte di Jean-Claude, che l'aveva conservata in una tasca della divisa durante l'operazione di pattugliamento nel *Djebel* alla caccia di una banda di fellagha che avevano massacrato una famiglia di coloni. Non avevano trovato i guerriglieri ma erano incappati in un battaglione dell'ALN, le truppe da combattimento dell'FLN, il movimento nazionale algerino. C'era stato uno scontro violento nella cruda luce dell'alba, e Jean-Claude si era beccato una pallottola nei polmoni. Prima di morire aveva consegnato la lettera al comandante del suo plotone.

Jacqueline aveva letto la lettera e aveva pianto un poco. Non raccontava niente delle ultime settimane, soltanto qualche notizia sulla vita di caserma, sui corsi di addestramento all'assalto e sulla disciplina. Il resto, lei lo aveva saputo da François: la ritirata nella boscaglia per più di cinque chilometri mentre l'ALN che li serrava ai fianchi si avvicinava sempre di più; gli appelli ripetuti per radio per ottenere l'appoggio dell'aviazione, e l'arrivo dei bombardieri alle otto del mattino, e il rombo lacerante dei loro motori, e il fragore delle bombe. E come suo fratello, che aveva chiesto di essere arruolato volontario in uno dei reggimenti più rigidi per provare di essere un vero uomo, fosse morto da vero uomo, sulle ginocchia di un caporale, al riparo di una roccia.

François era stato molto gentile con lei. Era un uomo duro, come la terra della colonia dove quattro anni di guerra lo avevano trasformato in un soldato di professione. Ma era stato molto gentile con la sorella di uno del suo plotone. Le era piaciuto proprio per questo, e aveva accettato di cenare insieme a lui a Parigi. E poi, non voleva che i suoi genitori ritornassero e li trovassero insieme. Non voleva che sapessero come era morto Jean-Claude perché tutti e due avevano cercato di dimenticare quella sventura e di tirare avanti, vivendo come al solito. Durante la cena aveva costretto il tenente a giurare che non avrebbe mai parlato, e lui aveva promesso.

Ma la sua curiosità era diventata insaziabile: lei voleva sapere tutto sulla guerra d'Algeria, quello che era veramente successo, che cosa significasse, quale gioco stessero giocando gli uomini politici. Il generale de Gaulle aveva assunto la presidenza della Repubblica, dopo essere stato primo ministro, nel gennaio precedente, portato all'Eliseo da un'ondata di ardore patriottico perché era considerato l'uomo che avrebbe posto fine alla guerra e che sarebbe riuscito a conservare l'Algeria alla Francia. Era stato François a parlarle per la prima volta dell'uomo che suo padre venerava, come di un traditore della Francia.

Avevano passato insieme tutto il tempo della licenza di François. Si incontrava con lui ogni sera, dopo il lavoro nel negozio dove era stata assunta fin dal gennaio 1960, dopo aver finito il suo corso di estetista. François le aveva spiegato il tradimento dell'esercito francese, l'aveva messa al corrente dei negoziati segreti del governo di Parigi con Ahmed Ben Bella, il capo dell'FLN che si trovava in carcere, e della probabile cessione dell'Algeria ai *melons*. Egli era tornato alla sua guerra nella seconda metà di gennaio; e Jacqueline era riuscita a ottenere una settimana di permesso per raggiungerlo a Marsiglia, quando, in agosto, François aveva avuto una licenza. Lo aveva aspettato, trasformandolo, nei suoi pensieri più segreti, nel simbolo di tutto quello che c'era di buono, schietto e coraggioso nella gioventù maschile francese. Ogni giorno, per tutto l'autunno e tutto l'inverno del 1960, aveva aspettato con la sua fotografia sul comodino; di notte, dopo avere abbassato la camicia, dormiva tenendo quella fotografia stretta contro il ventre.

Durante l'ultima licenza, nella primavera del 1961, François era tornato di nuovo a Parigi, e mentre passeggiavano per i boulevards, lui in uniforme e lei con il suo vestitino più grazioso, Jacqueline aveva pensato che fosse l'uomo più bello, più aitante e più forte della città. Una delle ragazze che lavoravano con lei li aveva visti insieme, e l'indomani tutto il negozio era stato in fermento alle notizie del bel "parà" di Jacqueline. Lei non c'era; aveva chiesto le ferie, per non perdere un momento della licenza di François.

François le era sembrato eccitato. C'era qualcosa nell'aria. La notizia dei colloqui con l'FLN era ormai di dominio pubblico. L'esercito, quello vero, non avrebbe sopportato ancora per molto, lui le aveva assicurato. Che l'Algeria dovesse rimanere francese era un articolo di fede per loro: per l'ufficiale di ventisette anni, indurito dalla guerra e per la futura madre di ventitré anni che lo adorava.

Ma François non avrebbe saputo del bambino. Era ritornato in Algeria nel marzo del 1961; il 21 aprile diverse unità dell'esercito francese si erano ribellate al governo. Il 1° reggimento coloniale di parà aveva aderito quasi al completo alla rivolta. Soltanto un gruppo di soldati dell'ultima leva era uscito di soppiatto dalla caserma per raggiungere l'ufficio del prefetto. Quelli di carriera li avevano lasciati andare. Per una settimana c'erano stati combattimenti e scontri tra i rivoltosi e i reggimenti ancora fedeli alla Francia. Ai primi di maggio, François era stato ucciso in uno scontro con un'unità dell'esercito lealista.

Jacqueline, che non si aspettava di ricevere nessuna lettera da aprile in poi, ne era stata informata soltanto in luglio. Senza che nessuno lo sapesse, aveva affittato un appartamento in uno dei sobborghi più modesti di Parigi e aveva cercato il suicidio col gas. Non c'era riuscita perché il gas era filtrato fuori dagli spiragli della camera, ma lei aveva perduto il bambino. I suoi l'avevano portata via, in agosto, per le ferie; e al ritorno, era sembrata in netta ripresa. In dicembre, era diventata un'attivista del movimento clandestino dell'OAS.

I suoi motivi erano semplici: François, e dopo di lui Jean-Claude. Dovevano essere vendicati, non importava con quali mezzi e a quale prezzo per lei o per chiunque altro. Non aveva più alcuna ambizione, oltre alla vendetta. Le dispiaceva che la incaricassero soltanto di portare ambasciate, di fare commissioni, di trasportare saltuariamente una piastra di materiale esplosivo infilata in una pagnotta di pane nella borsa della spesa. Era convinta di poter essere più utile. Non era forse vero che i *flics*, agli angoli delle strade, quando di punto in bianco perquisivano i passanti dopo una delle esplosioni che avvenivano regolarmente nei caffè e nei cinema, la lasciavano sempre andar via appena cominciava a sbattere le lunghe ciglia nere o fingeva di mettere il broncio?

Dopo l'affare di Petit-Clamart, uno degli attentatori si era rifugiato per tre notti nel suo appartamentino vicino a Place de Breteuil. Era stato un grande momento per lei, ma poi l'uomo era dovuto andarsene. Un mese dopo era stato catturato, ma non aveva detto nulla della sua permanenza in casa di Jacqueline. Forse se ne era dimenticato. Per maggior sicurezza, però, il capo del suo gruppo di attivisti le aveva dato ordine di non lavorare più per l'OAS per qualche mese, finché le acque non si fossero calmate. Era il gennaio 1963, quando aveva ricominciato a portare i messaggi.

E così erano andate avanti le cose, finché in luglio era venuto a trovarla un uomo. Era accompagnato dal suo capo, che gli mostrava una profonda deferenza. E non le avevano detto come si chiamava. Lei era disposta ad assumersi un lavoro un po' particolare per l'OAS? Naturalmente. Un lavoro che forse era pericoloso e certo sgradevole? Non aveva importanza.

Tre giorni dopo, le avevano indicato un uomo che usciva da una casa. Jacqueline e i suoi accompagnatori erano seduti in una macchina parcheggiata vicino al marciapiede. Le avevano riferito chi era quell'uomo e quale fosse la sua posizione. E quello che lei doveva fare.

Così si erano conosciuti, verso la metà di luglio, apparentemente per caso, quando Jacqueline era andata a sedersi vicino a lui in un ristorante e gli aveva sorriso timidamente, chiedendogli la saliera che c'era sul suo tavolo. L'uomo le aveva parlato: lei si era mostrata molto riservata, modesta. La reazione di lui, quella giusta: il contegno della ragazza, così privo di affettazione, lo aveva incuriosito. La conversazione era diventata più vivace; l'uomo la sollecitava e lei lo seguiva docilmente. Nel giro di quindici giorni, aveva avuto inizio la loro relazione.

Conosceva abbastanza gli uomini per essere in grado di giudicare quali fossero i motivi fondamentali del desiderio che suscitava in loro. Il suo nuovo amante era abituato alla conquista facile, a donne con una certa esperienza. Jacqueline aveva scelto per sé la parte della ragazza timida, ardente ma virtuosa, riservata esteriormente ma che lasciava capire che il suo splendido corpo avrebbe forse potuto – un giorno – essere ammirato e goduto. L'esca aveva funzionato, e per l'uomo l'ultima conquista era diventata una questione di importanza determinante.

Verso la fine di luglio, il capo del suo gruppo l'aveva informata che presto sarebbe andata ad abitare con quell'uomo. Però c'era una complicazione: con lui vivevano la moglie e due bambini, che il 29 luglio sarebbero partiti per la loro casa di campagna nella valle della Loira, mentre il marito era costretto a restare a Parigi per lavoro. Pochi minuti dopo la partenza della famiglia, l'uomo l'aveva chiamata al telefono in negozio e le aveva chiesto con insistenza di cenare con lui nel suo appartamento, la sera dopo.

Rientrata in casa, Jacqueline guardò l'orologio. Aveva tre ore per prepararsi e per quanto avesse deciso di essere meticolosa al massimo, due ore erano più che sufficienti. Si spogliò e fece una doccia; poi andò ad asciugarsi davanti allo specchio che, all'interno dell'anta dell'armadio, la rifletteva interamente. Osservò con curioso distacco l'asciugamano che le accarezzava la pelle, e alzò le braccia per sollevare i seni turgidi, i capezzoli rosati, senza la sensazione di godimento che aveva provato ai tempi di François, al pensiero che presto il palmo della sua mano li avrebbe accarezzati.

Pensò alla notte che stava per arrivare, e lo stomaco le si contrasse per il disgusto. Giurò a se stessa che sarebbe riuscita a superarlo, che sarebbe andata fino in fondo, cedendo con indifferenza, ubbidendo a tutto quello che l'uomo le avrebbe chiesto. Da un cassetto dello scrittoio tirò fuori la foto di François, che la fissava dalla cornice con lo stesso ironico sorriso di sempre, quello di quando la vedeva arrivare di corsa sul marciapiede della stazione. I morbidi capelli bruni, la leggera uniforme color marrone chiaro che nascondeva i muscoli forti del petto, contro i quali le piaceva tanto appoggiare la faccia, e le ali d'acciaio di paracadutista così fresche contro la sua guancia. Era tutto ancora lì – in quell'immagine. Si distese sul letto e tenne la fotografia di François sopra di sé: lui la guardava come quando facevano l'amore e prima le mormorava la domanda inutile: « *Alors, petite, tu veux?...* » e lei rispondeva sempre: « *Oui, tu sais bien...* ».

Chiuse gli occhi e riuscì a sentirlo dentro di sé, rigido e ardente, pulsante in tutta la sua forza, e ascoltò le dolci parole affettuose che le mormorava all'orecchio, e l'ultimo ordine soffocato: « *Viens, viens...* », al quale lei non disubbidiva mai.

Riaprì gli occhi e rimase a fissare il soffitto, appoggiandosi al petto il vetro tiepido del ritratto. « François, » sussurrò « aiutami. Ti prego, aiutami stanotte. »

L'ultimo giorno del mese lo Sciacallo fu molto impegnato. Trascorse la mattinata al Mercato delle Pulci, passando da un banco all'altro con in mano una borsa di poco prezzo. Acquistò un bisunto berretto nero, un paio di scarpe sformate, un paio di pantaloni sudici e, dopo molte ricerche, un lungo cappotto di taglio militare. Ne avrebbe preferito uno più leggero, ma è difficile che i cappotti dell'esercito vengano confezionati con la stoffa di un peso adatto alla mezza stagione. Questo però era abbastanza lungo, perfino addosso a lui, e scendeva un bel pezzo sotto il ginocchio. Era la cosa più importante.

Mentre stava per andarsene, lo sguardo gli cadde su un banco pieno di medaglie, in gran parte maculate di verderame e annerite dal tempo. Ne comprò tutta una serie, insieme con un opuscolo che elencava le medaglie militari francesi, illustrato con qualche tavola a colori sbiaditi con la riproduzione dei nastrini e corredato dalle didascalie che spiegavano al lettore a quali campagne e a quali atti di valore si riferivano.

Dopo un pranzo leggero al Queenie's in Rue Royale, raggiunse in fretta il suo albergo lì vicino, pagò il conto e preparò i bagagli. I nuovi acquisti furono sistemati in fondo a una delle sue lussuose valigie. Dalla collezione di medaglie e con l'aiuto della piccola guida, scelse e combinò una serie di decorazioni che cominciavano con la Médaille Militaire al valore, e comprendevano la Médaille de la Libération e cinque altre, tutte distribuite a chi aveva combattuto per la Francia Libera durante la seconda guerra mondiale. E si concesse anche varie altre decorazioni, per Bir Hakeim, la Libia e la Tunisia, il giorno dello sbarco in Normandia e alla fine aggiunse quella della 2ª divisione corazzata del generale Philippe Leclerc.

Poi gettò le medaglie scartate e l'opuscolo in due differenti cestini per i rifiuti, attaccati ai lampioni di Boulevard Malesherbes. Il portiere dell'albergo lo informò che c'era un rapido comodissimo per Bruxelles, l'*Etoile du Nord*: partiva dalla Gare du Nord alle 17.15. Prese quel treno e vi consumò un ottimo pasto, arrivando a Bruxelles nelle ultime ore di luglio.

6

La lettera per Viktor Kowalski arrivò a Roma la mattina seguente. Il gigantesco caporale stava attraversando l'atrio dell'albergo, di ritorno dalla visita giornaliera all'ufficio postale, quando uno dei fattorini lo chiamò: « Signore, per favore... ». Nel voltarsi, la solita espressione arcigna sulla faccia, non lo riconobbe, ma in questo non c'era niente di strano. Non li aveva mai degnati di un'occhiata, i dipendenti di quell'albergo, tutte le volte che, a testa bassa, attraversava l'atrio, diretto all'ascensore. Il giovane dagli occhi scuri aveva in mano una busta, quando si accostò a Kowalski.

« È una lettera, signore. Per un certo signor Kowalsi... Non conosco questo signore... È un francese forse... »

Kowalski non riuscì a capire neppure una parola di quelle frasi in italiano, smozzicate e balbettate a fatica, ma ne afferrò il senso e riconobbe il suo cognome, per quanto malamente pronunciato. Strappò la lettera di mano al fattorino e rimase a fissare l'indirizzo scarabocchiato sulla busta. All'albergo lo avevano registrato sotto un altro nome, e, non essendo un lettore abituale di giornali, gli era sfuggito che cinque giorni prima un quotidiano parigino aveva diramato una ghiotta notizia in esclusiva, annunciando dove alloggiavano tre uomini di punta dell'OAS.

Per quel che lo riguardava, nessuno poteva sapere dove si trovava lui. Eppure quella lettera lo lasciava perplesso. Ne riceveva raramente e, come capita alla maggior parte delle persone semplici, l'arrivo di una lettera era sempre un avvenimento di grande importanza. Si era allontanato di qualche passo dall'italiano, che ora lo fissava con i suoi grandi occhi scuri come se lui, Kowalski, fosse l'unica fonte dell'umano sapere che avrebbe sciolto quel dilemma, dal momento che nessuno degli impiegati dell'albergo aveva mai sentito di un cliente con quel nome né sapeva che cosa fare di quella lettera.

Kowalski abbassò gli occhi verso il fattorino. « *Bon. Je vais demander* » disse, con tono carico di importanza. L'italiano corrugò la fronte.

« *Demander, demander* » ripeté Kowalski, indicando il soffitto. L'italiano cominciò a capire.

« Ah, sì. Domandare. Prego, signore. Tante grazie... »

Kowalski si allontanò a grandi passi, lasciandosi alle spalle l'italiano che cercava di dimostrare a gesti la sua gratitudine. Prese l'ascensore fino all'ottavo piano, e ne uscì per trovarsi di fronte all'uomo di guardia che sedeva dietro a un tavolo nel corridoio, l'automatica in mano, pronta a far fuoco. Per un secondo, i due si guardarono. Poi l'altro fece scattare la sicura e rimise in tasca la pistola. Aveva avuto modo di constatare che c'era soltanto Kowalski nell'ascensore, e nessun altro. Era una pura questione di abitudine, e quel gesto si ripeteva ogni volta che le luci al di sopra delle porte dell'ascensore indicavano che questo, salendo, aveva superato il settimo piano.

Oltre all'uomo di guardia nel corridoio, ce n'era un altro di fronte all'uscita di sicurezza e un altro ancora in cima alle scale. Sia le scale sia l'uscita di sicurezza erano state minate con cariche di esplosivo (la direzione dell'albergo ignorava questo particolare) e le cariche potevano essere rese innocue soltanto quando la corrente veniva interrotta nei detonatori schiacciando un pulsante applicato sotto il ripiano del tavolo in corridoio.

Il quarto uomo del turno di giorno era appostato sul tetto, sopra il nono piano dove vivevano i capi dell'OAS; ma nell'eventualità di un attacco ce n'erano altri tre pronti a intervenire. In quel momento dormivano nelle loro camere in fondo al corridoio dopo aver terminato il turno di notte, ma in caso di necessità sarebbero balzati fuori nel giro di pochi secondi. Al nono piano, le porte dell'ascensore erano state bloccate con una saldatura dall'esterno, ma bastava che si accendesse la luce all'ottavo, a indicare che l'ascensore saliva oltre, per fare scattare l'allarme. Era successo una volta soltanto, e proprio per un caso, quando un fattorino che portava un vassoio con delle bibite aveva schiacciato il bottone del nono. L'avevano immediatamente scoraggiato dal provare di nuovo.

L'uomo di guardia nel corridoio telefonò al piano superiore per annunciare l'arrivo della posta, poi fece segno a Kowalski di salire. L'ex caporale aveva già infilato la sua lettera nella tasca interna della giacca, mentre la posta per i suoi superiori si trovava chiusa in un *étui* di metallo, fissato con una catenella al suo polso sinistro. Sia la catenella sia la piatta custodia della posta avevano serrature a scatto, le chiavi le teneva Rodin. Pochi minuti dopo, il colonnello dell'OAS le aveva aperte tutt'e due, e Kowalski rientrò nella sua camera, dove si sarebbe fermato fino all'ora del cambio della guardia, nel tardo pomeriggio.

Nella sua camera, che dava sul retro dell'albergo, poté finalmente dedicarsi alla sua lettera e cominciò dalla firma. Rimase alquanto perplesso, scoprendo che era di Kovacs, che non vedeva da un anno; e Kovacs, come Kowalski, aveva una certa difficoltà a leggere e a scrivere. Con qualche sforzo, il polacco riuscì a decifrare quegli scarabocchi. Non era una lettera lunga.

Kovacs diceva di aver visto su un giornale un articolo che subito si era fatto leggere da un amico. Secondo l'articolo, Rodin, Montclair e Casson si nascondevano in quell'albergo di Roma. Immaginava che il vecchio camerata Kowalski fosse con loro e provava a scrivergli a quell'indirizzo, sperando che la lettera gli arrivasse.

Seguivano altre frasi, dove Kovacs spiegava che in Francia i tempi si erano fatti duri per loro, con i *flics* che continuavano a chiedere i documenti; e questo perché si ripetevano gli assalti a mano armata alle gioiellerie. Lui personalmente aveva già preso parte a quattro colpi del genere, e non c'era molto da stare allegri perché tutta la refurtiva doveva essere consegnata. Gli era andata meglio durante i bei giorni di Budapest, anche se dopo due settimane erano finiti.

Verso la fine della lettera, Kovacs riferiva di aver incontrato Michel qualche settimana prima. Michel gli aveva raccontato di essersi visto con JoJo e di aver saputo da lui che la piccola Sylvie era ammalata di un male che si chiamava "lucamia" o qualcosa del genere che non aveva capito. L'ungherese concludeva augurandosi che non fosse niente di grave e invitando Kowalski a non preoccuparsi.

Ma Kowalski si preoccupò. Il pensiero che la piccola Sylvie fosse malata, lo terrorizzava. Non c'era stato molto che lo aveva fatto fremere in quei trentasei anni, caratterizzati dalla violenza, che erano stati la sua vita. Ne aveva undici, quando i tedeschi avevano invaso la Polonia; e solo un anno di più, quando suo padre e sua madre erano stati portati via su un furgone scuro. Ma era abbastanza adulto per capire che cosa faceva sua sorella nel grande albergo requisito dai tedeschi e dove entravano e uscivano tanti ufficiali nazisti. Ed era abbastanza adulto per seguire i partigiani; il suo primo tedesco lo aveva ucciso a quindici anni. Ne aveva diciassette quando erano arrivati i russi. I suoi genitori li avevano sempre odiati e temuti, e lui aveva ascoltato da loro storie raccapriccianti di quello che facevano ai polacchi. Allora aveva abbandonato i partigiani, che in seguito erano stati giustiziati per ordine del commissario del popolo, e come un animale braccato si era spinto verso ovest, nel tentativo di raggiungere la Cecoslovacchia. Di qui era passato in Austria, e le porte di un campo profughi si erano aperte per quel giovane ossuto e dinoccolato che si esprimeva soltanto in polacco e sembrava che stesse per svenire dalla fame. Lo avevano creduto uno dei tanti innocui relitti dell'Europa del dopoguerra. Ma le forze gli erano ritornate, con l'aiuto dei viveri mandati dagli americani. Era fuggito in una notte di primavera del 1946 e affidandosi all'autostop era sceso verso sud, in Italia e poi in Francia, in compagnia di un altro polacco che lui aveva conosciuto al campo e che parlava francese. Una sera, in un negozio di Marsiglia, era stato scoperto dal proprietario a rubare, e l'aveva ucciso. Era dovuto scappare di nuovo. Il compagno, lasciandolo, gli aveva consigliato quello che, secondo lui, era l'unico posto dove andare a rifugiarsi: la Legione straniera. Viktor s'era arruolato la mattina dopo e aveva raggiunto Sidi-Bel-Abbes prima che la polizia iniziasse effettivamente le indagini a Marsiglia semidistrutta dalla guerra. La città sul Mediterraneo era ancora una grossa base di importazione dei viveri mandati dagli americani, e i delitti per furto erano all'ordine del giorno. Il caso lo avevano archiviato pochi giorni dopo, perché non s'era trovato nemmeno un indizio da cui partire. Ma Kowalski era ormai un legionario.

Aveva diciannove anni, e nei primi tempi i veterani lo avevano soprannominato "*petit bonhomme*". Era stato allora che aveva deciso di dimostrare a tutti come sapeva uccidere, e quelli avevano cominciato a chiamarlo Kowalski.

Sei anni in Indocina avevano definitivamente distrutto in lui ogni residuo di umanità, poi il gigantesco caporale era stato mandato in Algeria. Ma prima aveva dovuto seguire un corso di sei mesi sull'uso delle armi, in una base militare vicino a Marsiglia. Lì aveva incontrato Julie, una sguattera magra e viziosa che lavorava in un bar del porto e stava passando un'infinità di guai con il suo *mec*. Kowalski, con un solo pugno ben assestato, l'aveva fatto volare contro il banco del bar; e l'uomo era rimasto per sei ore privo di conoscenza. Per anni, quello non era più riuscito a parlare normalmente, tanto grave era stata la frattura alla mandibola.

A Julie l'enorme legionario piaceva, e per vari mesi Viktor era stato il suo "protettore", scortandola ogni notte nel Vieux Port fino alla soffitta della ragazza. Tra loro era nata una forte attrazione sessuale, specialmente da parte di lei, ma l'amore mancava. Quando Julie aveva scoperto di essere incinta, gli aveva annunciato che il bambino era suo. Viktor ci aveva creduto, forse perché gli faceva piacere che fosse così. Lei gli aveva detto che non voleva figli e che una vecchia di sua conoscenza l'avrebbe aiutata a liberarsene. Kowalski l'aveva schiaffeggiata e aveva minacciato di ucciderla se avesse osato una cosa del genere. Tre mesi dopo, era dovuto ritornare in Algeria. Nel frattempo, aveva stretto amicizia con un altro legionario polacco, Josef Grzybowski, che tutti conoscevano col soprannome di JoJo il Polacco, un invalido dell'Indocina "sistemato" con una simpatica vedova che lavorava alla stazione spingendo su e giù lungo i marciapiedi dei treni il carrello delle bibite. Dal 1953, l'anno del loro matrimonio, ci avevano lavorato tutti e due, e JoJo, che era zoppo, raccoglieva il denaro e dava il restó mentre la moglie distribuiva i cestini da viaggio e le bevande. Alla sera, quando non lavorava, a JoJo piaceva frequentare i bar dove si ritrovavano, durante la libera uscita, i legionari della caserma vicina, e parlare dei vecchi tempi. Erano in massima parte ragazzi, reclute che non avevano niente in comune con lui e con i ricordi di Da Nang, in Indocina. Ma una sera, aveva conosciuto Kowalski.

Kowalski si era rivolto proprio a lui, per avere un consiglio a proposito del bambino. E JoJo s'era trovato d'accordo. Un tempo, erano stati cattolici tutt'e due.

« Vuole liberarsi del bambino » aveva detto Viktor.

« *Salope* » aveva detto JoJo.

« Vacca » aveva dichiarato Viktor. E avevano bevuto ancora, guardando con aria tetra le loro facce riflesse nello specchio dietro il banco del bar.

« Non è bello, per il povero piccino » aveva detto Viktor.

« Non è neanche giusto » aveva ammesso JoJo.

« Mai avuto bambini, prima » aveva detto Viktor, dopo averci pensato sopra.

« Nemmeno io, anche se sono sposato » aveva risposto JoJo.

Quando ormai si erano fatte le ore piccole, i due, completamente ubriachi, avevano congegnato un piano e si erano trovati d'accordo su come metterlo in pratica; poi avevano brindato a quella soluzione, con la solennità caratteristica degli sbronzi. La mattina seguente, JoJo s'era ricordato dell'impegno preso, ma non aveva trovato il coraggio di comunicarlo a Madame. C'erano voluti tre giorni. Dopo aver tentato di sfiorare un paio di volte l'argomento, s'era deciso ad affrontarlo senza mezzi termini, mentre era a letto con la moglie. Madame, con grande sorpresa del marito, s'era mostrata entusiasta. E così, avevano preso gli accordi necessari.

A un certo momento, Viktor era ritornato in Algeria, per raggiungere il maggiore Rodin ormai comandante del battaglione, e per una nuova guerra. A Marsiglia, JoJo e la moglie s'erano presi cura di Julie, decisi a farle portare a termine la gravidanza, con le buone o con le cattive. All'epoca della partenza di Viktor, lei aspettava il bambino già da quattro mesi ed era troppo tardi per un aborto, come JoJo aveva fatto osservare con aria minacciosa al protettore della donna, quello con la mandibola rotta, che aveva ripreso a ronzarle intorno. E l'uomo, che cominciava a essere stanco di incontrare legionari sulla propria strada, anche se si trattava di veterani con le ginocchia un po' fragili, s'era limitato a scaricare una sequela di insulti sulla sua antica fonte di reddito, scomparendo poi definitivamente dalla circolazione.

Verso la fine del 1955, Julie aveva partorito una bambina con gli occhi azzurri e i capelli biondi. Come d'accordo, JoJo e la moglie avevano fatto domanda di adozione, che era stata accettata. Julie era ritornata alla vita di prima, e JoJo e la moglie s'erano trovati con una figlia che avevano chiamato Sylvie. Lo avevano scritto a Viktor, e lui, mentre leggeva la lettera disteso sulla branda in caserma, ne aveva provato uno strano piacere. Ma non l'aveva comunicato a nessuno. Mai in vita sua aveva posseduto qualcosa che non gli fosse stato tolto subito, appena l'aveva fatto sapere in giro.

Tre anni dopo, alla vigilia di una lunga missione di combattimento sulle colline algerine, il cappellano gli aveva chiesto se gli faceva piacere fare testamento. Un'idea del genere, lui non l'aveva mai avuta. E questo perché non aveva niente da lasciare a nessuno, dato che spendeva tutto nei bar e nelle case d'appuntamento quando gli capitava un breve periodo di licenza; e anche perché quello che possedeva apparteneva alla

Legione. Ma il cappellano gli aveva assicurato che nella Legione, così come era concepita in tempi moderni, un testamento era assolutamente lecito; e Viktor ne aveva compilato uno, nel quale lasciava ogni sua proprietà alla figlia di un certo Josef Grzybowski, un ex legionario che viveva a Marsiglia. In seguito, una copia del documento era stata spedita all'archivio del ministero delle Forze Armate a Parigi. Quando il nome di Kowalski era arrivato al servizio di sicurezza, all'epoca degli atti di terrorismo a Bona e a Costantina nel 1961, anche quel documento era stato tirato fuori, e il colonnello Rolland del Servizio d'azione se l'era letto nel suo ufficio vicino a Porte des Lilas. Dopo una visita agli Grzybowski, l'intera storia era venuta fuori. Ma Kowalski non l'aveva mai saputo.

Aveva visto sua figlia un paio di volte; nel 1957, quando si era preso una pallottola in una coscia e se n'era andato a Marsiglia in licenza di convalescenza; e nel 1960, quando era arrivato in città con la scorta del tenente colonnello Rodin, che doveva testimoniare a un processo. La prima volta, la bambina aveva due anni; la seconda, quattro anni e mezzo. Kowalski era arrivato carico di regali per JoJo e la moglie, e di giocattoli per Sylvie. Avevano simpatizzato subito, la bambina e lo "zio" Viktor che sembrava un grosso orso. Ma lui non ne aveva mai parlato a nessuno, neanche a Rodin.

E adesso la bambina era ammalata di quella malattia dal nome bislacco, "lucamia", e Kowalski continuò a essere molto preoccupato per il resto della mattina. Dopo pranzo, era al nono piano, pronto a farsi legare al polso l'*étui* di metallo per la posta. Rodin aspettava una lettera importante dalla Francia, con ulteriori ragguagli sulla somma complessiva accumulata dal movimento clandestino di Casson con i furti del mese precedente, e voleva che Kowalski ritornasse una seconda volta all'ufficio postale per l'arrivo della posta del pomeriggio.

« Che cos'è la "lucamia"? » chiese il caporale, improvvisamente.

Rodin, che stava chiudendogli la catenella attorno al polso, alzò gli occhi sorpreso.

« Non ne ho idea » rispose.

« È una malattia del sangue » spiegò Kowalski.

Casson, che leggeva un giornale dall'altro lato della stanza, scoppiò in una risata.

« Leucemia, vorrai dire. »

« E che cosa sarebbe, monsieur? »

« È cancro, » rispose Casson « cancro del sangue. »

Kowalski guardò Rodin, che si trovava di fronte a lui. Si fidava solo dei militari.

« I *toubibs*, lo possono curare, mon colonel? »

« No, Kowalski. È una malattia che non perdona. Non esiste nessuna cura. Ma perché mi fai questa domanda? »

« Niente » mormorò Kowalski. « Solo qualcosa che ho letto. »

Poi uscì. Se Rodin si sorprese per il fatto che la sua guardia del corpo, che non doveva aver mai letto niente di più complicato dei regolamenti, aveva incontrato quella parola in un libro, non lo fece capire; e presto quel particolare gli sfuggì di mente. La posta del pomeriggio gli portò la lettera che stava aspettando, nella quale si diceva che l'ammontare complessivo dei conti correnti dell'OAS nelle banche svizzere superava i duecentocinquantamila dollari.

Rodin non nascose la propria soddisfazione, mentre si accingeva a inviare alle banche l'ordine di trasferire quella somma sul conto corrente dell'assassino. Quanto al saldo, non aveva preoccupazioni. Dopo la morte di de Gaulle, gli industriali e i banchieri dell'estrema destra, che avevano finanziato l'OAS nei giorni del successo, avrebbero tirato fuori i duecentocinquantamila dollari mancanti. Gli stessi uomini che solo qualche settimana prima avevano risposto alle sue richieste di ulteriori offerte di denaro con scuse imbarazzate, adducendo il pretesto che "la mancanza di progresso e di iniziativa mostrata negli ultimi mesi dalle forze patriottiche" aveva ridotto le loro probabilità di ottenere un frutto dagli investimenti già fatti, avrebbero chiesto a gran voce l'onore di dare il loro appoggio ai soldati che dovevano diventare, quanto prima, i governanti di una Francia nuova.

Verso sera, terminò di scrivere alle banche; ma Casson, quando vide che Rodin dava ordine di versare quel denaro allo Sciacallo, sollevò qualche obiezione. Fece osservare che tutt'e tre avevano fatto all'inglese una promessa di vitale importanza: gli avevano garantito che a Parigi avrebbe trovato un "contatto", una persona incaricata di tenerlo al corrente sui movimenti di de Gaulle e su qualsiasi cambiamento nel servizio di sorveglianza che lo circondava. Queste notizie sarebbero state di vitale importanza per l'assassino. Secondo Casson, fargli sapere subito che la somma era stata versata sul suo conto corrente, lo avrebbe spinto a mettersi in azione troppo presto. Era chiaro che la scelta del momento adatto a colpire spettava soltanto a lui, ma qualche giorno in più non avrebbe cambiato niente. Invece, la questione delle informazioni da passare all'assassino era fondamentale, per non rischiare un altro fallimento che di certo sarebbe stato l'ultimo.

Con la posta della mattina, era arrivata la notizia che un loro agente di Parigi era riuscito a mettersi in contatto con una persona dell'entourage di de Gaulle. Ancora pochi giorni, e quell'agente sarebbe entrato in possesso di informazioni sicure sugli spostamenti del generale, e soprattutto sui suoi progetti di viaggio e sulle sue apparizioni in pubblico, che da tempo non venivano più annunciate in anticipo. Non era il caso di aspettare qualche giorno ancora, fino a quando non avessero comunicato all'assassino il numero di telefono della persona che gli avrebbe dato notizie tanto importanti per la riuscita della missione?

Rodin rifletté a lungo su quello che Casson gli aveva detto, e alla fine ammise che aveva ragione. Infatti nessuno poteva essere a conoscenza del programma dello Sciacallo, e la lettera di istruzioni alle banche e, dopo, quella da mandare a Londra con quel numero telefonico di Parigi così importante, non avrebbero certo convinto l'assassino a cambiare il minimo dettaglio. Nessuno dei terroristi in quell'albergo di Roma poteva sapere che l'assassino aveva già stabilito il giorno per l'attentato e stava prendendo le misure necessarie con precisione davvero matematica.

Nella soffocante notte romana, Kowalski stava accovacciato sul tetto, la massiccia figura confusa con le ombre degli sfiatatoi dell'aria condizionata, la Colt 45 stretta in pugno, e pensava preoccupato alla bambina che giaceva nel suo lettino a Marsiglia e che soffriva di quella malattia del sangue con il nome tanto difficile. Mancava poco all'alba, quando gli venne un'idea. Si ricordò che l'ultima volta che aveva incontrato JoJo, nel 1960, l'ex legionario gli aveva comunicato la sua intenzione di farsi mettere il telefono in casa.

La mattina in cui Kowalski ricevette la lettera, lo Sciacallo lasciò l'Hôtel Amigo di Bruxelles e prese un taxi fino all'angolo della strada dove viveva Goossens. Aveva chiamato per telefono l'armaiolo all'ora della prima colazione, presentandosi con il nome di Duggan, e l'appuntamento era stato fissato per le 11 del mattino. Era arrivato alle 10.30 e aveva passato quella mezz'ora su una panchina del piccolo giardino pubblico in fondo alla via, a sorvegliare la strada da dietro un giornale.

Tutto sembrava tranquillo. Si presentò alla porta alle 11 precise. Goossens lo fece entrare e lo condusse nel suo ufficio. Poi, chiuse con cura la porta di casa e mise la catena. Quando furono nell'ufficio, l'inglese si rivolse all'armaiolo.

« Ha avuto qualche difficoltà? » domandò.

« Ecco... purtroppo, sì » rispose il belga, imbarazzato.

L'assassino lo esaminò freddamente, la faccia priva di espressione e gli occhi semichiusi, torvi.

« Mi aveva assicurato che avrei avuto il fucile per il quattro, se tornavo il primo agosto » disse.

« Verissimo, e le assicuro che il problema non sta nella carabina » rispose il belga. « Anzi, è pronta, e francamente la considero uno dei miei capolavori, un gran bell'esemplare. Il problema è stato la custodia che, naturalmente, ha dovuto essere fabbricata partendo da zero. Permetta che le faccia vedere tutto. »

Sulla scrivania era appoggiata una custodia piatta, lunga circa 60 centimetri larga 40 e alta 10. Goossens l'aprì, e lo Sciacallo la osservò mentre il coperchio ricadeva sulla tavola.

Assomigliava a un vassoio piatto, suddiviso in tanti scomparti accuratamente sagomati, in modo da accogliere la forma esatta delle parti della carabina che dovevano contenere.

« Naturalmente, non si tratta della custodia originale » spiegò Goossens. « Questa l'ho fatta io. E tutto ci sta a perfezione. »

Ogni pezzo infatti aveva il suo posto preciso, senza spreco di spazio. Lungo la parte superiore della custodia spalancata, erano sistemate la canna e la culatta, che complessivamente misuravano poco più di quaranta centimetri. Lo Sciacallo l'alzò, per esaminarla. Era molto leggera e assomigliava davvero a quella di un fucile mitragliatore. La culatta conteneva un sottile otturatore, che era chiuso. Terminava, in fondo, con un'impugnatura essenziale, non più larga della culatta stessa, dove era inserita l'altra parte dell'otturatore.

L'inglese afferrò l'estremità dell'otturatore tra il pollice e l'indice della mano destra, e cercò di farla girare con un colpo secco in senso antiorario. L'otturatore si sbloccò e scivolò nella scanalatura. Quando lo tirò, si aprì all'indietro, rivelando la superficie lucida dell'incavo dove sarebbe stato messo il proiettile, e il foro scuro all'estremità posteriore della canna. L'inglese richiuse l'otturatore con un altro colpo deciso e lo fece girare in senso contrario. L'otturatore tornò a posto.

Appena sotto l'estremità posteriore dell'otturatore, una mano esperta aveva saldato un altro disco di acciaio. Spesso meno di un centimetro e mezzo, aveva un diametro di due centimetri circa, e nella parte superiore presentava una scanalatura a forma di mezzaluna per permettere all'otturatore di scorrere all'indietro. Al centro della faccia posteriore del disco c'era un foro del diametro di un centimetro o poco più; l'interno del foro era stato filettato come se dovesse accogliere una vite.

« Questo è per l'intelaiatura del calcio » disse il belga, in tono sommesso.

Lo Sciacallo notò che, nel punto in cui era stato rimosso il calcio del fucile originale, non rimaneva nessun segno a eccezione delle sottili flange che correvano lungo la parte anteriore della culatta, dove prima aderiva il legno. I due fori delle viti che in origine tenevano il calcio incastrato alla canna, erano stati chiusi e sbozzati con grande abilità. Rovesciò il fucile e ne esaminò la parte inferiore. Sotto la culatta, si apriva una fenditura sottile. Attraverso questa fenditura si poteva intravedere la parte dell'otturatore che conteneva il percussore. Dalle due fenditure sporgeva il moncherino del grilletto. Era stato limato, fino al livello della culatta d'acciaio.

Incastrata alla base del grilletto, c'era una minuscola protuberanza di metallo, dove era stato aperto un foro filettato. Senza parlare, Goossens gli allungò una sottile scheggia di acciaio ricurva, non più lunga di due centimetri e mezzo. Lo Sciacallo ne adattò l'estremità filettata al foro e la avvitò rapidamente. Quando fu ben fissa, si rivelò il nuovo grilletto, sistemato in modo da sporgere dalla culatta.

Il belga cercò qualcosa nella custodia foderata internamente di panno e prese una sottile asta d'acciaio.

« Qui c'è il primo pezzo » disse.

L'assassino ne adattò l'estremità filettata al foro nella parte posteriore della culatta e l'avvitò. Vista di profilo, l'asta pareva sporgere dal retro della canna, con un'inclinazione verso il basso di trenta gradi. A circa cinque centimetri dall'estremità avvitata nella canna, l'asta era stata leggermente appiattita, e al centro di questa parte era stato praticato un foro ad angolo con la linea della canna. Questo foro si apriva verso la parte posteriore. Goossens alzò una seconda asta d'acciaio più corta della prima.

« Questo è il pezzo superiore » disse.

Anche il secondo pezzo fu infilato al suo posto. Le due aste sporgevano all'indietro, quella superiore ad angolo più stretto in rapporto alla linea della canna, come i due lati di un triangolo senza la base. Goossens tirò fuori dalla custodia un'asta d'acciaio più piccola delle altre due. Era ricurva, lunga una quindicina di centimetri e imbottita con una pesante striscia di cuoio nero. A ogni estremità, c'era un piccolo foro.

« Non c'è bisogno di avvitare » disse l'armaiolo. « Basta premere contro gli altri due pezzi. »

L'inglese adattò le due estremità dell'asta ai fori relativi e le incastrò con un colpo deciso. Di profilo, la carabina aveva adesso un aspetto normale, con il grilletto e il calcio completo nelle sue linee esterne, composto di un montante superiore, uno inferiore e la piastra di base. Lo Sciacallo appoggiò quest'ultima alla spalla, afferrando con la mano sinistra la canna, appoggiando l'indice destro sul grilletto, con l'occhio sinistro chiuso e quello destro che fissava obliquamente la canna del fucile. Si sentì un "clic" soffocato.

Lo Sciacallo si girò verso il belga, che aveva in mano una specie di tubo nero lungo una ventina di centimetri.

« Il silenziatore » disse l'inglese. Prese il tubo e studiò l'estremità della canna della carabina. Era stata filettata. Fece scorrere la parte più larga del silenziatore sulla canna e l'avvitò rapidamente, facendola girare finché non si mosse più. Il silenziatore sporgeva dall'estremità della canna come una lunga salsiccia. Poi, Goossens diede allo Sciacallo il mirino telescopico.

Lungo la parte superiore della canna, nel metallo c'era una serie di doppie scanalature. Lì dovevano essere innestati i morsetti che si trovavano sotto il mirino telescopico, in modo da tenerlo perfettamente parallelo alla canna. Sul lato destro e in cima al mirino telescopico c'erano delle viti sottili, che servivano a regolare l'incrocio di linee del reticolo. Ancora una volta, l'inglese imbracciò la carabina e chiuse un occhio, mentre prendeva la mira. A un osservatore casuale poteva sembrare un elegante gentiluomo inglese, in abito sportivo, intento a provare un nuovo fucile da caccia in un negozio d'armi di Piccadilly. Ma quello che dieci minuti prima era stato un insieme di pezzi dall'aspetto alquanto strano, non era un fucile da caccia; era la carabina ad alta velocità, a lunga portata, perfettamente silenziosa di un assassino. Lo Sciacallo depose l'arma. Guardò il belga e annuì, soddisfatto.

« Bene » disse. « Molto bene. Mi congratulo con lei. Un bel lavoro. »

Goossens era radioso.

« Rimane sempre la questione della taratura del mirino. Poi, bisognerà sparare qualche colpo, per fare un po' d'esercizio. Ha i proiettili? »

Il belga infilò una mano nel cassetto della scrivania e tirò fuori una scatola con un centinaio di pallottole. I sigilli erano già stati rotti, e mancavano cinque o sei proiettili.

« Queste sono per fare esercizio » disse l'armaiolo. « Ne ho messe da parte sei, per renderle esplosive. »

Lo Sciacallo prese una manciata di pallottole e le guardò. Sembravano molto piccole, per quello a cui dovevano servire, ma la carica esplosiva aggiunta le avrebbe dotate di una velocità altissima, aumentandone proporzionalmente la precisione e la potenza. Erano appuntite, mentre per lo più le pallottole da caccia sono smussate, e là dove quelle da caccia hanno una testa di piombo opaca, queste invece terminavano con una punta di cupronichel. Erano pallottole da gara, dello stesso calibro della carabina da caccia che lui aveva appena impugnato.

« Dove sono quelle che userò io? » domandò l'assassino.

Goossens tornò alla scrivania e prese un cartoccio di carta velina.

« Di solito, le tengo in un posto più sicuro, » spiegò « ma sapevo che lei sarebbe venuto e le ho preparate qui. »

Aprì il cartoccio e ne versò il contenuto sul foglio di carta asciugante inserito nella cartella che si trovava sulla scrivania. A prima vista, le pallottole sembravano identiche a quelle che l'inglese stava rimettendo nella scatola di cartone. Poi lui ne prese una delle altre e la esaminò più attentamente.

Da una minuscola zona intorno all'estremità, il cupronichel era stato grattato via delicatamente, in modo da mettere a nudo il piombo che c'era sotto. La punta della pallottola era stata leggermente smussata, e un foro minuscolo penetrava per quasi un centimetro in lunghezza nella punta. In questa apertura, era stata versata una goccia di mercurio, e poi il foro era stato otturato con un po' di piombo fuso. Una volta solidificato il piombo, la punta era stata levigata e lucidata, fino a che non aveva assunto di nuovo la stessa forma allungata dell'originale.

Lo Sciacallo conosceva quelle pallottole, anche se non aveva mai avuto occasione di usarle. La fase preparatoria era troppo complicata, per poterne fabbricare in grande quantità; e la loro produzione su base industriale era stata proibita dalla Convenzione di Ginevra, perché erano considerate ancora più pericolose delle pallottole dum-dum e potevano scoppiare come una piccola granata quando colpivano. Al momento dello sparo, la minuscola goccia di mercurio veniva risucchiata indietro dalla velocità e dalla spinta in avanti del proiettile, alla stessa maniera di un passeggero di un'automobile schiacciato contro il sedile dopo una violenta accelerazione. Appena la pallottola colpiva la carne, i tendini, oppure le ossa, si verificava una caduta improvvisa di velocità.

La minuscola goccia, per il fatto di essere di mercurio, veniva proiettata in avanti, verso la punta del proiettile. E il suo slancio arrivava a lacerare il proiettile, provocando la svasatura del piombo verso l'esterno e facendogli assumere l'aspetto delle dita di una mano aperta o dei petali di un fiore in boccio. Assunta questa forma, il proiettile di piombo penetrava nei nervi e nei tessuti, squarciando, tagliando, slabbrando, seminando i suoi frammenti su un'area grande quanto un piattino da tè. Una volta raggiunta la testa della vittima, una pallottola del genere non ne usciva più, ma demoliva tutto all'interno, riducendo in briciole la calotta cranica per la tremenda pressione provocatavi.

L'assassino rimise la pallottola nella carta e l'avvolse con cura. Di fianco a lui, l'ometto dall'aria mite che l'aveva preparata, lo guardò con aria interrogativa.

« Mi sembra che vada benissimo. Lei, monsieur Goossens, deve essere un maestro nel suo genere. Qual è allora il problema? »

« Si tratta dei tubi, monsieur. Sono risultati più difficili da fabbricare di quanto non immaginassi. Ho cercato di usare l'alluminio, come mi aveva consigliato lei. Ma prima ho dovuto procurarmi la carabina e metterla a punto, lei mi capisce. È per questo che ho cominciato a fabbricarli solo qualche giorno fa. Avevo creduto di non incontrare grosse difficoltà, data la mia abilità in materia e l'attrezzatura della mia officina.

« Ma per fare in modo che i tubi fossero meno spessi possibile, ho acquistato del materiale molto leggero. Era troppo sottile. E dopo essere stato filettato pezzo per pezzo, ha preso la consistenza della carta velina. Si curvava, a ogni minima pressione. Per fare in modo che l'interno fosse abbastanza grande per accogliere la culatta del fucile nel suo punto più largo e avere, allo stesso tempo, tubi di metallo più solido, sono stato costretto a fabbricare un qualcosa che non avrebbe mai avuto un aspetto naturale. E così mi sono deciso per l'acciaio inossidabile.

« Non avevo altra scelta. Assomiglia all'alluminio ed è di poco più pesante. E dato che è anche più solido, può resistere alla filettatura e al tempo stesso non piegarsi. Certo, è un metallo più duro da lavorare e richiede più tempo. Ho cominciato ieri... »

« Capisco i suoi problemi. Ma il fatto è che ho bisogno di quella roba, e ho anche bisogno che sia perfetta. Per quando pensa di finire? »

Il belga si strinse nelle spalle. « Come si fa a dirlo con esattezza. Ho tutto quello che mi serve, a meno che non sorgano altre difficoltà. Comunque non lo credo, anche le ultime difficoltà tecniche sono state superate. Cinque, sei giorni. O forse una settimana. »

L'inglese non manifestò alcun segno di irritazione. La sua faccia rimase impassibile: si limitò a osservare attentamente il belga, mentre concludeva le sue spiegazioni.

« Va bene » disse lo Sciacallo, alla fine. « Questo mi costringe a un cambiamento di programma. Ma forse la cosa non è poi tanto grave, come pensavo l'ultima volta che sono stato qui. Sotto un certo aspetto, dipende dall'esito di una telefonata che devo fare. In ogni caso, avrò bisogno di un po' di pratica con la carabina, e per questo il Belgio vale qualunque altro paese. Mi servirà il fucile, e anche un buon numero di pallottole non manipolate e una di quelle esplosive. E un posto tranquillo dove esercitarmi. Qui da voi si può provare una carabina nuova, senza correre il rischio di intrusioni? Si ricordi che il bersaglio deve essere a centotrenta centocinquanta metri, all'aperto. »

Goossens ci pensò un momento. « Nella foresta delle Ardenne » disse. « Ci sono grandi estensioni di bosco, dove uno può rimanere solo per parecchie ore. Si va e si torna in giornata. Oggi è giovedì, domani comincia il week-end e probabilmente un sacco di persone andrà a bivaccare da quelle parti. Le consiglierei il cinque, lunedì. Da parte mia, spero di terminare il lavoro per martedì o mercoledì. »

L'inglese annuì, soddisfatto.

« D'accordo. La carabina e le munizioni le ritiro adesso. Mi metterò di nuovo in contatto con lei, martedì o mercoledì della settimana prossima. »

Il belga stava per aggiungere qualcosa, ma il suo cliente lo prevenne.

« Mi sembra di doverle ancora settecento sterline. Ecco... » lasciò cadere sulla scrivania qualche mazzetto di banconote « ...queste sono altre cinquecento sterline. Riceverà le duecento che rimangono a lavoro ultimato. »

« *Merci*, monsieur » disse l'armaiolo, raccogliendo i soldi e infilandoseli in tasca. Smontò la carabina pezzo per pezzo, sistemando accuratamente ogni parte negli scomparti appositi della custodia. Il proiettile esplosivo che l'assassino aveva chiesto, venne incartato in un pezzo di carta velina e infilato nella custodia tra gli stracci e gli spazzolini per pulire l'arma. Dopo aver chiuso la custodia, la porse all'inglese insieme con una scatola di pallottole. Questi si mise in tasca le pallottole e si diresse verso la porta, con in mano la custodia lucida e sottile che sembrava una valigetta da *attaché* diplomatico.

Goossens l'accompagnò, salutandolo cortesemente.

Lo Sciacallo arrivò al suo albergo con un po' di ritardo sull'ora solita del pranzo. Prima di tutto, nascose la custodia in fondo all'armadio, lo chiuse e portò via la chiave.

Nel pomeriggio, uscì a piedi e si diresse senza fretta verso l'ufficio della Posta centrale dove chiese di poter telefonare a un certo numero di Zurigo, in Svizzera. Ci volle mezz'ora perché la telefonata fosse messa in linea, e altri cinque minuti perché Herr Meier venisse all'apparecchio. L'inglese si presentò citando un numero, poi diede il proprio nome.

Herr Meier gli disse di aspettare un momento, lasciò la cornetta e, due minuti dopo, tornò all'apparecchio. Il suo tono aveva perduto la cauta riservatezza di prima. I clienti con un conto corrente in dollari e in franchi francesi che aumentavano di continuo, meritavano un trattamento di favore. L'uomo che si trovava a Bruxelles fece una sola domanda, e di nuovo il banchiere svizzero lasciò in sospeso la comunicazione, ma questa volta per meno di trenta secondi. Evidentemente aveva fatto tirare fuori dalla cassaforte la documentazione relativa a quel cliente, insieme al suo estratto conto, e la stava studiando.

« No, *mein Herr* » disse la voce che arrivava disturbata nella cabina telefonica di Bruxelles. « Abbiamo qui la sua lettera d'istruzioni dove lei ci chiede di informarla con un espresso e per via aerea, nel momento in cui viene fatto un nuovo versamento. Nel periodo di cui parla lei, di versamenti non ce ne sono stati. »

« Era soltanto una curiosità, Herr Meier. Sono rimasto lontano da Londra due settimane, e in quei giorni poteva anche arrivare qualcosa. »

« No, non c'è stato niente. Non appena il versamento sarà fatto, provvederemo a informarla subito. »

Dopo che Herr Meier si profuse in una serie di saluti e di auguri, lo Sciacallo appoggiò la cornetta, pagò la telefonata e uscì.

Si incontrò con il falsario in un bar poco lontano da Rue Neuve, quella sera stessa; ci arrivò che erano da poco passate le sei. L'uomo lo aspettava. L'inglese adocchiò un tavolo d'angolo ancora libero e, con un cenno della testa, invitò l'altro a seguirlo laggiù. Qualche secondo dopo, quando si era già seduto e aveva acceso una sigaretta, il belga lo raggiunse.

« Finito? » domandò l'inglese.

« Sì, tutto finito. E un ottimo lavoro, anche se sono io a dirlo. »

L'inglese tese la mano.

« Mi faccia vedere » ordinò. Il belga accese una Bastos e scosse la testa.

« Per favore, monsieur, cerchi di capire. È un posto troppo affollato, questo. E poi c'è bisogno di più luce per esaminarli, soprattutto i documenti francesi. Li ho lasciati nel mio studio. »

Lo Sciacallo lo guardò un attimo freddamente, poi annuì.

« Va bene. Andiamo a dare un'occhiata a quella roba. »

Uscirono dal bar pochi minuti più tardi e presero un taxi che li depositò all'angolo della strada dove si trovava lo studio fotografico. Era una serata calda, e ancora piena di sole: come sempre quando usciva in strada, l'inglese si infilò i grandi occhiali scuri che gli nascondevano la parte superiore della faccia in modo da renderlo irriconoscibile; ma la strada era stretta, e i raggi del sole non la raggiungevano. Un vecchio li incrociò; era curvo e pieno d'artrite e avanzava strascicando i piedi, la testa china verso terra.

Il falsario fece strada giù per i gradini del seminterrato e aprì la porta chiusa a chiave, scegliendone una dal mazzo che aveva con sé. Lo studio era immerso nell'oscurità, come se fuori fosse già notte. Qualche debole lama di luce filtrava tra le orrende fotografie attaccate al vetro della finestra, e l'inglese poté distinguere la sedia e la scrivania del primo locale, che fungeva da ufficio. Il falsario lo precedette oltre le due cortine di velluto nello studio, dove accese la luce centrale.

Poi tirò fuori di tasca una busta marrone, l'aprì e ne sparpagliò il contenuto sul piccolo tavolo rotondo di mogano che si trovava in un angolo e serviva come elemento decorativo per qualche ritratto. Lo sollevò e lo trasportò in mezzo alla stanza, proprio sotto il lampadario acceso. Le due lampade ad arco, sopra la stretta pedana lungo la parete opposta dello studio, rimasero spente.

« Prego, monsieur. » Gli rivolse un largo sorriso e con un gesto lo invitò ad avvicinarsi ai tre documenti che giacevano sul tavolo. L'inglese sollevò il primo alla luce: era la sua patente automobilistica. Sulla prima pagina era stato incollato un talloncino che informava che « il signor Alexander James Quentin Duggan di Londra W1 è abilitato a guidare veicoli a motore dei gruppi 1a, 1b, 2, 3, 11, 12 e 13 dal 10/12/1960 al 9/12/1963 compreso ». Sopra, c'era il numero della patente (inventato, naturalmente) e le parole "Consiglio Municipale di Londra" e "Norme sulla Circolazione Stradale 1960"; poi si leggeva "PATENTE DI GUIDA", e "Pagata tassa 15 scellini". Per quanto ne poteva giudicare lo Sciacallo, era un falso perfetto, di certo sufficiente per i suoi scopi.

Il secondo documento era semplicemente una *carte d'identité* francese a nome di André Martin, cinquantatré anni, nato a Colmar e con residenza a Parigi. In un angolo era stata incollata la sua fotografia, dove lui appariva più vecchio di venti anni, i capelli grigio acciaio tagliati *en brosse* e un'espressione imbarazzata e confusa. Il documento presentava qualche macchia e aveva gli angoli delle pagine accartocciati: la carta d'identità di un operaio.

Il terzo esemplare lo interessò più degli altri. Lì, la fotografia era leggermente diversa da quella della *carte d'identité*, perché la data di emissione differiva di vari mesi, dal momento che i rinnovi, se fossero stati reali, con ogni probabilità non avrebbero coinciso. Il documento portava un'altra fotografia, di quelle che gli erano state scattate quasi due settimane prima, ma la camicia sembrava più scura e c'era un'ombra di barba sulle guance. L'effetto era stato ottenuto con un abile ritocco, per dare l'impressione di due fotografie dello stesso uomo scattate in epoche differenti e con abiti diversi. In entrambi i casi, l'esecuzione del falso era di altissimo livello. Lo Sciacallo esaminò i documenti, poi li fece scomparire in una tasca.

« Gran bel lavoro » disse. « Proprio quello che volevo. Mi

congratulo con lei. Se ben ricordo, le devo ancora cinquanta sterline. »

« È vero, monsieur. *Merci.* » Il falsario attese il danaro. L'inglese tirò fuori un rotolo di dieci banconote da cinque sterline l'una e glielo porse.

Ma prima di abbandonarne l'estremità, che teneva stretta tra il pollice e l'indice, disse: « C'è ancora qualcos'altro, non è vero? ».

Il belga cercò, senza riuscirci, di assumere un'espressione stupita.

« Monsieur? »

« La prima pagina autentica della mia patente, le avevo detto che la volevo indietro. »

Non ci potevano essere più dubbi, ora. Il falsario stava recitando. Alzò le sopracciglia in segno di grande sorpresa, come se quel pensiero gli fosse balenato soltanto allora, lasciò in mano all'inglese il rotolo di banconote e gli voltò le spalle. Fece qualche passo, a testa china come se fosse immerso in gravi pensieri, le mani intrecciate dietro la schiena. Poi si rigirò, per tornare sui suoi passi.

« Pensavo che avremmo potuto fare quattro chiacchiere riguardo a quel pezzo di carta, monsieur. »

« Sì? » La voce dell'inglese era priva di tono. Piatta, senza espressione, solo un leggero senso interrogativo. La faccia non manifestava niente di più, gli occhi sembravano coperti da un velo, come se penetrassero un loro mondo privato e segreto.

« Il fatto è, monsieur, che il frontespizio originale della patente, con quello che immagino il suo vero nome, non si trova qui. Oh, via, via... » fece un gesto studiato, come se dovesse rassicurare una persona preoccupata per qualcosa, anche se l'inglese non dava affatto l'impressione di esserlo... « è in un posto sicuro al cento per cento. In una banca, dentro una cassetta di sicurezza che solo io posso aprire. Vede, monsieur, un uomo con un genere di affari precario come il mio, deve prendere qualche precauzione; è come cercare una forma di assicurazione. »

« Che cosa vuole? »

« Ora, mio caro signore, avevo sperato che lei fosse disposto a trattare con me il passaggio di proprietà di quel pezzo di carta, un affare basato su una somma leggermente superiore all'ultima cifra di centocinquanta sterline, di cui abbiamo parlato in questa stanza. »

L'inglese emise un lieve sospiro come se fosse leggermente perplesso di fronte all'abilità dell'Uomo di complicare, senza una necessità, la propria esistenza su questa terra. Non manifestò in nessun altro modo il suo interesse per la proposta del belga.

« Le interessa? » domandò il falsario, cauto. Recitava la sua parte, come se l'avesse provata e riprovata: l'attacco indiretto, le allusioni ritenute sottili. All'uomo che gli stava di fronte ricordava un film scadente di seconda categoria.

« Ne ho già incontrati, di ricattatori » disse l'inglese, non in tono di accusa, ma soltanto come se fosse una constatazione fatta in tutta tranquillità. Il belga ne rimase impressionato.

« Ah, monsieur, la prego. Ricatto? Io? La mia proposta non ha niente del ricatto, dal momento che il ricatto è un processo che si ripete. Io le propongo soltanto uno scambio. Tutto il materiale in cambio di una certa somma di danaro. D'altra parte, nella mia cassetta di sicurèzza ho conservato l'originale della sua patente, le lastre sviluppate e tutte le negative delle fotografie, e, sono spiacente... » fece un gesto desolato come per dimostrare che il suo rammarico era sincero « ...un'altra fotografia che le ho scattato sotto quelle luci laggiù e senza trucco. Sono convinto che questi documenti, nelle mani delle autorità inglesi e francesi, le potrebbero causare qualche fastidio. E lei è di certo un uomo abituato a pagare, pur di evitare determinati fastidi... »

« Quanto? »

« Un migliaio di sterline, monsieur. »

L'inglese considerò la proposta, annuendo tranquillamente come se il suo interesse fosse puramente accademico.

« Sì, la possibilità di riavere quei documenti vale questa somma » disse.

Il belga sorrise, trionfante. « Sono davvero felice di sentirglielo dire, monsieur. »

« Ma la risposta è no » continuò l'inglese, come se fosse ancora impegnato a pensare. Gli occhi del belga si ridussero a due sottili fessure.

« Ma perché? Non capisco. Lo dice anche lei che riavere quel materiale vale certo un migliaio di sterline. L'affare è molto semplice. Sia io sia lei siamo abituati a fare commercio di oggetti desiderabili, e a essere pagati in cambio di quello che procuriamo agli altri. »

« Ci sono due ragioni » rispose l'inglese, calmo. « Niente mi prova che non esistano copie delle negative originali, e quindi io non posso esser sicuro che alla prima richiesta di danaro non ne seguiranno delle altre; e poi, non ho neppure la prova che lei non abbia affidato i documenti a un amico, il quale, al momento della restituzione, può improvvisamente decidere di non trovarli più, a meno di non convincerlo snocciolando un altro migliaio di sterline. »

Il belga apparve sollevato. « Se è questo che la preoccupa, i suoi timori sono infondati. Non è nel mio interesse affidare i documenti a un socio, proprio per il dubbio che possa non consegnarmeli più al momento opportuno. E non penso che lei sia disposto a versare un migliaio di sterline, senza avere prima i documenti. Quindi, non c'è ragione al mondo che io li abbia affidati a qualcun altro. Glielo ripeto, sono nella cassetta di sicurezza di una banca.

« Quanto alle richieste ripetute di danaro, è una idea assurda. Una copia fotostatica della patente lascerebbe del tutto indifferenti le autorità inglesi, e anche se la pescassero con una patente falsa, lei rischierebbe soltanto qualche fastidio, ma questo non è sufficiente per giustificare ripetuti pagamenti a me. Come per le carte di identità francesi, se le autorità venissero a sapere che un inglese ha assunto l'identità di un fantomatico André Martin, potrebbero anche arrestarla se tentasse di passare in Francia con quel nome. Ma se io dovessi insistere per avere quel danaro più di una volta, senza dubbio le converrebbe liberarsi di quei documenti e trovare un altro contraffattore disposto a preparargliene di nuovi. E così anche il timore di essere scoperto in Francia come André Martin non avrebbe più alcun senso, avendo cessato di esistere questo Martin. »

« Allora, perché non farlo adesso? » domandò l'inglese. « Una seconda serie di documenti non mi dovrebbe costare più di altre centocinquanta sterline. »

Il belga allargò le braccia, i palmi delle mani rivolti verso l'alto.

« Io conto sul fatto che la convenienza e l'elemento tempo per lei debbano avere più importanza del denaro. E penso che lei abbia bisogno di questi documenti intestati André Martin e del mio silenzio, per un periodo di tempo neanche troppo lungo. Preparare dei documenti nuovi porterebbe via ancora parecchi giorni, e il risultato non sarebbe altrettanto apprezzabile. Questi qua, invece, sono perfetti. In conclusione, lei ha bisogno dei documenti, e del mio silenzio; e tutt'e due le cose servono subito. I documenti, li ha già. Quanto al mio silenzio, costa un migliaio di sterline. »

« Niente da obiettare, se la mettiamo su questo piano. Ma che cosa le fa pensare che io abbia un migliaio di sterline qui con me, in Belgio? »

Il falsario sorrise con aria indulgente, come chi conosce già tutte le risposte ma non ha nessuna difficoltà a dilungarsi in spiegazioni per soddisfare i capricci di un caro amico.

« Monsieur, lei è un gentiluomo inglese. Su questo, non può sussistere alcun dubbio. Eppure vuol farsi passare per un operaio francese di mezza età. La sua conoscenza della lingua francese non fa una grinza, e quasi non si sente accento straniero. Per questo motivo, ho scelto Colmar come luogo di nascita di André Martin. Come lei saprà, gli alsaziani accentano leggermente le parole e la loro cadenza è quasi identica alla sua. Lei entra in Francia, nei panni di André Martin. Perfetto, un colpo di genio. A chi verrebbe mai in mente di perquisire un vecchio come André Martin? Di conseguenza, qualsiasi cosa lei porti con sé, deve essere di valore. Droga, forse? È molto di moda, di questi tempi, in certi circoli inglesi raffinati. E Marsiglia è uno dei principali centri di rifornimento. Oppure diamanti? Non lo so. Ma lei è in un giro d'affari senza dubbio molto redditizio. I milord inglesi non sprecano il loro tempo nei furtarelli alle corse. Per favore, monsieur, vogliamo smettere di tirarla tanto per le lunghe, *hein*? Lei adesso telefona ai suoi amici di Londra e chiede che le mandino per cablo un migliaio di sterline presso una banca di qui. Poi, domani sera, ci scambiamo i nostri pacchetti, e – *voilà* – lei è già in viaggio per dove vuole andare. »

L'inglese annuì parecchie volte, come se stesse meditando tristemente su una vita caratterizzata da errori. Di scatto, sollevò la testa e rivolse al belga un sorriso cordiale. Era la prima volta che il falsario lo vedeva sorridere, e provò un gran sollievo nel constatare che quell'inglese così freddo e controllato reagisse in maniera positiva alla sua proposta. I soliti tentativi per cercare una via d'uscita. Ma, a lungo andare, nessun problema. Quell'uomo era sceso a patti. Si sentì liberato dalla tensione.

« D'accordo, » disse l'inglese « ha vinto. Posso avere mille sterline, per domani a mezzogiorno. Ma a una condizione. »

« Una condizione? » Subito, il belga ritornò sulla difensiva.

« Non dobbiamo incontrarci qui. »

Il falsario rimase stupito. « Ma che cosa c'è che non va, in questo posto? È tranquillo, nessuno può venire a disturbarci... »

« Non c'è niente che vada bene, almeno dal mio punto di vista. Mi ha appena raccontato di avermi scattato una fotografia, senza che io me ne accorgessi. Non ho nessun desiderio che la piccola cerimonia dello scambio dei nostri pacchetti venga interrotta dallo scatto di una macchina fotografica piazzata in un punto nascosto dove qualche suo amico ha ritenuto saggiamente opportuno andare ad oppostarsi... »

Il sollievo del belga fu chiaramente visibile. L'uomo scoppiò in una sonora risata.

« Non deve avere timori di questo genere, *cher ami*. Questo posto è mio, e qui non ci viene nessuno a meno che non sia stato espressamente invitato da me. Uno non può permettersi imprudenze, lei mi capisce. Io svolgo un'attività collaterale qua dentro: scatto fotografie per i turisti; è roba che va davvero forte, ma non il genere di lavoro che si può fare in uno studio sulla Grande Place... »

Alzò la mano sinistra, il pollice e l'indice che formavano una lettera O, e fece passare ripetutamente l'indice teso della mano destra attraverso quell'apertura circolare, a indicare il compimento dell'atto sessuale.

Gli occhi dell'inglese ammiccarono. Lui abbozzò un sorriso, poi scoppiò in una risata. Anche il belga rise allo scherzo. L'inglese l'afferrò per le braccia, le dita si strinsero sui bicipiti, togliendogli ogni possibilità di difesa, mentre aveva ancora le mani che si agitavano nel loro gesto erotico. E ancora rideva, quando ebbe la sensazione che i suoi genitali fossero stati colpiti da un maglio.

La testa gli crollò in avanti, le mani interruppero il loro movimento, cercarono i testicoli schiacciati dai quali l'uomo che lo teneva prigioniero aveva ritirato il ginocchio destro, e la risata si trasformò in un urlo lamentoso, un gorgoglio, un conato di vomito. Semisvenuto, scivolò sulle ginocchia, poi cercò di rotolare in avanti, per distendersi sul pavimento e difendere la parte dolorante.

Lo Sciacallo lasciò che si afflosciasse lentamente verso terra, poi girò intorno al corpo del belga piegato in due e gli salì a cavalcioni sulla schiena. Gli passò il braccio destro intorno alla gola e con la mano strinse il bicipite sinistro, posò la mano sinistra contro la nuca del falsario e diede un violento colpo secco, torcendogli la testa verso l'alto, all'indietro e lateralmente.

Lo scricchiolio delle vertebre cervicali che saltavano, in realtà non fu molto forte, ma risuonò nel silenzio dello studio come lo schiocco di una frusta. Il corpo del falsario ebbe un'ultima contrazione, poi ricadde in avanti, floscio e inerte come un pupazzo di stracci. Lo Sciacallo lo trattenne ancora per un attimo, poi lo mollò sul pavimento. La faccia del morto era girata da una parte, le mani ancora strette sui genitali, la lingua sporgente tra i denti serrati, gli occhi spalancati a fissare il pallido disegno del linoleum.

L'inglese attraversò la stanza, per assicurarsi che le tende fossero completamente chiuse, poi ritornò vicino al cadavere. Lo voltò e gli frugò nelle tasche: in quella di sinistra, nei pantaloni, trovò il mazzo di chiavi. Nell'angolo più lontano dello studio, si trovava il grande baule degli accessori per il trucco e dei cosmetici. La quarta chiave che provò era quella giusta: dopo aver sollevato il coperchio, passò dieci minuti a toglier roba dal baule, ammucchiandola sul pavimento.

Quando portò a termine questa operazione, l'assassino prese il corpo del falsario da sotto le ascelle e lo trascinò fino al baule. Ci stava comodamente, e le membra senza vita si ripiegarono per adattarsi al fondo della cassa. Nel giro di poche ore, sarebbe sopravvenuto il *rigor mortis* a immobilizzare il cadavere nella posizione in cui era stato sistemato. Poi, lo Sciacallo si diede da fare per rimettere a posto gli oggetti che aveva sparpagliato sul pavimento. Parrucche, biancheria femminile, toupets e altra roba di dimensioni ridotte vennero infilati negli interstizi fra le braccia e le gambe del morto. Sopra, andarono il vassoio coi pennelli per il trucco e le scatole dei cosmetici. Infine, sopra ancora, altri barattoli di creme di bellezza, due *négligés*, golfini e pantaloni, una vestaglia e diverse paia di calze a rete nere, che nascosero completamente il corpo del belga, riempiendo il baule fino all'orlo. Ci volle una lieve pressione per chiudere il coperchio, ma bastò a far scattare la cerniera e ad applicare il lucchetto.

Durante tutta l'operazione l'inglese aveva maneggiato barattoli e recipienti con le mani coperte da uno straccio che aveva trovato nel baule. Adesso, servendosi del proprio fazzoletto strofinò la superficie esterna del baule, intascò il rotolo di banconote da cinque sterline che era rimasto sul tavolo, passò il fazzoletto sul ripiano di mogano e avvicinò il tavolo al muro dove si trovava quando lui era entrato nello studio. Infine spense le luci e sedette su una sedia, ad aspettare che scendesse il buio. Dopo qualche minuto, tirò fuori la scatola di sigarette, tolse le dieci che erano ancora dentro infilandosele in una tasca della giacca, e ne fumò una usando la scatola vuota come portacenere.

Non si illudeva certo che la scomparsa del falsario potesse rimanere ignorata in eterno, ma pensò che forse un uomo con quel lavoro di tanto in tanto doveva allontanarsi dalla città e non farsi vedere in giro per un po'. Se qualcuno dei suoi amici avesse notato la sua assenza, avrebbe con ogni probabilità concluso che la ragione doveva essere quella. Le ricerche sarebbero cominciate solo in un secondo tempo, e fra le persone direttamente interessate alla fabbricazione dei falsi e al commercio delle fotografie pornografiche. Qualcuna di queste persone, a conoscenza dell'indirizzo di quello studio, sarebbe venuta lì, ma, accorgendosi che la porta era chiusa a chiave, non avrebbe approfondito le indagini. E anche chi fosse riuscito a entrare nello studio, avrebbe dovuto metterlo a soqquadro, forzare la serratura del baule e vuotarlo, prima di trovare il cadavere.

Una persona con qualche conto in sospeso con la legge, arrivata a questo punto, probabilmente non avrebbe riferito niente alla polizia – pensò lo Sciacallo – e ne avrebbe concluso che il falsario era stato liquidato perché in disgrazia presso il capo di qualche banda di gangster locali. Nessun maniaco collezionista di materiale pornografico, per quanto fuori di sé, si sarebbe preoccupato di nascondere il corpo con tanta meticolosità, dopo un delitto passionale. Ma a un certo momento, la polizia lo avrebbe saputo. I giornali avrebbero pubblicato la fotografia del falsario, e il barista si sarebbe forse ricordato che la sera del primo agosto quell'uomo era uscito dal suo locale in compagnia di un tipo alto e biondo, vestito di un completo a quadri, con gli occhiali scuri.

Ma era estremamente improbabile che qualcuno andasse a frugare nella cassetta di sicurezza del morto, anche se quello l'aveva presa dichiarando il suo vero nome. Quanto a lui, non aveva scambiato una sola parola col barista, e le ordinazioni fatte al cameriere, sempre nello stesso bar, risalivano a due settimane prima. Il cameriere avrebbe dovuto possedere una memoria spaventosa, per ricordare la lieve traccia di accento straniero nella voce che gli aveva ordinato due birre. La polizia si sarebbe messa alla ricerca di un uomo alto e biondo, pur sapendo di avere scarse probabilità di successo, ma anche se fossero riusciti a risalire fino ad Alexander Duggan, i poliziotti belgi avrebbero avuto ancora una strada molto lunga da percorrere per trovare lo Sciacallo. A conti fatti, lo Sciacallo decise di avere a propria disposizione un margine di sicurezza di un mese, come minimo. Ed era proprio quanto gli serviva. L'assassinio del belga era stato un gesto meccanico, come quando si schiaccia col piede uno scarafaggio. Lo Sciacallo si rilassò, finì di fumare una seconda sigaretta e guardò dalla finestra. Erano le 9.30, e il buio era sceso sulla stradina là fuori. Senza fare rumore, uscì dallo studio, chiudendosi la porta alle spalle. Nessuno lo sorpassò, mentre si allontanava in silenzio. Dopo circa un chilometro, lasciò cadere le chiavi, che mai nessuno sarebbe stato in grado di identificare, attraverso la grata di un largo tombino sul marciapiede e le sentì sprofondare nell'acqua della fognatura, che passava lì sotto a qualche metro di distanza. Poi tornò al suo albergo, ancora in tempo per la cena.

Il giorno seguente, venerdì, lo passò a fare acquisti in uno dei quartieri periferici di Bruxelles, abitato in gran parte da operai. In un negozio specializzato in articoli da campeggio, comprò un paio di scarpe da escursionista, calze lunghe di lana, un paio di pantaloni di cotone, una camicia di lana a quadri e un sacco da montagna. E poi ancora alcuni fogli sottili di gommapiuma, una borsa a rete per la spesa, un gomitolo di spago, un coltello da caccia, due pennelli sottili, un barattolo di vernice rosa e un altro di vernice marrone. Pensò anche di comprare un grosso melone da una bancarella di frutta, ma poi ci rinunciò, perché era facile che marcisse durante il week-end.

Di ritorno all'albergo, usò la nuova patente intestata ad Alexander Duggan, per noleggiare una macchina che avrebbe guidato personalmente; e un impiegato dell'albergo si dette da fare per prenotargli per il week-end una camera con bagno o doccia, in una località della costa. Per quanto ci fosse una certa difficoltà a trovarne una libera in agosto, l'impiegato riuscì a fissargliela a Zeebrugge, un pittoresco villaggio di pescatori, in un alberghetto prospiciente il porto, e gli augurò un piacevole week-end al mare.

7

Mentre lo Sciacallo stava facendo acquisti a Bruxelles, Viktor Kowalski era alle prese con il complicato sistema delle informazioni telefoniche internazionali nell'ufficio della Posta centrale di Roma.

Dal momento che non parlava l'italiano, si era rivolto agli impiegati perché gli dessero un aiuto, e con uno di loro era riuscito a intendersi, scambiando qualche parola in francese. A fatica, Kowalski gli spiegò di voler telefonare a una persona di Marsiglia, in Francia, della quale però non conosceva il numero di telefono.

Sì, il nome e l'indirizzo li sapeva. Quella persona si chiamava Grzybowski. Il nome mise in difficoltà l'italiano, che chiese a Kowalski di scriverglielo. Kowalski lo scrisse, ma l'italiano non credendo che un nome potesse cominciare con "Grzyb", lo ripeté alla centralinista delle comunicazioni internazionali come se fosse "Grib": secondo lui Kowalski aveva messo una zeta al posto di una i. Sull'elenco telefonico di Marsiglia non compariva nessun Josef Gribowski, disse la centralinista francese a quella italiana. Allora l'impiegato si rivolse a Kowalski e gli spiegò che non esisteva nessuno con quel nome.

Proprio per caso, e perché era una persona coscienziosa che desiderava fare una cortesia a uno straniero, si mise a ripetere il nome lettera per lettera, per dimostrare a Kowalski che l'aveva capito benissimo.

« *Il n'existe pas, monsieur. Voyons... g, r, i...* »

« *Non, je, er, zed...* » lo interruppe Kowalski.

L'impiegato lo guardò, perplesso.

« *Excusez-moi, monsieur, je, er, zed?? Je, er, zed, y grec, be?* »

« *Oui.* » insistette Kowalski. « G.R.Z.Y.B.O.W.S.K.I. »

L'italiano si strinse nelle spalle e parlò ancora con la centralinista.

« Mi dia l'ufficio informazioni internazionali. »

Nel giro di dieci minuti Kowalski ottenne il numero di telefono di JoJo, e mezz'ora dopo era in contatto con lui. Dall'altra parte del filo la voce dell'ex legionario arrivò confusa, fra un'infinità di disturbi: sembrava esitante a confermare la notizia scritta da Kovacs. Sì, gli faceva piacere che Kowalski avesse telefonato, erano tre mesi che lui cercava di rintracciarlo.

Purtroppo sì, la notizia della malattia della piccola Sylvie era vera. La bambina diventava sempre più debole e magra, e quando il dottore aveva fatto la diagnosi, era ormai venuto il momento di tenerla a letto. Si trovava nella camera accanto a quella in cui JoJo stava parlando. No, non era più lo stesso appartamento; ne avevano affittato uno nuovo, più grande. Come? L'indirizzo? JoJo glielo dettò sillabando ogni parola, mentre Kowalski, la punta della lingua stretta fra le labbra, lo scriveva con difficoltà.

« Quanto tempo le danno quei ciarlatani? » ruggì nel microfono. Riuscì a farsi capire da JoJo, solo al quarto tentativo. Ci fu una lunga pausa.

« *Allò? Allò?* » gridò, quando non ci fu risposta. La voce di JoJo si fece ancora sentire.

« Una settimana... forse anche due o tre » disse JoJo.

Kowalski, incredulo, fissò il ricevitore che teneva in mano. Senza una parola, lo rimise sulla forcella e uscì a passi incerti dalla cabina. Dopo aver pagato la telefonata, raccolse la posta, richiuse con uno scatto secco la sottile custodia di metallo fissata al suo polso e ritornò a piedi all'albergo. Per la prima volta in molti anni, aveva una grande confusione in testa, e non c'era nessuno a cui rivolgersi per ricevere un ordine che gli consentisse di risolvere il problema con la violenza.

Nel suo appartamento di Marsiglia, lo stesso nel quale aveva sempre vissuto, JoJo abbassò anche lui il ricevitore, quando si rese conto che Kowalski aveva riattaccato. Si voltò e vide i due uomini del Servizio d'azione ancora allo stesso posto, ognuno con la Colt 45 Special della polizia in pugno. Uno non perdeva di vista JoJo, l'altro la moglie che sedeva in un angolo del divano, la faccia color della cenere.

« Bastardi » disse JoJo, velenoso. « Merde. »

« Verrà? » domandò uno dei due uomini.

« Non l'ha detto. Ha riattaccato » disse il polacco.

Gli occhi neri privi di espressione del còrso ricambiarono il suo sguardo.

« Deve venire. Gli ordini sono questi. »

« Be', mi avete sentito, ho detto quello che volevate. Deve essere rimasto stravolto. Ha riattaccato. E io, non potevo certo impedirglielo. »

« Sarà bene che venga, nel tuo interesse » ripeté il còrso.

« Verrà » disse JoJo, rassegnato. « Se può, verrà di certo. Per amore della bambina. »

« Bene. La tua parte è finita. »

« E allora, fuori di qui » urlò JoJo. « Lasciateci soli. »

Il còrso si alzò, la rivoltella ancora stretta in pugno; l'altro rimase seduto, con gli occhi fissi sulla donna.

« Ce ne andremo, » disse « ma voi due verrete con noi. Non possiamo permetterci di lasciarvi in giro a chiacchierare, o magari a telefonare a Roma... vero, JoJo? »

« Dove ci porterete? »

« Una piccola vacanza. Un bell'albergo confortevole in montagna. E con tanto sole, e aria buona. Ti farà bene, JoJo. »

« Per quanto tempo? » domandò il polacco, con voce spenta.

« Per il tempo necessario. »

Il polacco guardò fuori dalla finestra, in direzione del labirinto di vicoli e dei banchi del pesce ammassati dietro il Porto Vecchio, un'immagine da cartolina illustrata.

« Siamo in piena stagione turistica. I treni, in questi giorni, sono affollatissimi. In agosto facciamo di più che in tutto l'inverno. Ci rovinerà, questa perdita, e per parecchi anni. »

Il còrso scoppiò a ridere, come se l'idea lo divertisse.

« Devi considerarla un guadagno, non una perdita, JoJo. Dopo tutto, lo fai per la Francia, il tuo paese adottivo. »

Il polacco si voltò di scatto. « Che vada a farsi fottere, la politica! Me ne frego di chi è al potere, e di quello che vogliono i partiti per i loro soliti casini. Ma conosco la gente come voi. Ne ho incontrata tanta nella mia vita. Potevate essere al servizio di Hitler, il vostro tipo. O di Mussolini, o dell'OAS se vi andassero le loro idee. O di chiunque. I regimi possono cambiare, ma i bastardi come voi non cambiano mai... » JoJo urlava, arrancando verso l'uomo con la pistola. La canna non si era spostata neppure di un millimetro nella mano che la stringeva.

« JoJo » gridò la donna dal divano. « *JoJo, je t'en prie. Laisse-le.* »

Il polacco si fermò di colpo e fissò la moglie, come se fino a quel momento avesse dimenticato la sua esistenza. Poi si guardò intorno, soffermandosi sulle tre persone presenti nella stanza. Loro ricambiarono lo sguardo: la moglie, implorante; i due agenti del Servizio segreto, con occhi assolutamente inespressivi. Erano abituati a quel tipo di offese, che in fondo lasciavano il tempo che trovavano. Quello che sembrava il capo fece un gesto verso la camera da letto.

« Su, a far le valigie. Prima tu, poi tua moglie. »

« E Sylvie? Tornerà da scuola alle quattro. Non ci sarà nessuno ad aspettarla » disse la donna.

Il còrso continuava a guardare JoJo.

« La prenderemo noi, passando dalla scuola. Abbiamo già predisposto tutto. La direttrice è stata avvertita che sua nonna sta morendo e che la famiglia è stata chiamata al letto di morte. È stato fatto tutto con molta discrezione. E adesso, muoviamoci. »

JoJo si strinse nelle spalle, e diede un'ultima occhiata alla moglie; poi andò nella camera da letto per preparare i bagagli, seguito dal còrso. La donna continuò a tormentare il fazzoletto che stringeva nelle mani. Dopo un momento alzò gli occhi verso l'agente, seduto all'altra estremità del divano. Era più giovane del còrso, un guascone.

« Che cosa... che cosa gli faranno? »

« A Kowalski? »

« Viktor. »

« Ci sono certe persone che vogliono parlargli. È tutto. »

Un'ora dopo la famiglia era seduta sul sedile posteriore di una grossa Citroën, i due agenti davanti, diretta a un albergo isolato dell'alto Vercors.

Lo Sciacallo passò il week-end al mare. Comprò un paio di calzoncini da bagno e il sabato lo trascorse a prendere il sole sulla spiaggia di Zeebrugge, tuffandosi più volte nelle acque del Mare del Nord; poi, passeggiò lungo il molo di quella piccola città dove marinai e soldati inglesi anni prima avevano combattuto ed erano morti in un tumulto di sangue e di proiettili. Qualcuno dei vecchi dai lunghi baffi spioventi, che sedevano sul molo e lanciavano in acqua le esche per pescare i branzini, forse si sarebbe ricordato ancora, a distanza di quarantasei anni, di quei giorni, se lui si fosse fermato a parlare con loro, ma non lo fece. Gli inglesi presenti quel giorno erano solo le poche famiglie sparse lungo la spiaggia, che si godevano il sole osservando i bambini giocare sulla riva del mare.

La domenica mattina preparò i bagagli e partì in macchina, senza fretta, attraverso la campagna fiamminga, fermandosi a Gand e a Bruges a visitare le città. Per pranzo, gustò le insuperabili bistecche alla brace del ristorante Siphon a Damm, e a metà pomeriggio si diresse verso Bruxelles. Prima di ritirarsi in camera, chiese di essere svegliato presto e che gli portassero la prima colazione a letto, e poi ordinò qualche panino da consumare all'ora del pranzo, spiegando che il giorno successivo aveva intenzione di andare nelle Ardenne a visitare la tomba di un fratello maggiore morto nella battaglia della Bulge tra Bastogne e Malmedy. Il portiere dell'albergo fu molto premuroso, promettendo che l'avrebbe chiamato in tempo per il suo pellegrinaggio.

A Roma Viktor Kowalski trascorse un week-end molto meno tranquillo. Si presentò regolarmente all'ora stabilita per i suoi turni di guardia, sia al tavolo del corridoio all'ottavo piano, sia sul tetto durante la notte. Dormì poco, nei periodi di riposo; li passò in gran parte disteso sul letto poco lontano dal corridoio centrale dell'ottavo piano, fumando e bevendo l'aspro vino rosso che veniva portato all'albergo, in bottiglioni da cinque litri, per gli otto ex legionari che facevano la guardia. Secondo lui, quel vino rosso italiano dal sapore un po' acre non poteva essere paragonato al *pinard* d'Algeria che si trova immancabilmente nel gavettino di ogni legionario, ma era sempre meglio di niente.

Di solito, Kowalski aveva bisogno di molto tempo per prendere una decisione su qualsiasi cosa, quando non poteva eseguire gli ordini dei suoi superiori o adeguarsi ai regolamenti, che in genere decidevano per conto suo. Ma il lunedì mattina, la decisione, lui l'aveva presa.

Non sarebbe stato via molto, forse appena un giorno, o al massimo due se non trovava le coincidenze adatte con gli aeroplani. Ad ogni modo, doveva farlo. L'avrebbe spiegato al *patron* più tardi. Era sicuro che il *patron* avrebbe capito, anche se si sarebbe infuriato moltissimo. Gli venne in mente che forse poteva parlare al colonnello del suo problema e chiedergli un permesso di quarantott'ore. Ma era sicuro che il colonnello, per quanto fosse un buon comandante che prendeva sempre le parti dei suoi uomini quando si ficcavano nei pasticci, gli avrebbe vietato di partire. Non poteva capire niente di Sylvie, e Kowalski sapeva che non sarebbe mai riuscito a spiegarglielo. Non sapeva mai spiegare niente, con le parole. Sospirò profondamente, mentre si alzava per il turno del mattino di lunedì. Era sconvolto al pensiero che per la prima volta nella sua vita di legionario stava per commettere la grave infrazione di andarsene senza permesso.

Lo Sciacallo si alzò alla stessa ora e si preparò meticolosamente alla partenza. Dopo essersi rasato e aver fatto la doccia, si dedicò a un'eccellente prima colazione che era stata posta su un vassoio vicino al suo letto. Infine tirò fuori dall'armadio che aveva sempre tenuto chiuso a chiave, la custodia con la carabina, ne avvolse accuratamente i pezzi in alcuni strati di gommapiuma e li legò con uno spago. Poi infilò tutto in fondo al sacco da montagna e ci mise sopra i barattoli della vernice, i pennelli, i pantaloni di tela e la casacca a quadri, le calze e le scarpe con la suola di gomma. La borsa a rete finì in una delle tasche esterne del sacco, e la scatola dei proiettili nell'altra.

Poi indossò una delle sue solite camicie a righe che erano di moda nel 1963, un vestito di stoffa leggera color grigio chiaro, molto diverso dall'altro a quadri di lana pettinata che lui portava abitualmente, e un paio di scarpe morbide di cuoio nero di Gucci. Una cravatta di seta nera, lavorata a maglia, completò l'abbigliamento. Prese il sacco da montagna e scese nel parcheggio dell'albergo, avviandosi verso l'automobile. Chiuse il sacco nel portabagagli. Ritornato nell'atrio, ritirò il pacco della colazione, rispose con un cenno al portiere che gli augurava un *bon voyage* e alle nove era fuori di Bruxelles, sulla vecchia autostrada E 40 diretto a tutta velocità verso Namur. Il sole ardente batteva già sulla campagna piatta, preannunciando una giornata torrida. La carta stradale gli indicò che Bastogne si trovava a 140 chilometri di distanza, ed egli ne aggiunse qualcuno di più, volendo trovare un posto tranquillo tra le colline boscose a sud della città. Pensò che l'avrebbe raggiunta facilmente entro mezzogiorno, e lanciò la Simca Aronde, premendo sull'acceleratore attraverso la pianura vallone.

Prima che il sole toccasse lo zenit, aveva attraversato Namur e Marche, seguendo i cartelli stradali che indicavano che Bastogne non era lontana. Dopo aver raggiunto la cittadina, che era stata rasa al suolo dai cannoni dei carri armati di Hasso von Manteuffel nell'inverno del 1944, imboccò la strada che piegava a sud e che si inoltrava fra le colline. I boschi si fecero più fitti, la strada tortuosa ombreggiata da grandi olmi e faggi, mentre una lama di sole riusciva a illuminarla sempre più raramente filtrando tra gli alberi.

A sette chilometri di distanza dalla città, lo Sciacallo trovò un viottolo che si addentrava nella foresta. Lo imboccò e lo percorse per un altro chilometro e mezzo, fino a un secondo sentiero che penetrava ancora più profondamente nel folto del bosco. Fece ancora qualche metro, poi fermò la macchina e la nascose dietro un gruppo di arbusti. Rimase un po' sotto l'ombra fresca degli alberi, a fumare una sigaretta e ad ascoltare il crepitio del motore che si raffreddava lentamente, il sussurro del vento fra i rami più alti e il lontano tubare di un colombo selvatico.

Infine scese senza fretta, aprì il baule che aveva chiuso a chiave, e appoggiò il sacco da montagna sul cofano. Si spogliò, togliendosi un indumento dopo l'altro e piegò l'impeccabile abito grigio chiaro sul sedile posteriore della Aronde; poi, indossò i pantaloni di tela. Faceva abbastanza caldo da poter rinunciare alla giacca, allora sostituì camicia e cravatta con la casacca sportiva a quadri. Infine le costose scarpe da città furono rimpiazzate da quelle con la suola di gomma e dalle calze di lana, in cui infilò il fondo dei pantaloni di tela.

Aprì i pacchi che contenevano le parti smontate della carabina e la mise insieme pezzo per pezzo. Fece scivolare il silenziatore in una delle tasche dei pantaloni e il mirino telescopico nell'altra. Tolse una ventina di proiettili dalla scatola e li infilò in una delle tasche anteriori della casacca; nell'altra mise l'unica pallottola esplosiva, sempre avvolta nella carta velina.

Quando la carabina fu completamente montata, la depose sul cofano; girò intorno all'automobile, ritornando al baule da cui tirò fuori quello che aveva acquistato la sera precedente su una bancarella di frutta di Bruxelles prima di rientrare in albergo, e che era rimasto lì dentro tutta la notte. Era un grosso e succoso melone. Richiuse a chiave il baule, infilò il melone nel sacco da montagna insieme con i barattoli di vernice, i pennelli e il coltello da caccia, chiuse a chiave l'automobile e si inoltrò nel bosco. Era passato da poco mezzogiorno.

Nel giro di dieci minuti aveva trovato uno spiazzo lungo e stretto, una radura dove, da una estremità all'altra, non c'erano ostacoli d'alcun genere, per almeno centocinquanta metri. Appoggiata la carabina contro un albero, misurò a passi la distanza, e poi cercò una pianta dalla quale fosse visibile il posto dove aveva lasciato la sua arma. Rovesciò sul terreno il contenuto del sacco da montagna, aprì il coperchio delle due lattine di vernice e cominciò a dipingere il melone. La parte superiore e la parte inferiore del frutto furono coperte di uno spesso strato di vernice marrone che nascose completamente la buccia verde scuro. La zona centrale fu colorata di rosa. Finché i colori erano ancora freschi, si servì del dito indice per segnarvi sopra rozzamente un paio di occhi, un naso, dei baffi e una bocca.

Poi, conficcando il coltello in cima al frutto per non guastare la pittura toccandola con le dita, lo Sciacallo infilò con un gesto preciso il melone nella borsa a rete; la trama larga e il filo sottile con cui era fabbricata non nascondevano né la forma del melone né il disegno abbozzato.

Da ultimo, andò a infilare profondamente il coltello nel tronco di un albero all'altezza di un paio di metri da terra, e appese all'impugnatura i manici della borsa a rete. Contro la corteccia verde dell'albero, il melone rosa e marrone poteva passare per una grottesca testa umana staccata dal busto. Si spostò indietro di qualche passo ed esaminò la propria opera. A centocinquanta metri di distanza, sarebbe servita benissimo allo scopo.

Chiuse i due barattoli di vernice e li scagliò lontano fra gli alberi dove piombarono nella folta vegetazione del sottobosco, scomparendovi. Quanto ai pennelli, li conficcò nel terreno dalla parte dei peli e li calpestò finché non si videro più. Poi raccolse il sacco da montagna e ritornò dove aveva lasciato il fucile.

Il silenziatore andò a posto facilmente, e lo Sciacallo lo avvitò all'estremità della canna; il mirino telescopico fu applicato senza difficoltà. Aprì l'otturatore e inserì la cartuccia nella culatta. Poi, chiudendo un occhio per prendere la mira, spostò lentamente l'arma in direzione dell'estremità opposta della radura per mettere a fuoco il bersaglio appeso all'albero. Quando lo trovò, si sorprese di vederlo così grande e nitido. Se si fosse trattato della testa di un uomo, sarebbe stata poco più lontana di una trentina di metri. Riusciva a distinguere le maglie della borsa a rete nei punti in cui essa comprimeva il melone, e i particolari più evidenti della faccia, che aveva segnato col dito.

Si spostò leggermente, appoggiandosi contro un albero per rendere più sicura la mira, e chiuse di nuovo un occhio. Le due linee del reticolo che si incrociavano all'interno del mirino telescopico non sembravano perfettamente centrate, e quindi allungò la mano destra e fece girare le due viti che servivano a regolarlo fino a quando le linee non si disegnarono nettamente al centro del mirino. Soltanto allora fu soddisfatto; mirò con attenzione e fece fuoco.

Il rinculo fu minore di quanto si aspettasse, e il silenziatore così efficiente che a fatica si sarebbe potuto sentire lo sparo da un lato all'altro di una strada silenziosa. Col fucile sottobraccio, attraversò la radura in tutta la sua lunghezza e andò a guardare il frutto da vicino. All'estremità più alta di destra, la pallottola aveva scalfito la buccia, tagliando di netto alcune maglie della borsa a rete, e si era conficcata profondamente nel tronco dell'albero. Tornò indietro e sparò una seconda volta, lasciando il mirino telescopico nella stessa posizione di prima.

Il risultato fu press'a poco lo stesso, con un centimetro, forse, di differenza. Provò a sparare quattro colpi, senza toccare le viti del mirino telescopico, finché fu convinto che la sua mira era esatta, ma che, lasciando il mirino in quella posizione, la pallottola colpiva il bersaglio in alto a destra. Allora spostò leggermente le viti.

Il colpo successivo risultò basso, a sinistra. Per sincerarsene, ripercorse la radura ed esaminò il foro della pallotola. Era penetrata nell'angolo inferiore sinistro della bocca di quella testa finta. Provò a sparare altri tre colpi, sempre lasciando il mirino nella nuova posizione, e tutte le pallottole andarono a infilarsi press'a poco nella stessa zona. Allora ritoccò la posizione delle linee del reticolo, riportandole indietro: uno spostamento infinitesimale.

Il nono colpo centrò la fronte, proprio nel punto in cui aveva mirato. Ritornò al bersaglio e questa volta tirò fuori di tasca un pezzo di gesso e segnò le zone raggiunte dai proiettili – tutta la serie in alto a destra, la rosa di colpi a sinistra vicino alla bocca, e quel foro così preciso in mezzo alla fronte.

Successivamente, centrò uno dopo l'altro gli occhi, l'arco nasale, il labbro superiore e il mento. Dopo aver spostato il suo bersaglio di profilo, adoperò le ultime sei pallottole per colpire la tempia, il lobo dell'orecchio, il collo, la guancia, la mandibola e il cranio: soltanto un proiettile arrivò un po' lontano dal bersaglio.

Soddisfatto della carabina, osservò la posizione delle viti che mettevano a punto il reticolo del mirino telescopico e poi tirò fuori di tasca un tubetto di mastice di balsa e schizzò un poco del liquido vischioso sulla testa delle due viti e sulla superficie di bachelite tutt'intorno. Mezz'ora più tardi, il tempo di fumare due sigarette, il mastice si era indurito e il reticolo del mirino era stato fissato nella posizione adatta perché quella carabina sparasse a una distanza di centotrenta metri con una precisione millimetrica.

Finalmente, tirò fuori di tasca la pallottola esplosiva, che liberò dall'involucro di carta e introdusse nella culatta della carabina. Mirò al centro del bersaglio con un'attenzione particolare e sparò.

Quando l'ultima fumata azzurra si staccò lentamente dall'estremità del silenziatore, disperdendosi nell'aria, lo Sciacallo appoggiò la carabina all'albero e si avvicinò alla borsa. Pendeva floscia contro il tronco rugoso. Il melone che aveva ricevuto venti proiettili di piombo senza andare in pezzi, si era disintegrato. Una parte dei frammenti era stata proiettata violentemente fuori dalle maglie della rete e si era sparsa fra l'erba. Dal tronco dell'albero, gocciolavano i semi e il sugo. Quello che restava della polpa del frutto era finito in fondo alla rete, che pendeva dal coltello da caccia come uno scroto svuotato.

Lo Sciacallo prese la borsa e la scagliò fra i cespugli lì vicino. Il bersaglio che aveva contenuto prima, era ormai irriconoscibile, ridotto in poltiglia. Quanto al coltello, lo estrasse dal legno e lo infilò di nuovo nel fodero. Si allontanò dall'albero, ricuperò la carabina e senza fretta ritornò verso l'automobile.

Qui, ogni pezzo della carabina venne riavvolto nei vari strati di gommapiuma e sistemato nel sacco da montagna, insieme con gli stivali, le calze, la camicia e i pantaloni. Poi lo Sciacallo indossò il completo grigio, chiuse a chiave nel baule il sacco da montagna e si mise a consumare tranquillamente la colazione al sacco.

Quando ebbe finito, lasciò quel sentiero nel bosco e raggiunse la strada, svoltando a sinistra in direzione di Bastogne, Marche, Namur e Bruxelles. Poco dopo le sei, era di ritorno all'albergo. Dopo aver portato il sacco da montagna in camera, scese nell'atrio per pagare il noleggio dell'automobile. Prima di fare un bagno, in attesa della cena, impiegò un'ora a ripulire accuratamente ogni parte della carabina e a oliare i pezzi mobili; poi la sistemò nella custodia e andò a riporla nell'armadio, dando un giro di chiave. Più tardi, quella stessa sera, il sacco da montagna, lo spago e parecchie strisce di gommapiuma finirono in un bidone per la spazzatura e ventun bossoli di cartucce usate rotolarono nel canale municipale.

Quella stessa mattina, lunedì 5 agosto, Viktor Kowalski era di nuovo alla Posta centrale di Roma a cercare qualcuno che parlasse il francese e potesse aiutarlo. Questa volta chiese all'impiegato di telefonare all'ufficio informazioni dell'Alitalia per conoscere l'orario degli aerei che facevano il volo Roma-

Marsiglia e ritorno durante la settimana. Venne a sapere che aveva perduto il volo del lunedì, in partenza da Fiumicino a un'ora ormai impossibile per lui. Il volo successivo era per mercoledì. No, non c'erano altre linee che offrivano la possibilità di un volo diretto Roma-Marsiglia. C'erano alcuni voli con scalo: forse al signore interessava anche questa possibilità? No? Il volo di mercoledì? Certo, partiva alle 11.15 e arrivava all'aeroporto di Marignane a Marsiglia, pochi minuti dopo mezzogiorno. Il giorno successivo c'era il volo di ritorno. Una prenotazione? Per l'andata soltanto o anche per il ritorno? Certo, e il nome? Kowalski diede il nome scritto sui documenti che portava in tasca. Con l'abolizione dei passaporti fra i paesi che facevano parte del Mercato Comune, la carta d'identità era più che sufficiente.

Gli dissero di presentarsi all'ufficio dell'Alitalia a Fiumicino un'ora prima della partenza, mercoledì. Quando l'impiegato depose il telefono, Kowalski prese le lettere che aspettavano, le chiuse a chiave nel suo *étui*, e uscì per ritornare all'albergo.

Il mattino successivo lo Sciacallo ebbe il suo ultimo incontro con monsieur Goossens. Gli telefonò all'ora della prima colazione, e l'armaiolo gli annunciò che il lavoro era terminato. A monsieur Duggan andavano bene le 11? Avrebbe dovuto portare il necessario per l'ultima prova.

Come la volta precedente, arrivò con una buona mezz'ora di anticipo, la piccola custodia da *attaché* diplomatico chiusa in una valigia di fibra che aveva comprato al mattino presto in una bottega di oggetti usati. E per mezz'ora, sorvegliò la strada dove abitava l'armaiolo, prima di avvicinarsi alla sua porta. Quando Goossens lo fece entrare, si avviò deciso verso l'ufficio. Goossens lo raggiunse dopo aver chiuso a chiave la porta.

« Qualche altro problema? » domandò l'inglese.

« No, questa volta credo proprio che ce l'abbiamo fatta. » Da dietro la scrivania, il belga prese alcuni rotoli di tela di sacco e li appoggiò sul ripiano. Man mano che li svolgeva, sistemò uno accanto all'altro cinque sottili tubi di acciaio così lucidi da sembrare di alluminio. Quando anche l'ultimo fu sistemato di fianco agli altri, tese una mano per prendere la custodia che conteneva la carabina smontata. Lo Sciacallo gliela diede.

L'armaiolo cominciò a infilare le parti smontate della carabina nei tubi. Ciascuna si adattava perfettamente al tubo in cui veniva messa.

« Com'è andata l'esercitazione di tiro? » si informò, mentre lavorava.

« Molto soddisfacente. »

Goossens notò, mentre maneggiava il mirino telescopico, che le due viti che servivano a regolare le linee del reticolo erano state fissate in una determinata posizione con un po' di mastice.

« Mi dispiace che le viti per calibrare il mirino siano così piccole » spiegò. « È sempre meglio avere degli strumenti precisi, ma nel nostro caso le dimensioni delle teste delle viti originali sono state un ostacolo. Così ho dovuto usarne di più piccole. Altrimenti il mirino non sarebbe mai entrato in questo tubo. » Fece scivolare il mirino telescopico nel tubo di acciaio preparato appositamente, e anche questo, come tutte le altre parti della carabina, vi entrò alla perfezione. Quando l'ultima delle cinque parti in cui era stata smontata la carabina fu sistemata nei tubi, sollevò il sottile ago di acciaio che costituiva il grilletto, e le cinque pallottole esplosive che rimanevano.

« Quanto a queste, dovrà trovarlo lei un posto » spiegò. Prese il calciolo del fucile, rivestito e imbottito di cuoio nero, e mostrò al suo cliente come il cuoio fosse stato inciso con un rasoio. Spinse il grilletto nell'imbottitura interna e chiuse la sottile apertura con una striscia di nastro isolante nero. Il calciolo prese un aspetto assolutamente naturale. Dal cassetto della scrivania, tirò fuori un pezzo di gomma nera, rotondo, con un diametro di quattro centimetri circa.

Dal centro di una delle due facce sporgeva verso l'alto un perno d'acciaio, filettato come una vite.

« Questo si adatta all'estremità dell'ultimo tubo » spiegò. Intorno al perno d'acciaio, nella gomma, erano stati aperti cinque fori profondi; vi inserì delicatamente le pallottole, spingendole dentro finché rimasero visibili soltanto le capsule a percussione.

« Quando la gomma è montata sul tubo d'acciaio, i proiettili restano assolutamente invisibili, e si aggiunge un tocco di verosimiglianza all'oggetto » spiegò. L'inglese rimase in silenzio. « Che cosa ne pensa? » domandò il belga con una sfumatura di ansia nella voce.

L'inglese, senza dire una parola, prese in mano i tubi e li esaminò uno per uno. Li scosse, ma dall'interno non giunse alcun suono perché erano stati foderati con due strati di feltro grigio chiaro che assorbivano i colpi e il rumore. Il più lungo dei tubi misurava cinquanta centimetri e poteva contenere comodamente la canna e la culatta della carabina. Gli altri erano tutti lunghi, più o meno, una trentina di centimetri e contenevano i due montanti dell'impugnatura, il silenziatore e il mirino telescopico. Il calcio, con il grilletto nascosto nell'imbottitura, restava a parte, come anche la ghiera di gomma con i proiettili. Non si riconosceva più la carabina da caccia, e tanto meno l'arma di un assassino.

« Perfetto » disse lo Sciacallo, annuendo in segno di approvazione. « Proprio quello che volevo. » Il belga ne rimase soddisfatto. Da quell'esperto che era nella sua professione, le lodi gli facevano piacere come a qualsiasi altro uomo, e aveva già potuto rendersi conto che il cliente di fronte a lui era una persona eccezionale, nel suo campo specifico.

Lo Sciacallo prese i tubi di acciaio, che contenevano le varie parti della carabina, li avvolse accuratamente nella tela di sacco e li sistemò nella valigia di fibra. Quando i cinque tubi, il calcio e la ghiera di gomma furono a posto, chiuse la valigia di fibra e restituì la sottile custodia da *attaché* diplomatico all'armaiolo.

« Di questa, non ne avrò più bisogno. L'arma rimarrà dove

si trova adesso fino al momento in cui avrò occasione di usarla. » Tirò fuori dalla tasca interna della giacca le duecento sterline che ancora doveva al belga e le depose sul tavolo.

« Ho l'impressione che il nostro affare sia stato concluso, monsieur Goossens. » Il belga intascò il danaro.

« Sì, monsieur, a meno che lei non abbia bisogno di qualcos'altro in cui io posso servirla. »

« Solo una cosa » rispose l'inglese. « La pregherei di rammentare la piccola predica sul valore del silenzio, che le ho tenuto quindici giorni fa. »

« Non l'ho dimenticata, monsieur » rispose il belga in tono sommesso.

Ma ricominciava a sentirsi impaurito. Questo assassino dalla voce così calma l'avrebbe forse messo a tacere, adesso, lì sui due piedi, per assicurarsi il suo silenzio? No, certamente. Le indagini su un delitto di questo genere avrebbero svelato alla polizia le visite dell'inglese alto e biondo in casa sua molto prima che quello avesse anche una sola possibilità di servirsi dell'arma che si portava via nella valigia. Ma sembrava che l'inglese gli avesse letto nel pensiero. Sulle labbra gli passò l'ombra di un sorriso.

« Non deve preoccuparsi. Non ho la minima intenzione di farle del male. E poi, immagino che un uomo della sua intelligenza avrà preso certe precauzioni contro l'eventualità di essere ammazzato da uno dei suoi clienti. Magari una telefonata che deve arrivare nel giro di un'ora? Un amico che potrebbe venire a scoprire il cadavere se la telefonata resta senza risposta? O una lettera depositata presso un avvocato, da aprirsi in caso di morte? A me, ucciderla creerebbe molti più problemi di quanti non ne potrebbe risolvere. »

Goossens rimase sbalordito. Presso l'ufficio di un avvocato, esisteva effettivamente una lettera, con le istruzioni per la polizia in caso di sua morte. Bisognava guardare sotto una certa pietra nel giardinetto dietro la casa. Là c'era una scatola con l'elenco delle persone che ogni giorno dovevano venire a trovarlo per trattare qualche affare. E ogni giorno, la lista veniva sostituita con una nuova. Per quel giorno, in particolare, la lista descriveva l'unico cliente che Goossens aspettava, un inglese alto dall'aspetto distinto che diceva di chiamarsi Duggan. Era una forma di assicurazione come un'altra.

L'inglese lo guardava tranquillamente.

« Lo pensavo » disse. « Si è messo con le spalle al muro. Ma io la ucciderò senza la minima esitazione, se dirà anche una sola parola delle mie visite qui, o dell'affare che ho concluso con lei. Per quanto la riguarda, io devo cessare di esistere nel momento stesso in cui esco da casa sua. »

« Ma questo è chiarissimo, monsieur. È il solito accordo che prendo con tutti i miei clienti. E posso anche dire che mi aspetto altrettanta discrezione da parte loro. Ecco perché il numero di serie del fucile che porta via è stato cancellato dalla canna, con un po' di acido. Anch'io devo proteggere me stesso. »

L'inglese sorrise di nuovo. « Allora ci comprendiamo. Buongiorno, monsieur Goossens. »

Un minuto dopo la porta si richiudeva alle sue spalle, e il belga che la sapeva così lunga sui fucili e sui tiratori scelti, ma conosceva così poco lo Sciacallo, emise un sospiro di sollievo e si ritirò nel suo ufficio a contare il denaro.

Lo Sciacallo, che non voleva essere visto dal personale dell'albergo con una valigia di fibra così brutta, per quanto fosse già in ritardo per il pranzo, prese un taxi che lo portò direttamente alla stazione. Qui, consegnò la valigia al deposito-bagagli, e infilò poi lo scontrino in una divisione interna del suo sottile portafogli di lucertola.

Pranzò molto bene al Cygne, scegliendo i piatti più costosi, per festeggiare la fine dei preparativi in Francia e in Belgio, e poi ritornò a piedi all'"Amigo" dove fece i bagagli e pagò il conto. Ne uscì vestito come era arrivato: indossava un abito di buon taglio a quadri, aveva i grandi occhiali scuri, e il facchino che lo seguì fino al taxi portava le due solite valigie Vuitton. Era anche alleggerito di milleseicento sterline ma il fucile era al sicuro, nel deposito della stazione, dentro una valigia che non poteva destare alcun sospetto, e nella tasca interna della giacca erano stati riposti tre documenti d'identità perfettamente falsificati.

L'aereo per Londra lasciò Bruxelles poco dopo le quattro, e anche se all'arrivo una delle valigie fu aperta ed esaminata superficialmente, non si trovò niente di sospetto.

Alle sette di sera, lo Sciacallo stava già facendo una doccia a casa sua, prima di andare a cena nel West End.

8

Sfortunatamente per Kowalski, mercoledì mattina non c'erano telefonate da fare, all'ufficio postale; se ce ne fossero state, avrebbe perduto l'aereo. E la posta per monsieur Poitiers aspettava nella casella. Raccolse le cinque buste, le chiuse a chiave nella custodia di metallo appesa all'estremità della catenella e ripartì di buon passo in direzione dell'albergo. Verso le nove e mezzo, il colonnello Rodin prendeva in consegna la custodia, e Viktor era libero di ritirarsi in camera a dormire. Gli toccava il turno di guardia sul tetto, che cominciava alle sette di sera.

Si fermò nella sua camera soltanto il tempo di recuperare la Colt 45 (Rodin non gli avrebbe mai permesso di portarla in strada) e la infilò nella fondina sotto l'ascella. Se avesse indossato una giacca un poco stretta, il rigonfiamento sarebbe stato visibile anche a cento metri di distanza, ma i suoi vestiti erano sformati, gli si adattavano male al corpo, come se li avesse confezionati un pessimo sarto, e malgrado la corporatura massiccia, gli stavano addosso come un sacco. Prese il rotolino di cerotto adesivo e il berretto che aveva acquistato il giorno prima, e se l'infilò nelle tasche della giacca, insieme ai franchi francesi e alle lire italiane che rappresentavano i suoi risparmi degli ultimi sei mesi, e si richiuse la porta alle spalle.

L'uomo di guardia seduto al tavolo nel corridoio lo guardò con aria interrogativa.

« Adesso vogliono che vada a fare una telefonata » disse Kowalski, alzando il pollice verso l'alto in direzione del nono piano. L'uomo non disse nulla, si limitò a osservarlo mentre l'ascensore arrivava e Kowalski ci montava sopra. Qualche secondo più tardi, il polacco era fuori, in strada, con un paio di grossi occhiali scuri appoggiati sul naso.

Al caffè sul marciapiede di fronte, l'uomo che leggeva una copia di "Oggi" abbassò di qualche millimetro il giornale e studiò Kowalski attraverso le spesse lenti da sole, mentre il polacco si guardava intorno alla ricerca di un taxi. Quando si accorse che non ne arrivavano, s'incamminò verso l'angolo dell'isolato. L'uomo con la rivista lasciò il tavolino del caffè, per avvicinarsi al cordone del marciapiede. Una piccola Fiat sgusciò fuori da una fila di automobili parcheggiate un poco più avanti, e gli venne vicino. L'uomo salì, e la Fiat si mosse lentamente alle spalle di Kowalski.

All'angolo, Kowalski vide un taxi dirigersi verso di lui e lo fermò con un cenno. « Fiumicino » disse all'autista.

All'aeroporto, l'uomo dello SDECE lo seguì senza farsi notare. Il polacco si presentò al banco dell'Alitalia, pagò in contanti il biglietto, disse all'impiegata che non aveva né valigie né bagaglio a mano, e venne informato che i passeggeri per il volo delle 11.15 per Marsiglia sarebbero stati chiamati dopo un'ora e cinque minuti.

Con tutto quel tempo davanti a sé, l'ex legionario si diresse senza fretta al bar, ordinò un caffè e se lo portò da sorseggiare vicino alle ampie vetrate dalle quali poteva seguire il traffico dell'aeroporto. Gli aerei gli piacevano, anche se non riusciva a capire come funzionassero. Per molti anni, il rombo dei loro motori aveva significato per lui il passaggio di un Messerschmitt tedesco, o di uno Stormovik russo, o un Flying Fort americano. E in seguito, i soccorsi aerei in arrivo con i B-26 o gli Skyraiders nel Vietnam, e i Mystères o i Fougas nel *djebel* algerino. Ma in un aeroporto civile gli piaceva osservarli mentre scendevano lentamente verso terra come grandi uccelli d'argento o mentre restavano sospesi nel cielo come trattenuti da un filo negli attimi che precedevano l'atterraggio. Per quanto fosse diffidente nei rapporti con i suoi simili, gli piaceva osservare l'indescrivibile confusione di un aeroporto. Forse, se la sua vita fosse stata diversa, fantasticò, anche lui avrebbe potuto lavorare in un posto come quello. Ma la realtà era un'altra e non c'era modo di tornare indietro.

Pensò a Sylvie, e le sopracciglia folte come cespugli parvero inspessirsi nello sforzo di concentrazione. Non era giusto, si disse amaramente, non era giusto che lei dovesse morire mentre tutti quei bastardi che se ne stavano lassù a Parigi continuavano a vivere. Il colonnello Rodin gli aveva parlato di loro e di come avevano deluso la Francia, tradito l'esercito, distrutto la Legione, abbandonato ai terroristi le popolazioni dell'Indocina e dell'Algeria. Il colonnello Rodin non sbagliava mai.

Venne annunciato il suo volo, ed egli oltrepassò le porte a vetri e uscì sull'asfalto incandescente sotto il sole, per raggiungere l'aeroplano a un centinaio di metri di distanza. Dalla terrazza panoramica, i due agenti del colonnello Rolland lo seguirono con lo sguardo, fino a quando salì la scaletta ed entrò nell'aereo. Adesso aveva in testa il berretto nero, e un pezzo di cerotto gli copriva parzialmente una guancia. Uno dei due agenti si voltò verso l'altro e alzò stancamente un sopracciglio. Mentre il turboreattore decollava in direzione di Marsiglia, i due uomini lasciarono la terrazza. Nell'atrio centrale si fermarono a un telefono pubblico, e uno di loro chiamò un numero di Roma. Si fece riconoscere, pronunciando un nome, e disse lentamente: « È partito. Volo Quattro-Cinque-Uno dell'Alitalia. Atterra a Marignane alle 12.10. Ciao ».

Dieci minuti dopo il messaggio arrivava a Parigi, e dopo altri dieci minuti veniva ripetuto a Marsiglia alle persone interessate.

Il Viscount dell'Alitalia fece un ampio giro sopra la baia dalle acque di un azzurro incredibilmente intenso, e virò per scendere sull'aeroporto di Marignane. La hostess romana, graziosa e sorridente, controllò che tutte le cinture di sicurezza fossero allacciate, poi andò a sedere in fondo all'aereo. Notò che il passeggero sul sedile davanti al suo aveva gli occhi fissi sull'accecante e desolato delta del Rodano, color bianco sporco, come se non l'avesse mai visto prima.

Era un uomo massiccio, che non parlava l'italiano e si esprimeva in francese con un forte accento straniero, probabilmente quello del suo paese d'origine nell'Europa orientale. Portava un berretto nero sui folti capelli corvini, un abito scuro stazzonato e un paio di occhiali neri che non si era mai tolto. Su una guancia, aveva un enorme pezzo di cerotto adesivo. Doveva essersi fatto proprio un brutto taglio, pensò la ragazza.

Atterrarono in perfetto orario, abbastanza vicini all'aerostazione; i passeggeri raggiunsero a piedi il locale della dogana. Mentre passavano attraverso la porta a vetri, un ometto calvo che si trovava in piedi vicino a un agente di polizia incaricato di esaminare i passaporti, allungò all'altro un leggero calcio in una caviglia.

« È uno grande e grosso, berretto nero, cerotto sulla faccia. » Poi si allontanò senza farsi notare e ripeté al secondo poliziotto lo stesso messaggio. I passeggeri si divisero in due file. I due poliziotti, dietro le loro finestrelle a rete, sedevano a tre metri circa di distanza uno di fronte all'altro, e i passeggeri dovevano passare in mezzo. Ognuno dei nuovi arrivati presentava il passaporto e la carta di sbarco. Gli agenti appartenevano al servizio di sicurezza della polizia, il DST, responsabile della sorveglianza all'interno della Francia e del controllo degli stranieri in arrivo e dei francesi che tornavano in patria.

Quando Kowalski si presentò, l'agente con la giacca blu gli diede una rapida occhiata. Con un colpo secco, applicò il timbro sul modulo giallo, sfiorò con gli occhi il documento d'identità che gli veniva mostrato, fece un cenno di assenso e indicò al polacco di passare. Kowalski avanzò verso il banco della dogana, con un certo sollievo. Diversi agenti avevano appena finito di ascoltare l'avvertimento sussurrato dall'ometto calvo, che scomparve in un ufficio con la porta a vetri. Il più alto in grado degli agenti di dogana chiamò Kowalski.

« *Monsieur, votre bagage.* »

E indicò gli altri passeggeri che aspettavano che le loro valigie, scaricate dal carrello parcheggiato fuori, al sole, venissero messe sul nastro trasportatore. Kowalski si avvicinò al doganiere.

« *J'ai pas de bagage* » disse.

L'agente inarcò le sopracciglia.

« *Pas de bagage? Eh bien, avez-vous quelque chose à déclarer?* »

« *Non, rien* » disse Kowalski.

L'uomo gli rivolse un largo sorriso e nel suo marsigliese cantilenante disse:

« *Eh bien, passez, monsieur.* » E fece un gesto verso l'uscita, in direzione di una fila di taxi.

Kowalski annuì. Non essendo abituato a spendere liberamente, si guardò intorno per cercare l'autobus dell'aeroporto e ci montò sopra.

Mentre l'ex legionario si allontanava, altri doganieri fecero gruppo attorno al loro collega.

« Mi domando che cosa vogliono da lui » disse uno.

« Sembra un tipo difficile. »

« Non lo sarà più, quando quei bastardi avranno finito di lavorarlo » disse un terzo, indicando con la testa gli uffici alle loro spalle.

« Via, di nuovo al lavoro » intervenne il superiore. « Oggi abbiamo fatto la nostra parte per la Francia. »

« Per Carlo il Grosso, vuol dire » replicò il primo, mentre si separavano, e mormorò sottovoce: « Che Dio lo fulmini ».

Era l'ora del pranzo quando l'autobus si fermò davanti agli uffici dell'Air France nel centro della città; e faceva quasi più caldo che a Roma. L'agosto a Marsiglia presenta parecchi aspetti positivi, ma non offre certo l'ispirazione a compiere azioni importanti. Il caldo grava sulla città come un malessere, penetrando ogni sua fibra, svuotandola di forza, di energia, della volontà di fare qualsiasi altra cosa che non sia stendersi su un letto, in una stanza fresca, con le persiane chiuse e un ventilatore in funzione.

Persino la Cannebière, l'arteria principale di Marsiglia, pulsante di vita, che al calar della notte diventa un fiume di luce e di movimento, sembrava morta. E pareva che le poche persone e le automobili che passavano si muovessero sprofondate in un fiume di melassa. Ci volle mezz'ora per trovare un taxi; quasi tutti gli autisti si erano scelto un posto all'ombra, in un giardino pubblico, e stavano facendo la siesta.

L'indirizzo che JoJo aveva dato a Kowalski si riferiva alla strada fuori di città in direzione di Cassis. Quando arrivò in Avenue de la Libération, il polacco disse all'autista di fermarsi perché l'ultimo pezzo voleva percorrerlo a piedi. Il "*si vous voulez*" in risposta gli fece capire più di qualsiasi esplicito commento il pensiero dell'autista sugli stranieri che osavano avventurarsi a piedi su una distanza superiore ai pochi metri, con quel caldo, pur avendo a disposizione un'automobile.

Kowalski seguì con lo sguardo il taxi che faceva manovra per ritornare in città, finché scomparve. Trovò la strada laterale, di cui aveva scritto il nome su un pezzo di carta, chiedendola al cameriere di un caffè con i tavolini sul marciapiede. La casa aveva un aspetto abbastanza moderno, e Kowalski pensò che JoJo e sua moglie dovevano guadagnare bene con il lavoro alla stazione. Forse erano riusciti a ottenere quel chiosco per le bibite, sul quale madame JoJo aveva messo gli occhi da tanti anni. Così si poteva spiegare un tale miglioramento nella loro situazione economica. E, per Sylvie, era certo meglio crescere in questo quartiere, piuttosto che vicino al porto. Al pensiero di sua figlia e all'idea che quella era un'osservazione stupida, nel momento particolare, Kowalski si fermò di botto ai piedi della breve scalinata che conduceva all'ingresso. Che cosa gli aveva detto JoJo al telefono? Una settimana? Forse quindici giorni? Non era possibile.

Salì di corsa i gradini e si fermò davanti a una doppia fila di caselle per le lettere appese a una parete dell'atrio. "Grzybowski" c'era scritto su una. "Appartamento 23." Decise di salire a piedi. Era soltanto al secondo piano.

L'appartamento 23 aveva una porta identica a quella degli altri. C'era il campanello e, al posto della targhetta, era stato messo un cartoncino bianco con il nome "Grzybowski" stampato sopra. La porta si trovava in fondo al corridoio, e ai suoi lati si aprivano quelle degli appartamenti 22 e 24. Schiacciò il pulsante del campanello. La porta si aprì, e il manico di un piccone lo colpì in pieno, in mezzo alla fronte.

Il colpo lacerò la pelle, ma rimbalzò con un tonfo sordo contro l'osso frontale. Ai lati del polacco, le porte degli appartamenti 22 e 24 si spalancarono e ne uscirono improvvisamente due gruppi di uomini. Tutto si verificò in meno di un secondo. Ma bastò per far scatenare Kowalski. Per quanto fosse costituzionalmente lento di riflessi, il polacco conosceva alla perfezione una sola tecnica, quella della lotta. Negli stretti limiti del corridoio, la sua corporatura e la sua forza erano assolutamente sprecate. Il manico del piccone, a causa dell'altezza, non aveva colpito con forza sufficiente a stordirlo. E quindi, per quanto dalla ferita uscisse molto sangue che gli colava sugli occhi, lui riuscì ugualmente a vedere due uomini sulla soglia dell'appartamento e altri quattro che lo stringevano ai lati. Aveva bisogno di spazio per muoversi, e quindi si buttò in avanti, entrando nell'appartamento 23.

L'uomo che aveva di fronte barcollò, rinculando sotto il colpo; quelli alle sue spalle gli si fecero addosso, le mani tese per afferrare il colletto e i lembi della giacca. Quando fu nella stanza, estrasse la Colt dalla fondina sotto l'ascella, si voltò e sparò nel vano della porta. Al momento di premere il grilletto, un'altra mazzata lo raggiunse al polso, deviando la mira verso il basso.

La pallottola centrò la rotula di uno dei suoi assalitori, che si lasciò cadere a terra con un gemito. Poi Kowalski fu colpito ancora, la pistola gli scivolò di mano, le dita persero ogni forza. Un attimo più tardi, venne sopraffatto dai cinque uomini che gli si erano gettati addosso tutti insieme. La lotta durò tre minuti. In seguito, un medico calcolò che gli dovevano aver dato almeno una dozzina di colpi alla testa con i manganelli ricoperti di cuoio, prima di fargli perdere definitivamente i sensi. Un colpo di striscio aveva lacerato parzialmente un orecchio, il naso era rotto e la faccia ridotta a una maschera di sangue. Ormai continuava a lottare unicamente per istinto. Un paio di volte, credette di poter riprendere la pistola, ma ci fu sempre un piede pronto a allungare un calcio e a mandarla dall'altra parte della stanza. Infine, cadde bocconi; e soltanto tre degli assalitori erano rimasti in piedi, ancora in grado di controllare la situazione.

Quando tutto finì, quel corpo massiccio giaceva privo di sensi sul pavimento, e soltanto il sangue che gocciolava da una ferita al cuoio capelluto stava ad indicare che Kowalski era vivo. I tre uomini ancora validi si tirarono indietro di qualche passo, con il respiro corto, bestemmiando violentemente. Quanto agli altri, l'uomo che aveva ricevuto il proiettile in una gamba era rannicchiato contro il muro, pallidissimo, e si stringeva il ginocchio colpito con le mani macchiate di rosso. Dalle labbra livide per il dolore gli usciva un lungo, monotono rosario di oscenità. Un altro era in ginocchio e ondeggiava avanti e indietro, le mani rattrappite contro l'inguine ferito. L'ultimo era disteso sul tappeto, non lontano dal polacco: un'ammaccatura bluastra gli deturpava la tempia sinistra, dove Kowalski l'aveva raggiunto mulinando le braccia intorno a sé, con tutta la sua forza.

Il capo del gruppo fece rotolare Kowalski sulla schiena e sollevò con un dito una delle palpebre abbassate. Poi si diresse verso il telefono, vicino alla finestra, formò un numero e rimase in attesa.

Era ancora ansimante. Quando qualcuno rispose al telefono, disse:

« L'abbiamo preso... Se ha lottato? Naturale che ha lottato, quel maledetto... ha anche sparato. A Guerini è saltata una rotula. Capetti s'è preso una botta nei coglioni, e Vissart è svenuto... Come? Sì, il polacco è vivo, non erano questi gli ordini? Perché in caso contrario, non avrebbe combinato tutti questi guai... Be', sì certo che è ferito, eccome. Non so, è svenuto. ...Senta, non vogliamo il cesto dell'insalata [il furgone della Polizia], ma un paio di ambulanze. E che arrivino presto. »

Riattaccò con un gesto rabbioso, borbottando: « Ruffiani! », senza rivolgersi a nessuno in particolare. I mobili erano stati tanto sconquassati durante la lotta che sembravano pezzi di legna da ardere, e ormai non potevano servire ad altro che a quello. Tutti avevano creduto che il polacco sarebbe stato ridotto all'impotenza nel corridoio, e neanche uno dei mobili era stato spostato nella stanza. Durante la lotta, poi, si erano dimostrati un intralcio. Anche lui, il capo, aveva bloccato col petto una poltrona che Kowalski, sollevandola con una mano sola, gli aveva scaraventato addosso, e la parte colpita gli doleva ancora. Maledetto polacco, pensò, e quegli imbecilli dell'ufficio centrale non gli avevano detto che razza di uomo si sarebbero trovati di fronte.

Un quarto d'ora dopo, due ambulanze entravano nella strada e si fermavano davanti alla casa. Un medico salì di sopra. Impiegò cinque minuti a visitare Kowalski, poi tirò indietro una manica all'uomo svenuto, e gli fece un'iniezione. Mentre i due barellieri si avviavano all'ascensore, barcollando per il peso del polacco, il medico si dedicò al còrso ferito, lo esaminò superficialmente e si lasciò sfuggire un fischio.

« Va bene. Morfina e ospedale. Adesso ti farò un'iniezione che ti metterà fuori combattimento. Qui non posso fare niente. Ad ogni modo, *mon petit*, la tua carriera in questo genere di faccende può considerarsi chiusa. »

Guerini gli rispose con un profluvio di oscenità, mentre l'ago gli entrava nel corpo.

Vissart, seduto sul pavimento, si sorreggeva la testa con le mani, un'espressione imbambolata sulla faccia. Capetti era in piedi, appoggiato al muro, scosso da una serie di conati di vomito a vuoto. Due dei suoi colleghi lo afferrarono sotto le ascelle e lo trascinarono barcollante fuori dall'appartamento. Il capo aiutò Vissart a mettersi in piedi, mentre i due infermieri della seconda ambulanza portavano via il corpo inerte di Guerini.

Fuori, nel corridoio, il capo diede un'ultima occhiata alla

stanza che portava tanto visibili le tracce della lotta. Il dottore si fermò di fianco a lui.

« Che sconquasso, *hein*? » disse il dottore.

« Ci penserà la sezione locale a rimettere tutto a posto » rispose l'altro. « Questo maledetto appartamento è loro. »

E così dicendo, chiuse la porta. Anche quelle degli appartamenti 22 e 24 erano aperte, ma niente era stato toccato all'interno. L'uomo richiuse anche quelle.

« Nessun vicino di casa? » si informò il medico.

« Nessuno » disse il còrso. « Abbiamo affittato tutto il piano. »

Preceduto dal medico aiutò Vissart, che non era ancora del tutto cosciente, a scendere le scale e ad avviarsi verso le automobili in attesa.

Dodici ore più tardi, dopo il rapido viaggio in automobile attraverso la Francia, Kowalski era disteso su una branda, nella cella di una fortezza trasformata in caserma, nei dintorni di Parigi. La stanza aveva gli inevitabili muri tirati a calce, macchiati e ammuffiti, di qualsiasi cella, e anche su questi era stata graffiata qua e là una parola oscena o una preghiera. L'atmosfera era calda e soffocante, impregnata dell'odore di acido fenico, di sudore e di orina. Il polacco giaceva di schiena sulla stretta branda di ferro fissata al pavimento, priva delle lenzuola. Era steso su un sottile materasso e aveva una coperta arrotolata sotto la testa. Due grosse cinghie di cuoio gli stringevano le caviglie e altre due le cosce e i polsi. Una cinghia gli comprimeva il petto contro il materasso. Non aveva ancora ripreso conoscenza. E respirava profondamente, in modo irregolare.

Gli avevano ripulito la faccia dal sangue; l'orecchio e il cuoio capelluto erano stati suturati. Un pezzo di cerotto gli copriva l'arco del naso rotto, e, attraverso la bocca aperta dalla quale il respiro usciva rauco, si intravedevano i mozziconi dei due incisivi centrali spezzati. Ogni altra parte della faccia era tumefatta e ammaccata.

Sotto il folto strato di peluria nera che gli copriva il petto le spalle e il ventre, tre ammaccature si distinguevano appena: il risultato dei pugni, dei calci e delle manganellate. Il polso destro era abbondantemente fasciato e stretto da un cerotto.

L'uomo con il camice bianco terminò il suo esame e ripose lo stetoscopio nella borsa. Poi si voltò e fece un cenno all'uomo dietro di lui, il quale bussò alla porta. Questa si spalancò, ed essi uscirono insieme. La porta si richiuse, e il carceriere fece di nuovo scorrere le due enormi sbarre d'acciaio che la bloccavano.

« Con che cosa lo avete colpito? Con un treno? » si informò il medico, mentre si allontanavano lungo il corridoio.

« Ci sono voluti sei uomini » rispose il colonnello Rolland.

« Be', hanno fatto un bel lavoretto. C'è mancato poco che non lo uccidessero. Se non avesse la forza e la costituzione di un toro l'avrebbero ammazzato di certo. »

« Era l'unico modo » rispose il colonnello. « Ha rovinato tre dei miei uomini. »

« Deve essere stata una vera e propria battaglia. »

« Proprio così. Comunque, che danni ha subìto? »

« In parole povere: sospetta frattura del polso destro – non ho potuto fare una radiografia, come ricorderà – più lacerazioni all'orecchio sinistro e al cuoio capelluto, e naso rotto. Vari tagli e ammaccature; lieve emorragia interna, che può peggiorare e mandarlo all'altro mondo oppure riassorbirsi da sola. Gode, o meglio godeva, di quella che si può chiamare una salute di ferro. Quello che mi preoccupa, è la testa. C'è chiaramente uno stato commotivo, e non è facile dire se sia in forma leggera, o invece grave. Non ci sono tracce di frattura cranica, anche se questo non si deve certo portare a merito dei suoi uomini, ma si può spiegare piuttosto col fatto che quell'uomo ha le ossa solide come l'avorio. Ma la commozione cerebrale potrebbe peggiorare, se non lo lasciate calmo. »

« Devo fargli certe domande » osservò il colonnello fissando la punta accesa della sigaretta. L'ambulatorio si trovava in una direzione, le scale che portavano al piano terreno nell'altra.

I due uomini si fermarono. Il medico guardò con disprezzo l'uomo che gli stava di fronte.

« Questa è una prigione » disse, con voce calma. « D'accordo, è una prigione per chi attenta alla sicurezza dello Stato. Ma io sono sempre il medico, qui. In qualsiasi altro posto di questa prigione quello che dico io, riguardo alla salute dei prigionieri, viene ascoltato. Quel corridoio... » fece un gesto dalla parte da dove erano arrivati « ...è territorio di sua competenza. Mi è stato spiegato in modo estremamente chiaro che tutto quello che succede là dentro non è affar mio, e io non ho alcuna voce in capitolo. Ma le dirò una cosa: se cominciate a interrogare quell'uomo con i vostri metodi prima che si sia ristabilito, le posso garantire che morirà o diventerà pazzo furioso. »

Il colonnello Rolland rimase ad ascoltare impassibile la cupa predizione.

« Per quanto tempo? » domandò.

Il medico si strinse nelle spalle. « È impossibile dirlo. Può riprendere conoscenza domani, o fra molti giorni. Ma anche se si riprenderà, non sarà in condizioni di poter essere interrogato – da un punto di vista clinico, naturalmente, – per quindici giorni almeno. È il tempo minimo. E questo, se lo stato commotivo non è grave. »

« Ci sono droghe infallibili » mormorò il colonnello.

« Sì, ci sono. E io non ho la minima intenzione di prescriverle. Se le vuole proprio, è in grado di procurarsele altrove. Ma non da me. In ogni caso, niente di quello che può raccontarvi in queste condizioni, avrebbe il minimo senso. Probabilmente, sarebbero soltanto discorsi incomprensibili. Il cervello di quell'uomo è stato danneggiato. È possibile che riacquisti la lucidità di prima, ma può capitare anche il contrario. E se la riacquista, deve avvenire a suo tempo. Usare adesso quelle droghe che aiutano a restituire una certa chiarezza al cervello, significherebbe soltanto creare un idiota, e questo non sarebbe di alcuna utilità né a lei né a chiunque altro. Probabilmente, ci vorrà una settimana prima che riesca anche solo a socchiudere le palpebre. Non le resta altro che aspettare. »

E con questo, girò sui tacchi e rientrò nel suo ambulatorio. Ma il dottore si sbagliava. Kowalski aprì gli occhi tre giorni dopo, il 10 agosto, e in quello stesso giorno ebbe il primo e unico incontro con gli uomini che dovevano interrogarlo.

Lo Sciacallo trascorse i tre giorni successivi al suo ritorno da Bruxelles a dare il tocco finale ai preparativi per la missione in Francia.

Con la nuova patente intestata ad Alexander James Quentin Duggan in tasca, andò alla Fanum House, sede dell'Associazione automobilistica, e si procurò una patente internazionale allo stesso nome.

Poi comprò una serie completa di valigie di cuoio in un negozio specializzato nella vendita di oggetti da viaggio di seconda mano. In una sistemò i vestiti che, se fosse stato necessario, gli sarebbero serviti per travestirsi e assumere l'identità del pastore Per Jensen di Copenaghen. Prima, però, trasferì l'etichetta con il nome del fabbricante danese dalle tre camicie che aveva comprato a Copenaghen alla camicia dell'abito talare, al collarino e alla pettorina nera che aveva acquistato a Londra, dopo aver preventivamente staccato l'altra con il nome della fabbrica inglese. Questi indumenti andarono ad aggiungersi alle scarpe, alle calze, alla biancheria e all'abito di stoffa leggera color grigio scuro che un giorno avrebbero potuto creare il personaggio del pastore Jensen. Nella stessa valigia infilò anche gli abiti dello studente americano Marty Schulberg, le scarpe basse con la suola di gomma, le calze, i pantaloni di tela, le magliette di cotone e la giacca a vento.

Aperta una sottile fenditura nella fodera della valigia, inserì tra i due strati di cuoio del rinforzo il passaporto dei due stranieri dei quali lui, un giorno, poteva forse trovare comodo assumere l'identità. In ultimo, aggiunse ai vestiti il libro sulle cattedrali francesi, le due paia di occhiali uno per il danese e l'altro per l'americano, due differenti serie di lenti a contatto colorate accuratamente avvolte nella carta velina, e le tinture per capelli.

Nella seconda valigia andarono a finire le scarpe, le calze, la camicia e i pantaloni fabbricati in Francia e di taglio chiaramente francese che aveva comprato al Mercato delle Pulci a Parigi, insieme al cappotto lungo fino alla caviglia e al berretto nero. Nella fodera inserì i documenti falsi intestati ad André Martin, il francese di mezza età. Questa valigia restava parzialmente vuota perché presto avrebbe dovuto accogliere la serie di sottili tubi che contenevano una carabina completa da tiratore scelto con le relative munizioni.

La terza valigia, leggermente più piccola delle altre, venne riempita con gli effetti personali di Alexander Duggan: scarpe, calze, biancheria, camicie, cravatte, fazzoletti e tre vestiti di buon taglio. Nella fodera di questa valigia finirono vari mazzi sottili di banconote da dieci per un valore complessivo di un migliaio di sterline, che lui era andato a ritirare dal suo conto corrente in banca, al ritorno da Bruxelles.

Ognuna di queste valigie fu chiusa con cura, e le chiavi trasferite nel portachiavi. Il vestito grigio chiaro, pulito e stirato, venne appeso nell'armadio a muro. Nella tasca interna c'erano il passaporto, la patente inglese, quella internazionale e un portafogli con cento sterline in contanti.

Nell'ultimo collo del suo bagaglio, una comoda valigetta, finirono il necessario per radersi, un pigiama, una borsa di plastica contenente una spugna e un asciugamano, e gli ultimi acquisti che aveva fatto – una serie di sottili cinghie di tela finemente ritorta, un sacchetto con un chilo di gesso in polvere, parecchi rotoli di garza a trama larga, una mezza dozzina di rotolini di cerotto adesivo, tre pacchi di cotone idrofilo e un paio di forbici robuste, con la lama smussata ma solida. La valigetta avrebbe viaggiato come bagaglio a mano, perché lui sapeva per esperienza che, al passaggio della dogana di qualsiasi aeroporto, una valigetta di quel genere di solito non veniva scelta dagli agenti doganali per un eventuale controllo.

Una volta fatti i bagagli, lo Sciacallo aveva portato a termine la prima parte del suo piano. Sperava che il travestimento da pastore Jensen e quello da Marty Schulberg restassero una pura e semplice precauzione e si augurava di non doversene servire, a meno che le cose si mettessero al peggio e lui non fosse costretto a rinunciare al personaggio di Alexander Duggan. L'identità di André Martin era vitale all'esecuzione del suo progetto, mentre era possibile che le altre due non fossero assolutamente necessarie. In questo caso, la valigia con il suo contenuto la poteva lasciare al deposito-bagagli della stazione, a lavoro ultimato. Anche allora, però, avrebbe potuto aver bisogno di uno dei due travestimenti, per la fuga. André Martin e la carabina potevano essere abbandonati, dopo aver realizzato il progetto, in quanto non sarebbero stati necessari. E lui calcolava che, pur entrando in Francia con tre valigie e una valigetta a mano, ne sarebbe ripartito con una sola valigia e la valigetta, certamente non di più.

Adesso che la fase preparatoria era conclusa, lo Sciacallo aspettava i due messaggi che avrebbero fatto scattare la seconda parte del piano. Uno doveva indicare il numero telefonico di Parigi, della persona che gli avrebbe dato le informazioni sullo stato di "all'erta" delle forze di sorveglianza predisposte intorno al Presidente francese. L'altro era la notifica scritta da Zurigo, da parte di Herr Meier, che sul suo conto corrente erano stati depositati duecentocinquantamila dollari. Intanto, occupò il tempo esercitandosi a camminare zoppicando da una parte all'altra del suo appartamento. Dopo due giorni, si ritenne soddisfatto: gli sembrava di zoppicare in maniera convincente, abbastanza almeno da allontanare il possibile sospetto che lui non si era mai fratturata né una gamba né una caviglia.

La prima lettera arrivò la mattina del 9 agosto. La busta che portava il timbro postale di Roma, conteneva questo messaggio: "La persona amica può essere raggiunta a MOLITOR 5901. Presentarsi con le parole '*Ici Chacal*'. La risposta sarà '*Ici Valmy*'. Buona fortuna".

Fu soltanto la mattina dell'11 che arrivò la lettera da Zurigo. Non poté trattenere un sorriso compiaciuto quando lesse la conferma che, in qualsiasi evenienza e se riusciva a venire fuori vivo da quell'avventura, sarebbe stato un uomo ricco per il resto dei suoi giorni. Se poi l'operazione fosse stata coronata dal successo, sarebbe stato ricco ancora di più. Ma sul risultato, lui non aveva dubbi. Niente era stato lasciato al caso.

Passò il resto della mattinata al telefono, a prenotare i posti sugli aerei e fissò la sua partenza per il giorno successivo, il 12 agosto.

Il silenzio totale dello scantinato era rotto dal respiro pesante dei cinque uomini seduti dietro il tavolo e dal mormorio rauco e indistinto che usciva dalle labbra dell'uomo legato alla massiccia sedia di quercia davanti a loro. Nessuno avrebbe potuto dire la grandezza di quel locale né il colore dei muri. L'unico alone di luce circondava la sedia di quercia e il prigioniero. Proveniva da una lampada da tavolo di tipo molto comune, di quelle che si adoperano per leggere, ma con una lampadina potentissima dalla quale irradiava un calore che accresceva quello già soffocante della stanza. La lampada era stata fissata all'estremità di sinistra del tavolo, e il suo paralume girato in modo che la luce cadesse direttamente sulla sedia a due metri di distanza.

Anche un angolo del tavolo entrava nel raggio luminoso; e di tanto in tanto si vedevano le dita di una mano, o una mano stretta a pugno, o la punta di una sigaretta da cui si alzava un sottile filo di fumo azzurrognolo.

La luce era così violenta che la cantina, per contrasto, sembrava immersa nel buio assoluto. I cinque uomini seduti dietro il tavolo erano invisibili al prigioniero. Solo alzandosi dalla sedia e spostandosi da un lato, lui avrebbe potuto vedere le persone che lo interrogavano, perché il riflesso della luce avrebbe delineato nell'oscurità il contorno dei loro corpi.

Ma questo, lui non poteva farlo. Cinghie imbottite gli bloccavano saldamente le caviglie alle quattro gambe della sedia, dalle quali sporgeva un tassello di acciaio a forma di L, inchiodato nel pavimento. La sedia aveva i braccioli, e a questi erano legati i polsi del prigioniero, per mezzo di altre cinghie imbottite. Un'altra cinghia gli circondava la vita, e un'altra ancora il massiccio petto peloso. L'imbottitura di ogni cinghia era fradicia di sudore.

Sul piano nudo della tavola, dove di tanto in tanto si intravedevano quelle mani, si apriva una fenditura bordata di ottone, con alcuni numeri segnati su un lato. Da questa fenditura, sporgeva una stretta manopola, anch'essa di ottone, che terminava con un pomo in bachelite e poteva essere spostata avanti e indietro nella fenditura. Lì vicino, c'era un interruttore. La mano destra dell'uomo all'estremità del tavolo era appoggiata negligentemente accanto ai controlli. Sul dorso della mano, si arricciavano sottili peli neri.

Due fili scendevano sotto il tavolo, uno proveniente dall'interruttore, l'altro dalla manopola che controllava la corrente, e si allungavano fino a un piccolo trasformatore sistemato sul pavimento vicino ai piedi dell'uomo. Di qui un filo nero, più grosso, rivestito di gomma portava a una larga presa di corrente incassata nel muro.

Nell'angolo opposto della cantina, alle spalle delle persone che interrogavano il prigioniero, un uomo sedeva a un altro tavolo, la faccia rivolta contro il muro. Una debole luce verde si irradiava dal segnale luminoso del registratore di fronte a lui, indicando che l'apparecchio era in funzione anche se in quel momento le bobine non giravano.

Nel silenzio quasi tangibile del locale, si sentiva soltanto il respiro di quegli uomini. Erano tutti in maniche di camicia, arrotolate alte sulle braccia e bagnate di sudore. L'odore era nauseante: misto di metallo, fumo stantio, sudore e vomito. Ma perfino l'odore di vomito, per quanto fosse pungente, era sovrastato da un altro ancora più forte, il tanfo della paura e della sofferenza.

Finalmente, l'uomo al centro del gruppo parlò. La voce era educata, gentile, insinuante.

« *Ecoute, mon p'tit Viktor.* Tu ce lo devi dire. Non adesso, forse. Ma appena puoi. Tu sei un uomo coraggioso. Questo lo sappiamo. E ti rispettiamo. Ma anche tu non puoi resistere per molto. E allora, perché non ce lo dici? Tu pensi che il colonnello Rodin te lo vieterebbe, se fosse qui. Lui ti ordinerebbe di parlare. Lui lo sa, come vanno queste cose. Lui in persona ci direbbe di risparmiarti altre sofferenze. E poi lo sai anche tu, parlano tutti alla fine. *N'est-ce pas, Viktor?* Tu li hai visti parlare, *hein*? Nessuno può resistere e resistere e resistere. Allora perché non decidersi, *hein*? Poi si ritorna a letto. A dormire, e a dormire, e a dormire ancora. Nessuno ti disturberà... »

L'uomo sulla sedia alzò in piena luce la faccia massacrata, luccicante di sudore. Gli occhi erano chiusi, ed era difficile dire se per gli enormi lividi blu provocati dai calci degli agenti còrsi o se per la luce troppo violenta. Guardò per un momento il tavolo e il buio intorno, e la bocca si aprì nel tentativo di parlare. Ma ne venne fuori soltanto un po' di vomito e gocciolò sul petto già incrostato, fino alla pozza che si era formata sulle gambe. La testa ricadde in avanti, e il mento toccò di nuovo il petto. In risposta, il ciuffo di capelli spettinati oscillò a destra e a sinistra, più volte. La voce dietro il tavolo riprese.

« *Viktor, écoute-moi.* Sei un uomo forte. Lo sappiamo tutti. E te ne diamo atto. Hai già battuto un record. Ma anche tu non puoi resistere per molto. Noi invece lo possiamo, Viktor; lo possiamo, noi. Anche se saremo costretti a tenerti vivo e cosciente per giorni, per settimane. Non ti può salvare una perdita di memoria, come succedeva una volta. Oggi non è più possibile, si fa tutto con la tecnica. Ci sono le droghe, *tu sais*. Il terzo grado è ormai scomparso, probabilmente per sempre. E allora, perché non vuoi parlare? Noi sappiamo capire, vedi. Sappiamo che cos'è il dolore. Ma quei morsetti, loro no che non lo sanno. Non lo sanno, Vitkor. E continuano, continuano... E tu non ce lo vuoi dire, Viktor? Che cosa stanno facendo in quell'albergo di Roma? Che cosa aspettano? »

Ciondolando sul petto, la grossa testa si mosse lentamente, a destra e a sinistra. Era come se gli occhi chiusi guardassero alternativamente i due morsetti di rame che stringevano i capezzoli; o l'altro, uno solo ma più grande, con i denti conficcati nella punta del pene.

Le mani dell'uomo che aveva parlato erano davanti a lui, in un cerchio di luce, sottili, bianche, prive di gesti nervosi. L'uomo aspettò ancora qualche secondo. Poi, una delle mani bianche si staccò dall'altra, il pollice nascosto sotto il palmo, le quattro dita allargate, e si appoggiò al piano del tavolo.

Dall'altra parte, la mano dell'uomo vicino all'interruttore spostò la manopola di ottone dal 2 al 4, lungo la scala graduata, poi afferrò l'interruttore tra l'indice e il pollice.

L'altra mano, quella più lontana sul tavolo, tirò indietro le dita, alzò l'indice e ne abbassò la punta nel gesto che in tutto il mondo significava "Via". L'interruttore si spostò.

I morsetti fissati al corpo dell'uomo sulla sedia e collegati con un filo all'interruttore, sembrarono prender vita con un lieve ronzio. Nel silenzio, il corpo gigantesco sulla sedia si sollevò come per effetto di levitazione, spinto da una mano invisibile. Le gambe e i polsi si tesero contro le cinghie che li stringevano, finché parve che il cuoio dovesse penetrare profondamente nella carne e nelle ossa. Gli occhi, che un medico avrebbe giudicato praticamente ciechi tanto era tumefatta la pelle intorno alle orbite, sfidarono la scienza e si spalancarono, quasi volessero schizzar fuori, rivolti al soffitto. La bocca si aprì come per la sorpresa, mezzo secondo prima che l'urlo demoniaco uscisse dai polmoni. Quando venne fuori, parve che non dovesse interrompersi più...

Viktor Kowalski cedette alle 16.10, e il registratore cominciò a girare.

Mentre il polacco pronunciava frasi sconnesse intervallate da gemiti e rantoli, la voce calma dell'uomo al centro del gruppo si insinuò più volte con chiarezza incisiva in quel profluvio di parole senza senso.

« Perché sono lì, Viktor... in quell'albergo... Rodin, Montclair e Casson... di che cosa hanno paura... dove sono stati, Viktor... con chi si sono incontrati... perché non vedono nessuno, Viktor... dillo, Viktor... perché Roma... e prima di Roma... perché Vienna, Viktor... e dove a Vienna... in quale albergo... perché sono andati là, Viktor...? »

Kowalski finì di parlare cinquanta minuti dopo, e le ultime frasi poco comprensibili che lui pronunciò prima di perdere conoscenza continuarono a essere registrate sul nastro, finché cessarono del tutto. La voce dietro il tavolo continuò in tono più gentile, per qualche minuto ancora, ma fu evidente che non ci sarebbero state altre risposte. Allora l'uomo diede un ordine, e la seduta terminò.

Il nastro venne tolto dal registratore e spedito a tutta velocità con una macchina agli uffici del Servizio d'azione.

Il pomeriggio di sole che aveva riscaldato per tutto il giorno le strade di Parigi, si trasformò in crepuscolo dorato; alle nove, si accesero i lampioni. Lungo le rive della Senna, le coppiette passeggiavano come sempre nelle serate estive, lentamente, la mano nella mano, inebriandosi di quell'elisir di ombra, amore e gioventù che non avrebbero più ritrovato uguale in futuro. I caffè con i tavolini allineati lungo la riva parevano vivere con le chiacchiere e il tintinnio dei bicchieri, i saluti e le battute scherzose, le *railleries* e i complimenti, le scuse e le proposte audaci, che costituiscono la conversazione dei francesi e danno incanto particolare alla Senna in una serata d'agosto. Si perdonava perfino ai turisti di esistere, e di essere lì con i loro dollari.

La spensieratezza non aveva raggiunto un piccolo ufficio vicino a Porte des Lilas. Tre uomini sedevano attorno a un tavolo, davanti a un registratore; il nastro girava lentamente. Lavoravano dal pomeriggio, e ormai era quasi notte. Uno dei tre controllava le bobine, facendole girare avanti o indietro, a seconda delle istruzioni dell'uomo seduto accanto a lui. Questi aveva una cuffia sulle orecchie: con le sopracciglia aggrottate, cercava di dare un senso alle parole e ai suoni confusi che gli arrivavano attraverso gli auricolari. Teneva fra le labbra una sigaretta, dalla quale saliva un fumo azzurrognolo che gli faceva lacrimare gli occhi, e con un cenno della mano indicava all'operatore quando voleva riascoltare un brano della registrazione. Talvolta capitava che ne volesse risentire qualcuno sei o sette volte, prima di far segno di andare avanti. Poi, dettava la frase interpretata.

Il terzo uomo, un giovane dai capelli biondi, era seduto alla macchina per scrivere e aspettava che gli dettassero. Le domande fatte nello scantinato sotto la fortezza erano facili da capire e arrivavano chiare e distinte. Le risposte erano confuse. Il dattilografo le trascriveva come in un'intervista, le domande precedute da una D maiuscola e le risposte da una R, andando a capo ogni volta. Per le risposte più incomprensibili, doveva servirsi spesso dei puntini di sospensione, dove il senso mancava del tutto.

Era quasi mezzanotte, quando finirono. Nonostante le finestre aperte, l'aria era densa di fumo e la stanza puzzava come una polveriera.

I tre uomini si alzarono dalle sedie, stanchi e indolenziti. Si stirarono, per dare un po' di sollievo al corpo e rimettere in movimento i muscoli per tanto tempo inattivi. Uno dei tre allungò la mano verso il telefono e chiese la linea esterna. Poi, compose un numero. L'altro, quello con la cuffia, ormai appoggiata sul tavolo, avvolse il nastro sulla sua bobina originale. Il dattilografo tirò fuori dalla macchina gli ultimi fogli e cominciò a riordinare in fascicoli separati le varie copie della confessione, in ordine di pagina. La prima sarebbe stata consegnata al colonnello Rolland, la seconda all'archivio, e la terza sarebbe stata ciclostilata e distribuita ai responsabili dei vari uffici, se Rolland l'avesse ritenuto opportuno.

La telefonata raggiunse il colonnello Rolland al ristorante, mentre si trovava a cena con alcuni amici. Per tutta la serata, lui, scapolo di bell'aspetto, aveva fatto lo spiritoso e il galante, come era sua abitudine, e i suoi complimenti erano stati molto apprezzati dalle signore cui erano rivolti, anche se non dai loro mariti. Quando un cameriere venne a chiamarlo, si scusò e lasciò il tavolo. Il telefono era vicino alla cassa. Il colonnello disse soltanto « Rolland » e aspettò che il suo agente all'altro capo del filo si facesse riconoscere.

Poi Rolland fece lo stesso, inserendo nella prima frase del colloquio la parola d'ordine stabilita in precedenza. Se qualcuno si fosse inserito nella linea, avrebbe sentito che l'informavano che la sua macchina era stata riparata e lui poteva passare a ritirarla. Rolland ringraziò la persona che gli aveva dato la notizia, e fece ritorno dai suoi amici. Cinque minuti dopo si scusava con molta cortesia, spiegando che doveva andarsene perché lo aspettavano molti impegni per la mattina seguente e lui aveva bisogno delle poche ore di sonno indispensabili. Dieci minuti più tardi, solo, a bordo della sua automobile, attraversava a gran velocità le strade ancora affollate, diretto verso il *faubourg* più quieto di Porte des Lilas. Raggiunse il suo ufficio poco dopo l'una, si tolse la giacca immacolata dello smoking, ordinò del caffè alla guardia di notte, e chiamò il suo aiutante.

L'originale della confessione di Kowalski arrivò con il caffè. Per prima cosa, Rolland lesse rapidamente le ventisei pagine del fascicolo, cercando di cogliere il senso generale di quello che l'ex legionario, ormai in stato di follia, aveva detto. A un certo punto, qualcosa lo fece fermare; aggrottò le sopracciglia, ma poi proseguì nella lettura, senza più interrompersi.

La seconda lettura fu più lenta, minuziosa, e Rolland si concentrò su ogni frase. La terza volta prese un pennarello dalla vaschetta sulla scrivania e rilesse la confessione ancora più lentamente, sottolineando con una riga larga e nera tutte le parole e i brani che si riferivano a Sylvie, alla "lucamia", all'Indocina, all'Algeria, a JoJo, a Kovacs, ai còrsi bastardi e alla Legione. Di tutto questo lui conosceva il significato, e non lo interessava.

Molte frasi di quel delirio avevano come oggetto Sylvie, alcune una donna di nome Julie, ma questo per Rolland non voleva dire nulla. Quando anche questa parte fu depennata, la confessione si ridusse a poco più di sei pagine. Allora cercò di trovare un senso in quello che rimaneva. C'era Roma. I tre capi erano a Roma. Be', questo lo sapeva già. Ma perché? Questa domanda era stata ripetuta otto volte. Più o meno, la risposta era stata sempre la stessa. Non volevano essere sequestrati come Argoud in febbraio. Abbastanza comprensibile, pensò Rolland. E allora, l'intera operazione Kowalski era stata solo una perdita di tempo? C'era una parola che il legionario aveva ripetuto, o meglio mormorato due volte, nel rispondere a quelle otto domande identiche. La parola era "segreto". Si trattava di un aggettivo? La loro presenza a Roma non era certo segreta. O era un sostantivo? E nel caso, quale segreto?

Rolland rilesse la confessione da cima a fondo, per la decima volta; poi, ricominciò da capo. I tre uomini dell'OAS erano a Roma. Si trovavano lì per evitare un eventuale sequestro. Non volevano essere sequestrati perché avevano un segreto.

Rolland sorrise ironicamente. Sapeva meglio del generale Guibaud che Rodin non era tipo da nascondersi perché aveva paura.

E così, avevano un segreto. E quale? Sembrava che tutto avesse origine da qualcosa a Vienna. La parola Vienna era venuta fuori tre volte, ma in un primo momento Rolland aveva creduto che si trattasse della cittadina di Vienne,[1] una trentina di chilometri a sud di Lione.

Avevano tenuto una riunione a Vienna. Poi, erano partiti per Roma e si erano rinchiusi in quella specie di rifugio, per non correre il rischio di farsi sequestrare e interrogare, perché non volevano rivelare un segreto. Il segreto doveva aver origine da Vienna.

Le ore passavano, e innumerevoli tazze di caffè si susseguivano senza sosta. La serie dei mozziconi nella granata-portacenere aumentava sempre di più. Prima che una sottile striscia grigio pallido salisse dai tetri sobborghi industriali a est di Boulevard Mortier, il colonnello Rolland credette di avere in mano il bandolo della matassa.

Mancavano alcune tessere di quel mosaico. Erano forse perdute per sempre, dal momento che una telefonata gli aveva annunciato alle tre che Kowalski non sarebbe più stato interrogato perché era morto? Oppure erano nascoste da qualche altra parte in quel testo sconnesso, nelle parole pronunciate da quell'uomo dal cervello ormai sconvolto mentre anche le ultime riserve di energia gli venivano a mancare?

[1] In francese, i nomi di queste due città si pronunciano e si scrivono allo stesso modo. [*N.d.T.*]

Rolland cominciò a prender nota dei pezzi di quell'incastro che parevano non avere un posto preciso. Kleist, un uomo di nome Kleist. Kowalski, essendo polacco, aveva pronunciato quel nome nel modo corretto, e Rolland, che aveva studiato un po' di tedesco durante la guerra, corresse la trascrizione errata del dattilografo francese. Ma era poi una persona? E se fosse stato un posto? Chiamò il centralino e chiese di cercare sull'elenco telefonico di Vienna se esisteva una persona o un posto di nome Kleist. Ebbe la risposta dopo dieci minuti. C'erano due colonne di Kleist sull'elenco di Vienna, e in più due posti che portavano quel nome: la Scuola elementare maschile Ewald Kleist, e la Pension Kleist in Brucknerallee. Rolland prese nota di tutt'e due, ma sottolineò il nome della pensione. Poi, continuò a leggere.

C'erano parecchi riferimenti a uno straniero, nei confronti del quale sembrava che Kowalski provasse sentimenti diversi. Qualche volta, parlando di quest'uomo, adoperava la parola *bon*, buono; in altri casi diceva di lui che era un *fâcheur*, cioè un tipo noioso, irritante. Erano passate le cinque, quando il colonnello Rolland mandò a prendere il nastro e il registratore, e dedicò l'ora successiva all'ascolto della confessione. Quando fermò l'apparecchio, non poté trattenere una bestemmia, mormorata tra i denti, rivolta a se stesso. Prese una penna dal pennino sottile e aggiunse alcune correzioni al testo trascritto.

Kowalski non aveva fatto riferimento allo straniero dicendo che era *bon*, ma *blond*. E la parola uscita da quelle labbra spaccate, che era stata scritta come *fâcheur*, in realtà era più esattamente *faucheur*, cioè assassino.

Da quel momento, l'operazione di rimettere insieme e di dare un significato comprensibile alle parole confuse di Kowalski non presentò alcuna difficoltà. La parola Sciacallo che era stata cancellata ogni volta, perché Rolland aveva creduto che fosse il modo di Kowalski di insultare gli uomini che gli avevano dato la caccia e lo stavano torturando, assunse un nuovo significato. Diventò il soprannome dell'assassino dai capelli biondi, uno straniero con il quale i tre capi dell'OAS si erano incontrati alla Pension Kleist di Vienna qualche giorno prima di andare a nascondersi a Roma, protetti da vicino dai loro uomini.

Adesso Rolland poteva spiegarsi la ragione dell'ondata di furti di gioielli e di assalti alle banche che aveva sconvolto la Francia nei mesi precedenti. Il biondo, chiunque egli fosse, voleva essere pagato per eseguire un lavoro per conto dell'OAS. C'era solo un lavoro al mondo che poteva essere compensato con quel genere di danaro. Il biondo non era stato chiamato per far da paciere in una disputa fra bande rivali.

Alle sette del mattino Rolland chiamò l'ufficio comunicazioni e ordinò al centralinista del turno di notte di spedire immediatamente un ordine imperativo all'ufficio SDECE di Vienna, scavalcando le regole del protocollo interdipartimentale secondo cui Vienna rientrava nel settore R.3 dell'Europa occidentale. Poi ritirò le copie della confessione di Kowalski e le chiuse tutte nella sua cassaforte. Infine sedette a stendere un rapporto che era indirizzato a un'unica persona e portava in alto le parole "Riservata personale".

Scrisse a mano, con molta attenzione, descrivendo concisamente come aveva organizzato, di propria iniziativa, la cattura di Kowalski; riferì il ritorno a Marsiglia dell'ex legionario, richiamato dalla notizia falsa che una persona a lui cara si trovava in ospedale, malata, e la cattura da parte degli agenti del Servizio d'azione; concluse con un breve accenno all'interrogatorio da parte dei suoi agenti e alla confessione sconnessa e confusa del polacco. Si sentì obbligato a includere anche una frase un po' rischiosa: che per resistere all'arresto, l'ex legionario aveva colpito due agenti ma si era ferito così gravemente, in un tentativo di suicidio, quando ormai era stato sopraffatto, che l'unica scelta era stata di ricoverarlo in ospedale. Ed era lì, dal suo letto, che lui aveva fatto la sua confessione.

Il resto del rapporto, che ne costituiva la parte più consistente, riguardava la confessione vera e propria e l'interpretazione di Rolland. Quando ebbe terminato, si fermò per un attimo, sfiorando con gli occhi i tetti indorati dal sole del mattino. Gli altri non lo giudicavano un uomo che dava più importanza di quanto meritasse a un caso di cui si stava occupando, né uno che esagerava mai nel suo giudizio; e questo lui lo sapeva. Compose il paragrafo finale con ogni attenzione.

"Le indagini per stabilire una prova convincente di questo complotto sono ancora in corso nel momento in cui sto scrivendo. Tuttavia, nel caso dovessero confermare che quanto riferito sopra corrisponde a verità, il complotto in questi termini costituisce a mio parere l'unico tipo di azione veramente pericolosa che i terroristi abbiano mai studiato per attentare alla vita del Presidente. Se il complotto esiste e se l'assassino di origine straniera, conosciuto soltanto con il suo nome di battaglia 'Lo Sciacallo', è stato assoldato per metterlo in atto e forse a quest'ora sta già facendo i suoi piani, ritengo mio dovere informarla che, a mio giudizio, ci troviamo di fronte a uno stato di emergenza nazionale."

Cosa assolutamente insolita per lui, il colonnello Rolland batté a macchina la copia definitiva del rapporto, poi la chiuse in una busta applicando il suo sigillo personale, ci scrisse sopra l'indirizzo e appose un timbro che classificava il documento tra quelli riservati del Servizio segreto. Infine diede fuoco ai fogli sui quali aveva steso la minuta del rapporto e rovesciò la cenere nello scarico del piccolo lavandino che si trovava in un armadio a muro in un angolo dell'ufficio.

Quando ebbe finito, si lavò le mani e la faccia. Mentre se le asciugava, guardò nello specchio sul lavandino. La faccia che si rifletteva, fu costretto ad ammetterlo, andava perdendo lentamente la sua bellezza. Il viso magro, così affascinante negli anni giovanili e così interessante durante la sua maturità, cominciava ad apparire stanco e segnato. Troppe esperienze, una conoscenza troppo profonda degli abissi di bestialità nei quali l'Uomo poteva sprofondare nella lotta per la sopravvivenza contro i suoi simili, troppi intrighi e troppo doppio gioco e la necessità di ordinare a uomini di morire o di uccidere, di urlare sotto la tortura o di fare urlare altri uomini, avevano invecchiato il direttore del Servizio d'azione fino a fargli dimostrare più dei suoi 54 anni. Ai lati del naso e giù oltre gli angoli della bocca c'erano due linee che se si fossero allungate avrebbero cancellato dalla faccia l'espressione attraente che ancora manteneva. Due occhiaie nere si erano insediate in permanenza sotto gli occhi, e il grigio elegante delle basette stava diventando bianco senza prendere riflessi d'argento.

"Alla fine di quest'anno" si disse "devo proprio decidermi a venir fuori da questo schifo." La faccia lo guardava dallo specchio stravolta, cupa. Incredulità o semplice rassegnazione? Forse la faccia capiva più della mente. Dopo un certo numero di anni, non era possibile venirne fuori. Un uomo restava quello che era, fino alla fine dei suoi giorni. Dalla Resistenza al Servizio di sicurezza, poi lo SDECE, e infine il Servizio d'azione. Quanti uomini, e quanto sangue in quegli anni? domandò alla faccia nello specchio. E tutto per la Francia. E che diavolo importava, la Francia? E la faccia lo guardava dallo specchio, senza dire niente. Perché tutt'e due conoscevano la risposta.

Il colonnello Rolland mandò a chiamare un agente motociclista, che si presentasse a lui personalmente al suo ufficio. Ordinò delle uova strapazzate, panini e burro, e ancora caffè, ma questa volta una grossa tazza di caffè con latte, e qualche aspirina per il suo mal di testa. Consegnò la busta sigillata al motociclista e gli diede le istruzioni necessarie. Dopo aver mangiato le uova e i panini, prese la tazza di caffè e latte e andò a bere seduto sul davanzale della finestra aperta, nell'angolo che guardava verso Parigi. Riusciva a distinguere attraverso chilometri di tetti le due torri di Notre-Dame e più oltre, nella foschia che in quella mattinata torrida si alzava dalla Senna, la Torre Eiffel. Erano già passate le nove dell'11 agosto, la città era affaccendata, al lavoro, e chissà quante bestemmie raccoglieva il motociclista in giacca di cuoio nero che, a sirena spiegata, faceva guizzare la sua moto attraverso il traffico verso l'ottavo *arrondissement*.

Dipendeva solo dalla probabilità che il pericolo di cui parlava nel dispaccio potesse essere sventato, pensò Rolland, se alla fine dell'anno avrebbe avuto ancora un impiego dal quale dare le dimissioni.

9

Più tardi, quella stessa mattina, il ministro degli Interni era seduto alla sua scrivania e guardava con aria cupa fuori dalla finestra il cortile circolare illuminato dal sole. All'estremità opposta c'era il cancello in ferro battuto, bellissimo, decorato su ognuno dei due battenti con lo stemma della Repubblica francese; e fuori, Place Beauvau dove file ininterrotte di macchine provenienti da Faubourg St.-Honoré e da Avenue de Marigny, tra un frastuono di clacson, giravano intorno al vigile che dirigeva il traffico dal centro della piazza.

Dalle altre due strade che sboccavano lì, Avenue de Miromesnil e Rue des Saussaies, altri fiumi di automobili sarebbero emersi a un suo fischio per attraversare la piazza e scomparire di nuovo. Il vigile sembrava scherzare con le cinque correnti del pauroso traffico parigino come un torero con il toro, calmo, con assoluta padronanza di nervi, con maestria. Monsieur Roger Frey gli invidiava l'ordinata semplicità del suo compito, la sicurezza controllata che lui metteva nell'eseguirlo.

Dal cancello del cortile due gendarmi osservavano i virtuosismi del loro collega al centro della piazza. Portavano a tracolla il fucile mitragliatore e guardavano il mondo attraverso l'intreccio di ferro battuto della cancellata, protetti dalla violenza che si manifestava fuori di lì, con la sicurezza di ricevere lo stipendio ogni mese, di avere una carriera e il loro posto sotto il caldo sole estivo. Il ministro invidiava anche loro, per la semplicità della loro vita e delle loro ambizioni.

Alle sue spalle, sentì il fruscio di un foglio di carta e fece ruotare rapidamente la poltroncina girevole dietro la scrivania. L'uomo di fronte a lui chiuse il fascicolo e lo depose con deferenza davanti al ministro. I due si guardarono: il silenzio era interrotto soltanto dal ticchettio dell'orologio di bronzo dorato sul caminetto di fronte alla porta e dal rumore lontano del traffico di Place Beauvau.

« Allora, che cosa ne pensa? »

Il commissario Jean Ducret, capo del Corpo di sorveglianza personale del presidente de Gaulle, era uno dei massimi esperti francesi nei problemi riguardanti il settore della sicurezza e, in particolare, in quelli relativi alla protezione di un singolo individuo. Questo era il motivo per il quale occupava quel posto e questa la ragione per cui, fino a quel giorno, sei complotti destinati a uccidere il Presidente francese erano falliti durante l'esecuzione o erano stati soffocati sul nascere.

« Rolland ha ragione » disse infine. La sua voce era calma, senza traccia di emozione, conclusiva. Con lo stesso tono, avrebbe potuto esprimere il proprio parere sul probabile risultato di una partita di calcio. « Se quello che dice è vero, il complotto è di un pericolo eccezionale. L'intero sistema di raccolta delle informazioni adottato da tutte le agenzie del servizio di sicurezza francese, tutta la rete di agenti attualmente infiltrati nell'OAS, sono ridotti alla completa impotenza di fronte a uno straniero, un outsider, che lavora da solo, senza contatti e amici. E che, per di più, è un professionista nel suo genere. Come dice Rolland, si tratta... » scorse l'ultima pagina del rapporto del direttore del Servizio d'azione e lesse a voce alta « ... "dell'unico tipo di azione veramente pericolosa" che uno possa immaginare ».

Roger Frey si passò le dita tra i capelli grigio acciaio tagliati corti e fece ruotare di nuovo la poltroncina girevole verso la finestra. Non era uomo da impressionarsi facilmente, ma la mattina dell'11 agosto era inquieto. In tanti anni dedicati alla causa di Charles de Gaulle si era costruito la fama di uomo inflessibile che, unita all'intelligenza e alla preparazione, gli aveva permesso di raggiungere la posizione di ministro. I vivaci occhi azzurri che potevano essere cordiali oppure freddi, la virilità del petto largo e delle spalle, la bella faccia severa che gli aveva attirato gli sguardi di non poche donne che frequentavano gli uomini al potere, in Roger Frey non erano semplicemente accessori utili per la battaglia elettorale.

Ai vecchi tempi, quando i gollisti avevano dovuto combattere per sopravvivere contro l'ostilità americana, l'indifferenza inglese, l'ambizione giraudista e la rabbia comunista, aveva imparato a gettarsi nella lotta, senza illusioni. Erano riusciti a vincere; e per la seconda volta nel giro di diciotto anni, l'uomo che loro avevano seguito era tornato dall'esilio per assumere il potere in Francia. E negli ultimi due anni, la battaglia si era accesa di nuovo, questa volta contro gli stessi uomini che in due occasioni avevano portato il generale al potere – i militari. Fino a pochi minuti prima, il ministro aveva creduto che l'ultima lotta stesse per concludersi, e i loro nemici sarebbero piombati una volta di più nell'impotenza e nella collera senza speranza.

Adesso sapeva che non era ancora finita. A Roma, un colonnello magro e fanatico aveva studiato un piano che, con la morte di un uomo, poteva far crollare l'intera struttura. Ci sono paesi con istituzioni talmente solide da sopravvivere alla morte di un presidente o all'abdicazione di un re, come aveva dimostrato la Gran Bretagna ventotto anni prima e l'America avrebbe fatto vedere prima che finisse l'anno. Ma Roger Frey non aveva illusioni sullo stato delle istituzioni francesi nel 1963 e sapeva con sicurezza che la morte del suo presidente non sarebbe stato altro che il prologo al putsch e alla guerra civile.

« Be', bisognerà pur informarlo » disse infine, con gli occhi sempre rivolti al cortile illuminato dal sole accecante.

Il poliziotto non rispose. Era uno dei vantaggi di essere un tecnico, bastava fare il proprio lavoro e lasciare che le decisioni importanti venissero prese da chi era pagato per farlo. Non aveva alcuna intenzione di offrirsi volontario per quell'incarico. Il ministro si girò di nuovo.

« *Bien. Merci, commissaire.* Allora cercherò di ottenere un colloquio per questo pomeriggio. Informerò il Presidente. » La voce era secca e decisa. Era una cosa che si doveva fare. « Ritengo superfluo chiederle il silenzio più assoluto su questa faccenda, fino a quando non avrò avuto il tempo di spiegare la situazione al Presidente e lui non avrà deciso in che modo questo affare deve essere affrontato. »

Il commissario Ducret si congedò per ritornare al palazzo dell'Eliseo, al di là della piazza, a un centinaio di metri di distanza. Rimasto solo, il ministro degli Interni girò la cartelletta marrone chiaro che conteneva il rapporto e lo lesse un'altra volta, con attenzione. Sapeva con certezza che le conclusioni di Rolland erano esatte, e il consenso di Ducret non lasciava più posto al minimo dubbio. Il pericolo esisteva, era grave, non poteva essere evitato e bisognava informare il Presidente.

Un po' riluttante, abbassò la levetta dell'interfono davanti a lui e parlò nella griglia di plastica dalla quale era immediatamente uscito un ronzio. « Mi metta in comunicazione con il segretario generale dell'Eliseo. »

Un minuto dopo, il telefono rosso accanto all'interfono squillò. Egli alzò il ricevitore e rimase in ascolto per un attimo.

« *Monsieur Foccart, s'il vous plaît.* » Un'altra pausa, poi la voce ingannevolmente sommessa di uno degli uomini più potenti di Francia fu in linea. Roger Frey spiegò in poche parole quello che voleva e perché.

« Il più presto possibile, Jacques... Sì, lo so che devi controllare. Aspetterò. Richiamami appena puoi, per favore. »

La telefonata arrivò nel giro di un'ora. L'appuntamento era fissato per le quattro di quel pomeriggio, appena il Presidente aveva finito la siesta. Per un attimo, il ministro provò la tentazione di ribattere che il contenuto del dossier di fronte a lui era più importante di qualsiasi riposo, ma soffocò la protesta. Come ogni altra persona dell'entourage del Presidente, si rendeva conto che non era il caso di sollevare obiezioni a quel funzionario dalla voce tenue, un uomo che in ogni momento aveva libero accesso alla presenza del Presidente e possedeva un archivio privato con informazioni segrete di cui poco si sapeva ma si temeva moltissimo.

Alle quattro meno venti di quello stesso pomeriggio, lo Sciacallo usciva da Cunningham's in Curzon Street dopo uno dei più raffinati e costosi pranzi a base di pesce che un ristorante di Londra specializzato nel genere potesse ammannire. Dopo tutto, pensò mentre svoltava in South Audley Street, per un certo periodo quello sarebbe stato il suo ultimo pranzo a Londra, ed era una ragione sufficientemente valida per festeggiare.

Nello stesso momento, una berlina DS 19 nera usciva dai cancelli del ministero degli Interni francese, immettendosi in Place Beauvau. Il vigile al centro della piazza, avvertito in anticipo da un richiamo dei suoi colleghi di guardia ai cancelli, bloccò il traffico e si irrigidì in un saluto.

Un centinaio di metri più avanti, la Citroën svoltò verso il porticato di pietra grigia antistante il palazzo dell'Eliseo. Anche qui, i gendarmi di servizio, preavvertiti, avevano fermato il traffico in modo da dare all'automobile spazio sufficiente per imboccare l'arcata incredibilmente stretta. Le due Gardes Républicaines, davanti alle garitte ai due lati del portico toccarono con la mano guantata di bianco il caricatore dei fucili, in segno di saluto, e il ministro entrò nel cortile del palazzo.

Una catena che chiudeva il passaggio sotto l'arco dell'ingresso costrinse l'automobile a una sosta, e l'ispettore in servizio quel giorno, uno degli uomini di Ducret, diede una rapida occhiata nell'interno della macchina. Salutò il ministro, che ricambiò il saluto. A un gesto dell'ispettore la catena venne lasciata cadere a terra, e la Citroën ci passò sopra con un fruscio di gomme. Dopo un centinaio di metri di ghiaia rossiccia, c'era la facciata del palazzo. Robert, l'autista, portò la macchina verso destra, percorrendo il cortile in senso antiorario, e depositò il suo padrone davanti ai sei gradini di pietra che conducevano all'ingresso.

Uno dei due uscieri, in giacca a code nera e catena d'argento al collo, aprì la portiera. Il ministro scese e s'incamminò rapidamente su per i gradini per raggiungere la porta a vetri dove l'aspettava l'usciere-capo. Si scambiarono un saluto formale, ed egli seguì l'usciere all'interno. Dovettero fermarsi un momento nel vestibolo, sotto il grande lampadario sospeso da una lunga catena dorata all'alta volta del soffitto, e l'usciere telefonò da un tavolo di marmo alla sinistra della porta. Mentre deponeva il ricevitore, si girò verso il ministro, ebbe un rapido sorriso, poi si diresse con l'abituale incedere maestoso verso le scale di granito ricoperte da un tappeto.

Al primo piano, attraversarono il pianerottolo corto e largo che dava sul vestibolo sottostante e si fermarono quando l'usciere bussò leggermente a una porta, sulla sinistra. Dall'interno arrivò un po' soffocata la risposta: « *Entrez* »; l'usciere aprì silenziosamente la porta e arretrò di un passo, per far passare il ministro nel Salon des Ordonnances. Quando il ministro fu entrato, la porta si richiuse dietro di lui senza rumore, e l'usciere ripercorse la strada in senso contrario, scendendo nel vestibolo.

Sul lato opposto del salone il sole penetrava dalle ampie finestre rivolte a sud, inondando di calore il tappeto. Una delle vetrate, che dal pavimento arrivavano al soffitto, era aperta, e nel giardino del palazzo un colombo selvatico che tubava tra gli alberi lanciava il suo richiamo. Il traffico dei Champs-Elysées, a settecento metri di distanza, restava completamente nascosto dietro i maestosi cedri e i faggi carichi di foglie nel pieno dell'estate, ed era ridotto a un altro mormorio, non certo più forte del tubare del colombo. Come al solito quando si trovava nelle stanze dell'Eliseo che davano verso sud, Roger Frey, nato e cresciuto in una città, poteva immaginare di trovarsi in qualche castello sepolto nel cuore della campagna. Il frastuono assordante di Faubourg St.-Honoré, sull'altro lato dell'edificio, era soltanto un ricordo. Il Presidente, come egli ben sapeva, adorava la campagna.

Quel giorno, l'aiutante di campo era il colonnello Tesseire.

Si alzò da dietro la scrivania.

« Monsieur le Ministre... »

« Colonel... » Frey accennò con la testa in direzione della porta a battenti, con le maniglie dorate, sulla sinistra del salone, che in quel momento era chiusa. « Sono atteso? »

« Naturalmente, Monsieur le Ministre. » Tesseire attraversò il salone, bussò adagio, aprì uno dei due battenti e si fermò sull'ingresso.

« Il ministro degli Interni, Monsieur le President. »

Dalla stanza giunse qualche lontana parola d'assenso. Tesseire si spostò da un lato, sorrise al ministro, e Roger Frey gli passò davanti per entrare nello studio privato di Charles de Gaulle.

Non c'era niente in quella stanza, lui l'aveva sempre pensato, che non desse un'idea precisa della personalità dell'uomo che aveva ordinato l'arredamento. Sulla destra, tre alte finestre si affacciavano sul giardino, come quelle del Salon des Ordonnances. Anche lì ce n'era una aperta, e il richiamo del colombo selvatico, che lui non aveva più sentito passando per la porta di comunicazione, lo raggiunse di nuovo dal giardino.

Da qualche parte, sotto i cedri e i faggi, erano nascosti uomini silenziosi che portavano pistole automatiche con le quali riuscivano a centrare un asso di picche a venti passi di distanza. Ma guai a quello che si fosse lasciato scorgere dalle finestre del primo piano. La collera dell'uomo che erano pronti a difendere a costo della loro stessa vita era diventata leggendaria in tutto il palazzo sia se egli veniva a sapere l'entità delle misure prese per la sua protezione sia se quelle misure dovevano prevaricare la sua vita privata. Questa era una delle croci più pesanti che Ducret doveva sopportare, e nessuno gli invidiava il compito di proteggere un uomo per il quale ogni forma di sorveglianza personale era indegna e insopportabile.

Sulla sinistra, contro la parete dove era incassata una scaffalatura con gli sportelli a vetri, c'era un tavolo Luigi XV sul quale era appoggiato un orologio Luigi XIV. Il pavimento era coperto da un tappeto Savonnerie, prodotto nel 1615 a Chaillot, nella fabbrica di tappeti reali. Era stata una fabbrica di sapone, gli aveva spiegato una volta il Presidente, prima di essere trasformata in una manifattura di tappeti; di qui l'origine del nome.

Non c'era niente nella stanza che non fosse semplice, ricco di dignità e di buon gusto, e niente soprattutto che non costituisse un esempio della *grandeur* della Francia. E questo, per quel che ne pensava Roger Frey, includeva anche l'uomo dietro la scrivania, che ora si era alzato in piedi per salutarlo con la solita squisita gentilezza.

Il ministro ricordò che Harold King, decano dei giornalisti inglesi a Parigi e unico anglosassone vivente che fosse amico personale di Charles de Gaulle, gli aveva fatto osservare una volta che il Presidente, con il suo stile molto personale, non sembrava un uomo della sua epoca ma piuttosto un personaggio del Settecento. Da allora in poi, ogni volta che aveva incontrato il Presidente, Roger Frey aveva vanamente cercato di immaginare quell'alta figura che, vestita di sete e broccati, compiva gli stessi gesti cortesi e gli rivolgeva lo stesso saluto. Riusciva a vedere il nesso, ma l'immagine gli sfuggiva. Era impossibile dimenticare le rare occasioni in cui l'imponente e anziano signore, furente per qualche cosa che non aveva incontrato la sua approvazione, aveva adoperato un linguaggio da caserma di una crudezza tale da lasciare sbalordito il suo entourage o i membri del Gabinetto.

Come Frey sapeva fin troppo bene, uno degli argomenti che avevano la capacità di provocare una reazione di quel genere era proprio la questione delle misure di sicurezza che lui, in qualità di ministro degli Interni e di responsabile per la difesa delle istituzioni francesi (di cui il Presidente in persona era la più importante), era obbligato a prendere.

Non avevano mai esaminato quel problema direttamente, a quattr'occhi, e molte decisioni Frey le prendeva di nascosto. Quando pensò al documento che portava nella borsa e alla richiesta che stava per fare, si sentì percorrere da un brivido.

« *Mon cher Frey.* »

L'uomo dall'alta figura, vestito di grigio scuro, era uscito da dietro la scrivania, con una mano tesa.

« *Monsieur le President, mes respects.* » Strinse la mano che gli veniva offerta. Se non altro, le Vieux sembrava di buon umore. Si sentì guidare verso una delle due poltrone dall'alto schienale diritto, foderate con tappezzeria Beauvais Primo Impero, che si trovavano davanti alla scrivania. Charles de Gaulle, esaurito il suo compito di ospite, tornò a sedersi al suo posto, le spalle alla parete. Si appoggiò indietro e, sfiorando con la punta delle dita il piano levigato della scrivania, disse:

« Mi è stato riferito, mio caro Frey, che lei ha espresso il desiderio di vedermi, per una questione urgente. Allora, che cosa deve dirmi? »

Roger Frey respirò profondamente, poi cominciò a parlare. In poche frasi, spiegò che cosa lo aveva condotto lì, ben sapendo che de Gaulle non apprezzava oratoria prolissa che non fosse la propria – e anche questa, soltanto quando parlava in pubblico. In privato preferiva la stringatezza, come avevano scoperto con imbarazzo parecchi dei suoi subordinati più logorroici.

Mentre Frey parlava, l'uomo seduto all'altro lato della scrivania si era visibilmente irrigidito, appoggiandosi sempre di più allo schienale della poltrona. Sembrava che ingigantisse col passare dei minuti. Lungo l'imponente promontorio del suo naso, de Gaulle fissava il suo ministro, come se un oggetto sgradevole fosse stato introdotto nel suo studio da un servitore al quale fino allora aveva concesso la sua fiducia. Eppure Roger Frey si rendeva conto che, a cinque metri di distanza, la sua faccia doveva apparire come una macchia un po' confusa al Presidente, che nascondeva la sua miopia durante tutte le apparizioni in pubblico e portava gli occhiali solo se doveva leggere un discorso.

Il ministro degli Interni terminò il suo monologo, che era durato poco più di un minuto, accennando ai commenti di Rolland e di Ducret e concluse: « Ho il rapporto Rolland nella borsa ».

Senza una parola, il Presidente allungò una mano attraverso la scrivania. Frey tirò fuori il rapporto dalla borsa di cuoio e glielo tese.

Charles de Gaulle prese gli occhiali da lettura dal taschino della giacca, se li infilò, appoggiò la cartelletta di cartone sulla scrivania e cominciò a leggere. Il colombo selvatico aveva smesso di tubare, come se si fosse reso conto che non era più il momento adatto. Roger Frey guardò gli alberi fuori dalla finestra, poi spostò gli occhi sulla lampada da tavolo in ottone che si trovava sulla scrivania vicino al tampone della carta assorbente. Era un flambeau di vermeil dell'epoca della Restaurazione, perfettamente conservato e adattato con un impianto elettrico: nei cinque anni della presidenza di de Gaulle aveva illuminato per migliaia di ore i documenti di Stato che durante la notte passavano su quella scrivania.

Il generale de Gaulle leggeva sempre rapidamente. Terminò il rapporto Rolland nel giro di tre minuti; poi, richiuse accuratamente il fascicolo, vi incrociò sopra le mani e domandò:

« Allora, mio caro Frey, che cosa vuole da me? »

Per la seconda volta, Roger Frey respirò profondamente e si lanciò nella succinta descrizione delle misure di sicurezza che avrebbe voluto prendere. Per due volte si servì delle parole: « A mio giudizio, Monsieur le President, se dobbiamo stornare questa minaccia, sarà necessario... ». Al trentatreesimo secondo del suo discorso adoperò la frase: « L'interesse della Francia... ».

Riuscì ad arrivare solo fino a questo punto. Il Presidente lo interruppe, la voce sonora che trasformava la parola "Francia" nel nome di una divinità con un'enfasi che nessun'altra voce francese è mai riuscita a metterci né prima né dopo di lui.

« L'interesse della Francia, mio caro Frey, è che non si debba vedere il suo Presidente indietreggiare di fronte alla minaccia di un miserabile mercenario e... » s'interruppe un momento, mentre tutto il suo disprezzo per quell'assassino sconosciuto gravava nella stanza « ...di uno straniero. »

Roger Frey capì di avere perduto. Il Generale non si lasciò

andare in escandescenze, come aveva temuto il ministro degli Interni. Cominciò a parlare con chiarezza e lucidità, come una persona che non intende che i suoi desideri possano in un modo o nell'altro non essere capiti appieno da chi ascolta. Qualche frase del suo discorso raggiunse la finestra e arrivò all'orecchio del colonnello Tesseire.

« *La France ne saurait accepter... la dignité et la grandeur assujetties aux misérables menaces d'un... d'un CHACAL...* »

Due minuti dopo, Roger Frey si congedava dal Presidente. Fece un rapido cenno di saluto al colonnello Tesseire, attraversò il Salon des Ordonnances, ne uscì e scese per la scalinata giù nel vestibolo.

"Ecco" pensò l'usciere-capo mentre scortava il ministro giù per i gradini di pietra, verso la Citroën in attesa, e lo seguiva con gli occhi mentre la macchina si allontanava "ecco, se c'è un uomo che ha un grosso problema da risolvere, è proprio quello. Mi domando che cosa aveva da dirgli il Vecchio." Ma essendo l'usciere-capo, il suo viso conservò la stessa calma inalterabile della facciata del palazzo nel quale lavorava da vent'anni.

« No, non si può fare così. Il Presidente è stato ben chiaro su quel punto. »

Roger Frey si allontanò dalla finestra del suo ufficio e osservò l'uomo al quale aveva rivolto quelle parole. Pochi minuti dopo il suo ritorno dall'Eliseo aveva chiamato il suo *chef de cabinet*. Alexandre Sanguinetti era un còrso. Nelle vesti dell'uomo che s'era visto delegare dal ministro degli Interni buona parte del minuzioso lavoro necessario a controllare e a organizzare le forze del servizio di sicurezza nel corso dei due anni precedenti, Sanguinetti si era fatto un nome e una reputazione che potevano assumere un significato completamente diverso nell'opinione altrui, a seconda delle varie scelte politiche o del diverso concetto dei diritti civili.

Era odiato e temuto dall'estrema sinistra perché aveva mobilitato senza esitazione le squadre del CRS e per le tattiche sbrigative che questo corpo paramilitare di quarantacinquemila uomini adoperava quando si trovava ad affrontare una dimostrazione pubblica, sia che fosse organizzata dalla sinistra sia dalla destra.

I comunisti gli davano del "fascista", forse perché qualcuno dei suoi metodi per mantenere l'ordine pubblico ricordava alla lontana gli strumenti usati nei paradisi dei lavoratori al di là della cortina di ferro. L'estrema destra, qualificata anch'essa dai comunisti come "fascista", lo detestava nella stessa misura e adoperava contro di lui gli stessi argomenti della soppressione della democrazia e dei diritti civili. Forse era dovuto al fatto che la spietata efficienza dei suoi uomini, volta a mantenere l'ordine pubblico, era servita soprattutto a evitare il caos nel quale avrebbe contribuito a farlo precipitare un "colpo" dell'estrema destra rivolto invece a rimetterlo in vigore.

Anche molti "uomini della strada" provavano antipatia per lui, sempre per i decreti draconiani che uscivano dal suo ufficio e che colpivano un po' tutti, con i blocchi stradali, i continui controlli dei documenti agli incroci delle principali arterie di comunicazione, i posti di blocco su tutte le autostrade e l'eccessiva diffusione data alle fotografie dei giovani dimostranti colpiti o scaraventati a terra dai manganelli degli uomini del CRS. La stampa gli aveva affibbiato il soprannome di "Monsieur Anti-OAS" e, a eccezione dei giornali gollisti, relativamente pochi, lo insultava apertamente. Quanto a lui, se si risentiva davvero per l'odio che la Francia gli riversava addosso facendolo passare per l'uomo più criticato del paese, bisogna dire che era sempre riuscito a nasconderlo bene. Il suo dio personale si trovava ben protetto in un ufficio dell'Eliseo, e, all'interno di quella chiesa, Sanguinetti era il personaggio più importante della Curia. Adesso stava fissando cupamente il fascicolo dalla copertina marrone chiaro che conteneva il rapporto Rolland.

« È impossibile. Impossibile. È una persona impossibile. Dobbiamo proteggere la sua vita ma non ci permette di farlo.

Potrei avere nelle mani quest'uomo, questo Sciacallo. Ma lei mi dice che non abbiamo il permesso di prendere le contromisure necessarie. Che cosa possiamo fare? Limitarci ad aspettare che attacchi lui? Starcene qui seduti nell'attesa? »

Il ministro sospirò. Non si aspettava certo una reazione diversa dal suo *chef de cabinet*, ma non per questo il suo compito diventava più facile. Andò a sedersi di nuovo alla scrivania.

« Alexandre, ascolta. Prima di tutto, la situazione è tale che ci manca ancora l'assoluta certezza che il rapporto Rolland non sia un abbaglio. Per quel che ne sappiamo noi, è solo la sua analisi dei discorsi senza senso di questo... Kowalski, che nel frattempo è morto. Forse Rolland è stato tratto in inganno. Le indagini a Vienna non sono ancora concluse. Mi sono messo in contatto con Guibaud e mi ha riferito che la risposta dovrebbe arrivargli questa sera. Ma bisogna ammettere che a questo punto dare la caccia per tutto il paese a uno straniero conosciuto soltanto con un soprannome può essere difficilmente considerata una proposta realistica. Fin qui, devo trovarmi d'accordo con il Presidente.

« Non solo, ci sono anche le sue istruzioni... anzi, i suoi ordini assolutamente formali. Li ripeterò, in modo che non possa nascere alcun equivoco. Non deve essere data pubblicità a questo fatto, non si devono fare ricerche a carattere nazionale, nessuno al di fuori della nostra ristretta cerchia deve sospettare che qualcosa non va. Il Presidente è del parere che, se la notizia dovesse trapelare, i giornali si scatenerebbero, le altre nazioni si farebbero beffe di noi e qualsiasi precauzione adottata per normali ragioni di sicurezza sarebbe interpretata sia all'interno sia all'estero come una manifestazione di paura da parte del Presidente francese. Sarebbe come se si volesse nascondere davanti a un solo uomo, e straniero per giunta.

« Questo, lui non lo può permettere. Anzi... » e il ministro puntò l'indice verso Sanguinetti, per dare maggior enfasi alla frase « ...mi ha detto chiaramente che se qualche particolare di questa faccenda dovesse diventare di dominio pubblico, o se soltanto la gente dovesse sospettare la possibilità di un evento imprevisto, molte teste cadranno. Credimi, *cher ami,* non l'ho mai visto così deciso. »

« Ma il programma dei suoi impegni in pubblico » supplicò il funzionario còrso « non può non essere cambiato. Non si dovrà più far vedere in giro, finché non metteremo le mani su quell'uomo. Lui deve... »

« Non ne annullerà neanche uno. Non ci saranno modifiche, né di un'ora né di un minuto. L'intera faccenda deve essere liquidata con la massima segretezza. »

Per la prima volta dall'epoca del complotto all'Ecole Militaire, che era stato fatto fallire in febbraio e si era concluso con l'arresto di chi l'aveva organizzato, Alexandre Sanguinetti ebbe l'impressione di ritrovarsi al punto di partenza. Negli ultimi due mesi, combattendo contro l'ondata di rapine e di furti, si era cullato nella speranza che il peggio fosse passato. Mentre l'apparato organizzativo dell'OAS si frantumava sotto i colpi del Servizio d'azione all'interno e gli attacchi massicci della polizia e del CRS all'esterno, lui aveva creduto che quell'ondata di crimini non fosse altro che l'ultimo sussulto dell'Armée Secrète agonizzante, le ultime gesta di un pugno di criminali che cercavano di procurarsi il denaro sufficiente a un'esistenza senza angosce economiche nell'esilio.

Ma l'ultima pagina del rapporto lasciava intendere chiaramente che le decine di agenti, maestri del doppio gioco, che Rolland era riuscito a infiltrare tra i più alti rappresentanti dell'OAS e che avevano persino poteri decisionali, erano state colte di sorpresa dall'anonimato dell'assassino, ignoto a tutti a eccezione di tre uomini al riparo in un rifugio inaccessibile a Roma. Ed egli si rendeva perfettamente conto che gli immensi archivi con i dossier di ogni persona che era stata in contatto, anche indiretto, con l'OAS, sui quali il ministro degli Interni poteva basarsi di solito per le sue informazioni, erano stati resi di nessuna utilità da un unico, semplice fatto: lo Sciacallo era uno straniero.

« Ma se non ci è permesso di agire, che cosa possiamo fare? »

« Non ho detto che non ci è permesso di agire » lo corresse

Frey. « Ho detto che non ci è permesso di agire apertamente. Il che ci lascia una sola alternativa. Bisogna scoprire l'identità dell'assassino, muovendoci in gran segreto; quell'uomo deve essere rintracciato ovunque si trovi, in Francia o all'estero, e quindi eliminato senza esitazione. »

« ...ed eliminato senza esitazione. Questa, signori, è l'unica strada che ci è concessa. »

Il ministro degli Interni guardò una per una le persone sedute intorno al tavolo nella sala delle conferenze del ministero, lasciando che le sue parole si imprimessero nei loro cervelli. Compreso lui, c'erano quattordici persone nella stanza.

Il ministro si trovava a capotavola, con alla sua destra lo *chef de cabinet* e alla sinistra il prefetto di polizia, dal quale dipendevano politicamente le forze di polizia francesi.

Alla destra di Sanguinetti, e poi via via per tutta la lunghezza del grande tavolo ovale, sedevano il generale Guibaud, direttore dello SDECE, e il colonnello Rolland, responsabile del Servizio d'azione e autore del rapporto di cui era stata posta copia davanti a ognuno dei convenuti. Dopo Rolland, c'erano il commissario Ducret del Corpo di sorveglianza presidenziale, e Saint-Clair de Villauban, un colonnello d'aviazione che prestava servizio all'Eliseo, gollista fanatico e famoso nell'entourage del Presidente per essere altrettanto fanatico per quel che riguardava le proprie ambizioni personali.

Alla sinistra di monsieur Maurice Papon, prefetto di polizia, c'era monsieur Maurice Grimaud, capo della Sûreté, la polizia francese, e dopo di lui erano seduti i cinque capi dei dipartimenti in cui è suddivisa la Sûreté stessa.

Anche se i romanzieri si compiacciono di descriverla come una forza in azione contro la malavita e i criminali, in realtà la Sûreté è costituita semplicemente da un ufficio di proporzioni modeste e da un numero alquanto ristretto di impiegati che esercitano un controllo sui cinque reparti che eseguono il lavoro effettivo. La Sûreté ha funzioni amministrative, esattamente come l'Interpol, altrettanto erroneamente enfatizzata; e non esiste neppure un agente investigativo, fra i suoi componenti.

L'uomo che aveva ai suoi ordini gli agenti investigativi di tutta la Francia, sedeva vicino a Maurice Grimaud. Era Max Fernet, capo della Police Judiciaire.

Oltre ad avere la sede centrale sul Quai des Orfèvres – notevolmente più grande del quartier generale della Sûreté in Rue des Saussaies 11, appena dietro l'angolo del ministero degli Interni – la Police Judiciaire controlla i diciassette Services Régionaux, uno per ciascuno dei distretti di polizia del territorio metropolitano francese. Da queste diciassette sedi regionali centrali dipendono gli uffici della polizia municipale, che sono 453 in tutto e sono divisi a loro volta in 74 commissariati centrali, 253 commissariati delle circoscrizioni elettorali e 126 posti di polizia locali. L'intera rete di sorveglianza si estende attraverso le duemila città e villaggi francesi. E questa è la polizia che lotta contro la delinquenza. Nelle zone rurali e lungo le autostrade, il compito di fare osservare la legge e di mantenere l'ordine è affidato alla Gendarmerie Nationale e alla polizia stradale, i Gendarmes Mobiles. In molte zone, per snellire il servizio, i gendarmi e gli agenti di polizia dividono gli stessi uffici e si servono della stessa attrezzatura tecnica. Nel 1963, il numero complessivo di uomini al comando di Max Fernet nella Police Judiciaire superava di poco le ventimila unità.

Lungo il tavolo ovale, alla sinistra di Fernet c'erano i capi delle altre quattro sezioni della Sûreté: il Bureau de Sécurité Publique, i Renseignements Généraux, la Direction de la Surveillance du Territoire e il Corps Républicain de Sécurité.

La prima sezione, il BSP, si occupava principalmente della protezione di edifici, vie di comunicazione, autostrade e qualsiasi altro bene di proprietà dello Stato, difendendoli da sabotaggi e da danni di altro genere. La seconda sezione, l'RG o Ufficio centrale di documentazione, rappresentava la "memoria" delle altre quattro: nei suoi vastissimi archivi del Panthéon erano raccolti i dossier personali di quattro milioni e mezzo di individui che avevano avuto a che fare con la polizia francese dal giorno della sua creazione. Erano conservati con i necessari indici di riferimento, in una scaffalatura lunga complessivamente otto chilometri, divisi per categorie, a seconda del nome della persona alla quale erano intestati o il tipo di delitto per il quale la persona era stata condannata o semplicemente sospettata. C'era anche l'elenco dei testimoni che si erano presentati ai vari processi, e di quelli che erano stati esonerati. Per quanto a quell'epoca l'intero sistema di archivio non fosse ancora stato meccanizzato, gli archivisti erano orgogliosi di poter fornire, nel giro di pochi minuti, i particolari riguardanti un incendio doloso provocato dieci anni prima in un paesino sperduto, oppure i nomi dei testimoni in un oscuro processo che si era conquistato soltanto poche righe sui giornali.

Oltre a questi dossier, erano conservate le impronte digitali di tutte le persone che in Francia erano state sottoposte a questa procedura, comprese molte serie mai identificate. Gli archivi centrali comprendevano anche dieci milioni e mezzo di moduli, e tra questi la carta di sbarco di ogni turista entrato in Francia e i cartellini di registrazione con i dati anagrafici di tutte le persone che si erano fermate negli alberghi francesi fuori di Parigi. Unicamente per ragioni di spazio, questi cartoncini dovevano essere eliminati a intervalli di tempo relativamente brevi, per far posto al gran numero di quelli nuovi che arrivavano ogni anno.

Gli unici cartellini di registrazione regolarmente compilati all'interno della Francia, che non andavano all'RG, erano quelli degli alberghi di Parigi che venivano consegnati alla Prefecture de Police in Boulevard du Palais.

Il DST – il suo capo era seduto a tre posti di distanza da Fernet – costituiva e costituisce il centro delle forze di controspionaggio francesi, responsabili anche di una continua sorveglianza ai porti, agli aeroporti e alle frontiere. Prima di passare negli archivi, le carte di sbarco di coloro che entrano in Francia vengono esaminate da un funzionario del DST nella stessa località d'ingresso, in modo da tenere aggiornati gli elenchi delle persone indesiderabili.

L'ultima persona da quella parte del tavolo era il capo del CRS, il corpo di polizia forte di quarantacinquemila uomini che Alexandre Sanguinetti aveva già messo in azione nei due anni precedenti, procurandogli grande impopolarità.

Per ragioni di spazio, il capo del CRS era seduto all'altra estremità del tavolo ovale, di fronte al ministro. Restava ancora un ultimo posto, tra il capo del CRS e il colonnello Saint-Clair. Era occupato da un uomo alto e grosso, e il fumo della sua pipa infastidiva chiaramente il meticoloso e pedante colonnello. Il ministro in persona aveva chiesto a Max Fernet di portarlo alla riunione. Era il commissario Maurice Bouvier, capo della Brigade Criminelle della Police Judiciaire.

« Quindi, è questa la situazione in cui ci troviamo, signori » riprese il ministro. « Adesso avete letto tutti il rapporto del colonnello Rolland che si trova davanti a ciascuno di voi e mi avete anche sentito elencare le limitazioni considerevoli che il Presidente, negli interessi della dignità della Francia, si è sentito obbligato a imporre ai nostri tentativi di allontanare questa minaccia dalla sua persona. Sottolineerò ancora un punto, senza timore di ripetermi: le indagini e ogni azione successiva dovranno essere circondate dal segreto. Inutile che dica che siete tutti impegnati al silenzio e che fuori di questa stanza non dovrete discutere la questione con nessuno, a meno che non si tratti di un altro già a parte del segreto.

« Vi ho convocato qui perché mi sembra inevitabile che, per qualsiasi azione futura, presto o tardi si farà appello alle risorse di tutti i settori qui rappresentati, e voi, che ne siete i responsabili, non dovrete avere alcuna esitazione riguardo alla priorità assoluta da dare a questo caso che dovrà sempre ottenere il vostro personale e immediato interessamento. Mai e poi mai delegherete i vostri subordinati, tranne che per incarichi dei quali non sarà necessario rivelare la ragione della richiesta. »

Si interruppe di nuovo. Dal tavolo ovale, qualche testa fece un rapido cenno di assenso. Tutti tenevano gli occhi fissi sulla persona che parlava o sul dossier che avevano davanti. All'altra estremità del tavolo, il commissario Bouvier alzò gli occhi verso il soffitto, soffiando fuori da un angolo della bocca alcune nuvolette di fumo: sembrava un pellirossa intento a fare segnali. A ogni nuova emissione, il colonnello d'aviazione si irrigidiva.

« E ora » rispose il ministro « penso che sia venuto il momento di chiedere i vostri pareri. Colonnello Rolland, lei ha avuto qualche risultato positivo con le sue indagini a Vienna? »

Il direttore del Servizio d'azione alzò gli occhi dal proprio rapporto, guardò per un attimo il generale che dirigeva lo SDECE, ma non ricevette né un incoraggiamento né un segno di censura.

Il generale Guibaud, che ricordava di aver trascorso una buona metà della giornata a placare le ire del capo della sezione R.3 furioso perché Rolland nelle prime ore del mattino si era servito dell'ufficio viennese senza consultarlo, continuò a fissare il vuoto.

« Sì, » disse il colonnello « questa mattina e anche nel pomeriggio abbiamo provveduto a fare qualche indagine alla Pension Kleist, un alberghetto in Brucknerallee, mandando là alcuni nostri uomini di stanza a Vienna. Si sono portati dietro le fotografie di Marc Rodin, René Montclair e André Casson. Non abbiamo avuto il tempo di trasmettere anche quella di Viktor Kowalski, che non era in archivio a Vienna.

« Il portiere dell'albergo ha detto di riconoscere almeno due di loro, ma non è riuscito a localizzarli. Gli hanno messo in mano un po' di soldi, e gli hanno chiesto di guardare nel registro dell'albergo per le giornate tra il 12 e il 18 giugno, perché in quest'ultima data i tre capi dell'OAS hanno preso alloggio insieme a Roma.

« Alla fine ha dichiarato di ricordarsi la faccia di Rodin, che aveva chiesto una stanza il 15 giugno, facendosi passare per un certo Schulz. Ha anche aggiunto che quella persona aveva avuto una riunione d'affari nel pomeriggio, aveva passato la notte in quella stanza ed era ripartito il giorno successivo.

« Si è anche ricordato che Schulz aveva un compagno, un uomo grande e grosso dai modi molto bruschi, e che per questo gli era rimasto in mente Schulz. Nella mattinata aveva ricevuto la visita di due uomini e c'era stata una riunione. I due potevano essere Casson e Montclair. Il portiere ha detto di averne visto almeno uno già in precedenza.

« E ha anche detto che quegli uomini erano rimasti chiusi nella loro stanza tutto il giorno, a eccezione di una sola volta nella tarda mattinata quando Schulz e il "gigante", come lui ha chiamato Kowalski, erano usciti per una mezz'ora. E che nessuno di loro aveva mangiato, e non erano scesi nella sala ristorante. »

« Ma insomma, hanno ricevuto la visita di un quinto uomo o no? » domandò Sanguinetti, in tono impaziente. Rolland continuò nel suo rapporto, riprendendo a parlare con voce piatta e indifferente.

« Durante la serata, li ha raggiunti un altro uomo ed è rimasto con loro per una mezz'ora. Il portiere ha detto che se lo ricordava perché il visitatore era entrato nell'albergo tanto in fretta, dirigendosi subito alla scala, che lui non aveva avuto modo di guardarlo. Aveva pensato che fosse un cliente che si era tenuto la chiave della camera. Aveva però intravisto un lembo della giacca, mentre si dileguava su per le scale. Pochi secondi dopo, l'uomo era ancora nell'atrio. Il portiere non ha avuto dubbi che si trattava della stessa persona, proprio per quel particolare della giacca.

« Lo sconosciuto si è servito del telefono interno e ha chiesto di essere messo in comunicazione con la camera di Schulz, la numero 64. Ha pronunciato due frasi in francese, poi ha riattaccato ed è risalito. È rimasto di sopra una mezz'ora, poi se n'è andato senza dire niente. Un'ora dopo, gli altri due ospiti di Schulz son usciti dall'albergo separatamente. Schulz e il gigante si sono trattenuti per la notte e hanno lasciato l'albergo il mattino successivo, dopo la prima colazione.

« Il portiere non ha saputo dire molto del visitatore di quella sera. Pare che sia un uomo alto, di età imprecisata, con i lineamenti apparentemente regolari – anche se portava un paio di occhiali scuri che gli nascondevano parte della faccia – che parla un buon francese e ha i capelli biondi piuttosto lunghi, pettinati all'indietro. »

« C'è qualche possibilità che il portiere ci aiuti a mettere insieme un identikit di quest'uomo dai capelli biondi? » domandò il prefetto di polizia.

Rolland scosse la testa.

« I miei... i nostri agenti si sono presentati come poliziotti viennesi in abiti civili. E per fortuna che uno di loro poteva contrabbandarsi per tale. Ma una mascherata del genere non si può sostenere a lungo. Il portiere ha dovuto essere interrogato al banco dell'albergo. »

« Dobbiamo procurarci una descrizione migliore » protestò il capo dell'RG. « Non è stato menzionato alcun nome? »

« No » disse Rolland. « Quello che vi ho riassunto in pochi minuti, è il risultato di tre ore di domande. Ogni punto è stato esaminato e ripreso più volte. Il portiere non ricorda nient'altro. In mancanza di un identikit, non poteva darci una descrizione migliore. »

« Non si potrebbe sequestrarlo come Argoud, in modo da fare un disegno dell'assassino, qui a Parigi? » chiese il colonnello Saint-Clair.

Il ministro intervenne.

« Niente più sequestri. Siamo ancora ai ferri corti con il ministero degli Esteri tedesco per la faccenda di Argoud. È un genere di azioni che può andar bene una volta sola, ma non deve essere più ripetuto. »

« Ma in una faccenda di tanta gravità, il rapimento di un portiere d'albergo può essere portato a termine con maggior discrezione rispetto all'affare Argoud » suggerì il capo del DST.

« A ogni modo, » disse Max Fernet, in tono tranquillo « mi concederete il dubbio che l'identikit di un uomo con un paio di occhiali scuri che gli nascondono metà della faccia non possa poi servire a molto. Sono rarissimi gli identikit fatti sulla base di un incidente di scarso rilievo accaduto due mesi prima e della durata di una ventina di secondi, che abbiano una somiglianza con il criminale quando questi viene finalmente preso. In genere quei ritratti sono somiglianti a mezzo milione almeno di persone, per non parlare poi di quelli che traggono addirittura in inganno. »

« Allora, se si eccettua Kowalski, che è morto e che ha detto tutto quello che sapeva, ci sono solo quattro uomini che conoscono l'identità di questo Sciacallo » disse il commissario Ducret. « Uno è lui in persona, e gli altri tre sono rintanati in un albergo di Roma. Se cercassimo di riportare qui uno di loro? »

Ancora una volta il ministro scosse la testa.

« Le mie istruzioni a questo proposito sono precise. Rapimenti e sequestri si possono ritenere fuori discussione. Il governo italiano darebbe in escandescenze, se una cosa del genere si verificasse a pochi metri da via Condotti. Del resto, ci sono molti dubbi sul come realizzarla praticamente. Generale? »

Il generale Guibaud alzò gli occhi e guardò l'assemblea.

« A quanto dicono i rapporti dei miei agenti che li tengono sotto continua sorveglianza, l'estensione e la qualità dello schermo protettivo che Rodin e i suoi seguaci si sono alzati intorno ci impongono di scartare questa soluzione anche da un punto di vista pratico » disse. « Sono circondati da otto tiratori scelti che hanno fatto parte della Legione straniera, anzi da sette se Kowalski non è stato rimpiazzato. Gli ascensori, le scale, le uscite di sicurezza e il tetto sono sorvegliati. Questo richiederebbe un assalto in grande stile, senza escludere l'uso di bombe lacrimogene e fucili mitragliatori, per riuscire a catturare almeno uno di loro tre vivo. Ma anche in questo caso, le possibilità di farlo uscire dall'Italia, con il confine francese a cinquecento chilometri e gli italiani alla nostra caccia, sono quasi nulle. A nostra disposizione abbiamo uomini tra i migliori specialisti in materia, e anche loro dicono che sarebbe praticamente impossibile senza un'azione militare stile commando. »

Il silenzio gravò ancora nella sala.

« E allora, signori » disse il ministro « nessun altro suggerimento? »

« Lo Sciacallo deve essere trovato. Questo è fuori discussione » replicò il colonnello Saint-Clair. Molti degli uomini intorno al tavolo si scambiarono sguardi d'intesa e alcune sopracciglia vennero sollevate.

« Certo che è fuori discussione » mormorò il ministro dal suo posto a capotavola. « Quello che stiamo cercando di scoprire è il mezzo con cui farlo, entro i limiti che ci sono stati imposti. Tenendo questo come punto di partenza, forse bisognerebbe decidere quale degli uffici qui rappresentati può essere più adatto al compito. »

« In ultima analisi, la protezione del Presidente della Repubblica » annunciò Saint-Clair, in tono pomposo « deve dipendere dal Corpo di sorveglianza presidenziale e dallo staff personale del Presidente. Glielo posso assicurare, signor ministro, noi faremo il nostro dovere. »

Qualcuno del gruppo degli esperti chiuse gli occhi, in segno di noia niente affatto simulata. Il commissario Ducret lanciò al colonnello una tale occhiata che, se gli sguardi potessero davvero uccidere, avrebbe lasciato Saint-Clair stecchito sul posto.

« Ma non lo sa, che il Vecchio non ci dà retta? » brontolò Guibaud a Rolland, sottovoce.

Roger Frey alzò gli occhi per incontrare quelli del cortigiano dell'Eliseo e diede una dimostrazione del perché era arrivato alla carica di ministro.

« Certo, il colonnello Saint-Clair ha perfettamente ragione » disse, in tono conciliante. « Tutti faremo il nostro dovere, ne sono sicuro. Al colonnello non è sfuggito che, se un ufficio si assumesse la responsabilità di far fallire questo complotto e non ci riuscisse o anche solo impiegasse metodi inavvertitamente causa di quel tipo di pubblicità così in contrasto con i desideri del Presidente, la disapprovazione inevitabile finirebbe per calare sulla testa di chi non è stato all'altezza del compito affidatogli. »

La minaccia aleggiò sul lungo tavolo, più tangibile della nuvola di fumo azzurro che si alzava dalla pipa di Bouvier. La faccia pallida e magra di Saint-Clair si contrasse visibilmente, e il turbamento apparve nei suoi occhi.

« Noi tutti qui conosciamo le limitate opportunità del Corpo di sorveglianza presidenziale » disse il commissario Ducret, con voce inespressiva. « Il nostro tempo, lo passiamo vicino alla persona del Presidente. Sono necessarie indagini molto più vaste di quelle che potrebbero fare i miei uomini senza trascurare altri compiti di primaria importanza. »

Nessuno lo contraddisse, perché ogni capo sezione sapeva perfettamente che quello che Ducret aveva detto corrispondeva a verità. Roger Frey guardò ancora gli uomini seduti intorno al tavolo, poi si soffermò con lo sguardo sulla figura corpulenta del commissario Bouvier, all'altra estremità, avvolto da una cortina di fumo.

« Qual è il suo parere, Bouvier? Lei non ha ancora parlato. »

L'agente investigativo si tolse tranquillamente la pipa di bocca, riuscì con l'ultima boccata di fumo intensamente aromatico a raggiungere in piena faccia Saint-Clair che s'era girato verso di lui e cominciò a parlare con voce tranquilla, come chi espone alcuni semplici fatti che gli sono appena venuti in mente.

« A me sembra, signor ministro, che lo SDECE non può scoprire quest'uomo per mezzo dei suoi agenti infiltrati nell'OAS, dal momento che neppure l'OAS ne conosce l'identità; e che il Servizio d'azione non riuscirà a eliminarlo, in quanto non sa chi deve eliminare. Il DST non può bloccarlo alle frontiere perché non ha idea della persona da fermare, e l'RG non ci può offrire una documentazione su di lui, perché gli impiegati non sono in grado di cercare dei documenti specifici. La polizia non può arrestarlo, dal momento che non sa chi arrestare; e il CRS non può mettersi alle sue calcagna, perché non conosce la persona che dovrebbe seguire. L'intera struttura delle forze di sicurezza francesi è impotente, in mancanza di un nome. Di conseguenza, a me sembra che il nostro primo compito sia quello di dare un nome a quest'uomo: senza, ogni altra proposta non ha alcun senso. Con un nome abbiamo una faccia, con una faccia un passaporto, con un passaporto un arresto. Ma trovare il nome, e farlo in segreto, è puro e semplice lavoro da agente investigativo. »

Tacque di nuovo e si infilò il cannello della pipa fra i denti. Quello che aveva detto fu assimilato e meditato da ognuno degli uomini intorno alla tavola. E tutti lo giudicarono ineccepibile. Sanguinetti, a lato del ministro, annuì lentamente.

« E chi è il miglior agente investigativo di Francia, commissario? » domandò il ministro, con voce ferma. Bouvier si concentrò qualche secondo, prima di togliersi un'altra volta la pipa dalla bocca.

« Il miglior agente investigativo di Francia, messieurs, è il mio vice, commissario Claude Lebel. »

« Lo mandi a chiamare » disse il ministro degli Interni.

Parte seconda

ANATOMIA DI UNA CACCIA ALL'UOMO

10

Un'ora dopo, Claude Lebel usciva dalla sala delle riunioni, completamente frastornato. Per cinquanta minuti, era rimasto ad ascoltare il ministro degli Interni che lo ragguagliava sulla missione che gli voleva affidare.

Quando era entrato nella sala, era stato invitato a sedersi all'estremità del tavolo, fra il responsabile del CRS e il suo capo Bouvier. Mentre gli altri quattordici uomini restavano in silenzio, aveva letto il rapporto Rolland, rendendosi conto al tempo stesso che, da tutte le parti, occhi curiosi gli prendevano le misure.

Quando aveva chiuso il rapporto, l'ansia aveva cominciato a divorarlo. Perché avevano chiamato lui? Poi, il ministro aveva cominciato a parlare. Non era stata né una consultazione né una richiesta. Ma un ordine, seguito da un mare di istruzioni. Avrebbe dovuto riorganizzare ex novo il suo ufficio; gli avrebbero dato accesso, senza limiti di sorta, a tutte le fonti di informazioni necessarie; le organizzazioni degli uomini seduti intorno al tavolo sarebbero state a sua disposizione. Non si metteva alcun limite alle spese che avrebbe potuto incontrare.

Più di una volta, la necessità della segretezza assoluta, l'ordine imperativo del capo dello Stato, gli erano stati sottolineati. Mentre ascoltava, si era sentito prendere dallo scoramento. Stavano chiedendo – no, pretendendo – l'impossibile. Non aveva niente su cui basarsi. Non c'era delitto – per lo meno, non c'era ancora. Mancava qualsiasi indizio. Non c'erano testimoni, all'infuori di quei tre con i quali non poteva parlare. Appena un nome, un nome di battaglia; e il mondo intero dove fare le sue ricerche.

Claude Lebel era un buon poliziotto; e sapeva di esserlo. Era sempre stato un buon poliziotto, calmo, metodico, preciso, coscienzioso. In qualche occasione soltanto aveva mostrato il lampo di ispirazione che è necessario per trasformare un buon poliziotto in un notevole agente investigativo. Ma non aveva mai perduto di vista la realtà che nel lavoro di polizia il novanta per cento della fatica è routine, indagine oscura, controllo e ricontrollo, costruzione laboriosa di una ragnatela fatta di piccoli particolari, finché i piccoli particolari diventano un particolare importante, il particolare importante diventa una trappola, e la trappola alla fine si chiude sul delinquente con un'accusa circostanziata che non si limita soltanto a far titoli di scatola ma regge anche alla prova dei fatti in tribunale.

Nella Police Judiciaire, era conosciuto come una specie di sgobbone, un uomo metodico che odiava la pubblicità e non aveva mai concesso quelle conferenze stampa sulle quali certi suoi colleghi si erano costruiti una reputazione. Nonostante questo, aveva fatto strada, risolvendo i casi che gli venivano affidati e vedendo condannare i criminali che arrestava. Quando tre anni prima si era reso libero il posto di capo della Divisione Omicidi della Brigade Criminelle, perfino gli altri possibili candidati si erano trovati d'accordo sul fatto che quell'incarico venisse affidato a Lebel. Aveva un ottimo stato di servizio e in tre anni non aveva mai sbagliato un arresto, anche se una volta la persona accusata era stata rimessa in libertà sfruttando una delle pieghe della legge.

Come responsabile della Omicidi, gli era stato facile conquistarsi la fiducia di Maurice Bouvier, capo dell'intera Brigade, anche lui un poliziotto di vecchio stile. E così, quando qualche settimana prima era morto improvvisamente Dupuy, era stato Bouvier a chiedere che Lebel diventasse il suo vice. Nella Police Judiciaire qualcuno sospettava che Bouvier, costretto a passare buona parte del suo tempo nei dettagli amministrativi, vedesse di buon occhio un sostituto che sapeva occuparsi con riservatezza dei casi importanti – quelli che facevano notizia sui giornali – senza per questo fare suoi le idee e il successo del suo superiore. Ma forse erano soltanto discorsi cattivi.

Dopo la riunione al ministero, le copie del rapporto Rolland erano state ritirate per essere rinchiuse nella cassaforte del ministro. Soltanto Lebel aveva potuto conservare la copia di Bouvier. La sua unica richiesta era stata quella che gli venisse concesso di cercare nella più stretta confidenza la collaborazione dei capi di polizia delle nazioni più importanti che potevano avere nei loro archivi i documenti necessari a stabilire l'identità di un assassino professionista come lo Sciacallo. Senza una collaborazione di quel genere, aveva fatto rilevare, non era neppure possibile dare inizio alle ricerche.

Sanguinetti aveva domandato se ci si poteva fidare della discrezione di questi uomini. Lebel aveva risposto che conosceva personalmente le persone con le quali aveva bisogno di mettersi in contatto, che le sue indagini non avrebbero avuto carattere ufficiale, ma si sarebbero unicamente basate sulle relazioni personali che esistono sempre tra i più qualificati poliziotti del mondo occidentale. Dopo un momento di riflessione, il ministro aveva aderito alla richiesta.

E ora se ne stava lì, nell'atrio, ad aspettare Bouvier, e a osservare i responsabili dei vari settori che gli passavano davanti, diretti all'uscita. Qualcuno si limitò a fargli un breve cenno con la testa; altri arrivarono addirittura a rivolgergli un sorriso di simpatia e ad augurargli la buona sera. Tra gli ultimi a uscire, mentre Bouvier si attardava a parlare con Max Fernet nella sala delle riunioni, ci fu l'aristocratico colonnello che faceva parte del personale dell'Eliseo. Lebel aveva colto rapidamente il suo nome, mentre gli venivano presentati gli uomini attorno al tavolo: Saint-Clair de Villauban. Questi si fermò davanti al piccolo e grassoccio commissario, sogguardandolo con malcelata antipatia.

« Spero, commissario, che le sue indagini avranno pieno successo, e nel più breve tempo possibile » disse. « Noi, al Palazzo, non perderemo d'occhio ogni progresso del suo lavoro. Nel caso non dovesse riuscire a trovare questo bandito, posso assicurarle che non mancheranno... certe ripercussioni. »

Poi girò sui tacchi e scese rapidamente le scale. Lebel non disse nulla, ma sbatté le palpebre parecchie volte.

Una delle qualità caratteristiche di Claude Lebel, che lo aveva portato al successo in quei venti anni, da quando era entrato a far parte della polizia della Quarta Repubblica come giovane agente in Normandia, era di ispirare fiducia alle persone e di ricevere le loro confidenze.

Gli mancava l'aspetto imponente di Bouvier, l'immagine tradizionale dell'autorità della legge. E non possedeva neppure l'eloquio brillante di tanti giovani poliziotti dell'ultima leva, appena entrati nella polizia, capaci di strapazzare e di umiliare un testimone, riducendolo alle lacrime e al terrore. Ma lui non se ne sentiva sminuito.

Sapeva che in ogni società, la maggior parte dei delitti ha come vittima, o come testimone, la gente semplice, il negoziante, il commesso, il postino o l'impiegato di banca. Egli riusciva a far sì che questa gente parlasse facilmente con lui, e ne era consapevole.

Questo era dovuto, in parte, al suo aspetto: era basso di statura, e per molti lati ricordava il marito succubo della moglie, personaggio di tanti fumetti – e nella realtà, lui era proprio così, anche se questo, in ufficio, nessuno lo immaginava.

Il suo abbigliamento, un vestito spiegazzato e un impermeabile, era di una assoluta trascuratezza; le sue maniere erano miti, quasi di scusa. Quando interrogava un testimone, il suo comportamento era così diverso da quello dei suoi subalterni, che il testimone finiva per sentire da lui protezione e sicurezza.

Ma c'era qualcosa di più. Era stato capo della Divisione Omicidi della polizia criminale più potente d'Europa. Per dieci anni aveva lavorato come agente investigativo per la Brigade Criminelle della celebre Police Judiciaire di Francia. La sua mitezza e l'apparente semplicità di carattere nascondevano un'intelligenza vivace e il rifiuto ostinato a farsi soggiogare dalle intimidazioni o dalle pressioni di chiunque, quando si occupava di un caso. Era stato minacciato da qualcuno dei più pericolosi esponenti della malavita francese, che dal rapido battito delle ciglia con cui Lebel li salutava al loro avvicinarsi si erano illusi che i loro avvertimenti erano stati devotamente ascoltati. Solo dopo, in una cella di prigione, avevano avuto modo di rendersi conto di aver sottovalutato i bonari occhi castani e i baffetti a spazzola del commissario.

Due volte era stato oggetto delle intimidazioni di personaggi ricchi e potenti, la prima quando un industriale aveva espresso il desiderio di veder accusare di appropriazione indebita uno dei suoi impiegati basandosi su un esame superficiale delle prove portate dal revisore dei conti della società, e la seconda quando un ben noto attaccabrighe, play-boy abbastanza famoso, aveva chiesto che venissero insabbiate le indagini sulla morte di una giovane attrice che aveva ingerito una quantità eccessiva di droga.

Nel primo caso, l'inchiesta aveva portato alla scoperta di altri ammanchi più grossi, con i quali il giovane contabile non aveva nulla a che fare, e aveva offerto all'industriale l'opportunità di partire per la Svizzera finché era ancora in tempo. La seconda volta il famoso play-boy era finito ospite dello Stato per un periodo di tempo alquanto lungo, durante il quale aveva avuto modo di rammaricarsi dell'idea di dirigere un giro del vizio dal suo attico in Avenue Victor Hugo.

La reazione di Claude Lebel al commento del colonnello Saint-Clair fu di sbattere le palpebre come uno scolaro rimproverato e di non dire una parola. Ma quel commento non avrebbe influito minimamente sul suo modo di svolgere l'incarico che gli era stato affidato.

Quando l'ultimo dei partecipanti alla riunione uscì dalla sala, Maurice Bouvier lo raggiunse. Max Fernet gli augurò buona fortuna, lo salutò rapidamente e scese giù per le scale. Bouvier batté la mano dalle dimensioni di un prosciutto sulla spalla di Lebel.

« *Eh, bien, mon petit Claude*. Dunque è così che vanno le

cose, *hein*? D'accordo, sono stato io a suggerire che la Police Judiciaire si occupasse della faccenda. Era l'unica cosa da fare. Quelli là non avrebbero fatto altro che chiacchierare, girando eternamente attorno al problema. Vieni, parleremo in macchina. » S'incamminò giù per le scale, ed entrambi presero posto sul sedile posteriore della Citroën che li stava aspettando.

Erano già passate le nove, e della luce del giorno rimaneva soltanto un alone purpureo che si allargava sopra Neuilly. L'automobile di Bouvier imboccò Avenue de Marigny e si diresse verso Place Clemenceau. Lebel guardò fuori dal finestrino, verso destra, in direzione del fiume di luci dei Champs-Elysées, la cui grandiosità in una notte d'estate non cessava mai di sorprenderlo e di incantarlo, anche se erano ormai dieci anni che aveva lasciato la provincia.

Finalmente, Bouvier parlò.

« Dovrai interrompere quello che stai facendo. Tutto. Far piazza pulita sulla tua scrivania. Assegnerò a Favier e a Malcoste i casi più importanti dei quali ti stai occupando; li manderanno avanti loro. Vuoi un ufficio nuovo per questo lavoro? »

« No, preferisco restare dove sono adesso. »

« Bene. Ma da ora in poi diventerà il quartier generale dell'operazione "Trovare-lo-Sciacallo". Niente altro. D'accordo? C'è qualcuno che vuoi che ti dia una mano? »

« Sì, Caron » disse Lebel, nominando uno degli ispettori più giovani, che aveva lavorato con lui nella Divisione Omicidi e che lui s'era portato dietro quando aveva assunto la nuova carica di vice capo della Brigade Criminelle.

« Va bene, ti darò Caron. Nessun altro? »

« No, grazie. Ma Caron dovrà essere informato. »

Bouvier pensò qualche secondo.

« Non dovrebbero esserci difficoltà. Non possono aspettarsi miracoli. È evidente che devi avere qualcuno che ti aiuti. Ma non parlargliene ancora. Telefonerò a Frey quando arriveremo in ufficio e gli chiederò un permesso formale. Però, nessun altro deve saperlo. Se la notizia trapelasse, finirebbe sui giornali nel giro di due giorni. »

« Nessun altro, solo Caron » disse Lebel.

« *Bon*. C'è un'ultima cosa. Prima che lasciassi la riunione, Sanguinetti ha proposto che tutto il gruppo delle persone presenti stasera sia tenuto informato a intervalli regolari degli sviluppi della situazione. Frey è stato d'accordo. Fernet e io abbiamo cercato di evitarlo, ma ci siamo dovuti arrendere. Da oggi in avanti, ogni sera ci farai un riassunto della situazione, al ministero. Alle dieci precise. »

« Oh Dio » disse Lebel.

« In teoria » continuò Bouvier, accentuando l'ironia di quello che stava dicendo « saremo tutti pronti a offrirti i nostri migliori suggerimenti e consigli. Non preoccuparti, Claude; ci saremo anche Fernet e io, nel caso che ti facciano qualche critica. »

« E andremo avanti così fino a nuovo avviso? » domandò Lebel.

« Ho proprio paura di sì. La fregatura in questa faccenda è che ci manca la possibilità di programmare i tempi per l'operazione. Tu devi soltanto trovare quest'assassino, prima che colpisca Carlo il Grosso. Non sappiamo se anche quest'uomo si sia fatto un programma, o qualcosa di simile. Potrebbe anche darsi che il suo attacco sia per domani mattina, o forse non prima di un mese. Devi partire dal presupposto che è necessario impegnarsi a fondo per la soluzione del problema, senza un attimo di sosta fino a quando lo Sciacallo non è stato preso o, se non altro, identificato e localizzato. Da quel momento, penso che potranno occuparsene i ragazzi del Servizio d'azione. »

« Quel branco di assassini! » mormorò Lebel.

« D'accordo, » gli fece eco Bouvier « ma servono anche loro. Viviamo in tempi terribili, da far rizzare i capelli, mio caro Claude. Come se l'aumento della criminalità non bastasse, adesso c'è anche il delitto politico. Certe cose devono essere fatte, e loro le fanno. A ogni modo, vedi un po' di trovarlo quello lì, eh? »

L'automobile svoltò in Quai des Orfèvres e varcò l'ingresso

della Police Judiciaire. Dieci minuti dopo Claude Lebel era di nuovo nel suo ufficio. Andò alla finestra, la aprì e si sporse fuori, guardando al di là del fiume verso il Quai des Grands Augustins sulla Riva Sinistra. Benché ne fosse separato da un sottile braccio della Senna, nel punto dove scorre intorno all'Ile de la Cité, era abbastanza vicino per distinguere le persone che cenavano nei ristoranti, ai tavolini disposti sul marciapiede lungo il *quai*, per sentire le loro risate e il tintinnio delle bottiglie contro l'orlo dei bicchieri.

Se fosse stato un tipo differente forse gli sarebbe balenato il pensiero che i poteri conferitigli nell'ultima ora e mezza facevano di lui, almeno per un certo periodo, il poliziotto più potente d'Europa; che nessuno a eccezione del Presidente o del ministro degli Interni avrebbe potuto opporre un veto a determinate sue richieste; che avrebbe potuto addirittura mobilitare l'esercito, purché lo facesse nel massimo segreto. Lo avrebbe pure potuto sfiorare il pensiero che per quanto vasti fossero i suoi poteri, tuttavia erano strettamente dipendenti dal suo successo; che con il successo poteva trovare il degno coronamento della sua carriera, ma che, se avesse fallito la prova, era la fine, come gli aveva fatto capire Saint-Clair de Villauban.

Ma proprio per il fatto di essere quello che era non pensò a nessuna di queste cose. Era imbarazzato, invece, perché non sapeva come spiegare per telefono ad Amélie che fino a nuovo avviso non sarebbe tornato a casa. Qualcuno bussò alla porta.

Entrarono gli ispettori Malcoste e Favier, per farsi consegnare i dossier dei quattro casi ai quali Lebel stava lavorando quando lo avevano chiamato fuori qualche ora prima. Lui occupò una mezz'ora a informare brevemente Malcoste sui due casi che gli assegnava, e Favier sugli altri due.

Quando se ne andarono, sospirò profondamente. Subito, altri colpi alla porta. Era Lucien Caron.

« Ho appena ricevuto una telefonata dal commissario Bouvier » cominciò. « Mi ha detto di presentarmi qui da lei. »

« Proprio così. Fino a nuovo ordine, non mi occuperò più

del solito lavoro. Mi hanno assegnato un incarico del tutto speciale. E tu sei stato scelto per darmi una mano. »

Non perse tempo a lusingare Caron, rivelandogli che era stato lui a richiedere il giovane ispettore come suo braccio destro. Squillò il telefono sulla scrivania; Lebel sollevò la cornetta e rimase qualche istante in ascolto.

« Bene » riprese. « Era Bouvier. Mi ha detto di aver ottenuto il benestare del servizio di sicurezza, e che quindi puoi essere messo al corrente di questo caso. Prima, però, sarà meglio che tu legga qui. »

Mentre Caron si sedeva davanti alla scrivania per leggere il rapporto Rolland, Lebel cominciò a eliminare i dossier e i fogli zeppi di annotazioni sparsi sopra il ripiano, ammucchiandoli sugli scaffali già pieni di carte in disordine. L'ufficio non aveva per niente l'aspetto del centro vitale dal quale avrebbe preso l'avvio la più grossa caccia all'uomo di tutta la Francia. Gli uffici di polizia non hanno mai un aspetto grandioso. E quello di Lebel non rappresentava un'eccezione.

Non superava i tre metri e mezzo per quattro e mezzo; aveva due finestre sulla parete sud, che guardavano verso il fiume e verso quell'alveare umano che è il Quartiere Latino intorno al Boulevard St.-Michel. Da una delle finestre entravano i rumori della notte e l'aria afosa dell'estate. Nell'ufficio c'erano due scrivanie, una per Lebel, che sedeva con le spalle alla finestra, l'altra per il suo segretario, lungo la parete di destra. La porta era di fronte alla finestra.

Oltre alle due scrivanie e alle rispettive sedie, completavano l'ufficio un'altra sedia e una poltrona vicino alla porta; sei grandi schedari grigi uno di fianco all'altro, che occupavano quasi tutta la parete ovest, sui quali era sistemata una fila di volumi di consultazione e di argomento legale; e un elemento di biblioteca a giorno, che si trovava fra le due finestre, straripante di bollettini e di dossier.

Le uniche tracce dell'esistenza di una vita familiare erano, sulla scrivania di Lebel, la fotografia in cornice di una signora piuttosto florida e dall'espressione decisa – madame Amélie

Lebel – e quelle dei due figli, una ragazzina magra con le trecce e gli occhiali dalla montatura di metallo, e un ragazzo dagli occhi dolci e mansueti che ricordavano quelli del padre.

Caron terminò di leggere e alzò gli occhi.

« *Merde* » disse.

« Sono d'accordo con te, è proprio *une énorme merde* » rispose Lebel, che soltanto in rare occasioni si concedeva l'uso di un linguaggio un po' forte. Quasi tutti i commissari della Police Judiciaire ricevevano dai loro subordinati soprannomi come *le Patron* o *le Vieux*; Claude Lebel era conosciuto alla Divisione Omicidi e nei corridoi occupati dagli uffici amministrativi della Brigade col nome di *le Professeur*, forse perché si limitava a bere qualche saltuario aperitivo, non fumava, non bestemmiava, e di conseguenza i poliziotti più giovani rivedevano in lui uno dei loro insegnanti di scuola. Se non fosse stato così in gamba a far finire in galera i delinquenti, sarebbe diventato lo zimbello di tutti.

« Comunque, » continuò Lebel « tieni le orecchie bene aperte mentre ti aggiorno sui particolari. È l'ultima occasione; poi, non so se troverò più il tempo per farlo. »

Per circa mezz'ora, riferì a Caron gli avvenimenti del pomeriggio, cominciando dall'incontro di Roger Frey con il Presidente e passando poi alla riunione nella sala del ministero, continuando con la sua improvvisa convocazione su proposta di Maurice Bouvier, e concludendo con la trasformazione del suo ufficio, da quel momento quartier generale per la caccia allo Sciacallo. Caron ascoltò in silenzio.

« Accidenti, » disse infine, quando Lebel ebbe terminato « mi sa che lei s'è fatto incastrare. » Rimase pensieroso per un attimo, poi alzò gli occhi verso il suo capo con un'espressione seria e preoccupata. « *Mon commissaire*, si rende conto che questo incarico l'hanno dato a lei perché nessun altro lo vuole? E si rende anche conto di che cosa le faranno se non riuscirà a mettere in tempo le mani su quest'uomo? »

Lebel annuì, con una sfumatura di tristezza negli occhi.

« Sì, Lucien, ma non ci posso fare nulla. Il lavoro mi è stato affidato. E ormai, non ci resta che eseguirlo. »

« Ma da dove diavolo si comincia? »

« Cominciamo con il riconoscere che abbiamo i massimi poteri che siano mai stati concessi a due poliziotti in Francia, » replicò Lebel, in tono allegro « e quindi, adoperiamoli.

« Prima di tutto, siediti a quella scrivania. Cerca un blocco di carta per scrivere e prendi nota di quanto segue. Bisogna far trasferire il mio segretario, o dargli una licenza pagata, fino a nuovo ordine. Non possiamo rischiare che qualcun altro sia a conoscenza del segreto. Mi farai tu da segretario, oltre che da assistente. Chiedi in magazzino una branda da mettere qua dentro, biancheria e cuscini, e il necessario per lavarsi e farsi la barba. E anche una macchinetta per il caffè; e fatti dare da quelli della mensa un po' di latte e di zucchero. Avremo bisogno di molto caffè, nelle prossime ore.

« Chiama il centralino e da' istruzioni che riservino a questo ufficio dieci linee esterne e un centralinista. Se fanno difficoltà, passali direttamente a Bouvier. Quanto a tutte le altre richieste, vai dal capo sezione, a nome mio. Per fortuna, è stato stabilito che quest'ufficio adesso abbia la priorità assoluta su tutti gli altri servizi sussidiari. Prepara una circolare, una copia per ogni capo sezione che ha partecipato alla riunione di stasera, per informarli che adesso tu sei il mio unico assistente e in mia assenza potrai chiedere loro qualsiasi cosa, come se la chiedessi io personalmente. Poi, dammi le copie da firmare. Hai finito? »

Caron terminò di scrivere e guardò verso di lui.

« Finito, capo. Tutte cose che posso fare entro stanotte. A quale diamo la precedenza? »

« Al centralino telefonico. Ci voglio una persona in gamba, la migliore che hanno. Mettiti in contatto con il direttore dei servizi amministrativi, a casa sua; parlagli a nome di Bouvier, per dare più autorità alla richiesta. »

« Bene. Ma che cosa vogliamo, esattamente? »

« Voglio telefonare, appena possibile, ai capi delle Divisioni Omicidi delle polizie criminali di sette paesi. Per fortuna li conosco già quasi tutti, per averli incontrati alle riunioni dell'Interpol. In qualche caso, conosco i loro vice. Quindi avere la comunicazione con gli uni o con gli altri, per me fa lo stesso.

« I paesi sono: Stati Uniti, il che significa l'Office of Domestic Intelligence a Washington. Inghilterra, il vice commissario di Scotland Yard-Sezione criminale. Belgio. Olanda. Italia. Germania occidentale. Sud Africa. Trovali, a casa o in ufficio.

« Quando sei riuscito a trovarli uno per uno, organizza una serie di chiamate telefoniche dal centro comunicazioni dell'Interpol, tra le sette e le dieci del mattino a intervalli di venti minuti. Prenota le telefonate all'Interpol, appena ogni capo della Divisione Omicidi avrà aderito alla richiesta e si sarà dichiarato disposto a trovarsi nell'ufficio comunicazioni della sua sede all'ora stabilita. Le chiamate dovranno essere personali, sulla frequenza UHF, e non ci dovranno essere interferenze di sorta. Fai capire a tutti che quello che ho da dire è solo per le loro orecchie ed è di priorità assoluta non solo per la Francia ma forse anche per il loro stesso paese. Per le sei di domani mattina, preparami una lista delle sette prenotazioni, in ordine progressivo.

« Nel frattempo, io vado giù alla Omicidi per vedere se un assassino straniero è mai stato sospettato di qualche azione in Francia, pur essendo riuscito a farla franca. Confesso di non ricordare niente del genere, e in ogni caso ho il sospetto che Rodin sia stato attento a questa eventualità nella sua scelta. Allora, sai che cosa devi fare? »

Caron, la faccia lievemente stralunata, alzò gli occhi dai fogli che aveva riempito di annotazioni.

« Sì, capo, lo so. *Bon,* sarà meglio che mi metta al lavoro. » E allungò la mano verso il telefono.

Claude Lebel uscì dall'ufficio. Nello stesso momento, l'orologio di Notre-Dame un po' più avanti sull'isola suonò la mezzanotte. Il mondo entrava nel 12 agosto.

11

Il colonnello Raoul Saint-Clair de Villauban arrivò a casa poco prima di mezzanotte. Aveva trascorso le tre ore precedenti a copiare meticolosamente a macchina il suo rapporto sulla riunione di quella sera al ministero degli Interni; la mattina dopo, il segretario generale dell'Eliseo l'avrebbe trovato sulla sua scrivania.

Si era impegnato con cura particolare per quel rapporto, stracciando due brutte copie prima di trovare soddisfacente il testo, e poi battendo a macchina lui stesso la copia definitiva. Lo irritava doversi occupare di un compito così modesto, che però presentava il vantaggio di tenere la segretaria all'oscuro di notizie tanto segrete – un particolare che non aveva mancato di mettere in evidenza nel corso dello scritto – e che permetteva a lui di trovarsi l'indomani mattina col documento bell'e pronto, da passare come prima operazione della giornata e sperava che il suo zelo venisse notato. Con un po' di fortuna, il rapporto sarebbe arrivato sulla scrivania del Presidente un'ora dopo essere stato letto dal segretario generale; il che non l'avrebbe certo danneggiato.

Aveva dedicato un'attenzione particolare alla scelta delle frasi più adatte, in modo che si leggesse fra le righe il disappunto di chi scriveva, perché una questione di vitale importanza come la sicurezza del capo dello Stato era stata affidata soltanto a un commissario di polizia, un uomo più avvezzo per preparazione ed esperienza a scoprire delinquenti di mezza tacca scarsamente forniti di ingegno e di talento.

Non doveva esagerare con un rapporto troppo pessimista, nell'eventualità che Lebel riuscisse a mettere le mani su quell'uomo. Ma in caso negativo, tanto valeva che ci fosse qualcuno con i piedi sulla terra, pronto a esporre i propri dubbi sull'opportunità della scelta fatta.

E poi, non si poteva certo dire che fosse rimasto bene impressionato da Lebel. Un ometto di scarso valore, lui l'aveva giudicato così. "Indubbiamente in possesso di un curriculum vitae adeguato" era stata la sua espressione nel rapporto.

Meditando sulle prime due copie che aveva scritto a mano, aveva concluso che la posizione più vantaggiosa da tenere era di non opporsi apertamente, fin dall'inizio, alla scelta di quel poliziotto promosso di grado, in quanto la decisione era stata presa di comune accordo dai partecipanti alla riunione; e se solo lui si fosse mostrato contrario, gliene avrebbero chiesto i motivi. D'altra parte, gli conveniva sorvegliare da vicino lo svolgimento delle operazioni, su incarico della segreteria della presidenza, ed essere il primo a far rilevare, con parole moderate, l'inefficienza del modo di condurre le indagini, ogni volta che qualcosa non andava per il verso giusto.

Le sue meditazioni sul miglior modo di seguire quello che Lebel combinava erano state interrotte da una telefonata di Sanguinetti che lo aveva informato della decisione del ministro di presiedere, ogni sera alle dieci, una riunione nel corso della quale Lebel avrebbe comunicato i progressi delle indagini. La notizia era stata accolta da Saint-Clair con grande soddisfazione. Il suo problema era risolto. Un po' di lavoro preparatorio durante il giorno, e lui sarebbe stato in grado di porre al poliziotto domande impegnative e pertinenti, dimostrando così agli altri che, almeno per quanto riguardava la segreteria della presidenza, non si perdeva di vista la gravità e l'urgenza della situazione.

Personalmente non credeva che l'assassino avesse molte probabilità di riuscita, sempre che ci fosse davvero un assassino nelle vicinanze. L'apparato di sorveglianza intorno al Presidente era il più efficiente del mondo, e faceva parte anche dei suoi compiti organizzare le apparizioni del Presidente in pubblico e decidere gli itinerari che avrebbe dovuto seguire. E lo preoccupava ben poco il pensiero che quello schermo di sorveglianza studiato fin nei minimi particolari potesse essere superato da qualche tiratore straniero.

Appena aprì la porta, la sua amante, che era andata ad abitare con lui da pochi giorni, lo chiamò dalla camera da letto.

« Sei tu, tesoro? »

« Sì, *chérie*. Certo che sono io. Ti sei sentita sola? »

Lei arrivò di corsa: indossava un baby-doll nero trasparente, bordato di pizzo. La luce che proveniva dalla lampada sul comodino attraverso la porta aperta metteva in risalto le curve del corpo della donna. Come sempre, quando vedeva la sua amante, Raoul Saint-Clair avvertiva un leggero fremito di soddisfazione al pensiero che gli appartenesse e che fosse così profondamente innamorata di lui. Era nel suo stile, comunque, congratularsi con se stesso di questa opportunità; mai e poi mai gli sarebbe venuto il dubbio che era stata una fortunata coincidenza a farli incontrare.

Gli circondò il collo con le braccia nude, baciandolo ardentemente. Lui rispose al bacio come meglio poteva, la borsa di cuoio e il giornale della sera ancora in mano.

« Su, aspettami a letto » disse, quando si staccarono. « Ti raggiungo tra un momento. » E le rifilò una leggera sculacciata. La ragazza tornò in camera saltellando, e si buttò sul letto, le mani incrociate dietro la nuca, i seni tesi verso l'alto.

Saint-Clair la seguì, dopo aver deposto la borsa, e le dedicò un'occhiata soddisfatta. Lei gli rispose con un sorriso lascivo.

Durante i quindici giorni di vita in comune, Jacqueline aveva imparato che solo le allusioni più scurrili accompagnate dalla manifestazione di una violenta sensualità potevano trarre un fremito dai languidi lombi del cortigiano di carriera. Lei odiava quell'uomo, così come odiava il giorno in cui l'aveva conosciuto, ma aveva capito che quel che mancava a lui in virilità poteva essere compensato dalla sua disposizione a parlare di tutto, e in particolar modo dell'importanza del suo lavoro all'Eliseo.

« Sbrigati » sussurrò Jacqueline. « Ti desidero. »

Saint-Clair sorrise di piacere e si tolse le scarpe, sistemandole una accanto all'altra ai piedi dell'indossatore. Poi, fu la volta della giacca, dopo che ne ebbe svuotato meticolosamente le tasche deponendo ogni cosa sul ripiano della toilette. Infine si sfilò i pantaloni, che furono piegati con cura e appoggiati sul braccio dell'indossatore. Le lunghe gambe magre spuntavano dalla camicia come due aghi da calza bianchi e pelosi.

« Perché hai fatto così tardi? » domandò Jacqueline. « Sono secoli che ti aspetto. Cosa è successo? »

Saint-Clair scosse la testa.

« Niente che debba preoccupare il tuo cervellino, mia cara. »

« Oh, sei un villano, ecco! » Si voltò di scatto su un fianco, allontanandosi da lui e voltandogli le spalle, con le ginocchia piegate, fingendosi in collera. Le dita di Saint-Clair scivolarono senza far presa sul nodo della cravatta, mentre lui fissava la selva di capelli castani che le cadevano sulle spalle e i fianchi rotondi che la cortissima camicia da notte lasciava scoperti. Cinque minuti dopo, si abbottonava il pigiama di seta con monogramma sul taschino ed era pronto per andare a letto.

Si allungò di fianco alla ragazza, circondandole la vita e risalendo con la mano lungo il fianco morbido. Poi, le sue dita scesero verso il lenzuolo e si fermarono su una natica tiepida e rotonda.

« E allora, che cosa c'è? »

« Niente. »

« Credevo che tu volessi fare l'amore. »

« Non mi racconti mai niente. Non ti posso telefonare in ufficio. Me ne sono stata qui per ore e ore, con la paura che ti fosse successo qualcosa. Non sei mai tornato così tardi senza telefonarmi prima! »

Si girò sulla schiena e lo guardò. Appoggiato su un gomito, Saint-Clair fece scivolare la mano libera sotto la camicia da notte e strinse un seno della ragazza.

« Tesoro, sono stato molto impegnato. Una specie di crisi, qualcosa che dovevo sistemare prima di venir via. Ti avrei telefonato, ma c'era ancora altra gente a lavorare, e continuavano a entrare e uscire dal mio ufficio. Molti sanno che mia moglie è via da Parigi. E non era normale che facessi una telefonata a casa, servendomi del centralino. » Lei infilò una mano nell'apertura dei pantaloni del pigiama, accarezzandogli il pene, e fu ripagata da un lieve fremito.

« Non è possibile che fosse qualcosa di tanto grave, da non farti trovare un minuto per avvisarmi del tuo ritardo, tesoro. Mi sono tormentata per tutta la sera. »

« Be', adesso non ce n'è più ragione. Su, fammi quello che sai. Ti ricordi che mi piace? »

Lei scoppiò in una risata, e con l'altra mano gli prese la testa e gliela piegò in avanti, per mordicchiargli il lobo di un orecchio.

« No, "lui" non se lo merita. Non ancora. » E dette una stretta al pene che si induriva a fatica, come per rimproverarlo. Il respiro del colonnello s'era fatto più affannoso. La baciò con ardore sulla bocca, afferrandole i capezzoli con tanta forza che la ragazza sussultò per il dolore.

« Dai, baciamelo » mormorò il colonnello.

La ragazza si spostò leggermente e sciolse la cintura del pigiama. Raoul Saint-Clair rimase un attimo a guardare quel ventaglio di capelli castani che si apriva sul suo ventre, poi si abbandonò all'indietro e sospirò di piacere.

« Sembra che l'OAS abbia preparato un altro attacco al Presidente » disse. « Il complotto è stato scoperto oggi nel pomeriggio. Ma ce ne stiamo occupando. Ecco che cosa mi ha trattenuto in ufficio. »

Ci fu uno schiocco soffocato, mentre la ragazza ritirava lievemente la testa.

« Ma come puoi esserne così sicuro? Quelli non ci pensano più da un pezzo, al Presidente. » E si applicò di nuovo al suo lavoro.

« Niente affatto, maledizione. Adesso hanno assunto uno straniero, un assassino, che deve ammaz... Ahi, non mordere! »

Mezz'ora più tardi, il colonnello Raoul Saint-Clair de Villauban, la faccia seminascosta dal cuscino, russava delicatamente, dopo lo sforzo sostenuto. Di fianco a lui, la sua amante fissava nell'oscurità il soffitto, dove il riflesso della strada, filtrando da una minuscola fessura nel punto in cui i tendaggi combaciavano, disegnava una sottile striscia di luce.

Quello che aveva saputo la lasciava stupefatta. Anche se, in precedenza, non l'avevano informata di un complotto del genere, riusciva a valutare da sola l'importanza della confessione di Kowalski.

Attese che l'orologio con il quadrante luminoso, appoggiato sul comodino, segnasse le due. Poi, in silenzio, scivolò giù dal letto e staccò la spina del telefono portatile che si trovava nella camera.

Prima di allontanarsi, si chinò sul colonnello: era una fortuna che lui non fosse il tipo d'uomo al quale piaceva dormire abbracciato alla sua compagna di letto. Saint-Clair continuava a russare. Fuori della camera, richiuse la porta, attraversò il salotto dirigendosi verso l'ingresso e anche qui si chiuse la porta alle spalle. Dal telefono sul tavolo dell'ingresso chiamò un numero di Molitor. Dovette attendere parecchio, prima che una voce assonnata le rispondesse. Allora parlò rapidamente per due minuti, ricevette una risposta e riattaccò. Pochi secondi più tardi, era di nuovo a letto e cercava di prendere sonno.

Durante la notte, i capi delle Divisioni Omicidi delle polizie di cinque stati europei, dell'America e del Sud Africa furono svegliati dalle telefonate che arrivavano da Parigi. In genere, risposero con irritazione. Nell'Europa occidentale il fuso orario era il medesimo di Parigi, ed erano pur sempre le prime ore del mattino. A Washington invece erano le nove di sera quando arrivò la telefonata da Parigi, e il capo della Divisione Omicidi dell'FBI si trovava a un pranzo. Soltanto al terzo tentativo, Caron riuscì a mettersi in comunicazione con lui, e anche allora la conversazione venne resa più difficile dal chiacchierio degli ospiti e dal rumore di stoviglie nel salone adiacente, dove si svolgeva il ricevimento. Ma l'americano ricevette il messaggio e accettò di trovarsi nell'ufficio comunicazioni al quartier generale dell'FBI, all'una del mattino ora di Washington, per ricevere una telefonata del commissario Lebel che lo avrebbe chiamato alle sette antimeridiane, ora di Parigi.

A quanto sembrava, i capi delle Divisioni Omicidi della polizia belga, italiana, tedesca e olandese erano bravi padri di famiglia; ognuno di loro ricevette la telefonata mentre era nel suo letto a dormire e, dopo aver prestato ascolto a Caron, promise di trovarsi nell'ufficio comunicazioni all'ora richiesta per ricevere una telefonata personale da Lebel riguardo a una questione della massima urgenza. Van Ruys del Sud Africa era fuori città e non sarebbe rientrato in sede prima di un paio di giorni; Caron parlò con il suo vice, Anderson. Quando Lebel fu informato della cosa, non si mostrò affatto dispiaciuto, perché conosceva Anderson piuttosto bene mentre non aveva mai avuto alcun rapporto con Van Ruys. Inoltre, aveva l'impressione che Van Ruys avesse fatto carriera soprattutto per ragioni politiche; Anderson invece veniva dalla gavetta, come lui.

La telefonata raggiunse Anthony Mallinson, assistente dell'Alto commissario di Scotland Yard, nella sua casa di Bexley, poco prima delle quattro. Brontolò allo squillo insistente vicino al letto, allungò una mano per raggiungere il ricevitore e mormorò: « Mallinson ».

« Il signor Anthony Mallinson? » domandò una voce.

« In persona. » Si agitò, per liberarsi del lenzuolo e diede un'occhiata all'orologio.

« Sono l'ispettore Lucien Caron della Sûreté Nationale francese. Le telefono per incarico del commissario Claude Lebel. »

La voce, che parlava un buon inglese anche se con forte accento straniero, arrivava nitida. Evidentemente, le linee telefoniche a quell'ora non erano intasate. Mallinson si accigliò. Ma perché quei disgraziati non lo chiamavano a un'ora più decente?

« Sì. »

« Credo che lei conosca il commissario Lebel, signor Mallinson. »

Mallinson ci pensò un momento. Lebel? Oh sì, quel tipo basso di statura che era stato capo della Divisione Omicidi della Police Judiciaire. Non sembrava un gran che, ma otteneva sempre buoni risultati. Si era dimostrato molto utile due anni prima, per quella faccenda del turista inglese assassinato. Se non avessero preso l'assassino più che in fretta, avrebbero dovuto subire attacchi ben poco gradevoli dalla stampa.

« Sì, conosco il commissario Lebel » disse. « Ma di che cosa si tratta? »

Di fianco a lui, sua moglie Lily brontolò nel sonno, disturbata dalla conversazione.

« C'è una faccenda della massima urgenza, che richiede anche di essere trattata con tutta la discrezione possibile. Sono l'assistente del commissario Lebel in questo caso. Il commissario vorrebbe farle una telefonata personale e le chiede di trovarsi nell'ufficio comunicazioni di Scotland Yard domattina alle nove. Le è possibile? »

Mallinson ci pensò un momento.

« Si tratta di una delle solite indagini in collaborazione? » domandò. Se si trattava di quello, potevano servirsi, come sempre, della rete di comunicazioni dell'Interpol. Alle nove del mattino, a Scotland Yard c'era sempre molto da fare.

« No, signor Mallinson. Non si tratta di quello. È una richiesta diretta e personale, quella che il commissario le farà: vuole la sua assistenza, ma ha bisogno della massima discrezione. Può anche darsi che questo caso non riguardi direttamente Scotland Yard, anzi probabilmente è così. Comunque, sarebbe meglio non passare nessuna richiesta formale. »

Mallinson ci pensò ancora. Era un uomo prudente e non desiderava trovarsi coinvolto nelle indagini clandestine di una polizia straniera. Se era stato commesso un delitto e un criminale si era rifugiato in Gran Bretagna, la questione era diversa. Ma allora, perché tanta segretezza? Poi gli venne in mente un caso di qualche anno prima, quando era stato spedito in fretta e furia a cercare la figlia di un ministro per riportarla a casa. Era scappata con un bel ragazzo, che era anche un poco di buono. La ragazza a quell'epoca non aveva ancora raggiunto la maggiore età, e lo si sarebbe sempre potuto accusare di aver circuito una minore. Un caso nemmeno tanto grave. Ma il ministro aveva chiesto che la stampa non fosse messa al corrente. La polizia italiana gli era stata di grande aiuto, quando la coppia era stata rintracciata a Verona, a recitare la parte di Romeo e Giulietta. E va bene, Lebel gli chiedeva un aiuto, sulla rete di stazioni emittenti del Vecchio. Del resto, quelle stazioni servivano proprio a quello.

« D'accordo. Aspetterò la telefonata. Alle nove. »

« La ringrazio moltissimo, signor Mallinson. »

« Buona notte. » Mallinson riabbassò la cornetta, spostò la suoneria della sveglia dalle sette alle sei e mezzo, e si riaddormentò.

Verso l'alba, mentre Parigi dormiva ancora, in un modesto appartamentino che puzzava di chiuso, un professore di mezza età camminava avanti e indietro nell'unico locale camera-soggiorno, dove ci si muoveva a fatica. Intorno a lui, il caos: sul tavolo, sulle sedie, sul divano e perfino sulla coperta della brandina in una nicchia della parete erano sparsi in disordine libri, giornali e manoscritti. In un'altra rientranza del muro, l'acquaio rigurgitava di stoviglie da lavare. Il pensiero che ossessionava l'inquilino dell'appartamento, durante la passeggiata notturna, non era certo lo stato disastroso della stanza. Da quando era stato allontanato dal liceo di Sidi-bel-Abbes dove lui era preside e aveva dovuto lasciare la bella casa e i due servitori che l'accudivano, si era abituato a vivere come faceva adesso. Il suo problema era d'altro genere.

Mentre l'alba sorgeva sui sobborghi orientali, finalmente si lasciò cadere su una sedia e prese un giornale. Sulla pagina delle notizie dall'estero, il suo sguardo corse ancora una volta a una notizia posta in evidenza, dal titolo: *Capi dell'OAS rifugiati in un albergo di Roma.* Dopo aver letto l'articolo per l'ultima volta, prese una risoluzione: si buttò sulle spalle un leggero impermeabile per difendersi dal fresco del mattino e uscì dall'appartamento.

Fermò un taxi che stava passando sul boulevard più vicino e disse all'autista di portarlo alla Gare du Nord. Benché il taxi l'avesse lasciato proprio davanti alla stazione, lui si allontanò in direzione opposta appena il taxi fu ripartito, attraversò la strada ed entrò in uno dei bar aperti tutta la notte che si trovavano in quella zona.

Ordinò un caffè e chiese un gettone; lasciato il caffè sul banco, si spostò nel retrobottega per telefonare. Il servizio informazioni lo mise in contatto con il centralino per le telefonate internazionali, ed egli domandò il numero di un albergo di Roma. Lo ottenne nel giro di un minuto; allora riattaccò e uscì.

In un altro bar, un centinaio di metri più avanti, usò di nuovo il telefono, questa volta per domandare all'ufficio informazioni quale fosse il più vicino ufficio postale in servizio notturno da dove si poteva fare una telefonata all'estero. Gli risposero che ce n'era uno dietro l'angolo della stazione.

All'ufficio postale prenotò una telefonata al numero di Roma che gli era stato dato, ma non disse il nome dell'albergo al quale quel numero si riferiva; trascorse una ventina di minuti ad aspettare ansiosamente la comunicazione.

« Vorrei parlare con il signor Poitiers » disse alla voce che gli rispose in italiano.

« Signor... chi? » chiese la voce.

« Il signor francese. Poitiers. Poitiers... » ripeté in italiano.

« Chi? » chiese ancora la voce.

« Francese, francese... » disse l'uomo che telefonava da Parigi.

« Ah, sì, il signore francese. Un momento, per favore... »

Ci fu una serie di scatti, poi una voce stanca rispose in francese.

« *Oui...* »

« Ascolti » disse l'uomo a Parigi, con voce concitata. « Non ho molto tempo. Prenda una matita e si annoti quanto le dico... "Valmy a Poitiers. Lo Sciacallo è saltato. Ripeto. Lo Sciacallo è saltato. Kowalski è stato preso. Ha cantato prima di morire. Fine." Ha preso nota? »

« *Oui* » disse la voce. « Passerò il messaggio. »

Valmy depose la cornetta, pagò quanto doveva per la telefonata e uscì in fretta. Un minuto più tardi, veniva inghiottito dalla folla di pendolari che si riversava fuori dall'atrio centrale della stazione. Il sole era abbastanza alto nel cielo, e riscaldava le strade e l'aria pungente della notte. Nel giro di mezz'ora il profumo della mattina, dei croissant e del caffè tostato sarebbe svanito sotto le esalazioni degli scappamenti, dei corpi sudati e del tabacco stantio. Due minuti dopo che Valmy s'era allontanato, un'automobile si accostò al marciapiede davanti all'ufficio postale e due uomini del DST si precipitarono dentro. Ottennero dall'impiegata la descrizione di un uomo, che si sarebbe potuta adattare a chiunque.

A Roma, Marc Rodin fu svegliato alle 7.55 quando l'uomo che aveva trascorso la notte seduto al tavolo nel corridoio del piano sottostante a fare la guardia, lo scosse per una spalla. In un attimo era perfettamente sveglio, già a metà fuori del letto, la mano sotto il cuscino alla ricerca della pistola. Quando vide la faccia dell'ex legionario, si rilassò ed emise una specie di grugnito. Un'occhiata al comodino gli disse che, comunque, aveva dormito fin troppo. Dopo gli anni ai tropici, s'era abituato a svegliarsi molto più presto; e a Roma, il sole d'agosto batteva già alto sui tetti. Ma le settimane di inattività, le serate trascorse a giocare a *piquet* con Montclair e Casson e a bere troppo di quell'aspro vino rosso, la mancanza di un vero e proprio esercizio fisico, tutto insomma aveva contribuito a renderlo fiacco e assonnato.

« Un messaggio, *mon colonel.* Qualcuno ha telefonato proprio adesso, sembrava che avesse molta fretta. »

Il legionario gli tese un foglio strappato da un blocco, sul quale erano state scarabocchiate le frasi slegate di Valmy. Rodin scorse rapidamente il messaggio, poi balzò fuori dal letto in cui aveva dormito coperto soltanto da un leggero lenzuolo. Si infilò il sarong di cotone che indossava abitualmente – un'abitudine che aveva preso in Oriente – legandoselo intorno alla vita, e rilesse il messaggio.

« D'accordo. Puoi andare. » Il legionario uscì dalla stanza e ritornò al piano inferiore.

Rodin bestemmiò, con violenza, per alcuni secondi, stringendo fra le mani il pezzo di carta appallottolato. Maledetto, maledetto, maledetto, maledetto Kowalski.

Per i primi due giorni dopo la scomparsa di Kowalski, aveva creduto che il polacco avesse semplicemente disertato. Le defezioni alla causa erano state molte, negli ultimi tempi, a mano a mano che tra i membri dell'OAS si faceva strada il convincimento che l'organizzazione avesse fallito, e avrebbe continuato a fallire, nel proposito di uccidere Charles de Gaulle e di far cadere il governo in Francia. Ma per quanto riguardava Kowalski, lui aveva sempre creduto che sarebbe rimasto fedele fino all'ultimo.

Ed ecco qui la prova che era ritornato in Francia per qualche ragione misteriosa, o forse lo avevano scoperto in territorio italiano e lo avevano sequestrato. Adesso sembrava che avesse parlato, naturalmente perché ce lo avevano costretto.

Rodin pianse sinceramente la morte del suo uomo. Parte dell'ottima reputazione che il colonnello si era fatta come combattente e come ufficiale di comando si basava sulla grande sollecitudine che mostrava per i suoi uomini. Sono cose che i soldati di prima linea apprezzano di più di quanto un teorico dell'arte militare riesca a immaginare. Adesso Kowalski era morto, e Rodin non si faceva illusioni su come poteva essere successo.

Ormai, bisognava a tutti i costi ricordare che cosa Kowalski poteva aver raccontato, sotto le torture. La riunione di Vienna, il nome dell'albergo. Questo senz'altro. I nomi dei tre uomini che avevano partecipato alla riunione. Non erano novità per lo SDECE. Ma che cosa sapeva dello Sciacallo? Non era stato a origliare alla porta, questo era fuor di dubbio. Poteva aver raccontato che uno straniero alto e biondo era venuto a far visita a loro tre. E non significava niente, senza nessun'altra notizia.

Lo straniero avrebbe potuto essere un commerciante d'armi, o una persona disposta a finanziare l'organizzazione. Non c'era mai stato un accenno a qualche nome.

Ma sul messaggio di Valmy c'era il nome dello Sciacallo, che veniva usato proprio come se fosse un soprannome. Perché? Come era stato possibile che Kowalski avesse detto anche quello?

Con un sussulto, Rodin ricordò la scena. Lui era fermo davanti alla porta della camera con l'inglese; Viktor si trovava a pochi passi di distanza, nel corridoio, irritato per il modo in cui l'inglese l'aveva scoperto nel suo nascondiglio, un professionista battuto da un altro professionista, ed era pronto a intervenire alla minima complicazione, e forse se lo augurava. E che cosa aveva detto lui, Rodin? « *Bonsoir*, signor Sciacallo. » Certo, maledizione!

Ripensandoci, Rodin si rese conto che Kowalski non poteva sapere il vero nome dell'assassino. Lo conoscevano soltanto lui, Montclair e Casson. Eppure, Valmy aveva ragione. Con la confessione di Kowalski nelle mani dello SDECE, era ormai troppo tardi per metterci rimedio. Loro sapevano già della riunione, dell'albergo, forse avevano già parlato con il portiere; avevano i tratti somatici di un uomo, un soprannome. Non potevano esserci dubbi, sarebbero arrivati alla stessa conclusione di Kowalski – che il biondo era un assassino. Da quel momento, la rete di protezione intorno a de Gaulle si sarebbe fatta più fitta; il Presidente avrebbe annullato tutti gli impegni pubblici, le uscite da palazzo, ogni speranza per un assassino di raggiungerlo. Era finita; l'operazione era saltata. Avrebbe dovuto avvertire lo Sciacallo, fargli rinunciare all'impresa, insistere per la restituzione del denaro, decurtato naturalmente di tutte le spese e di una somma per il tempo e la fatica sprecati.

C'era una cosa che doveva essere sistemata, e in fretta. Lo Sciacallo doveva essere avvertito con la massima urgenza di interrompere ogni preparativo. Rodin non dimenticava di essere stato un ufficiale: un uomo, lui non lo mandava allo sbaraglio, in una missione che non aveva alcuna probabilità di successo.

Mandò a chiamare la sua guardia del corpo, alla quale, dopo

la partenza di Kowalski, aveva affidato il compito di recarsi ogni giorno all'ufficio della Posta centrale, e le diede istruzioni minuziose.

Alle nove, l'uomo entrava nell'ufficio postale e chiedeva la comunicazione con un numero telefonico di Londra. Ci vollero venti minuti, prima che il telefono dall'altra parte cominciasse a squillare. La centralinista indicò al francese la cabina dove gli avrebbe passato la telefonata. La guardia sollevò la cornetta e sentì il bzzz-bzzz... bzzz-bzzz di un telefono inglese che suonava.

Quella mattina lo Sciacallo si alzò presto, perché aveva molto da fare. Aveva preparato le tre valigie, la sera precedente. Restavano fuori soltanto la spugna e il necessario per radersi, da infilare nella valigetta a mano. Bevve le solite due tazze di caffè, e si fece la doccia e la barba. Dopo aver messo nella valigetta quegli ultimi oggetti, la chiuse e sistemò i quattro colli vicino alla porta.

Poi, si preparò una rapida colazione a base di uova strapazzate, succo di arancia e altro caffè nero nel cucinino perfettamente attrezzato del suo appartamento, e sedette al tavolo per mangiare. Dato che era un uomo preciso e metodico, vuotò nel lavandino il latte rimasto, ruppe le due uova avanzate e fece scolare anche quelle giù per lo scarico. Finì il succo d'arancia, buttò la lattina nel sacco dell'immondizia e rovesciò gli avanzi del pane, i gusci d'uovo e i fondi del caffè nel tritarifiuti. In questo modo, niente sarebbe andato a male durante la sua assenza.

Infine si vestì, scegliendo una maglietta di seta leggera col collo alto arrotolato, il completo grigio chiaro, nelle cui tasche aveva infilato i documenti di Alexander Duggan e le cento sterline in contanti, le calze grigio scuro e un paio di mocassini neri, leggeri. L'insieme era completato dagli immancabili occhiali da sole.

Alle nove e un quarto prese i suoi bagagli, due valigie per mano, si richiuse alle spalle la porta con la serratura a scatto e scese le scale. In pochi minuti fu in South Audley Street, e trovò un taxi fermo all'angolo.

« Al London, edificio numero due » disse all'autista. Mentre il taxi si metteva in moto, nell'appartamento dello Sciacallo il telefono cominciò a suonare.

Erano le dieci quando il legionario ritornò all'albergo nelle vicinanze di via Condotti e informò Rodin di aver chiamato quel numero di Londra per una buona mezz'ora, ma senza fortuna.

« Cosa sta succedendo? » domandò Casson, che aveva ascoltato il resoconto a Rodin e aveva visto il legionario tornare al suo posto di guardia. I tre capi dell'OAS erano seduti nella stanza adibita a salotto. Rodin tirò fuori di tasca un pezzo di carta e lo passò a Casson.

Casson lo lesse e lo tese a Montclair. Infine i due uomini alzarono gli occhi verso il loro capo, per una risposta. Ma non arrivò. Rodin, la fronte aggrondata, guardava fuori dalla finestra i tetti di Roma accesi dal sole.

« Quando è arrivato? » domandò Casson.

« Questa mattina » rispose Rodin, asciutto.

« Devi fermarlo » disse Montclair. « Metteranno in moto mezza Francia, per cercare quell'uomo. »

« Metteranno in moto mezza Francia per cercare uno straniero alto e biondo » rispose Rodin, calmo. « In agosto, in Francia, di stranieri ce n'è più di un milione. Per quanto ne sappiamo noi, non hanno un nome che li possa aiutare, né una faccia, né un passaporto. Un professionista come lui se ne sarà portato uno falso. Devono ancora correre, e molto, prima di mettergli le mani addosso. Se telefona a Valmy, probabilmente verrà avvertito, e allora potrà ripartire. »

« Se telefona a Valmy, naturalmente riceverà l'ordine di abbandonare l'impresa » disse Montclair. « Sarà Valmy a ordinarglielo. »

Rodin scosse la testa.

« Valmy non ha l'autorità per farlo. I suoi compiti sono

quelli di ricevere informazioni dalla ragazza e di trasmetterle allo Sciacallo, quando lui gli telefona. Farà questo, ma niente altro. »

« Ma lo Sciacallo deve pur rendersi conto che tutto è finito » protestò Montclair. « Deve lasciare la Francia subito dopo la prima telefonata a Valmy. »

« In teoria, sì » disse Rodin, pensieroso. « Ma se lo fa, deve anche restituirci i soldi. La posta è molto grossa per tutti noi, lui compreso. Dipende dalla fiducia che ha nel suo piano. »

« Credi che abbia una possibilità, ora... ora che è successo questo? » domandò Casson.

« Francamente no » disse Rodin. « Ma è un professionista. E anch'io lo sono, alla mia maniera. È una disposizione d'animo. A nessuno piace rinunciare a un'operazione che ha studiato e progettato personalmente. »

« E allora richiamalo, in nome di Dio » protestò Casson.

« Non posso. Lo farei se potessi, ma non posso. È andato. Si è già messo in moto. Ha voluto agire così, ed ecco le conseguenze. Non sappiamo dove si trova o quali sono le sue intenzioni. È completamente solo. Non posso neppure chiamare Valmy e ordinargli di dare istruzioni allo Sciacallo di rinunciare al progetto. Facendolo, si rischierebbe di far saltare Valmy. Nessuno può fermare lo Sciacallo, adesso. È troppo tardi. »

12

Il commissario Claude Lebel ritornò in ufficio poco prima delle sei del mattino per trovarci l'ispettore Caron seduto in maniche di camicia alla sua scrivania, la faccia stanca e tirata. Aveva davanti a sé parecchi fogli di carta zeppi di annotazioni scritte a mano. Nell'ufficio qualcosa era cambiato. In cima alla fila di schedari gorgogliava una macchinetta elettrica, diffondendo tutt'intorno l'aroma delizioso del caffè appena filtrato. Vicino, c'erano una fila di bicchieri di carta, un barattolo di latte condensato non dolcificato e un sacchetto di zucchero. Tutte cose arrivate durante la notte dalla dispensa nel seminterrato.

Nell'angolo tra le due scrivanie era stata preparata una branda coperta da un ruvido copriletto. Il cestino della carta straccia era stato vuotato e sistemato vicino alla poltrona, accanto alla porta.

La finestra era ancora aperta, e il sottile velo di fumo azzurrognolo delle numerose sigarette fumate da Caron andava diradandosi nell'aria fresca del mattino. In lontananza, le prime macchie del giorno chiazzavano la guglia di St.-Sulpice.

Lebel si diresse verso la scrivania e si lasciò cadere sulla sedia. Erano solo ventiquattro ore che non toccava letto, ma aveva l'aria stanca come Caron.

« Niente » disse. « Ho dato un'occhiata a tutto il materiale degli ultimi dieci anni. L'unico assassino politico che abbia mai provato a lavorare qui da noi era Degueldre, ma è morto. E poi, faceva parte dell'OAS; l'archivio lo conferma. Con ogni probabilità, Rodin ha scelto qualcuno che non ha niente a che vedere con l'OAS, e non posso dargli torto. Ci sono stati soltanto quattro assassini che negli ultimi dieci anni hanno lavorato su commissione in Francia – se vogliamo escludere la "varietà" domestica – e tre li abbiamo presi. Il quarto sta scontando una condanna a vita in qualche posto dell'Africa. Non solo, ma erano tutti assassini che facevano parte della malavita, non certo gente in grado di ammazzare un presidente francese.

« Sono riuscito a mettermi in contatto con Bargeron degli Archivi generali: stanno facendo un controllo completo anche loro, ma ho già il sospetto che il nome di quest'uomo, qui da noi, non lo si trovi. Rodin deve aver insistito su questo punto, prima di assumerlo. »

Caron accese un'altra Gauloise, soffiò fuori uno sbuffo di fumo e sospirò.

« Così dobbiamo partire dal presupposto che quello è uno straniero? »

« Esatto. Un uomo del genere deve pur essersi fatto un'esperienza, da qualche parte. Non sarebbe uno dei migliori sulla piazza, se non fosse in grado di dimostrarlo con una serie di ragguardevoli precedenti. Forse, un presidente, non l'avrà mai ucciso, ma uomini di una certa importanza sì, senza dubbio più potenti di qualche semplice *caïd* della malavita. E questo significa che deve aver attirato l'attenzione di qualcuno, in un posto o nell'altro. È logico. E tu, che cosa hai concluso? »

Caron prese in mano uno dei fogli di carta, mostrando un elenco di nomi e di orari, in una colonna sulla sinistra.

« Sono stati avvertiti tutti e sette » disse. « Lei può cominciare con il capo dell'Office of Domestic Intelligence alle sette e dieci. Che sarebbe l'una di notte col fuso orario di Washington. È il primo della serie, proprio a causa dell'ora.

« Poi Bruxelles alle sette e mezzo, Amsterdam alle otto meno un quarto e Bonn alle otto e dieci. Per le otto e mezzo è stata prenotata la comunicazione con Johannesburg, e per le nove con Scotland Yard. Ultima della serie, Roma alle nove e mezzo. »

« In ogni caso si tratta sempre dei capi delle Divisioni Omicidi? » domandò Lebel.

« O del loro equivalente. A Scotland Yard si tratta di Anthony Mallinson, assistente all'Alto commissario del Dipartimento investigativo criminale. A quanto pare non hanno una Divisione Omicidi alla polizia metropolitana. Ma tutti gli altri sì, a eccezione del Sud Africa. Non sono assolutamente riuscito a mettermi in contatto con Van Ruys, e così lei parlerà con il vice commissario Anderson. »

Lebel pensò per un momento.

« Va bene. Preferisco Anderson. Una volta, abbiamo lavorato a un caso insieme. Poi, c'è la questione della lingua. Tre di loro parlano inglese. Immagino che solo il belga parli francese. Gli altri si arrangeranno con l'inglese, se sono costretti a... »

« Il tedesco, Dietrich, parla francese » lo interruppe Caron.

« Bene, allora parlerò personalmente a questi due, in francese. Con gli altri cinque dovrai tenerti pronto a una derivazione e fare da interprete. Sarà meglio andare. Vieni. »

Erano le sette meno dieci quando l'auto della polizia con su i due agenti investigativi si fermò nella stretta Rue Paul Valéry, davanti alla porta verde dell'edificio dall'aspetto anonimo e innocuo che ospitava a quell'epoca il quartier generale dell'Interpol. Per le tre ore successive Lebel e Caron rimasero attaccati al telefono nell'ufficio comunicazioni del sotterraneo, a colloquio con i più notevoli esperti del mondo in materia di crimini. Dalla selva apparentemente intricata di antenne sul tetto di quella costruzione, i segnali di alta frequenza si irradiarono verso tre continenti, diffondendosi al di là della stratosfera per uscire fuori dallo strato ionico e ridiscendere sulla terra, a migliaia di chilometri di distanza, e raggiungere un'altra asta di alluminio sporgente dalla cima di un tetto coperto di tegole.

Le lunghezze d'onda prescelte e i dispositivi anti-interferenze mettevano quelle comunicazioni al riparo da qualsiasi intercettazione. E agente parlava ad agente, mentre il mondo sorseggiava il primo caffè del mattino o l'ultimo bicchierino di liquore prima di andare a letto.

A ogni conversazione telefonica, l'appello di Lebel fu più o meno identico.

« No, commissario, non posso ancora dare a questa richiesta di assistenza il carattere di un'indagine ufficiale in collaborazione tra polizie diverse... certo, agisco con piena competenza, ufficialmente... Si tratta solo di questo: al momento attuale non siamo neppure sicuri se l'idea del delitto è rimasta allo stadio di progetto o si è già concretizzata... è solo questione di un'informazione tempestiva, per adesso si tratta puramente di routine... Be', stiamo cercando un uomo di cui sappiamo ben poco... neppure il nome, e solo una descrizione molto vaga... »

Ogni volta, dava una descrizione il più possibile vicina alla realtà. Il momento imbarazzante arrivava verso la fine della telefonata, alla domanda dei colleghi stranieri sul perché si richiedeva il loro aiuto, e su quali indizi potevano eventualmente lavorare. Era allora che dall'altro capo del filo si creava un silenzio carico di tensione.

« Semplicemente questo: di chiunque si tratti, dev'essere un uomo diverso dai soliti... si dovrebbe trattare di uno dei migliori assassini professionisti del mondo, che lavorano su commissione... no, non un tiratore dei soliti, che fa parte del mondo della malavita, ma un assassino politico con parecchi colpi riusciti alle sue spalle. A noi interessa se nei vostri archivi esiste qualcuno del genere, anche se non ha precedenti nel vostro paese. O anche il nome soltanto, di qualcuno che vi viene in mente. »

Ogni volta, dall'altra parte del filo c'era una lunga pausa; poi la voce rispondeva. Di solito era più sommessa, più preoccupata.

Lebel non si faceva illusioni; i capi delle Divisioni Omicidi delle polizie più importanti del mondo occidentale capivano benissimo a che cosa lui stava accennando senza poterne parlare chiaramente. In Francia c'era un solo e unico bersaglio che potesse interessare un assassino politico fuori classe.

La risposta era sempre la stessa, senza eccezioni. « Sì, naturalmente. Controlleremo i nostri archivi. Cercherò di mettermi in contatto con te prima di sera. Oh... a proposito, Claude. Buona fortuna! »

Quando depose il ricevitore del radiotelefono per l'ultima volta, Lebel si domandò quanto tempo ci sarebbe voluto prima che i ministri degli Esteri e perfino i primi ministri di quelle sette nazioni fossero informati di quanto stava succedendo. Non molto, probabilmente. Anche un poliziotto è costretto a far rapporto agli uomini politici, quando si tratta di cose tanto grosse. Era quasi certo che i ministri avrebbero tenuto il segreto. D'altra parte, in tutto il mondo, tra gli uomini al potere esisteva uno stretto legame al di sopra di qualsiasi divergenza politica. Erano tutti membri dello stesso club, il club dei potentati. Affrontavano spalla a spalla i nemici comuni, e cosa ci poteva essere di più ostile a ognuno di loro dei piani di un assassino politico? Al tempo stesso si rendeva conto che se la richiesta fosse diventata di dominio pubblico e fosse arrivata alla stampa, sarebbe scoppiata in tutto il mondo, come una bomba e la sua carriera avrebbe dovuto considerarsi finita.

Gli inglesi erano i soli a non destare preoccupazione. Se soltanto la notizia fosse rimasta un segreto tra loro poliziotti, lui sapeva di potersi fidare di Mallinson.

Ma sapeva anche che prima del tramonto la notizia sarebbe arrivata più in su di Mallinson. Erano passati solo sei mesi da quando Charles de Gaulle aveva rifiutato bruscamente alla Gran Bretagna l'ingresso nel Mercato Comune, e sulla scia della conferenza stampa che il generale aveva tenuto il 14 gennaio, il ministero degli Esteri di Londra aveva toccato toni addirittura lirici nella sua campagna contro il Presidente francese, fatta di commenti filtrati abilmente nelle corrispondenze di esperti di politica estera. Se ne sarebbero ricordati in questa occasione per prendersi la loro vendetta contro il Vecchio?

Lebel fissò per un attimo il pannello della trasmittente, ormai silenziosa, che gli stava davanti. Caron lo osservava senza parlare.

« Su, andiamo, » disse il piccolo commissario, alzandosi dallo sgabello e dirigendosi verso la porta « mettiamo qualcosa sotto i denti e cerchiamo di dormire qualche ora. Al momento non ci resta altro. »

Con aria pensierosa, Anthony Mallinson, assistente all'Alto commissario, depose il ricevitore e lasciò l'ufficio comunicazioni senza ricambiare il saluto del giovane poliziotto che stava entrando per il suo turno del mattino. Ed era ancora immerso nei pensieri mentre risaliva le scale diretto al suo ufficio spazioso ma sobriamente ammobiliato, che guardava sul Tamigi.

Non aveva alcun dubbio sul carattere delle indagini di cui si stava occupando Lebel, né sui motivi che ne stavano all'origine: la polizia francese aveva ricevuto la notizia che un assassino di prim'ordine era in circolazione, e questo fatto li aveva preoccupati. Come Lebel aveva già previsto, non ci voleva molto acume per scoprire chi potesse essere l'unico bersaglio in Francia, nell'agosto 1963, per quel tipo di assassino. Mallinson considerò la situazione difficile in cui si trovava Lebel con l'esperienza di chi aveva fatto il poliziotto per tutta la vita.

« Poveraccio » disse ad alta voce mentre fissava le acque tiepide e lente del fiume scorrere oltre l'Embankment sotto la sua finestra.

« Signore? » domandò il suo aiutante personale, che lo aveva seguito nell'ufficio per portare sulla scrivania in noce la posta del mattino che doveva essere esaminata.

« Niente. » Mallinson continuò a fissare fuori dalla finestra, anche quando il suo aiutante uscì. Qualunque fossero i suoi sentimenti per Claude Lebel, obbligato a proteggere il suo presidente senza avere la libertà di dare l'avvio in forma ufficiale a una caccia all'uomo, non poteva dimenticare di avere anche lui dei superiori. Presto o tardi dovevano essere informati della richiesta che Lebel gli aveva fatto quella mattina. Dopo una mezz'ora, alle dieci, ci sarebbe stata la riunione giornaliera dei capi dipartimento. Doveva accennare in quella sede alla telefonata?

Ripensandoci, decise di no. Sarebbe stato sufficiente scrivere un promemoria ufficiale, ma personale, direttamente al commissario, spiegando la natura della richiesta di Lebel. In un secondo tempo e se fosse stato necessario, gli avrebbe fatto sapere il perché di tanta discrezione, e il motivo per il quale non ne aveva accennato alla riunione del mattino. Nel frattempo non c'era niente di male ad avviare l'indagine senza dire perché veniva fatta.

Andò a sedersi alla scrivania e premette uno dei tasti dell'interfono.

« Signore? » La voce del suo aiutante personale, dall'ufficio accanto.

« Vuoi venire qui un momento, John? »

Il giovane ispettore in un completo grigio scuro, entrò portando in mano un blocco per gli appunti.

« John, voglio che tu vada al Centro documentazione. Parla con il sovrintendente capo Markham. Digli che la richiesta è fatta da me personalmente, e che al momento non posso spiegargliene il motivo. Chiedigli di controllare i dossier degli assassini professionisti conosciuti, con residenza nel nostro paese... »

« Assassini, signore? » L'aiutante lo guardò come se l'assistente all'Alto commissario gli avesse chiesto di eseguire uno dei soliti controlli su tutti i marziani conosciuti.

« Sì, assassini. Ti ripeto, non quei delinquenti del solito giro, che hanno ucciso o sappiamo che sono capaci di uccidere qualcuno per sistemare un conto in sospeso. Assassini politici, John, gli uomini, o un uomo, in grado di assassinare per danaro uno statista o un uomo politico sottoposto a una sorveglianza accuratissima. »

« Sembra roba più adatta per la Sezione speciale, signore. »

« Sì, lo so. L'inchiesta voglio passarla a loro, infatti. Ma prima è meglio che facciamo un controllo anche noi. Oh, a proposito, mi occorre una risposta per mezzogiorno, positiva o negativa. Va bene? »

« Bene, signore. Ci vado subito. »

Un quarto d'ora più tardi Mallinson, l'assistente all'Alto commissario, occupava il suo posto nella sala della riunione. Quando ritornò in ufficio, scorse rapidamente la posta, la spinse da un lato della scrivania e ordinò al suo aiutante di portargli una macchina per scrivere. Rimasto solo, compilò un breve rapporto per l'Alto commissario della polizia metropolitana. Accennava brevemente alla telefonata personale di quella mattina, alle nove, collegamento diretto Interpol, e alla natura della richiesta di Lebel. Lasciò in sospeso la parte finale del promemoria, lo chiuse a chiave nel cassetto della scrivania e continuò a occuparsi del suo lavoro.

Mancava poco a mezzogiorno quando il suo aiutante bussò alla porta ed entrò.

« Il sovrintendente Markham ha appena ricevuto qualche informazione dall'Archivio criminale centrale » disse. « A quanto sembra, non hanno trovato nessuno che coincida con la descrizione. Gli assassini a noleggio nel mondo della malavita sono diciassette, per quello che ne sappiamo noi, signore: dieci in galera e sette in circolazione. Ma lavorano tutti per le grosse bande, o qui o nelle città principali. Il sovrintendente dice che neppure uno di loro è all'altezza di fare un lavoro del genere contro un uomo politico straniero in visita da noi. Ci suggerisce di rivolgerci anche alla Sezione speciale, signore. »

« Va bene, John, grazie. È tutto quello che mi serve. »

Uscito il suo aiutante, Mallinson tirò fuori dal cassetto il promemoria lasciato a metà e lo infilò di nuovo nella macchina per scrivere. Ci aggiunse:

"L'Archivio criminale ha riferito, a seguito della nostra richiesta, che nella documentazione in loro possesso non esiste traccia di un individuo che risponda alla descrizione data dal commissario Lebel. Di conseguenza, la richiesta è stata trasmessa all'assistente all'Alto commissario della Sezione speciale."

Firmò il promemoria e ne prese le prime tre copie. Il resto finì nel cestino della carta straccia dove veniva buttato tutto il materiale riservato, di scarto, per essere successivamente ridotto in minutissimi frammenti e distrutto.

Piegò una delle copie, la infilò in una busta e la indirizzò al commissario. Quanto alla seconda, la inserì nella cartella che conteneva la "corrispondenza segreta" e la chiuse a chiave nella cassaforte incassata nel muro. Infine ripiegò la terza e se l'infilò in tasca.

Poi abbozzò un messaggio sul blocco di carta che c'era sulla scrivania.

"A: Commissario Claude Lebel, Vice capo, Police Judiciaire, Parigi.

"Da: Assistente Alto Commissario Anthony Mallinson, Dipartimento Investigativo Criminale, Scotland Yard, Londra.

"Messaggio: A seguito vostra domanda in data odierna accuratissimo esame materiale Archivio criminale non ha rivelato nostra conoscenza persona ricercata. Stop. Richiesta passata alla Sezione speciale per ulteriore controllo. Stop. Ogni informazione utile sarà comunicata appena possibile. Stop. Mallinson.

"Ora di spedizione: ... 12.8.63."

Erano passate da poco le dodici e mezzo. Prese il telefono e quando il centralinista gli rispose, domandò di poter parlare con Dixon, assistente all'Alto commissario e responsabile della Sezione speciale.

« Salve, Alec! Sono Tony Mallinson. Puoi dedicarmi un minuto? Mi piacerebbe, ma non mi è possibile. Dovrò accontentarmi di un panino, per pranzo. Ho proprio paura che mi aspetta una di quelle giornate. No, voglio solo vederti un momento, prima che tu te ne vada. Magnifico, bene, vengo subito. »

Passando attraverso l'ufficio lasciò cadere sulla scrivania del suo aiutante la busta indirizzata all'Alto commissario.

« Vado a parlare con Dixon della Sezione speciale. Puoi portare questa busta nell'ufficio dell'Alto commissario, John? Dovresti andarci di persona, però. E spedisci questo messaggio alla persona indicata. Battilo tu a macchina, nella forma più adatta. »

« Sissignore. » Mallinson rimase in piedi davanti alla scrivania mentre l'aiutante scorreva rapidamente il messaggio. I suoi occhi si spalancarono per la sorpresa quando arrivarono in fondo.

« John... »

« Sissignore? »

« E non parlarne, per piacere. »

« Bene, signore. »

« Con nessuno, John. »

« Non dirò una parola, signore. »

Mallinson gli rivolse un rapido sorriso e uscì dall'ufficio. Il suo aiutante rilesse il messaggio indirizzato a Lebel, ripensò alle ricerche che aveva fatto in archivio quella mattina per Mallinson, ne trasse le proprie conclusioni e mormorò: « Porca miseria ».

Mallinson passò una ventina di minuti con Dixon, riuscendo perfettamente nello scopo di rovinare all'altro il pranzo che stava per andare a fare al club. Passò al responsabile della Sezione speciale la copia che ancora gli restava del promemoria all'Alto commissario e mentre si alzava per andarsene e aveva già una mano sulla maniglia si voltò e disse:

« Mi dispiace, Alec, ma a dire la verità questa faccenda è più affar tuo che mio. Se però ti interessa il mio parere, non credo che esista qualcuno di quel calibro qui da noi. Quindi un controllo del materiale che possediamo dovrebbe essere sufficiente. Poi basterà fare un telex a Lebel, dicendogli che non possiamo aiutarlo. Non lo invidio proprio, questa volta. »

L'assistente all'Alto commissario Dixon – tra i suoi compiti c'era quello di tenere sotto controllo tutti i cittadini britannici potenziali attentatori di qualche statista straniero in visita (per non parlare delle decine e decine di stranieri amareggiati, e col cervello non del tutto a posto, che avevano domicilio nel paese) – sentiva ancora più acutamente quanto fosse insostenibile la posizione di Lebel. Era un peso piuttosto notevole dover proteggere dagli squilibrati gli statisti di casa propria e quelli stranieri che venivano in visita, ma fortunatamente si poteva contare sul fatto che erano tutti dilettanti, e finivano sempre per avere la peggio nei confronti della sua squadra di professionisti incalliti e preparati a tutto.

Ma era ancor peggio sapere che il capo dello Stato era diventato il bersaglio di una organizzazione interna di ex militari fanatici. Eppure i francesi avevano sconfitto l'OAS. Da quel professionista che era, Dixon li ammirava proprio per questo. Ma, certo, le cose erano diverse, se avevano assoldato all'estero un assassino professionista. La situazione offriva un solo vantaggio, secondo Dixon: riduceva di molto il numero dei prescelti e sarebbe stato possibile provare con assoluta certezza che nel materiale d'archivio della Sezione speciale non esisteva una documentazione sull'uomo cercato da Lebel.

Quando Mallinson uscì dalla stanza, Dixon lesse la copia del promemoria. Poi chiamò il proprio aiutante.

« Per favore, avverti il sovrintendente Thomas che vorrei vederlo alle... » diede un'occhiata all'orologio, calcolò quanto gli avrebbe portato via l'intervallo per il pranzo, che ormai era ridotto di molto « ...due in punto. »

Lo Sciacallo raggiunse l'aeroporto internazionale di Bruxelles poco dopo mezzogiorno. Lasciò le tre valigie più grosse al terminal, in una cassetta a chiusura automatica e portò con sé in città soltanto la valigetta a mano che conteneva i suoi effetti personali, il gesso in polvere, il cotone idrofilo e la garza. Alla stazione centrale lasciò il taxi e si diresse al deposito-bagagli.

La valigia di fibra che conteneva la carabina era ancora sullo scaffale dove l'aveva depositata l'inserviente una settimana prima. Presentò lo scontrino, e gliela restituirono.

Non lontano dalla stazione trovò un alberghetto squallido, di quel genere che esiste sempre nei dintorni delle stazioni ferroviarie in ogni città del mondo, dove non si fanno domande e ognuno è libero di occuparsi degli affari suoi.

Prese una stanza per la notte, pagò in anticipo con il denaro belga che aveva cambiato all'aeroporto, e portò su personalmente la sua valigia. Per maggior sicurezza chiuse a chiave la porta, riempì il lavandino di acqua fredda, rovesciò sul letto il sacchetto del gesso in polvere e la garza e si mise al lavoro.

Ci vollero due ore perché il gesso asciugasse. Durante tutto quel tempo era rimasto seduto col piede e la gamba appoggiati su uno sgabello, fumando le solite sigarette col filtro e guardando la tetra distesa di tetti che costituiva il panorama dalla camera da letto. Di quando in quando toccava leggermente il gesso con il pollice, e ogni volta decideva di lasciarlo indurire un poco di più prima di muoversi.

La valigia di fibra che aveva contenuto la carabina, era vuota. Quel che restava delle bende fu richiuso nella valigetta a mano insieme con l'avanzo del gesso in polvere, nel caso fosse necessaria qualche riparazione urgente. Quando ebbe finito, fece scivolare la valigia di fibra sotto il letto, controllò che nella camera non restasse nessuna traccia della sua presenza, vuotò il portacenere fuori dalla finestra e si preparò ad andarsene.

Si accorse che con l'ingessatura era obbligato a zoppicare, e in modo molto realistico. Quando si trovò in fondo alle scale, provò un certo sollievo accorgendosi che il portiere, sudicio e pieno di sonno, si trovava in una stanzetta, dietro il banco dove invece lo Sciacallo lo aveva trovato al suo arrivo. Stava mangiando, perché era l'ora del pranzo, ma la porta con il vetro smerigliato era spalancata.

Con un'occhiata alla porta d'ingresso per essere sicuro che non entrasse nessuno, lo Sciacallo si strinse la valigetta contro il petto, si piegò carponi e attraversò rapidamente l'atrio piastrellato senza fare rumore. La porta d'ingresso era stata lasciata aperta per il caldo, e lui poté raddrizzarsi e riprendere una posizione normale in cima ai tre gradini che conducevano alla strada, dove il portiere non poteva vederlo.

Scese i gradini zoppicando penosamente, e sempre zoppicando raggiunse l'angolo dove la strada ne incrociava una più larga. Mezzo minuto dopo un taxi lo adocchiò, lo Sciacallo ci salì sopra e ripartì diretto all'aeroporto.

Si presentò al banco dell'Alitalia con il passaporto in mano. La ragazza gli sorrise.

« Ci dovrebbe essere una prenotazione per Milano, fatta due giorni fa, a nome Duggan » disse lo Sciacallo.

La ragazza controllò le prenotazioni per il volo del pomeriggio per Milano. L'aereo sarebbe partito un'ora e mezzo più tardi.

« Sì, è vero » disse, rivolgendogli un luminoso sorriso. « *Meester* Duggan. Il biglietto è stato prenotato ma non pagato. Vuole pagarlo adesso? »

Lo Sciacallo pagò in contanti e gli fu consegnato il biglietto. La ragazza lo informò anche che il suo volo sarebbe stato chiamato un'ora dopo. Con l'aiuto di un facchino premuroso, che a gesti gli espresse tutta la sua commiserazione per il piede ingessato e il suo modo di camminare così faticoso, ritirò le tre valigie dal deposito e le consegnò all'Alitalia, passò la dogana dove, dal momento che era un viaggiatore in partenza, si limitarono soltanto a un controllo superficiale del passaporto e infine trascorse l'ora di attesa, anche se era un po' tardi, nel ristorante adiacente alla sala d'aspetto, mangiando con gusto.

Tutto il personale dell'aeroporto, e quello di bordo, fu gentilissimo e pieno di premure con lui per via della gamba. Lo aiutarono a salire sull'autobus che doveva portarlo all'aereo e lo sorvegliarono con preoccupazione mentre arrancava penosamente su per la scaletta. La graziosa hostess gli rivolse un particolare sorriso di benvenuto e si preoccupò che trovasse un posto confortevole in uno dei sedili al centro dell'aeroplano. Lì c'era più spazio per le gambe, gli fece notare.

Gli altri passeggeri badarono a non urtare contro il piede ingessato quando andarono a occupare i loro posti, mentre lo Sciacallo, appoggiato allo schienale li guardava con un sorriso coraggioso.

Alle 16.15 l'aereo decollò, e ben presto fu in volo verso sud, diretto a Milano.

Il sovrintendente Bryn Thomas uscì dall'ufficio dell'assistente all'Alto commissario poco prima delle tre, sentendosi profondamente infelice. Non solo il suo raffreddore estivo era uno dei peggiori e dei più insistenti dai quali fosse mai stato afflitto, ma il nuovo incarico che gli era appena stato affidato gli aveva rovinato la giornata.

Come succedeva spesso il lunedì mattina, anche quello era stato un giorno nefasto: per prima cosa aveva ricevuto la notizia che uno dei suoi uomini si era lasciato sfuggire un delegato commerciale sovietico che avrebbe dovuto pedinare, e a metà mattina aveva ricevuto una lamentela interdipartimentale dall'MI-5 che domandava cortesemente al suo reparto di non interessarsi ulteriormente della delegazione sovietica – un suggerimento inequivocabile, che indicava come, secondo l'opinione dell'MI-5, era meglio che quella faccenda venisse lasciata a loro.

Il lunedì pomeriggio si preannunciava ancora peggiore. Ci sono ben poche cose che diano più fastidio a un poliziotto, sia che appartenga alla Sezione speciale oppure no, della minaccia di un assassino politico. Ma nel caso della richiesta che si era appena visto fare dal suo superiore, non aveva neppure un nome a cui appigliarsi.

« Nessun nome, ma una vera e propria marcia forzata attraverso l'archivio » era stato il *bon mot* di Dixon sull'argomento. « Si dia da fare e veda di trovarmelo per domani. »

« Marcia forzata » borbottò Thomas quando ebbe raggiunto il suo ufficio. Anche se la lista delle persone sospette non poteva che essere molto breve, significava ugualmente per lui e per il suo reparto ore e ore di controllo degli archivi, delle documentazioni dei "piantagrane" politici, un esame di quelli condannati e, a differenza di quello che avveniva alla Sezione criminale, anche delle pure e semplici persone sospette. Tutto avrebbe dovuto essere controllato. Nelle istruzioni che gli aveva dato Dixon c'era un solo spiraglio di speranza: l'uomo doveva essere un professionista nel suo ramo e non uno degli innumerevoli fanatici, degli squilibrati, che rendevano difficile la sua vita alla Sezione speciale prima e durante la visita di ogni uomo politico straniero.

Mandò a chiamare due ispettori che sapeva che in quel momento si occupavano di un lavoro di ricerca non particolarmente urgente, ordinò di interrompere tutto quello che stavano facendo, come era già stato costretto a fare lui, e di presentarsi nel suo ufficio. Le sue istruzioni ai due funzionari furono ancora più stringate di quelle di Dixon. Si limitò a dire che cosa dovevano cercare, ma non ne spiegò il motivo. I sospetti della polizia francese che fosse in giro un assassino pronto ad ammazzare il generale de Gaulle, non avevano ancora niente a che vedere con la loro ricerca negli archivi della Sezione speciale di Scotland Yard.

I tre uomini accantonarono il materiale al quale stavano lavorando e si dedicarono a quanto era stato chiesto.

L'aeroplano dello Sciacallo atterrò all'aeroporto di Linate, a Milano, poco dopo le sei. La hostess eccessivamente premurosa lo aiutò a scendere i gradini che portavano alla pista, e una delle sue colleghe dell'aeroporto lo scortò alla stazione d'arrivo. Era alla dogana che i suoi complicati preparativi per tirar fuori dalla valigia le parti smontate della carabina e per infilarle in un mezzo di trasporto meno vistoso avrebbero subìto la prova del fuoco. Il controllo del passaporto fu una semplice formalità ma i rischi cominciavano a crescere a mano a mano che le valigie, trasportate dal carrello-bagagliaio, cadevano con un tonfo sul nastro trasportatore e venivano depositate lungo il banco della dogana.

Lo Sciacallo riuscì a trovare un facchino che radunò le tre valigie più grosse l'una di fianco all'altra. Accanto a queste, lo Sciacallo depose la valigetta. Vedendolo avviarsi zoppicando al banco, uno dei doganieri gli si fece incontro.

« Signore? È questo, il suo bagaglio? »

« Ehm, sì, queste tre valigie e la valigetta. »

« Ha qualcosa da dichiarare? »

« No, nulla. »

« Il signore viaggia per affari? »

« No, sono in vacanza. Anzi, per meglio dire, in periodo di convalescenza. Vorrei andare sui laghi. »

Il doganiere rimase impassibile.

« Posso vedere il suo passaporto? »

Lo Sciacallo glielo tese. L'italiano lo esaminò con attenzione, e glielo restituì senza una parola.

« Mi apra questa, per favore. »

E indicò una delle tre valigie più grandi. Lo Sciacallo tirò fuori il portachiavi, scelse una chiave e aprì la valigia. Il facchino l'aveva già appoggiata sul banco per facilitargli l'operazione. Fortunatamente era quella che conteneva i vestiti del falso pastore danese e dello studente americano. Frugandoci dentro, il doganiere non diede nessuna importanza all'abito grigio scuro, alla biancheria, alla camicia bianca, alle scarpe con la suola di gomma, né a quelle nere da passeggio, alla giacca a vento e alle calze. Né lo interessò il libro in danese. In copertina c'era l'illustrazione a colori della cattedrale di Chartres e il titolo, per quanto fosse in danese, assomigliava abbastanza alle corrispondenti parole inglesi per non destare una particolare curiosità. Non scoprì neppure la sottile fenditura, accuratamente ricucita, nella fodera laterale né trovò i documenti d'identità falsi. Con una ricerca un poco più attenta non gli sarebbero sfuggiti, ma la sua era la solita perquisizione superficiale che poteva diventare più rigorosa soltanto nel caso che avesse trovato nella valigia qualcosa che poteva insospettirlo. I pezzi smontati della carabina erano solo a un metro di distanza da lui, dall'altra parte del banco, ma un sospetto del genere non lo sfiorò nemmeno. Richiuse la valigia e fece segno allo Sciacallo di darle un nuovo giro di chiave. Poi, in rapida successione, tracciò un segno con il gesso su tutti e quattro i colli. A lavoro finito, la faccia dell'italiano si aprì in un sorriso.

« Grazie, signore. Buona vacanza. »

Il facchino trovò un taxi, ricevette una buona mancia e presto lo Sciacallo raggiunse a gran velocità Milano, con le sue strade sempre rumorose, rese ancor più caotiche dal traffico dei pendolari che tornavano a casa e dal comportamento dei guidatori che avevano una eccessiva simpatia per il clacson. Chiese di essere portato alla Stazione centrale.

Qui venne chiamato un facchino, e lo Sciacallo lo seguì arrancando penosamente verso il deposito-bagagli. Nel taxi aveva tirato fuori dalla valigetta a mano le forbici d'acciaio e se le era fatte scivolare nella tasca dei pantaloni. Al deposito-bagagli lasciò la valigetta e due valigie, tenendo quella che conteneva il lungo cappotto militare francese, e che, fra l'altro, era semivuota.

Dopo aver mandato via il facchino, entrò zoppicando nel gabinetto per uomini e trovò che solo uno dei lavandini in fila sul lato sinistro degli orinatoi era occupato. Depose la valigia e si lavò accuratamente le mani, indugiando fino a quando l'altra persona se ne fu andata. Quando il locale rimase deserto, lo attraversò rapidamente e si chiuse a chiave in uno dei gabinetti.

Appoggiò il piede sull'orlo del water e lavorò silenziosamente per dieci minuti intorno al gesso, tagliandolo con le forbici finché cominciò a staccarsi, mettendo allo scoperto gli strati di cotone che avevano dato al piede le proporzioni di una caviglia fratturata, rinchiusa nella forma di gesso.

Quando si fu finalmente liberato di tutti gli ultimi residui di gesso, si infilò di nuovo la calza di seta e il leggero mocassino di cuoio che aveva fissato al polpaccio, con il cerotto adesivo. Poi raccolse quello che restava del gesso e del cotone e lo gettò nella tazza. Fece scorrere l'acqua una prima volta e una buona metà di quella roba ci rimase incastrata, ma il secondo getto d'acqua spazzò via tutto.

Infine appoggiò la valigia sull'asse chiusa del water e infilò la serie di tubi circolari che contenevano i pezzi della carabina uno di fianco all'altro tra le pieghe del cappotto. Una volta legate ben strette le cinghie interne della valigia, il contenuto non poteva più sbattere contro le pareti. Allora chiuse la valigia e andò a dare un'occhiata fuori. Ai lavandini c'erano due persone, e altre due davanti agli orinatoi. Lasciò il gabinetto, si diresse rapidamente verso la porta, e saliti i gradini, si trovò nell'atrio centrale della stazione prima che qualcuno potesse notarlo.

Non poteva tornare al deposito-bagagli in perfetta forma fisica, dopo esserne appena uscito zoppicando e quindi chiamò un facchino, gli spiegò che aveva fretta, voleva cambiare del denaro, ritirare il bagaglio e trovare un taxi al più presto possibile. Gli infilò in mano lo scontrino del bagagliaio insieme a un biglietto da mille lire, indicandogli il deposito-bagagli. E gli fece capire a gesti, che lui sarebbe andato a cambiare le sterline inglesi in lire.

L'italiano fece segno di aver capito e andò a prendere le valigie. Lo Sciacallo cambiò le ultime venti sterline che gli rimanevano in moneta italiana, e stava appunto finendo l'operazione quando il facchino ritornò con i bagagli. Due minuti dopo, era seduto in un taxi che attraversava piazza Duca d'Aosta a forte velocità, diretto all'Hotel Continental. All'albergo, andò al banco dello splendido atrio centrale e disse all'impiegato:

« Ci dovrebbe essere una camera a mio nome; mi chiamo Duggan. È stata prenotata per telefono da Londra due giorni fa. »

Poco prima delle otto, lo Sciacallo poteva radersi e fare una doccia nella sua camera. Due valigie erano state accuratamente chiuse a chiave nell'armadio. La terza, con i suoi effetti personali, era aperta sul letto, e l'abito per la sera, un completo estivo leggero di lana *mohair* blu scuro, era appeso alla maniglia dell'armadio. Il vestito grigio chiaro era già stato consegnato alla cameriera dell'albergo per essere smacchiato e stirato. Lo Sciacallo aveva in programma un paio di aperitivi, la cena e una lunga nottata di sonno, perché il giorno successivo – il 13 agosto – sarebbe stato molto impegnato.

13

« Niente. »

Il secondo dei due giovani ispettori che lavoravano nell'ufficio di Bryn Thomas chiuse l'ultimo dei numerosi fascicoli che aveva dovuto leggere e alzò gli occhi verso il suo superiore.

Anche il suo collega aveva finito, ed era arrivato alle stesse conclusioni. Quanto a Thomas, aveva terminato cinque minuti prima, si era alzato per mettersi davanti alla finestra, dando le spalle alla stanza; fissava il movimento del traffico, alla luce del crepuscolo. A differenza di quello di Mallinson, il suo ufficio non dava sul fiume e dal primo piano aveva soltanto il panorama del carosello di automobili lungo Horseferry Road. Si sentiva distrutto. Aveva la gola irritata per le troppe sigarette e sapeva che non avrebbe dovuto fumare con quel raffreddore così forte, ma non riusciva a rinunciarci specialmente quando era sotto pressione.

La testa gli pulsava dolorosamente per il fumo e le telefonate che si erano susseguite in tutto il pomeriggio per un ulteriore controllo degli individui che potevano sembrare sospetti, dopo l'esame dei dati d'archivio. Ogni volta, le telefonate di risposta non avevano portato alcun esito positivo. O si trattava di persone che non avrebbero mai potuto compiere materialmente il fatto, oppure i loro precedenti erano di così poco conto che non si sarebbero mai visti affidare una missione come l'assassinio del Presidente francese.

« Va bene, questo è tutto » disse con fermezza, girando sui tacchi e voltandosi verso la stanza. « Abbiamo fatto quello che potevamo, e dobbiamo concludere che non esiste nessuno che assomigli neppure lontanamente alle indicazioni che ci sono state date e in base alle quali abbiamo compiuto queste indagini. »

« Può darsi che ci sia un inglese che faccia lavori di questo genere » suggerì uno degli ispettori. « Ma non esiste un minimo accenno che lo riguardi, nei nostri archivi. »

« C'è tutto nei nostri archivi, bada come parli » protestò Thomas. Non lo divertiva affatto il pensiero che un tipo così insolito come un assassino professionista potesse esistere all'interno del suo "dominio" senza essere schedato, e il suo umore non era stato certo migliorato né dal raffreddore né dal mal di testa. Quando lui era inverso, il suo accento gallese aveva una certa tendenza a farsi sentire di più. Dopo trent'anni passati lontano dalle valli del Galles, quella cadenza così caratteristica non era scomparsa del tutto.

« In fondo, » disse l'altro ispettore « un assassino politico è davvero una mosca bianca. Probabilmente non esiste in questo paese. Non è davvero un genere di azioni per un inglese, non è d'accordo? »

Thomas gli rispose con un'occhiata furiosa. Preferiva la parola "britannico" per descrivere gli abitanti del Regno Unito, e l'uso della parola "inglese" da parte dell'ispettore gli aveva fatto nascere il sospetto che potesse essere una velata insinuazione che tra i gallesi gli scozzesi e gli irlandesi poteva nascere un uomo simile. Ma non era così.

« E va bene, raccogliete tutti questi dossier e riportateli in archivio. Risponderò che non abbiamo trovato il minimo accenno all'esistenza di quel tizio, qui da noi. È tutto quello che possiamo fare. »

« Da dove proveniva la richiesta, sovrintendente? » domandò uno dei suoi aiutanti.

« Non te ne preoccupare, ragazzo. C'è qualcuno che ha dei problemi, a quel che sembra, ma non siamo noi. »

I due uomini più giovani avevano raccolto tutto il materiale d'archivio e si erano avviati alla porta. Avevano tutti e due una famiglia a casa, e uno di loro era in attesa da un giorno all'altro di diventare padre per la prima volta. Fu il primo a varcare la soglia. L'altro si voltò pensieroso.

« Capo, c'è una cosa che mi è venuta in mente mentre facevo quei controlli. Se esiste un uomo simile ed è di nazionalità britannica, non dovrebbe prendere il nostro paese come centro per le sue operazioni. Intendo dire che quell'uomo deve pur avere una base in qualche posto. Una specie di rifugio, un luogo dove ritirarsi. Non è da escludere che lui, nella sua città, sia un cittadino rispettabile. »

« Che cosa vorresti insinuare, che possa essere una specie di Jekyll e Hyde? »

« Be', qualcosa di simile. Voglio dire che se c'è in giro un assassino professionista del tipo che abbiamo cercato ed è così importante da costringere qualcuno a un'indagine come questa e a chiedere l'aiuto di un uomo come lei, ebbene vuol dire che deve essere proprio molto in gamba. E se lo è nel suo campo, si può concludere che deve avere al suo attivo qualche operazione ad alto livello. Può essere così, non è vero? »

« Continua » disse Thomas, guardandolo fisso negli occhi.

« Ecco, mi è venuto in mente che quell'uomo con ogni probabilità lavora soltanto fuori dal suo paese. E normalmente, i servizi di sicurezza interni non hanno ragione di sospettarlo. Chissà, forse il Servizio ha avuto qualche notizia su di lui in passato... »

Thomas considerò quell'idea, poi scosse lentamente la testa.

« Dimenticatene e vai a cena, ragazzo. Io scriverò il rapporto. E dimenticati anche di questo lavoro. »

Ma quando l'ispettore se ne fu andato, l'idea cominciò a prendere piede nel cervello di Thomas. Adesso poteva mettersi a compilare il rapporto. Completamente negativo. Zero via zero. Non ci potevano essere dubbi dopo l'esame dei documenti. Ma anche dando per scontato che ci fosse qualcosa di reale dietro la richiesta arrivata dalla Francia, non poteva darsi che i francesi avessero semplicemente perso la testa, come Thomas sospettava, per una voce di poco conto che riguardava il loro adorato Presidente? Se avevano davvero così poco materiale su cui lavorare, come ammettevano, se non esisteva alcun indizio che quell'uomo fosse effettivamente un inglese, allora dovevano aver chiesto un controllo analogo in tutto il resto del mondo. Le probabilità erano sfavorevoli all'esistenza di un assassino di quel genere e se anche esisteva davvero, era molto più facile che provenisse da una nazione con una lunga storia di assassinii politici alle spalle. Ma se invece i sospetti dei francesi avessero avuto un fondamento di verità e se poi si fosse scoperto che quell'uomo era un inglese, sia pure solo per nascita?

Thomas era profondamente orgoglioso del record di Scotland Yard, e soprattutto di quello della Sezione speciale. Non avevano mai perduto di vista un personaggio straniero in visita, né subìto mai anche solo l'odore di uno scandalo. Lui in persona si era impegnato a sorvegliare quel piccolo bastardo russo, Ivan Serov, il capo del KGB, quando era venuto a organizzare la visita di Kruscev, e allora c'erano decine di persone di estrazione baltica o polacca che avrebbero voluto fargli la pelle. Non era stato sparato neppure un colpo, anche se il posto pullulava di agenti del servizio di sicurezza di Serov, tutti armati di fucile e prontissimi a servirsene.

Il sovrintendente Bryn Thomas doveva andare in pensione due anni dopo: si sarebbe ritirato nella casetta che lui e Meg avevano comprato e che guardava sulle distese erbose che digradavano verso il canale di Bristol. Meglio essere sicuri, controllare ogni cosa.

In gioventù Thomas era stato un ottimo giocatore di rugby, e ce n'erano molti che avevano giocato contro il Glamorgan e ricordavano chiaramente quanto poco consigliabile fosse tentare una discesa sulle estreme quando Bryn Thomas giocava all'ala. Naturalmente adesso era troppo avanti negli anni, ma continuava a interessarsi moltissimo al London Welsh quando poteva assentarsi dal lavoro e andare a vedere la squadra dell'Old Deer Park, a Richmond. Conosceva bene tutti i giocatori, e gli piaceva soffermarsi al loro circolo a chiacchierare dopo la partita: la sua reputazione era sufficiente ad assicurargli sempre il benvenuto.

Tutti gli altri membri del circolo sapevano soltanto che uno dei giocatori era impiegato al ministero degli Esteri. Thomas sapeva anche qualcosa di più: il reparto per il quale lavorava Barrie Lloyd, che dipendeva sempre dal segretario degli Esteri ma che era distaccato dal ministero, era il Secret Intelligence Service, qualche volta chiamato il SIS, qualche volta semplicemente il "Servizio" e più comunemente con l'errata definizione di MI-6.

Sollevò il ricevitore del telefono sulla scrivania e domandò il numero...

I due uomini si incontrarono in un *pub* tranquillo, giù vicino al fiume, tra le otto e le nove di sera. Parlarono di rugby per un po', mentre Thomas ordinava da bere. Ma Lloyd intuì che il funzionario della Sezione speciale non gli aveva chiesto quell'appuntamento sul fiume per fare una chiacchierata sul gioco del rugby, tanto più che la stagione sportiva si sarebbe aperta soltanto due mesi dopo. Quando furono davanti ai loro bicchieri, e ognuno ebbe rivolto all'altro il brindisi d'uso, Thomas gli indicò con un cenno della testa la terrazza che dava direttamente sul molo. Fuori c'era più calma, perché molte delle coppie di ragazzi arrivate da Chelsea e da Fulham erano rimaste a bere nell'interno del locale, in attesa dell'ora di cena.

« Ho un problema, ragazzo » cominciò Thomas. « Speravo che tu potessi aiutarmi. »

« Be', se posso... » disse Lloyd.

Thomas gli spiegò quale fosse la richiesta che avevano ricevuto da Parigi e il risultato assolutamente negativo delle indagini nell'Archivio criminale e in quello della Sezione speciale.

« Mi è venuto in mente che se esiste un uomo simile e per di più è britannico, potrebbe essere il tipo che non vuole mai sporcarsi le mani nello Stato in cui vive, capisci, limitandosi ad agire all'estero. E se ha lasciato qualche traccia del suo passaggio da qualche parte, forse il Servizio ne sa qualche cosa. »

« Il Servizio? » domandò Lloyd a bassa voce.

« Suvvia, Barrie. Gente come noi finisce sempre per sapere un mucchio di cose. » La voce di Thomas era poco più di un sussurro. Visti da dietro avevano l'aspetto di due signori vestiti di scuro, che guardavano le luci della riva meridionale al di là del fiume immerso nell'ombra chiacchierando dei loro affari di quel giorno alla City. « Abbiamo dovuto mettere a soqquadro quasi tutto l'archivio durante le indagini per l'affare Blake. E abbiamo dovuto dare un'occhiata al curriculum di parecchia gente che lavorava al ministero degli Esteri per capire quali fossero i loro veri incarichi. Tra gli altri dossier, c'era anche il tuo. Facevi parte del suo settore all'epoca in cui abbiamo cominciato ad avere i primi sospetti. E di conseguenza so dove lavori. »

« Capisco » disse Lloyd.

« E ora ascoltami, io posso essere Bryn Thomas giù al parco di Richmond. Ma sono anche il sovrintendente della Sezione speciale, vero? Ora vuoi ammettere che non sempre è possibile conservare l'anonimato e difenderlo da tutti? »

Lloyd restò con gli occhi fissi sul suo bicchiere.

« È una richiesta ufficiale di informazioni? »

« No, non posso ancora renderla tale. La richiesta francese è stata passata ufficiosamente da Lebel a Mallinson. Questi non è riuscito a trovare nulla nell'archivio centrale, e quindi ha risposto che non poteva essergli d'aiuto, ma ha passato l'incarico a Dixon. E Dixon mi ha chiesto di fare un rapido controllo. Tutto di nascosto, come vedi. Qualche volta bisogna fare così. Sono faccende molto delicate, queste. Non devono arrivare alla stampa, né a nessun altro. C'è la probabilità che qui in Inghilterra non ci sia assolutamente niente di utile per Lebel. Io ho solo pensato di bussare a tutte le porte, e tu sei l'ultima. »

« Si pensa che quest'uomo abbia preso di mira de Gaulle? »

« Deve essere così, dal tono dell'indagine. Ma i francesi giocano le loro carte con molta circospezione. È chiaro che non vogliono nessuna pubblicità. »

« Naturalmente. Ma perché non mettersi in contatto direttamente con noi? »

« La richiesta di qualche suggerimento a proposito di un nome è stata passata da Lebel a Mallinson, direttamente. Forse il Servizio segreto francese non ha rapporti col tuo ufficio. »

Se Lloyd capì il riferimento alle relazioni notoriamente pessime tra lo SDECE e il SIS, non lo fece vedere.

« A che cosa stai pensando? » domandò Thomas, dopo un momento.

« Curioso » rispose Lloyd, fissando il fiume. « Ricordi il caso Philby? »

« Naturalmente. »

« È ancora un punto dolente, nella nostra sezione » riprese Lloyd. « È passato di là da Beirut nel '61, in gennaio. Naturalmente la faccenda è stata risaputa più tardi, ma ha provocato un grande subbuglio all'interno del Servizio. Molti funzionari sono stati trasferiti. E non c'era altro da fare. Perché lui aveva fatto saltare buona parte della Sezione araba, e anche parecchie altre. Uno dei primi trasferimenti, l'ha subìto il nostro principale "residente" nei Caraibi. Era stato con Philby a Beirut sei mesi prima, e allora l'hanno trasferito laggiù.

« All'incirca nello stesso periodo, il dittatore della Repubblica di San Domingo, Trujillo, è stato assassinato lungo una strada solitaria a poca distanza da Ciudad Trujillo. Secondo i nostri rapporti, lo hanno ammazzato i partigiani: aveva molti nemici. Poi, il nostro uomo è tornato a Londra e l'hanno messo per qualche tempo nel mio ufficio, fino al giorno in cui gli hanno trovato un'altra sistemazione. È stato lui a riferirmi una voce secondo la quale l'automobile di Trujillo sarebbe stata bloccata da un solo colpo di fucile, sparato da un tiratore scelto, per permettere agli attentatori di aprire l'auto con l'esplosivo e ammazzare il passeggero. È stato un colpo formidabile, dalla distanza di quasi centocinquanta metri, diretto contro un'automobile che arrivava a tutta velocità. La pallottola ha colpito il deflettore a fianco dell'autista, l'unico vetro che non fosse a prova di proiettile. Tutta l'automobile era blindata. Il colpo ha trapassato l'autista alla gola e la macchina è andata a sbattere. A questo punto, i partigiani l'hanno presa d'assalto. Ma un particolare è sempre rimasto senza conferma: a quanto si diceva, quel tiratore era un inglese. »

Ci fu una lunga pausa, mentre i due uomini, con i boccali di birra vuoti che penzolavano dalle dita, continuavano a fissare le acque del Tamigi, ormai completamente nere. Tutti e due pensavano alla stessa immagine: un paesaggio aspro e arido su una lontana isola assolata; un'automobile che arrivava a più di cento chilometri all'ora sull'asfalto e che si fracassava contro la parete rocciosa; un vecchio in diagonale rossiccia e galloni dorati, che aveva governato per trent'anni con mano di ferro, trascinato fuori dai rottami e finito a colpi di pistola nella polvere.

« Questo... uomo... quello che dicevano che aveva sparato, non aveva un nome? »

« Non lo so. Non ricordo. Era soltanto una voce d'ufficio, a quell'epoca. Un periodo in cui avevamo tanto da fare, e un dittatore dei Caraibi era l'ultima cosa di cui potevamo preoccuparci. »

« Questo collega, quello che ha parlato con te, ha scritto un rapporto? »

« Probabilmente, sì. Si fa sempre, da noi. Ma capiscimi bene, si trattava solo di una voce. Niente a cui appigliarsi. Noi siamo abituati a servirci dei fatti, delle informazioni di una certa consistenza. »

« Ma sarà stato pure archiviato in qualche posto, no? »

« Penso di sì » rispose Lloyd. « Ma probabilmente con l'indicazione che era una notizia di scarsissima importanza: una chiacchiera ripetuta nei bar dell'isola. Laggiù di chiacchiere se ne fanno moltissime. »

« Daresti lo stesso un'occhiata al materiale dell'epoca che si trova in archivio, per vedere se l'uomo sulla montagna aveva un nome? »

Lloyd si staccò dalla ringhiera.

« Vai a casa » disse al sovrintendente. « Ti telefonerò, se c'è qualcosa che può esserti utile. »

Rientrarono nel *pub*, deposero i bicchieri e si avviarono alla porta.

« Mi faresti proprio un piacere, a interessartene » disse Thomas, mentre si stringevano la mano. « Probabilmente non c'è nulla. Ma è pur sempre una possibilità. »

Mentre Thomas e Lloyd chiacchieravano sulla terrazza che dava sul Tamigi, e lo Sciacallo raccoglieva col cucchiaio le ultime gocce della sua coppa di zabaglione sulla terrazza di un ristorante fra i tetti di Milano, il commissario Claude Lebel partecipava alla prima delle riunioni che avevano come argomento il progresso delle sue indagini, nella sala del ministero degli Interni a Parigi.

I convenuti erano gli stessi di ventiquattr'ore prima. Il ministro degli Interni era seduto a capotavola, e ai suoi lati avevano preso posto i responsabili delle varie sezioni. Claude Lebel sedeva all'altra estremità, con uno smilzo fascicolo davanti a sé. Il ministro, con un breve cenno della testa, fece capire che la riunione poteva incominciare.

Per primo, parlò lo *chef de cabinet*. Durante la giornata precedente e la notte, ogni doganiere a ogni posto di frontiera francese aveva ricevuto l'ordine di controllare con la massima attenzione il bagaglio di tutti gli stranieri alti e biondi che entravano in Francia. In modo particolare dovevano essere controllati i passaporti, anche da parte del funzionario del DST che si trovava presso gli uffici di dogana, per scoprire un eventuale falso (il capo del DST annuì per confermare l'informazione).

I turisti e gli uomini d'affari che entravano in Francia avrebbero certo notato un improvviso aumento della vigilanza negli uffici doganali, ma si aveva ragione di credere che difficilmente la persona costretta a subire un'accurata perquisizione potesse rendersi conto che rappresentava un trattamento di favore riservato, in tutta la nazione, agli uomini alti e biondi. Se si fosse verificata l'eventualità di una richiesta di spiegazioni sull'argomento da parte di un giornalista particolarmente attento, gli si sarebbe risposto che si trattava semplicemente di quel tipo di perquisizioni improvvise e irregolari che sono usuali in quel genere di controlli. Ma aveva l'impressione che non sarebbe stata fatta nessuna domanda.

C'era un'altra notizia da riferire. Era stata avanzata la proposta di prendere in considerazione la possibilità del rapimento di uno dei tre capi dell'OAS che si trovavano a Roma. Il Quai d'Orsay si era fermamente opposto a quest'idea per ragioni diplomatiche (laggiù ignoravano l'esistenza del complotto dello Sciacallo) e in questo avevano tutto l'appoggio del Presidente (il quale invece ne conosceva perfettamente la ragione). Di conseguenza, una soluzione del genere, per uscire dalla difficoltà in cui si trovavano, doveva essere scartata a priori.

Il generale Guibaud, che parlava per lo SDECE, disse che un controllo completo dei loro archivi non aveva portato alla scoperta di alcun elemento che confermasse l'esistenza di un assassino politico professionista al di fuori dei ranghi dell'OAS o tra i suoi simpatizzanti, che già non fosse sotto sorveglianza.

Il capo dell'RG annunciò che una ricerca approfondita negli archivi criminali aveva dato risultati identici per quel che riguardava i francesi, ma anche per gli stranieri che, in passato, avevano tentato in Francia operazioni della stessa natura.

Poi fece il suo rapporto il capo del DST. Alle 7.30 di quella mattina era stata segnalata una telefonata da un ufficio postale vicino alla Gare du Nord diretta all'albergo di Roma dove alloggiavano i tre capi dell'OAS. Dal giorno della loro comparsa laggiù, la centralinista del servizio telefonico internazionale aveva ricevuto istruzioni di dare notizia di tutte le telefonate passate a quel numero. La centralinista in servizio quella mattina non era stata certo all'altezza del suo compito. La telefonata era stata passata, prima che lei si accorgesse che il numero si trovava sulla lista delle chiamate sospette; quindi, soltanto in un secondo tempo, aveva avvertito il DST. Però aveva almeno avuto il buon senso di rimanere in ascolto. Il messaggio era stato: "Valmy a Poitiers. Lo Sciacallo è saltato.

Ripeto. Lo Sciacallo è saltato. Kowalski è stato preso. Ha cantato prima di morire. Fine".

Per qualche attimo un pesante silenzio gravò sulla sala.

« Come hanno fatto a scoprirlo? » domandò Lebel dal fondo del tavolo a bassa voce. Tutti gli occhi si girarono verso di lui, a eccezione di quelli del colonnello Rolland che stava fissando la parete davanti a sé.

« Maledizione » esclamò a un tratto, sempre fissando il muro.

Gli occhi di tutti si volsero dalla parte del direttore del Servizio d'azione.

« Marsiglia » disse in tono secco. « Per mettere le mani su Kowalski e farlo venire da Roma abbiamo dovuto servirci di un'esca. Un suo vecchio amico, di nome JoJo Grzybowski. L'uomo ha una moglie e una figlia. Li abbiamo tenuti tutti e tre in custodia preventiva, per tutto il tempo che Kowalski è stato in mano nostra. Poi ho lasciato che tornassero a casa. Tutto quello che volevo da Kowalski erano delle informazioni sui suoi capi. In quei giorni non c'era la minima ragione di sospettare l'esistenza del complotto dello Sciacallo. Né c'era ragione che dovessero ignorare che Kowalski era stato preso... allora. Poi, naturalmente, le cose sono cambiate. Deve essere stato JoJo il polacco a dare l'imbeccata all'agente Valmy. Mi dispiace. »

« Il DST è riuscito a bloccare Valmy in quell'ufficio postale? » si informò Lebel.

« No, ci è sfuggito per pochi minuti, grazie alla stupidità di quella centralinista » rispose il capo del DST.

« Una vera e propria dimostrazione di inefficienza » intervenne il colonnello Saint-Clair, che fu subito bersagliato da un discreto numero di occhiate poco amichevoli.

« Stiamo andando avanti a tentoni, nel buio più assoluto, contro un avversario che non conosciamo » replicò il generale Guibaud. « Se il colonnello è disposto ad assumersi volontariamente l'incarico di svolgere queste ricerche, con tutte le responsabilità che comportano... »

Il colonnello che veniva dall'Eliseo si immerse nelle carte

davanti a lui, come se fossero ben più importanti della velata minaccia lanciatagli dal capo dello SDECE. Ma si accorse che la sua non era stata un'osservazione saggia.

« Sotto un certo punto di vista, » mormorò il ministro, pensieroso « tanto vale che sappiano che abbiamo scoperto il loro segreto. Di certo, adesso rinunceranno all'operazione, no? »

« Precisamente » disse Saint-Clair, cercando di riacquistare il terreno perduto. « Il ministro ha ragione. Sarebbero pazzi a voler continuare, adesso. Si limiteranno ad avvertire il loro uomo e a fermarlo. »

« Il progetto non è ancora saltato per la verità » disse Lebel, pacatamente. Gli altri si erano quasi dimenticati della sua esistenza. « Non conosciamo ancora il nome di quell'uomo. E l'avvertimento potrebbe semplicemente convincerlo a prendere ulteriori precauzioni, rese necessarie dalle contingenze. Documenti falsi, travestimenti... »

L'ottimismo che aveva avuto origine dall'osservazione del ministro e aveva contagiato gli uomini intorno al tavolo, svanì. Roger Frey gettò un'occhiata piena di rispetto al piccolo commissario.

« Penso che sarà meglio ascoltare il rapporto del commissario Lebel. Dopo tutto, è lui che sta dirigendo questa inchiesta. Noi siamo qui per assisterlo, dove è possibile. »

Sollecitato in questo modo, Lebel fece un quadro generale delle misure prese fin dalla sera precedente; parlò del crescente convincimento confermato da un controllo degli archivi francesi che, se quello straniero esisteva, il suo nome avrebbe dovuto trovarsi archiviato presso la polizia di qualche altro paese. Parlò della richiesta che aveva fatto di poter allargare le indagini all'estero e di come questa fosse stata accolta positivamente. Poi accennò alla serie di telefonate personali, via Interpol, ai capi della polizia di sette fra le più importanti nazioni straniere.

« Le risposte sono arrivate durante il corso della giornata, » concluse « eccole qui. Olanda, niente. Italia, gli assassini che lavorano su commissione e che la polizia conosce sono parecchi, ma tutti impiegati dalla mafia. Un'indagine dei carabinieri presso il capo mafioso di Roma ha portato alla conclusione che nessun assassino della mafia si occuperebbe mai di un attentato politico a meno che non ne abbia ricevuto l'ordine, e che la mafia non ha alcun interesse a prendere in considerazione l'assassinio di uno statista straniero. » Lebel alzò gli occhi dalle sue carte. « Personalmente, sono propenso a credere che sia vero.

« Gran Bretagna, niente. Ma solite indagini di routine sono state passate a un altro settore, la Sezione speciale, per un ulteriore controllo. »

« Lenti come sempre » mormorò Saint-Clair, sottovoce. Lebel colse l'osservazione e alzò gli occhi di nuovo.

« Ma molto accurati, i nostri amici inglesi. Non si deve sottovalutare Scotland Yard. » Riprese la lettura.

« America. Ce ne sono due. Uno è il braccio destro di un grosso trafficante d'armi internazionale che ha la sua base a Miami: si tratta di un ex marine che ha anche lavorato per la CIA nei Caraibi. Licenziato per aver ucciso un cubano anticastrista in una rissa appena prima dell'affare della Baia dei Porci. Il cubano doveva comandare un settore di quell'operazione. Allora l'americano è stato assunto dal trafficante d'armi, uno degli uomini di cui la CIA si serviva ufficiosamente per rifornire di armi le forze d'invasione della Baia dei Porci. Ritenuto responsabile di due incidenti mai dichiarati, successi a due concorrenti del suo padrone nel campo della vendita delle armi. Sembra che questo particolare tipo di traffico sia un genere di affari dove gli assassini abbondano. Il nome di quest'uomo è Charles "Chuck" Arnold. L'FBI adesso sta controllando i suoi spostamenti.

« Anche il secondo uomo potrebbe essere una possibilità. Marco Vitellino, ex guardia del corpo personale di Albert Anastasia, il capo di una banda di gangster di New York. Anastasia è stato ucciso mentre era seduto sulla poltrona di un barbiere nell'ottobre del '57 e Vitellino ha lasciato subito l'America per il timore di fare la stessa fine. Si è sistemato a Caracas, nel Venezuela. Ha cercato di entrare nel giro lavorando da solo, ma con scarso successo. La malavita locale lo ha messo in disparte. L'FBI pensa che, se si trovava al verde, forse avrebbe potuto esser disponibile per l'ingaggio da parte di una organizzazione straniera che voleva fare assassinare qualcuno, se il prezzo offertogli era di suo gradimento. »

Nella sala, il silenzio era totale: i quattordici uomini ascoltavano senza un mormorio.

« Belgio, una possibilità. Uno psicopatico omicida, che apparteneva all'entourage di Ciombé nel Katanga. Espulso dalle Nazioni Unite, quando è stato catturato nel 1962. Non ha potuto ritornare in Belgio perché c'erano due accuse di assassinio pendenti su di lui. Un mercenario, ma intelligente. Si chiama Jules Bérenger. Lo si crede emigrato nell'America centrale. La polizia belga adesso sta controllando dove si trova.

« Germania, un suggerimento. Hans-Dieter Kassel, ex maggiore delle SS ricercato da due Stati per crimini di guerra. Dopo la guerra ha vissuto nella Germania occidentale sotto falso nome e ha lavorato come assassino per l'ODESSA, l'organizzazione clandestina degli ex membri delle SS. Sospettato di partecipazione all'assassinio di due socialisti, che facevano pressione perché il governo appoggiasse le indagini sui crimini di guerra. Successivamente riconosciuto come Kassel, è riuscito a riparare in Spagna perché qualcuno l'ha avvisato: ecco la ragione per cui un anziano funzionario di polizia ha perduto il suo impiego. Attualmente si crede che viva nascosto a Madrid... »

Lebel alzò di nuovo gli occhi. « Incidentalmente vale la pena di notare che l'età di quest'uomo lascia presumere che non sia più adatto per questo genere di lavori. Adesso ha cinquantasette anni. »

« E per ultimo il Sud Africa. Una possibilità. Mercenario di professione. Nome: Piet Schuyper. Anche lui uno dei tiratori scelti di Ciombé. Niente di ufficiale contro di lui nel Sud Africa, ma è considerato un indesiderabile. Un tiratore scelto, ma con una aperta simpatia per l'assassinio individuale. L'ultima volta che se ne è sentito parlare è stato quando l'hanno espulso dal Congo, agli inizi di quest'anno, all'epoca del crollo della secessione del Katanga. Si crede che sia ancora nell'Africa occidentale, in una località imprecisata. La Sezione speciale sudafricana sta compiendo un ulteriore accertamento. »

Tacque e guardò le persone presenti. I quattordici uomini intorno al tavolo ricambiarono il suo sguardo, senza alcuna espressione.

« Naturalmente, » riprese poi, in tono dispiaciuto « temo che sia tutto molto vago. Per prima cosa, perché ho provato con le sette nazioni che mi sembravano le più adatte. Lo Sciacallo potrebbe essere svizzero o austriaco o altro. Tre dei sette paesi interpellati ci hanno risposto di non avere nulla da dirci. Ma potrebbero sbagliare. Lo Sciacallo potrebbe essere italiano o olandese o inglese. Oppure potrebbe essere sudafricano, belga, tedesco o americano, ma non trovarsi fra quelli elencati nei loro archivi. Non si sa. Si brancola nel buio, sperando di vedere uno spiraglio di luce. »

« La speranza da sola non ci porterà certo molto lontano » lo aggredì Saint-Clair.

« Forse il colonnello ha una nuova proposta? » si informò cortesemente Lebel.

« Personalmente credo che quell'uomo è stato avvertito e dissuaso dal continuare » disse Saint-Clair, con voce glaciale. « Non potrebbe mai riuscire ad avvicinarsi al Presidente ora che il suo piano è stato scoperto. E per quanto alta possa essere la cifra che Rodin e i suoi accoliti hanno promesso di pagare a questo Sciacallo, si faranno restituire il denaro e rinunceranno al progetto. »

« Lei *crede* che quest'uomo sia stato avvertito? » ribatté Lebel, in tono soave. « Ma credere non è molto diverso da sperare. Al momento attuale, preferirei continuare le indagini. »

« Ma al momento, a che stadio si trovano queste indagini, commissario? » domandò il ministro.

« Le polizie che ci hanno offerto questi suggerimenti stanno già inviandoci per telex i dossier completi. Aspetto l'ultimo per domani a mezzogiorno. Mi arriveranno anche le fotografie spedite telegraficamente. Da parte di qualche polizia, si continuano le ricerche, soprattutto sui movimenti delle persone sospettate, per riferirceli poi in modo da permetterci di riprendere il lavoro sulle tracce che ci forniscono. »

« Crede che terranno la bocca chiusa? » domandò Sanguinetti.

« Non c'è ragione che non lo facciano » rispose Lebel. « Ogni anno centinaia di richieste estremamente riservate e confidenziali vengono passate dai funzionari di un certo rango appartenenti alle nazioni che fanno parte dell'Interpol – in certi casi si tratta anche di richieste ufficiali, ma fatte direttamente da persona a persona. Per nostra fortuna, tutte le nazioni, indipendentemente dalla loro posizione politica, si oppongono al delitto. E in questo modo non ci troviamo coinvolti in quelle rivalità caratteristiche dei settori più politici delle relazioni internazionali. La collaborazione tra le polizie dei vari Stati è ottima. »

« Anche per il delitto politico? » domandò Frey.

« Per i poliziotti, signor ministro, si tratta sempre di un delitto. Ecco perché ho preferito mettermi io in contatto con i miei colleghi stranieri, piuttosto che passare l'inchiesta attraverso il ministero degli Esteri. Indubbiamente i superiori di questi miei colleghi dovranno venire a saperlo, ma non c'è nessuna ragione di credere che vorranno metterci nei guai. L'assassino politico è fuorilegge per tutto il mondo. »

« Dato che sanno che l'informazione è stata chiesta, potranno tirare da soli le loro conclusioni e beffarsi – sia pure in privato – del nostro Presidente » interloquì Saint-Clair, con asprezza.

« Non vedo perché dovrebbero farlo. Un giorno, potrebbe anche capitare a uno di loro » disse Lebel.

« Non conosce abbastanza la politica, se non ha capito che certe persone sarebbero felici di sapere che un assassino ha preso di mira il Presidente della Francia » rispose Saint-Clair « e il fatto che la notizia diventi di dominio pubblico è proprio quello che il Generale voleva evitare a tutti i costi. »

« Ma non si tratta di una notizia di dominio pubblico » lo corresse Lebel. « È una notizia estremamente riservata, confidenziale, trasmessa a una cerchia ristretta di persone che conoscono segreti di tale importanza da poter rovinare, se venissero rivelati, una buona metà degli uomini politici del loro paese. Qualcuno di loro conosce anche nei minimi particolari le installazioni e il funzionamento dei servizi di sorveglianza del mondo occidentale. E deve essere così, dal momento che tocca a loro difenderli. Se non fossero persone discrete, non occuperebbero il posto che occupano. »

« È meglio che qualche persona sappia che stiamo cercando un assassino, piuttosto che ricevere da parte nostra l'invito a partecipare ai funerali del Presidente » brontolò Bouvier. « È da due anni che stiamo combattendo contro l'OAS. E le istruzioni del Presidente erano che questo fatto non dovesse diventare oggetto di inchieste giornalistiche, né argomento di pettegolezzo per il pubblico. »

« Signori, signori » intervenne il ministro. « Basta, ora. Sono stato io ad autorizzare il commissario Lebel a fare qualche indagine tra i capi dei servizi di polizia stranieri, dopo... » gettò un'occhiata a Saint-Clair « ... essermi consultato con il Presidente. »

Il compiacimento generale per la sconfitta del colonnello fu controllato a fatica.

« C'è altro? » domandò Frey.

Rolland alzò una mano.

« Abbiamo un ufficio stabile a Madrid » disse. « C'è un certo numero di transfughi dell'OAS in Spagna, ed è per questo che lo teniamo aperto. Potremmo fare un controllo su questo nazista, Kassel, senza che se ne debba occupare la Germania occidentale. Mi sembra di aver capito che le nostre relazioni con il ministero degli Esteri di Bonn non sono delle migliori. »

Il suo riferimento all'affare Argoud del febbraio e alla conseguente collera di Bonn strappò qualche sorriso. Frey alzò le sopracciglia interrogativamente, rivolgendosi a Lebel.

« Grazie, » disse il poliziotto « ci sarebbe di grandissima utilità se fosse possibile stabilire dov'è quell'uomo e controllarlo. Quanto al resto non c'è nulla, a eccezione della richiesta che tutte le sezioni continuino ad assistermi come hanno fatto nelle ultime ventiquattro ore. »

« Allora arrivederci a domani, signori » disse il ministro in tono secco e si alzò raccogliendo le proprie carte. La riunione si concluse.

Fuori sui gradini, Lebel aspirò a pieni polmoni, con piacere, la dolce aria notturna di Parigi. Gli orologi suonarono la mezzanotte e annunziarono che martedì 13 agosto era cominciato.

Era da poco passata mezzanotte quando Barrie Lloyd chiamò al telefono il sovrintendente Thomas nella sua casa di Chiswick. Thomas stava per spegnere la luce sul comodino, pensando che il suo collega del SIS ormai lo avrebbe chiamato il mattino dopo.

« Ho trovato la velina del rapporto di cui abbiamo parlato » disse Lloyd. « In parte avevo ragione io. Si tratta di un rapporto che riferisce le voci di quei giorni, sull'isola. È stata aggiunta l'annotazione "non prendere alcun provvedimento", appena è stata archiviata. Come dicevo, a quell'epoca avevamo parecchie altre cose urgenti di cui occuparci. »

« Ci sono accenni a qualche nome? » domandò Thomas a bassa voce, per non disturbare la moglie che si era addormentata.

« Sì, un uomo d'affari britannico che si trovava sull'isola e che poi è scomparso pressappoco in quell'epoca. Può anche darsi che non c'entrasse per niente, ma il suo nome era stato messo in relazione con quelle chiacchiere. Si tratta di un certo Charles Calthrop. »

« Grazie, Barrie. Continuerò le ricerche domani mattina. » Depose il microfono e si addormentò.

Lloyd, che era un giovane meticoloso, fece un breve rapporto della richiesta e della sua risposta e lo mandò all'ufficio competente. Durante la notte, l'impiegato di servizio in quel reparto lo esaminò dubbioso, per un momento e, dato che riguardava Parigi, lo depose nel sacco della posta in partenza per la sezione Francia del ministero degli Esteri, perché fosse consegnato personalmente, come al solito, al suo direttore, la mattina stessa.

14

Lo Sciacallo si alzò all'ora solita, le sette e mezzo, prese la tazza che avevano appoggiato sul comodino, e bevve il tè, poi fece una doccia e si rasò. Dopo essersi vestito, tirò fuori dall'interno della fodera della valigia le mille sterline in banconote, le infilò nella tasca interna della giacca e scese per la prima colazione. Alle nove era sul marciapiede di via Manzoni, fuori dall'albergo, e si incamminava lungo quella strada, alla ricerca di una banca. In due ore ne girò parecchie per cambiare le sterline inglesi. Duecento sterline furono cambiate in lire italiane, le altre ottocento in franchi francesi.

Verso la metà della mattinata aveva finito, e si fermò a prendere un caffè espresso in un bar. Poi ripartì per la seconda ricerca. Dopo aver chiesto più volte informazioni, arrivò in una strada dietro Porta Garibaldi, un quartiere popolare vicino alla Stazione Garibaldi. Qui trovò quello che stava cercando, una serie di box da affittare. Ne prese uno in affitto dal proprietario dell'autorimessa che si trovava all'angolo della strada. Il prezzo per due giorni era diecimila lire, piuttosto al di sopra della media, ma, d'altra parte, lui l'avrebbe tenuto per un periodo molto breve.

In un negozio di ferramenta nelle vicinanze comprò una tuta, un paio di cesoie, parecchi metri di sottile filo di ferro, un saldatore e una stecca di lega per saldature lunga una trentina di centimetri. Infilò tutto in una borsa di tela acquistata nel medesimo negozio e andò a depositarla nel box. Dopo aver intascato la chiave, si diresse verso la zona più elegante del centro della città dove pranzò in una trattoria.

Nel primo pomeriggio, dopo aver preso un appuntamento dal telefono della trattoria, si fece accompagnare da un taxi agli uffici di una agenzia di autonoleggio, piuttosto piccola e male in arnese. Qui scelse una macchina sportiva a due posti, un'Alfa Romeo di seconda mano, del 1962. Spiegò che intendeva girare l'Italia nelle due settimane successive, il tempo della sua vacanza, e riconsegnare l'automobile al termine di quel periodo.

Il suo passaporto, la patente inglese e quella internazionale erano in ordine; l'assicurazione gli fu preparata nel giro di un'ora da una compagnia con gli uffici lì vicino, che abitualmente si interessava delle pratiche della agenzia di autonoleggio. Il deposito era elevato, l'equivalente di cento sterline, ma a metà del pomeriggio lui entrava in possesso dell'automobile, con le chiavi già infilate nel cruscotto, e il proprietario della ditta gli augurava una lieta vacanza.

Le informazioni che aveva chiesto in precedenza all'Associazione automobilistica di Londra gli avevano confermato che Francia e Italia appartenevano al Mercato Comune e di conseguenza le formalità per portare in Francia un'automobile immatricolata in Italia non erano complicate, purché le patenti di guida, i documenti di immatricolazione dell'automobile noleggiata e le assicurazioni fossero in ordine.

Una visita di persona agli uffici dell'Automobile Club Italiano in corso Venezia gli fornì il nome di un'importante compagnia di assicurazioni, specializzata nell'offrire polizze agli automobilisti che viaggiavano in paesi stranieri. Raggiunse la sede e pagò un'assicurazione extra per un viaggio in Francia. Questa compagnia, così gli garantirono, aveva stretti rapporti di affari con un'importante compagnia francese, e la sua polizza sarebbe stata accettata senza difficoltà.

Ritornò al Continental alla guida dell'Alfa, sistemò l'auto nel parcheggio dell'albergo e salì in camera a prendere la valigia con i pezzi smontati della carabina. Era passata da poco l'ora del tè, quando fu di nuovo nella viuzza dove aveva affittato il box.

Dopo essersi chiuso la porta alle spalle, al riparo da occhi indiscreti, infilò la presa del saldatore nella spina della lampada che pendeva da un filo al centro del soffitto, appoggiò una potentissima torcia elettrica al pavimento in modo da illuminare la parte inferiore della macchina, e si mise all'opera. Per due ore, saldò con ogni cura al bordo interno del telaio i sottili tubi metallici che contenevano le parti smontate della carabina. Aveva scelto un'Alfa perché a Londra, passando in rassegna le riviste specializzate, aveva scoperto che, fra tutte le macchine italiane, l'Alfa era quella fornita del telaio più solido, con un bordo interno molto profondo.

I tubi erano stati infilati uno per uno in leggere custodie di tela di sacco, e poi legati al bordo interno con il filo di ferro; i punti in cui il filo di ferro toccava il telaio, lo Sciacallo li aveva saldati con il saldatore. Quando finì di lavorare, la tuta era macchiata del grasso che c'era sul pavimento, e le mani gli dolevano per lo sforzo di legare strettamente il filo di ferro al telaio. Ma il lavoro era stato fatto. I tubi erano praticamente invisibili e li avrebbe potuti scoprire, dopo un esame molto accurato, soltanto chi avesse avuto voglia di infilarsi sotto la macchina. E poi, si sarebbero coperti presto di una patina di fango e di polvere.

Infilò la tuta, il saldatore e qualche pezzo di filo di ferro nella borsa di tela, e la nascose sotto un mucchio di vecchi stracci in fondo al box. Le cesoie, le sistemò nel cassetto del cruscotto.

La sera stava scendendo di nuovo sulla città, quando lo Sciacallo uscì a bordo dell'Alfa, la valigia nel baule della macchina. Chiuse a chiave la porta del box, poi si diresse verso l'albergo.

Ventiquattr'ore dopo il suo arrivo a Milano, era di nuovo nella sua stanza. Si fece una doccia, per togliersi di dosso la stanchezza accumulata durante il giorno; poi immerse a lungo le mani doloranti nel lavabo pieno di acqua fredda e si cambiò per l'aperitivo e la cena.

Prima di passare al bar per il suo solito Campari Soda, si fermò al banco nel vestibolo e domandò che gli preparassero il conto, che avrebbe saldato subito dopo cena, e che lo svegliassero alle cinque e mezzo la mattina dopo, portandogli una tazza di tè in camera.

Dopo un'altra cena squisita, pagò il conto con quello che gli restava delle lire italiane. Poco dopo le undici, era già a letto, addormentato.

Sir Jasper Quigley era in piedi nel suo ufficio, le spalle rivolte alla stanza e le mani intrecciate dietro la schiena, e guardava dalle finestre del ministero degli Esteri la distesa immacolata della Horse Guards Parade. Un reparto di cavalleria, impeccabilmente allineato, passò al trotto sul piazzale ricoperto di ghiaia diretto verso l'Annexe e il Mall, proseguendo in direzione di Buckingham Palace.

Era una scena incantevole ed entusiasmante. Sir Jasper si fermava spesso davanti alla finestra, al mattino, ad ammirare quello spettacolo, il più inglese tra gli spettacoli inglesi. Qualche volta aveva l'impressione che il solo fatto di stare davanti a quella finestra a guardare i Blues che passavano, il sole che brillava, i turisti che allungavano il collo, e sentire in fondo al piazzale il tintinnio dei finimenti, il nitrito di un cavallo più focoso e le esclamazioni di meraviglia, fosse una ricompensa sufficiente per tutti quegli anni trascorsi da un'ambasciata all'altra, in nazioni straniere. Difficilmente, ammirando quello spettacolo, non si sentiva obbligato a raddrizzare un poco di più le spalle già dritte, a tirare indietro lo stomaco sotto i pantaloni a righe; e un senso di orgoglio gli faceva sollevare il mento fino a distendere le rughe del collo. Qualche volta, ascoltando il caratteristico scalpitio degli zoccoli sulla ghiaia, si alzava dalla scrivania per andare alla finestra di forma neo-gotica a guardarli passare, prima di ritornare alle sue carte e agli affari di Stato. Altre volte, pensando a tutti quelli che avevano cercato di cambiare quella scena e di sostituire al tintinnio degli speroni lo scalpiccio ritmico dei *brodequins* parigini o degli stivali chiodati berlinesi, si sentiva pungere gli occhi e li abbassava in fretta sulle carte.

Ma non quella mattina. Quella mattina i suoi occhi rivolti verso il basso avevano un'espressione acida e minacciosa, e le sue labbra erano compresse con tanta forza da sembrare addirittura inesistenti. Sir Jasper Quigley era in preda a una collera violenta, che manifestava di tanto in tanto. Naturalmente, era solo.

Era il capo della Francia: il che non voleva significare che avesse una benché minima giurisdizione sulla nazione al di là della Manica, verso la quale aveva sempre manifestato tanta amicizia a fior di labbra mentre in realtà ne aveva sentita molto poca durante tutta la sua vita, ma che dirigeva l'ufficio del ministero degli Esteri incaricato di studiare gli affari, le mire, le attività, e, spesso, le cospirazioni di quel maledetto Stato e di riferirle in seguito al sottosegretario permanente e, in ultima analisi, al segretario di Stato per gli affari esteri di Sua Maestà.

Possedeva, altrimenti non avrebbe raggiunto quella posizione, tutti i requisiti necessari: un curriculum lungo e ragguardevole nella diplomazia, gli anni trascorsi in tante nazioni ma mai in Francia, un passato di correttezza e intelligenza nei suoi giudizi politici che, benché fossero spesso errati, coincidevano inevitabilmente con quelli dei suoi superiori del momento; un bel curriculum, insomma, di cui essere giustamente fieri. Non aveva mai commesso errori in pubblico, né aveva avuto troppe volte ragione per diventare scomodo; non aveva mai appoggiato un'opinione che non fosse di moda né formulato un parere discordante da quelli che prevalevano fra le persone con le più alte cariche del corpo diplomatico.

Un matrimonio con la figlia difficilmente maritabile del direttore della Cancelleria a Berlino, che successivamente era diventato assistente vice sottosegretario di Stato, non lo aveva certo danneggiato. Anzi aveva permesso che non fosse preso nella dovuta considerazione uno sfortunato promemoria del 1937, spedito da Berlino, in cui si diceva che il riarmo tedesco non avrebbe avuto alcun autentico effetto, in termini politici, sul futuro dell'Europa occidentale.

Durante la guerra, rientrato a Londra, aveva diretto per qualche tempo l'ufficio dei Balcani, e aveva consigliato con una certa insistenza l'appoggio inglese al partigiano iugoslavo Mikailovitch e ai suoi Cetnik. Quando il Primo Ministro di quei tempi aveva inspiegabilmente preferito dare ascolto al consiglio di un oscuro e giovane capitano, Fitzroy MacLean, che era stato paracadutato sul posto e aveva suggerito di appoggiare uno sciagurato comunista di nome Tito, il giovane Quigley era stato trasferito all'ufficio che si occupava della Francia.

Qui si era distinto come uno dei più accaniti fautori dell'appoggio britannico al generale Giraud ad Algeri. Anche quella era, o avrebbe potuto essere, una politica buona, se non fosse stata sventata da un altro meno anziano generale francese, che in quel periodo viveva a Londra e cercava di mettere insieme un esercito chiamato Francia Libera. Perché Winston avesse mai dato retta a quell'uomo era qualcosa che nessuno di quei professionisti della politica sarebbe mai riuscito a capire.

In effetti nessuno avrebbe mai potuto dire di Sir Jasper (diventato baronetto nel '61 per i suoi meriti in campo diplomatico) che mancasse delle qualifiche necessarie a essere un buon capo della "Francia". Aveva un'antipatia congenita per la Francia e per tutto quello che la riguardava. Questi sentimenti, all'epoca della conferenza stampa tenuta dal presidente de Gaulle il 14 gennaio 1963, con la quale lui aveva chiuso le porte del Mercato Comune alla Gran Bretagna e provocato uno sgradevole incontro di una ventina di minuti tra Sir Jasper e il ministro, non erano nulla a confronto di quelli che provava verso la persona del Presidente francese.

Bussarono alla porta. Sir Jasper si allontanò in fretta dalla finestra. Prese un foglio di carta velina azzurra nella cartella sulla scrivania, e se la portò davanti agli occhi come se fosse stato immerso nella lettura quando avevano bussato.

« Avanti. »

L'uomo più giovane entrò nell'ufficio, richiuse la porta e si avvicinò alla scrivania.

Sir Jasper lo guardò da sopra le lenti a mezzaluna.

« Ah, Lloyd. Stavo giusto dando un'occhiata a questo rapporto che lei ha passato durante la notte. Interessante, interessante. Una richiesta ufficiosa di indagini, da parte di un alto funzionario della polizia francese a un alto funzionario di quella inglese. Passata a un sovrintendente della Sezione speciale, il quale trova logico consultarsi, naturalmente in via non ufficiale, con un elemento di grado inferiore dell'Intelligence Service. Mmmm? »

« Sì, Sir Jasper. »

Lloyd osservò la figura snella del diplomatico fermo vicino alla finestra, che esaminava il suo rapporto come se non l'avesse mai visto prima. La sua impressione era che Sir Jasper si fosse già ampiamente documentato sul contenuto e che quella studiata indifferenza fosse soltanto un atteggiamento.

« E questo funzionario di grado inferiore trova logico, così di punto in bianco e senza rivolgersi a un'autorità superiore, assistere con il suo consiglio il funzionario della Sezione speciale. E con un consiglio che, per di più, dovrebbe portare a concludere senza uno straccio di prova che un cittadino inglese conosciuto come un uomo d'affari, in realtà potrebbe essere uno spietato assassino. Mmmm? »

"A che cosa diavolo sta mirando il vecchio scimmione?" pensò Lloyd.

« Quello che mi lascia perplesso, mio caro Lloyd, è che per quanto la richiesta, naturalmente ufficiosa, sia stata fatta ieri mattina, soltanto ventiquattr'ore più tardi ne viene informato il direttore dell'ufficio del ministero più strettamente interessato a tutto quello che succede in Francia. Una situazione piuttosto strana, non è d'accordo? »

Lloyd capì l'antifona. Una ripicca tra due settori. Ma al tempo stesso sapeva molto bene che Sir Jasper era un uomo potente, abilissimo da anni nella lotta per il potere all'interno della gerarchia, una lotta nella quale i partecipanti dedicano abitualmente uno sforzo maggiore di quello che impiegano per gli affari di Stato.

« Con il massimo rispetto, Sir Jasper, la richiesta del sovrintendente Thomas, che come dice lei non era ufficiale, mi è stata fatta alle nove ieri sera. Il rapporto è stato passato a mezzanotte. »

« Certo, certo. Ma noto che a questa richiesta è stata data evasione prima di mezzanotte. È in grado di spiegarmene il motivo? »

« Ho pensato che la richiesta di un indizio, o di una traccia da seguire in una eventuale indagine, rientrava nell'ambito della normale collaborazione interdipartimentale » replicò Lloyd.

« Davvero? Lo pensa anche ora? » Sir Jasper aveva abbandonato l'atteggiamento dell'inquisitore bonario, e dalla sua voce trapelavano irritazione e puntiglio. « Ma a quanto sembra non rientrava nell'ambito della collaborazione interdipartimentale fra il suo ufficio e la Sezione Francia, mmm? »

« Lei ha il mio rapporto in mano, Sir Jasper. »

« Un po' tardi, signore. Un po' tardi. »

Lloyd decise di rispondergli colpo su colpo. Si rendeva perfettamente conto che, se aveva commesso un errore nel non consultare un'autorità più alta prima di aiutare Thomas, era al suo capo diretto che avrebbe dovuto rivolgersi, non certo a Sir Jasper Quigley. E il capo del SIS era adorato dai suoi impiegati e antipatico ai "mandarini" del ministero degli Esteri perché si era sempre rifiutato di permettere a qualsiasi altra persona all'infuori di se stesso di fare un rimprovero ai suoi subordinati.

« Troppo tardi per che cosa, Sir Jasper? »

Sir Jasper alzò gli occhi di scatto. Non aveva alcuna intenzione di cadere nella trappola e di ammettere che era troppo tardi per impedire che la richiesta di collaborazione da parte di Thomas venisse accettata.

« Si renderà certo conto che qui si mette in gioco il nome di un cittadino britannico. Un uomo contro il quale non esiste il minimo indizio, per non parlare di prove. Non pensa che sia un procedimento alquanto strano quello di sbandierare a questo modo il nome di una persona e, in vista della natura della richiesta, anche la sua reputazione? »

« Non credo proprio che comunicare il nome di un uomo a un sovrintendente della Sezione speciale, come possibile traccia per un'indagine, possa essere definito uno "sbandierare", Sir Jasper. »

Il diplomatico si accorse di tormentarsi le labbra, per controllare la collera. Cucciolo impertinente, ma anche furbo. Bisognava tenerlo d'occhio, e con molta attenzione. Riuscì a dominarsi.

« Capisco, Lloyd. Capisco. In vista del suo evidente desiderio di essere d'aiuto alla Sezione speciale, un desiderio naturalmente lodevolissimo, pensa che ci si aspetti troppo da lei sperando che si consulti con qualcuno prima di buttarsi allo sbaraglio? »

« Mi sta domandando, Sir Jasper, perché non mi sono consultato con lei? »

Sir Jasper vide rosso.

« Sissignore, proprio con me! Non è esattamente quello che le sto chiedendo? »

« Sir Jasper, con la massima deferenza per il suo grado, mi sento costretto a richiamare la sua attenzione sul fatto che io faccio parte del personale del Servizio. Se lei non è d'accordo sul mio comportamento di ieri sera, penso che sarebbe più conveniente che le sue lamentele fossero rivolte al mio diretto superiore invece che a me. »

Conveniente? Conveniente? Quel giovane arrivista cercava forse di insegnare al capo della "Francia" che cosa era o non era conveniente?

« E così sarà fatto, signore » sbottò Sir Jasper. « Certo che sarà fatto. E nei termini più severi. »

Senza chiedere il permesso, Lloyd girò sui tacchi e uscì dall'ufficio. Aveva ben poche speranze di evitare una bella lavata di testa dal Vecchio: avrebbe potuto dire soltanto, per rendere meno grave il fatto, che la richiesta di Bryn Thomas gli era sembrata urgente e che aveva pensato che ogni minuto fosse prezioso. Se poi il Vecchio avesse deciso che lui avrebbe dovuto seguire comunque la trafila abituale, be', si sarebbe preso la ramanzina senza fiatare. Ma dal suo capo, e non da Quigley. Oh, al diavolo anche Thomas!

Sir Jasper Quigley, però, era molto incerto sul da farsi, se protestare oppure no. Dal punto di vista burocratico aveva ragione e l'informazione su Calthrop, anche se era sepolta in fondo a un cassetto d'archivio tra i rapporti considerati ormai da scartare, prima di essere divulgata avrebbe dovuto ottenere l'approvazione di un'autorità più alta, ma non necessariamente da lui. Nella sua qualità di capo della Sezione Francia, era uno dei "clienti" del servizio informazioni del SIS, non uno dei suoi direttori. Poteva andare a lamentarsi con quella specie di genio bisbetico (non erano parole sue) che dirigeva il SIS e assicurarsi così che Lloyd venisse rimproverato, con eventuali conseguenze negative per la carriera del marmocchio. Ma correva sempre il rischio di diventare il bersaglio della lingua tagliente del capo del SIS, perché aveva chiamato a rapporto un suo dipendente senza chiedergli il permesso; e questo non era un pensiero piacevole. Fra l'altro, il capo del SIS aveva fama di essere in ottimi rapporti con certe persone Molto In Alto. Giocava a carte con loro a Blades, cacciavano insieme nello Yorkshire. E il giorno dell'apertura della caccia era solo a un mese di distanza. E lui, Quigley, non era ancora riuscito ad avere neanche un invito per i ricevimenti che si preparavano per quella data. Meglio lasciar perdere.

"Adesso, comunque, il guaio è fatto" pensò, con gli occhi fissi sulla Horse Guards Parade.

« Adesso, comunque, il guaio è fatto » fece notare alla persona che aveva invitato a pranzo al suo club, all'una appena passata. « Immagino che partiranno in quarta per offrire la loro collaborazione ai francesi. Speriamo che non lavorino troppo, vero? »

Era una buona battuta e gli piacque moltissimo. Disgraziatamente non aveva valutato la potenza del suo ospite, che era anche lui in ottimi rapporti con alcune delle persone Molto In Alto.

Un rapporto personale del commissario della polizia metropolitana e la notizia del *bon mot* di Sir Jasper arrivarono al Primo Ministro quasi contemporaneamente, pochi minuti prima delle quattro, quando lui fece ritorno al n. 10 di Downing Street dopo le interrogazioni alla Camera.

Alle quattro e dieci squillò il telefono nell'ufficio del sovrintendente Thomas.

Thomas aveva passato la mattina e buona parte del pomeriggio a cercare di rintracciare un uomo di cui non sapeva assolutamente niente, a eccezione del nome. Come sempre, quando capitava una indagine su una persona che si supponeva fosse stata all'estero, il punto di partenza era stato l'ufficio passaporti di Petty France.

Una visita compiuta personalmente in quella sede, alle nove del mattino appena l'ufficio era stato aperto, gli aveva permesso di procurarsi le copie fotostatiche dei moduli di domanda del passaporto compilati da sei differenti Charles Calthrop. Disgraziatamente avevano tutti un secondo nome, l'uno diverso dall'altro. Era anche riuscito a procurarsi le fotografie presentate da ognuno di loro insieme ai moduli e se le era portate via, promettendo di farle riprodurre e di restituirle agli archivi dell'ufficio passaporti.

Uno dei sei passaporti era stato richiesto nel gennaio 1961; ma questo non voleva dire nulla, anche se era significativo che non esistesse negli archivi un'altra domanda di quel particolare Charles Calthrop, precedente a quella che Thomas aveva fra le mani. Se nella Repubblica di San Domingo si era servito di un nome falso, come era possibile che le voci di una sua partecipazione all'assassinio di Trujillo accennassero a lui come "a un certo Calthrop"? Thomas aveva deciso di mettere all'ultimo posto, per grado di importanza, il Calthrop che aveva fatto quella domanda per il passaporto.

Quanto agli altri cinque, uno gli sembrava troppo vecchio; aveva sessantacinque anni, nell'agosto 1963. I quattro che restavano potevano essere tutti la persona ricercata. Non aveva importanza che corrispondessero o no alla descrizione di Lebel, che aveva parlato di un uomo alto e biondo, perché a Thomas spettava solo un compito di eliminazione. Se per tutti e sei poteva cadere il sospetto che fossero lo Sciacallo, tanto meglio. Avrebbe potuto riferire a Lebel il risultato delle sue ricerche con la coscienza pulita.

Ogni modulo di domanda aveva un indirizzo: due erano di Londra e due della provincia. Non si poteva certo prendere il telefono, chiamare un certo signor Charles Calthrop e chiedergli se nel 1961 si trovava nella Repubblica di San Domingo. Se anche c'era stato, poteva sempre negarlo.

Fra l'altro, nessuno dei quattro sospettati aveva scritto "uomo d'affari" alla voce che riguardava la professione. Ma anche questo non era un elemento determinante. Il rapporto di Lloyd parlava di chiacchiere che si erano sparse nei locali pubblici a quell'epoca, secondo le quali Calthrop sarebbe stato un "uomo d'affari", ma non si poteva fare affidamento sull'autenticità di questo particolare.

Nella mattinata la polizia locale e quella della contea, dopo una richiesta telefonica di Thomas, avevano rintracciato i due Calthrop che abitavano fuori Londra. Uno era ancora al lavoro e sarebbe partito con la famiglia per il week-end. Lo avevano accompagnato a casa durante l'intervallo di mezzogiorno e avevano esaminato il suo passaporto: non portava nessun visto di entrata o di uscita con il timbro della Repubblica dominicana nel 1960 o nel 1961. Il passaporto era stato usato solo due volte, una per Majorca e l'altra per la Costa Brava. Non solo, ma qualche informazione assunta nella ditta di alimentari dove lavorava aveva rivelato che quel particolare Charles Calthrop non aveva mai lasciato l'ufficio contabilità nel gennaio 1961, e che faceva parte del personale della società da dieci anni.

L'altro, che abitava fuori Londra, era stato rintracciato in un albergo di Blackpool. Non aveva il passaporto con sé, ma lo avevano convinto ad autorizzare la polizia della località in cui abitava a farsi consegnare la chiave di casa da un vicino, ad aprire il cassetto della sua scrivania e a cercare il passaporto. Non portava il timbro della polizia dominicana, e una rapida inchiesta al suo posto di lavoro aveva permesso di scoprire che era un tecnico e riparava le macchine per scrivere, e non si era mai assentato nel 1961 se non per le vacanze estive. Lo testimoniavano i suoi documenti della previdenza sociale e il registro delle presenze al lavoro.

Uno dei due Charles Calthrop londinesi era risultato un ortolano di Catford. Vendeva verdura nel suo negozio quando si erano presentati a chiedere di lui due uomini in borghese, che parlavano a bassa voce. Viveva in un appartamento proprio sopra il negozio, quindi aveva potuto mostrare il passaporto ai due agenti nel giro di pochi minuti. Come gli altri, anche questo non forniva alcuna indicazione su un eventuale viaggio del suo proprietario nella Repubblica di San Domingo. E alla domanda specifica, l'ortolano non aveva avuto difficoltà a dimostrare di non sapere neppure dove si trovava quell'isola.

Il quarto e ultimo Calthrop si era rivelato il più difficile. Gli agenti erano andati all'indirizzo segnato quattro anni prima sul modulo di domanda per il passaporto e avevano scoperto che si trattava di un edificio diviso in appartamenti ad Highgate. Gli agenti immobiliari che amministravano gli appartamenti, avevano frugato nel loro archivio ed erano riusciti a sapere che non abitava più lì fin dal dicembre 1960. Non aveva comunicato il suo indirizzo successivo.

Però, Thomas conosceva il secondo nome di quel Calthrop. Una ricerca sull'elenco telefonico non era approdata a nulla, ma sfruttando l'autorità della Sezione speciale, Thomas aveva potuto sapere, dopo averne fatto richiesta alla Posta centrale, che un certo C.H. Calthrop aveva avuto un telefono, e il numero si trovava sull'elenco precedente di Londra West. Le iniziali corrispondevano a quelle dei nomi del Calthrop non ancora rintracciato: Charles Harold. Basandosi su questa informazione, Thomas aveva fatto un controllo all'ufficio elettorale del quartiere nel quale era elencato quel numero telefonico.

Sì, gli avevano risposto, effettivamente un certo signor Charles Harold Calthrop era il locatario dell'appartamento a quell'indirizzo, e il suo nome faceva parte degli elenchi elettorali in qualità di votante nel distretto.

A questo punto era stata fatta una visita all'appartamento. Era chiuso a chiave, e nessuno aveva risposto ai ripetuti trilli di campanello. Nessun altro in tutto il palazzo aveva saputo dire dove si trovava il signor Calthrop. Al rientro dell'autopattuglia, il sovrintendente Thomas aveva tentato un'altra strada. Aveva fatto chiedere all'ufficio del fisco di eseguire un controllo sulle cartelle delle tasse di un certo Charles Harold Calthrop, del quale era stato fornito l'indirizzo. Interessava sapere chi era il suo datore di lavoro, e dove era stato impiegato negli ultimi tre anni.

Fu a questo punto che squillò il telefono. Thomas sollevò la cornetta, disse il suo nome e rimase in ascolto per qualche secondo. Le sue sopracciglia si sollevarono.

« Io? » domandò. « Cosa, personalmente? Si, certo, verrò subito. Mi dà cinque minuti? Bene, arrivederci. »

Lasciò l'edificio e raggiunse Parliament Square, soffiandosi il naso rumorosamente per liberarne le cavità intasate. Lungi dal migliorare, sembrava che il suo raffreddore andasse sempre peggio nonostante la calda giornata estiva.

Da Parliament Square si diresse verso Whitehall e infilò la prima trasversale a sinistra, raggiungendo Downing Street. Come al solito era ombrosa e tetra, non entrando mai il sole nel *cul-de-sac* dove si trova la residenza del Primo Ministro della Gran Bretagna. S'era raccolta una piccola folla davanti alla porta del numero 10, tenuta a distanza sull'altro marciapiede da due aitanti poliziotti: forse quella gente era lì solo a osservare il continuo andirivieni dei corrieri che arrivavano alla porta con le buste marrone chiaro da consegnare, o forse sperava di intravedere a una delle finestre la faccia di un personaggio importante.

Thomas lasciò la strada e tagliò a destra, attraverso un piccolo cortile che racchiudeva una striscia di prato. Quella scorciatoia lo portò all'ingresso posteriore del numero 10, dove premette il pulsante del campanello vicino alla porta. Questa si aprì immediatamente, e sulla soglia comparve un grosso sergente di polizia, che lo riconobbe subito e gli fece il saluto.

« 'giorno, signore. Il signor Harrowby mi ha detto di farla passare subito nel suo ufficio. »

James Harrowby, che aveva telefonato a Thomas pochi minuti prima, era il capo del servizio di sicurezza personale del Primo Ministro, un bell'uomo che dimostrava meno dei suoi quarantun anni. Indossava la cravatta della scuola dove aveva studiato, ma aveva alle spalle una brillante carriera di poliziotto prima del suo trasferimento a Downing Street. Anche lui, come Thomas, aveva il grado di sovrintendente. Si alzò in piedi quando Thomas entrò.

« Accomodati, Bryn. Ho piacere di rivederti. » Fece un cenno al sergente. « Grazie, Chalmers. » Il sergente si ritirò e chiuse la porta.

« Di che cosa si tratta? » domandò Thomas. Harrowby lo guardò, sorpreso.

« Speravo che fossi tu a dirmelo. Mi ha chiamato al telefono, mi ha fatto il tuo nome e ha detto che voleva vederti subito personalmente. Cosa stai combinando? »

Thomas pensò che c'era una sola cosa che stava "combinando", ma rimase stupito che fosse arrivata tanto in alto così in fretta. E poi, se per una volta il Primo Ministro non voleva confidarsi col suo capo del servizio di sicurezza quelli erano affari suoi.

« Niente che io sappia » rispose.

Harrowby alzò la cornetta del telefono che si trovava sulla sua scrivania e chiese la linea con l'ufficio privato del Primo

Ministro. Si sentì qualche scatto, e una voce disse: « Sì? ».

« Parla Harrowby, signor Primo Ministro. Il sovrintendente Thomas è qui con me... sissignore. Immediatamente. » Depose il ricevitore.

« Subito da lui, di corsa: ma che cosa stai combinando? Pensa che due ministri stanno facendo anticamera. Su, vieni! »

Harrowby gli fece strada fuori dal suo studio lungo un corridoio, verso una porta imbottita di fustagno verde. Un segretario stava uscendo: vedendoli arrivare, si fermò e si tirò da parte. Harrowby fece entrare Thomas, disse a voce alta: « Il sovrintendente Thomas, signor Primo Ministro » e si ritirò, richiudendo silenziosamente la porta alle sue spalle.

Thomas si trovò in una stanza molto silenziosa, con il soffitto alto, ammobiliata con una certa eleganza, piena zeppa di carte e libri che si ammucchiavano dappertutto in disordine, impregnata dell'odore del tabacco da pipa e di quello del legno che rivestiva le pareti – una stanza molto più simile allo studio di un professore di università che non all'ufficio di un Primo Ministro.

La persona alla finestra si voltò.

« Buongiorno, sovrintendente. Prego, si accomodi. »

« Buongiorno, signore. » Scelse una sedia che si trovava di fronte alla scrivania e ci si sedette in punta. Non gli era mai capitato di vedere il Primo Ministro così da vicino prima, né tanto meno in privato. L'impressione immediata fu quella di un paio di occhi tristi, quasi abbattuti, e di due palpebre cascanti, come quelle di un cane di razza che ha fatto una lunga gara di corsa ricavandone ben scarsa soddisfazione.

La stanza rimase immersa nel silenzio, mentre il Primo Ministro si avvicinava alla scrivania e si sedeva. Thomas aveva sentito dire – naturalmente nell'ambiente di Whitehall – che la salute del Primo Ministro non era più quella di una volta e che lui stava pagando adesso il fio di tutta la tensione necessaria per portare il governo fuori dalle secche dell'"affare Keeler-Ward", conclusosi da poco, ma ancora argomento di grandissima attualità in tutto il Paese. Sia pure tenendo presente quel fatto, rimase sorpreso dall'aspetto esausto e triste dell'uomo seduto davanti a lui.

« Sovrintendente Thomas, mi è stato riferito che lei attualmente sta conducendo un'indagine a seguito di una richiesta di collaborazione ricevuta per telefono da Parigi ieri mattina da parte di un funzionario di alto grado della Police Judiciaire francese. »

« Sì... signor Primo Ministro. »

« E che questa richiesta è stata provocata dal timore delle autorità francesi che possa esserci un uomo... un assassino professionista, presumibilmente assunto dall'OAS, pronto a tentare una certa missione in Francia, in un futuro imprecisato. »

« Questo non ci è stato spiegato, signor Primo Ministro. La richiesta verteva semplicemente su qualche suggerimento riguardo all'identità di un assassino professionista. Si chiedevano se potevamo conoscerlo. Non ci è stata data alcuna spiegazione sul motivo per cui desiderassero tali suggerimenti. »

« Nonostante questo, lei che cosa ne ha dedotto? »

Thomas si strinse leggermente nelle spalle.

« Quello che ha dedotto lei, signor Primo Ministro. »

« Appunto. Non occorre essere un genio per concludere che la ragione per la quale le autorità francesi desiderano identificare un simile... esemplare è una sola. E quale pensa che possa essere il bersaglio di quest'uomo, se effettivamente un tipo come lui ha messo in allarme la polizia francese? »

« Ecco, signor Primo Ministro, per come la penso io, hanno paura che sia stato ingaggiato un assassino per tentare di uccidere il Presidente. »

« Appunto. E non sarebbe il primo tentativo del genere, vero? »

« No, signore. Ce ne sono già stati sei, di attentati. »

Il Primo Ministro fissò le carte che aveva davanti come se ci potesse trovare qualche indizio su quello che era successo al mondo nei mesi conclusivi del suo incarico.

« Si rende conto, sovrintendente, che, a quanto sembra, ci sono persone in questo Paese, persone piuttosto in alto, che desiderebbero minor zelo da parte sua nel condurre le indagini? »

Thomas ne fu sinceramente sorpreso.

« No, signore. » Da chi diavolo aveva preso quell'idea il Primo Ministro?

« Vorrebbe essere tanto cortese da farmi un resoconto dello stadio attuale delle sue ricerche? »

Thomas cominciò dal principio, raccontando con chiarezza e concisione la traccia dall'Archivio criminale alla Sezione speciale, la conversazione con Lloyd, la menzione di un uomo di nome Calthrop e le indagini che erano state svolte fino a quel momento.

Quando ebbe finito, il Primo Ministro si alzò e si avvicinò alla finestra che guardava sulla striscia di prato illuminata dal sole al centro del cortile. Per lunghi minuti rimase con gli occhi fissi laggiù, le spalle leggermente incurvate. Thomas si chiese che cosa stesse pensando.

Forse pensava a una spiaggia a poca distanza da Algeri dove un tempo aveva passeggiato e conversato con l'arrogante francese che ora sedeva in un altro ufficio, quattrocentocinquanta chilometri lontano, a reggere le sorti della sua nazione. A quell'epoca avevano entrambi vent'anni di meno, tanti avvenimenti non si erano ancora verificati e tanti avvenimenti non avevano creato una barriera fra loro due.

Forse pensava a quello stesso francese che otto mesi prima, da un salone dorato del palazzo dell'Eliseo, con frasi misurate e incisive aveva distrutto le speranze del Premier britannico di coronare la sua carriera politica portando l'Inghilterra in seno alla Comunità europea, prima di ritirarsi con la soddisfazione di aver realizzato il suo sogno.

O forse pensava semplicemente a quegli ultimi mesi tormentosi durante i quali le rivelazioni scandalistiche di un mezzano e di una cortigiana avevano messo in crisi il governo inglese. Ormai era un vecchio; era nato ed era cresciuto in un mondo che aveva delle norme particolari, sia nel bene sia nel male, e lui ci aveva creduto, in quelle norme, e le aveva seguite.

Adesso il mondo era cambiato, era pieno di gente nuova con idee nuove, ed egli apparteneva al passato. Capiva che adesso le norme di vita erano diverse; che poteva intuirle confusamente, ma non trovarle di suo gusto. Probabilmente, guardando quella chiazza erbosa illuminata dal sole, sapeva già quello che il futuro gli preparava. L'operazione chirurgica non poteva più essere rimandata e con quella sarebbe arrivato il momento delle dimissioni. Quanto prima, il mondo sarebbe passato nelle mani di persone nuove. E del resto, in buona parte c'era già, in mano loro. Ma sarebbe anche passato a mezzani e sgualdrine, a spie e... assassini?

Thomas che gli era seduto dietro, vide che raddrizzava le spalle; poi il vecchio si girò verso di lui.

« Sovrintendente Thomas, desidero che lei sappia che il generale de Gaulle è mio amico. Se esiste anche il più remoto pericolo per la sua persona, e se il pericolo dovesse arrivargli da un abitante di queste isole, allora bisogna bloccare quell'uomo. Da questo momento in poi, lei impegnerà tutto se stesso nelle indagini. Nel giro di un'ora, i suoi superiori saranno autorizzati da me in persona ad accordarle ogni facilitazione e ogni aiuto nell'ambito dei loro poteri. Non le si metteranno limiti per le spese, né per il personale di cui potrà aver bisogno. Le verrà data l'autorità necessaria a ottenere la collaborazione di chi vuole, ad avere accesso alle documentazioni ufficiali di qualsiasi dipartimento del Paese che sia in grado di contribuire alla prosecuzione delle indagini, e per mio ordine personale, lei collaborerà senza riserve con le autorità francesi. Soltanto quando sarà assolutamente convinto che chiunque possa essere quest'uomo che i francesi stanno cercando per identificarlo e arrestarlo, non è cittadino britannico, e non agisce avendo come base questa nazione, potrà interrompere le sue indagini. A quel punto, lei verrà a fare il suo rapporto a me personalmente.

« Nell'eventualità che questo Calthrop, o chiunque altro con un passaporto britannico, possa obiettivamente essere considerato l'assassino che i francesi stanno cercando, lei lo arresterà. Chiunque egli sia, deve essere fermato. Sono stato chiaro? »

Non avrebbe potuto esserlo di più! Thomas era sicuro che alle orecchie del Primo Ministro era arrivata qualche informazione, e da lì avevano avuto origine le istruzioni che gli aveva appena dato. Thomas sospettava che l'origine delle informazioni non fosse del tutto estranea all'accenno un po' sibillino alle persone che desideravano gli scarsi progressi delle sue indagini. Ma non poteva averne la certezza.

« Sissignore » disse.

Il Primo Ministro piegò la testa, a indicare che il colloquio era finito. Thomas si alzò, dirigendosi alla porta.

« Ehm... signor Primo Ministro. »

« Sì? »

« C'è una cosa, signore. Non ho ben capito se lei desidera che io parli ai francesi delle nostre indagini in seguito alle voci sulla presenza di questo Calthrop nella Repubblica dominicana, due anni fa. »

« Ha già dei validi motivi per credere che le precedenti attività di quest'uomo giustifichino il sospetto che possa essere davvero l'individuo cercato dai francesi? »

« No, signor Primo Ministro. Non abbiamo niente contro nessuno dei vari Charles Calthrop, a eccezione di quella voce di due anni fa. Ancora, non sappiamo neppure se il Calthrop, che abbiamo cercato per un intero pomeriggio, sia quello che si trovava nei Caraibi nel gennaio del 1961. Se non lo è, siamo esattamente al punto di partenza. »

Il Primo Ministro rimase assorto nei suoi pensieri, per qualche secondo.

« Non vorrei far sprecare il tempo ai suoi colleghi francesi, con suggerimenti basati su dicerie prive di fondamento che risalgono a due anni e mezzo fa. Noti bene "prive di fondamento". La prego, si impegni nelle indagini. Nel momento stesso in cui le sembrerà di avere in suo possesso, su questo o qualsiasi altro Charles Calthrop, i dati sufficienti a confermare la voce di una sua partecipazione all'attentato al generale

Trujillo, informerà immediatamente i francesi e cercherà al tempo stesso di arrestare quest'uomo, ovunque si trovi. »

« Sì, signor Primo Ministro. »

« E dica per cortesia al signor Harrowby di venire da me. Darò immediatamente gli ordini che le conferiranno l'autorità di cui avrà bisogno. »

Le cose cambiarono verso la fine di quel pomeriggio nell'ufficio di Thomas. Il sovrintendente raccolse intorno a sé sei dei migliori ispettori della Sezione speciale. Uno di loro, che era in ferie, fu richiamato d'urgenza; due che sorvegliavano l'abitazione di un tale sospettato di passare all'*attaché* militare di un paese dell'Europa orientale informazioni riservate della Royal Ordnance Factory dove lavorava, furono rilevati dall'incarico e sostituiti. Altri due avevano già aiutato il sovrintendente il giorno prima a frugare nei dossier della Sezione speciale alla ricerca di un assassino senza nome. E infine l'ultimo si godeva a casa il suo giorno di libertà, lavorando nella serra, quando arrivò una telefonata che gli ordinava di presentarsi immediatamente al quartier generale della sezione.

Thomas diede ampi ragguagli, fece giurare a tutti segretezza e cominciò a rispondere a una serie ininterrotta di telefonate. Fu poco dopo le sei che l'ufficio del fisco trovò le cartelle delle tasse di Charles Harold Calthrop. Uno degli agenti venne mandato a ritirare la documentazione completa. Gli altri continuarono a lavorare col telefono, a eccezione di uno che fu inviato all'indirizzo di Calthrop per cercare di mettersi in contatto con i vicini di casa o con i negozianti dei dintorni, per qualche informazione su Calthrop e sui suoi eventuali spostamenti. Le fotografie di Calthrop ricavate da quella sul modulo di domanda per il passaporto, vennero riprodotte dal laboratorio fotografico, e ogni ispettore ne aveva una in tasca.

Le cartelle delle tasse dell'uomo ricercato indicavano che nell'ultimo anno era rimasto senza lavoro, e prima ancora aveva soggiornato all'estero per un anno. Ma per la maggior parte dell'anno finanziario 1960-61 aveva occupato un posto in una ditta il cui nome era noto a Thomas come quello di una delle più importanti per la fabbricazione e l'esportazione di armi leggere. Nel giro di un'ora riusciva a procurarsi il nome del direttore generale e lo rintracciava a casa, nella sua villa di campagna, situata in quella particolare zona del Surrey dove risiedono gli agenti di cambio. Thomas gli chiese un appuntamento, dicendogli di volerlo incontrare immediatamente, e mentre sul Tamigi calava il crepuscolo, la Jaguar della polizia attraversò il fiume, rombando, diretta al villaggio di Virginia Water.

Patrick Monson non aveva l'aspetto di un commerciante in armi così temibili, ma in realtà, rifletté Thomas, è raro che quegli uomini ce l'abbiano. Da Monson, Thomas venne a sapere che Calthrop era rimasto nella ditta per poco meno di un anno. E, cosa più importante, nel dicembre 1960 e gennaio 1961 era stato mandato a Ciudad Trujillo per cercare di vendere una partita di fucili mitragliatori in eccedenza, del tipo usato nell'esercito britannico, al capo della polizia di Trujillo.

Thomas gettò a Monson un'occhiata carica di antipatia.

E chi se ne fregava se poi venivano usati per qualche altro scopo, eh?, pensò, ma non perse tempo a manifestare ad alta voce il suo disgusto. Perché Calthrop aveva lasciato la Repubblica dominicana con tanta fretta?

Monson sembrò sorpreso. Be', perché Trujillo era stato ucciso, naturalmente. Il suo regime era crollato nel giro di poche ore. Che cosa poteva aspettarsi dal nuovo regime un uomo che era venuto nell'isola per vendere a quello vecchio una partita di armi e munizioni? Naturale che era dovuto venirsene via.

Thomas ci pensò. Certo, il ragionamento non faceva una grinza. Monson disse che al suo ritorno Calthrop aveva dichiarato di essersi trovato addirittura nell'ufficio del capo della polizia a discutere la vendita, quando era arrivata la notizia che il generale era stato ucciso in un'imboscata. Il capo della polizia era impallidito ed era partito immediatamente per una sua proprietà, dove erano sempre pronti ad attenderlo l'aereo personale e un pilota. Nel giro di poche ore, la folla in tumulto avrebbe invaso le strade alla ricerca dei simpatizzanti del vecchio regime. Calthrop era stato costretto a corrompere un pescatore perché lo portasse via dall'isola con la sua barca a vela.

Perché Calthrop aveva lasciato la ditta, chiese infine Thomas? Era stato licenziato, fu la risposta. Perché? Monson ci pensò per qualche attimo. E infine disse:

« Sovrintendente, il commercio delle armi di seconda mano è altamente competitivo. La concorrenza è addirittura accanita. Il fatto di sapere che cosa un altro è disposto a vendere, e il prezzo che chiede, può essere vitale per un concorrente ansioso di concludere lo stesso affare con lo stesso compratore. Diciamo semplicemente che non eravamo del tutto soddisfatti della lealtà di Calthrop nei confronti dell'azienda. »

Mentre tornava in macchina verso la città, Thomas ripensò a quello che Monson gli aveva detto. La spiegazione della fuga precipitosa di Calthrop dalla Repubblica di San Domingo era logica. Il fatto non confermava – anzi tendeva piuttosto a negarla – la voce che era stata riferita dal "residente" del SIS nei Caraibi, secondo la quale il suo nome poteva essere messo in relazione con l'assassinio.

D'altra parte, a dar retta a Monson, Calthrop non era uomo da rifiutarsi di fare il doppio gioco. Era possibile che fosse arrivato in qualità di rappresentante accreditato di una società che commerciava in armi leggere, e al tempo stesso fosse stato al soldo dei rivoluzionari?

Una frase di Monson aveva lasciato perplesso Thomas: aveva accennato al fatto che Calthrop non se ne intendeva molto di fucili quando era stato assunto. Eppure un tiratore scelto doveva essere un esperto, no? È vero che poteva avere imparato qualcosa lavorando per la ditta. Ma se era un novellino in materia di fucili e sparatorie, perché i partigiani nemici di Trujillo avevano assoldato proprio lui per bloccare con un solo colpo di fucile l'automobile del generale su una strada piuttosto veloce? O forse non era vero che avevano chiesto il suo aiuto? E se la storia di Calthrop fosse stata autentica dalla prima parola all'ultima?

Thomas si strinse nelle spalle. Non provava niente, ma non è che negava qualche cosa. Di nuovo al punto di partenza, pensò con amarezza.

Ma quando rientrò in ufficio, ricevette una notizia che gli fece cambiare parere. L'ispettore che era stato mandato a casa di Calthrop era tornato a fare il suo rapporto. Aveva trovato una vicina di casa, che era stata fuori a lavorare tutto il giorno. La donna aveva raccontato che il signor Calthrop era partito qualche giorno prima, dopo averle detto che andava in Scozia. Sul sedile posteriore dell'automobile, parcheggiata davanti alla casa, aveva visto qualcosa che assomigliava a una serie di canne da pesca.

Canne da pesca? Il sovrintendente Thomas si sentì percorrere da un brivido, anche se faceva molto caldo nel suo ufficio. Mentre il poliziotto terminava il suo rapporto, uno degli altri entrò nella stanza.

« Sovrintendente? »

« Sì? »

« Mi è venuta in mente una cosa. »

« Su, avanti. »

« Lei parla francese? »

« No, e lei? »

« Sì, perché mia madre era francese. Quest'assassino che la Police Judiciaire sta cercando, è conosciuto con il soprannome di "Sciacallo", vero? »

« E allora? »

« Be', sciacallo in francese si dice "chacal". C – H – A – C – A – L, capisce? Potrebbe anche essere una coincidenza. Deve trattarsi di un tipo strano, se è andato a scegliersi un nome che in francese è composto delle prime tre lettere del suo nome di battesimo e delle prime tre del... »

« Oh, terra dei miei padri! » esclamò Thomas, starnutendo con violenza. Poi allungò una mano verso il telefono.

15

La terza riunione al ministero degli Esteri a Parigi cominciò alle dieci passate a causa di un ritardo del ministro, bloccato dal traffico mentre tornava da un ricevimento diplomatico. Appena si sedette, fece cenno di dare inizio alla riunione.

Il primo rapporto fu del generale Guibaud dello SDECE. Era breve e si limitava all'essenziale. L'assassino ex nazista, Kassel, era stato localizzato dagli agenti dell'ufficio del Servizio segreto di Madrid. Conduceva una vita tranquilla e appartata in un attico della città ed era diventato il socio di un altro comandante delle SS che dirigeva con lui una prospera azienda. A quanto si era riusciti a sapere, non aveva alcun legame con l'OAS. L'ufficio di Madrid, a ogni modo, aveva un dossier aperto su quell'uomo da quando era arrivata la richiesta di Parigi di fare un ulteriore controllo, e laggiù erano dell'opinione che Kassel non aveva mai avuto niente a che vedere con l'OAS.

Data l'età, gli attacchi sempre più frequenti di reumatismi alle gambe e una notevole tendenza a ingurgitare senza moderazione bevande alcoliche, si doveva concludere che, in linea di massima, difficilmente Kassel e lo Sciacallo potevano essere la stessa persona.

Quando il generale terminò, tutti gli occhi si spostarono in direzione del commissario Lebel. Il suo rapporto fu scarno. Durante la giornata, erano arrivate alla Police Judiciaire le informazioni dagli altri tre Stati che ventiquattro ore prima avevano suggerito i nomi di possibili individui sospetti.

Dall'America era arrivata la notizia che Chuck Arnold, il commerciante di armi, si trovava in Columbia a tentare di concludere un affare per il suo datore di lavoro americano, che consisteva nella vendita di una partita in eccedenza di fucili AR-10 dell'esercito. Comunque, finché restava a Bogotà, era sotto la diretta sorveglianza della CIA, ma niente portava a credere che stesse pensando a qualcosa di diverso dalla conclusione dell'affare, anche se con questo si era guadagnato l'aperta disapprovazione degli Stati Uniti.

Comunque, il dossier con tutte le informazioni possibili su quell'individuo era già stato spedito per telex a Parigi, come pure quello che riguardava Vitellino. Per quanto l'ex tiratore di Cosa Nostra non fosse stato ancora localizzato, però si sapeva già che era alto un metro e sessantatré, era piuttosto corpulento, massiccio, aveva i capelli nerissimi e la carnagione olivastra. Data la grande differenza dei suoi connotati con quelli dello Sciacallo, in base alla descrizione del portiere dell'albergo di Vienna, Lebel pensava di poter eliminare anche Vitellino dal gruppo delle persone sospette.

I sudafricani avevano saputo che Piet Schuyper era in quel periodo comandante del piccolo esercito privato di una società mineraria per lo sfruttamento delle miniere di diamanti nell'Africa occidentale, in un Paese del Commonwealth britannico. Aveva avuto l'incarico di pattugliare i confini delle vaste concessioni di cui era proprietaria la società, per dissuadere i contrabbandieri di diamanti dal continuare il traffico illecito di pietre preziose. Non gli si faceva nessuna domanda imbarazzante sui metodi che seguiva per scoraggiarli, e i suoi datori di lavoro erano soddisfatti del suo rendimento. Erano stati proprio loro a confermare la sua presenza laggiù; quindi si poteva affermare senza ombra di dubbio che in quei giorni si trovava nell'Africa occidentale.

La polizia belga aveva fatto un controllo sul suo ex mercenario. Era stato ritrovato un rapporto ormai finito in archivio, di una delle loro ambasciate nei Caraibi, in cui si riferiva che l'ex mercenario del Katanga era stato ammazzato tre mesi prima, durante una rissa in un locale pubblico nel Guatemala.

Lebel finì di leggere l'ultimo dei rapporti contenuti nella cartelletta. Quando alzò gli occhi, fu per trovarne altre quattordici paia fissi su di lui, in maggioranza pieni di freddezza e di sfida.

« *Alors, rien?* »

La domanda era stata fatta dal colonnello Rolland, ma riportava il pensiero di ognuno dei presenti.

« No, niente, temo » convenne Lebel. « Mi sembra che nessuno dei nomi che ci sono stati proposti sia da prendere in considerazione. »

« "Sia da prendere in considerazione," » gli fece eco Saint-Clair, con voce dura « è a questo punto che siamo arrivati con il vostro "lavoro di pura investigazione"? Non sembra che "sia da prendere in considerazione"? » E fissò con aria sdegnata i due agenti investigativi, Bouvier e Lebel, consapevole che l'assemblea era dalla sua parte.

« Si direbbe, signori, » il ministro usò il plurale, per rivolgersi ad ambedue i commissari di polizia « che ci troviamo al punto di partenza, vero? »

« Sì, temo di sì » rispose Lebel. Bouvier provò a prenderne le difese.

« Il mio collega, praticamente senza alcuna indicazione, e senza il minimo indizio sta cercando un uomo tra i più inafferrabili del mondo. Sono persone che non fanno certo pubblicità né alla loro professione né ai loro movimenti. »

« Ce ne rendiamo conto, mio caro commissario, » disse il ministro, in tono glaciale « la questione è... »

Si interruppe, perché avevano bussato alla porta. Il ministro si accigliò: aveva dato istruzioni che nessuno li disturbasse, se non per un caso di emergenza.

« Avanti. »

Uno degli inservienti del ministero si fermò sulla soglia, imbarazzato e diffidente.

« *Mes excuses, Monsieur le Ministre.* Una telefonata per il commissario Lebel. Da Londra. » L'uomo, che aveva intuito l'ostilità dei presenti, cercò di difendersi: « Dicono che è urgente... ». Lebel si alzò.

« Vogliate scusarmi, signori. »

Ritornò cinque minuti dopo. L'atmosfera era sempre gelida, come quando era uscito dal salone; ed era chiaro che la discussione sulle decisioni da prendere era continuata durante la sua assenza. Il suo arrivo interruppe una aspra requisitoria del colonnello Saint-Clair, che andò affievolendosi mentre Lebel tornava al suo posto. Il piccolo commissario teneva in mano una busta; sul retro aveva scarabocchiato qualcosa.

« A quanto pare, signori, abbiamo il nome dell'uomo che stiamo cercando » cominciò.

La riunione si concluse mezz'ora dopo, in un'atmosfera quasi euforica. Quando Lebel terminò la sua relazione sul messaggio ricevuto da Londra, tutti i presenti, seduti intorno al tavolo, emisero un sospiro di sollievo, come l'ultimo sbuffo di vapore di un treno che arriva a destinazione dopo un lungo viaggio. Se non altro, ognuno di loro sapeva che c'era qualcosa da fare. Nel giro di quella mezz'ora si erano trovati tutti d'accordo che, senza la minima pubblicità all'avvenimento, adesso sarebbe stato possibile setacciare la Francia alla ricerca di un uomo che si chiamava Charles Calthrop, trovarlo e – se fosse stato necessario – sbarazzarsi di lui. Sapevano che le notizie su Calthrop non sarebbero arrivate fino al mattino seguente, quando le avrebbero trasmesse per telex da Londra. Ma intanto i Renseignements Généraux potevano cominciare un controllo dei loro archivi, alla ricerca della carta di sbarco compilata da quell'uomo o del cartellino di registrazione da cui risultava in quale albergo aveva preso alloggio al momento del suo arrivo in Francia. La Prefecture de Police poteva eseguire un controllo del suo materiale d'archivio per vedere se aveva preso una camera in città.

Il DST poteva trasmetterne il nome e i connotati a ogni posto di frontiera, in ogni porto o aeroporto della Francia, con le istruzioni che, se metteva piede sul suolo francese, quell'individuo doveva essere fermato immediatamente.

E il fatto che poteva non essere ancora arrivato in Francia, non aveva importanza. Avrebbero mantenuto il segreto fino a quel momento e poi, una volta entrato nel Paese, lo Sciacallo sarebbe stato nelle loro mani.

« Quell'individuo spregevole, un tale che si chiama Calthrop: ormai, l'abbiamo messo nel sacco » spiegò quella notte il colonnello Raoul Saint-Clair alla sua amante, mentre si preparavano per andare a letto.

Quando Jacqueline riuscì finalmente a ottenere dal colonnello un orgasmo che lo fece poi sprofondare nel sonno, l'orologio sul caminetto suonò le dodici. Il 14 agosto iniziava.

Il sovrintendente Thomas si appoggiò allo schienale della sedia, nel suo ufficio e guardò i sei ispettori che aveva chiamato di nuovo a raccolta, costringendoli a interrompere il loro lavoro, al termine della telefonata con Parigi. Fuori, nella notte estiva, Big Ben batté dodici rintocchi.

Ci impiegò un'ora, a dare le istruzioni. Uno degli uomini fu destinato a cercare ogni notizia utile sulla giovinezza di Calthrop: dove vivevano attualmente i genitori, se li aveva ancora; dove era stato a scuola; se da studente aveva mai partecipato a gare di tiro. Caratteristiche rilevanti, indicazioni particolari, eccetera.

A un altro fu affidato l'incarico di eseguire un'indagine sul comportamento di Calthrop da quando aveva lasciato la scuola al periodo di servizio militare – naturalmente con tutte le informazioni relative al suo stato di servizio e alla sua abilità in fatto di armi – agli impieghi dopo il congedo, fino al giorno in cui era stato licenziato dai commercianti di armi che lo sospettavano di fare il doppio gioco.

Il terzo e il quarto agente investigativo dovevano preparare un resoconto sulle sue attività dal giorno in cui aveva lasciato l'ultimo impiego conosciuto, nell'ottobre 1961. Dove era stato, chi aveva visto, quale era stato il suo reddito, e da quali fonti proveniva. Dal momento che non era schedato alla polizia e di conseguenza non c'erano le sue impronte digitali in archivio, Thomas aveva bisogno di ogni fotografia rintracciabile di quell'uomo, fra le più recenti, fino al giorno in cui avevano cominciato le indagini.

Gli ultimi due ispettori furono incaricati di stabilire dove si trovava Calthrop in quel momento. Avrebbero dovuto perquisire il suo appartamento alla ricerca di impronte digitali, scoprire dove aveva comprato l'automobile, controllare alla County Hall di Londra se gli era stata rilasciata una patente, e se lì non esisteva notizia, provare con i corrispondenti uffici provinciali di contea. Rintracciare l'automobile, il tipo, l'anno, il colore e il numero di immatricolazione. Rintracciare il suo garage abituale per vedere se nei suoi programmi futuri lui aveva un lungo viaggio in automobile, fare un controllo ai traghetti in servizio sulla Manica, girare tutte le compagnie aeree alla ricerca di un'eventuale prenotazione (la destinazione non aveva importanza).

I sei uomini presero molti appunti. Solo quando il sovrintendente ebbe finito, si alzarono e uscirono dall'ufficio. Nel corridoio, gli ultimi due si guardarono con sospetto.

« Il solito maledetto lavoro di fino » disse uno.

« E il vecchio non ci vuol nemmeno dire il perché siamo tanto interessati a quest'uomo » osservò l'altro.

« Di una cosa possiamo essere certi. Un'indagine del genere deve essere stata richiesta da qualcuno molto in alto. Ci sarebbe da credere che quel tizio ha in progetto di sparare al re del Siam. »

Ci volle un po' di tempo per svegliare un magistrato e ottenere che firmasse un mandato di perquisizione. Verso le primissime ore della mattina, mentre Thomas, esausto, sonnecchiava nella poltrona del suo ufficio e Claude Lebel, ancora più disfatto, sorseggiava una tazza di caffè espresso nel suo ufficio di Parigi, i due ispettori della Sezione speciale iniziarono una perquisizione minuziosa nell'appartamento di Calthrop.

Erano degli esperti, tutti e due. Cominciarono con i cassetti, vuotandoli sistematicamente uno dopo l'altro su un lenzuolo, ed esaminando il contenuto con attenzione. A operazione finita, controllarono lo scheletro in legno della scrivania alla ricerca di qualche cassetto segreto; ed esaminarono i mobili con imbottitura. Alla fine, la stanza aveva l'aspetto di un allevamento di tacchini il Giorno del Ringraziamento. Uno dei due uomini lavorava nel soggiorno, l'altro nella camera da letto. Poi si trasferirono nella cucina e nel bagno.

E dopo i mobili, i cuscini, i guanciali e gli abiti e i soprabiti nell'armadio, si dedicarono ai pavimenti, ai soffitti e alle pareti. Alle sei del mattino l'appartamento era stato passato al setaccio. Sul pianerottolo, si erano radunati molti vicini di casa; si guardavano in faccia stupiti, poi fissavano la porta chiusa dell'appartamento di Calthrop, scambiandosi commenti a bassa voce. All'apparire degli ispettori, non si sentì il minimo bisbiglio.

Uno dei due poliziotti portava con sé una valigia piena di carte ed effetti personali di Calthrop. Scese in strada, montò sull'automobile che aveva parcheggiato davanti al palazzo e tornò dal sovrintendente Thomas. L'altro cominciò il lungo giro degli interrogatori. E li iniziò dai vicini di casa, rendendosi conto nel giro d'un paio d'ore che molti sarebbero usciti per raggiungere i posti di lavoro. I negozianti della zona potevano essere interrogati dopo.

Thomas impiegò vari minuti a esaminare la collezione di oggetti sparsi sul pavimento del suo ufficio. Da quel guazzabuglio, l'ispettore estrasse un libretto azzurro, si diresse alla finestra e cominciò a sfogliare le pagine, alla luce del sole che sorgeva.

« Sovrintendente, guardi un po' qui. » E il suo dito batté con insistenza su una pagina del passaporto che aveva davanti. « Vede... *Republica de Dominica, Aeroporto Ciudad Trujillo, Decembre 1960, Entrada...* C'è stato davvero. È il nostro uomo. »

Thomas prese il passaporto, gli diede una rapida occhiata, poi guardò fuori dalla finestra.

« Oh sì, è il nostro uomo. Ma non ti è venuto in mente che il suo passaporto ce l'abbiamo noi? »

« Oh, che coglione... » mormorò l'ispettore, quando capì il significato della domanda.

« L'hai detto » convenne Thomas, la cui educazione da seminarista solo in rarissimi casi gli permetteva di ricorrere alle parolacce. « Se non viaggia con questo passaporto, allora con che cosa viaggia? Passami il telefono e mettimi in comunicazione con Parigi. »

All'incirca alla stessa ora, lo Sciacallo era in viaggio da una cinquantina di minuti, e Milano era ormai lontana alle sue spalle. Aveva abbassato la *capote* dell'Alfa, e il sole del mattino picchiava già forte sull'autostrada Milano-Genova. Lungo l'ampia carreggiata spinse l'automobile a centocinquanta chilometri all'ora e mantenne l'ago del tachimetro appena al di sotto del limite massimo. Il vento fresco gli scompigliava i capelli chiari in ciuffi disordinati sulla fronte, ma gli occhi erano protetti dagli occhiali da sole.

La carta stradale indicava duecentodieci chilometri per Ventimiglia e la frontiera francese: lui fece un calcolo approssimativo di circa due ore di viaggio. A Genova, verso le sette del mattino subì un lieve rallentamento a causa del traffico degli autocarri che si dirigevano al porto, ma meno di un quarto d'ora dopo imboccava la A 10 per Sanremo e la frontiera.

C'era già un notevole afflusso di automobili quando, alle otto meno dieci, arrivò al più assonnato di tutti i posti di confine francesi; il caldo stava aumentando.

Dopo mezz'ora di coda, gli fecero segno di entrare nel parcheggio per il controllo di dogana. Il poliziotto che prese il suo passaporto, esaminò con attenzione il documento, mormorò un asciutto: « *Un moment, monsieur* » e scomparve dentro l'edificio della dogana.

Ne uscì pochi minuti dopo, accompagnato da un uomo in borghese che teneva in mano il passaporto.

« *Bonjour, monsieur.* »

« *Bonjour.* »

« È il suo passaporto? »

« Sì. »

Un altro esame minuzioso.

« Qual è lo scopo della sua visita in Francia? »

« Turismo. Non ho mai visto la Costa Azzurra. »

« Capisco. La macchina è sua? »

« No. È noleggiata. Ero in Italia per affari, e mi son trovato con una settimana libera, prima di ritornare a Milano. Così ho affittato la macchina per fare un giretto. »

« Capisco. Ha i documenti della macchina? »

Lo Sciacallo gli porse la patente internazionale, il contratto di noleggio, e le due polizze d'assicurazione. L'uomo vestito in borghese li esaminò.

« Ha bagaglio, monsieur? »

« Sì, tre valigie dietro, nel baule, e una valigetta a mano. »

« Per favore, le porti dentro per il controllo. »

Si allontanò. Il poliziotto aiutò lo Sciacallo a scaricare le tre valigie e la valigetta, e insieme le trasportarono nell'ufficio. Prima di lasciare Milano, lo Sciacallo aveva preso il vecchio cappotto, i pantaloni sciupati e le scarpe di André Martin, l'inesistente francese i cui documenti erano stati cuciti all'interno della fodera della terza valigia, e li aveva arrotolati, cacciandoli in fondo al baule. Parte dei vestiti delle altre due valigie era stata sistemata nella terza. Le medaglie, se le era infilate in tasca.

Due doganieri esaminarono ogni valigia. Nel frattempo, lui riempiva il modulo che i turisti devono compilare prima del loro ingresso in Francia. Niente all'interno delle valigie richiamò l'attenzione dei doganieri. Ci fu un attimo di ansia, quando presero in mano i barattoli di tintura per capelli. Lui s'era premunito, versando la tintura nelle due bottiglie di lozione dopobarba, vuotate in precedenza. A quell'epoca la lozione dopobarba non era ancora di moda in Francia, era una novità sul mercato e ne facevano grande uso soprattutto gli americani. Notò che i due doganieri si scambiavano uno sguardo, ma poi riposero le due bottiglie nella valigetta.

Con la coda dell'occhio, poté vedere attraverso le finestre che un altro uomo stava esaminando il baule e il cofano dell'Alfa. Per fortuna, non guardò sotto la macchina. Disfece il rotolo del cappotto e dei pantaloni e rimase un attimo a osservarli con aria disgustata, ma immaginò che il cappotto serviva a coprire il cofano nelle notti d'inverno e che quei vecchi vestiti potevano essere utili nel caso di una riparazione improvvisa all'automobile. Li rimise a posto e richiuse il baule.

Mentre lo Sciacallo finiva di riempire il modulo, i due doganieri chiusero le valigie e annuirono all'uomo in borghese. Questi prese il cartoncino compilato dallo Sciacallo, lo esaminò, confrontò i vari dati con quelli corrispondenti sul passaporto e restituì il documento al suo proprietario.

« *Merci, monsieur. Bon voyage.* »

Dieci minuti più tardi, l'Alfa entrava rombando nei sobborghi orientali di Mentone. Dopo una tranquilla colazione a un *café* che dava sul vecchio porto e sull'insenatura dove erano ormeggiati gli yachts, lo Sciacallo imboccò la Corniche Littorale per Monaco, Nizza e Cannes.

Nel suo ufficio di Londra il sovrintendente Thomas si versò una tazza di caffè e si passò una mano sul mento ispido di barba. Dall'altra parte della stanza, c'erano i due ispettori ai quali era stato affidato l'incarico di scoprire dove si trovasse Calthrop. I due aspettavano l'arrivo di altri sei uomini, sergenti della Sezione speciale distaccati dal loro abituale lavoro in seguito a una serie di telefonate che Thomas aveva fatto nell'ora precedente.

Poco dopo le nove, dopo essersi presentati ai rispettivi uffici e aver saputo del loro incarico in forza alla squadra di Thomas, gli uomini cominciarono ad arrivare. Quando tutti furono presenti, Thomas impartì le istruzioni.

« Dunque, stiamo cercando un uomo. È inutile che vi dica perché lo vogliamo, non è importante che lo sappiate. Invece, è importante riuscire a prenderlo, e prenderlo il più presto possibile. Adesso sappiamo, o crediamo di sapere, che attualmente si trova all'estero. Abbiamo la quasi assoluta certezza che viaggia con un passaporto falso.

« Ecco... » e distribuì alcune fotografie, copie ricavate dalla foto formato-tessera sul modulo di domanda del passaporto di Calthrop « ...questo dovrebbe essere lui. C'è la possibilità che si sia travestito e quindi non corrisponda necessariamente a questi connotati. Voi dovete andare all'ufficio passaporti e procurarvi un elenco completo di tutte le domande presentate di recente. Cominciate a chiedere quelle degli ultimi cinquanta giorni. Se non ne esce fuori niente, andate indietro di altri cinquanta. Sarà un lavoro duro. »

Continuò, dando una spiegazione sommaria del sistema più abituale per procurarsi un passaporto falso; e in effetti lo Sciacallo aveva seguito proprio quella procedura.

« La cosa importante » concluse « è di non accontentarsi dei certificati di nascita. Controllate i certificati di morte. Di conseguenza, dopo esservi fatti dare la lista dall'ufficio passaporti, trasferitevi alla Somerset House, mettetevi a lavorare lì, dividete tra voi l'elenco dei nomi e cominciate a fare un controllo dei certificati di morte. Se trovate una domanda presentata da un uomo che non è più vivo, è probabile che l'impostore sia il nostro uomo. E adesso, andate pure. »

Gli otto uomini sfilarono fuori dall'ufficio, mentre Thomas si metteva in comunicazione con l'ufficio passaporti e poi con l'anagrafe, alla Somerset House, per assicurarsi che la sua squadra ottenesse la massima collaborazione.

Fu due ore più tardi che il più anziano dei due ispettori gli telefonò, mentre lui si faceva la barba con un rasoio elettrico preso a prestito, innestato alla presa della sua lampada da tavolo. C'erano, disse, ottomilaquarantuno domande di passaporti nuovi, tutte presentate nei cento giorni precedenti. Era estate, spiegò, epoca di vacanze. Ce n'erano sempre di più, in quel periodo dell'anno.

Bryn Thomas riappese e allargò il fazzoletto per soffiarsi il naso.

« Maledetta estate » disse.

Quella stessa mattina, poco dopo le undici, lo Sciacallo raggiunse il centro di Cannes. Come al solito quando aveva qualcosa da fare, cercò uno dei migliori alberghi, e dopo un breve giro esplorativo, si fermò sullo spiazzo davanti al Majestic. Si passò il pettine tra i capelli ed entrò nell'atrio.

Essendo già mattina avanzata, gran parte degli ospiti dell'albergo era fuori. L'atrio si presentò quasi deserto. Il suo vestito chiaro, elegante, e le maniere disinvolte lo rivelarono per un gentiluomo inglese, e nessuno si meravigliò quando lui chiese a un fattorino di indicargli i telefoni. La donna seduta dietro al banco che separava il centralino dall'ingresso al guardaroba, alzò gli occhi mentre egli si avvicinava.

« Per favore, mi chiami Parigi, Molitor 5901. »

Pochi minuti dopo, lei gli fece segno di entrare in una cabina accanto al centralino e lo seguì con lo sguardo finché non chiuse la porta imbottita.

« *Allò, ici Chacal.* »

« *Allò, ici Valmy.* Finalmente mi telefona! Sono due giorni che cerchiamo di metterci in contatto con lei. »

Chiunque avesse guardato attraverso il pannello in vetro della porta della cabina telefonica avrebbe notato l'inglese irrigidirsi, gli occhi fissi sul ricevitore: per buona parte della conversazione che durò una decina di minuti, rimase in silenzio, ad ascoltare. Di quando in quando le sue labbra si muovevano, per una domanda breve e precisa. Ma nessuno stava guardando; la centralinista era immersa nella lettura di un romanzetto rosa. E subito dopo, vide l'uomo di fronte a lei dall'altra parte del banco, e gli occhiali scuri che la fissavano. Dal contatore sul quadro dei telefoni lesse l'importo della chiamata, che le venne pagato.

Lo Sciacallo prese un bricco di caffè sulla terrazza che guardava la Croisette e il mare scintillante, dove bagnanti abbronzati si tuffavano gridando. Immerso nei suoi pensieri, aspirava profonde boccate dalla sigaretta.

Parte della faccenda di Kowalski riusciva a ricostruirla; ricordava il massiccio polacco, nell'albergo di Vienna. Quello che non riusciva a capire era come la guardia del corpo, che era rimasta fuori dalla porta, avesse saputo il suo soprannome e il motivo per cui era stato assoldato dall'OAS. Forse la polizia francese c'era arrivata da sola, a quelle conclusioni. Forse Kowalski aveva intuito chi era, perché anche lui era stato un assassino, sia pure stupido e maldestro.

Lo Sciacallo esaminò mentalmente tutte le notizie che aveva ricevuto. Valmy gli aveva consigliato di piantarla lì e di tornarsene a casa, ma aveva ammesso che Rodin non gli aveva conferito l'autorità di interrompere la missione. Quello che era successo confermava i gravi sospetti dello Sciacallo sulla scarsa efficienza del servizio di sicurezza dell'OAS. Ma lui sapeva qualcosa che loro ignoravano; e qualcosa di cui la polizia francese non poteva essere al corrente. E cioè che viaggiava sotto falso nome con un passaporto valido intestato a quel nome, e con tre diverse serie di documenti falsi, tra cui due passaporti stranieri e i travestimenti adatti a ognuno di essi – un vero asso nella manica.

In fondo, la polizia francese, quell'uomo di cui Valmy gli aveva fatto il nome, il commissario Lebel su che cosa si potevano basare? Sulla descrizione vaga di un uomo alto, biondo, straniero. In Francia, in agosto, di uomini con quelle caratteristiche se ne incontravano a migliaia. Non potevano certo arrestarli tutti.

Il secondo vantaggio era che la polizia francese stava dando la caccia a un uomo con il passaporto intestato a Charles Calthrop. E allora che continuassero pure, e buona fortuna. Lui era Alexander Duggan, e poteva provarlo.

Da questo momento in avanti, nessuno conosceva la sua identità o il luogo dove si trovava, neppure Rodin e i suoi accoliti. Era finalmente solo, come aveva sempre sperato.

Eppure, i pericoli erano aumentati: su questo non c'era

alcun dubbio. Una volta scoperta l'idea dell'attentato, avrebbe dovuto dar l'assalto a una vera e propria fortezza, quanto a sorveglianza; una fortezza dove tutti erano all'erta. Adesso, doveva chiedersi se il suo piano dell'assassinio poteva superare ogni dispositivo di sicurezza. A conti fatti, lui era fiducioso di sì.

Ma l'interrogativo rimaneva ancora, e bisognava dargli una risposta. Tornare indietro o continuare? Tornare indietro significava mettersi a discutere con Rodin e il suo branco di delinquenti sul diritto di proprietà di quel quarto di milione di dollari ormai sul suo conto corrente a Zurigo. Se rifiutava di restituire l'intera somma, non avrebbero esitato a raggiungerlo, a torturarlo per fargli firmare il documento necessario alla restituzione del denaro, e poi a ucciderlo. Riuscire a tenerli a distanza, sfuggire all'OAS, sarebbe costato denaro, molto denaro – probabilmente tutto quello che possedeva.

Continuare significava altri pericoli, fino al compimento della missione. Ritirarsi sarebbe stato sempre più difficile, a mano a mano che il giorno prescelto si avvicinava.

Arrivò il conto; lo Sciacallo gli diede una occhiata e sussultò. Dio, i soldi che questa gente faceva pagare! Per vivere una vita di quel genere bisognava essere ricchi, e avere dollari e dollari e ancora dollari. Guardò il mare ingioiellato e le snelle ragazze abbronzate che passeggiavano sulla spiaggia, le Cadillac che arrivavano con un lieve fruscio di gomme e le Jaguar ruggenti lungo la Croisette, e i giovani abbronzati che le guidavano con un occhio alla strada e l'altro al marciapiede alla ricerca di un facile approccio. Ecco quello che aveva sempre sognato, dai giorni lontani in cui, il naso contro le vetrine delle agenzie di viaggio, fissava attonito i manifesti che descrivevano un altro genere di vita, un altro mondo, lontano dalla vita faticosa fatta di treni per i pendolari, di moduli in triplice copia, di fermagli per le carte e di tè tiepido. Negli ultimi tre anni era quasi riuscito a gustarne il sapore, ad averne un piccolo assaggio. Si era abituato ai vestiti di buona stoffa, ai ristoranti di lusso, all'appartamento elegante, all'automobile sportiva e alle donne vestite all'ultima moda. Tornare indietro voleva dire rinunciare a tutte quelle cose.

Lo Sciacallo pagò il conto e lasciò una mancia generosa. Poi salì a bordo dell'Alfa e partì dal Majestic diretto verso il cuore della Francia.

Il commissario Lebel era seduto alla sua scrivania: aveva l'impressione di non avere mai dormito in tutta la sua vita e che non l'avrebbe più fatto neanche in futuro. Nell'angolo, Lucien Caron russava rumorosamente, disteso sulla branda, dopo aver passato la notte a ricevere le comunicazioni su Charles Calthrop, che doveva trovarsi in una località imprecisata del Paese. Lebel gli aveva dato il cambio all'alba.

Davanti a lui adesso c'era il mucchio crescente dei rapporti mandati dai vari uffici che avevano il compito di controllare la presenza e gli spostamenti degli stranieri in Francia. Tutti contenevano un identico messaggio. Nessun uomo con quel nome aveva passato i confini francesi in forma legale, dal principio dell'anno, la data più lontana cui si riferivano i controlli. Nessun albergo del Paese, a Parigi o nelle provincie, aveva accolto un ospite con quel nome. Non esisteva su nessuna lista di stranieri indesiderabili, né aveva mai richiamato in alcun modo l'attenzione delle autorità francesi.

Man mano che ogni rapporto arrivava, Lebel diceva stancamente alla persona che gli comunicava l'informazione di continuare a eseguire ulteriori controlli risalendo indietro nel tempo, fino a trovare traccia della presenza di Calthrop in Francia. In base a questo, si poteva stabilire se aveva un posto di residenza abituale, la casa di un amico, un albergo cui dava la preferenza, dove poteva trovarsi anche in quello stesso momento nascondendosi sotto un nome diverso.

La telefonata di quella stessa mattina da parte del sovrintendente Thomas aveva inferto un altro colpo alle speranze di catturare al più presto l'inafferrabile assassino. Una volta ancora si era usata la frase "si ricomincia dal punto di partenza", ma per fortuna questa volta si trattava solo di un commento fra lui e Caron. I membri della riunione serale non sapevano ancora che probabilmente la pista Calthrop si sarebbe insabbiata. E questo l'avrebbe dovuto dire a tutti la sera stessa alle dieci. Se non fosse riuscito a presentare un altro nome in sostituzione di quello di Calthrop, poteva immaginare quale sarebbe stato ancora una volta il disprezzo di Saint-Clair e il rimprovero silenzioso degli altri.

Due sole cose gli davano un po' di conforto. Una che, se non altro, adesso avevano in mano una descrizione di Calthrop e una sua fotografia a mezzo busto, di fronte. Probabilmente aveva cambiato considerevolmente il suo aspetto, se si era fatto preparare un passaporto falso, ma a ogni modo era sempre meglio di niente. L'altra cosa era che nessuno dei presenti alla riunione avrebbe potuto pensare a un sistema più efficace di quello che Lebel usava adesso – e cioè un controllo su tutta la linea.

Caron aveva avanzato l'ipotesi che forse la polizia inglese aveva sorpreso Calthrop mentre era lontano dalla sua abitazione o si trovava fuori, in qualche altro posto della città, per un motivo qualsiasi; che non aveva un altro passaporto di cui servirsi; che si era smontato e aveva rinunciato alla missione.

Lebel aveva sospirato.

« Sarebbe davvero un colpo di fortuna, » aveva detto al suo aiutante « ma non ci contare. La Sezione speciale inglese ha riferito che tutti i suoi oggetti da toilette e il necessario per la barba non c'erano nel bagno, e che lui aveva accennato a una vicina la sua intenzione di andarsene un po' in giro, a pescare. Se Calthrop ha lasciato a casa il passaporto, significa che non ne ha più bisogno. Non contare sul fatto che questo uomo faccia troppi errori; comincio a dargli molto credito allo Sciacallo. »

In quel momento l'uomo che le polizie di due Paesi stavano cercando, aveva deciso di evitare la insopportabile congestione della Grande Corniche nel tratto da Cannes a Marsiglia e di tenersi lontano dalla RN 7 quando questa piega a nord, fuori Marsiglia, in direzione di Parigi. Sapeva che in agosto le due strade potevano diventare una raffinata forma di supplizio infernale sulla terra.

Sentendosi sicuro del nome falso e documentato di Duggan, decise di prendersela comoda risalendo dalla costa verso le Alpi Marittime dove l'aria – data l'altezza – era più fresca, per continuare poi attraverso le ondulate colline della Borgogna. Non aveva nessuna fretta, il giorno stabilito per l'assassinio era ancora lontano e sapeva di essere arrivato in Francia leggermente in anticipo rispetto alla sua tabella di marcia.

Da Cannes deviò verso nord, imboccando la RN 85, passò per la pittoresca cittadina di Grasse con le sue industrie di profumi e proseguì poi per Castellane dove il turbolento Verdon, domato da un'alta diga qualche chilometro più a nord, riprende a scorrere più lentamente attraverso la Savoia fino a Cadarache, dove si getta nel Durance.

Di qui proseguì fino a Barrême e alla piccola stazione climatica di Digne. Ormai si era lasciato alle spalle il calore torrido della pianura provenzale e, malgrado il caldo, l'aria delle colline era piacevolmente fresca. Quando si fermava poteva sentire la vampa ardente del sole, ma se la macchina era in movimento, il vento sembrava una doccia rinfrescante, profumata di pino e del fumo di legna che si alzava dai comignoli delle fattorie.

Dopo Digne, attraversò il Durance e si fermò per il pranzo in una locanda sulla riva del fiume, piccola ma graziosa. Centoquaranta chilometri più avanti, il Durance sarebbe diventato una serpe grigia e viscida, che scivolava con un sordo mormorio lungo un greto ciottoloso, battuto dal sole, a Cavaillon e a Plan d'Orgon. Ma qui, tra le colline, era ancora un fiume e aveva proprio l'aspetto che deve avere un fiume – quello di un corso d'acqua, rapido e pieno di pesci, ombreggiato dalla vegetazione che gli cresce intorno ancora più verde proprio per la sua presenza.

Nel pomeriggio seguì la sinuosa striscia d'asfalto della RN 85 verso nord, attraverso Sisteron, risalendo sempre il corso del Durance dalla parte sinistra, dove la strada si biforca e la RN 85 continua verso nord. Al calar della sera entrava nella cittadina di Gap. Avrebbe anche potuto proseguire per Grenoble, ma pensò che non aveva alcuna fretta e che in agosto sarebbe stato più semplice trovare una camera in una città piccola. Appena fuori dalla cittadina trovò l'Hôtel du Cerf, con la facciata illuminata e il curioso tetto a frontoni, un ex casino di caccia di uno dei duchi di Savoia, che conservava l'aspetto rustico, ma dava l'impressione di essere comodo, accogliente e con una buona cucina.

C'erano parecchie camere ancora libere. Lo Sciacallo ebbe tutto il tempo di fare un lungo bagno, che questa volta preferì alla solita doccia, poi indossò l'abito grigio chiaro con la camicia di seta e la cravatta di maglia, mentre la cameriera, bombardata da una serie di sorrisi seducenti, acconsentiva a smacchiare e stirare l'altro, a quadri, che aveva tenuto addosso tutto il giorno, e a prepararlo per la mattina successiva.

I pasti venivano serviti in una sala interamente rivestita di legno, con le finestre che davano sulla collina coperta di boschi, dai quali arrivava l'acuto stridio delle cicale tra le *pinèdes*. L'aria era tiepida, e soltanto a metà della cena vennero chiuse le finestre, quando una delle signore, che indossava un abito scollato e senza maniche, fece notare al maître d'hôtel che cominciava a entrare un po' di fresco.

Lo Sciacallo, quando gli domandarono se permetteva che chiudessero quella vicino a lui, si voltò a dare un'occhiata alla donna indicatagli dal maître come l'autrice della richiesta. Cenava sola; una donna piuttosto bella, sulla quarantina, le braccia morbide e bianche e il seno colmo. Lo Sciacallo fece segno al maître che chiudesse pure, e rivolse un lieve cenno alla signora che si trovava dietro di lui. Questa gli rispose con un leggero sorriso.

La cena fu squisita. Lo Sciacallo ordinò una trota alla griglia, cotta sul fuoco di legna, e tournedos preparati sulla carbonella con semi di finocchio e timo. Il vino era un Côtes du Rhône locale, pastoso e sapido, che gli venne portato in una bottiglia priva di etichetta. Doveva essere stato appena spillato da una botte della cantina, e probabilmente era quello scelto dal proprietario come *vin de la maison*. Buona parte degli altri ospiti dell'albergo lo stavano bevendo, e a ragion veduta.

Mentre finiva il gelato, sentì la voce bassa e autoritaria della donna seduta alle sue spalle che diceva al maître che avrebbe preso il caffè nel salone: l'uomo si era inchinato e l'aveva chiamata "signora baronessa". Qualche minuto più tardi anche lo Sciacallo ordinò che il caffè gli fosse portato nel salone, e si diresse da quella parte.

La telefonata dalla Somerset House raggiunse il sovrintendente Thomas alle dieci e un quarto. Era seduto vicino alla finestra spalancata del suo ufficio e stava guardando la strada silenziosa a quell'ora, dove non c'era nessun ristorante ad attirare chi avesse voglia di cenare tardi o gli autisti dei taxi. I palazzi interamente adibiti ad uffici tra Millbank e Smith Square avevano l'aspetto di silenziosi colossi, senza una luce, ciechi, indifferenti. Soltanto nell'edificio anonimo che ospitava gli uffici della Sezione speciale, le luci erano accese fino a tardi, come al solito.

A un chilometro e mezzo di distanza, sullo Strand sempre pieno di vita, le luci erano accese anche nell'ufficio della Somerset House dove si trovavano raccolti i certificati di morte di milioni di cittadini inglesi. Qui la squadra composta dei sei sergenti e dei due ispettori di polizia agli ordini di Thomas, era curva sopra mucchi di carte: di quando in quando, uno si allontanava per accompagnare un impiegato dell'ufficio (ad alcuni di loro avevano chiesto di restare oltre l'ora di chiusura) tra le file di schedari scintillanti per controllare un nuovo nome.

Fu l'ispettore anziano, il capo della squadra, a telefonare. Aveva la voce stanca, ma venata di ottimismo: la voce di un uomo che sperava che quanto stava per dire avrebbe liberato lui e i suoi compagni dal lavoro ingrato e faticoso di controllare centinaia di certificati di morte inesistenti, per il semplice fatto che i proprietari dei passaporti esaminati erano vivi e vegeti.

« Alexander James Quentin Duggan » annunciò senza fare commenti, quando Thomas rispose all'apparecchio.

« Che cosa è venuto fuori su di lui? » chiese Thomas.

« Nato il 3 aprile 1929 a Sambourne Fishley, nella parrocchia di St. Mark's. Ha fatto la domanda per il passaporto, sul solito modulo, il 14 luglio di quest'anno. Il passaporto è stato compilato il giorno successivo e gli è stato spedito il 17 luglio all'indirizzo specificato sul modulo stesso. Probabilmente troveremo che si tratta di un indirizzo di comodo. »

« Perché? » rispose Thomas. Non gli piaceva che lo tenessero in sospeso.

« Perché Alexander James Quentin Duggan è stato ucciso in un incidente stradale avvenuto nello stesso villaggio dove è nato, quando aveva due anni e mezzo, l'8 novembre 1931. »

Thomas rimase un attimo in silenzio.

« Quanti passaporti emessi negli ultimi cento giorni vi rimangono ancora da controllare? » domandò.

« All'incirca trecento » rispose la voce al telefono.

« Lasci che gli altri continuino con quelli che mancano, nel caso ci fosse un altro falso nel mazzo » gli ordinò Thomas. « Passi l'incarico di dirigere la squadra al suo compagno. Voglio che lei vada a fare un controllo all'indirizzo dove è stato spedito il passaporto. Mi faccia un rapporto per telefono al momento stesso in cui ci arriva. Se si tratta di un appartamento o di locali occupati, provi a parlare col custode. Mi riporti indietro quanti più particolari può sul falso Duggan e la copia d'archivio della fotografia che ha presentato con il modulo di domanda. Voglio vedere la nuova faccia di Calthrop, nel suo ultimo travestimento. » Poco prima delle undici, l'ispettore anziano ritelefonò. L'indirizzo corrispondeva a un piccolo negozio di tabacchi e giornali, di quelli che hanno la vetrina piena di cartoncini con gli indirizzi delle prostitute. Il proprietario che abitava sopra la bottega era stato svegliato e aveva ammesso di accettare spesso la posta per i suoi clienti che non avevano un recapito preciso. Faceva pagare una piccola somma per il suo servizio. Non riusciva a ricordare fra i suoi clienti uno che si chiamava Duggan, ma avrebbe anche potuto trattarsi di un tale che era andato da lui solo due volte, la prima per combinare di far spedire lì la sua posta, e la seconda per ritirare l'unica busta che aspettava. L'ispettore aveva mostrato al giornalaio una fotografia di Calthrop, ma l'uomo non era riuscito a riconoscerlo. Gli aveva anche fatto vedere la fotografia di Duggan sul modulo di domanda per il passaporto, e l'uomo aveva detto che quella faccia, gli sembrava di averla già vista, ma non era sicuro. Aveva l'impressione che l'uomo portasse gli occhiali neri, ma molti di quelli che entravano nel suo negozio per comprare i rotocalchi erotico-pornografici in mostra dietro il banco li portavano.

« Lo faccia venire qui, » ordinò Thomas « e rientri in sede anche lei. »

Poi chiese la comunicazione con Parigi.

Ancora una volta la telefonata arrivò durante la riunione serale. Il commissario Lebel aveva spiegato che senza alcun dubbio Calthrop non si trovava in Francia sotto quel nome, a meno che non ci fosse entrato di nascosto con una barca da pesca o avesse passato il confine in un punto isolato. Personalmente, era dell'opinione che un professionista non lo avrebbe fatto, perché poteva sempre essere fermato in un secondo tempo, durante un qualsiasi controllo della polizia, in quanto sul passaporto mancava il visto d'ingresso.

Inoltre, nessun Charles Calthrop era stato registrato da nessun albergo francese.

Questi fatti furono confermati dal capo dell'RG, da quello del DST e dal prefetto di polizia di Parigi, e quindi non vennero messi in discussione.

Ora, c'erano due alternative, fece notare Lebel. La prima

era che l'uomo non avesse provveduto a procurarsi un passaporto falso, e non avesse pensato di essere sospettato. In questo caso, l'incursione della polizia nel suo appartamento di Londra doveva averlo colto alla sprovvista. Aggiunse di non credere a questa possibilità, perché gli uomini del sovrintendente Thomas avevano trovato degli spazi vuoti nell'armadio, i cassetti della biancheria pieni a metà e nessun oggetto da toilette nella stanza da bagno. Il che stava a indicare che quell'individuo aveva lasciato la sua abitazione londinese a seguito di un programma già in precedenza stabilito. A conferma di questo c'erano le dichiarazioni di una vicina, secondo la quale Calthrop avrebbe detto di essere in partenza per un giro della Scozia in automobile. Né la polizia inglese né quella francese avevano alcuna ragione di credere che non fosse vero.

La seconda alternativa era che Calthrop si fosse procurato un passaporto falso, e questa era la pista che seguiva la polizia inglese. In un'eventualità del genere, poteva ancora non essere arrivato in Francia, ma trovarsi in qualche altro posto a completare i suoi preparativi; oppure poteva essere già entrato in Francia senza destare alcun sospetto.

A questo punto, parecchi dei presenti non si trattennero più.

« Lei vuole dire che quell'uomo potrebbe essere qui, in Francia, addirittura nel centro di Parigi? » Era Alexandre Sanguinetti a fare le sue rimostranze.

« Evidentemente, » spiegò Lebel « ha una sua tabella di marcia, che solo lui conosce. Sono settantadue ore che noi stiamo svolgendo un'indagine. Ma non abbiamo modo di sapere in quale punto del suo programma siamo intervenuti. L'unica cosa di cui possiamo essere sicuri, oltre al fatto di essere a conoscenza di un complotto per assassinare il Presidente, è che l'assassino non è in grado di sapere i nostri progressi. Di conseguenza abbiamo buone probabilità di poter mettere le mani su un individuo senza sospetti, appena lo abbiamo identificato sotto il suo nuovo nome e abbiamo localizzato il posto dove si trova. »

Ma i presenti rifiutarono di essere ammansiti. Il pensiero che l'assassino poteva essere addirittura entro il raggio di un chilometro da loro, e che in questo caso il momento scelto da quell'individuo per attentare alla vita del Presidente poteva anche essere l'indomani, li gettò in uno stato di autentica costernazione.

« Naturalmente potrebbe anche darsi » intervenne il colonnello Rolland, pensieroso « che Calthrop, avendo saputo da Rodin tramite quell'agente sconosciuto di nome Valmy, che il suo progetto è stato scoperto – almeno nelle linee generali – abbia abbandonato la sua abitazione per liberarsi delle prove dei preparativi. Per esempio, il fucile con le relative munizioni potrebbe già esser stato buttato in fondo a un lago scozzese, per consentire a Calthrop di presentarsi alla polizia innocente come un agnello, al suo ritorno. In tal caso diventerebbe molto difficile mettere in piedi un'accusa contro di lui. »

Tutti i presenti, dopo aver meditato su quanto aveva detto Rolland, dimostrarono di essere più o meno dello stesso parere.

« E allora ci dica, colonnello, » esclamò il ministro « se lei fosse stato assoldato per questa missione e avesse saputo che il complotto è stato scoperto, mentre invece la sua identità resta ancora sconosciuta, si comporterebbe alla stessa maniera? »

« Senza dubbio, *Monsieur le Ministre* » rispose Rolland. « Se fossi un assassino con una certa esperienza alle spalle, mi renderei conto che in qualche archivio della polizia deve esserci anche il mio nome e che, una volta scoperto il complotto, è solo questione di tempo prima che io riceva una visita dei poliziotti con un ordine di perquisizione. Quindi mi preoccuperei di liberarmi di qualsiasi prova; e per fare questo, che cosa c'è di meglio di un isolato lago scozzese? »

I sorrisi che gli rivolsero i presenti, seduti intorno alla tavola, dimostrarono chiaramente come la sua opinione incontrava il consenso generale.

« Ma questo non significa che dobbiamo lasciarlo andare. Sono sempre del parere che dovremmo... occuparci di questo monsieur Calthrop. »

I sorrisi si spensero. E il silenzio gravò sul salone per qualche minuto.

« Non capisco, *mon colonel* » esclamò il generale Guibaud.

« Si tratta semplicemente di questo » rispose Rolland. « I nostri ordini erano quelli di scoprire dove si trova quest'uomo e di liquidarlo. Può darsi che abbia rinunciato momentaneamente al suo progetto. Ma può anche darsi che non abbia distrutto la sua attrezzatura, limitandosi semplicemente a nasconderla in modo da attendere senza patemi una perquisizione della polizia inglese. In un secondo tempo, potrebbe ricominciare da dove si era interrotto, con un'altra serie di preparativi ancora più difficili da scoprire. »

« Ma se è ancora in Gran Bretagna, abbiamo la certezza che la polizia inglese, quando avrà scoperto dove si trova, lo bloccherà, vero? »

« Non necessariamente. Anzi, ne dubito. Con ogni probabilità non avranno nessuna prova, ma solo dei sospetti. E i nostri amici anglosassoni sono notoriamente molto sensibili verso quelle che si compiacciono di chiamare le "libertà civili". Temo che potrebbero anche trovarlo, interrogarlo e poi lasciarlo libero in mancanza di prove sufficienti a farlo arrestare. »

« Naturalmente, il colonnello ha ragione » interloquì Saint-Clair. « La polizia inglese ha "inciampato" in questo individuo per un puro caso. Sono davvero stupidi certe volte, come quando lasciano in libertà una persona pericolosa. La sezione del colonnello Rolland dovrebbe essere autorizzata a rendere innocuo questo Calthrop, una volta per tutte. »

Il ministro osservò che il commissario Lebel era rimasto in silenzio, senza sorridere, durante quello scambio di opinioni.

« Ebbene, commissario, lei cosa ne pensa? È d'accordo con il colonnello Rolland, che Calthrop attualmente si sta occupando di nascondere, o distruggere quello che ha preparato per la sua missione? »

Lebel sfiorò con gli occhi le due file di facce in attesa ai suoi lati.

« Io me lo auguro, » disse in tono pacato « che il colonnello abbia ragione. Ma ho paura che non può essere così. »

« Perché? » La domanda del ministro era tagliente come una lama di coltello.

« Perché » spiegò Lebel « la sua opinione, per quanto logica possa essere se Calthrop ha deciso davvero di rinunciare all'operazione, è basata sulla teoria che abbia effettivamente preso questa decisione. Supponiamo invece che non l'abbia presa. Supponiamo che non abbia ancora ricevuto il messaggio di Rodin, o se l'ha ricevuto, abbia deciso di andare avanti a dispetto di tutto. »

Si alzò un mormorio di disapprovazione. Soltanto Rolland non vi si unì. Guardava pensieroso Lebel seduto a capotavola, e pensava che Lebel era fornito di un cervello senz'altro migliore di quanto ognuno dei presenti sembrasse disposto a riconoscere. Le idee di Lebel, bisognava ammetterlo, potevano essere considerate non meno realistiche delle proprie.

In quel momento, arrivò la telefonata per Lebel. Questa volta il commissario restò assente per più di venti minuti. Quando rientrò si rivolse a un'assemblea completamente silenziosa e parlò per altri dieci minuti.

« Ed ora cosa facciamo? » domandò il ministro, quando lui ebbe finito. Con le sue maniere tranquille, senza dare alcuna impressione di fretta, Lebel dette gli ordini come un generale che dispone le sue truppe, e nessuno degli uomini radunati in quella stanza, tutti superiori a lui per grado, osò metterne in discussione una parola.

« E così siamo a questo punto, » egli concluse « organizzeremo un'indagine silenziosa e discreta, estesa a tutta la nazione, alla ricerca di questo Duggan nel suo nuovo travestimento, mentre la polizia inglese controllerà i biglietti degli aerei, quelli dei traghetti sulla Manica, eccetera. Se riescono a scoprire per primi dove si trova, possono fermarlo se è ancora in territorio britannico o passarci l'informazione se è già partito. Se noi lo scopriamo all'interno della Francia, lo arrestiamo. E se viene individuato in un altro Paese ancora, possiamo aspettare che entri in Francia senza sospetti e fermarlo alla frontiera oppure... scegliere un altro modo d'agire. Comunque, in quel momento io credo che il mio compito di ritrovarlo sarà concluso. Tuttavia, fino ad allora, signori, vi sarei grato se vorrete accettare senza riserve questa mia linea d'azione. »

La decisione era tale, la sicurezza di sé così completa, che nessuno osò dire una parola. Tutti si limitarono ad annuire. Persino Saint-Clair de Villauban rimase in silenzio.

Fu soltanto quando si trovò a casa poco dopo mezzanotte, che trovò un uditorio disposto ad ascoltare il suo profluvio di insulti provocato dal pensiero che quel ridicolo, piccolo poliziotto borghese avesse avuto ragione mentre i massimi esperti del Paese avevano dimostrato di aver preso un abbaglio.

La sua amante ascoltò piena di comprensione e simpatia, massaggiandogli la base del collo mentre lui se ne stava disteso bocconi sul letto. Poco prima dell'alba, quando Saint-Clair si addormentò profondamente, la donna riuscì a scivolare nell'anticamera per una rapida telefonata.

Il sovrintendente Thomas guardò i due moduli di domanda per passaporto e le due fotografie disposte una vicino all'altra sulla cartella di cuoio della scrivania, illuminate dal cerchio di luce della lampada da tavolo.

« Ricominciamo da capo » ordinò all'ispettore seduto accanto a lui. « Pronto? »

« Sissignore. »

« Calthrop: altezza: 1.77. Controllato? »

« Sissignore. »

« Duggan: altezza: 1.80. »

« I tacchi più alti, signore. Si può aumentare l'altezza fino a sei centimetri, con un paio di scarpe speciali. C'è un sacco di gente di teatro che si serve di questo trucco per necessità di mestiere. E poi, al controllo dei passaporti, nessuno guarda mai i piedi. »

« D'accordo » convenne Thomas. « Scarpe con i tacchi più

alti. Calthrop: colore dei capelli, castani. Il che non significa molto, perché potrebbe variare dal castano chiaro a quello scurissimo. A me sembra che questo abbia i capelli castano scuro. Anche Duggan dice castano, ma mi sembra biondo. »

« Questo è vero, signore. Però, di solito, i capelli risultano più scuri in fotografia. Dipende dalla luce, da che direzione arriva, e da altri particolari del genere. E poi, avrebbe potuto schiarirseli, per diventare Duggan. »

« E va bene. Ammettiamo anche questo. Calthrop: colore degli occhi, castani. Duggan, colore degli occhi: grigi. »

« Lenti a contatto, signore, è semplicissimo. »

« D'accordo. Età di Calthrop: trentasette anni. Duggan ne ha compiuti trentaquattro in aprile. »

« Ha dovuto scrivere trentaquattro anni, » spiegò l'ispettore « perché il vero Duggan, il bambino morto a due anni e mezzo, era nato nell'aprile del 1929. Questo non poteva essere cambiato. Ma nessuno sospetta che un uomo abbia trentasette anni, quando sul suo passaporto c'è scritto che ne ha compiuti trentaquattro. Di solito si ha la tendenza a credere al passaporto. »

Thomas guardò le due fotografie. Calthrop aveva un'espressione più decisa, la faccia più rotonda e la corporatura più pesante. Per diventare Duggan, aveva dovuto eseguire qualche modifica. E probabilmente l'aveva già fatto in occasione del suo primo incontro con i capi dell'OAS e l'aveva conservato da allora in poi, incluso il periodo in cui aveva richiesto il passaporto falso. È chiaro che uomini di questo genere devono essere in grado di conservare un'identità diversa anche per molti mesi, se vogliono evitare di essere riconosciuti. Probabilmente Calthrop doveva al fatto di aver sempre badato molto al proprio aspetto esteriore, se era riuscito a evitare che il suo nome venisse schedato negli archivi delle polizie di tutto il mondo. E se non ci fosse stata quella voce che si era diffusa nei Caraibi, non l'avrebbero mai raggiunto.

Ma adesso era diventato Duggan, con i capelli tinti, un paio di lenti a contatto colorate, la corporatura più snella, i tacchi più alti. Quindi Thomas passò al telex ogni dato relativo a Duggan, unitamente al numero del passaporto e alla sua fotografia, perché li trasmettessero a Parigi. Lebel, calcolò lui guardando l'orologio, avrebbe ricevuto tutto alle due di notte circa.

« Dopo, tocca a loro muoversi » insinuò l'ispettore.

« Oh, no, figliolo, dopo c'è ancora un mucchio di lavoro da sbrigare » disse Thomas, maliziosamente. « Domattina, per prima cosa, dobbiamo cominciare a controllare i biglietti degli aerei, quelli dei traghetti, insomma tutti i biglietti acquistati per una qualsiasi destinazione in Europa. Non soltanto dobbiamo scoprire chi è questo individuo, ma anche dove si trova. »

In quel momento, arrivò una telefonata dalla Somerset House. I moduli di domanda per il passaporto erano stati controllati tutti, fino all'ultimo, e trovati in ordine.

« Va bene, ringrazi gli impiegati e smonti pure di guardia. Che tutti siano nel mio ufficio alle otto e mezzo precise » ordinò Thomas.

Un sergente entrò con una copia della deposizione del giornalaio, che era stato accompagnato al posto di polizia del suo quartiere per essere interrogato. Thomas diede un'occhiata alla testimonianza rilasciata sotto giuramento, che diceva poco di più di quanto l'uomo aveva già raccontato all'ispettore della Sezione speciale sulla porta di casa sua.

« Non c'è motivo di trattenerlo » disse Thomas. « Dica per favore a quelli del posto di polizia di Paddington di lasciarlo tornare a casa sua e alle sue fotografie oscene. »

Il sergente rispose: « Sissignore » e uscì.

Thomas si accomodò meglio sulla poltrona e cercò di assopirsi.

Mentre prima stava parlando, il 15 agosto era cominciato senza che nessuno se ne accorgesse.

16

La baronessa de la Chalonnière si fermò sulla porta della sua camera e si voltò verso il giovane inglese che l'aveva accompagnata. Nella semioscurità del corridoio non riusciva a distinguere nettamente i particolari della faccia di lui, una macchia confusa nella penombra.

Era stata una serata piacevole, e la baronessa non sapeva ancora se farla continuare o concluderla lì, sulla porta di camera sua. La domanda alla quale non sapeva dare una risposta l'aveva torturata per tutta l'ora precedente.

Da un lato, anche se aveva già passato vari amanti, era una donna maritata, rispettabile, che si era fermata solo per una notte in un albergo di provincia, e non aveva l'abitudine di permettere a uno sconosciuto di sedurla. D'altra parte, in quel particolare momento della sua vita sapeva di essere estremamente vulnerabile ed era tanto candida da ammetterlo anche con se stessa.

Aveva trascorso la giornata all'Accademia militare di Barcellonette, su nelle Alpi, per partecipare alla cerimonia di fine corso del figlio, che aveva avuto la nomina a sottotenente dei Cacciatori delle Alpi, l'antico reggimento del padre. E se era stata, senza dubbio, la madre più affascinante fra le altre che avevano assistito alla cerimonia, la vista di suo figlio che riceveva le stellette di ufficiale ed entrava nell'esercito francese l'aveva profondamente commossa. Poi, aveva misurato in tutta la sua gravità il fatto che entro pochi mesi avrebbe compiuto i quarant'anni e che era la madre di un figlio ormai adulto.

Anche se poteva passare per una donna di cinque anni più giovane, e qualche volta lei se ne sentiva dieci di meno della sua età effettiva, il dover rendersi conto che suo figlio aveva vent'anni, probabilmente andava a letto con qualche donna e non sarebbe più tornato a casa per le vacanze o per andare a caccia nei boschi che circondavano il castello di famiglia, l'aveva spinta a domandarsi che cosa avrebbe fatto da quel giorno in poi.

Aveva accettato la complicata galanteria del comandante dell'Accademia, un vecchio colonnello pieno di acciacchi, e gli sguardi pieni d'ammirazione dei giovanotti dalle guance rosee colleghi di suo figlio, ma all'improvviso si era sentita molto sola. Il suo matrimonio, ormai lo sapeva da anni, non esisteva più se non di nome, perché il barone era troppo impegnato a dare la caccia alle inquiete minorenni parigine tra il Bilboquet e Castel per tornare d'estate al castello, o per fare anche solo una breve apparizione alla cerimonia per la nomina di suo figlio a sottotenente.

E mentre guidava la macchina di famiglia, dalle Alpi fino a un albergo rustico alla periferia di Gap, dove aveva deciso di fermarsi per la notte, aveva pensato di essere ancora bella, piena di vita e sola. Adesso non le rimaneva che la prospettiva delle attenzioni degli anziani gentiluomini, come il colonnello dell'Accademia, o quella dei flirt frivoli e di scarsa soddisfazione con dei ragazzi: non aveva certo la minima intenzione di dedicarsi alle opere di beneficenza. Non ancora, a ogni modo!

D'altra parte Parigi rappresentava un soggiorno difficile e umiliante, con Alfred sempre alla caccia delle ragazzine, mentre una metà delle loro comuni conoscenze rideva di lui, e l'altra metà si faceva beffe di lei.

Mentre prendeva il caffè nel salone dell'albergo, si era domandata che cosa le stava prospettando il futuro, ed aveva provato un desiderio intenso di sentirsi trattare come una donna, una bella donna, e non semplicemente come la "signora baronessa": l'inglese le si era avvicinato in quel momento e le aveva chiesto se poteva prendere il caffè con lei, dal momento che erano soli nel grande salone. Colta alla sprovvista, era rimasta troppo sorpresa per rispondere di no.

Qualche secondo più tardi si sarebbe presa a schiaffi, ma dieci minuti dopo non rimpiangeva più di aver accettato la proposta. Lui doveva avere fra i trentatré e i trentacinque anni, così almeno le sembrava, e quella era senza dubbio l'età migliore per un uomo. Per quanto fosse inglese, parlava il francese correntemente e con disinvoltura; aveva un aspetto abbastanza piacevole e riusciva a essere divertente. Aveva gradito la sua corte discreta, anzi l'aveva addirittura incoraggiato, cosicché era quasi mezzanotte quando lei si era alzata spiegando che la mattina successiva doveva partire presto.

L'inglese l'aveva accompagnata su per le scale e, alla finestra del pianerottolo, le aveva fatto ammirare i declivi boscosi della collina, bagnati dalla luce chiara della luna. Erano rimasti per qualche istante a osservare la campagna silenziosa, finché la donna si era girata e aveva visto che gli occhi di lui non erano fissi sul paesaggio ma sul solco profondo tra i suoi seni dove la luce della luna dava alla pelle il colore candido dell'alabastro.

Quando si era accorto di essere stato sorpreso, aveva sorriso, si era piegato verso l'orecchio di lei e aveva mormorato: « Il chiaro di luna trasforma anche l'uomo più civile in un primitivo ». La baronessa si era incamminata sulle scale, dandogli la sensazione di essere stata messa a disagio da quelle parole; ma nel suo intimo, l'aperta ammirazione dello sconosciuto l'aveva fatta fremere di piacere.

« È stata una serata molto gradevole, monsieur. »

Aveva la mano sulla maniglia, e si stava domandando incerta se l'uomo avrebbe tentato di baciarla. In un certo senso, quasi lo sperava. Malgrado la banalità delle parole, cominciava a sentire un senso di vuoto che le scavava il grembo. Forse era soltanto colpa del vino o di quell'ardente Calvados che aveva ordinato con il caffè, o della campagna al chiaro di luna, ma capiva che una simile conclusione di serata non rientrava nelle sue previsioni.

Sentì le braccia dello sconosciuto che le scivolavano intorno alle spalle e le labbra che sfioravano le sue. Erano calde e decise. "Questo deve fermarsi" disse una voce dentro di lei. Un attimo dopo rispondeva a quel bacio, con le labbra chiuse. Il vino le faceva girare la testa, doveva essere effetto del vino. Le braccia dell'uomo la strinsero percettibilmente, ed erano forti e salde.

Aveva una coscia schiacciata contro di lui, sotto il ventre: sentì la rigida arroganza del pene attraverso la seta del vestito. Per un momento ritirò la gamba, poi la spinse ancora più avanti. La decisione arrivò quasi senza che se ne rendesse conto, e la donna capì ben presto che lo desiderava disperatamente, tra le cosce, entro il suo grembo, tutta la notte.

Sentì aprire la porta alle sue spalle, allora si staccò dall'abbraccio ed entrò nella stanza.

« *Viens, primitif.* »

L'uomo la seguì e chiuse la porta.

I controlli degli archivi del Panthéon proseguirono per tutta la notte, questa volta alla ricerca del nome Duggan, e con maggiore successo. Fu trovato un modulo dal quale si poté stabilire che il 22 luglio Alexander James Quentin Duggan era entrato in Francia con il *Brabant Express* da Bruxelles. Un'ora più tardi se ne trovò un altro che arrivava dallo stesso posto di frontiera, o più esattamente dal gruppo di doganieri che viaggiano regolarmente sui rapidi tra Parigi e Bruxelles e fanno il loro lavoro mentre il treno è in movimento: il nome di Duggan era tra quelli dei passeggeri che il 31 luglio avevano preso l'*Etoile du Nord Express* da Parigi a Bruxelles.

Dalla Prefettura di Parigi arrivò un cartellino con i dati anagrafici, compilato in un albergo, che portava il nome di Duggan e l'indicazione di un numero di passaporto corrispondente a quello che Duggan aveva con sé secondo le informazioni di Londra: l'inglese si era fermato in un piccolo albergo vicino a Place de la Madeleine tra il 22 e il 30 luglio.

L'ispettore Caron avrebbe voluto fare immediatamente una incursione nell'albergo, ma Lebel preferì una visita più discreta, all'alba, e un colloquio a quattr'occhi con il proprietario. Venne così a sapere che l'uomo ricercato non si trovava più lì il 15 agosto, e il proprietario fu molto grato al commissario per la sua discrezione e perché non aveva fatto svegliare di soprassalto i suoi clienti.

Lebel ordinò a un poliziotto di mettersi in borghese e di prendere una camera all'albergo, facendosi passare per un cliente qualsiasi: sarebbe dovuto restarci fino a ulteriore avviso senza uscire mai, nel caso che Duggan si fosse fatto vedere di nuovo. Il proprietario fu ben lieto di offrirgli la sua collaborazione.

« La visita fatta in luglio, » disse Lebel a Caron quando fu di ritorno in ufficio alle 4.30 del mattino « è stata un viaggio di ricognizione. A quest'ora deve aver già predisposto tutto. »

Poi si appoggiò allo schienale della sedia e si mise a fissare il soffitto. Perché aveva scelto un albergo? Perché non aveva preso alloggio nella casa di uno dei simpatizzanti dell'OAS, come tutti gli altri agenti clandestini dell'OAS? Sicuramente non si fidava dei simpatizzanti dell'OAS e temeva che non sapessero tenere la bocca chiusa. E aveva perfettamente ragione. Di conseguenza lavorava da solo, senza fidarsi di nessuno, preparando personalmente i piani per l'operazione, usando un passaporto falso, comportandosi con ogni probabilità in modo normale, educato, senza destare alcun sospetto. Il proprietario dell'albergo che aveva appena interrogato, gliene aveva dato la conferma: « Un autentico gentiluomo » aveva detto. Un autentico gentiluomo, pensò Lebel, pericoloso come un serpente. Sono sempre i tipi peggiori, per un poliziotto, gli autentici gentiluomini. Perché nessuno li sospetta mai.

Guardò le due fotografie che erano arrivate da Londra, di Calthrop e di Duggan. Calthrop era diventato Duggan, cambiando l'età, la statura, i capelli, gli occhi e, con ogni probabilità, anche il comportamento. Cercò di crearsi mentalmente un'immagine di quell'uomo. Come sarebbe stato, a conoscerlo? Fiducioso, arrogante, sicuro della propria immunità. Pericoloso, ambiguo, meticoloso, niente affatto disposto a lasciare qualcosa al caso. Armato, naturalmente, ma di che cosa? Una automatica sotto l'ascella sinistra? Un coltello da lancio legato intorno al torace? Una carabina? Ma dove l'avrebbe messa al momento di passare la dogana? E come avrebbe fatto ad arrivare vicino al generale de Gaulle con un oggetto simile, quando perfino le borse delle donne erano motivo di sospetto nel raggio di venti metri intorno al Presidente, e gli uomini che portavano un pacco dalla forma oblunga erano allontanati senza cerimonie da qualsiasi posto pubblico in cui ci si aspettava di vederlo comparire?

Mon Dieu, e quel colonnello dell'Eliseo che lo considerava alla stregua di un delinquente comune! Lebel sapeva di avere un vantaggio: conosceva il nuovo nome dell'assassino, e l'assassino ignorava il particolare. Era il suo unico asso nella manica; a eccezione di quello, tutto sembrava favorire lo Sciacallo. Ma nessuno, alla riunione della sera, avrebbe potuto o voluto rendersene conto.

"Se gli arriva all'orecchio che tu sai il suo nome, prima di riuscire a mettergli le mani addosso, e quello cambia identità di nuovo, caro il mio Claude sei davvero nei guai, e grossi" pensò.

Ad alta voce, disse: « Sei davvero nei guai ».

Caron alzò gli occhi.

« Lei ha ragione, capo. Non ha possibilità di scampo. »

Allora Lebel se la prese con lui, una cosa che gli capitava piuttosto di rado. Il sonno arretrato cominciava a farsi sentire.

La lama luminosa della luna al tramonto, che batteva sul copriletto arrotolato filtrando attraverso i vetri della finestra si spostò lentamente ritirandosi. Sfiorò l'abito di seta spiegazzato, in un angolo tra la porta e il letto, la brassière sul pavimento, gli indumenti di nailon sparsi sul tappeto. Le due figure sul letto erano avvolte dalla penombra.

Colette era distesa sulla schiena e guardava il soffitto, mentre passava pigramente le dita fra i capelli biondi della testa appoggiata al suo ventre. Le labbra socchiuse atteggiate a un mezzo sorriso, ripensava alle ore precedenti.

Era stato in gamba quell'anglosassone primitivo, deciso ma abile, e sapeva come usare le dita, la lingua, il pene per farle avere cinque orgasmi e arrivarci anche lui tre volte. Le sembrava di provarla ancora la sensazione di calore ardente che l'aveva inondata quando lui aveva avuto l'orgasmo; quanto a lei, aveva capito che da tanto tempo aspettava una notte come quella, da come aveva risposto all'ardore del suo compagno. Diede un'occhiata alla piccola sveglia da viaggio vicino al letto. Erano le cinque e un quarto. Strinse un poco di più quei capelli biondi, tirandoli lievemente.

« Ehi! »

L'inglese mormorò qualcosa, mezzo addormentato. Erano distesi, tutti e due nudi, tra le lenzuola in disordine, ma il riscaldamento centrale rendeva la camera confortevole. La testa bionda si liberò dalla mano di lei e le scivolò tra le gambe. La donna sentì il suo alito ardente e la lingua inquieta e guizzante che cercava di nuovo.

« No, basta. »

Serrò in fretta le cosce e sedette di scatto sul letto. Afferrò i capelli dell'inglese, tirandoli per poterlo guardare in faccia, ma l'uomo si scostò, e chinò di scatto la testa contro uno dei suoi seni turgidi e pesanti, cominciando a baciarlo.

« Ho detto di no. »

L'inglese sollevò gli occhi verso di lei.

« Basta così, caro. Devo alzarmi tra due ore, e tu devi tornare nella tua camera. Su, mio piccolo inglese, su. »

L'uomo capì e si mise a sedere. Poi cominciò a cercare i suoi vestiti. Lei scivolò sotto le lenzuola, cercando di districarle dal groviglio che avevano formato intorno alle sue ginocchia, e se le tirò su fino al mento. Quando si fu vestito, l'inglese la guardò nella semioscurità, la giacca e la cravatta appoggiate sul braccio; e lei notò come scintillavano i suoi denti, mentre sorrideva. Andò a sedere sul bordo del letto e le fece scorrere sulla nuca le dita della mano destra. La sua faccia era a pochi centimetri da quella della donna.

« Piaciuto? »

« Mmm! Molto. E a te? »

Sorrise ancora. « Tu cosa credi? »

Lei si mise a ridere. « Come ti chiami? »

Ci pensò un momento. « Alex » mentì.

« Bene, Alex, mi è piaciuto molto. Ma adesso è ora che tu te ne torni in camera. »

Egli si piegò e le diede un bacio sulle labbra.

« In tal caso, buona notte, Colette. »

Un attimo dopo era in corridoio, e la porta si richiuse alle sue spalle.

Alle sette del mattino, mentre si alzava il sole, un gendarme di Gap arrivò in bicicletta all'Hôtel du Cerf, smontò e entrò nell'atrio. Il proprietario, che era già in piedi e impegnato dietro il banco a organizzare l'ordine di precedenza della sveglia e del *café complet* in camera, per i vari clienti, lo salutò.

« *Alors*, sempre in forma e di buon mattino, eh? »

« Come al solito » rispose il gendarme. « È lunga arrivare fin qui in bicicletta, e vi lascio sempre per ultimi. »

« Non ci credo » rise il proprietario. « Facciamo il miglior caffè di tutta la zona. Marie-Louise, portane una tazza a monsieur... guarda che ci vorrà dentro anche uno schizzo di Trou Normand. »

Il poliziotto di campagna gli rivolse un sorriso soddisfatto.

« Ecco qui i cartellini » disse il proprietario, tendendogli i foglietti bianchi che la sera precedente i clienti appena arrivati avevano riempito con i loro dati anagrafici. « Ieri sera ce ne sono stati soltanto tre. »

Il poliziotto li prese, chiudendoli in una borsa di cuoio che portava alla cintura.

« Non valeva quasi la pena di venire » osservò ridendo, ma sedette su una panca nell'atrio ed attese il suo caffè corretto Calvados, scambiando qualche battuta scherzosa con Marie-Louise quando glielo portò.

Alle otto, rientrò alla gendarmeria-commissariato di Gap, con la borsa piena di cartellini di registrazione ritirati nei vari alberghi. Vennero presi in consegna dall'ispettore di servizio che li scorse distrattamente e li depose nella cassetta dalla quale sarebbero stati prelevati in seguito per essere spediti alla sede centrale regionale di Lione, e per passare in un secondo tempo all'archivio centrale di Parigi. Non che egli vedesse la ragione di tutto quel traffico, naturalmente!

Press'a poco alla stessa ora in cui al commissariato l'ispettore lasciava cadere i cartellini nella cassetta, la baronessa Colette de la Chalonnière pagò il conto, sedette al volante della sua automobile e ripartì diretta verso ovest. Al piano di sopra, lo Sciacallo dormì fino alle nove.

Il sovrintendente Thomas si era appisolato, quando un ronzio insistente lo fece sussultare. Proveniva dall'interfono che collegava il suo ufficio con la stanza del corridoio dove i sei sergenti e i due ispettori, a seguito delle sue istruzioni, stavano facendo una lunga serie di telefonate.

Guardò l'orologio. Le dieci. "Maledizione, non è da me crollare in questo modo." Poi gli venne in mente il numero delle ore di sonno che era riuscito a concedersi, o meglio che non era riuscito a concedersi, da quando Dixon lo aveva convocato il lunedì pomeriggio. E adesso era giovedì mattina. L'interfono ronzò ancora.

« Pronto! »

Rispose la voce dell'ispettore anziano.

« L'amico Duggan » cominciò, senza preliminari « è partito da Londra con un volo di linea della BEA, lunedì mattina. Aveva prenotato il posto da sabato. Nessun dubbio riguardo al nome. Alexander Duggan. Ha pagato il biglietto in contanti, all'aeroporto. »

« Per dove? Parigi? »

« No, sovrintendente. Bruxelles. »

Il cervello di Thomas si andava schiarendo in fretta.

« E va bene, ascolti. Può darsi che sia partito, ma che sia anche tornato indietro. Continuate a controllare le prenotazioni degli aerei per vedere se ne ha fatta qualche altra. Badate soprattutto se c'è una prenotazione per un volo che non è ancora partito da Londra. Controllate anche le prenotazioni per i prossimi giorni. Voglio saperlo, se è tornato da Bruxelles. Ma ne dubito. Sono del parere che abbiamo perso le sue tracce, anche se ha lasciato Londra parecchie ore prima che cominciassero le indagini; e quindi non ci potevamo fare niente. D'accordo? »

« Certo. E riguardo alle ricerche del vero Calthrop in Gran Bretagna? È impegnata moltissima polizia provinciale, e Scotland Yard ci ha fatto capire che qualcuno s'è lamentato. »

Thomas ci pensò un attimo.

« Interrompetele » disse. « Sono quasi certo che è partito. »

Poi afferrò la cornetta del telefono collegato con l'esterno e chiese di parlare con l'ufficio del commissario Lebel alla Police Judiciaire.

L'ispettore Caron pensò che sarebbe certamente finito in un manicomio, prima che la mattina di giovedì arrivasse al termine. Tanto per cominciare, gli inglesi avevano chiamato alle dieci e cinque. La telefonata era stata passata a lui, ma quando il sovrintendente Thomas aveva insistito per parlare personalmente con Lebel, Caron era andato a svegliarlo mentre dormiva sulla branda nell'angolo della stanza. Lebel aveva l'aspetto di un cadavere la cui morte risalisse a una settimana prima. Ma prese la telefonata. Appena disse il suo nome a Thomas, Caron dovette parlare lui al telefono, a causa dell'ostacolo della lingua. Tradusse quello che Thomas aveva da dire, e le risposte di Lebel.

« Digli » concluse Lebel quando ebbe meditato l'informazione « che ci metteremo in contatto con i belgi da qui. Digli che gli rivolgo i miei ringraziamenti più sinceri per il suo aiuto, e che se l'assassino sarà rintracciato in una località europea che non sia la Gran Bretagna, glielo farò sapere immediatamente perché possa interrompere le ricerche. »

Alla fine della telefonata, i due uomini si sedettero alle rispettive scrivanie. « Chiamami la Sûreté di Bruxelles » disse Lebel.

Lo Sciacallo si alzò che il sole era già alto sulle colline e prometteva un'altra stupenda giornata estiva. Si fece una doccia e si vestì, ricevendo l'abito a quadri ben stirato dalle mani della cameriera, Marie-Louise, che arrossì di nuovo ai suoi ringraziamenti.

Poco dopo le dieci e mezzo, diresse l'Alfa verso il centro della città e raggiunse l'ufficio postale per fare un'interurbana a Parigi. Quando ne uscì venti minuti più tardi, aveva le labbra serrate. In un negozio di casalinghi nelle vicinanze comprò una lattina di lacca blu notte, un barattolo di vernice bianca e due pennelli, uno di pelo di cammello dalla punta sottile per scrivere delle lettere, e l'altro di setole morbide lunghe cinque centimetri. Comprò anche un cacciavite. Con i suoi acquisti nel cassetto del cruscotto, ritornò all'Hôtel du Cerf e chiese il conto. Mentre glielo preparavano, salì in camera a sistemare le valigie, che portò personalmente all'automobile. Quando le ebbe chiuse nel baule ed ebbe deposto la valigetta a mano sul sedile accanto a quello di guida, rientrò nell'albergo per pagare. Il portiere del turno di giorno riferirà in seguito che gli era sembrato impaziente e nervoso, e che aveva saldato il conto con una banconota da cento nuovi franchi.

Non potrà dire, però, perché non l'aveva visto, che mentre si trovava nell'ufficio retrostante a procurarsi il resto, l'inglese aveva sfogliato il registro dell'albergo che il portiere stava completando con l'elenco degli arrivi di quel giorno. Tornando indietro di una pagina, aveva visto quello che era stato scritto il giorno precedente, e tra i nomi degli ospiti aveva trovato anche quello della baronessa de la Chalonnière, e il suo indirizzo – Haute-Chalonnière, Corrèze.

Pochi minuti dopo, si sentì sul viale dell'albergo il rombo dell'Alfa Romeo che si allontanava: l'inglese era partito.

Poco prima di mezzogiorno, arrivarono altri messaggi nell'ufficio di Claude Lebel. La Sûreté di Bruxelles telefonò per comunicare che Duggan aveva trascorso soltanto cinque ore di lunedì in città. Era arrivato con un aereo della BEA da Londra, ma era ripartito nel pomeriggio con un volo dell'Alitalia per Milano. Aveva pagato in contanti il suo biglietto al banco dell'aeroporto, benché fosse stato prenotato per telefono da Londra il sabato precedente.

Lebel chiese subito la comunicazione con la polizia milanese.

Appena mise giù la cornetta, il telefono squillò di nuovo. Questa volta era il DST, per informarlo che era stato ricevuto uno dei soliti rapporti giornalieri e che la mattina precedente, tra le persone entrate in Francia dall'Italia al posto di frontiera di Ventimiglia c'era stato Alexander James Quentin Duggan.

Lebel era esploso.

« Quasi trenta ore » urlò. « Più di una giornata... » Poi sbatté la cornetta, con violenza. Caron sollevò un sopracciglio.

« Il modulo » spiegò Lebel, in tono stanco « è stato mandato da Ventimiglia a Parigi. Stanno facendo adesso la cernita dei moduli con i dati relativi a tutte le persone che sono entrate in Francia ieri mattina da ogni posto di frontiera. Dicono che sono più di venticinquemila. E per un giorno solo, bada bene. Non avrei dovuto mettermi a urlare a quel modo. Ma almeno sappiamo una cosa... è qui. Senza più ombra di dubbio. In Francia. Se non ho qualcosa da dare in pasto agli altri alla riunione di questa sera, mi scorticheranno vivo. Oh, a proposito, chiama il sovrintendente Thomas e ringrazialo di nuovo. Digli che lo Sciacallo è in Francia, e che da ora in avanti ce ne occuperemo noi. »

Mentre Caron deponeva la cornetta, dopo aver parlato con Londra, la sede centrale regionale di Lione della Police Judiciaire chiamò al telefono. Lebel rimase in ascolto, poi rivolse a Caron un'occhiata trionfante. Appoggiò la mano sul trasmettitore.

« Adesso non ci scappa più. Ha preso alloggio all'Hôtel du Cerf di Gap. Ha scritto il suo nome sul registro e ha detto di avere intenzione di fermarsi due giorni. » Tolse la mano dal trasmettitore e parlò.

« Ora mi ascolti, commissario, non mi è possibile spiegarle perché vogliamo questo Duggan. Ma creda alla mia parola, se le dico che è importante. Voglio che lei faccia quanto le dico... »

Parlò per una decina di minuti, e mentre finiva, squillò il telefono sulla scrivania di Caron. Era di nuovo il DST che li informava che Duggan era entrato in Francia al volante di una macchina sportiva presa a nolo, un'Alfa Romeo bianca a due posti con la targa MI-61741.

« Devo avvertire tutti i nostri posti di polizia di stare all'erta? » domandò Caron.

Lebel ci pensò un momento.

« No, non ancora. Se è in giro per la campagna, potrebbe essere fermato da un poliziotto di qualche paese, che forse pensa semplicemente di dover cercare una macchina sportiva rubata. Ucciderà chiunque tenti di fermarlo. La carabina deve essere certamente nascosta nell'auto. La cosa importante è che ha prenotato una camera all'albergo per due notti. Voglio un esercito intorno a quell'albergo, per quando ci tornerà. E non ci deve essere spargimento di sangue, se lo si può evitare. Su vieni, se vogliamo prendere quell'elicottero, è ora di andare. »

Mentre stava parlando, la polizia di Gap era impegnata al gran completo a organizzare i posti di blocco sulle strade e nella zona dell'albergo, con uomini appostati fra i bassi cespugli intorno agli sbarramenti. Gli ordini per loro erano arrivati da Lione. A Grenoble e a Lione, altri poliziotti armati di fucili mitragliatori e di carabine stavano salendo su due file di furgoni. Al campo di Satory, appena fuori Parigi, un elicottero era pronto per il volo del commissario Lebel a Gap.

Anche all'ombra degli alberi, la calura delle prime ore del pomeriggio era micidiale. Nudo fino alla cintola per evitare di macchiarsi i vestiti più del necessario, lo Sciacallo lavorò intorno all'automobile per un paio d'ore.

Lasciata Gap, si era diretto verso ovest attraverso Veyne e Aspres-sur-Buech. La strada, per la massima parte in discesa, si snodava tra le montagne come un nastro gettato distrattamente da qualcuno. Aveva spinto la macchina alla velocità massima, lanciandola in curve strettissime con un acuto stridìo di gomme, e per ben due volte c'era mancato poco che non facesse rotolare oltre il parapetto, giù in un qualche burrone, il guidatore che arrivava in senso contrario. Dopo Aspres infilò la RN 93 che segue il corso del fiume Drôme verso oriente, per raggiungere il Rodano.

Per altri venticinque chilometri circa, la strada non faceva che passare e ripassare dall'una all'altra riva del fiume. Poco dopo Luc-en-Diois aveva pensato che era il momento di lasciare la Nazionale. Moltissime laterali si inoltravano fra le colline, verso i villaggi più in alto. Ne aveva scelta una a caso e dopo un paio di chilometri aveva infilato un viottolo sulla destra che portava nei boschi.

A metà pomeriggio finì di dipingere, si drizzò e fece qualche passo indietro. L'automobile era diventata di un color blu intenso, lucente, e buona parte della pittura era già asciutta. Per quanto non fosse affatto un lavoro da esperto, sarebbe servito allo scopo purché nessuno osservasse la macchina da vicino; al buio, non avrebbe presentato alcun problema. Le due targhe erano state staccate e deposte a faccia in giù nell'erba. Sul retro di ciascuna di esse era stato dipinto in bianco un numero di immatricolazione francese immaginario: le ultime due lettere erano un sette e un cinque – i numeri della zona di Parigi. Lo Sciacallo sapeva che le automobili con questa targa erano le più numerose sulle strade della Francia.

Naturalmente i documenti relativi al noleggio dell'automobile e alle polizze di assicurazione non corrispondevano più all'Alfa Romeo blu con targhe francesi, e se lo fermavano per un controllo su una strada qualsiasi era in trappola. L'unico problema da risolvere, pensò mentre immergeva uno straccio nel serbatoio della benzina e si toglieva le macchie di vernice dalle mani, era se conveniva rimettersi in marcia subito e affrontare la luce del sole correndo il rischio di far scoprire quanto era scadente la sua abilità di dipingere, o piuttosto aspettare fino al calar della sera.

Calcolò che, una volta scoperto il suo nome falso, non ci sarebbe voluto molto a sapere da quale frontiera era entrato in Francia, e di conseguenza sarebbe anche stata organizzata una ricerca della sua automobile. Era in anticipo di vari giorni su quello stabilito per l'assassinio e aveva bisogno di trovare un posto dove restare in solitudine, senza farsi notare fino a che non era pronto. Questo significava raggiungere il dipartimento del Corrèze con un viaggio di più di trecento chilometri attraverso la campagna, e il modo più rapido di arrivarci era quello di servirsi della macchina. Era un rischio, ma decise che doveva correrlo. Benissimo, dunque, più presto partiva, meglio era, prima che ogni agente della polizia stradale si mettesse alla ricerca di un'Alfa Romeo con un inglese biondo al volante.

Riavvitò le targhe con i nuovi numeri, gettò via i due pennelli e quanto restava della vernice, infilò di nuovo la maglietta di seta a collo alto e la giacca, e accese il motore. Mentre imboccava di nuovo la RN 93, guardò l'orologio. Erano le 15.41.

Alto nel cielo sopra di lui, vide un elicottero che si dirigeva con grande frastuono verso est. Mancavano una decina di chilometri per il villaggio di Die. Sapeva benissimo che quel nome non si pronunciava come lo pronuncerebbe un inglese, ma la coincidenza era troppo curiosa per non notarla.[1] Non era

[1] Die: in inglese *to die* significa "morire", e di qui il gioco di parole. [*N.d.T.*]

superstizioso, ma i suoi occhi si ridussero a due fessure mentre si dirigeva verso il centro del villaggio. Sulla piazza principale, vicino al monumento dei Caduti in guerra, un gigantesco agente della stradale, in giubbotto di pelle nera, era fermo in mezzo alla strada. Gli fece segno di rallentare e di accostare a destra. La carabina era sempre nascosta nei tubi legati con il filo di ferro al telaio dell'automobile, e lo Sciacallo non portava addosso né una pistola né un coltello. Per un attimo esitò; era incerto se fermarsi, oppure investire il poliziotto colpendolo all'improvviso con un parafango e continuare la sua corsa, per abbandonare poi l'automobile pochi chilometri più avanti e cercare di assumere l'identità del pastore Jensen, senza uno specchio o un lavandino e con quattro valigie da trasportare.

Il poliziotto prese la decisione per lui. Ignorandolo completamente, si voltò a sorvegliare la strada nella direzione opposta. In tutta tranquillità, lo Sciacallo fermò la macchina sul ciglio della strada, lo guardò e attese.

Dall'altra parte del villaggio sentì arrivare un gemito di sirene. Qualsiasi cosa dovesse succedere, ormai era troppo tardi per cavarsi da quel pasticcio. Nel villaggio entrò un convoglio costituito da quattro automobili della polizia – quattro Citroën – e da sei furgoni. Mentre il poliziotto che dirigeva il traffico balzava da un lato e alzava il braccio in segno di saluto, il convoglio passò oltre, superando l'Alfa Romeo parcheggiata e proseguendo lungo la strada dalla quale lo Sciacallo era appena venuto. Attraverso i finestrini rinforzati dei furgoni, che i francesi chiamano "cesti di insalata", riuscì a vedere le file di poliziotti seduti con l'elmetto e il fucile mitragliatore appoggiato alle ginocchia.

Rapidamente come era apparso, il convoglio scomparve in fondo alla strada. L'agente della polizia stradale abbassò il braccio, fece un gesto indolente allo Sciacallo, indicandogli che poteva proseguire, e si diresse verso la sua motocicletta parcheggiata contro il monumento ai Caduti. Stava ancora mettendo in moto, quando l'Alfa blu scomparve dietro l'angolo, diretta a ovest.

Erano le 16.50 quando raggiunsero l'Hôtel du Cerf. Claude Lebel, che era atterrato a un chilometro e mezzo dall'altro lato della città ed era stato condotto all'albergo con un'auto della polizia, si diresse verso la porta d'ingresso accompagnato da Caron che portava un fucile mitragliatore MAT 49, carico e già pronto per sparare, sotto l'impermeabile buttato con noncuranza sul braccio destro. Aveva l'indice appoggiato sul grilletto. Ormai a quell'ora tutti in città sapevano che stava succedendo qualcosa, a eccezione del proprietario dell'albergo. Da cinque ore l'Hôtel du Cerf era isolato, ma per quel brav'uomo l'unico fatto insolito era stata l'assenza del venditore di trote con la sua offerta giornaliera di pesce fresco.

Chiamato dal portiere che si trovava al banco, il proprietario uscì dal suo ufficio, interrompendo l'ardua fatica di tenere aggiornati i conti. Lebel rimase ad ascoltarlo mentre rispondeva alle domande di Caron e gettava occhiate nervose al fagotto dalla forma strana sotto il braccio del poliziotto, e si sentì prendere dallo sconforto.

Cinque minuti più tardi l'albergo era invaso da un nugolo di poliziotti in uniforme, che cominciarono a interrogare il personale, esaminarono la camera dello Sciacallo e frugarono dappertutto nel giardino. Lebel uscì, solo, sul viale d'accesso all'albergo e si mise a guardare le colline circostanti. Caron lo raggiunse.

« Lei pensa che se ne sia andato davvero, capo? » Lebel annuí.

« Certo che se ne è andato. »

« Ma aveva prenotato la camera per due giorni. Non crede che il proprietario sia d'accordo con lui? »

« No. Lui e il personale non raccontano storie. Ha cambiato idea a un certo punto, questa mattina. E se ne è andato. Adesso resta da chiedersi dove diavolo si trova, e se sospetta che noi sappiamo chi è. »

« Ma come? Non poteva saperlo. Deve trattarsi di una coincidenza. Deve essere così. »

« Mio caro Lucien, auguriamocelo. »

« Di conseguenza, adesso ci resta solo il numero di targa della macchina, su cui lavorare. »

« Sì. E quello è stato un mio errore. Avremmo dovuto dare l'allarme e far cercare l'automobile. Fatti passare l'ufficio di Lione da uno dei radiotelefoni della polizia e da' l'allarme a tutte le stazioni. Precedenza assoluta. Un'Alfa Romeo bianca, italiana, targa MI-61741. Avvicinarsi con cautela, si ha ragione di credere che la persona che la occupa sia armata e pericolosa. E poi, tu sai il resto, le solite cose. Ma attenzione, nessuno deve lasciar passare la notizia alla stampa. Includi nel messaggio un'altra istruzione: l'uomo che cerchiamo probabilmente non sa di essere sospettato. E scorticherò vivo io, personalmente, chiunque oserà fargli ascoltare questa notizia per radio o gliela farà leggere sui giornali. Adesso dirò al commissario Gaillard di Lione che passo a lui l'incarico, e ce ne torniamo a Parigi. »

Erano quasi le sei di sera quando l'Alfa Romeo blu fece il suo ingresso nella città di Valence, dove confluisce, avventandosi lungo il Rodano, il fiume di metallo formato dalle macchine che arrivano sulla Route Nationale 7, la strada che collega Lione a Marsiglia, e l'autostrada sulla quale passa la maggior parte del traffico tra Parigi e la Costa Azzurra. L'Alfa attraversò la grande arteria che piega a sud e infilò il ponte sul fiume per raggiungere, sulla riva occidentale, la RN 53 che porta a St.-Peray. Sotto il ponte, il fiume si incendiava lentamente nella luce pomeridiana, ignorando i gracili insetti di metallo che passavano veloci verso sud, e scendeva calmo e regolare verso il Mediterraneo che lo aspettava. Dopo St.-Peray, mentre il crepuscolo calava nella vallata alle sue spalle, lo Sciacallo premette ancora di più l'acceleratore della piccola auto sportiva, spingendola alla massima velocità consentitagli dalla strada, in alto, sempre più in alto, tra le montagne del Massif Central e la provincia dell'Alvernia. Dopo Le Puy, la strada diventava più ripida, le montagne più erte e ogni cittadina sembrava una località termale, dove le acque risanatrici che sgorgavano dalle rocce avevano attirato tutte le persone sofferenti delle malattie provocate dalla vita malsana delle grandi città. E i furbi abitanti dell'Alvernia avevano ammucchiato una fortuna, gettandosi con entusiasmo nel commercio delle acque minerali.

Dopo Brioude, lo Sciacallo superò la vallata dell'Allier, e l'aria notturna prese il profumo dell'erica e del fieno messo a seccare sui pascoli più alti. Si fermò a fare benzina a Issoire, poi passò rapidamente attraverso la cittadina di Mont Doré, che ospita un casinò, e la località termale di La Bourdoule. Era quasi mezzanotte quando raggiunse lo spartiacque della Dordogne, dove il fiume sgorga fra le rocce dell'Alvernia e scorre poi verso sud ed ovest, attraverso una mezza dozzina di dighe per gettarsi nell'Atlantico a Bordeaux.

Da La Bourdoule prese la RN 89 in direzione di Ussel, il capoluogo del Corrèze.

« Lei è uno sciocco, signor commissario, uno sciocco. Lo aveva in mano, e se l'è lasciato scappare. » Saint-Clair si era alzato dalla sedia per rendere più incisiva la sua opinione, gettando occhiate di fuoco lungo il tavolo di mogano verso la testa di Lebel. L'agente investigativo era curvo sui fogli nella cartella davanti a lui, e li stava studiando come se Saint-Clair non esistesse neppure.

Aveva deciso che quello era l'unico modo di comportarsi con quel colonnello arrogante che veniva dall'Eliseo, e Saint-Clair, da parte sua, non era del tutto certo se quella testa china indicasse un appropriato senso di vergogna o piuttosto, un'indifferenza insolente. Preferiva credere alla prima ipotesi. Quand'ebbe finito e si lasciò ricadere sulla sedia, Claude Lebel alzò gli occhi.

« Se vorrà dare un'occhiata al rapporto ciclostilato che ha davanti, caro colonnello, potrà osservare che non l'avevamo affatto tra le mani » osservò, calmo. « Il rapporto spedito da

Lione secondo il quale un uomo di nome Duggan aveva preso alloggio la sera precedente in un albergo di Gap ed aveva scritto il proprio nome sul registro degli ospiti, è arrivato alla Police Judiciaire soltanto alle 12.15 di oggi. Ora sappiamo che lo Sciacallo è partito dall'albergo, all'improvviso, alle 11.05. Qualunque misura si prendesse nei suoi confronti, lui aveva sempre un'ora di vantaggio.

« Non solo, ma non posso accettare le sue censure sull'efficienza della polizia di questo Paese, in linea generale. Vorrei ricordarle gli ordini del Presidente, secondo i quali questo affare deve essere risolto nel massimo segreto. Di conseguenza non è stato possibile passare l'allarme alle gendarmerie dei piccoli paesi, perché cercassero di non farsi sfuggire un uomo di nome Duggan: una notizia del genere avrebbe scatenato un putiferio nella stampa. Il cartellino sul quale Duggan ha scritto i propri dati anagrafici all'Hôtel du Cerf è stato ritirato nel modo usuale e all'ora solita, e spedito con la dovuta diligenza alla sede centrale regionale di Lione. Soltanto lì, ci si è resi conto che Duggan era un ricercato. Questo ritardo è stato inevitabile, a meno che noi non avessimo intenzione di scatenare la caccia a quell'uomo in tutta la nazione; ma questo esula dal mio discorso e dalle istruzioni che mi sono state impartite.

« E da ultimo ricorderò che Duggan aveva prenotato la camera all'albergo per due giorni. Non sappiamo che cosa gli ha fatto cambiare idea alle undici di questa mattina, costringendolo ad andarsene altrove. »

« Probabilmente i suoi poliziotti che si saranno messi a gironzolare lì nei dintorni » intervenne Saint-Clair, seccamente.

« Ho già riferito che nessun poliziotto è andato a "gironzolare" da quelle parti prima delle 12.15, e a quell'ora il nostro uomo non c'era già più, da settanta minuti » disse Lebel.

« E va bene, siamo stati sfortunati, molto sfortunati » intervenne il ministro. « Però c'è sempre da domandarsi perché non si è organizzata immediatamente una vera e propria caccia all'automobile. Commissario? »

« Sono d'accordo che è stato un errore, signor ministro, alla luce degli avvenimenti successivi. Avevo ragione di credere che il nostro uomo era all'albergo, e intendeva trascorrerci la notte. Se fosse andato in giro in automobile nei dintorni, e fosse stato fermato da un agente della Stradale perché si trovava al volante di una macchina sospetta, è quasi certo che avrebbe ammazzato il poliziotto che non era preparato a una reazione del genere, e così, ormai sul chi vive, sarebbe riuscito a sfuggirci... »

« Il che è precisamente quello che ha fatto » disse Saint-Clair.

« Vero, ma non abbiamo nessuna prova che è stato messo in allarme, come invece sarebbe successo se la sua automobile fosse stata fermata da un solo agente. Può esserci un'altra spiegazione, e semplicemente quella che ha deciso di andare in qualche altro posto. Se è così, e se si ferma in un altro albergo per la notte, lo sapremo subito. E anche se qualcuno noterà la sua macchina, ne saremo informati. »

« Quando è stato dato l'allarme per l'Alfa bianca? » domandò il capo della Police Judiciaire, Max Fernet.

« Ho dato io stesso le istruzioni alle 17.15 dal cortile dell'albergo » replicò Lebel. « L'allarme dovrebbe aver raggiunto tutte le più grosse unità di pattugliamento stradale verso le sette, e la polizia in servizio nelle città più importanti dovrebbe venirne informata durante la notte, man mano che gli agenti si presentano per il loro turno. Poiché si tratta di un individuo pericoloso, ho detto soltanto che la macchina era stata rubata, con le istruzioni che la sede regionale della polizia deve essere informata immediatamente della sua presenza, ma che nessun agente, se è solo, deve tentare di avvicinarsi al passeggero. Se questa riunione avrà come risultato un cambiamento degli ordini che ho dato, allora devo domandare che la responsabilità di quello che potrà succedere venga presa dai presenti. »

Ci fu un lungo silenzio.

« Sfortunatamente non si può permettere che la vita di un

agente di polizia sia di ostacolo alla protezione del Presidente della Francia » mormorò il colonnello Rolland. Ci furono segni di assenso, intorno al tavolo.

« Verissimo » assentì Lebel. « Purché un solo poliziotto possa fermare quest'uomo. Ma gran parte degli agenti di polizia in città e in campagna, i soliti poliziotti che svolgono un lavoro di routine e quelli che pattugliano le strade, non sono dei tiratori professionisti. E lo Sciacallo invece sì. Se qualcuno cercherà di fermarlo, lui sparerà addosso a un paio di poliziotti, riuscirà a fuggire e scomparirà, e noi ci troveremo ad affrontare due cose: la prima sarà un assassino ormai messo in allarme e forse ancora in grado di adottare una nuova identità di cui non conosciamo nulla; e l'altra, un articolo con il titolo a caratteri di scatola diffuso in tutta la nazione, su ogni giornale, che non ci permetterà di agire con la discrezione voluta. Se la vera ragione della presenza in Francia dello Sciacallo dovesse rimanere un segreto per ventiquattr'ore dopo che è stata divulgata la notizia dell'uccisione del poliziotto, ne sarei molto sorpreso. Nel giro di pochi giorni la stampa saprà che il bersaglio è il Presidente. Se qui c'è qualcuno disposto a spiegarlo al Generale, io sono ben lieto di rinunciare a questa indagine e di passarla a qualcun altro. »

Nessuno si offrì di prendere il suo posto. La seduta si sciolse, come al solito, verso mezzanotte. Nel giro di trenta minuti, era già venerdì 16 agosto.

17

L'Alfa Romeo blu raggiunse la Place de la Gare di Ussel, poco prima dell'una. C'era ancora un bar aperto, proprio di fronte all'ingresso della stazione, sull'altro lato della piazza, e qualche viaggiatore stava bevendo il caffè, in attesa di un treno della notte. Lo Sciacallo si passò il pettine fra i capelli e s'inoltrò tra le sedie e i tavolini accatastati sul marciapiede, raggiungendo il banco del bar. Aveva freddo, perché l'aria di montagna è gelida quando si viaggia a più di novanta chilometri all'ora; sentiva i muscoli irrigiditi e le gambe e le braccia doloranti per la continua tensione di guidare l'Alfa su quella strada di montagna piena di curve; e aveva fame perché, tranne un panino imburrato a colazione, non aveva più toccato cibo dopo la cena di ventotto ore prima.

Ordinò due fette imburrate di un pane lungo e sottile, tagliato nel mezzo – una *tartine beurrée* – e quattro uova sode che si trovavano su un'alzata del banco. E anche una grossa tazza di caffè e latte.

Mentre gli preparavano il pane imburrato e il caffè stava filtrando, si guardò intorno alla ricerca della cabina del telefono. Non c'era, e il telefono era appoggiato in fondo al banco.

« Ha una guida del telefono di questa zona? » chiese al barista. Senza una parola, l'altro gli indicò una pila di elenchi disposti su una rastrelliera dietro il banco.

« Faccia pure, prenda lei » disse poi.

Il nome del barone era indicato con queste parole: "Chalonnière, M. le Baron de la..." e l'indirizzo era proprio quello del castello di Haute-Chalonnière. Lo Sciacallo lo conosceva già, ma il villaggio non era segnato sulla sua carta stradale. A ogni modo, il numero di telefono era fra quelli di Egletons, e lui lo trovò abbastanza facilmente. Egletons distava da Ussel una trentina di chilometri, sulla RN 89. Sedette a mangiare le uova e il pane imburrato.

Fu poco prima delle due di notte che superò una pietra miliare su cui era scritto "Egletons, Km. 6" e decise di abbandonare l'automobile in uno dei boschi che fiancheggiavano la strada. Gli alberi erano molto fitti, probabilmente la proprietà di qualche signorotto del luogo, dove una volta dovevano cacciare il cinghiale con i cavalli e i cani. Forse ne esisteva ancora qualcuno, perché certe parti del Corrèze sembravano appena uscite dall'epoca del Re Sole. A poche centinaia di metri di distanza trovò un sentiero che penetrava nel folto del bosco, separato dalla strada da una sbarra di legno con la scritta "*Chasse Privée*". Spostò la sbarra, e dopo aver spinto la macchina sul sentiero, la rimise al suo posto.

Di lì proseguì, sempre a bordo dell'automobile, per poco meno di un chilometro addentrandosi nel folto del bosco, mentre i fari illuminavano le sagome tortuose degli alberi che sembravano protendere i rami pungenti, come spettri che si ribellavano agli intrusi. Finalmente fermò la macchina, spense i fari e tirò fuori dal cassetto del cruscotto la torcia elettrica e le cesoie per tagliare il filo di ferro.

Passò un'ora disteso sotto la macchina, la schiena che assorbiva l'umidità del terreno bagnato di rugiada. I tubi di acciaio che contenevano la carabina da "cecchino" furono tirati fuori dal nascondiglio in cui erano rimasti nelle sessanta ore precedenti: lo Sciacallo li sistemò di nuovo nella valigia con i vestiti usati e il cappotto militare. Diede un'ultima occhiata all'automobile, per assicurarsi che non ci fosse rimasto più niente che potesse fornire un'indicazione sull'identità del guidatore, e la spinse in mezzo a una fitta macchia di rododendri selvatici lì vicino.

Servendosi delle cesoie, per una buona mezz'ora tagliò rami di rododendro dai cespugli circostanti e li infilò nel terreno proprio davanti all'apertura provocata dall'Alfa nella macchia, finché l'auto non rimase completamente nascosta.

Legò poi un'estremità della cravatta al manico di una delle valigie, l'altra estremità venne fissata al manico della seconda. Poi usò la cravatta come una cinghia da facchino, e se la passò sulla spalla in modo che una valigia gli restasse appoggiata sul petto e un'altra alla schiena. Così poté afferrare con le mani libere gli altri due colli del suo bagaglio e tornò indietro sulla strada.

Procedeva lentamente. Ogni cento metri si fermava, poggiava a terra le valigie e ritornava indietro per cancellare con un ramo fronzuto le tracce del passaggio dell'Alfa sul muschio e sui ramoscelli. Gli ci volle così un'altra ora per raggiungere la strada, chinarsi sotto la sbarra che segnava l'ingresso del sentiero e mettere una discreta distanza – almeno ottocento metri – tra lui e il punto in cui il bosco terminava.

L'abito a quadri era macchiato e sporco, la maglietta col collo alto gli si incollava alla schiena, e lui pensava che i muscoli gli avrebbero fatto male in eterno. Dopo aver messo in fila le valigie, si sedette ad aspettare, mentre il cielo a est diventava appena un poco più chiaro. In campagna, si ricordò, gli autobus partono sempre molto presto.

E in realtà, ebbe fortuna. Alle cinque e cinquanta passò il camion di una fattoria che si tirava dietro un rimorchio carico di fieno, diretto alla città dove c'era mercato.

« Si è rotta la macchina? » gridò l'autista, mentre rallentava.

« No. Ho avuto una licenza dal campo per il week-end, e vado a casa con l'autostop. Sono arrivato fino a Ussel, ieri sera e ho deciso di spingermi fino a Tulle. Ci abita un mio zio, che può trovarmi un passaggio su un camion fino a Bordeaux, ma sono riuscito ad arrivare soltanto qui. » Rivolse un sorriso all'autista, che scoppiò in una risata.

« Un bel matto, a fare a piedi questa strada di notte. Quando diventa buio, di qui non passa più nessuno. Su, salta sul rimorchio; ti porterò a Egletons, dove potrai cercare un altro passaggio. »

Fecero il loro ingresso nella piccola città che mancava un quarto d'ora alle sette. Lo Sciacallo ringraziò il contadino, sparì dietro la stazione e si diresse verso un bar.

« C'è un taxi in città? » domandò al barista, davanti a un caffè.

L'uomo gli diede il numero di telefono, e lo Sciacallo chiamò il posteggio dei taxi. Gli risposero che c'era un'unica macchina, disponibile non prima di mezz'ora. Mentre aspettava, sfruttò il rustico servizio offerto dal gabinetto del locale, un lavandino fornito di sola acqua fredda, per sciacquarsi la faccia e le mani, indossare un abito pulito e lavarsi i denti che sentiva impastati per le troppe sigarette e il caffè.

Il taxi arrivò alle sette e mezzo: una vecchia Renault piuttosto malandata.

« Conosce il villaggio di Haute-Chalonnière? » domandò all'autista.

« Certo. »

« Dista molto? »

« Diciotto chilometri. » E l'uomo indicò con il pollice le montagne. « Sulle colline. »

« Mi ci porti » disse lo Sciacallo, e caricò il suo bagaglio sul portapacchi del tetto, trattenendo solo una valigia che sistemò all'interno dell'automobile.

Volle essere lasciato davanti al Café de la Poste, sulla piazza del villaggio. Era perfettamente inutile che l'autista della città vicina sapesse che lui andava al castello. Quando la macchina fu ripartita, trasportò il bagaglio nel locale. Sulla piazza faceva già un caldo soffocante, e due buoi aggiogati a un carro di fieno ruminavano pensierosi, mentre grosse mosche nere passeggiavano intorno ai loro dolci occhi pazienti.

All'interno, il locale era buio e fresco. Egli sentì, più che vedere, i clienti che si giravano dai loro tavoli per esaminare il nuovo venuto; e ci fu uno sbattere di zoccoli sulle mattonelle quando una vecchia contadina vestita di nero si staccò da un gruppo di braccianti per passare dietro il banco.

« Monsieur? » gracchiò.

L'inglese appoggiò il suo bagaglio per terra e si chinò sul banco. Notò che gli avventori bevevano vino rosso.

« *Un gros rouge, s'il vous plaît, madame.*

« Quanto dista il castello, madame? » domandò, mentre gli veniva versato il vino. La donna lo guardò con gli occhietti scaltri che sembravano biglie nere.

« Due chilometri, monsieur. »

Egli ebbe un sospiro di disappunto. « Quell'idiota dell'autista ha cercato di farmi credere che non c'era nessun castello. E così mi ha scaricato sulla piazza. »

« Era di Egletons? » domandò la donna. Lo Sciacallo annuì.

« Sono tutti idioti a Egletons » disse lei.

« Io devo andare al castello » rispose l'inglese.

Il cerchio di contadini che osservavano dai vari tavoli non fece un movimento. Nessuno gli consigliò un sistema per arrivarci. Lui tirò fuori una banconota da cento nuovi franchi.

« Quanto pago per il vino, madame? »

La donna guardò la banconota con attenzione. Ci fu un ondeggiare di pantaloni e di bluse di cotone azzurro, dietro di lui.

« Non ho il resto » disse la vecchia.

Egli sospirò.

« Se soltanto ci fosse qualcuno con un furgoncino, potrei dargli la differenza » disse lo Sciacallo.

Qualcuno si alzò, avvicinandosi.

« C'è un furgoncino al villaggio, monsieur » borbottò una voce.

Lo Sciacallo si voltò, fingendosi sorpreso.

« Ed è suo, *mon ami*? »

« No, monsieur, ma conosco il proprietario. Lui potrebbe condurla lassù. »

Lo Sciacallo annuí, come se stesse valutando l'idea.

« Nel frattempo, lei beve qualcosa? »

Il contadino fece un segno alla vecchia, che versò un altro abbondante bicchiere di aspro vino rosso.

« E i suoi amici? È una giornata calda, che mette sete. »

La faccia ispida si aprì in un sorriso. Il contadino fece un altro cenno alla donna, che portò due bottiglie al gruppo seduto intorno alla grande tavola.

« Benoît, va' a prendere il furgoncino » ordinò il contadino; e uno degli uomini, dopo aver scolato in un sorso il suo bicchiere, uscì.

Il vantaggio che offrono i contadini dell'Alvernia, meditava lo Sciacallo mentre veniva sballottato lungo gli ultimi due chilometri che portavano al castello, è che sono così poco socievoli da tener chiuse le loro maledette bocche – soprattutto con gli estranei.

Colette de la Chalonnière si appoggiò al cuscino e mentre sorseggiava il caffè, rilesse la lettera. La collera che l'aveva colta al momento della prima lettura si era attenuata, per far posto alla stanchezza e al disgusto.

Si domandò che cosa avrebbe potuto fare per il resto della vita. Il pomeriggio del giorno prima, dopo un viaggio tranquillo da Gap, era stata accolta dalla vecchia Ernestine, la cameriera in servizio al castello fin dai tempi del padre di Alfred, e dal giardiniere, Louison, un bracciante che aveva sposato Ernestine quando era ancora aiuto-cameriera.

Adesso la coppia fungeva virtualmente da custode del castello dove due terzi delle camere erano chiuse e i mobili coperti dalle fodere a riparo della polvere.

Si rendeva conto di essere la padrona di un castello vuoto, dove nessun bambino giocava più nel parco né il padrone di casa sellava il cavallo nel cortile.

Guardò ancora il ritaglio di un rotocalco scandalistico di Parigi, che un'amica le aveva premurosamente spedito: osservò la faccia del marito, illuminata da un sorriso idiota rivolto al flash, gli occhi incerti se fissarsi sull'obiettivo o sul seno prosperoso della stellina, alla cui spalla era affacciato. Una ballerina di cabaret, in origine entraîneuse, che aveva dichiarato la sua speranza di sposare "un giorno" il barone, che era un "ottimo amico".

Guardando la faccia segnata e il collo rugoso dell'attempato barone, si domandò incerta dove fosse finito il capitano dei partigiani, giovane e bello, del quale si era innamorata nel 1942 e che aveva sposato un anno dopo, quando era già incinta. Non era ancora maggiorenne e portava messaggi per la Resistenza, quando l'aveva incontrato in montagna. Lui aveva trentacinque anni; era conosciuto come Pegaso, il suo nome di battaglia: magro, la faccia affilata, sapeva comandare, e lei non aveva saputo resistergli. In una cantina trasformata in cappella erano stati sposati in segreto da un sacerdote che faceva parte della Resistenza, e lei aveva partorito il bambino in casa di suo padre.

Poi, dopo la guerra, gli avevano restituito le terre e tutte le altre proprietà. Il padre di lui era morto per un attacco cardiaco nel periodo in cui gli Alleati dilagavano in Francia, ed egli aveva lasciato le montagne per diventare il barone de la Chalonnière, festeggiato dai contadini dei dintorni quando aveva portato la moglie e il figlio al castello. Ma presto la campagna lo aveva stancato; il richiamo di Parigi e delle luci dei cabaret, l'ansia di ricuperare i suoi anni migliori si erano dimostrati troppo forti perché riuscisse a resistere.

Ora aveva cinquantasette anni e ne dimostrava settanta.

La baronessa gettò a terra il ritaglio di giornale e la lettera che lo accompagnava. Balzò fuori dal letto e si mise di fronte allo specchio alto fino al soffitto, sulla parete opposta, slacciando il nastro che teneva insieme i lembi del suo *peignoir*. Si sollevò sulla punta dei piedi per indurire i muscoli delle cosce, come se avesse infilato un paio di scarpe col tacco alto.

Non c'era male, pensò. Poteva essere peggio. Una figura piena, un corpo di donna matura. I fianchi erano larghi, ma per sua fortuna, la vita si manteneva sottile e snella, stabilizzata da ore e ore di cavallo e da lunghe camminate sulle colline. Con le mani a coppa si sollevò i seni e li soppesò. Troppo grandi, troppo pesanti per essere veramente belli, ma sufficienti a eccitare a letto un uomo.

Ebbene, Alfred, si può giocare in due a questo gioco, pensò. Scosse la testa, e i lunghi capelli neri si sciolsero sulle spalle, mentre una ciocca si fermava su un seno. Allontanò le mani e se le fece passare tra le cosce, pensando all'uomo che era stato lì appena ventiquattr'ore prima. Si era dimostrato in gamba. Adesso lei desiderava essere rimasta a Gap. Chissà, forse avrebbero potuto trascorrere una vacanza insieme, andare in giro in automobile sotto falso nome, come due amanti in fuga. Perché era tornata a casa?

Si sentì il fracasso di un furgoncino sconquassato che entrava nel cortile. Con un gesto stanco, Colette richiuse il *peignoir* e si avvicinò alla finestra che dava sul giardino antistante la casa. Un furgoncino del villaggio era parcheggiato lì, gli sportelli posteriori aperti. E dietro c'erano due uomini che stavano prendendo qualcosa dalla ribalta. Louison arrivava di corsa da una delle aiuole dove era intento a togliere le erbacce, per dare una mano.

Uno degli uomini nascosti dagli sportelli aperti del furgone, venne avanti, infilandosi qualche foglio nella tasca dei pantaloni, si arrampicò al posto di guida e innestò la marcia. Chi era venuto a far consegne al castello? Lei non aveva ordinato niente. Il furgoncino ripartì adagio, e la baronessa sussultò. Sulla ghiaia c'erano tre valigie e una valigetta a mano, e vicino a loro un uomo. Riconobbe subito i capelli biondi illuminati dal sole, e le labbra le si aprirono in un sorriso di piacere.

"Tu, animale. Tu, meraviglioso animale primitivo. Mi hai seguito."

Corse nel bagno a vestirsi.

Quando arrivò sul pianerottolo, sentì un suono di voci nell'atrio sottostante. Ernestine stava chiedendo che cosa desiderava monsieur.

« *Madame la Baronne, elle est là?* »

Un attimo dopo Ernestine arrancava su per le scale, con

tutta la fretta che le permettevano le sue vecchie gambe. « Un signore chiede di lei, signora baronessa. »

Quel venerdì, la riunione serale al ministero fu più corta del solito. L'unica cosa da riferire era che non c'era niente di nuovo. Durante le ultime ventiquattr'ore, la descrizione dell'automobile era stata diramata in tutta la Francia, come se si fosse trattato di un controllo d'ordinaria amministrazione, in modo da non sollevare inutili sospetti. La macchina non era stata rintracciata. Poi da ogni sede centrale regionale della Police Judiciaire si era dato ordine ai commissariati locali, in città e in campagna, di ritirare i cartellini di registrazione compilati dalle persone che si erano presentate nei vari alberghi non più tardi delle otto del mattino. I moduli erano stati immediatamente esaminati in quegli uffici – ed erano decine di migliaia – alla ricerca del nome Duggan. Ma non avevano trovato niente. Se ne doveva concludere che la notte precedente lo Sciacallo non aveva dormito in un albergo, o almeno non si era presentato sotto il nome di Duggan.

« Dobbiamo scegliere fra due premesse » spiegò Lebel a un'assemblea silenziosa. « O è ancora convinto che nessuno abbia sospetti su di lui, quindi la sua partenza dall'Hôtel du Cerf non è stata un'azione premeditata, ma una coincidenza, e in tal caso non c'è alcuna ragione che non adoperi l'Alfa Romeo e non si fermi negli alberghi presentandosi con il nome di Duggan. E allora, presto o tardi, deve essere rintracciato. Nella seconda eventualità, ha deciso di nascondere in qualche posto l'automobile, abbandonandola, e di affidarsi unicamente alle proprie risorse. Stando così le cose, ci sono ancora due ulteriori possibilità.

« O non possiede altri documenti di cui servirsi, e quindi non può andare molto lontano senza fermarsi in un albergo o cercare di passare una frontiera per uscire dalla Francia. Oppure ha un'altra identità e l'ha assunta. In quest'ultimo caso, è ancora estremamente pericoloso. »

« Che cosa le fa pensare che possa avere un'altra identità? » domandò il colonnello Rolland.

« Dobbiamo partire dal presupposto che quest'uomo, » disse Lebel « dal momento che evidentemente gli è stata offerta una grossa somma di denaro dall'OAS perché metta in atto quest'assassinio, deve essere uno dei migliori assassini professionisti in circolazione. E in questo, è implicito che si tratta di una persona con una certa esperienza alle spalle. Eppure è riuscito a sfuggire qualsiasi sospetto ufficiale, e a fare in modo che il suo nome non si trovi in alcun dossier della polizia. L'unica spiegazione di tutto questo è che abbia eseguito gli incarichi che gli erano stati affidati sotto un nome falso e con connotati falsi. In altre parole, dev'essere anche un esperto in travestimenti.

« Sappiamo, dal confronto delle due fotografie, che Calthrop, per diventare Duggan, è riuscito ad aumentare la propria statura servendosi di un paio di scarpe con il tacco alto, a diminuire di parecchi chili di peso, a cambiare il colore degli occhi con le lenti a contatto, e quello dei capelli con una tintura. Se l'ha già fatto una volta, non possiamo permetterci il lusso di presumere che non possa farlo di nuovo. »

« Ma non c'è ragione di immaginare un suo eventuale sospetto di essere scoperto prima di avvicinarsi al Presidente » protestò Saint-Clair. « Perché dovrebbe prendere precauzioni tanto complicate, come quella di avere una o più identità false? »

« Perché, » disse Lebel « a quanto sembra, lui le prende, le precauzioni complicate. Se non fosse stato così, a quest'ora gli avremmo già messo le mani addosso. »

« Ho notato sul dossier di Calthrop, così come ce l'ha passato la polizia inglese, che lui ha fatto il servizio militare subito dopo la fine della guerra, in un reggimento di paracadutisti. Forse adesso si sta servendo di questa esperienza per vivere all'addiaccio, nascondendosi fra le montagne » suggerì Max Fernet.

« Forse » concesse Lebel.

« In tal caso, è più o meno finito quale "pericolo potenziale". »

Lebel considerò per un attimo questa osservazione.

« Trattandosi di un tipo del tutto particolare, non mi sento in grado di affermarlo fino a quando non è dietro le sbarre. »

« O non è morto » disse Rolland.

« Se ha un minimo di buon senso, cercherà di andarsene dalla Francia mentre è ancora vivo » disse Saint-Clair.

E su questo commento, la riunione si sciolse.

« Vorrei proprio poterci contare » disse Lebel a Caron, nel suo ufficio. « Ma a quanto ne so, è vivo, sta bene, è libero e armato. Continuiamo a cercare lui e la sua automobile. Ha con sé tre valigie, e a piedi non può essere andato molto lontano con quel carico. Trovate quell'automobile, e cominceremo di lì. »

L'uomo che cercavano, era disteso su un fresco lenzuolo in un castello nel cuore del Corrèze. Aveva fatto un bagno, era rilassato e sazio dopo un pasto a base di pâté campagnolo e di lepre in salmì, annaffiato da vino rosso, caffè e brandy. Guardava gli arabeschi dorati sul soffitto, programmando i giorni che ancora lo separavano dal compimento della sua missione a Parigi. Entro una settimana, pensò, doveva andarsene di lì e forse la partenza non sarebbe stata facile. Per lasciare il castello, doveva pensare a una ragione convincente.

La porta si aprì ed entrò la baronessa. Aveva i capelli sciolti sulle spalle e indossava un *peignoir* chiuso alla gola ma aperto davanti. Quando si mosse, la stoffa leggera si aprì svolazzando. Sotto era completamente nuda, ma non si era tolta le calze che portava a cena e le scarpe scollate col tacco alto. Lo Sciacallo si girò appoggiandosi a un gomito, mentre lei chiudeva la porta e si avvicinava al letto.

Colette rimase a guardarlo in silenzio. Egli allungò la mano e sciolse il nastro che teneva chiuso il *peignoir* alla gola, e questo si allargò mettendo allo scoperto i seni. Mentre Colette si chinava in avanti, lui le fece scivolare dalle spalle la stoffa orlata di pizzo che cadde silenziosamente sul pavimento.

Lei lo spinse, facendolo distendere sul letto, poi lo afferrò per i polsi e glieli imprigionò contro il cuscino mentre gli montava sopra. Lo Sciacallo la guardò inginocchiarsi su di lui, con le cosce che gli stringevano le costole. Colette gli sorrise, i riccioli in disordine che le sfioravano i capezzoli.

« *Bon, mon primitif,* adesso esibisciti. »

Egli spinse la testa in avanti, mentre lei sollevava le natiche dal suo petto, e cominciò.

Per tre giorni la pista seguita da Lebel si raffreddò, e ogni sera l'opinione che lo Sciacallo avesse lasciato la Francia di nascosto con la coda tra le gambe, raccoglieva un numero sempre maggiore di adesioni. Quando si arrivò alla riunione del 19 agosto, Lebel era rimasto l'unico ancora dell'idea che l'assassino fosse in Francia nascosto da qualche parte, ad aspettare il momento opportuno.

« Ad aspettare che cosa? » domandò quella sera Saint-Clair con voce stridula. « L'unica cosa che può aspettare ancora, se non l'ha già fatto, è l'occasione per precipitarsi a un posto di confine. Nel momento stesso in cui uscirà allo scoperto, sarà in mano nostra. Le armi sono tutte puntate contro di lui, non ha dove andare, nessuno che lo accolga, se la supposizione che abbia tagliato ogni contatto con l'OAS e i suoi simpatizzanti è esatta. »

Intorno al tavolo si levò un mormorio d'assenso, proveniente in massima parte da quelli che cominciavano ad arroccarsi sull'opinione che la polizia avesse fallito nel suo compito, e che la teoria di Bouvier che la scoperta dell'assassino fosse un puro e semplice lavoro di investigazione fosse sbagliata.

Lebel, ostinato, scosse la testa. Era stanco, esausto per la mancanza di sonno, per la tensione e la preoccupazione, per essere costretto a difendere se stesso e i propri collaboratori dagli attacchi continui e pungenti di uomini che dovevano l'alta posizione che occupavano al gioco politico piuttosto che alla esperienza. Aveva sufficiente buon senso per capire che se sbagliava, per lui era finita. Ci avrebbe pensato qualcuno degli uomini seduti intorno a quel tavolo. E se lui avesse avuto ragione? Se lo Sciacallo fosse ancora sulle tracce del Presidente? Se fosse riuscito a sgusciare tra le maglie della rete e si fosse avvicinato di più alla sua vittima? Sapeva che gli uomini presenti nella sala avrebbero cercato disperatamente un capro espiatorio. E sarebbe stato lui. In un modo o nell'altro, la sua lunga carriera di poliziotto era finita. A meno che... a meno che non riuscisse a trovare quell'uomo e a fermarlo. Soltanto allora sarebbero stati costretti ad ammettere che aveva avuto ragione. Ma non aveva prove; soltanto una strana speranza, che certo non osava esprimere, che l'uomo al quale stava dando la caccia fosse un altro professionista e avrebbe cercato di portare a termine la propria missione a qualunque costo.

A distanza di otto giorni da quando quell'affare gli era cascato fra capo e collo, era arrivato a un riluttante rispetto per l'uomo silenzioso, imprevedibile, armato, che sembrava avesse previsto minuziosamente ogni cosa, fino nei minimi particolari, incluso anche un piano di emergenza. Ma ammettere questi suoi sentimenti in quelle riunioni d'incaricati politici, sarebbe stato come sacrificare tutta la sua carriera. Soltanto la figura massiccia di Bouvier accanto a lui, con la testa incassata tra le spalle e gli occhi fissi sul tavolo, gli procurava un po' di conforto. Se non altro, anche lui era un poliziotto.

« Ad aspettare che cosa, non lo so » rispose Lebel. « Ma certo sta aspettando qualcosa, o un giorno stabilito. Io credo, signori, che sentiremo parlare ancora dello Sciacallo. Tuttavia, non so spiegare questa mia sensazione. »

« Sensazione! » ironizzò Saint-Clair. « Un giorno stabilito! Davvero, commissario, mi sembra che lei abbia letto troppi romanzi polizieschi. Ma qui non si tratta di un romanzo, mio caro signore, questa è realtà. Quell'uomo se n'è andato, ecco tutto quello che c'è da dire. » E si appoggiò allo schienale della sedia con un sorriso compiaciuto.

« Spero che lei abbia ragione » disse Lebel, calmo. « In

questo caso, io devo informarla, signor ministro, di essere pronto a ritirarmi dall'inchiesta e a ritornare alle mie solite indagini. »

Il ministro lo guardò con aria incerta.

« Lei crede, commissario, che sia il caso di continuare? » domandò. « Crede che sussista ancora un vero pericolo? »

« Quanto alla seconda domanda, signore, non lo so. Per quel che riguarda la prima, credo che dovremmo continuare a cercare finché non siamo assolutamente certi. »

« Benissimo, allora. Signori, è mio desiderio che il commissario continui le sue indagini, e che noi continuiamo a incontrarci qui ad ascoltare i suoi rapporti... per il momento. »

La mattina del 20 agosto Marcange Callet, un guardacaccia, stava sparando agli animali nocivi nella proprietà del suo padrone tra Egletons e Ussel nel dipartimento del Corrèze, quando inseguì un colombo selvatico ferito che era piombato in un cespuglio di rododendri. Trovò la bestiola che batteva le ali come impazzita sul sedile di una macchina sportiva aperta che, evidentemente, era stata abbandonata.

In principio, mentre tirava il collo all'uccello, pensò che forse era stata parcheggiata da una coppia di innamorati che si erano spinti nel bosco per un pic-nic, infischiandosene dell'avvertimento che lui stesso aveva scritto su un cartello inchiodato a una sbarra, a quasi un chilometro di distanza. Poi si accorse che qualche ramo della macchia di rododendri dove era stata nascosta l'automobile non cresceva direttamente dal terreno, ma era stato infilato dentro. Un esame più attento gli permise di scoprire i cespugli dai quali erano stati recisi i rami: i segni dei tagli erano stati coperti di terriccio per annerirli e perché non fossero visibili.

Dalle macchie di escrementi lasciati dagli uccelli sui sedili dell'automobile calcolò che questa doveva trovarsi lì da vari giorni. Raccolse il suo fucile e l'uccello, e ritornò a casa in bicicletta, attraverso i boschi. Intanto prendeva nota mentalmente di parlare di quell'automobile al poliziotto giù al villaggio quando sarebbe andato quella mattina stessa a comprare i lacci per i conigli.

Era quasi mezzogiorno quando il poliziotto del villaggio girò la manovella dell'antiquato apparecchio telefonico che aveva in casa, per fare un rapporto al commissario di Ussel. Riferì che in un bosco dei dintorni era stata trovata un'automobile abbandonata. Gli domandarono se era bianca. Il gendarme consultò i suoi appunti. No, era blu. Un'automobile italiana? No, aveva le targhe francesi, ma la marca era sconosciuta. Bene, rispose la voce da Ussel, nel pomeriggio avrebbero mandato un carro-attrezzi a rimorchiarla, e lui doveva tenersi a disposizione per indicare la strada agli operai. C'era un mucchio di lavoro, ed erano tutti a corto di personale, impegnati nelle ricerche di una macchina sportiva italiana bianca, alla quale i capoccioni di Parigi volevano dare una occhiata. Il poliziotto promise che sarebbe rimasto a disposizione, pronto per ricevere il carro-attrezzi.

Fu soltanto dopo le quattro del pomeriggio che la piccola automobile venne rimorchiata nel deposito di Ussel, e mancava poco alle cinque prima che uno degli addetti al servizio di manutenzione che doveva eseguire un controllo per identificare la macchina, notasse che il lavoro di verniciatura era stato eseguito in modo pessimo.

Allora prese un cacciavite e raschiò via leggermente la vernice blu da uno dei parafanghi: sotto, comparve una striscia bianca. Un po' perplesso, esaminò le due targhe ed osservò che sembravano avvitate alla rovescia. Pochi minuti dopo la targa anteriore giaceva a faccia in su nel cortile rivelando la sigla MI-61741 scritta in bianco, e il poliziotto attraversava il cortile di corsa, diretto verso l'ufficio.

Claude Lebel ricevette la notizia poco prima delle sei. Gli arrivò dal commissario Valentin della sede centrale regionale della Police Judiciaire di Clermont-Ferrand, capoluogo dell'Alvernia. Lebel si raddrizzò di scatto sulla sedia, quando Valentin cominciò a parlare.

« Bene, ascolti, è importante. Non posso spiegarle perché è importante, posso solo dire che lo è. Sì, so che è irregolare, ma non so cosa farci. So che lei ha il grado di commissario, amico caro, ma se lei vuole la conferma della mia autorità per questo caso, le passerò subito il capo della Police Judiciaire.

« Voglio una squadra a Ussel, immediatamente. La migliore che può mettere insieme, e quanti più uomini può procurarsi. Cominci le indagini dal posto in cui è stata trovata l'automobile. Prepari una carta geografica in questo modo: metta la località dove è stata trovata l'Alfa Romeo al centro di essa e predisponga tutto per una ricerca metodica della zona circostante su un raggio sempre più ampio. Si informi in ogni fattoria, parli con ogni contadino che passa regolarmente su quella strada, chieda in ogni caffè e negozio dei villaggi, domandi in ogni albergo e nelle baracche dei taglialegna.

« Deve cercare un uomo alto e biondo, inglese di nascita ma che parla un buon francese. Ha con sé tre valigie e una valigetta a mano. È fornito di molto denaro in contanti, ed è vestito bene anche se forse avrà l'aspetto di chi ha dormito all'addiaccio.

« I suoi uomini devono chiedere dove è stato, dove è andato, che cosa ha cercato di comperare. Oh, e un'altra cosa: bisogna lasciar fuori da questa faccenda i giornali. A ogni costo. Come sarebbe a dire che non è possibile? Be', certo, i cronisti locali, pettegoli come sono, lo vorranno sapere. Racconti che c'è stato un incidente d'auto e che si ritiene che uno dei passeggeri stia aggirandosi da quelle parti ancora in preda allo shock. Sì, benissimo: una opera di carità. Racconti che non è una notizia che i giornali a carattere nazionale sarebbero disposti a pagare – non certamente nel periodo delle vacanze, con una media di cinquecento incidenti stradali al giorno. Si limiti a gettare acqua sul fuoco. E un'ultima cosa: se riesce a scovare quell'uomo nascosto da qualche parte, non lo faccia avvicinare da nessuno. Si accontenti di circondarlo e di non farselo scappare. Io arriverò appena posso. »

Lebel depose il microfono e si voltò verso Caron.

« Cerca di parlare con il ministro. Chiedigli di spostare la riunione di questa sera alle otto. So che è l'ora di cena, ma sarà una riunione breve. Poi mettiti in contatto con Satory e chiedi ancora l'elicottero. Un volo notturno, a Ussel. E sarà bene che ci dicano dove atterrerà, in modo da chiedere una automobile che sia sul posto a prelevarmi. Tu mi sostituirai qui. »

I furgoni della polizia arrivati da Clermont-Ferrand, ai quali si erano uniti anche quelli mandati da Ussel organizzarono il loro quartier generale, al calar del sole, sulla piazza del piccolo villaggio vicino al bosco in cui era stata trovata l'Alfa Romeo. Da un radiotelefono, Valentin diede istruzioni a tutte le macchine della polizia di convergere sugli altri villaggi della zona. Aveva deciso di cominciare con una fascia limitata a un raggio di otto chilometri a partire dal punto in cui avevano trovato la macchina, e di lavorare tutta la notte. Era più facile trovare la gente a casa, dopo il tramonto. E poi, c'erano più rischi che i suoi uomini si perdessero perlustrando al buio le vallate tortuose e i declivi delle montagne della regione o si facessero sfuggire qualche piccola capanna di taglialegna dove il fuggitivo poteva essersi nascosto.

C'era anche una difficoltà d'altro genere che non aveva potuto spiegare a Lebel, parlandogli per telefono, ma che temeva di dovergli confessare a quattr'occhi. E senza che lui lo sapesse, i suoi uomini erano già incappati in quella difficoltà. Alcuni di loro stavano interrogando un contadino davanti alla sua casupola a tre chilometri circa dal centro delle ricerche.

Fermo sulla soglia, in camicia da notte, egli si rifiutava con cocciutaggine di far entrare i poliziotti. La lampada alla paraffina che teneva in mano gettava una chiazza incerta di luce sul gruppo.

« Su, via, Gaston, tu passi spesso da quella strada che va al mercato. L'hai fatta anche venerdì mattina, in direzione di Egletons? »

Il contadino li guardò con gli occhi socchiusi.

« Potrei averla fatta. »

« Be', l'hai fatta o no? »

« Non riesco a ricordare. »

« Hai visto un uomo su quella strada? »

« Io mi faccio gli affari miei. »

« Non è questo che ti stiamo domandando. L'hai visto un uomo? »

« Non ho visto nessuno, niente. »

« Un uomo alto, biondo, atletico. Che portava tre valigie e una valigetta più piccola? »

« Non ho visto niente. *J'ai rien vu, tu comprends.* »

Continuarono così per una ventina di minuti. Alla fine se ne andarono, mentre uno dei poliziotti segnava meticolosamente qualcosa nel suo taccuino. I cani legati alla catena ringhiarono cercando di azzannare le gambe degli agenti che, per tirarsi indietro, finirono per sprofondare in un mucchio di letame. Il contadino restò a guardarli finché non raggiunsero la strada e misero in moto la macchina. Poi richiuse violentemente la porta, allungò un calcio a una capra curiosa e raggiunse a letto la moglie.

« Parlavano di quell'uomo che hai accompagnato? » domandò lei. « Ma perché lo vogliono? »

« Non lo so, » rispose Gaston « ma nessuno potrà mai dire che Gaston Grosjean ha messo nelle loro mani un'altra creatura. » Poi scatarrò e sputò fra le braci. « *Sales flics.* »

Abbassò il lucignolo, soffiò sulla fiamma, sollevò le gambe dal pavimento e le spinse fra le coperte contro le forme giunoniche della moglie. « Buona fortuna a te, amico, chiunque tu sia. »

Lebel alzò gli occhi sui presenti e depose le carte che teneva in mano.

« Appena questa riunione sarà finita, signori, partirò in volo per Ussel per sovrintendere personalmente alle ricerche. »

Ci fu un silenzio che durò quasi un minuto.

« E lei, commissario, che cosa pensa che si possa dedurre da questo? »

« Due cose, signor ministro. Sappiamo che deve aver comprato la vernice per l'Alfa, e io ho il sospetto che le nostre indagini ci porteranno alla conclusione che se l'automobile ha compiuto il percorso da Gap a Ussel nella notte tra giovedì e venerdì aveva già un colore diverso. Nel caso, e sono già in corso indagini in questo senso, la vernice lui l'ha comprata a Gap. Se è così, bisogna concludere che qualcuno l'ha avvisato. O gli ha telefonato una persona, o ha telefonato lui a qualcuno, qui o a Londra, e gli hanno detto che abbiamo scoperto lo pseudonimo di Duggan. Ricevuta questa informazione ha potuto calcolare che gli saremmo stati addosso prima di mezzogiorno, e che anche la sua automobile sarebbe stata riconosciuta. Così se l'è svignata, e in gran fretta. »

A questo punto ebbe l'impressione che l'elegante soffitto della sala delle riunioni stesse per crollare, così pressante era il silenzio.

« Lei vuol dirci » domandò qualcuno con una voce che sembrava venisse da un milione di chilometri di distanza « che qualcosa di quello che si dice in questa sala è trapelato al di fuori? »

« Non posso affermare questo, monsieur. Ci sono centralinisti, operatori del telex, funzionari a livello medio e inferiore ai quali è stato necessario passare degli ordini. Potrebbe darsi che uno di loro, senza che nessuno lo sappia, sia un agente dell'OAS. Tuttavia c'è un fatto che balza agli occhi con sempre maggiore evidenza. Lo hanno informato che il piano di assassinare il Presidente francese era stato scoperto, ma ha deciso di portare a termine la sua missione indipendentemente da tutto il resto. Ed è stato informato che noi conosciamo la sua identità di Alexander Duggan. Quindi deve avere un solo contatto. Ho il sospetto che possa essere l'uomo conosciuto sotto il nome di Valmy, quello del messaggio a Roma intercettato dal DST. »

« Maledizione, » esclamò il capo del DST « avremmo dovuto prendere quell'individuo nell'ufficio postale. »

« E quale sarebbe la seconda deduzione che possiamo trarne, commissario? » domandò il ministro.

« La seconda deduzione è che, quando ha saputo che la sua identità era stata scoperta, non ha cercato di lasciare la Francia; al contrario, si è diretto addirittura verso il centro del Paese. In altre parole è ancora sulle tracce del capo dello Stato. Insomma, ha lanciato una sfida a tutti noi. »

Il ministro si alzò e raccolse le sue carte.

« Non la tratterremo, signor commissario. Lo trovi. Lo trovi stanotte. E, se è necessario, lo liquidi pure. Questi sono i miei ordini, a nome del Presidente. »

E con quelle parole uscì dalla stanza.

Un'ora più tardi l'elicottero di Lebel si alzava dalla pista di Satory e si dirigeva verso sud, in un cielo dal colore livido.

« Porco impertinente. Come ha osato. Insinuare che fossimo in fallo noi, i più alti funzionari di tutta la Francia. Ne parlerò nel mio prossimo rapporto, naturalmente. »

Jacqueline fece scivolare le spalline sottili della sottoveste e lasciò che la stoffa trasparente le ricadesse in pieghe morbide intorno ai fianchi. Poi, indurì i muscoli delle braccia per unire i seni, con un profondo solco nel mezzo, e prese la testa del suo amante avvicinandosela al petto.

« Raccontami tutto » mormorò, con voce suadente.

18

La mattina del 21 agosto sorse limpida e splendente come lo erano state le quattordici precedenti di quel periodo estivo caratterizzato dall'ondata di caldo. Dalle finestre del castello di Haute-Chalonnière, che si aprivano su un panorama di ondulate colline rivestite di erica, appariva silenziosa e piena di pace, e nessun indizio faceva presagire le indagini febbrili che la polizia aveva cominciato e che già stavano avviluppando Egletons, a diciotto chilometri di distanza.

Lo Sciacallo, nudo sotto la vestaglia, era in piedi davanti alle finestre dello studio del barone e faceva la sua solita telefonata mattutina a Parigi. Aveva lasciato la sua amante addormentata al piano di sopra, dopo un'altra notte di passione.

Quando gli arrivò la comunicazione, cominciò con l'usuale: « *Ici Chacal* ».

« *Ici Valmy* » rispose la voce un po' rauca dall'altra parte. « Le acque si stanno agitando di nuovo. Hanno trovato l'automobile... »

Ascoltò per un altro paio di minuti, interrompendo soltanto con una domanda precisa. Con un « *Merci* » finale depose il ricevitore e si frugò in tasca alla ricerca delle sigarette e dell'accendino. Si rendeva conto che quello che aveva appena ascoltato cambiava i suoi piani, gli piacesse o no. Avrebbe voluto fermarsi al castello un altro paio di giorni, ma adesso era costretto ad andarsene, al più presto. C'era qualcosa in quella telefonata che lo preoccupava, qualcosa che avrebbe dovuto non esserci.

Al momento non ci aveva dato peso, ma mentre aspirava il fumo della sigaretta, quel particolare insignificante gli era ritornato in mente. Finalmente capì di che cosa si trattava, mentre finiva la sigaretta e buttava il mozzicone sulla ghiaia del giardino, oltre la finestra aperta. Aveva appena sollevato il ricevitore, quando si era sentito un lieve scatto nell'apparecchio. E questo non era mai successo durante le sue telefonate nei tre giorni precedenti. Esisteva un telefono interno nella camera da letto, ma Colette stava dormendo profondamente quando lui l'aveva lasciata. Possibile che... si girò di scatto e salì rapidamente le scale senza far rumore, con i piedi scalzi; poi entrò all'improvviso nella camera da letto. Il ricevitore era stato rimesso al suo posto. L'armadio era spalancato e le sue tre valigie aperte sul pavimento. E lì vicino, c'era il suo portachiavi. La baronessa, inginocchiata tra tutto quel disordine, lo guardava con occhi pieni di stupore. Intorno a lei, erano sparsi i sottili tubi di acciaio, e da ognuno di essi erano stati rimossi i cappucci di tela di sacco che ne chiudevano le due estremità. Da uno spuntava la parte posteriore del mirino telescopico, dall'altro la punta smussata del silenziatore. In mano lei teneva qualcosa, qualcosa che stava considerando con orrore, mentre lo Sciacallo entrava nella stanza. Erano il calcio e la culatta della carabina.

Per qualche secondo nessuno dei due parlò. Lo Sciacallo si riprese per il primo.

« Stavi ascoltando. »

« Io... mi sono domandata chi potevi essere, con quella strana telefonata ogni mattina. »

« Credevo che tu dormissi. »

« No. Mi sveglio sempre quando scendi dal letto. Questa... cosa: è un fucile, un fucile da assassino. »

Era per metà una domanda, per metà un'affermazione, ma pronunciata quasi con la speranza di poter sapere che si trattava semplicemente di qualcos'altro, qualcosa di assolutamente innocuo. Lo Sciacallo la guardò, e per la prima volta la baronessa vide che i puntini grigi sulle pupille si erano fatti più grandi e nascondevano qualsiasi espressione in quegli occhi che erano diventati spenti e privi di vita come quelli di un automa.

Si alzò lentamente in piedi, lasciando cadere il calcio della carabina che andò ad urtare contro le altre parti dell'arma.

« Vuoi ucciderlo » sussurrò. « Sei uno di loro, l'OAS. Vuoi servirtene per uccidere de Gaulle. »

Fu la mancanza di una risposta da parte dello Sciacallo che le diede la conferma. Allora tentò di precipitarsi verso la porta. Ma egli la fermò senza difficoltà, la sospinse indietro con violenza attraverso la stanza, fino al letto su cui lei cadde riversa, e la raggiunse con tre passi rapidi. Mentre sussultava tra le lenzuola spiegazzate, Colette aprì la bocca per urlare. Il colpo di taglio con il dorso della mano, che la raggiunse lateralmente sul collo penetrando fino alla carotide, soffocò l'urlo sul nascere. Poi lo Sciacallo, affondando la sinistra fra i capelli arruffati della donna, la sollevò e la trascinò a faccia in giù verso il bordo del letto. L'ultima cosa che le rimase impressa nelle pupille fu il disegno del tappeto, prima che il colpo netto della mano le calasse sulla nuca.

Lo Sciacallo andò alla porta ad ascoltare: dal piano sottostante non arrivava alcun rumore. Ernestine doveva essere in cucina, sul retro della casa, a preparare i panini e il caffè per la prima colazione, e Louison tra poco sarebbe partito per il mercato. Fortunatamente erano abbastanza sordi tutti e due.

Rimise i pezzi della carabina nei tubi e li infilò di nuovo nella terza valigia con il cappotto militare e i vestiti sudici e spiegazzati di André Martin, battendo leggermente con la mano sulla fodera per assicurarsi che i documenti non erano stati toccati. Poi la chiuse a chiave. La seconda valigia, che conteneva gli abiti del pastore danese Per Jensen, era stata aperta ma non ancora esaminata.

In cinque minuti si lavò e si fece la barba nel bagno comunicante con la camera da letto. Poi prese le forbici e ne impiegò altri dieci a pettinare all'insù i lunghi capelli biondi in modo da tagliarne via gli ultimi cinque centimetri. Li cosparse con il pennello di quel tanto di tintura sufficiente a dare il color grigio ferro della capigliatura di un uomo di mezza età. La tintura, naturalmente, li inumidì, permettendogli di pettinarli come li portava il pastore Jensen. Per ottenere quel risultato si servì del passaporto falso, che aveva appoggiato sulla mensola sopra il lavabo. Per ultima cosa, si mise le lenti a contatto azzurre.

Cancellò ogni traccia della tintura per capelli e delle sue abluzioni dalla porcellana del lavabo, raccolse il necessario per la barba e ritornò nella camera da letto. Non degnò neppure di uno sguardo il corpo nudo disteso sul pavimento.

Infilò la maglia, le mutande, le calze e la camicia che aveva comprato a Copenaghen, fissandosi la pettorina nera e appoggiandoci sopra il colletto bianco da sacerdote. Infine mise l'abito scuro e le scarpe nere classiche. Fece scivolare gli occhiali cerchiati d'oro nel taschino della giacca, radunò nella valigetta a mano il necessario da toilette e ci mise dentro anche il libro in danese sulle cattedrali di Francia. Nella tasca interna del vestito trasferì il passaporto del pastore danese e un mazzetto di biglietti di banca.

Quello che rimaneva dei suoi abiti inglesi finì nella valigia da cui li aveva tirati fuori, e anche questa venne chiusa a chiave.

Erano quasi le otto quando finì; Ernestine sarebbe salita dopo qualche minuto con il caffè. La baronessa aveva cercato di tenere nascosta la loro relazione ai servitori perché tutti e due avevano cominciato ad adorare il barone quando era un ragazzino e avevano continuato nella loro adorazione quando era diventato il padrone. Dalla finestra seguì con lo sguardo Louison che passava in bicicletta sul largo viale fino al cancello della proprietà, con la cesta per la spesa che sobbalzava sul portapacchi. In quello stesso momento sentì Ernestine bussare alla porta. Rimase in silenzio. La donna bussò di nuovo.

« *Y a vot' café, madame* » strillò attraverso la porta chiusa. Lo Sciacallo, che ormai aveva preso la sua decisione, rispose in francese, fingendo di avere la voce impastata di sonno.

« Lo lasci lì. Lo prenderemo quando saremo pronti. »

Fuori dalla porta, la bocca di Ernestine diventò rotonda come una O. Scandaloso. Dove si sarebbe andati a finire... e nella camera da letto del padrone. Si precipitò al pianterreno a cercare Louison, ma era già uscito e dovette accontentarsi di fare all'acquaio di cucina un lungo sfogo sulla depravazione della gente di oggi, tanto diversa da quella che abitava il castello ai tempi del vecchio barone. Così non sentì il lieve fruscio provocato da quattro valigie, calate dalla finestra della camera da letto con un lenzuolo arrotolato, quando sprofondarono nell'aiuola fiorita davanti alla casa.

Non udì la porta della camera da letto che veniva chiusa a chiave dall'interno, né il lieve rumore del corpo privo di vita della sua padrona che veniva trascinato sul letto e disposto nella posizione di una persona che dorme, con la maggior naturalezza possibile, le coperte tirate su fino al mento; non udì lo scatto del saliscendi della finestra della camera da letto che si richiudeva dietro l'uomo dai capelli grigi rannicchiato fuori, sul davanzale, né il tonfo che provocò quando si lasciò cadere sul prato. Ma sentì il rombo della Renault di madame che veniva messa in moto nella stalla trasformata in garage di fianco al castello, e occhieggiando fuori dalla finestra del retrocucina riuscì a coglierne una rapida visione mentre l'auto girava sul viale che portava alla facciata principale della casa e infilava poi quello più largo che conduceva al cancello.

« E adesso, che cosa sta combinando la signora? » mormorò, mentre ritornava arrancando al piano di sopra.

Davanti alla porta della camera da letto il vassoio con la prima colazione era ancora intatto, e il caffè tiepido. Dopo aver bussato parecchie volte, provò ad aprire la porta che fece resistenza. Anche la camera da letto del signore inglese era chiusa a chiave. Nessuno le rispondeva. Ernestine decise che stava succedendo qualcosa; quel genere di cose che non erano più successe da quando, ai vecchi tempi, i *boches* erano venuti a installarsi nel castello come ospiti del barone e continuavano a fargli stupide domande sul giovane signore che era latitante.

Decise di consultarsi con Louison. Doveva essere al mercato, e qualcuno del caffè locale avrebbe potuto andare a chiamarlo. Non sapeva come adoperare il telefono, ma credeva che se avesse sollevato la cornetta qualcuno le avrebbe risposto e sarebbe andato a cercare la persona con la quale voleva parlare. Ma invece non era per niente così. Prese in mano la cornetta e la tenne appoggiata all'orecchio per una buona decina di minuti, ma nessuno le rispose. Ernestine non aveva notato che il filo era stato tagliato con un colpo netto nel punto in cui penetrava nello zoccolo della biblioteca, nello studio del padrone.

Claude Lebel prese l'elicottero che doveva riportarlo a Parigi poco dopo la prima colazione. Come spiegò successivamente a Caron, Valentin aveva organizzato un'operazione perfetta, anche se quei dannati contadini gli mettevano i bastoni fra le ruote. Prima che lui ripartisse, era già riuscito a seguire le tracce dello Sciacallo in un caffè di Egletons dove aveva mangiato qualcosa e stava cercando l'autista del taxi che l'assassino aveva chiamato da quel locale. Nel frattempo aveva dato disposizioni che si organizzassero posti di blocco su tutte le strade per un raggio di venti chilometri intorno a Egletons, e questi sarebbero stati pronti verso mezzogiorno.

Data l'autorità di Valentin, gli aveva spiegato brevemente perché fosse importantissimo ritrovare lo Sciacallo, e Valentin si era dichiarato disposto a chiudere Egletons in un cerchio di sorveglianza, "più stretto del buco del c... di un topo" erano state le sue precise parole.

Da Haute-Chalonnière la piccola Renault si diresse a tutta velocità verso le montagne a sud, in direzione di Tulle. Lo Sciacallo calcolava che la polizia, se aveva cominciato le sue indagini la sera prima partendo dal posto dove lui aveva nascosto l'Alfa e allargando la zona di ricerca in cerchi sempre più larghi, doveva essere arrivata a Egletons all'alba. Il proprietario del caffè avrebbe parlato e come lui anche l'autista del taxi. Sarebbero arrivati al castello nel pomeriggio, a meno di non poter contare su qualche coincidenza fortunata.

Ma anche in quest'ultimo caso, avrebbero cercato un inglese biondo. A ogni modo, gli stavano dando la caccia molto da vicino. Lanciò la piccola automobile lungo le strade secondarie di montagna, sbucando finalmente sulla RN 8 a diciotto chilometri a sud-ovest di Egletons sulla strada per Tulle, che distava ancora una ventina di chilometri. Guardò l'orologio: mancavano venti minuti alle dieci. Mentre scompariva dietro una curva al termine di un rettifilo, un piccolo convoglio arrivava da Egletons. Era composto da un'automobile della polizia e da due furgoni. Il convoglio si fermò proprio in mezzo al rettifilo, e sei poliziotti cominciarono a disporre attraverso la strada la sbarra metallica e il suo sostegno, per bloccare il traffico.

« Cosa vuol dire con quell'"è fuori"? » ruggì Valentin rivolto alla moglie in lacrime di un autista di taxi, a Egletons. « Dove è andato? »

« Non lo so, monsieur. Non lo so. Aspetta ogni mattina sulla piazza della stazione quando arriva il treno da Ussel. Se non ci sono passeggeri, torna qui al garage e si mette a fare qualche riparazione. Se non torna, vuol dire che ha trovato un servizio da fare. »

Valentin si guardò intorno con aria tetra. Era inutile strapazzare quella donna. Tutto il servizio di taxi era organizzato da un solo autista, un tale che faceva anche qualche riparazione quando gli capitava.

« Ha portato qualcuno in qualche posto venerdì mattina? » domandò con un tono più paziente.

« Sì, monsieur. Era tornato dalla stazione perché non aveva trovato nessuno; poi c'è stata una telefonata dal caffè. Qualcuno voleva un taxi. Aveva tirato via una delle ruote, e aveva paura che il cliente non lo aspettasse e cercasse un altro taxi. Così ha continuato a bestemmiare per i venti minuti che ci sono voluti a rimettere a posto la ruota. Poi se ne è andato.

Ha fatto il servizio, ma non ha mai detto dove l'ha portato. » La donna tirò su con il naso. « Non parla molto con me » aggiunse per tutta spiegazione.

Valentin le batté la mano sulla spalla.

« Va bene, madame. Non si agiti. Aspetteremo che torni. » Si rivolse a uno dei sergenti. « Mandi un uomo alla stazione ferroviaria, un altro al caffè sulla piazza. Conoscete il numero di targa di quel taxi. Appena compare, voglio vedere l'autista – immediatamente. »

Uscì dal garage e si avviò alla sua automobile.

« Al commissariato » disse. Aveva trasferito il quartier generale alla stazione di polizia di Egletons, che non vedeva da anni un'attività simile.

Lo Sciacallo scaraventò la valigia contenente gli abiti inglesi e il passaporto intestato ad Alexander Duggan in un burrone a una decina di chilometri fuori di Tulle. Lo avevano servito bene. La valigia oscillò al di sopra del parapetto del ponte e scomparve con un tonfo nella folta vegetazione in fondo al precipizio.

Dopo aver girato intorno a Tulle e scoperto l'ubicazione della stazione, parcheggiò la macchina a tre strade di distanza senza che nessuno lo notasse, e percorse a piedi i cinquecento metri che lo dividevano dalla stazione e dalla biglietteria, trasportando a mano le due valigie e la valigetta.

« Vorrei un biglietto di andata per Parigi, in seconda classe per favore » disse all'impiegato. « Quanto costa? » Guardò al di sopra degli occhiali e oltre il vetro smerigliato l'uomo dietro il banco.

« Novantasette nuovi franchi, monsieur. »

« A che ora parte il prossimo treno, per piacere? »

« Undici e cinquanta. C'è quasi un'ora da aspettare. C'è un ristorante vicino al marciapiede. Marciapiede Uno per Parigi, *je vous en prie.* »

Lo Sciacallo sollevò le valigie e si avviò verso il cancello di accesso ai treni. Gli forarono il biglietto, riprese in mano le valigie e passò dall'altra parte. Qui si vide sbarrare il passo da un agente che indossava un'uniforme azzurra.

« *Vos papiers, s'il vous plaît.* »

L'agente del CRS era giovane, e cercava di assumere un aspetto più severo di quel che non gli consentisse la sua età. Portava un fucile mitragliatore a tracolla. Lo Sciacallo depose ancora una volta le valigie e gli allungò il passaporto danese. L'agente del CRS lo sfogliò, senza capirne una parola.

« *Vous êtes danois?* »

« *Pardon?* »

« *Vous... danois* » disse, battendo col dito sulla copertina del passaporto.

Lo Sciacallo si illuminò e annuì, soddisfatto.

« *Danske... ja, ja.* »

L'agente gli restituì il passaporto e con un cenno della testa gli indicò di proseguire. Poi, senza più badargli, avanzò verso il cancello per occuparsi di un altro viaggiatore che si stava avvicinando.

Era quasi l'una quando Louison ritornò: aveva bevuto un paio di bicchieri più del solito. La moglie, stravolta, gli raccontò le sue sventure. Louison prese in mano la situazione.

« Salgo fino alla finestra, » annunciò « e ci guardo dentro. »

Per prima cosa cominciò ad avere qualche difficoltà con la scala a pioli, che non riusciva a portare dove voleva. Tuttavia, alla fine, poté appoggiarla contro il muro di mattoni sotto la finestra della camera da letto della baronessa e ad arrivare in cima, salendo con passi alquanto malfermi. Ne discese cinque minuti dopo.

« La signora baronessa dorme » annunciò.

« Ma non dorme mai fino a quest'ora » protestò Ernestine.

« Ebbene, oggi sì » rispose Louison. « Non dobbiamo disturbarla. »

Il treno per Parigi era leggermente in ritardo. Arrivò a Tulle a mezzogiorno preciso. Tra i passeggeri che salirono c'era anche un pastore protestante con i capelli grigi. Andò a occupare un posto d'angolo in uno scompartimento dove si trovavano soltanto due donne di mezza età, inforcò un paio di occhiali cerchiati d'oro, estrasse dalla valigetta a mano un grosso volume sulle chiese e le cattedrali e cominciò a leggere. Sarebbe arrivato a Parigi, così venne a sapere, alle venti e dieci quella sera stessa.

Charles Bobet era fermo sul ciglio della strada vicino al suo taxi in sosta forzata; guardò l'orologio e bestemmiò. L'una e mezzo, l'ora del pranzo, ed eccolo lì bloccato su un tratto solitario di strada fra Egletons e il piccolo villaggio di Lamazière. Con un semiasse rotto. *Merde* e ancora *merde*. Avrebbe dovuto lasciare lì l'automobile e cercar di raggiungere a piedi il villaggio più vicino, prendere un autobus per Egletons e ritornare in serata con il carro-attrezzi. Soltanto quello gli avrebbe portato via i guadagni di un'intera settimana. E poi le portiere non avevano più la serratura, e quel taxi sconquassato rappresentava tutta la sua fortuna. Meglio non lasciarlo lì perché lo saccheggiassero i ragazzini dei dintorni sempre pronti a rubare. Meglio pazientare un poco ed aspettare che arrivasse un camion che avrebbe potuto rimorchiarlo (dietro compenso naturalmente) fino a Egletons. Non aveva mangiato nulla, ma nel cassetto del cruscotto c'era una bottiglia di vino. Be', adesso era quasi vuota. L'essersi dovuto infilare sotto il taxi per tentare una riparazione gli aveva fatto venire sete. Risalì in macchina per aspettare. Sulla strada il caldo era veramente insopportabile, e nessun camion si sarebbe certo messo in viaggio fino a che l'aria non si rinfrescava un poco. I contadini stavano facendo tutti la siesta. Cercò di mettersi più comodo e si addormentò quasi subito.

« Cosa vuol dire che non è ancora a casa? Dove è andato quel disgraziato? » ruggì nel telefono il commissario Valentin. Si trovava al commissariato di Egletons, stava telefonando a casa dell'autista del taxi e parlava con il suo agente. Il mormorio confuso della voce dall'altra parte del filo aveva assunto toni di scusa. Valentin sbatté giù la cornetta. Per tutta la mattinata e anche durante l'ora del pranzo avevano continuato a raggiungerlo per radio i rapporti trasmessi dalle auto che controllavano i blocchi stradali. Nessuno che somigliasse anche lontanamente a un inglese alto e biondo aveva lasciato la zona che si estendeva intorno a Egletons per un raggio di venti chilometri. Ora la cittadina di mercato, intontita dalla calura estiva, era silenziosa e sonnecchiava tranquillamente come se duecento poliziotti non si fossero mai calati da Ussel e da Clermont-Ferrand.

Soltanto verso le quattro del pomeriggio Ernestine riuscì ad averla vinta.

« Devi salire di nuovo a svegliare madame » insistette con Louison. « Non è naturale che una persona dorma tutta la giornata. »

Il vecchio Louison, con la bocca che gli puzzava per la sbornia come le viscere di un avvoltoio, era del parere che non c'era niente di meglio al mondo di una buona dormita e gli sarebbe tanto piaciuto potersela fare subito. Quindi non era d'accordo, ma sapeva anche che era del tutto inutile discutere con Ernestine quando si metteva in testa qualcosa. Risalì di nuovo sulla scala a pioli, questa volta con passo più sicuro di prima, fece scorrere il saliscendi della finestra e scavalcò il davanzale. Ernestine lo sorvegliava dal basso.

Dopo pochi minuti, la testa del vecchio riapparve.

« Ernestine, » gridò rauco « madame sembra morta. »

Stava per ridiscendere dalla scala, quando Ernestine gli strillò di aprire dall'interno la porta della camera da letto.

Insieme osservarono al di sopra del bordo del copriletto quegli occhi spenti che sembrava fissassero il cuscino a pochi millimetri di distanza.

Fu Ernestine a decidere sul da farsi.

« Louison. »

« Sì, cara. »

« Corri giù al paese e chiama il dottor Mathieu. Fa' in fretta. »

Pochi minuti dopo, Louison pedalava sul viale con tutta la forza che gli consentivano le sue gambe tremanti. Trovò il dottor Mathieu, che curava da quarant'anni la popolazione di Haute-Chalonnière, addormentato sotto un albicocco in fondo all'orto, e il vecchio acconsentì a salire subito al castello. Erano le quattro e mezzo passate quando la sua automobile entrò nel cortile ed era passato un altro quarto d'ora, quando si raddrizzò dal letto e si voltò verso i due custodi fermi sulla soglia della camera.

« Madame è morta. Le hanno rotto il collo » sussurrò, con un tremito nella voce. « Dobbiamo mandare a chiamare la polizia. »

Caillou, il gendarme, era un uomo metodico. Sapeva quanto fosse serio il lavoro di un funzionario di polizia, e quanto importante ottenere una descrizione chiara dei fatti. Leccando ripetutamente la punta della matita, stese per iscritto le deposizioni di Ernestine, Louison e del dottor Mathieu, tutti seduti con lui intorno al tavolo della cucina.

« Non ci può essere dubbio, » disse poi, quando il medico ebbe firmato la propria deposizione « è stato commesso un delitto. Evidentemente la prima persona da sospettare è l'inglese biondo che è rimasto qui qualche giorno e che è scomparso con l'automobile di madame. Farò rapporto alla polizia di Egletons. »

E ridiscese in bicicletta dalla collina.

Alle sei e mezzo Claude Lebel telefonò da Parigi al commissario Valentin.

« *Alors, Valentin?* »

« Niente ancora » rispose Valentin. « Abbiamo disposto i blocchi su ogni strada e su ogni viottolo che porta fuori dalla zona, fin da questa mattina. Deve esserci ancora dentro, a meno che non se ne sia allontanato, e di molto, dopo aver abbandonato l'automobile. Quello stramaledetto autista di taxi che venerdì mattina lo ha portato in qualche posto fuori Egletons non si è fatto ancora vivo. Ho mandato qualche pattuglia a rastrellare le strade qui intorno, per cercarlo... Aspetti un momento, sta arrivando un altro rapporto. »

Ci fu una pausa sulla linea, e Lebel poté sentire Valentin conferire con qualcuno che stava parlando in fretta. Poi tornò in linea la voce di Valentin.

« Ma per tutti i diavoli, che cosa sta succedendo, da queste parti? C'è stato un delitto. »

« Dove? » domandò Lebel, con ravvivato interesse.

« In un castello dei dintorni. È appena arrivato il rapporto dal gendarme del villaggio. »

« Chi è la persona uccisa? »

« La proprietaria del castello, una donna. Aspetti un momento... la baronessa de la Chalonnière. »

Caron notò che Lebel impallidiva.

« Valentin, mi ascolti. È lui. Ha già lasciato il castello? »

Alla stazione di polizia di Egletons ci fu un'altra consultazione.

« Sì, » disse Valentin « è partito questa mattina con l'automobile della baronessa. Una piccola Renault. Il cadavere l'ha scoperto il giardiniere, ma soltanto nel pomeriggio. Ha pensato che stesse dormendo. Poi è entrato nella camera dalla finestra e ha visto che era morta. »

« Ha il numero di targa e una descrizione della macchina? » domandò Lebel.

« Sì. »

« E allora dia l'allarme generale. Ogni segretezza ormai è inutile. Adesso si tratta semplicemente della caccia a un assassino. Darò l'allarme a tutto il Paese ma cerchi di ritrovare le tracce di quest'uomo, partendo dal luogo del delitto, se riesce. Cerchi di sapere in quale direzione è scappato. »

« Va bene, lo farò. Adesso abbiamo davvero qualcosa da cui cominciare. »

Lebel riattaccò.

« Accidenti, sto invecchiando e divento lento. Il nome della baronessa de la Chalonnière era scritto sul registro degli ospiti dell'Hôtel du Cerf nella pagina che portava la stessa data del giorno in cui ci è arrivato lo Sciacallo. »

L'automobile fu trovata alle 19.30 in una strada laterale di Tulle da un agente di polizia che partecipava alle ricerche. Erano le 19.45, quando rientrò alla stazione di polizia di Tulle e solo alle 19.55 Tulle si mise in contatto con Valentin. Il commissario dell'Alvernia chiamò Lebel alle 20.05.

« A cinquecento metri circa dalla stazione ferroviaria » disse a Lebel.

« Ha un orario dei treni? »

« Sì, ce ne dovrebbe essere uno qui, in qualche posto. »

« A che ora partiva da Tulle il treno del mattino per Parigi, e a che ora dovrebbe arrivare alla Gare d'Austerlitz? Presto, per amor di Dio, presto. »

Dall'altra parte del filo, a Egletons, si sentì qualche mormorio.

« Ci sono soltanto due treni ogni giorno » disse Valentin. « Il treno del mattino parte alle 11.50 e deve arrivare a Parigi alle... ecco qui, alle 20.10... » Lebel aveva già abbandonato il ricevitore, che restò penzolante dal filo, e uscì dall'ufficio, gridando a Caron di seguirlo.

Tra sbuffi di vapore, il treno delle venti e dieci entrò maestosamente nella Gare d'Austerlitz: era in perfetto orario. Si era appena fermato, quando gli sportelli lungo le sue luccicanti fiancate si spalancarono, e i passeggeri cominciarono a scendere sul marciapiede, qualcuno per essere salutato dai parenti in attesa, altri per dirigersi verso l'arcata che portava al posteggio dei taxi. Fra questi c'era una persona alta, con i capelli grigi e il collarino bianco da sacerdote. Fu uno dei primi a raggiungere la fila dei taxi, e depose tre valigie sul sedile posteriore di una Mercedes.

L'autista abbassò con un colpo secco il tassametro e si mosse lentamente, staccandosi dall'ingresso della stazione per scendere sulla strada. Sul piazzale della stazione c'era una corsia semicircolare a senso unico: le macchine entravano da un lato e potevano uscire solo dall'altro. Sia l'autista sia il passeggero sentirono un suono lacerante di sirene che si alzava al di sopra del frastuono dei passeggeri e dei loro richiami con i quali cercavano di attirare l'attenzione dei tassisti prima che arrivasse il loro turno. Quando il taxi raggiunse la strada e si fermò in attesa di inserirsi nel traffico, tre automobili della polizia e due "Maria Maddalena" entrarono rapidamente dall'altra parte della corsia d'accesso alla stazione e si fermarono bruscamente davanti alla arcata.

« Uh, hanno da fare questa sera, quei bestioni » osservò l'autista. « Dove la porto, monsieur l'Abbé? »

Il pastore gli diede l'indirizzo di un piccolo albergo sul Quai des Grands-Augustins.

Claude Lebel rientrò nel suo ufficio alle nove, e ci trovò un messaggio che diceva di telefonare a Valentin al commissariato di Tulle. Ebbe la comunicazione in cinque minuti. Mentre Valentin parlava, scrisse qualche appunto.

« Avete preso le impronte digitali nell'automobile? » domandò Lebel.

« Certo, e quelle nella camera al castello. Sono centinaia e tutte identiche. »

« Me le faccia avere qui al più presto. »

« Va bene, sarà fatto. Vuole che le mandi anche l'agente del CRS in servizio alla stazione ferroviaria di Tulle? »

« No, grazie, non ci può dire di più di quanto ha già detto. Grazie per averci pensato, comunque, Valentin. Adesso può dare un po' di riposo ai suoi uomini. Ormai è sul nostro territorio. Da questo momento in avanti, ce ne occuperemo noi. »

« È sicuro che si tratta del pastore danese? » domandò Valentin. « Potrebbe essere una coincidenza. »

« No » disse Lebel. « Non c'è dubbio: è lui. Si è liberato di una delle valigie e probabilmente la troverete in qualche posto tra Haute-Chalonnière e Tulle. Faccia guardare nei fiumi e nei burroni. Ma le altre tre valigie sono troppo simili, per poter sbagliare. Siamo certi che è lui. »

E riattaccò.

« Un pastore, questa volta, » disse amaramente a Caron « un pastore danese. Il nome non lo conosciamo, e l'agente del CRS non è riuscito a ricordarsi quello che c'era scritto sul passaporto. L'elemento umano, sempre l'elemento umano. Un autista di taxi che si addormenta sul ciglio della strada, un giardiniere troppo nervoso per domandarsi perché la sua padrona ha dormito sei ore più del solito, un poliziotto che non ricorda il nome scritto su un passaporto. Ma ti dico una cosa, Lucien, questo è l'ultimo caso di cui mi occupo. Sto diventando troppo vecchio. Vecchio e lento. Per piacere, fammi preparare la macchina. È l'ora della ramanzina serale. »

La riunione al ministero fu caratterizzata da parecchio nervosismo e da una certa tensione. Per quaranta minuti il gruppo ascoltò la relazione minuziosa di come si era seguita una traccia dalla radura nel bosco di Egletons, all'assenza dell'autista di taxi la cui testimonianza era vitale, al delitto nel castello, al pastore danese alto e con i capelli grigi, che a Tulle saliva sul rapido per Parigi.

« Insomma, a voler far breve una storia troppo lunga, » disse Saint-Clair gelido, quando Lebel ebbe finito « l'assassino in questo momento si trova a Parigi, con un nome nuovo e una nuova identità. Ancora una volta mi sembra che lei abbia mancato il bersaglio, caro commissario. »

« Rimandiamo le recriminazioni a un altro momento » interloquì il ministro. « Quanti danesi ci sono a Parigi, questa sera? »

« Probabilmente parecchie centinaia, signor ministro. »

« Possiamo controllare dove sono e chi sono? »

« Soltanto domani mattina potremo farlo, quando i cartellini di registrazione saranno stati mandati dagli alberghi alla Prefecture » disse Lebel.

« Farò in modo che ogni albergo venga sottoposto a una

visita di controllo a mezzanotte, alle due e alle quattro di questa notte » propose il prefetto di polizia. « Sul modulo, dove viene richiesto di indicare la "professione" sarà costretto a scrivere "pastore" per non suscitare i sospetti del portiere. »

I presenti si rasserenarono.

« Probabilmente si sarà avvolto una sciarpa intorno al collo o si sarà tolto il collarino, e si sarà presentato all'albergo come il "signor" Tal-dei-Tali » disse Lebel. Furono in parecchi a girarsi verso di lui, lo sguardo torvo.

« A questo punto, signori, ci resta una sola cosa da fare » disse il ministro. « Chiederò un altro colloquio al Presidente e gli domanderò di annullare tutti i suoi impegni pubblici finché quest'uomo non è stato trovato ed eliminato. Nel frattempo, ogni danese che si trova a Parigi dovrà ricevere una visita della polizia, domani mattina, appena possibile. Mi può assicurare che sarà fatto, commissario? Signor prefetto di polizia? »

Lebel e Papon annuirono.

« Allora, è tutto, signori. »

« Quello che mi resta nel gozzo, » disse più tardi Lebel a Caron, nel loro ufficio « è che continuano a credere che si tratta semplicemente di fortuna per lui e di stupidaggine da parte nostra. Be', ha avuto fortuna, ma è anche diabolicamente intelligente. E noi siamo stati sfortunati, e abbiamo fatto qualche errore. Io ne ho fatti. Ma c'è anche un altro elemento. Per ben due volte ci è sfuggito solo per una questione di ore. La prima volta è riuscito ad andarsene da Gap con la macchina ridipinta di fresco al momento opportuno; adesso lascia il castello e uccide la sua amante, solo poche ore dopo che l'Alfa Romeo è stata trovata. E ogni volta capita la mattina successiva alla sera in cui ho detto, durante la riunione al ministero, che ormai lo abbiamo nel sacco e che ci si può aspettare che venga catturato nel giro di dodici ore. Lucien, caro amico, sto cominciando a pensare che mi servirò degli illimitati poteri che mi hanno dato per organizzare una piccola intercettazione telefonica. »

Stava appoggiato al davanzale della finestra, a guardare al di là della Senna illuminata dai riflettori il Quartiere Latino dove le luci erano violente e il suono delle risate fluttuava sulle acque del fiume.

A trecento metri di distanza, un altro uomo appoggiato al davanzale della sua finestra stava fissando pensieroso in quella notte d'estate la sagoma massiccia dell'edificio dove aveva sede la Police Judiciaire, a sinistra delle torri di Notre-Dame, illuminate a giorno. Indossava un paio di pantaloni neri, scarpe classiche nere, e una maglia di seta dal collo alto che copriva una camicia bianca e una pettorina nera. Fumava sigarette inglesi col filtro, e la faccia giovanile dava una secca smentita ai capelli grigi.

Mentre i due uomini senza saperlo guardavano uno in direzione dell'altro al di sopra delle acque della Senna, le campane delle chiese di Parigi annunciarono che era arrivato il 22 agosto.

Parte terza

ANATOMIA DI UN ASSASSINIO

19

Claude Lebel trascorse una brutta nottata. Era l'una e mezzo, e aveva appena preso sonno quando Caron lo svegliò scuotendolo bruscamente.

« Capo, mi spiace svegliarla, ma mi è venuta un'idea. Questo tizio, lo Sciacallo, ha un passaporto danese, vero? »

Lebel si scosse, per svegliarsi del tutto.

« E allora? »

« Be', deve pur averlo preso, da qualche parte. O lo ha rubato o lo ha falsificato. Ma dal momento che quel passaporto ha richiesto un colore diverso di capelli, sarei più propenso a credere che l'abbia rubato. »

« Possibile. Continua. »

« Be', se si eccettua il suo viaggio di ricognizione a Parigi in luglio, non si è mai mosso da Londra. Quindi le possibilità sono che il furto del passaporto sia avvenuto in una di queste due città. Ora, che cosa dovrebbe fare un danese quando gli rubano o perde il passaporto? Stando alla logica, va al suo consolato. »

Lebel si tirò su a fatica dalla branda.

« Ogni tanto, mio caro Lucien, penso che farai molta strada. Chiamami al telefono il sovrintendente Thomas a casa sua, e poi il console generale danese a Parigi. »

Passò un'altra ora al telefono e convinse i due uomini a lasciare i loro letti e a tornare in ufficio. Lebel si gettò di nuovo sulla branda che erano quasi le tre. Alle quattro fu svegliato da una telefonata dalla Prefettura di polizia: più di novecentottanta cartellini di registrazione dei danesi che si trovavano negli alberghi di Parigi, erano stati ritirati a mezzanotte e alle due, e avevano cominciato a suddividerli nelle categorie di "probabili", "possibili" e "altri".

Alle sei era già in piedi e stava bevendo un caffè quando telefonarono i tecnici del DST, ai quali aveva dato istruzioni poco dopo mezzanotte. C'era stata un'intercettazione. Prese una macchina e, con Caron seduto accanto, percorse le strade ancora deserte, fino al loro quartier generale. In un laboratorio del sotterraneo, ascoltarono una registrazione su nastro.

Cominciava con uno scatto sonoro, seguito da una serie di fruscii come se qualcuno stesse componendo un numero di sette cifre. Poi, il lungo ronzio di un telefono che squillava, seguito da un altro scatto quando il ricevitore fu sollevato.

Una voce roca disse: « *Allò?* ».

Una voce di donna disse: « *Ici Jacqueline* ».

La voce dell'uomo rispose: « *Ici Valmy* ».

La donna disse in fretta: « Sanno che è un pastore danese. Controllano i cartellini di registrazione di tutti i danesi che si trovano a Parigi; i cartellini li passano a ritirare negli alberghi a mezzanotte, alle due e alle quattro. Poi, ogni danese sarà interrogato ».

Ci fu una pausa, e la voce dell'uomo disse: « *Merci* ». Poi riattaccò e la donna fece altrettanto.

Lebel rimase con gli occhi fissi sul nastro del registratore che girava lentamente.

« Lei conosce il numero fatto dalla donna? » domandò Lebel al tecnico.

« Sì. Lo abbiamo dedotto dal tempo impiegato dal disco combinatore per ritornare allo zero. È Molitor 5901. »

« Avete anche l'indirizzo? »

L'uomo gli passò un pezzo di carta, che Lebel guardò di sfuggita.

« Vieni, Lucien. Andiamo a far visita a monsieur Valmy. »

« E la ragazza? »

« Oh, verrà incriminata anche lei. »

Bussarono alle sette del mattino. Il professore si stava preparando la prima colazione sul fornello a gas. Con la fronte aggrottata, spense la fiamma e attraversò la stanza per aprire la porta. C'erano quattro uomini, sul pianerottolo. Capì subito chi erano e che cosa volevano, senza bisogno che glielo dicessero. I due in uniforme fecero per buttarglisi addosso; l'uomo basso dall'aria mite li fermò con un gesto.

« Abbiamo intercettato la telefonata » disse subito, con voce calma. « Lei è Valmy. »

Il professore non manifestò alcuna emozione. Si tirò indietro, per lasciarli passare nella camera.

« Posso vestirmi? » domandò.

« Sì, naturalmente. »

Ci vollero solo pochi minuti, mentre i due poliziotti in divisa gli stavano ai fianchi, per indossare i pantaloni e la camicia, senza togliersi neppure il pigiama. Il più giovane dei due uomini in borghese era rimasto sulla soglia. L'altro girava per la camera, ispezionando le pile di libri e di giornali.

« Ci vorranno secoli per controllare tutta questa roba, Lucien » disse, e l'uomo sulla soglia rispose con un grugnito.

« Non tocca a noi, per fortuna. »

« È pronto? » domandò il più anziano al professore.

« Sì. »

« Portatelo giù nella macchina. »

Il commissario rimase nella camera quando gli altri quattro se ne furono andati, esaminando i fogli sui quali, in apparenza, il professore aveva lavorato durante la notte. Ma erano fogli di normali compiti in classe, ancora da correggere. Evidentemente, l'uomo lavorava nel suo appartamentino; non doveva muoversi da lì, per essere sempre pronto nel caso di una chiamata dello Sciacallo. Erano le sette e dieci quando il telefono squillò. Lebel rimase a guardarlo per parecchi secondi. Poi allungò una mano e staccò il ricevitore.

« *Allò?* »

La voce dall'altro capo del filo era piatta, senza espressione.

« *Ici Chacal.* »

Lebel cercò disperatamente qualcosa da dire.

« *Ici Valmy* » disse. Ci fu una pausa. Non sapeva che cos'altro aggiungere.

« Niente di nuovo? » domandò la voce dall'altro capo del filo.

« Niente. Hanno perso le tracce nel Corrèze. »

Aveva la fronte coperta da un velo di sudore. Era vitale che quell'uomo rimanesse dove si trovava, ancora per poche ore. Ci fu un leggero scatto, e la comunicazione si interruppe. Lebel rimise a posto la cornetta e si precipitò da basso, alla macchina parcheggiata accanto al marciapiede.

« In ufficio! » gridò all'autista.

In una cabina telefonica situata nell'atrio di un piccolo albergo vicino alla Senna, lo Sciacallo guardò fuori dal vetro, perplesso. Niente? Ci doveva essere qualcosa di più di niente. Quel commissario Lebel non era stupido. Dovevano aver seguito le tracce dell'autista del taxi a Egletons, e di lì dovevano aver raggiunto Haute-Chalonnière. Dovevano aver trovato il cadavere al castello, e aver visto che la Renault era sparita. Dovevano aver trovato la Renault a Tulle, e interrogato il personale della stazione. Dovevano aver...

Uscì dalla cabina del telefono e attraversò l'atrio a passi rapidi.

« Il mio conto, per piacere » disse all'impiegato. « Sarò giù tra cinque minuti. »

La telefonata del sovrintendente Thomas arrivò mentre Lebel rientrava nel suo ufficio alle sette e mezzo.

« Mi spiace di averci messo tanto tempo » disse l'agente investigativo inglese. « C'è voluto un secolo per svegliare il personale del consolato danese e per convincerli a rientrare in ufficio. Lei aveva perfettamente ragione. Il 14 luglio un pastore danese ha segnalato la perdita del passaporto. Sospettava che gli fosse stato rubato dalla sua camera in un albergo nel West End, ma non è stato in grado di provarlo. Non ha fatto denuncia, certo con grande sollievo del direttore dell'albergo. Il pastore si chiama Per Jensen, di Copenaghen. I suoi connotati: altezza un metro e ottanta, occhi azzurri, capelli grigi. »

« È proprio lui, grazie, sovrintendente. » Lebel depose la cornetta. « Chiamami la Prefettura, » disse a Caron.

I quattro "Maria Maddalena" arrivarono davanti all'albergo sul Quai des Grands-Augustins alle otto e mezzo. La polizia rivoltò sottosopra la camera 37, e alla fine sembrava che fosse passato un ciclone.

« Sono spiacente, signor commissario, » disse il proprietario all'agente investigativo dall'aspetto trasandato che dirigeva l'incursione « il pastore Jensen se n'è andato un'ora fa. »

Lo Sciacallo aveva preso un taxi di passaggio per ritornare alla Gare d'Austerlitz dove era arrivato la sera precedente, sulla convinzione che le ricerche sarebbero state spostate altrove. Lasciò al deposito-bagagli la valigia contenente la carabina, il cappotto militare e gli abiti del falso André Martin, trattenendo soltanto quella in cui c'erano abiti e documenti dello studente americano Marty Schulberg e la valigetta a mano con il necessario per truccarsi.

Con queste due, sempre vestito con l'abito nero ma con la maglietta a collo alto che nascondeva il collarino bianco, prese alloggio in un albergo modesto dietro la stazione. Il portiere lasciò che fosse lui a compilare il cartellino di registrazione, essendo troppo pigro per trascrivere i dati del passaporto come richiedono i regolamenti. Come risultato, il cartellino non portava neppure il nome di Per Jensen.

Una volta in camera, lo Sciacallo si mise al lavoro. La tintura grigia fu lavata con l'aiuto di un solvente, e i suoi capelli biondi ricomparvero. Questi furono tinti della tonalità castano scura di Marty Schulberg. Le lenti a contatto azzurre non furono rimosse, ma gli occhiali cerchiati d'oro furono sostituiti con l'altro paio dalla montatura pesante. Le scarpe classiche nere, le calze, la camicia, la pettorina e l'abito da sacerdote vennero arrotolati e infilati nella valigia insieme con il passaporto del pastore Jensen di Copenaghen. Indossò invece le scarpe sportive con la suola di gomma, le calze, i pantaloni di tela, la maglietta e la giacca a vento dell'universitario americano che veniva da Syracuse, nello stato di New York.

A metà mattina, con il passaporto americano in una tasca e un mazzetto di franchi francesi nell'altra, era pronto per uscire. La valigia con le reliquie del pastore Jensen finì nell'armadio, e la chiave volò giù nello scarico del bidet. Si servì della scala anti-incendio per andarsene, e nessuno in quell'albergo sentì mai più parlare di lui. Qualche minuto più tardi, consegnava la valigetta a mano al deposito-bagagli della Gare d'Austerlitz, mettendo lo scontrino nella tasca posteriore dei pantaloni insieme a quello dell'altra valigia. Si fece riportare da un taxi sulla Riva Sinistra, scese all'angolo di Boulevard St.-Michel con Rue de la Huchette, e fu inghiottito dal maelström di studenti, di ragazzi e ragazze che abitano quella "tana per conigli" che è il Quartiere Latino a Parigi.

Seduto a un tavolino in fondo a un'osteria fumosa dove si era fatto servire un pasto modesto, cominciò a domandarsi dove avrebbe trascorso la notte. C'era ormai poco da sperare che Lebel non avesse scoperto il pastore Per Jensen; e a Marty Schulberg non dava più di ventiquattr'ore di vita.

"Maledetto Lebel" pensò furibondo, ma rivolse un sorriso radioso alla cameriera e disse: « Grazie, tesoro ».

Lebel ritelefonò a Thomas, a Londra, alle dieci. La sua richiesta provocò un gemito soffocato: tuttavia il sovrintendente rispose con cortesia che avrebbe fatto tutto il possibile. Deposto il ricevitore, Thomas mandò a chiamare l'ispettore anziano che si era occupato delle indagini la settimana precedente.

« Bene, sieda » disse. « I francesi si sono rifatti vivi. Sembra che se lo siano lasciato scappare ancora. Adesso si trova a Parigi, e loro pensano che possa avere pronta un'altra identità falsa. Ragion per cui, noi due cominceremo subito a telefonare a ogni consolato di Londra, per chiedere una lista dei passaporti stranieri denunciati come rubati o smarriti dal primo luglio in poi. Lasci stare i negri e gli asiatici. Si occupi solo di quelli di razza bianca. In ogni caso, voglio sapere l'altezza della persona in questione. Gli alti più di un metro e settantacinque sono sospetti. Si metta al lavoro. »

La riunione quotidiana al ministero, a Parigi, era stata anticipata alle due del pomeriggio.

Il rapporto di Lebel venne esposto con il solito tono monotono e pacato, ma fu accolto gelidamente.

« Maledetto quell'uomo, » esclamò il ministro, a metà circa del resoconto « ha una fortuna del diavolo! »

« No, signor ministro, non è stata fortuna. O almeno, non soltanto fortuna. È stato tenuto costantemente informato dei nostri progressi, a ogni stadio delle operazioni. Ecco perché ha lasciato Gap così in fretta, e perché ha ucciso quella donna a Haute-Chalonnière, e se ne è andato di là un attimo prima che la rete gli si stringesse intorno. Ogni sera, durante questa riunione, ho fatto un rapporto su come procedevano le mie indagini. Per tre volte, ci siamo trovati a un passo dal prenderlo. Questa mattina, l'arresto di Valmy e la mia incapacità di impersonare Valmy al telefono lo hanno fatto partire da dove si trovava e assumere una nuova identità. Ma nelle due occasioni precedenti ha ricevuto le informazioni necessarie alla mattina presto, dopo che io avevo ragguagliato i presenti durante questa riunione. »

Intorno al tavolo era sceso un silenzio gelido.

« Mi sembra di ricordare, commissario, che lei ha già fatto un'altra volta questa insinuazione » disse il ministro, in tono freddo. « Spero che ne possa dimostrare la fondatezza. »

In risposta, Lebel depose sulla tavola un piccolo registratore portatile e schiacciò il pulsante che lo metteva in azione. Nel silenzio della sala, la conversazione registrata aveva un suono aspro e metallico. Al termine i presenti restarono tutti con gli occhi fissi sul registratore. Il colonnello Saint-Clair era diventato grigio, e le mani gli tremarono leggermente mentre infilava i suoi fogli nella cartelletta.

« Di chi è questa voce? » domandò infine il ministro.

Lebel rimase in silenzio. Saint-Clair si alzò lentamente, e gli occhi di tutti si girarono nella sua direzione.

« Mi dispiace di doverla informare... signor ministro... che quella è la voce di... una mia amica. Attualmente abita con me... Scusatemi. »

E lasciò la sala per tornare all'Eliseo e comunicare le proprie dimissioni. Gli altri si guardavano le mani, in silenzio.

« Molto bene, commissario. » La voce del ministro era sommessa. « Può continuare. »

Lebel riprese il suo rapporto, riferendo la richiesta fatta a Londra, a Thomas, perché cercasse di rintracciare ogni passaporto scomparso nei cinquanta giorni precedenti.

« Io spero » concluse « di avere entro stasera un breve elenco – probabilmente si tratterà di uno o due nomi, non di più – delle persone i cui connotati si possono adattare a quelli che già conosciamo dello Sciacallo. Appena ne saprò qualcosa, chiederò ai paesi d'origine di questi turisti che hanno perduto il passaporto a Londra, di mandarcene la fotografia, per poter essere sicuri che da questo momento lo Sciacallo assomiglierà più a un nuovo personaggio che non a Calthrop, a Duggan o a Jensen. Con un po' di fortuna, dovrei ricevere le fotografie domani verso mezzogiorno. »

« Da parte mia, » disse il ministro « posso riferire la mia conversazione con il presidente de Gaulle. Si è rifiutato categoricamente di cambiare anche una virgola al suo programma futuro, per difendersi da quest'assassino. Francamente, c'era da aspettarselo. Ad ogni modo, ho potuto ottenere una concessione. Il divieto di divulgare qualche notizia su questo affare è stato tolto, almeno sotto un certo aspetto. Lo Sciacallo, oggi come oggi, è diventato un volgare assassino. Ha assassinato la baronessa de la Chalonnière in casa sua, mentre cercava di rubarle i gioielli. Si pensa che sia fuggito a Parigi e stia nascondendosi qui. Va bene, signori?

« Questo è quanto verrà comunicato ai giornali del pomeriggio, per lo meno quelli delle ultime edizioni. Appena lei, commissario, sarà completamente certo della nuova identità, o di una scelta possibile tra due o tre identità alternative, sotto la quale si nasconde adesso, è autorizzato a comunicare alla stampa quel nome o quei nomi. Questo permetterà ai giornali del mattino di aggiornare i loro articoli con particolari più freschi.

« Quando, domani mattina, le perverrà la fotografia dello sfortunato turista che ha perduto il suo passaporto a Londra, potrà diffonderla ai giornali della sera, alla radio e alla televisione per un ulteriore aggiornamento alla storia della caccia all'assassino.

« Oltre a questo, nel momento stesso nel quale ci verrà fornito un nome, ogni poliziotto e ogni uomo del CRS, a Parigi, comincerà a fermare ogni persona in circolazione per esaminarne i documenti. »

Il prefetto di polizia, il capo del CRS e il capo della Police Judiciaire prendevano febbrilmente qualche appunto. Il ministro continuò:

« Il DST si preoccuperà di controllare ogni simpatizzante dell'OAS, assistito in questo compito dai Renseignements Généraux. D'accordo? »

I capi del DST e dell'RG annuirono vigorosamente.

« La Police Judiciaire richiamerà ognuno dei suoi agenti da qualsiasi altro compito e li impegnerà in questa caccia all'assassino. »

Max Fernet della Police Judiciaire annuì.

« Per quel che riguarda l'Eliseo, è chiaro che avrò bisogno di un elenco completo degli spostamenti del Presidente da questo momento in avanti, anche se lui non è stato informato delle precauzioni extra che vengono prese nel suo stesso interesse. Questa è una di quelle occasioni in cui dobbiamo rischiare la sua collera, perché è la persona più direttamente interessata. Naturalmente posso contare sui suoi uomini, commissario Ducret, perché il Corpo di sorveglianza presidenziale curi la sicurezza del Presidente come mai in passato? »

Jean Ducret, capo delle Guardie del corpo personali di de Gaulle, piegò in avanti la testa.

« La Brigade Criminelle... » Il ministro fissò il commissario Bouvier « ovviamente ha molti contatti con il mondo della malavita... informatori ai quali passa uno stipendio. Voglio che anche loro siano mobilitati e si mettano a cercare quest'uomo: bisogna fornire a tutti il nome e i connotati. Va bene? »

Maurice Bouvier fece un brusco cenno d'assenso con la testa. Nel suo intimo era preoccupato. Gli era già capitato di vedere qualche caccia all'uomo durante la sua carriera, ma questa era gigantesca. Nel momento stesso in cui Lebel avesse fornito un nome e un numero di passaporto, per non parlare dei connotati di un individuo, quasi centomila uomini, tra agenti di polizia e informatori che vivevano a contatto con la malavita, sarebbero scesi per le strade a perlustrare alberghi, bar, ristoranti – tutti alla ricerca di un solo uomo.

« C'è qualche altra fonte di informazione che ho trascurato? » domandò il ministro.

Il colonnello Rolland rivolse una rapida occhiata al generale Guibaud, poi al commissario Bouvier. Tossì.

« C'è sempre l'Unione Còrsa. »

Il generale Guibaud si esaminava le unghie con profonda attenzione. Bouvier aveva assunto un'aria cupa. Gli altri sembravano imbarazzati. L'Unione Còrsa, fratellanza dei còrsi, discendenti dai Fratelli di Ajaccio, o figli della vendetta, era ancora la più grande organizzazione criminale francese. Occupava e dominava incontrastata Marsiglia e parte della costa meridionale. Secondo certi esperti, l'Unione Còrsa poteva essere considerata più antica e pericolosa della Mafia. Nessuno dei suoi membri era emigrato in America come i mafiosi nei primi anni del secolo, e quindi era riuscita a evitare tutta la pubblicità che da allora in poi aveva reso così familiare il nome "Mafia".

Per due volte il gollismo aveva stretto alleanza con l'Unione, e tutte e due le volte l'aveva trovata un'alleata preziosa ma imbarazzante. Perché l'Unione chiedeva sempre qualcosa in cambio del proprio aiuto, e generalmente si trattava di un certo rilassamento nel controllo della polizia sulla sua rete di delitti e di crimini. L'Unione aveva aiutato gli Alleati a invadere il sud della Francia nell'agosto del 1944, e da allora in poi Marsiglia e Tolone erano diventate suo incontrastato dominio. Aveva aiutato ancora la Francia nella lotta contro i coloni algerini e l'OAS dopo l'aprile del 1961, e per questa ragione era riuscita poi ad allungare i suoi tentacoli più in su, verso il nord, fino a Parigi.

Maurice Bouvier era un poliziotto e naturalmente odiava quella gente, ma sapeva che il Servizio d'azione di Rolland si serviva molto spesso dei còrsi.

« Lei pensa che potrebbero esserci d'aiuto? » domandò il ministro.

« Se questo Sciacallo è astuto come dicono, » rispose Rolland, « devo riconoscere che, se c'è qualcuno a Parigi che può trovarlo, questa è l'Unione. »

« Quanti uomini ha in città? » domandò il ministro, con aria dubbiosa.

« Ottantamila circa. Qualcuno nella polizia, altri nelle dogane, nel CRS, nel Servizio segreto, e naturalmente nella malavita. E sono organizzati. »

« Usate la vostra discrezione » disse il ministro.

Non ci furono ulteriori suggerimenti.

« Be', allora questo è tutto. Commissario Lebel, quello che vogliamo da lei ora, è un nome, dei connotati, una fotografia. Dopo di che, concedo allo Sciacallo solo sei ore di libertà. »

« In effetti, abbiamo tre giorni » disse Lebel, che stava guardando fuori dalla finestra. Gli altri non nascosero il loro stupore.

« Come fa a saperlo? » domandò Max Fernet.

Lebel sbatté le palpebre rapidamente, parecchie volte.

« Devo chiedere scusa. Sono stato molto stupido a non capirlo prima. Ormai da una settimana ho la certezza che lo Sciacallo deve aver studiato un piano, scelto un giorno particolare per uccidere il Presidente. Quando ha lasciato Gap, perché non è diventato immediatamente il pastore Jensen? Perché non ha raggiunto in automobile Valence e non ha preso subito il rapido per Parigi? Perché è entrato in Francia e ha passato una settimana a perdere tempo? »

« Ebbene, perché? » domandò qualcuno.

« Perché aveva scelto un giorno preciso » disse Lebel. « Sa quando dovrà colpire. Commissario Ducret, il Presidente ha qualche impegno fuori dall'Eliseo oggi, domani o sabato? »

Ducret scosse la testa.

« E domenica, 25 agosto? » domandò Lebel.

Un sospiro passò sul tavolo, come il vento che soffia attraverso il grano.

« Naturalmente, » sussurrò il ministro « l'anniversario della Liberazione. E la cosa più straordinaria è che molti di noi erano con lui in quel giorno, la Liberazione di Parigi nel 1944. »

« Precisamente » disse Lebel. « È anche uno psicologo, il nostro Sciacallo. Sa che esiste un giorno dell'anno che il generale de Gaulle non trascorrerebbe in nessun altro posto se non qui. È, per così dire, la sua grande giornata. Ecco che cosa ha aspettato l'assassino. »

« In questo caso, » disse il ministro in tono vivace « l'abbiamo in mano. Adesso che gli è venuta a mancare la sua fonte di informazioni, non c'è angolo di Parigi in cui possa nascondersi, né gruppo di parigini che lo accolga, sia pure controvoglia, per dargli protezione. Lo abbiamo in mano. Commissario Lebel, ci dia il nome di quell'uomo. »

Claude Lebel si alzò e si avviò alla porta. Gli altri stavano alzandosi e si preparavano a uscire per andare a pranzo.

« Oh, c'è una cosa, » il ministro gridò dietro a Lebel « come sapeva di dover intercettare le telefonate che venivano fatte dall'appartamento del colonnello Saint-Clair? »

Sulla soglia, Lebel si voltò e si strinse nelle spalle.

« Non lo sapevo, » disse « e così la notte scorsa ho fatto intercettare le telefonate fatte da tutti i vostri telefoni. Buongiorno, signori. »

Quel pomeriggio alle cinque, seduto davanti a una birra in un caffè vicino a Place de l'Odéon, la faccia riparata dal sole con un paio di occhiali scuri come quelli che portava qualunque altra persona, lo Sciacallo ebbe l'idea che cercava. La ebbe, guardando due uomini che passeggiavano. Pagò la birra, si alzò e uscì. Un centinaio di metri più avanti trovò quello di cui aveva bisogno, una profumeria. Ci entrò e fece qualche acquisto.

Alle sei, i giornali della sera cambiarono le loro testate. Le ultime edizioni portavano a tutta pagina un vistoso titolo a caratteri di scatola: *Assassin de la belle Baronne se réfugie à Paris.* Sotto c'era una fotografia della baronessa de la Chalonnière, ricavata da una foto di cinque anni prima durante una festa a Parigi. Era stata trovata negli archivi di un'agenzia fotografica: era la stessa su ogni giornale. Alle 18.30, con una copia di "France-Soir" sotto il braccio, il colonnello Rolland entrava in un piccolo caffè vicino a Rue Washington. Il barman con le guance ombreggiate di barba nerissima gli rivolse un'occhiata penetrante e fece un segno verso un altro uomo che si trovava in fondo al locale.

Quest'ultimo si avvicinò al banco e si accostò a Rolland.

« Il colonnello Rolland? »

Il direttore del Servizio d'azione annuì.

« Per favore mi segua. »

Gli fece strada attraverso una porta del retrobottega e di qui su per una scala in un salottino al primo piano, probabilmente l'abitazione privata del proprietario. Bussò, e una voce dall'interno disse: « *Entrez* ».

Mentre la porta si richiudeva alle sue spalle, Rolland strinse la mano tesagli dall'uomo che si era alzato da una poltrona.

« Colonnello Rolland? *Enchanté.* Io sono il Capu dell'Unione Còrsa. Mi hanno detto che lei sta cercando una certa persona... »

Erano le otto di sera quando il sovrintendente Thomas telefonò da Londra. Aveva la voce stanca. Non era stata una giornata facile. Certi consolati avevano cooperato volonterosamente, altri avevano sollevato un sacco di difficoltà.

Se si eccettuavano le donne, i negri, gli asiatici e le persone basse di statura, otto turisti maschi stranieri avevano perduto il passaporto a Londra durante i cinquanta giorni precedenti, disse. Ne fece un elenco accurato e succinto, con i nomi i numeri dei passaporti e le descrizioni.

« E ora cerchiamo di vedere quale di questi non può essere il nostro uomo » suggerì a Lebel. « Tre hanno perso il loro passaporto in un periodo durante il quale lo Sciacallo, alias Duggan, non si trovava a Londra. Abbiamo controllato le prenotazioni d'aereo e le vendite di biglietti, risalendo fino al primo luglio. A quanto sembra, il 18 luglio ha preso l'aereo della sera per Copenaghen. Secondo quanto risulta alla BEA ha acquistato un biglietto presso il loro ufficio a Bruxelles, pagando in contanti, ed è tornato indietro in Inghilterra, in volo, la sera del 6 agosto. »

« Sì, questo concorda con quanto sappiamo noi » disse Lebel. « Abbiamo scoperto che durante il suo viaggio è anche passato da Parigi. Dal 22 al 31 luglio. »

« Bene, » disse Thomas, la voce deformata dai disturbi della linea « tre dei passaporti sono stati perduti mentre non era qui. Possiamo eliminarli, dunque? »

« Certo » disse Lebel.

« Degli altri cinque uomini, uno è altissimo, più di due metri, secondo le vostre misure. Non solo, ma è italiano, e questo significa che nel passaporto la sua altezza è data in metri e in centimetri, che sono immediatamente comprensibili per un doganiere francese. È impossibile non notare la differenza, a meno che lo Sciacallo non abbia camminato sui trampoli. »

« Sono d'accordo, quest'uomo dev'essere un gigante. Eliminiamolo pure. E gli altri quattro? » domandò Lebel.

« Ecco, uno è enormemente grasso, pesa un po' più di cento chili. Lo Sciacallo avrebbe dovuto imbottirsi talmente da non essere più in grado di camminare. »

« Eliminiamolo » disse Lebel. « E poi? »

« Un altro è troppo vecchio. L'altezza è quella giusta, ma ha più di settant'anni. E lo Sciacallo difficilmente poteva invecchiarsi a tal punto, a meno di non affidarsi alle mani di un truccatore di professione. »

« Eliminiamo anche questo » disse Lebel. « E gli ultimi due? »

« Uno è norvegese, l'altro americano » disse Thomas. « E tutt'e due si adattano ai connotati che abbiamo. Alti, spalle larghe, fra i venti e i cinquant'anni. Ci sono due particolari che depongono a sfavore del norvegese e che mi fanno pensare che non sia il nostro uomo. Per prima cosa è biondo; non credo che lo Sciacallo, dopo essere stato scoperto come Duggan, abbia avuto l'intenzione di ritornare al proprio colore naturale di capelli, vero? Avrebbe ricordato troppo Duggan. La seconda è che il norvegese ha riferito al suo console di essere certo che il passaporto gli è scivolato fuori dalla tasca nel momento in cui lui è caduto completamente vestito nella Serpentine mentre si trovava in barca con una ragazza. È disposto a giurare che il passaporto si trovava nella tasca della giacca quando lui è finito in acqua, e che non c'era più quando ne è uscito un quarto d'ora dopo. D'altra parte, l'americano ha fatto una deposizione sotto giuramento alla polizia dell'aeroporto di Londra, dichiarando che la valigetta a mano con dentro il passaporto gli è stata rubata durante un attimo di distrazione nell'atrio centrale dell'aeroporto stesso. Cosa ne pensa? »

« Mi mandi tutti i particolari riguardanti l'americano Marty Schulberg » disse Lebel. « Mi farò dare la sua fotografia dall'ufficio passaporti di Washington. E grazie ancora per tutta la sua collaborazione. »

Quella sera alle dieci ci fu una seconda riunione al ministero. E fu la più corta di tutte. Già un'ora prima ogni sezione dell'apparato di sorveglianza e di sicurezza dello Stato aveva ricevuto le copie ciclostilate di una descrizione di Marty Schulberg, ricercato per omicidio. Si aspettava che arrivasse prima dell'alba la sua fotografia, giusto in tempo per essere pubblicata sulle prime edizioni dei giornali della sera che sarebbero state messe in distribuzione verso le dieci del mattino.

Il ministro si alzò.

« Signori, quando ci siamo riuniti qui la prima volta, ci siamo trovati tutti d'accordo nell'accettare la proposta del commissario Bouvier che l'identificazione dell'assassino conosciuto come lo Sciacallo era fondamentalmente un puro lavoro di investigazione. Ora, alla luce dei fatti, non mi sento di essere in disaccordo con lui. Siamo stati fortunati per aver potuto usufruire dei servizi del commissario Lebel in questi ultimi dieci giorni. Per quanto l'assassino abbia cambiato identità tre volte, passando da Calthrop a Duggan, da Duggan a Jensen, e da Jensen a Schulberg, e da questa stessa sala le informazioni siano costantemente filtrate all'esterno, lui è riuscito sia a identificare il nostro uomo sia anche a seguirne le tracce fin dentro Parigi. Gli dobbiamo i nostri ringraziamenti. » Piegò la testa verso Lebel, che assunse un'aria imbarazzata.

« Tuttavia, da questo momento in avanti il compito ricade su tutti noi. Abbiamo un nome, dei connotati, un numero di passaporto, una nazionalità. Tra poco avremo anche una fotografia. Confido che, con le forze a vostra disposizione, nel giro di poche ore, il nostro uomo sarà catturato. Ogni poliziotto di Parigi, ogni agente del CRS, ogni agente investigativo ha già ricevuto le istruzioni necessarie. Prima del mattino, o al più tardi domani a mezzogiorno, non ci sarà più nessun posto dove quest'uomo potrà nascondersi.

« E ora mi permetta di congratularmi ancora con lei, commissario Lebel e di sollevare dalle sue spalle il peso e la tensione di questa inchiesta. Nelle ore che verranno non avremo bisogno della sua preziosa assistenza. La sua opera è compiuta, e compiuta bene. Grazie. »

Attese pazientemente. Lebel sbatté le palpebre varie volte e si alzò in piedi. Chinò la testa a quell'adunanza di uomini potenti che comandavano su migliaia di subalterni e su milioni di franchi. Gli risposero con un sorriso. Poi Lebel si voltò e lasciò la sala.

Per la prima volta in dieci giorni, il commissario Claude Lebel andò a casa a dormire. Mentre girava la chiave nella toppa e riceveva il primo stridulo rimprovero della moglie, l'orologio suonava la mezzanotte. Era il 23 agosto.

20

Lo Sciacallo entrò nel bar che mancava un'ora a mezzanotte. Il locale era immerso nell'oscurità e per qualche attimo riuscì a distinguere a malapena la forma della stanza. C'era un lungo banco che occupava tutta la parete di sinistra e dietro a questo una fila di specchi e di bottiglie illuminati. Il barman lo guardò, quando la porta si richiuse alle sue spalle, con malcelata curiosità.

Il locale era stretto e lungo press'a poco quanto il banco del bar. Sulla destra erano allineati i tavolini. In fondo, quella specie di corridoio si allargava in un'ampia sala e qui i tavoli erano più larghi e ci potevano prendere posto anche quattro o sei persone. Lungo il banco del bar c'era una fila di sgabelli. Buona parte delle sedie e degli sgabelli era occupata dai clienti di ogni sera.

La conversazione si era interrotta ai tavoli vicini alla porta, mentre i clienti osservavano il nuovo venuto: quel silenzio rimbalzò lungo la stanza, tanto che altri più in fondo, seguendo le occhiate dei loro compagni, si voltarono a guardare l'alta figura atletica sulla porta. Venne scambiato qualche bisbiglio, e si sentirono un paio di risatine. Lo Sciacallo vide uno sgabello vuoto in fondo al banco del bar e si diresse da quella parte passando nello stretto spazio tra i tavolini alla sua destra e il bar alla sinistra. Poi sedette. Colse un rapido sussurro dietro le proprie spalle.

« *Oh, regarde-moi ça!* Quei muscoli, tesoro, mi fanno impazzire. »

Il barman scivolò rapidamente lungo il banco del bar e si fermò davanti a lui per dargli un'altra occhiata. Le labbra, sottolineate dal rossetto, si atteggiarono a un sorriso civettuolo.

« *Bonsoir... monsieur.* » Dietro, ci fu un coro di risatine, in gran parte maliziose.

« *Donnez-moi un scotch.* »

Il barista volteggiò lontano, incantato. Un uomo, un uomo, un uomo. Oh, che baruffa ci sarebbe stata quella sera! Poteva già vedere le "*petites folles*" in fondo al locale che si affilavano gli artigli. Quasi "tutte" aspettavano i loro amici regolari, ma "qualcuna" era senza puntello e aveva fatto un buon affare. Questo ragazzo nuovo, pensò, avrebbe causato un gran movimento.

Il cliente che si trovava seduto vicino allo Sciacallo si voltò verso di lui e lo squadrò con aperta curiosità. Aveva i capelli biondi dai riflessi metallici, meticolosamente pettinati sulla fronte in una serie di ciocche appuntite, come un giovane dio greco in un fregio antico. Ma qui la somiglianza terminava. Gli occhi erano sottolineati dalla matita, le labbra color del corallo, le guance cosparse di cipria. Ma il trucco non riusciva a nascondere le rughe e i segni di stanchezza di un degenerato in stato di invecchiamento precoce, né un'espressione di arida avidità negli occhi bistrati.

« *Tu m'invites?* » La voce aveva una tonalità femminile.

Lo Sciacallo scosse lentamente la testa. Il travestito si strinse nelle spalle e si rivolse di nuovo al suo compagno, continuando una conversazione fatta di sussurri e di gridolini di finta costernazione. Lo Sciacallo si era tolto la giacca a vento e, quando allungò un braccio per prendere il bicchiere che il barman gli tendeva, sotto la maglietta si disegnarono i muscoli delle spalle e della schiena.

Il barman era affascinato. "Un normale?" No, non era possibile, non sarebbe stato lì. Ma non un "estimatore" alla ricerca di un travestito, perché altrimenti non avrebbe snobbato la povera piccola Corinne quando gli aveva chiesto di offrirle da bere. Doveva essere... che meraviglia! Un bel giovane "estimatore" alla ricerca di un'anziana madama che se lo portasse a casa. Il divertimento era assicurato, stanotte!

Gli "estimatori" cominciarono ad affluire appena prima di mezzanotte: si sedevano un po' indietro a esaminare la folla, e di quando in quando chiamavano con un cenno il barista per sussurrargli qualche cosa all'orecchio. Il barman allora ritornava al banco e faceva un segnale a una delle "ragazze".

« Monsieur Pierre vuole scambiare due parole con te, tesoro. Cerca di avere l'aspetto migliore che puoi, e per amor di Dio non piangere come hai fatto l'ultima volta. »

Era passata da poco mezzanotte quando lo Sciacallo trovò quello che cercava. Due uomini alle sue spalle lo osservavano da parecchi minuti. Erano seduti a tavoli diversi e di tanto in tanto si lanciavano occhiate velenose. Erano tutti e due in età avanzata, uno grasso, con due occhietti seppelliti sotto le palpebre spesse e i rotoli di grasso che uscivano dal colletto della camicia. Aveva un aspetto grossolano e volgare. L'altro era snello, elegante, con un collo da avvoltoio e una chiazza di calvizie sulla testa dove erano state incollate con cura poche ciocche di capelli. Portava un abito di ottimo taglio con i calzoni stretti, e dalle maniche della giacca usciva il sottile bordo di merletto che ornava i polsini. Intorno al collo aveva annodato artisticamente un fazzoletto di seta. Doveva avere qualcosa a che fare con il mondo dell'arte, della moda o dei parrucchieri per signora, pensò lo Sciacallo.

L'uomo grasso fece un segno al barista e gli bisbigliò poche frasi all'orecchio. Nella tasca degli stretti pantaloni del barman scivolò una grossa banconota. Poi questi riattraversò il locale e ritornò al banco.

« Il signore chiede se vorresti unirti a lui per bere un bicchiere di champagne » sussurrò allo Sciacallo e lo guardò con aria maliziosa.

Lo Sciacallo appoggiò il suo whisky sul banco.

« Di' al signore » esclamò a voce alta, in modo che le checche lì vicino potessero sentirlo « che non mi attira. »

Si sentì qualche esclamazione soffocata di orrore, e molti degli efebi sottili come lame di coltelli a serramanico si avvicinarono, in modo da non perdere neppure una parola. Il barista inorridito sbarrò gli occhi.

« Ti sta offrendo dello champagne, tesoro. Lo conosciamo, è carico di soldi. Hai fatto un bel colpo. »

Per tutta risposta lo Sciacallo scivolò giù dallo sgabello, prese il suo bicchiere di whisky e si avviò tranquillamente verso l'altra madama.

« Mi permette di sedere qui? » domandò. « C'è qualcuno che mi vuole dare fastidio. »

Il tipo d'artista per poco non svenne dal piacere. Qualche minuto dopo il grassone, ancora accigliato per l'insulto, se ne andava mentre il suo rivale, con la vecchia mano ossuta appoggiata su quella del giovane americano al suo tavolo, spiegava al suo nuovo amico che certa gente aveva delle maniere assolutamente sconvolgenti.

Lo Sciacallo e il suo compagno lasciarono il bar che era l'una passata. Qualche minuto prima, il pederasta che si chiamava Jules Bernard, aveva domandato allo Sciacallo dove abitava. Con una sfacciataggine accentuata il più possibile, lo Sciacallo aveva ammesso di non sapere dove andare, di non avere un soldo, di essere uno studente senza un briciolo di fortuna. Quanto a Bernard, riusciva a malapena a credere alla propria buona stella. Si dava caso che avesse un bell'appartamento, aveva spiegato al suo giovane amico, arredato piacevolmente e del tutto tranquillo. Viveva solo, nessuno lo disturbava mai, e non aveva niente a che fare con gli inquilini della casa, perché in passato erano stati terribilmente, terribilmente villani con lui. Sarebbe stato felicissimo se il giovane Marty fosse andato a stare da lui, per tutto il tempo del suo soggiorno a Parigi. Con un'altra espressione esagerata, ma questa volta di intensa gratitudine, lo Sciacallo aveva accettato. Poco prima di lasciare il locale, si era ritirato nel gabinetto (ce n'era uno solo) e ne era uscito qualche minuto più tardi con gli occhi truccati pesantemente, le guance incipriate e le labbra coperte di rossetto. Bernard era rimasto alquanto stupito, ma nel locale aveva cercato di tenere nascosta la sua disapprovazione.

Fuori, sul marciapiede, protestò: « Non mi piaci con quella roba in faccia. Ti fa assomigliare a uno di quegli antipatici travestiti, là dentro. Tu sei un ragazzo molto bello. Non hai bisogno di quella roba ».

« Mi spiace, Jules, credevo di piacerti di più. Mi toglierò tutto quando arriviamo a casa. »

Leggermente placato, Bernard gli fece strada verso la macchina e acconsentì di passare per prima cosa alla Gare d'Austerlitz a ritirare il bagaglio del suo nuovo amico. A un incrocio un poliziotto scese dal marciapiede in mezzo alla strada e fece segno all'automobile di fermarsi. Mentre egli si affacciava al finestrino dalla parte del guidatore, lo Sciacallo accese la luce interna nella macchina. Il poliziotto lo fissò per un momento, poi la sua faccia si tirò indietro con un'espressione disgustata.

« *Allez* » comandò, senza chiedere altro. Mentre l'automobile ripartiva, mormorò: « *Sales pédés* ».

Ci fu un'altra fermata ancora, appena prima della stazione, e il poliziotto chiese i documenti. Lo Sciacallo ridacchiò con aria seducente.

« È questo tutto quello che vuoi? » domandò malizioso.

« Smamma, brutta checca » disse il poliziotto e si tirò indietro.

« Non stuzzicarli a quel modo » protestò Bernard sottovoce. « Ci farai arrestare. »

Lo Sciacallo ritirò le due valigie dal deposito-bagagli ricevendo soltanto uno sguardo disgustato dall'impiegato di turno, e le sistemò sul sedile posteriore dell'automobile di Bernard.

Ci fu un'altra fermata, sulla strada per l'appartamento di Bernard. Questa volta erano due uomini del CRS, un sergente e un soldato semplice, che li fermarono a un incrocio, poche centinaia di metri prima della casa di Bernard. Il soldato girò dalla parte dove si trovava il passeggero e fissò bene in faccia lo Sciacallo. Poi fece un passo indietro.

« Oh, mio Dio. E dove state andando voi due? » borbottò.

Lo Sciacallo finse di fare il broncio.

« Tu dove pensi, tesoro? »

L'uomo del CRS fece una smorfia di disgusto.

« Maledetti pederasti, mi fate vomitare. Andate via. »

« Avresti dovuto chiedere i documenti » disse il sergente all'altro, mentre i fanalini di coda dell'automobile di Bernard si allontanavano.

« Oh, via, sergente, » protestò il soldato « stiamo cercando un tizio che si è fatto una baronessa e poi l'ha ammazzata, non una coppia di finocchi in calore. »

Alle due, Bernard e lo Sciacallo erano a casa. Lo Sciacallo insistette per passare la notte sul divano del soggiorno e Bernard soffocò le proprie obiezioni, senza rinunciare a una sbirciatina attraverso la porta mentre il giovane americano si svestiva. Sarebbe stato un piacere eccitante e raffinato, quello di sedurre lo studente dai muscoli d'acciaio che veniva da New York.

Durante la notte, lo Sciacallo controllò quello che conteneva il frigorifero nella cucina, ben fornita e arredata quasi con effeminatezza, e decise che c'erano viveri sufficienti per tre giorni a una persona sola ma non a due. Al mattino, Bernard voleva uscire a comprare del latte fresco, ma lo Sciacallo riuscì a evitarlo dichiarando che per il suo caffè preferiva il latte condensato. Così passarono la mattinata in casa a chiacchierare. Lo Sciacallo insistette per vedere il notiziario di mezzogiorno alla televisione.

La prima notizia riguardava la caccia all'assassino della baronessa de la Chalonnière, iniziata quarantotto ore prima. Jules Bernard squittì di orrore.

« Oh, non posso sopportare la violenza » disse.

Un attimo dopo sullo schermo appariva una faccia: una faccia giovane e simpatica, con i capelli castano scuro e un paio di occhiali dalla montatura pesante, che appartenevano, così disse l'annunciatore, all'assassino, uno studente americano di nome Marty Schulberg. Se qualcuno aveva visto quell'uomo o sapeva...

Bernard, che era seduto sul divano, si voltò verso il suo ospite. L'ultimo suo pensiero fu che l'annunciatore aveva sbagliato, dicendo che gli occhi di Schulberg erano azzurri; quelli che lo fissavano dietro le dita di acciaio che lo stringevano alla gola erano grigi...

Qualche minuto più tardi la porta del ripostiglio in anticamera si richiudeva sugli occhi sbarrati, i lineamenti contorti, i capelli in disordine e la lingua sporgente dalle labbra di Jules Bernard. Lo Sciacallo prese un settimanale dal portariviste del soggiorno e si sedette, preparandosi a un'attesa che doveva durare due giorni.

Durante quei due giorni Parigi venne setacciata da cima a fondo come non era mai avvenuto prima. Ogni albergo, dal più elegante e dispendioso al più squallido, fu visitato dalla polizia e ne fu controllata la lista degli ospiti; venne perquisita ogni pensione, ogni casa in cui si affittavano stanze, ogni ostello per la gioventù e ogni dormitorio pubblico. Bar, ristoranti, night-club, cabaret e caffè furono assediati da poliziotti in borghese, che facevano vedere la fotografia dell'uomo ricercato a camerieri, baristi e gestori. La casa di ogni simpatizzante conosciuto dell'OAS fu perquisita e messa a soqquadro da cima a fondo. Più di settanta giovani che avevano una vaga somiglianza con l'assassino furono fermati per essere interrogati e successivamente rilasciati con le solite scuse, doverose in questo caso, per il semplice fatto che erano tutti stranieri e gli stranieri devono essere trattati più cortesemente.

Centinaia di migliaia di persone nelle strade, nei taxi o sugli autobus furono fermate per un controllo dei documenti. Comparvero blocchi stradali sui più importanti punti d'accesso a Parigi, e le persone ancora in giro per le strade a tarda notte furono avvicinate dalla polizia parecchie volte su un percorso di un paio di chilometri.

Negli ambienti della malavita erano al lavoro i còrsi: passavano, senza dare nell'occhio, da ogni posto di ritrovo di magnaccia, prostitute, borsaioli, ladruncoli, ruffiani, ladri e informatori, avvertendoli che chiunque evitasse di fornire le informazioni richieste sarebbe incorso nella collera dell'Unione, con tutte le conseguenze che una cosa del genere comportava.

Centomila uomini alle dipendenze dello Stato, dal poliziotto al soldato semplice al gendarme, erano all'erta. Il mondo della malavita, composto all'incirca da cinquantamila persone, e da tutti coloro che con quel mondo avevano qualche rapporto, era in allarme: la faccia di ogni passante veniva squadrata attentamente. Quelli che si guadagnavano da vivere con il turismo, sia di giorno sia di notte, avevano ricevuto l'ordine di tenere gli occhi aperti. Nei caffè frequentati dagli studenti, nei bar, nei club, presso i gruppi le associazioni e le unioni di ogni genere si erano infiltrati giovani agenti investigativi. Le agenzie specializzate negli scambi studenteschi, che sistemavano gli studenti stranieri presso le famiglie francesi, ricevettero una visita della polizia e furono avvisate di quello che stava succedendo.

La sera del 24 agosto, il commissario Claude Lebel, che in maglione e pantaloni rattoppati aveva passato tutto il pomeriggio a trafficare in giardino, fu chiamato al telefono e si sentì chiedere di presentarsi all'ufficio personale del ministro. Un'automobile venne a prenderlo alle sei.

Quando vide il ministro, rimase sorpreso. Il dinamico capo di tutto l'apparato di sicurezza interna della Francia aveva un aspetto stanco e teso. Sembrava che fosse diventato più vecchio in quelle ventiquattr'ore, e i suoi occhi erano quelli di una persona con alcune notti insonni sulle spalle. Fece segno a Lebel di accomodarsi su una sedia davanti alla sua scrivania, poi sedette anch'egli sulla sedia girevole con la quale gli piaceva ruotare verso la finestra ad ammirare il panorama di Place Beauvau. Ma questa volta non guardò fuori dalla finestra.

« Non riusciamo a trovarlo » disse in tono asciutto. « È svanito, è semplicemente scomparso dalla faccia della terra. Siamo convinti che quelli dell'OAS non ne sanno più di noi sul posto dove si nasconde. Gli informatori dicono che la malavita non ha né visto né sentito parlare di lui. L'Unione Còrsa è convinta che non si trova in città. »

Tacque e sospirò, guardando il piccolo poliziotto seduto dall'altra parte della scrivania, che sbatté le palpebre parecchie volte, ma continuò a tacere.

« Comincio a credere che forse non abbiamo un'idea di che tipo di uomo lei abbia inseguito in queste ultime due settimane. Cosa ne pensa? »

« È qui, in qualche posto » disse Lebel. « Quali sono le disposizioni per domani? »

Il ministro aveva l'aspetto di una persona sofferente.

« Il Presidente non vuole cambiare nulla, né permettere che l'itinerario già stabilito venga alterato in alcun modo. Gli ho parlato questa mattina. Non era soddisfatto. Le disposizioni per domani, dunque, rimangono quelle che sono state rese pubbliche. Alle dieci riaccenderà la fiamma eterna sotto l'Arc de Triomphe. Messa cantata in Notre-Dame alle undici. Meditazione all'altare dei martiri della Resistenza a Montvalérien alle dodici e mezzo, poi ritorno al Palazzo per il pranzo e la siesta. Una cerimonia nel pomeriggio, la consegna delle Médailles de la Libération a un gruppo di dieci veterani della Resistenza i cui servizi a questa causa sono stati riconosciuti piuttosto tardi.

« E questo avrà luogo alle quattro del pomeriggio, sul piazzale di fronte alla Gare de Montparnasse. È stato lui in persona a scegliere quel posto. Come lei sa i lavori per gettare le fondamenta della nuova stazione sono già cominciati. Questa verrà a trovarsi arretrata di un cinquecento metri rispetto all'attuale. Dove si trova adesso il palazzo della stazione sorgeranno un palazzo per uffici e un grande magazzino. Se la costruzione prosegue secondo i piani prestabiliti è probabile che sia l'ultimo anniversario della Liberazione, nel quale la vecchia facciata della stazione rimane così com'è. »

« E riguardo al controllo della folla? » domandò Lebel.

« Be', l'abbiamo studiato tutti insieme. La folla durante ogni cerimonia dovrà essere tenuta più indietro di tutte le altre volte. Prima, si dispongono le transenne di ferro per tenere lontana la gente, poi l'area all'interno di questo cerchio è frugata da cima a fondo, tombini compresi. Si perquisisce ogni appartamento e ogni casa. Prima e durante ogni celebrazione avremo dei "cecchini" armati di fucile su ogni tetto delle vicinanze, incaricati di sorvegliare le case di fronte. Nessuno passerà al di là delle transenne a eccezione dei funzionari ufficiali, e di coloro che prendono parte alle cerimonie.

« Questa volta abbiamo preso altre misure straordinarie. Anche i cornicioni di Notre-Dame all'interno e all'esterno della chiesa saranno sorvegliati da agenti, che piazzeremo fin sul tetto e sulle torri. Tutti i sacerdoti che prenderanno parte alla messa saranno perquisiti alla ricerca di eventuali armi nascoste, e così pure i religiosi che li accompagnano e i ragazzi del coro. Perfino la polizia e gli agenti del CRS avranno speciali distintivi da mettere all'occhiello, che saranno distribuiti domani mattina all'alba in caso che l'assassino cerchi di travestirsi da poliziotto o agente.

« Abbiamo passato le ultime ventiquattr'ore a far sostituire i vetri dei finestrini della Citroën sulla quale viaggerà il Presidente con altri a prova di pallottola. A proposito, di questo non fate parola a nessuno. Neppure il Presidente deve saperlo. Diventerebbe furioso. Marroux guiderà, come al solito, ma gli è stato detto di tenere una velocità superiore a quella abituale, in caso che il nostro amico cerchi di sparare alla macchina in corsa. Ducret ha preparato un elenco di ufficiali e funzionari particolarmente alti, i quali dovranno cercare di stare intorno al Generale senza che lui se ne accorga.

« Oltre a tutto questo, ogni persona che gli si avvicinerà nel raggio di duecento metri dovrà essere perquisita – senza eccezioni. Quest'ordine, creerà un putiferio con il corpo diplomatico, e la stampa cercherà di ribellarsi. Tutti i permessi, sia quelli diplomatici sia quelli della stampa, dovranno essere sostituiti all'improvviso con altri nuovi, domani mattina all'alba, nel caso che lo Sciacallo cerchi di raggiungere il luogo della cerimonia facendosi passare per uno di loro. E poi, è ovvio, qualsiasi persona che porterà un pacco o un oggetto di forma allungata verrà allontanata subito. Bene, ha qualche altra idea? »

Lebel ci pensò un momento, torcendosi le mani fra le ginocchia come uno scolaro che cerca di spiegare il proprio comportamento al direttore. In realtà trovava che, sotto certi aspetti, il funzionamento della Quinta Repubblica era alquanto opprimente per un poliziotto che aveva cominciato la sua carriera dalla gavetta e aveva trascorso la sua vita prendendo criminali con il solo metodo di tenere gli occhi un poco più aperti di ogni altra persona.

« Non credo » disse infine « che vorrà rischiare di essere ucciso anche lui. È un mercenario, uccide per denaro. Vuole andare a spenderselo; e ha studiato con anticipo il suo progetto, durante un viaggio di ricognizione qui, negli ultimi otto giorni di luglio. Se avesse avuto qualche dubbio, sia riguardo al successo dell'operazione sia sulle possibilità di riuscire a scomparire senza guai, avrebbe già rinunciato all'impresa.

« Quindi deve avere un asso nella manica. Ha potuto stabilire da solo che in un unico giorno dell'anno, l'anniversario della Liberazione, l'orgoglio avrebbe vietato al generale de Gaulle di starsene a casa, indipendentemente da qualsiasi pericolo personale. Ed è anche probabile che abbia intuito quali sarebbero state le precauzioni del servizio di sicurezza, particolarmente dopo che la sua presenza era stata scoperta, e che sarebbero state ampie e minuziose come lei me le descrive, signor ministro. Eppure non si è tirato indietro. »

Lebel si alzò, e nonostante l'infrazione al protocollo si mise a camminare in su e in giù per la stanza.

« Non si è tirato indietro. E non si tirerà indietro. Perché? Perché crede di farcela, e di riuscire a scappare. Di conseguenza deve aver avuto un'idea alla quale nessun altro ha mai pensato. Deve trattarsi di una bomba che viene fatta scoppiare con un comando a distanza, o di un fucile. Ma una bomba potrebbe essere facilmente scoperta e così il progetto andrebbe in fumo. Quindi si tratta di un fucile. Ecco perché doveva entrare per forza in Francia con l'automobile. Il fucile si trovava nella macchina, probabilmente saldato al telaio o all'interno della carrozzeria. »

« Ma non potrà mai avvicinarsi con un fucile a de Gaulle! » gridò il ministro. « Nessuno riuscirà ad andargli vicino, a eccezione di poche persone, e anche quelle saranno perquisite. Come potrà far passare un fucile dalle transenne che tengono lontana la folla? »

Lebel smise di passeggiare e si fermò davanti al ministro. Si strinse nelle spalle.

« Non lo so. Ma probabilmente pensa di riuscirci, e finora non ha mai sbagliato, anche se ha avuto un po' di sfortuna dalla sua parte. Per quanto sia stato inseguito da due delle migliori polizie del mondo, è qui. Nascosto, con un fucile, e forse magari già con un'altra faccia e un altro documento di identità. Una cosa è certa, signor ministro. Dovunque si trovi, domani dovrà uscire all'aperto. E quando uscirà, lo scopriremo – per quello che è. E così bisogna ammettere che è sempre valido il vecchio proverbio dei poliziotti, quello che dice di tenere gli occhi aperti.

« Non c'è niente di più che io possa suggerire per quello che riguarda le precauzioni prese, signor ministro. Sembrano perfette, davvero notevoli. Quindi non posso far altro che presenziare alle varie cerimonie e avere libero accesso ovunque, in modo da vedere se mi riesce di scoprirlo: non abbiamo scelta. »

Il ministro rimase deluso. Aveva sperato in un lampo d'ispirazione, in una brillante rivelazione da parte dell'agente investigativo che Bouvier due settimane prima aveva descritto come il migliore di tutta la Francia. E quest'uomo gli diceva soltanto che avrebbe tenuto gli occhi aperti. Il ministro si alzò.

« Naturalmente » rispose un po' freddo. « Certo, faccia così, signor commissario. »

Più tardi, quella sera stessa, lo Sciacallo fece i suoi preparativi nella camera da letto di Jules Bernard. Sul letto c'erano le scarpe nere scalcagnate, le calze di lana grigia, i pantaloni e la camicia aperta sul collo, il lungo cappotto militare con una fila di nastrini per tutte le campagne combattute, e il berretto nero del veterano André Martin. Ci buttò sopra i documenti falsi, preparati a Bruxelles, che davano questa nuova identità a chi avrebbe indossato quegli abiti.

Accanto a questi oggetti dispose la serie di leggere cinghie in tessuto che aveva fatto preparare a Londra e i cinque tubi di acciaio che sembravano di alluminio e contenevano il calcio, la culatta, la canna, il silenziatore e il mirino telescopico della carabina. Lì vicino c'era la ghiera di gomma nella quale erano state inserite le cinque pallottole esplosive.

Ne estrasse due, e servendosi delle pinze trovate nella cassetta degli attrezzi sotto l'acquaio della cucina, ne graffiò la punta con ogni cautela. Dall'interno di ciascuna di esse estrasse il sottile pezzetto di cordite, poi gettò i bossoli nel secchio della spazzatura. Gli rimanevano ancora tre pallottole, e sarebbero state sufficienti.

Non si faceva la barba da due giorni, e aveva il mento coperto da una leggera peluria dorata, corta e ispida. Se la sarebbe rasata malamente con un rasoio a mano libera, che aveva acquistato il giorno del suo arrivo a Parigi. Sulla mensola del bagno c'erano anche le bottiglie della lozione dopobarba che in realtà contenevano la tintura grigia per capelli già usata una volta per diventare il pastore Jensen e il liquido solvente. Aveva già decolorato la tinta castano scuro di Marty Schulberg e ora, seduto davanti allo specchio del bagno, si tagliò i capelli biondi sempre più corti, sinché le ciocche restarono ritte sulla testa, in una "spazzola" irregolare.

Dopo un ultimo controllo per vedere se tutto quello che aveva preparato per la mattina successiva era in ordine, si preparò una omelette, andò a sedersi davanti al televisore e guardò uno spettacolo di varietà finché fu l'ora di andare a letto.

Domenica, 25 agosto 1963, fu una giornata caldissima. Era l'apice dell'ondata di calura estiva, esattamente come un anno e tre giorni prima quando il tenente colonnello Jean-Marie Bastien-Thiry e i suoi uomini avevano cercato di assassinare Charles de Gaulle al rondò di Petit-Clamart. Per quanto nessuno dei congiurati di quella sera del '62 se ne potesse rendere conto, la loro azione aveva dato l'avvio a una catena di avvenimenti che si sarebbe conclusa soltanto, una volta per tutte, nel pomeriggio di quella domenica estiva che ora avvolgeva di un calore insopportabile la città in festa.

Ma se Parigi era in festa per celebrare i diciannove anni della propria liberazione dai tedeschi, c'erano settantacinquemila uomini che grondavano sudore sotto le camicie di tela azzurra, per cercare di mantenere l'ordine. Le cerimonie che dovevano rievocare la giornata della Liberazione, preannunciate con parole piene di esaltazione sulle pagine dei giornali, avrebbero avuto un massiccio seguito di cittadinanza. Eppure la maggior parte dei convenuti riuscì a dare a malapena un'occhiata al Presidente, che camminava tra compatte falangi di guardie e di poliziotti per raggiungere i luoghi delle celebrazioni.

Il generale de Gaulle, oltre a essere praticamente nascosto al pubblico da una squadra di ufficiali e funzionari – che, per quanto compiaciuti che fosse stato loro chiesto di assistere alle cerimonie, non si erano accorti che la loro unica caratteristica comune era quella della statura e ognuno di loro, a modo suo, serviva da scudo per il Presidente – era anche circondato da tutti e quattro gli uomini della sua guardia del corpo.

Fortunatamente la sua miopia, accentuata dal fatto che si rifiutava di portare gli occhiali in pubblico, gli impediva di notare che ai suoi lati, e dietro di lui, c'erano le massicce figure di Roger Tessier, Paul Comiti, Raymond Sasia e Henri d'Jouder.

La stampa li aveva soprannominati "i gorilla", ed erano in molti a credere che li avessero definiti così per il loro aspetto. In realtà il loro modo di camminare aveva una ragione pratica.

Ognuno di loro era esperto in ogni tipo di lotta, e aveva una muscolatura impressionante delle spalle e del torace. Con i muscoli in tensione, i dorsali costringevano le braccia a rimanere allargate sui fianchi, e a oscillare distaccate dal corpo. In aggiunta a questo, portavano tutti la loro automatica nella fondina appesa sotto l'ascella sinistra, e questo accentuava l'atteggiamento da gorilla. Camminavano con le mani semiaperte, pronti ad afferrare la pistola strappandola fuori dalla fondina, e a sparare al primo movimento sospetto.

Ma movimenti sospetti non ce ne furono. La cerimonia all'Arc de Triomphe si svolse esattamente secondo il previsto, mentre lungo il vasto anfiteatro di tetti che guardano sù Place de l'Etoile centinaia di uomini con binocoli e fucili, rannicchiati dietro i comignoli, sorvegliavano la folla. Quando il corteo delle macchine presidenziali imboccò i Champs-Elysées verso Notre-Dame, respirarono tutti di sollievo e si accinsero a scendere.

Non ci fu niente di sospetto neanche alla cattedrale. Il cardinale arcivescovo di Parigi officiò la funzione, fiancheggiato dai prelati e dal clero, che erano stati tutti sottoposti a una sorveglianza speciale mentre indossavano i paramenti per la cerimonia. Sotto la volta dell'organo erano arrampicati due uomini armati di fucile (neppure l'arcivescovo era al corrente della loro presenza lì) a sorvegliare l'adunanza di persone al di sotto. Tra i fedeli c'era stata una infiltrazione massiccia di poliziotti in abiti borghesi, che non si inginocchiavano, non chiudevano gli occhi, ma pregavano, con lo stesso fervore degli altri, e ripetevano la vecchia preghiera del poliziotto: "Per piacere, mio Dio, fa che non succeda mentre sono in servizio".

Fuori, molti degli astanti, anche se erano a duecento metri dalla porta della cattedrale, erano stati allontanati quando avevano fatto il gesto di infilare la mano nella tasca interna della giacca. Uno si stava grattando sotto l'ascella, e un altro cercava la scatola delle sigarette.

E non era successo niente. Non c'era stato il crepitio di un fucile dalla cima di un tetto, né il soffocato boato di una bomba. I poliziotti si erano addirittura messi a sorvegliarsi l'uno con l'altro per essere ben certi che i loro colleghi avessero l'indispensabile distintivo al bavero della giacca, distribuito quella stessa mattina in modo che lo Sciacallo non potesse copiarlo e travestirsi da agente di polizia. Un uomo del CRS che aveva perso il proprio fu arrestato sul posto e caricato su un furgone. Gli venne tolto il fucile mitragliatore, e soltanto alla sera lo rilasciarono. Ma anche per questo ci vollero venti dei suoi colleghi chiamati appositamente, che lo riconobbero e si fecero garanti per lui, per convincere la polizia che era effettivamente chi dichiarava di essere.

A Montvalérien l'atmosfera era elettrica; e anche se il Presidente lo notò, non lo fece capire. In quel sobborgo operaio gli agenti del servizio di sicurezza avevano calcolato che il Generale sarebbe stato al sicuro per tutto il tempo in cui si fosse trattenuto nell'ossario. Ma l'assassino avrebbe potuto attentare alla sua vita mentre l'automobile passava, rallentando agli incroci, tra le vie piuttosto strette sulla strada della prigione.

In realtà, in quel momento, lo Sciacallo era altrove.

Pierre Valremy ne aveva piene le tasche. Aveva caldo, sentiva la camicia incollata alla schiena, la cinghia del fucile mitragliatore gli aveva irritato la pelle sulla spalla, sotto la stoffa bagnata di sudore, aveva sete ed era proprio l'ora del pranzo, che sapeva di dover saltare. Cominciava a maledire il giorno in cui aveva deciso di arruolarsi nel CRS.

Gli era sembrato tutto molto bello, quando era stato licenziato dallo stabilimento di Rouen dove lavorava, in seguito a una riduzione del personale e l'impiegato dell'ufficio collocamento gli aveva indicato il manifesto appeso ad un muro. C'era disegnato sopra un giovanotto sorridente vestito con la uniforme del CRS, e dalle parole che c'erano scritte sotto si doveva desumere che, ad arruolarsi come lui, c'era da aspettarsi un lavoro sicuro, e le prospettive di una vita interessante. L'uniforme, in quel manifesto, sembrava che fosse stata disegnata e confezionata da Balenciaga in persona. E così Valremy si era arruolato.

Nessuno gli aveva parlato della vita di caserma, che sembrava una prigione; e lo era stata davvero. Né delle esercitazioni, né del servizio notturno né di quella camicia di tela ispida, né delle ore di attesa all'angolo di una strada al freddo gelido o nella calura più torrida in attesa del Grande Arresto che non arrivava mai. I documenti della gente erano sempre in ordine, il motivo per cui le persone si trovavano in giro era sempre mondano e innocuo: e questo poteva bastare a far diventare chiunque alcolizzato.

E ora, Parigi: il primo viaggio che avesse mai fatto, da Rouen. Aveva creduto di poter vedere la Ville Lumière. E invece neanche un briciolo di speranza, no certo, con il sergente Barbichet a capo del plotone. Ma esattamente come prima, peggio di prima. « Vedi quelle transenne laggiù, Valremy. Bene, mettiti lì vicino, sorveglia la gente, bada che nessuno si muova, e non lasciare passare nessuno a meno che non sia una persona autorizzata, capito? Il tuo è un compito di responsabilità, figliolo. »

Responsabilità davvero! Certo, avevano perso un po' la testa in questa Parigi che festeggiava l'anniversario della Liberazione, per farci arrivare migliaia di soldati dalle provincie a dare man forte alle truppe già di stanza in città. La sera precedente, nel suo accantonamento c'erano uomini che venivano da dieci posti differenti, e quelli di Parigi dicevano che ci si doveva aspettare qualcosa, perché altrimenti non si spiegava tutta quella agitazione. Voci, ce n'erano sempre di voci. E poi non succedeva mai niente.

Valremy si voltò verso Rue de Rennes. La transenna dove lui montava di guardia faceva parte di quelle che erano state piazzate di traverso, sulla strada, da una casa all'altra, a duecentocinquanta metri circa di distanza da Place du 18 Juin. La facciata della stazione si trovava ad altri duecento metri di distanza, e davanti a questa c'era il piazzale su cui si sarebbe svolta la cerimonia. In lontananza poteva vedere laggiù qualche uomo, che segnava per terra il punto in cui avrebbero dovuto trovarsi i veterani, e le varie personalità, e la banda della Garde Républicaine. Tre ore ancora. Gesù, non sarebbe mai finita?

Il pubblico cominciava a infittirsi lungo la fila di transenne. Qualcuno di loro doveva avere una pazienza incredibile, pensò. Figurarsi! Aspettare con quel caldo per ore e ore solo per vedere una folla di teste a trecento metri di distanza e sapere che in un punto imprecisato di quella calca c'era de Gaulle. Eppure, venivano sempre quando era presente il Vecchio Charles.

Un duecento persone sostavano già lungo le transenne, quando lui vide il vecchio. Arrancava lungo la strada e dava l'impressione che non ce l'avrebbe fatta a percorrere un altro mezzo chilometro. Il berretto nero era macchiato di sudore e il lungo cappotto militare gli sventolava sotto le ginocchia. Sul petto era appuntata una fila di medaglie che tintinnavano. Molti, tra la folla appoggiata alle transenne, gli gettarono occhiate piene di compassione.

Questi vecchi strambi conservano sempre le loro medaglie, pensò Valremy, come se fosse l'unica cosa che hanno nella vita. Be', forse era l'unica cosa rimasta a qualcuno di loro. Soprattutto quando uno ha anche perso una gamba. Forse, pensò Valremy guardando il vecchio che arrivava zoppicando, forse si è divertito un bel po' quando era giovane, quando aveva due gambe con le quali correre. Adesso assomigliava a un vecchio gabbiano spennacchiato, come quello che l'agente del CRS aveva visto una volta, a Kermadec, quando era stato al mare. Cristo, dover passare il resto dei propri giorni a zoppicare con una gamba sola, appoggiandosi a una stampella di alluminio. Il vecchio arrivò fino a lui.

« *Je peux passer?* » domandò timidamente.

« Si avvicini, papà; mi faccia dare un'occhiata ai suoi documenti. »

Il vecchio veterano si frugò nella tasca della camicia, che certo avrebbe avuto un aspetto migliore dopo una buona lavata. Tirò fuori due documenti che Valremy prese in mano ed esaminò. André Martin, cittadino francese, età 53 anni, nato a Colmar, Alsazia; residente a Parigi. L'altro documento era intestato alla stessa persona. In cima c'erano scritte le parole: "*Mutilé de Guerre*".

"Be', ti hanno mutilato davvero, amico" pensò Valremy.

Esaminò le fotografie su ogni documento. Erano dello stesso uomo, ma scattate in periodi differenti. Alzò gli occhi.

« Si tolga il berretto. »

Il vecchio se lo tolse e lo appallottolò in mano. Valremy confrontò la faccia che aveva davanti con quelle delle fotografie. Era la stessa. L'uomo davanti a lui aveva un aspetto malaticcio. Si era tagliato radendosi, e aveva appiccicato ai tagli qualche pezzettino di carta igienica dove trasudava ancora una goccia di sangue. Aveva la faccia di un colore grigiastro, unta e coperta da un velo di sudore. Sulla fronte i ciuffi di capelli grigi si rizzavano disordinati in ogni direzione, e l'uomo li aveva spettinati ancora di più quando si era tolto il berretto. Valremy gli restituì i documenti.

« Perché vuole andare più avanti? »

« Io vivo laggiù » rispose il vecchio. « Sono un pensionato. Ho una mansarda. »

Valremy gli strappò di mano i documenti. La carta d'identità portava come indirizzo Rue de Rennes 154, Parigi VI. L'agente del CRS alzò gli occhi verso la casa sopra la sua testa. Sulla porta c'era il numero 132. Era giusto, il 154 doveva essere più avanti. Non aveva ordini che gli impedissero di far tornare a casa un vecchio.

« E va bene, passi. Ma non mi crei qualche pasticcio. Carlo il Grosso arriverà fra un paio d'ore. »

Il vecchio sorrise, si mise in tasca i documenti e poco ci mancò che non cadesse, con quella stampella a cui doveva appoggiarsi e una gamba sola, tanto che Valremy allungò una mano per aiutarlo a restare in piedi.

« Lo so. Uno dei miei antichi compagni deve ricevere la medaglia. La mia, io l'ho avuta due anni fa... » e batté col dito sulla Médaille de la Libération, appesa al petto «...ma dal ministro delle Forze Armate.»

Valremy diede un'occhiata alla medaglia. Dunque quella era la Medaglia della Liberazione. Maledettamente piccola, in cambio di una gamba perduta. Poi rammentò l'autorità conferitagli e gli rispose con un cenno brusco della testa. Il vecchio si allontanò, zoppicando. Valremy si voltò per fermare un altro individuo che cercava di passare al di qua della transenna.

«Via, via. Ora basta. Torni indietro.»

L'ultima cosa che vide del vecchio soldato fu il lembo del cappotto svolazzante che scompariva sotto l'arco del portone in fondo alla strada, vicino alla piazza.

Madame Berthe alzò gli occhi con un sussulto quando l'ombra la raggiunse. Era stata una giornata faticosa, con quei poliziotti che avevano frugato in tutte le camere, e lei non sapeva che cosa avrebbero detto gli inquilini se ci fossero stati. Fortunatamente erano quasi tutti via per le vacanze.

Quando la polizia se ne era andata, era riuscita a tornare al suo solito posto sotto il portone per mettersi a lavorare tranquillamente a maglia. La cerimonia che avrebbe dovuto aver luogo a cento metri di distanza al di là della piazza davanti alla stazione, due ore dopo, non la interessava minimamente.

«*Excusez-moi, madame*... mi stavo chiedendo... forse un bicchier d'acqua. Fa tanto caldo ad aspettare la cerimonia...»

La donna squadrò il vecchio che parlava: portava un cappotto come quello che una volta aveva anche suo marito, che ormai era morto da molto tempo, con le medaglie che tintinnavano sotto il risvolto di sinistra. Si appoggiava pesantemente a una stampella, e da sotto il cappotto usciva una gamba sola. Aveva la faccia coperta di sudore e l'aspetto sofferente. Madame Berthe arrotolò il lavoro a maglia e se lo infilò nella tasca del grembiule.

«*Oh, mon pauv', monsieur*. Andarsene in giro in questo modo... e con questo caldo! E la cerimonia non comincerà prima di due ore! È venuto presto... entri, entri...»

E si avviò con aria premurosa verso la porta con il vetro smerigliato del suo bugigattolo in fondo all'atrio per offrirgli un bicchier d'acqua. Il veterano le zoppicò dietro.

Il rumore dell'acqua che scorreva dal rubinetto del lavandino le impedì di sentire il lieve scatto della porta che si chiudeva sull'atrio esterno, e quasi non si accorse delle dita della mano sinistra dell'uomo dietro di lei, che si allungavano verso la mandibola. L'urto sordo delle nocche contro l'osso mastoide, appena sotto l'orecchio destro, la trovò del tutto impreparata. L'immagine del rubinetto con l'acqua che scorreva e del bicchiere che si riempiva esplose in mille frammenti rossi e neri, e il suo corpo inerte scivolò senza rumore sul pavimento.

Lo Sciacallo si sbottonò il cappotto, e slacciò le cinghie che gli tenevano la gamba destra piegata sotto le natiche. La sua faccia si trasformò in una maschera di dolore quando tentò di allungare la gamba, piegandola parecchie volte per restituire la scioltezza al ginocchio indolenzito. Passò qualche minuto ad aspettare che il sangue rifluisse lungo il polpaccio e la caviglia, prima di appoggiarci sopra una parte del proprio peso.

Cinque minuti dopo madame Berthe era legata mani e piedi con la corda del bucato che si trovava sotto il lavandino, poi le fu applicato sulla bocca un grosso pezzo di cerotto. Lo Sciacallo la spinse nel cucinino al quale si accedeva dalla portineria e chiuse la porta.

Una rapida ricerca nel bugigattolo della portinaia gli fece trovare le chiavi dell'appartamento nel cassetto del tavolo. Dopo essersi riabbottonato il cappotto, riprese in mano la stampella – la stessa di cui si era servito per passare zoppicando dall'aeroporto di Bruxelles a quello di Milano dodici giorni prima – e mise la testa fuori dalla porta. L'atrio era vuoto. Lasciò la portineria, chiudendosi la porta alle spalle, e salì rapidamente le scale.

Al sesto piano scelse l'appartamento di mademoiselle Beranger e bussò. Non sentì alcun rumore. Aspettò un poco, poi bussò ancora. Né da quell'appartamento, né da quello adiacente abitato da M. e M.me Charrier, arrivò il minimo rumore. Allora prese il mazzo di chiavi cercò quella che portava il nome "Beranger" sulla targhetta e se ne servì per entrare nell'appartamento. Poi sbarrò la porta.

Andò alla finestra e guardò fuori. Dall'altra parte della strada, sui tetti dei palazzi di fronte, stavano mettendosi al loro posto parecchi uomini in uniforme azzurra. Aveva fatto appena in tempo. Allungando un braccio per non farsi vedere, girò la maniglia della finestra e, senza fare il minimo rumore, la spalancò verso l'interno, aprendola completamente. Poi si tirò indietro. La luce che entrava dalla finestra batteva in un riquadro nitido sul tappeto. Per contrasto, il resto del locale sembrava più buio.

Se si fosse tenuto all'esterno di quella striscia di luce, i "cecchini" dai tetti di fronte non avrebbero potuto vedere niente.

Spostandosi lateralmente rispetto alla finestra e tenendosi nell'ombra delle tende spalancate, poteva dominare – in basso e lateralmente – il piazzale della stazione a centotrenta metri di distanza. Spinse il tavolo del soggiorno a un metro e mezzo circa dalla finestra, molto di lato, togliendone il tappeto che lo copriva e un vaso di fiori di plastica e mettendo al loro posto un paio di cuscini presi dalla poltrona. Gli sarebbero serviti come appoggio per la carabina.

Si tolse il cappotto e arrotolò le maniche della camicia. La stampella, pezzo a pezzo, fu smontata. Il puntale di gomma nera che ne copriva un'estremità venne svitato per mettere allo scoperto le scintillanti capsule a percussione dei tre proiettili che gli restavano. La nausea e l'ondata di sudore provocate dalla cordite che aveva ingerito (quella estratta dalle altre due pallottole) cominciarono a diminuire.

Il pezzo successivo della stampella venne svitato, e da quello scivolò fuori il silenziatore. Poi fu la volta della seconda sezione, dalla quale venne estratto il mirino telescopico. La parte più larga della stampella, dove i supporti superiori si univano nell'appoggio centrale, rivelò, una volta aperta, la culatta, il calcio e la canna della carabina.

Dalla struttura a forma di Y al di sopra del punto di unione, fece scivolar fuori le due aste di acciaio che una volta avvitate sarebbero diventate la struttura di sostegno del calcio della carabina. Per ultimo c'era il pezzo imbottito della stampella (quello che va appoggiato sotto l'ascella): questo nascondeva il grilletto, infilato nell'imbottitura. Senza essere smontato e restando così com'era, il sostegno della stampella diventava il calciolo della carabina.

Meticolosamente, con tutta la delicatezza possibile, mise insieme i vari pezzi – calcio e canna, parte superiore e parte inferiore del sostegno, calciolo, silenziatore e grilletto. Per ultimo inserì il mirino telescopico. Poi andò a sedersi su una sedia dietro il tavolo: leggermente curvo in avanti, con la canna della carabina appoggiata al cuscino più alto, chiuse un occhio e provò a puntarla. Il piazzale illuminato dal sole oltre la finestra, centocinquanta metri più in basso, fu subito messo a fuoco. Sulla linea di tiro apparve la testa di uno degli uomini che stavano ancora segnando sull'asfalto le posizioni in cui avrebbero dovuto trovarsi le persone presenti alla cerimonia. Lo Sciacallo mirò al bersaglio: la testa vista attraverso il mirino telescopico, sembrava grossa e chiara, esattamente con le stesse dimensioni del melone, quando aveva fatto i tiri di prova nella radura di una foresta delle Ardenne.

Finalmente soddisfatto, allineò i tre proiettili sul bordo della tavola, come soldatini messi in fila. Con l'indice e il pollice fece scivolare indietro l'otturatore aprendolo per inserire nella culatta la prima pallottola. Una avrebbe dovuto essere sufficiente, ma ne aveva altre due di riserva. Richiuse l'otturatore spingendolo in avanti, finché aderì perfettamente alla base del proiettile, gli diede un mezzo giro e lo bloccò. Infine depose con cautela la carabina sui cuscini e si frugò in tasca, alla ricerca delle sigarette e dei fiammiferi.

Inalando profondamente il fumo della prima sigaretta, si appoggiò indietro allo schienale della sedia, preparandosi a un'attesa che doveva ancora durare un'ora e tre quarti.

21

Al commissario Claude Lebel sembrava di non aver mai bevuto un sorso d'acqua in tutta la sua vita. Aveva la bocca asciutta e la lingua incollata al palato, come se fosse stata saldata. E non era soltanto il caldo a dargli quell'impressione. Per la prima volta, da molti molti anni, aveva veramente paura. Era sicuro che sarebbe successo qualcosa durante quel pomeriggio, e ancora non era riuscito a scoprire un indizio che gli facesse capire come o dove.

Era stato all'Arc de Triomphe quella mattina, e poi a Notre-Dame e a Montvalérien. Non era successo niente. Durante il pranzo, consumato con qualcuno dei membri del comitato che si era riunito per l'ultima volta al ministero quella mattina all'alba, aveva notato che l'umore generale dalla tensione e dalla collera era passato a qualcosa di molto simile all'euforia. C'era ancora un'altra cerimonia soltanto, a Place du 18 Juin che, gli assicurarono, era stata passata al setaccio minuziosamente e poi bloccata al traffico.

« Se ne è andato » disse Rolland, mentre il gruppo che aveva mangiato in una *brasserie* non lontano dall'Eliseo, dove il generale de Gaulle si trovava a pranzare, usciva nel sole. « Se ne è andato, ha levato le tende; ed è stato molto saggio da parte sua. Ricomparirà, un momento o l'altro, in qualche posto e i miei uomini lo cattureranno. »

Adesso Lebel si trascinava sconsolato tra la folla trattenuta a stento su Boulevard du Montparnasse, così lontano dalla piazza che nessuno avrebbe potuto vedere quello che ci succedeva. Ogni poliziotto e ogni agente del CRS al quale aveva parlato, lungo le transenne, gli aveva dato la stessa risposta. Nessuno era passato dalle barriere, da quando, verso mezzogiorno, erano state disposte sulle strade.

Le strade più importanti che raggiungevano la piazza erano bloccate; bloccate le laterali e i vicoli. I tetti erano sorvegliati e controllati, la stazione stessa, con la facciata sulla quale guardavano molte finestre del piazzale, pullulava di agenti del servizio di sicurezza. Si erano arrampicati anche sulla grande tettoia, lassù in alto sopra i marciapiedi silenziosi dai quali tutti i treni, per quel pomeriggio, erano stati dirottati alla Gare St.-Lazare.

Nell'interno di quel perimetro ogni casa era stata perlustrata dalle cantine alle soffitte. Gli appartamenti in gran parte erano vuoti e gli inquilini lontani, in vacanza, al mare o in montagna. Insomma, l'intera area di Place du 18 Juin era completamente bloccata e chiusa, era diventata "più stretta del buco del c... di un topo" come avrebbe detto Valentin. Lebel si mise a sorridere ripensando al curioso modo di esprimersi del poliziotto dell'Alvernia. Ma il sorriso si spense subito. Anche Valentin non era stato capace di fermare lo Sciacallo.

Passò per le strade laterali, mostrando il suo lasciapassare della polizia, per abbreviare il percorso, e sbucò in Rue de Rennes. Anche qui la stessa storia: era bloccata a duecento metri di distanza dalla piazza, la folla si ammassava dietro le transenne ed era vuota a eccezione degli uomini del CRS che la pattugliavano. Ricominciò a fare la solita domanda.

Visto qualcuno? No, signore. Qualcuno è passato di qui, proprio nessuno? No, signore. Laggiù sul piazzale davanti alla stazione sentì la banda della Garde Républicaine che intonava gli strumenti. Guardò l'orologio. Ormai il Generale sarebbe arrivato da un momento all'altro. Visto passare nessuno? Proprio nessuno? No, signore. Non da questa parte. Bene, continuate.

Laggiù sulla piazza qualcuno urlò un ordine, e dall'estremità di Boulevard du Montparnasse un corteo di automobili entrò in Place du 18 Juin. Lebel rimase a guardarlo mentre passava dai cancelli che portavano all'ingresso della stazione, e i poliziotti si irrigidivano nel saluto. Gli occhi delle persone lungo la strada erano fissi su quelle lunghe macchine nere. La folla a pochi metri da lui, dietro le transenne, allungò il collo e ondeggiò in avanti, come per farsi più sotto. Guardò verso i tetti. Ma quelli che erano di sorveglianza lassù non degnavano di uno sguardo lo spettacolo nella piazza: i loro occhi non facevano che spostarsi dai tetti alle finestre che si trovavano sull'altro lato della strada, esattamente di fronte a loro, per non farsi sfuggire neppure il minimo movimento.

Aveva raggiunto il lato occidentale di Rue de Rennes. Un giovane del CRS si trovava davanti all'apertura tra l'ultima delle transenne di acciaio e il muro della casa che portava il numero 132. Tirò fuori rapidamente il lasciapassare e lo mostrò al giovanotto, che si irrigidì sull'attenti.

« È passato qualcuno da questa parte? »

« Nossignore. »

« Da quanto tempo sei qui? »

« Da mezzogiorno, signore, quando la strada è stata chiusa. »

« Nessuno è passato da questa apertura? »

« Nossignore. Be',... soltanto il vecchio zoppo, che vive là in fondo. »

« Quale zoppo? »

« Un vecchio, signore. Sembrava star male da cani. Aveva la sua carta d'identità, e quella di *Mutilé de Guerre*. L'indirizzo che ha dato era Rue de Rennes 154. Be', sono stato costretto a lasciarlo passare, signore. Sembrava che non fosse a posto, che stesse proprio male. Non c'è da meravigliarsi con quella palandrana che aveva addosso, e con questo tempo e tutto il resto. Proprio matto. »

« Palandrana? »

« Sissignore. Un cappotto lungo. Militare, come quello dei soldati di una volta. Però troppo caldo per questa temperatura. »

« C'era qualcosa che non quadrava in lui? »

« Be', doveva avere troppo caldo, non è vero, signore? »

« Hai detto che è stato ferito in guerra. Ma che cosa aveva che non andava? »

« Una gamba, signore. Solo una gamba. È arrivato arrancando, appoggiato a una stampella. »

Dalla piazza giunsero i primi limpidi squilli delle trombe. "*Allons enfants de la Patrie, le jour de gloire est arrivé...*" Parecchie persone tra la folla si unirono al canto familiare della *Marseillaise*.

« Stampella? » A Lebel la propria voce sembrò debolissima – una voce che veniva da molto lontano. L'agente del CRS lo guardò pieno di sollecitudine.

« Sissignore. Una stampella, come quelle che hanno tutte le persone senza una gamba. Una stampella di alluminio... »

Lebel aveva già attraversato la strada di corsa, gridando all'agente del CRS di seguirlo.

Le automobili erano allineate sotto il sole, parcheggiate una dietro l'altra davanti alla facciata della stazione. Direttamente di fronte alle automobili, lungo la ringhiera che separava l'ingresso della stazione dalla piazza, c'erano i dieci uomini che avrebbero dovuto ricevere le medaglie distribuite dal capo dello Stato. Sul lato orientale della piazza erano radunati i funzionari e il corpo diplomatico, una massa compatta di abiti color grigio scuro, ravvivata qua e là dalle macchie rosse delle coccarde della Legion d'Onore.

Il lato occidentale era occupato dai ranghi serrati della Garde Républicaine, con i caschi bruniti adorni di piume rosse, mentre la banda era ferma poco più avanti della guardia d'onore.

Intorno a una delle automobili, davanti alla facciata della stazione si era raggruppato un certo numero di funzionari del protocollo e di personale dell'Eliseo. La banda cominciò a suonare la *Marseillaise*.

Lo Sciacallo alzò il fucile e prese la mira. Scelse il veterano di guerra più vicino a lui, l'uomo che per primo avrebbe ricevuto la medaglia. Era basso di statura, corpulento, ma si teneva ben dritto. La sua testa gli appariva molto nitida nel mirino, quasi il profilo completo. Entro pochi minuti, di fronte a quest'uomo, ce ne sarebbe stato un altro, più alto di almeno trenta centimetri, e ci sarebbe stata un'altra faccia, orgogliosa, arrogante, sormontata da un chepì color cachi decorato con due stelle d'oro.

« *Marchons, marchons, à la Victoire...* » Boom-ba-boom. Le ultime note dell'inno nazionale si spensero, sostituite da un profondo silenzio. L'ordine gridato dal comandante della Guardia riecheggiò sul piazzale della stazione. « Salut'... presentat'arm! » Ci furono tre schiocchi precisi mentre i guanti bianchi battevano all'unisono contro il calcio dei fucili, e i tacchi delle scarpe si toccavano. La folla intorno all'automobile si divise, aprendosi in due ali. Dal centro uscì un'imponente figura che cominciò ad avanzare a lunghi passi verso la fila dei veterani di guerra. A cinquanta metri da loro gli altri si fermarono, a eccezione del ministro degli Ex Combattenti, che doveva presentare i veterani al loro Presidente, e di un ufficiale che portava un cuscino di velluto sul quale era stata disposta una fila di dieci medaglie appese a dieci nastri colorati. E Charles de Gaulle continuò la sua marcia, da solo.

« Questo? »

Lebel si fermò, ansimante, e indicò un portone.

« Credo di sì, signore. Sì, era questo, il secondo dalla fine della strada. Ecco è qui che è entrato. »

Il piccolo poliziotto era già in fondo all'atrio e Valremy lo seguì, quasi soddisfatto di non essere più sulla strada, dove il loro strano modo di comportarsi in una circostanza tanto seria attirava occhiate indignate di disapprovazione dai pezzi grossi irrigiditi sull'attenti lungo la ringhiera sul piazzale della stazione. Be', se avessero trovato qualcosa da ridire, avrebbe sempre potuto spiegare che quell'ometto buffo si era fatto passare per un commissario di polizia e che lui aveva cercato di trattenerlo.

Quando entrò nell'atrio, il poliziotto stava bussando alla porta della portineria.

« Dove è la *concierge*? » urlò.

« Non lo so, signore. »

Prima che Valremy potesse aggiungere una parola, con una gomitata il commissario fece cadere in mille pezzi il pannello di vetro smerigliato, allungò una mano all'interno e aprì la porta.

« Seguimi! » gridò, precipitandosi dentro.

Figurati se non ti vengo dietro, pensò Valremy. Ti ha dato di volta il cervello.

Trovò l'agente investigativo sulla porta del cucinino. Occhieggiando al di sopra delle sue spalle, vide la *concierge* legata e distesa sul pavimento, ancora svenuta.

« Perbacco! » All'improvviso capì che l'ometto non stava scherzando. Era davvero *un commissario di polizia*, e stavano davvero *inseguendo un criminale*. Questo era il grande momento che aveva sempre sognato: e Valremy scoprì di desiderare di essere in caserma.

« All'ultimo piano » urlò il poliziotto, lanciandosi su per le scale con una velocità che sorprese Valremy, il quale si affrettò a seguirlo faticosamente, facendosi scivolare in una mano il fucile che teneva a tracolla.

Il Presidente francese si fermò davanti al primo uomo della fila di veterani e si curvò leggermente per ascoltare dal ministro il nome e la motivazione per il valore mostrato in quello stesso giorno di diciannove anni prima. Quando il ministro finì, chinò la testa verso il veterano, si voltò verso l'ufficiale che portava il cuscino, e prese la medaglia che gli veniva tesa. Mentre la banda cominciava a suonare un arrangiamento in sordina della *Marjolaine*, l'alto Generale appuntò la medaglia sul petto dell'uomo anziano che gli stava di fronte. Poi arretrò di un passo per fargli il saluto militare.

Sei piani più su, a centotrenta metri di distanza, lo Sciacallo imbracciò con decisione la carabina, e prese la mira attraverso il mirino telescopico. Poteva vedere con estrema nitidezza i lineamenti, la fronte ombreggiata dalla punta del chepì, gli occhi penetranti, il naso adunco. Vide la mano alzata nel saluto, che si staccava dalla visiera del berretto: il reticolo del mirino era centrato sulla tempia esposta. Delicatamente, con gentilezza, premette il grilletto...

Mezzo secondo più tardi stava guardando giù nel piazzale, senza riuscire a credere ai suoi occhi. Prima che la pallottola fosse uscita dalla canna, il Presidente francese aveva piegato all'improvviso la testa. Mentre l'assassino lo guardava incredulo, lui depose solennemente un bacio sulla guancia dell'uomo che gli stava davanti. Era più alto di almeno trenta centimetri e quindi era stato costretto a curvarsi per dare il tradizionale bacio di congratulazioni, tanto abituale tra i francesi e presso altri popoli, ma che non finisce mai di stupire gli anglosassoni.

In seguito si poté stabilire che il proiettile era passato a una frazione di millimetro di distanza dalla testa in movimento. Non si sa se il Presidente ne avesse udito il lieve schiocco, che aveva seguito la scia del proiettile. Se lo sentì, non lo fece capire. Il ministro e l'ufficiale non sentirono niente, e neppure chi si trovava a cinquanta metri di distanza.

Il proiettile affondò nell'asfalto reso morbido dal sole che batteva da ore sul piazzale, e si disintegrò senza far danni all'interno di uno strato di catrame spesso più di tre centimetri. La banda continuava a suonare *La Marjolaine*. Il Presidente, dopo aver deposto un bacio anche sull'altra guancia del veterano, si raddrizzò e si spostò tranquillamente verso il secondo della fila.

Con la carabina imbracciata, lo Sciacallo cominciò a bestemmiare, sottovoce, pieno di veleno. Mai prima, nella sua vita, aveva mancato un bersaglio fisso, a centocinquanta metri di distanza. Poi si calmò; c'era ancora tempo. Aprì la culatta del fucile, estraendone il bossolo che cadde sul tappeto. Prese la seconda pallottola dal tavolo, la inserì nell'arma e chiuse la culatta.

Claude Lebel arrivò ansimante al sesto piano. Aveva l'impressione che il cuore gli stesse per balzare fuori dal petto e rotolare sul pianerottolo. C'erano due porte che davano sulla facciata del palazzo. Guardò prima l'una e poi l'altra mentre l'agente del CRS lo raggiungeva, con il fucile mitragliatore appoggiato all'anca, puntato in avanti. Mentre Lebel esitava di fronte alle due porte, da una di esse arrivò un tonfo leggero, ma nitido. Lebel indicò all'agente la serratura della porta.

« Aprila a fucilate » ordinò e si tirò indietro di un passo. L'agente del CRS si mise bene in equilibrio sui due piedi allargando le gambe e sparò. Schegge di legno e di metallo e pallottole appiattite volarono in tutte le direzioni. La porta oscillò e si aprì verso l'interno, pendendo dai cardini. Valremy fu il primo a entrare nella stanza, con Lebel alle calcagna.

Valremy poté riconoscere le ciocche grigie di capelli, ma niente altro. L'uomo aveva due gambe, il cappotto era scomparso, e gli avambracci che stringevano la carabina erano quelli di una persona giovane e forte. Il tiratore non gli diede tempo: alzandosi dalla sedia dietro il tavolo e girandosi con calma, si chinò leggermente verso il pavimento e sparò con l'arma appoggiata al fianco. Quell'unica pallottola non produsse alcun rumore; nelle orecchie rimbombavano ancora gli echi della scarica di pallottole uscita dal fucile di Valremy. Il proiettile uscito dalla carabina penetrò nel petto dell'agente, urtò lo sterno ed esplose. Valremy ebbe la sensazione di una lacerazione, di uno strappo, e poi sentì lunghe, improvvise, trafitture dolorose. Infine anche quelle scomparvero. La luce diminuì come se l'estate fosse diventata inverno.

Un pezzo del tappeto si alzò e lo colpì su una guancia, ma in realtà era la sua guancia che adesso stava appoggiata al tappeto. La mancanza di qualsiasi sensazione gli passò attraverso le gambe e il ventre, poi salì al petto e al collo. L'ultima cosa che ricordò fu un sapore salato in bocca, vagamente simile a quello che aveva provato dopo aver fatto il bagno in mare a Kermadec, dove aveva visto un vecchio gabbiano spennacchiato in cima a un palo. Poi tutto si oscurò.

Claude Lebel guardò negli occhi l'altro uomo. Il cuore non gli dava più fastidio, anzi sembrava che non pompasse neppure più il sangue.

« Sciacallo » disse. L'altro rispose semplicemente: « Lebel ». Stava armeggiando con la carabina, per aprire la culatta. Lebel vide lo scintillio del bossolo che cadeva a terra. L'uomo afferrò qualcosa che c'era sul tavolo e l'infilò nel fucile. Gli occhi grigi fissavano Lebel, in continuazione.

Sta cercando di liquidarmi, pensò Lebel con un senso di irrealtà. Sta per sparare. Sta per uccidermi.

Con uno sforzo abbassò gli occhi verso il pavimento. Il ragazzo del CRS era caduto sul fianco: il fucile gli era scivolato dalle dita e giaceva ai piedi di Lebel. Senza quasi rendersene conto cadde in ginocchio, afferrò il MAT 49, sollevandolo e puntandolo verso l'alto con una mano, mentre con l'altra si aggrappava al grilletto. Sentì che lo Sciacallo faceva scattare l'otturatore della carabina nello stesso momento in cui si trovò il grilletto sotto le dita. Lo premette.

La scarica di pallottole rimbombò nella piccola stanza e fu sentita anche sulla piazza. Quando, poi, i giornali fecero una inchiesta per scoprirne i motivi, ebbero questa spiegazione: un cretino aveva acceso il motore di una motocicletta con il silenziatore difettoso a qualche isolato di distanza, proprio nel momento culminante della cerimonia. Un mezzo caricatore di pallottole da 9 mm. raggiunse lo Sciacallo in pieno petto, sollevandolo, facendolo roteare in aria e poi ripiombare giù. Cadde scompostamente nell'angolo più lontano del divano. E nella caduta si trascinò dietro una lampada a stelo. Laggiù, sulla piazza, la banda intonò *Mon Régiment et Ma Patrie.*

Il sovrintendente Thomas ricevette la telefonata da Parigi quella sera alle sei. Mandò a chiamare l'ispettore anziano della sua squadra. « L'hanno preso » disse. « A Parigi. Nessun problema, ma sarà meglio che lei vada ancora a dare un'occhiata nel suo appartamento. »

Erano le otto quando l'ispettore, che stava facendo un ulteriore esame di quanto era stato di Calthrop, sentì entrare qualcuno dalla porta rimasta aperta. Si voltò. Era un uomo, e lo guardava con irritazione. Un uomo corpulento, massiccio.

« Cosa sta facendo qui, lei? » domandò l'ispettore.

« Posso chiederle la stessa cosa. Cosa diavolo crede di fare qui? »

« Be', questo è troppo » disse l'ispettore. « Mi dica il suo nome. »

« Calthrop » rispose il nuovo venuto. « Charles Calthrop. E questa è casa mia. E adesso, cosa sta facendo qui lei? »

L'ispettore rimpianse di non aver portato una pistola.

« E va bene » disse con voce tranquilla, un po' stanca. « Penso che sarà meglio che lei venga a Scotland Yard a fare quattro chiacchiere. »

« Troppo giusto » rispose Calthrop. « Lei deve darmi una spiegazione. »

In realtà fu Calthrop che dovette dare le spiegazioni. Lo trattennero per una giornata intera, fino a quando non arrivarono da Parigi tre conferme diverse che lo Sciacallo era morto, e finché i proprietari di cinque locande isolate al nord di Sutherland County in Scozia non testimoniarono che Charles Calthrop, appassionato della montagna e della pesca, aveva effettivamente passato le tre settimane precedenti presso di loro.

« Se lo Sciacallo non era Calthrop, » domandò Thomas al suo ispettore, quando Calthrop, finalmente libero, uscì dal suo ufficio « allora chi diavolo era? »

« Non si pone neppure la questione: il governo di Sua Maestà non sarà disposto ad ammettere che questo Sciacallo era un inglese » disse l'Alto commissario della polizia metropolitana il giorno successivo al suo assistente Dixon e al sovrintendente Thomas. « Da quanto sappiamo si può ricavare che, per un certo periodo di tempo, è stato sospettato un cittadino inglese. Ma adesso i sospetti sono caduti, e la sua posizione è stata chiarita. Sappiamo pure che, per un certo periodo... durante la preparazione della sua... missione in Francia, questo Sciacallo si è fatto passare per un inglese, servendosi di un passaporto inglese che si è procurato fornendo dati anagrafici falsi. Ma poi ha anche assunto l'identità di un danese, un americano e un francese, usando due passaporti rubati e una serie di documenti francesi falsificati. Per quel che ci riguarda, poi, le nostre indagini hanno potuto stabilire che l'assassino viaggiava in Francia con un passaporto falso intestato a un certo Duggan e che sotto questo nome è stato seguito fino a ehm..., questa località che si chiama Gap. Ecco, è tutto, signori. Il caso è chiuso. »

Il giorno successivo il corpo di un uomo fu seppellito in una tomba senza nome in un cimitero della periferia di Parigi. Secondo il certificato di morte, si trattava di un turista straniero non identificato, rimasto ucciso domenica 25 agosto in un incidente stradale alle porte della città. Erano presenti un sacerdote, un poliziotto, un impiegato dell'anagrafe e due becchini. Nessuno mostrò particolare interesse, quando la cassa di pino grezzo fu calata nella fossa – a eccezione di un'altra persona che assisteva in disparte. Quando tutto fu finito, si voltò, rifiutò di dare il proprio nome e si allontanò lungo il vialetto del cimitero, una piccola figura solitaria, per tornare a casa, da sua moglie e dai suoi figli.

Il giorno dello Sciacallo si era concluso.

INDICE

OSCAR BESTSELLERS

Follett, Il Codice Rebecca
Freeman, Il vento della vita
Robbins H., Gli eredi
Bevilacqua, La califfa
Follett, L'uomo di Pietroburgo
Taylor Bradford, Una vera donna
Cruz Smith, Gorky Park
Krantz, La figlia di Mistral
García Márquez, Cronaca di una morte annunciata
Suyin, Fin che verrà il mattino
Forsyth, Il giorno dello sciacallo
Follett, Triplo
Follett, La cruna dell'Ago
Robbins H., Goodbye, Janette
Freeman, Non è tempo di lacrime
Kaye, Padiglioni lontani
Robbins H., L'uomo che non sapeva amare
Tacconi, La verità perduta
Sheldon, L'altra faccia di mezzanotte
Fruttero & Lucentini, Il palio delle contrade morte
Conran, Segreti
Smith, Sulla rotta degli squali
Follett, Sulle ali delle aquile
Kaye, Vento dell'Est
Krantz, Princess Daisy
Forsyth, Il quarto protocollo
De Crescenzo, Così parlò Bellavista
Forsyth, L'alternativa del diavolo
Robbins H., Ricordi di un altro giorno
Forsyth, Dossier Odessa
Freeman, Ritratti
Robbins H., I mercanti di sogni
Lapierre - Collins, Il quinto cavaliere
Hailey, Aeroporto
Forsyth, I mastini della guerra
McMurtry, Voglia di tenerezza
Freeman, Illusioni d'amore
Bevilacqua, Il curioso delle donne
West, La Salamandra
Collins L., Fortitude

Isaacs, Ora magica
Simmons, Hyperion
Coscarelli, Carriere
Le Carré, Il visitatore segreto
Sclavi, Sogni di sangue
Gunn, Pista cieca
Kellerman, Trauma
Loy, L'estate di Letuqué
Christie, Assassinio sull'Orient-Express
Asimov, Viaggio allucinante
Brooks, La spada di Shannara
James P.D., Una mente per uccidere
McBain, Vedove
Levin, Rosemary's Baby
Castellaneta, Villa di delizia
Abbey - Asprin, Cat Woman
Gage, Nuovi tabù
Sclavi, Tre
Brooks, Le pietre magiche di Shannara
Leonard, Il Corvo
Harris R., Fatherland
Shelby, Oasi di sogni
Ferrigno, Il giorno degli angeli
Muhsen, Vendute!
Sgorlon, La foiba grande
Brooks, L'unicorno nero
Daeninckx, A futura memoria
Markham, A occidente con la notte
Salvalaggio, Piumino da cipria
Forsythe Hailey, Una casa troppo grande
Devon, Io ti voglio
Dorris - Edrich, La corona dei Caraibi
Tacconi, Masada
Cardella, Volevo i pantaloni
Brooks, Il magico regno di Landover
Du Maurier, La prima moglie (Rebecca)
Hyde, La volpe rossa
Charrière, Papillon
MacDonald, Il promontorio della paura
Brooks, La canzone di Shannara
Zecchi, Estasi
Levin, Un bacio prima di morire
James P.D., Sangue innocente
Korda, Sipario
Pilcher, Fiori nella pioggia
Jones, La corona del destino
Pilcher, Voci d'estate
Condon, La Pietra Rossa
Gage, La sfida di Francie
García Márquez, Dodici racconti raminghi
Ellroy, La collina dei suicidi
Sgorlon, Racconti della Terra di Canaan
Grisham, Il socio
Brooks, La regina degli Elfi di Shannara
Petacco, I ragazzi del '44
Heaven, La stirpe degli Astrov
Hoving, Il palazzo in fondo al tempo

Le Carré, La pace insopportabile

Rutherfurd, Russka

Rushdie, I versi satanici

Rose, Hospital

Sclavi, Apocalisse

Hyde, China Lake

Grimaldi, La paura

Edghill, Dimenticare l'oriente

Coriandoli, È permesso?

Ruesch, Paese dalle ombre lunghe

Brooks, Il druido di Shannara

Condon, La vendetta dei Prizzi

Pilcher, Il giorno della tempesta

D'Orta, Io speriamo che me la cavo

Harris T., Drago rosso

Conran, Cremisi

Danella, Ritratto di un uomo

Bingham, Sogni di seta

James P.D., Un gusto per la morte

Brooks, Mago a metà

Weis - Hickman, I draghi della notte d'inverno

Bergonzoni, È già mercoledì e io no

Cornwell, Quel che rimane

Krantz, Scrupoli 2

Villaggio, Caro Direttore, Ci scrivo...

Le Carré, Ingenuo e sentimentale amante

Rendell, Il mistero della brughiera

Vachss, Oltraggio

Sgorlon, La carrozza di rame

Brooks, Gli eredi di Shannara

Pilcher, Profumo di timo

Rendell, Il volto del peccato

Brown F., La statua che urla

AA.VV., Il Sarchiapone e altri animali

Castellaneta, Cerchi nell'acqua

Gage, Pandora

Ignatieff, Asya

D'Eramo, Ultima luna

Saviane, In attesa di lei

AA.VV., In principio era il male

Freedman, Linea di difesa

Lapierre, Più grandi dell'amore

De Crescenzo, Croce e delizia

Des Cars, La maudite

Le Carré, Un delitto di classe

Sgorlon, Il patriarcato della luna

Rendell, Oltre il cancello

James P.D., I figli degli uomini

Donaldson, L'oro bianco

Hill, La signora De Winter

Bevilacqua, Un cuore magico

Le Carré, Chiamata per il morto

Turow, Harvard, Facoltà di legge

Gregory, La stagione dell'arcobaleno

D'Orta, Dio ci ha creato gratis

Rivers Siddons, Le amicizie di Kate

Hoving, Tutankhamon
Sgorlon, Il Caldèras
Saviane, Getsèmani
Dolto, Adolescenza
Campanaro, Il caso Billie Holiday
Pinna, Cinque ipotesi sulla fine del mondo
Weis - Hickman, La stella degli elfi
Dolto, Quando i genitori si separano
Angela - Pinna, Oceano
Williams M., La leggenda di Weasel
Chang, Le donne e il Tao dell'amore
Buscaglia, La coppia amorosa
Pasini, Intimità
Schelotto, Strano, stranissimo, anzi normale
Parsi, I quaderni delle bambine
Buscaglia, Amore
Dolto, Come allevare un bambino felice
De Felice, Intervista sul fascismo
Allegri, Padre Pio
Moody, La vita oltre la vita
Moody, La luce oltre la vita
Asimov, Destinazione cervello
Asimov, Cronache della Galassia
Asimov, Il tiranno dei mondi
Petacco, Le battaglie navali del Mediterraneo nella Seconda guerra Mondiale
Silvestri, Caporetto
Cardini, Il Barbarossa
Granzotto, Annibale
Spinosa, Mussolini, il fascino di un dittatore
Cardini, Francesco d'Assisi
Zweig, Maria Antonietta
Cartier, La seconda guerra mondiale
Gerrold, L'anno del massacro
Asimov, Tutti i racconti (vol. I, parte I)
Weis - Hickman, I draghi del crepuscolo d'autunno
Heinlein, Fanteria dello spazio
Asimov, Il sole nudo
Asimov, L'orlo della Fondazione
Asimov, Lucky Starr e gli anelli di Saturno
Spinosa, Edda. Una tragedia italiana
Petacco, Dear Benito, Caro Winston
Gibson, Monna Lisa Cyberpunk
Farmer, Il grande disegno
Vacca, Il medioevo prossimo venturo
Chang, Il Tao dell'amore
Asimov, Il meglio di Asimov
Sclavi, Tutti gli incubi di Dylan Dog
Ballestra, Compleanno dell'iguana
Weis - Hickman, I draghi dell'alba di primavera

Gibson, La notte che bruciammo Chrome

Pellegrino, Diario di uno stupratore

Boscolo, Nostradamus. L'enigma risolto

Jacquin, Storia degli indiani d'America

Bloch Robert, Psycho

Blatty, L'esorcista

Sgorlon, Il trono di legno

Asimov, Preludio alla Fondazione

Zavoli, La notte della Repubblica

De Crescenzo, Raffaele

Cillario, Parola di Benito

Asimov, Il paria dei cieli

Asimov, Il crollo della Galassia centrale

Asimov, Fondazione e Terra

Asimov, I robot dell'alba

Asimov, Abissi d'acciaio

Asimov, Il club dei Vedovi Neri

Moody - Perry, Ricordi di altre vite

Storr, Solitudine

Mack Smith, Le guerre del Duce

25929
1996

Questo volume è stato ristampato
presso Arnoldo Mondadori Editore S.p.A.
Stabilimento Nuova Stampa Mondadori - Cles (TN)
Stampato in Italia - Printed in Italy